문희상 평전

문희상 평전

| 안병용 지음 |

머리말

　의정부의 큰바위, 대한민국 국회의장이신 문희상 의장님의 인생 일 대기와 정치 과정을 정리한 《문희상 평전》을 발간하게 되어 정말이지 기쁘고 감개무량합니다. 제게 이런 기회가 주어진 것을 살아가면서 복 중의 복으로 여기고 싶습니다.

　2020년 5월은 여느 해처럼 벚꽃과 철쭉은 막 졌지만 이제 장미와 아카시아 향기가 진동하는 참 좋은 계절입니다. 그렇지만 마음은 무겁고 우울하기만 합니다. 올 초부터 창궐한 코로나-19 바이러스 때문입니다. 한국뿐만 아니라 전 세계가 고전하고 있습니다. 코로나 초기발생 시 중국과 한국이 상황을 수습하느라 무척 고생하면서도 국민적 불안과 불신이 비등했었습니다. 그러나 그후 미국, 영국, 이탈리아 등 똑같은 상황과 숙제가 주어졌고, 수습에 대한 평가가 상대적으로 비교할 수 있게 됐습니다. 우리가 잘했다는, 그것도 아주 잘했다는 평가를 받은 것입니다. 그야 말로 전화위복입니다. 이 수습과정에는 그야 말로 모두가 함께했습니다.

　사안에 집중한 중앙과 지방정부의 적실한 대처, 의료인들의 헌신, 국민들의 자발적 협조 등 우리는 합심하여 선을 이루고 함께 성공한 것으로 보입니다. 우리 스스로 대한민국 국민임이 자랑스러운 것입니다. 세상사 모두가 그렇듯이 저절로 되는 일은 없습니다. 누군가의 헌신, 눈물, 또는 피의 대가가 있어야 열매가 생기는 것 같습니다.

문희상 의장님은 1945년 해방둥이입니다. 그 무렵 한국의 현대사는 그야말로 격동의 시기입니다. 나라의 기초를 세우는 일, 일제잔재의 청산, 통일, 전쟁과 재건, 근대화, 산업화, 민주화등 어느 것 하나 만만한 것이 없었습니다.

현재 우리가 이만큼 사는 것도 어느 시기 어느 곳에서 누군가 희생한 노력의 열매라고 감히 해석하고 싶습니다. 분명 현대 정치사에 큰 족적을 남기고 얼마 안 있으면 국회의장직과 정치적 은퇴가 예정된 문희상 의장님의 일대기를 정리하는 것은 정치후학의 의무라 생각되었습니다. 사실 역사나 인물을 평한다는 것이 어렵고 두려운 일입니다. 평자의 관점과 입장에 따라 논조가 너무 다를 수 있고, 이로 인해 또 다른 논쟁과 논란의 와중에 휩쓸리기 때문입니다. 그럼에도 필자는 작은 용기를 냈습니다. 어떤 비난에 처하더라도 제가 뵌 문희상 의장님의 걸어온 길과 정치신념은 후세의 정치후배와 후학들에게 모델이 되고, 사표가 될 충분한 가치가 있다는 신념이 확고하기 때문입니다.

본 평전을 발간하게 된 소회를 감히 말하자면 문희상을 통해 현대 한국정치사를 조망하고 싶었던 것입니다. 문희상이라는 인물을 통해 한국정치인의 모델을 제시하고 싶은 것입니다. 공직자의 오랜 지침서인 정약용의 '목민심서'는 지침만 있지 그 지침을 실천한 모델이 없어 내내 아쉬웠기 때문입니다. 한국정치사에서나 과거를 통틀어 입법과 행정의 고위 주요보직을 경험하고 그 임무를 원만히 수행한 인물은 흔치 않은 것입니다. 본 필자의 안목으로는 바로 그 인물이 문희상인 것입니다. 이 평전을 발간하는 과정에서 청한 각계 원로와 지도자님들께서 문희상을 평한 것을 요약하면 "문희상이 있었기에 우리의 정치와 사회가 좋은 쪽으로 변화했고, 그의 헌신으로 대한민국의 민주주의가 진일보했다.", "우리 정치사에 앞으로도 오랫동안 문희상을 그리워할 것이다."라고 이구동성인 걸 보면 이러한 확신은 분명해집니다. 또한 본 필자는 대학에서 21년 동안 행정학, 정책학, 정치학 등을 강의하고 연구했으므로 정치학적 분석의 틀을 어느 정도 이해하고 있으며, 10년 넘게 시장의 지위에서 이분의 정치신념을 가까이서 접할 수 있었기 때문입니다. 결과적으로 이 모두가 다행이고 행운이라고 생각됩니다.

본 평전의 저자 안병용은 의정부시 시장입니다. 시장 전의 직업은 대학교수였습니다. 지금 다시 생각해도 묘합니다. 문희상 의장님과 개인적 연분이 거의 전무하고, 당시 당원도 아닌 저를 시장 후보로 여러 차례 간청하고 발탁하여 민주당 시장후보로 공천하였습니다. 의정부 시장에 당선된 후 내리 3선을 했습니다. 의장님은 시장 재임 중 내내 시장 직에 전력할 수 있게 도와 주셨습니다. 그야말로 시정에 어떤 부담되는 일을 당부하신 적이 없습니다.

차츰 인연이 깊어지는 세월이 흘러가고, 의장님의 당부와 신념과 정치 역정에 대해 조금씩 알게 되었습니다.

세월이 더해 갈수록 실로 가슴 깊은 곳에서 북받치는 감동과 존경의 마음이 깊어졌습니다. 어느 날 나는 문희상의 정치적 아들이 아닌 진짜 아들이 되고 싶었습니다. 문희상 의장님과 부활절, 성탄절 행사를 간 적이 있고, 그 곳에서는 세례식도 있었습니다. 세례는 신부님이 주시는데 대부가 있다는 것을 알았습니다. 저는 불교대학에서 근무한 적이 있어 이미 불교신자이고, 그후 기독교 대학에서 근무하면서 기독교인이었습니다. 그런데 문희상 의장님의 아들이 되고 싶어 6개월 예비신자교육을 꼬박 이수하고 문희상 바오로 아버님을 대부로 이기헌 주교님께서 세례를 주셨습니다. 세례명을 정할 때 주교님의 베드로나 대부님의 바오로로 하라는 조언이 있었으나 감히 동급으로 하기가 좀 그래서 자문을 거쳐 바오로의 충직한 제자가 디모데오로 정하였습니다. 그땐 참 잘했다 생각했는데 나중에 문재인 대통령이 또한 디모데오라는 이야기를 듣고는 내심 놀랐었습니다.

문희상 의장님의 인생 역정은 본문에서 자세히 언급했습니다만 그야말로 파란만장입니다. 경기북부 최고 부자집 아들, 세상이 부러워하는 서울법대 입학과 졸업 그리고 고시 합격, 이 정도면 개인의 삶의 편안함과 영달이 열려 있는데도 소위 민주화운동에 앞장서고 수배되어 고문을 자초하고, 한술 더 떠 북에서 월남한 실향민 출신 아버지가 그렇게도 질색을 하는 당시 빨갱이 소리를 듣는 김대중과 평민당에서 정치를 시작했으니 말입니다.

한국정치사에는 민주화와 민주당에 헌신한 많은 분들이 있습니다. 문희상 의장님도 그중 한분입니다. 경기북부의 보수성향은 철벽 같았습니다. 의정부는 대한민국에 있는 유일한 미군 전투사단인 2사단이 64년 있었던 전통 보수지역입니다. 그 자갈밭을 갈고 갈아 그나마 정치농사를 질만하게 하신 분이 문희상 의장님이라 생각됩니다. 민주당이 지금처럼 좋았던 것이 아닙니다. 그야말로 쫄딱 망한 수준에 비대위를 꾸려야 할 상황이 몇 번이 있었는데 그 두 번의 비상대책위원장직을 수행하게 됩니다. 당의 위기를 수습하고 안정화시키고는 정작 공천에서 컷오프 됐다 살아나는 곡절을 겪게 됩니다. 아픔과 시련은 영광과 축복의 통로인지 국회의장의 귀한 직분을 맡게 됩니다.

문희상 국회의장님이 의장이 되신 것은 개인적인 영광일 뿐 아니라 신익희 의장 이후 50년 만에 경기도가 배출한 국회의장이라는 의의를 갖습니다.

보수이념의 벽을 넘은 경기북부의 정치 지형을 바꾼 최다선 의원 의장인 것입니다. 따라서 문희상 의장의 삶과 정치역정은 그 자체로 현대 정치의 큰 대들보로 누군가가 잘 정리할 이유와 의의가 있다 하겠습니다. 의장님이 걸어오신 그 험한 그리고 장한 정치 역정은 그 자체로 우리의 정치적 자산이기 때문입니다.

어느 날인가 의장님이 저에게 시 이야기를 하셨습니다. "시장님! '올라갈 때 못 본 꽃 내려갈 때 보았네.' 이런 시가 있는데 참 짧으면서도 마음에 다가올 수 가 없네요. 이제 나도 내려갈 때가 되니 그땐 몰랐던 것이 조금씩 보이네요."

이 말씀을 듣고 사실 가슴이 철렁했습니다. 최고의 정점에 계신 줄로만 느꼈던 의장님의 내려가는 길을 빨리 정리하지 않으면 늦겠다는 생각으로 1년 넘게 평전을 준비하기 시작 하였습니다.

《문희상 평전》을 구성하면서 넓은 바다에서 물을 퍼 올리는 듯한 막막함을 느꼈습니다. 문희상 의장님이 걸어온 정치 역정은 깊고 심오한데 본시 제 그릇 됨이 종지 같으니 말입니다. 평전의 구성은 제1부는 각계 원로와 지도자님들께서 문희상을 회상하는 촌평을 청하여 가감없이 먼저 수록하였습니다. 제2부는 문희상의 개인적 인생의 길을 어린 시절부터 인간적인 접근과 가족사에 대한 접근을 시도했습니다. 또한 정치적 운명의 큰 변곡점의 의미를 갖는 김대중 대통령과 노무현 대통령과의 인연을 중심으로 서술해 보았습니다.

제3부는 정치인 문희상을 조명하기 위하여 현대 정치사의 연대와 대한민국 정부의 연대주기 및 각 정부의 의의와 문희상의 존재의미를 견주어 서술하였습니다. 이렇게 함으로써 정치거목의 족적을 조금 더 구체적이고 선명하게 설명할 수 있을 것이라는 판단에서입니다. 제4부는 정치인인 문희상이 평소 지닌 정치사상과 가치관을 조망하고자 했습니다. 이를 위해 문희상의 저서인 《동행》과 희망통신, 특강, 기고 등을 활용하고 참조하였습니다.

제5부는 정치인 문희상의 지역 발전을 위한 헌신과 노력 등을 주요 사업을 중심으로 정리하였습니다.

의미와 사안을 좀 더 명확히 하기 위해 초고를 준비한 교수님들과 의장님과의 직접 면담 인터뷰로 보완했습니다.

본문에 거론하지 않은 몇 가지 에피소드와 필자가 접한 일화를 소개합니다. 문희상 의장님 별명이 흥미롭습니다. 포청천, 조조 같은 장비, 의정부 큰바위 등이 많지만 소박하고 어울리는 별명은 단연 돼지입니다. 의장님은 다른 음식은 다 잘 드시는데 유별나게 새우는 전혀 못 드십니다. 돼지가 새우를 먹으면 죽는 다는 속설을 들은 적이 있고 실제로 돼지고기 먹을 때 새우젓을 먹기도 합니다. 참 묘하지요? 오래 곁에서 뵌 의장님은 늘 관대하고 원만하셨습니다. 어떤 경우에도 남에게 피해를 주는 일을 강요하거나 원한을 일으키는 일을 하지 않으시려 애쓰셨습니다. 그럼에도 음식 드실 때 새우 만큼 질색을 하시는 일이 있습니다. 공적인 결정을 할 때 사사로운 일을 개입하시는 것을 아주 엄격하게 배척하셨습니다. 필자가 시장 직을 수행하는 동안 편했고, 그래서 저는 그런 문 의장님이 좋습니다. 한없이 소박하고, 타인에게는 관대하고, 인간적이지만 공사의 구별이 엄격하고, 자기관리는 늘 철저하셨습니다.

사람을 알아보는 안목은 깊고 정확했습니다. 사람을 쓰고 평가하는데 억지를 부리거나 특히 학연, 지연, 붕당 같은 패거리 정치를 거부했습니다. 아마도 우리 정치현실에서 잘 치유되지 않는 병폐인 지역감정과 인맥정치가 큰 문제라고 인식하여 스스로 경계한 것 같습니다. 그래서 문 의장님께 가끔은 사람을 키우지 않는다거나 계보가 존재하지 않는다는 비난과 함께 어려움을 겪는 것을 봅니다. 생각건대 자신을 위해 인위적으로 계보를 만들려고 했다면 대권도 가능했지 않았나 싶습니다.

문희상 의장님과 본 필자와 비슷한 공통점이 하나 있습니다. 저나 의장님이나 유별난 울보입니다. 가끔 댁에 방문해서 보면 소파에 앉아 울고 계셔서 "무슨 일이 있으세요?" 물으면 "연속극이 하도 슬퍼서요" 하십니다. 언젠가 부부동반하여 의정부 시내 극장에서 〈변호인〉이라는 영화를 함께 관람한 적이 있습니다. 영화가 중반쯤 진행되어 민주화운동하던 학생은 체포되고 고문을 당하며 고통스러워하는 장면... 그 어머니가 절규하자 문 의장님은 흐느끼시더니 못내 영화관이 떠나가도록 엉엉 통곡하는 바람에 나도 울고 관객도 울고 영화관이 울음바다가 된 적이 있습니다.

많은 시민이 운집한 의정부시 행사 축사 중에 엉엉 우시는데 말릴 수가 없어서 민망했습니다. 의정부는 미군부대로 상징되는 도시입니다. 그 미군부대가 거의 60년만에 떠나가고 당신이 대표발의한 「미군공여지지원특별법」에 의해 막혔던 라과디아캠프 자리에 6차선 도로를 만들어 개통하던 그날 울보 문희상은 울었습니다.

울보 문희상이 또 눈물을 보인 적이 있습니다. 이름하여 "이게 나라냐"며 민중이 촛불을 들던 때입니다. "시장님, 기가 막힙니다. 나는 김대중대통령의 자유가 들꽃같이 만발하고, 정의가 강물처럼 흐르는 나라, 노무현대통령의 자유가 모든 사람에게 확산되고, 사람 사는 세상을 만드는 꿈을 이루겠다고 두 분 대통령을 모셨습니다. 이런 세상을 만들자고 다짐하고 나의 정치 전생을 보람으로 여겼는데 지금 나라가 이 지경이 되었으니 내가 하늘나라에 가서 두 분을 어떻게 뵙겠습니까? 목숨이 있는 한, 정치를 하는 한 마지막 최선을 다해야 할 것 같습니다."라고 하시고 광화문광장에서 촛불을 드셨습니다.

문희상 의장님은 대한민국 국민의 나라사랑과 저력, 그리고 집단 지성에 대한 확신과 믿음이 철석같았습니다. 문 의장님은 말씀하십니다. 외세 열강의 서슬이 시퍼럴 때 민초 농민 동학혁명이, 일제 압제가 극에 달할 때 3.1만세운동이, 이승만의 독재도 4.19민주화운동으로, 박정희의 독재도 부마항쟁으로, 전두환의 강압정치도 5.18광주민주화운동과 6.18민주화항쟁으로 헌법개정과 자치제를 쟁취했고, 나라가 어처구니 없는 지경에 처해지자 촛불혁명으로 나라를 바로 잡을 수 있었던 것 또한 위대한 민중 내지 국민의 용기와 결단이라고 갈파하십니다.

본 평전은 한국의 정치사적 인물을 평함에 있어 객관화하고 사실에 충실하고자 애썼으나 결과적으로 부족함이 많음을 고백하지 않을 수 없습니다. 본 저술에서 있을 수 있는 오류나 실수는 전적으로 10년 이상을 곁에서 모시면서도 그 깊은 뜻을 바로 보지 못한 본 저자의 안목부족과 용렬함에 기인함으로 모두가 필자의 책임입니다. 그 부족함에 그저 부끄러울 뿐입니다. 독자님들께 이해와 양해를 구할 따름입니다.

문희상 평전을 내면서 감사드릴 분이 참으로 많습니다.
평생 정치인의 아내로 아슬아슬하고 힘든 삶의 과정을 잘 내조하신 김양수 사모님께 위로와 찬사를 보냅니다. 아들 석균씨와 가족에게 축하와 감사를 전합니다.
정치인 문희상을 호위하며 지지를 해주신 민주당 고문님들, 박창규 위원장님을 포함한 당원동지님들께 감사드립니다.
필자보다 오랜 세월 지근거리에서 의장님을 모신 김민철 국회의원님, 전 국회의원 강성종 신한대 총장님, 전 의정부 시장이신 김기형, 김문원 시장님께 감사드립니다. 안지찬 의장님을 비롯한 전 현직 시도의원님들께 감사드립니다.

자료수집, 의장님 직접 인터뷰 등을 통해 초고작성에 수고를 아끼지 않으신 의정부시 정책자문관 김승렬 박사님, 신한대학교 장인봉 교수님, 대진대학교 김종수 교수님과 책의 디자인과 편집을 총괄해주신 신한대학교 김기순 교수님 등께 특별히 감사드립니다. 출판과정에 도움을 주신 이기우 의장비서실장님과 비서실, 자료수집에 애써주신 조중희 수석보좌관님께 감사드립니다. 의정부시정에 지성으로 보좌해 주는 황범순 부시장과 국·과장, 직원들, 특히 비서실 직원들에게 감사하고 싶습니다. 또한 출판을 맡아 주신 출판사와 이한범 박사님께 감사드립니다. 또한 저와 똑같이 문희상가(家)에 속해 있음을 늘 기꺼워하고 지지해주는 사랑하는 나의 아내 윤지인과 아들 광덕과 딸 안윤주 박사에게도 감사를 전합니다.

문희상 의장님을 회고하고 촌평의 원고를 전해 주신 덕망 높은 각계 지도자님들께도 감사드립니다. 거론을 하지는 않았지만 문희상 의장님께서 정치 역정의 과정에서 기도해주신 모든 분들께 감사드립니다. 끝으로 미혹한 제가 3번씩이나 의정부시장 직을 수행하게 기회를 주시고 인생 그리고 정치의 참 의미를 알게 해주신 문희상 의장님께 존경과 함께 감사를 드립니다. 고맙습니다.

2020년 6월 안병용

차례

제3부 문희상의 정치인생_226

제5부 문희상의 의정부 사랑_664

제1부

문희상을 말하다

김원기 / 임채정 / 김형오 / 정세균 / 반기문 / 권노갑 / 이종찬 / 김덕룡 / 정대철 / 이낙연 / 서청원 / 이해찬 / 김무성 / 손학규 / 박지원 / 천정배 / 심상정 / 박주선 / 정갑윤 / 박병석 / 김진표 / 이석현 / 원혜영 / 주호영 / 원유철 / 우상호 / 우원식 / 이인영 / 장정숙 / 홍남기 / 유은혜 / 강경화 / 김연철 / 진영 / 김현미 / 박영선 / 라종일 / 남궁진 / 유인태 / 김성곤 / 우윤근 / 윤영관 / 조명균 / 박원순 / 박남춘 / 이용섭 / 허태정 / 이재명 / 최문순 / 이시종 / 송하진 / 양승조 / 김영록 / 이철우 / 김경수 / 원희룡 / 이재정 / 변재일 / 설훈 / 조정식 / 오제세 / 강창일 / 김동철 / 김부겸 / 김두관 / 김영주 / 박진 / 노웅래 / 안규백 / 정성호 / 송영길 / 유성엽 / 백재현 / 인재근 / 전혜숙 / 민병두 / 박순자 / 유기홍 / 이개호 / 이찬열 / 유승희 / 윤관석 / 전해철 / 이춘석 / 이용득 / 한정애 / 김민기 / 박홍근 / 김세연 / 김철민 / 박재호 / 김교흥 / 박선숙 / 박정 / 송기헌 / 김종민 / 권칠승 / 김승남 / 이광재 / 임종성 / 김영진 / 김영호 / 박찬대 / 백혜련 / 진성준 / 김관영 / 강병원 / 박용진 / 강훈식 / 이재정 / 조훈현 / 김성수 / 정재호 / 지상욱 / 김원웅 / 이미경 / 배기선 / 강성종 / 김홍걸 / 김민철 / 유경현 / 장경우 / 황학수 / 이길범 / 한공식 / 김승기 / 이종후 / 김하중 / 가와무라 다케오 / Harry Harris(해리 해리스) / A.Kulik(안드레이 쿨릭) / Abdulla Saif Al Nuaimi(알 누아이미) / Adel Moham mad Adaileh(아델 아다일레) / Bkyt Dyussen bayev(바큣 듀쎈바예프) / Bruno Figueroa(브루노 피게로아) / Chaim Chosen(하임 호센) / Csoma Mózes(초마 모세) / Faisal A. El-Fayez(파이잘. 엘파예즈) / Inara Murniece(이나라 무르니에쩨) / Ján Kuderjavý(얀 쿠데르야비) / Mihai Ciompec(미하이 씨옴페크) / Otar Berdzen ishvili(오타르 베르제니쉬빌리) / Peteris Vaivars(페테리스 바이바르스) / Ramzi Teymurov(람지 테이무로프) / Umar Hadi(우마르 하디) / 김원호 / 신상훈 / 장철균 / 최성주 / 이병길 / 박홍규 / 김기형 / 김종구 / 김진국 / 김진오 / 김진홍 / 양승현 / 이승열 / 장화경 / 조한규 / 홍준호 / 남진 / 안숙선 / 김성환 / 엄용수 / 김덕수 / 박동선 / 조병윤 / 김종철 / 김의신 / 윤재열 / 정탁 / 김민식 / 이윤정 / 조광한 / 윤태영 / 소문상 / 이기우 / 박수현 / 조중희 / 이계성 / 최광필 / 윤창환 / 한민수 / 김형길 / 한충희 / 정준희 / 정동규 / 이준 / 김동욱 / 조규범 / 권순민 / 김용성 / 문인숙 / 문재숙 / 문희재 / 문희숙 / 문석균 / 문수현 / 송평수 / 문지현

문희상을 말하다

김원기 전) 국회의장

문희상 의장만큼 신뢰받는 정치인은 드물다. 공동대표로 구성됐던 민주당의 14대 총선 공천과정에서 당시 김대중 총재는 다른 곳을 포기해도 문희상은 꼭 지켜야 한다고 하셨다. 노무현 대통령은 당 후보시절 별 인연이 없던 문희상을 가장 신뢰했다. 나도 현역 정치인 중 가장 오랫동안 항상 그와 뜻을 모았다. 뛰어난 균형감각, 길이 아니면 가지 않고 항상 정의의 편에 선 문희상이었기 때문이다. 그런 그가 벌써 퇴임한다니, 아쉬움을 금할 수 없다.

임채정 전) 국회의장

많은 사람들이 문희상 의장을 정치인의 범주 안에서 이해하려 한다. '장비' 또는 '조조'라는 별명으로 부르는 것도 그러한 이유 때문이다. 그러나 그의 실제 모습은 예술가적 취향에 가깝다. 서예나 음악이 예사 수준을 넘는 것이 그 증거이다. 무엇보다 그의 인생을 관통한 가치는 '신념'이다. 민주주의와 실천에 대한 신념을 그는 끝까지 유지하고 살아왔다.

김형오 전) 국회의장

풍모에서부터 호감과 신뢰가 간다. 얼핏 보면 전투 사령관 같으나 따뜻한 마음씨가 배어 있다. 내가 국회의장 때 부의장으로 수고하셨다. 당이 다르고 생각의 차이는 있었으나 소통이 끊긴 적은 없었다. 풍상과 질곡의 한국 정치사를 정언할 수 있는 몇 안 되는 분 중 한 분이다.

정세균 국무총리

인향만리(人香萬里), 묵향 같은 인품으로 선후배 의원들의 화합을 이끄신 분! 20대 국회는 의장님을 이렇게 기억할 것입니다. 그 따뜻하고 넉넉한 품이 그립습니다.

반기문 전) 제8대 UN사무총장

저는 2003년초 노무현 대통령 취임 당일부터 외교보좌관으로 문희상 비서실장과 1년간 함께 일한 적이 있습니다. 역사적 혜안과 철학을 겸비한 문 의장은 평소 유머와 위트로 스스럼없이 어울리는 '부드러운 카리스마'의 典型입니다. 앞으로도 대한민국을 위해 출중한 정치적 역량을 발휘해 주시길 기대합니다.

권노갑 김대중기념사업회이사장

문희상 국회의장은 투철한 민주주의 정신과 후덕한 인품, 그리고 김대중 대통령의 정치철학인 서생적 문제의식과 상인적 현실감각을 겸비한 훌륭한 정치인이다.

이종찬 전) 국정원장

나는 문희상 의장을 그의 청년시대 만났다. 한국 JC회장 그리고 연청회장을 할 무렵이었다. 첫인상이 윈스톤 처칠 같은 무게가 있었다. 외모만 그런 것이 아니라 정치역정 역시 의회주의를 존중했다는 점에서 비슷했다. 의회주의란 국민의 소리, 희망, 비전을 의회내로 끌어들이는 정치를 말한다. 국민의 소리를 따라다니는 게 아니

라 때로는 입에 쓴 약을 제시하는 것이 의회주의다. 처칠이 그랬었
다. 문의장은 누구에게도 할 말을 했다. 당시 김대중 야당총재에게
금기가 될 만한 직언을 서슴치 않는 현장을 내가 목격한 바 있었다.
그는 노무현 대통령의 비서실장으로 있었지만 'NO' 할 줄 아는 참
모였다. 그의 정확한 현실판단이 이제 빛을 발할 때인데 벌써 은퇴
를 생각한다니 아쉽다. 더 좀 오래 의회에서 후진을 가르치는 역할
을 할 수 없을까?

김덕룡 김영삼민주센터이사장

사람에 따라 만나면 기분이 좋고 마음이 편한 호상을 가진 인물이
있고 만나면 재수없을 것 같은 빈상의 사람이 있다. 문희상 의장은
보고 싶고, 만나고 싶고, 만나면 그날 재수가 좋을 것 같은 사람이
다. 문의장은 포청천보다는 달마가 더 가깝지 않을까.

정대철 전) 민주당 대표

나는 문의장을 좋아하고 존경한다. 첫번째는 용기있고 정의로운 정
치인이다. 그는 김대중을 통한 평화적 정권교체가 민주화의 첩경이
라는 확신을 갖고 DJ를 선택했다. 두번째는 균형있는 정치인이다. 이
념성향은 중도 내지 중도우파이고 정책과 행태는 개혁적 보수로 보
여진다. 나라의 큰 지도자로 계속 존경받게 되길 희망한다.

이낙연 전) 국무총리·국회의원

문희상 의장님은 선이 굵으신데도, 판단은 섬세하십니다. 원칙과 기

준을 존중하시지만, 감성과 유머를 늘 중시하십니다. 그런 양면이 '문희상 정치'를 오래 기억되게 할 것입니다.

서청원 국회의원

문희상 의장은 균형잡힌 정치인이다. 여야를 넘나들면서 역지사지(易地思之)가 무엇인지 잘 이해하는 정치인이었다. 나는 정무장관 시절인 1994년에 문희상 의원과 물밑접촉을 통해서 김영삼 대통령과 이기택 총재의 영수회담을 두 차례 성사시킨 바 있다. 뿐만 아니라, 문희상 의장의 비상대책위원장 시절에는 세월호 사건으로 여야 관계가 어려웠을 때 대화로 경색국면을 풀어가는 역할도 있었다. 그래서 나는 문 의장을 균형잡힌 정치인으로 높이 평가한다. 건강하기를 기원한다.

이해찬 국회의원

문희상 의장님은 故김대중 대통령님과 故노무현 대통령님을 모시고 한국의 민주화와 한국 정치를 위해 40년을 한결같이 헌신한 시대의 큰 어른입니다. 당이 어려울 때 비상대책위원장으로 당을 지켜내셨던 진정한 민주당원이십니다. 당신의 삶을 담은 평전 출간을 축하드리며, 곧은 신념과 뛰어난 지혜로 시대를 관통하신 문희상 의장님의 삶에 경의를 표합니다.

김무성 국회의원

문희상 의장과 저는 청년 시절 JC(청년회의소) 활동부터 민주화운동, 그리고 6선 국회의원으로서 의정활동까지 많은 길을 함께 걸었습니다. 부드럽고 유머 있는 리더십과 화합의 정치를 위해 노력했던 모습이 오랫동안 국민들의 가슴 속에 기억될 것입니다.

손학규 민생당 대표

문희상은 역사 속의 정치인이다. 내가 2018년 12월 연동형비례대표제를 위해 단식했을 때 그는 대통령을 찾아가서 선거법 개정의 물꼬를 텄다. 여당의 비례 위성정당 창당은 과감하게 비판했다. 경복고 재학 때부터 엘리트 5인방 클럽인 '한국동지회'에서 '대통령'으로 불렸던 문희상, 대한민국의 민주주의를 위해 그가 해야 할 일은 아직도 많다.

박지원 국회의원

김대중 노무현 문재인 진보 3대통령을 지근 거리에서 보좌한 당대의 정치인이십니다. 강약을 조정하며 늘 대화를 중시하고 조정 능력이 탁월하신 덕인정치를 하신 분입니다. 기자들이 늘 그의 봉숭아학당의 단골 청강을 원하는 재담도 탁월하신 분, 국민이 그리워할 정치인이십니다.

천정배 국회의원

정치 입문 직후 김대중 총재의 당에서 문 의장님을 처음 뵈었다. 의장님은 나라가 잘 되게 하는 일에 간절하고 사심없이 충직하면서도 용기있게 나서는 특별한 분이셨다. 그리고 한결같이 그런 자세를 지켜오셨다.

심상정 정의당 대표

청청여여야야(靑靑與與野野). 청와대는 청와대답고, 여당은 여당답고, 야당은 야당다워야 한다는 문희상 의장님의 정치철학처럼 여당은 여당답게, 야당은 야당답게 책임있는 역할을 해야 진정한 협력정치가 가능합니다. 국회가 거대 양당 중심의 갈등과 정쟁으로 치달을 때에도 원내·외의 다양한 국민의 목소리가 반영되도록 노력하신 문희상 의장님은 의회민주주의의 본령인 협치를 몸소 실천하신 진정한 의회주의자로서 기억될 것입니다. 국회 비교섭단체인 정의당이 진보정치의 목소리를 낼 수 있도록 배려와 지원을 해 주신 것에 대해 정의당 대표로서 심심한 감사를 드립니다. 문희상 의장님의 의회민주주의 정신은 대한민국 국회와 후배 정치인에게 사표(師表)가 될 것입니다.

박주선 국회의원 · 전) 국회부의장

문희상 국회의장님은 치우침과 기울어짐이 없는 분으로 평생을 정의와 공정을 추구하셨고 또한 형평과 균형이 잡힌 정치가로서 대인춘풍 지기추상(待人春風 持己秋霜)의 자세로 남에게는 한없이 너그러우면서도 본인에게는 더없이 엄격하여 깊이와 폭과 무게가 함께 느껴지는 존경과 선망의 대인이라고 생각합니다.

정갑윤 국회의원 · 전) 국회부의장

저와 문희상 의장님과는 오랜 인연을 가지고 있습니다. 젊은 시절 청년회의소(JC) 인연부터 국회의원도 함께하며 바라본 문 의장님은 국가와 의회를 사랑하는 열정만큼은 최고의 분이십니다. 20대 국회 의장으로서 의회발전에 기여한 점, 한일 간 갈등해소를 위한 중재역할, 의원외교 역량을 강화시킨 점은 높게 평가될 것입니다. 퇴임 후에도 국가원로로서 더 많은 역할을 해주시길 기대합니다.

박병석 국회의원

문희상 의장님은 민주당이 위기에 처했을 때 두 번이나 비상대책위원장을 맡으며 당의 정상화에 앞장섰습니다. 의장님께서 강조하신 무신불립(無信不立·신뢰), 화이부동(和而不同·공정한 자세), 선공후사(先公後私·공익우선)의 정치. 잊지 않겠습니다.

김진표 국회의원

문희상 의장님께서 인연에 대해 말씀하시면서 '겁(劫)'이라는 단위를 설명해주신 적이 있습니다. 같은 학교에서 동문수학하는 인연은 3천 겁, 부부간의 인연은 7천 겁, 부모자식 간의 인연은 9천 겁이라고 하죠. 저와 문 의장님의 인연은 경복고와 서울대, 노무현 대통령의 비서실장과 경제부총리, 그리고 민주당까지 1만 겁이 충분히 넘는데 영겁(永劫)의 인연이 아닌가 싶습니다. 문희상 의장님을 우리 민주진영의 확실한 구원투수, 언제나 든든한 큰바위 얼굴로 영원히 기억하겠습니다.

이석현 국회의원

문희상 의장님과의 인연은 1980년 서울의 봄으로 거슬러 올라간다. 학생운동을 했던 청년들이 뭉쳐서 민주연합청년동지회(연청)을 결성하던 중, 전두환 보안사령관의 5·17 군사행동으로 13인의 주역들이 뿔뿔이 피신해야 했다. 문 선배님은 남들보다 심한 고초를 겪고 두 번이나 잡혀갔지만 의정활동 중에 자신의 공적을 내세우는 것을 보지 못했다. 대신에 "무신불립(無信不立)"이라는 공자님 말씀을 신조로 삼았다. 김대중 선생을 모실 때도 노무현 대통령을 섬길 때도, 그의 좌우명은 언제나 "신의"였다. 그는 의원들에게도 정치는 모름지기 食(경제), 兵(국방), 信(믿음) 중 국민의 신뢰가 제일 중요하다고 설파하곤 했다. 나한테 서울대 법대 5년 선배가 되시는 문 의장님은 의원으로서도, 국회의장으로서도 소신대로 살다가 명예롭게 퇴임하시는 정말 부러운 선배님이시다.

원혜영 국회의원

문희상 의장님은 우리 정치의 중요한 순간마다 무거운 책임을 짊어지셨습니다. 늘 여유와 미소를 잃지 않고 품격 있는 정치의 본을 보여주셨습니다. 무엇보다 문의장님과 일하는 국회 만들기 등 국회 개혁과 당 혁신에 함께 할 수 있어서 기뻤습니다.

주호영 국회의원

지난 40여년간 격동의 한국 정치사에서 영욕의 세월을 온몸으로 겪어낸 정치 원로로서, 지난했던 20대 국회를 넘어 앞으로도 대한민국 자유민주주의와 한국 정치 발전, 국민 통합을 위해 더 큰 경륜으로 앞장서 주시리라 믿습니다.

원유철 국회의원

문희상 의장께서는 늘 '무신불립(無信不立)'의 자세로 믿음의 정치를 하시고자 하는 분입니다. 20대 국회에서는 의장으로서 '의회외교포럼'을 출범시켜 의회외교의 장을 넓히는 등 국민 여러분께 '일하는 국회'를 보여드리기 위해 치열하게 매달리셨습니다. 저도 그 덕에 더욱 활발한 의정활동을 펼칠 수 있었습니다. 고생하셨습니다. 감사합니다.

우상호 국회의원

문희상은 온갖 시련을 특유의 재치와 굳은 신념으로 이겨낸 어른이시다. 김대중 대통령을 모셨던 민주화의 과정, 노무현 대통령과 함께 한 정치 격변의 시절, 국회의장으로 야당 의원의 모욕을 감내한 모습에서 부드럽지만 단단한 거목을 떠올린다.

우원식 국회의원

매형의 친한 친구로 오래 전부터 저를 친동생처럼 따뜻하게 대해주셨습니다. 김대중 전 대통령과 함께 민주주의를 위해 평생을 바친 의장님은 저의 인생 선배이자 정치 스승입니다.

이인영 국회의원

문희상 의장님은 개혁입법, 민생과 경제라는 거친 파고 속에서도 방향을 잃지 않는 지혜와 담대함을 보여주셨습니다. 끈기 있는 소통과 묵직한 신뢰의 정치를 몸소 실천하신 문희상 의장님이 걸어오신 그 길, 그 길은 항상 옳았습니다.

장정숙 국회의원

국회의장으로서 늘 균형 있는 역할을 해주셨습니다. 평소에도 편견 없이 생각하기 위해 노력하신다는 말씀을 기억합니다. 갈등과 반목의 이유가 너무 많은 우리 사회에서 정치인들이 잊지 말아야 할 마음가짐일 것입니다. 감사합니다, 문희상 의장님!

홍남기 경제부총리 겸 기획재정부 장관

탁월하신 추진력과 조정력으로 대한민국 정치와 민주주의 구현, 국가발전과 사회통합을 위해 의장님께서 보여주신 헌신과 노고에 진심으로 감사와 존경을 드립니다. 특히 임기 중 개정한 '일하는 국회법'은 우리 국회가 한 단계 성장하는 귀한 계기가 되었습니다. 늘 건승을 기원드립니다.

유은혜 사회부총리 겸 교육부장관

문희상 의장님의 삶을 따라가다 보면 대한민국을 바꾼 민주화 역사에 닿게 됩니다. 본인은 격변의 역사 속에 계셨지만, 정치는 언제나 포용과 화합을 지향했고, 대화와 경청을 실천하셨습니다. 뿌리가 깊어 흔들리지 않는 나무와 같던 그 분의 삶과 정치가 많은 분들에게 기억되었으면 합니다.

강경화 외교부장관

"외교입국"-의장님께서 작년 10월 공관 방명록에 남기신 문구입니다. 해외에 있는 수 많은 우리 대사관저에도 깊은 지침을 남기셨습니다. 국회의장으로서, 오랜 기간 외통위 위원으로서 우리나라 외교를 위해 큰 역할을 하셨으며, 유머 넘치는 일침으로 긴장을 풀어주시는 가운데 외교부를 끊임없이 격려하고 독려해 주셨습니다. 늘 감사하는 마음으로 외교입국에 매진하겠습니다.

김연철 통일부 장관

평생 의회주의자로서 대화와 협의를 통한 정치를 실천하셨습니다. 늘 반대 의견에도 귀를 여는 온후한 마음을 보여주셨습니다. 국회개혁 등 산적한 국내 현안 해결과 함께 남북관계 진전을 위해서도 헌신해 주셨습니다. 당신이 흘리신 땀과 눈물을 기억하겠습니다.

진영 행정안전부 장관

의장님과 함께 있으면 언제나 편안했고 힘이 되었습니다. 당당한 소신과 겸손한 성품은 후배들에게 본보기였습니다. '영원한 의회주의자 문희상'으로 기억하겠습니다.

김현미 국토부장관

"나는 당신의 말에 반대하지만 당신이 그 말을 할 수 있는 권리를 위해 싸우겠다" 장비의 외모와 조조의 지략보다 더 문희상다움은 볼테르의 사상과 서정이다. 자신의 존재기반을 버리고 자유와 신념을 지킨 굳센 심장의 소유자. 그의 헌신과 희생으로 대한민국 민주주의는 진일보했다.

박영선 중소벤처기업부 장관

문희상은 혁신과 상생을 고민하는 정치인이며 민주주의 수호를 위해 물러섬을 몰랐던 범과 같은 사람이다. 그의 삶은 무신불립(無信不立)의 역사, 그 자체였다. 나는 그런 문희상의 삶을 통해 진보-보수, 이분법적인 정치가 아닌 대화의 정치와 용서가 미래를 바꿀 수 있다는 것을 배웠다.

라종일 전) 대통령비서실 국가안보보좌관

지식인 문희상. 문희상은 정치인이기에 앞서 지식인이다. 엄청난 독서량뿐만이 아니다. 지식을 현실을 통찰하고 결론을 도출하는 실사구시의 도구로 활용하는 지식인·정치 지도자이다.

남궁진 전) 문화관광부장관

文의장은 自由·平等·人權·平和의 나라, 예의염치(禮義廉恥)의 나라를 위해 계신공구(戒愼恐懼)의 자세로 행동하는 양심이 되고자 했다. 남북문제 등 나라의 미래를 위해 知, 明, 哲의 長目을 보여준 사표다. 정치인을 逸, 神, 妙, 精, 謹 品 등 5등급으로 나눌 때, 文의장은 1등급인 일품(逸品)이다. 은퇴후 和平한 逸品의 은거(隱居)를 기대한다.

유인태 국회사무총장

문희상 의장은 내가 초선이던 14대 국회 내무위에서 처음 만났다. 원만하고 합리적이라는 인상을 주었다. 이후 동교동계이면서도 이기택 대표의 비서실장을 지내시면서 탁월한 업무처리로 이 대표와 주변의 폭넓은 신임을 받았다. 이후 참여정부에서 비서실장과 정무수석으로 다시 만나게 되었고 17대 국회에 함께 입성했다. 20대 국회 후반기에는 국회의장과 사무총장으로 손발을 맞추어 여러 가지 국회 혁신과제를 수행했다. 친노세력이 폐족으로 밀리게 되었을 때 그들을 배제해야 미래가 있다는 그룹과 친노그룹을 화합시키기 위하여 원로선배들과 함께 부단히 노력하던 문 의장에 대한 기억이 지금도 새롭다. 그 후로도 문 의장은 친문과 비주류간의 화합과 포용을 위한 노력을 끝없이 기울였다. 문 의장의 화합과 통합의 정신은 긴 곡절 속에서 때로는 실패하기도 했지만 우리 정치사에 오롯이 살아있다.

김성곤 전) 국회사무총장 · 전) 국회의원

1996년 문희상 의장님을 당시 김대중 총재 특보단장으로 모신 것이 인연이 되어 문 의장님을 마음속에 정치적 사형(師兄)으로 모셨다. 특히 문 의장님의 '무신불립'의 정신과 화합의 정치는 내가 여야를 넘어 국회 평화주의자가 된 결정적 계기가 되었다.

우윤근 전) 국회사무총장 · 전) 국회의원

저는 원내대표시절 의장님을 비상대책위원장님으로 모시고 함께 일했습니다. 한마디로 사람을 믿고 맡기는 최고의 리더였습니다. 함께 모시고 일하는게 너무 행복하고 큰 영광이었습니다. 여유와 포용, 그리고 용기 있는 거목이었습니다.

윤영관 전) 외교통상부장관 · 의회외교활동자문 위원회 위원장

그 분에게는 많은 업적들이 있을 것이다. 그러나 그 무엇보다도 1992년 초선의원으로 당선되었을 때, 국회 회의에 한 번도 빠지지 않겠다는 DJ와의 약속을 6선 의원 활동기간 동안 지켜낸 진지한 자세에 대해 국민의 한 사람으로 깊이 감사드린다.

조명균 전) 통일부 장관

대학원 마칠 때까지 의정부시장 옆 문 의장님 댁에서 100m도 채 안 떨어진 곳에 살면서, 내게 미친 문 의장님의 영향은 크다. 80년대초 문의장님이 집 밖을 못나오는 고초를 겪을 때, 친구들과 술집 문 닫으면 수시로 쳐들어가 밤샘 토론을 벌인 것이 내 사유에 동아줄처럼 이어져 온다. 그때처럼 문 의장님은 여전히 "희상이 형"이다.

박원순 서울시장

영원한 '구원투수' 문희상 의장님을 떠올리면 절로 기분이 좋아집니

다. 어려운 상황에서도 특유의 유머와 해학으로 빛을 발했던 따뜻한 리더십. 누구보다도 치열하고 뜨거웠던 의장님의 40여 년 정치 인생을 오래도록 기억하겠습니다.

박남춘 인천광역시장

대한민국 정치 발전의 역사에 문희상이란 이름 석 자가 깊이 새겨져 있습니다. 의장님께서 실현해 오신 무신불립, 화이부동, 선공후사의 정신을 본받아, 300만 인천시민 모두가 신뢰와 화합으로 행복한 인천을 만들어가겠습니다. 존경하는 의장님과 함께한 소중한 시간들을 마음 속 깊이 간직하겠습니다.

이용섭 광주광역시장

'100자'에 다 담아내기 어려울 정도로 장점이 많으신 분, 어렵고 힘든 사람들이 기대어 쉴 수 있는 큰 느티나무. 퇴근길 진한 곰탕에 소주 한잔 모시고 싶은 진솔한 어른. 대화와 타협을 중시하면서도 원칙과 정도를 지키는 큰 정치인...

허태정 대전광역시장

문희상 의장은 부당한 권력에 맞서 당당하게 싸운 민주투사이자 부조리한 권위를 해체하기 위해 노력한 개혁주의자다. 포용과 아량을 통해 상대방을 설득하고 협조를 이끌어 낼 줄 아는 지략가이기도 하다. 협치로 사람 사는 세상 만들겠다는 문희상 의장의 굳은 의지는 이 땅의 민주주의를 한층 더 발전시킬 것이다.

이재명 경기도지사

대한민국 정치의 수많은 질곡 속에서도 화이부동의 자세로 원칙과 소신을 지켜 오신 문희상 의장님. 지금까지 우리 정치와 사회의 나침반이 되어주신 것처럼 앞으로도 시대의 큰 어른으로 남아주시리라 믿습니다. 의장님의 새로운 여정을 응원합니다.

최문순 강원도지사

문희상 의장님. 고맙습니다. 문희상 의장님은 강원도에 남다른 애정으로 대해 주신 분입니다. 강원도에 큰 산불이 났을 때는 "재난으로부터 자유로운 나라 없다."면서 산불피해 복구 위한 국회 구호성금도 건네주시고 특히 지난 평창동계올림픽을 잘 치를 수 있도록 큰 역할을 해 주셨습니다. 언제나 상생과 화합의 정치를 추구하셨던 의장님께 감사와 존경의 마음을 전하며, 대한민국 정치사의 큰 어른으로서 역할을 해 주실 것을 기대합니다.

이시종 충청북도지사

여의도 포청천이란 별명답게 불의에 매우 엄격하시면서도 호탕한 웃음 속엔 바다같은 관용이 베어있는 문희상 의장님의 40여 년 정치인생에 존경의 박수를 보냅니다. 앞으로 나라의 어려움이 있을 때마다 의장님 특유의 갈등조정 능력이 있으시길 기대합니다.

송하진 전라북도지사

문 의장님은 즐기시는 서예처럼 우리 정치사에 굵은 필획을 남기셨습니다. 그리고 그 필획에는 절망과 고난, 도전과 성취, 눈물과 환희가 깃들어 있음을 알 수 있습니다. 부드럽게 그러나 절대 멈추지 않고 흘러 이제 장강이 된 의장님의 삶을 책으로나마 느끼게 돼 기쁩니다.

양승조 충청남도지사

문희상 의장님은 우리 당의 구원투수와 같은 역할을 하신 보배와 같은 분이다. 제17대 대통령 선거 이후, 제19대 국회의원 선거 이후, 흔들리는 당의 전면에서 비상대책위원장을 맡아 중심을 잡고 앞으로 나갈 수 있는 길을 여신 분이다.

김영록 전라남도지사

문희상, 그의 풍모(風貌)는 장비 같아도 내면은 한없이 따뜻한 봄바람이었다. 40년의 장구(長久)한 그의 정치 역정(歷程)은 고단하고 외로운 동지들을 배려하며 호행(護行)한 동반자요, 바람막이었다. 그의 삶의 궤적(軌跡)은 한마디로 선시선종(善始善終)의 아름다운 선이다.

이철우 경상북도지사

대한민국 민주주의 발전을 위해 헌신하신 큰 산(山)이 이제 40여년의 정치 인생을 마무리하신다니, 아쉬운 마음 감출 수 없습니다. 당신이 걸어오신 민주화의 큰 길은 우리가 걸어가야 할 이정표이자 우리 현대사에 영원히 기억될 소중한 역사입니다. 대한민국은 오래도록 당신을 기억하고 그리워할 것입니다.

김경수 경상남도지사

장비의 풍모에 제갈공명의 지혜를 가진 문희상 의장님께서 참여정부 시절 비서실장으로서 매일 아침 현안점검회의를 주재하시던 모습이 아직도 눈에 선합니다. 건강에 유념하시며 우리 정치에 혜안을 계속 전해주시길 희망합니다.

원희룡 제주도지사

문희상 국회의장님의 역정을 책으로 만난다니 설레입니다. 화이부동(和而不同)의 대한민국을 꿈꾸며 그물에 걸리지 않는 바람과 같이 걸어오신 분, 분열과 혼돈의 정치에 포용과 통합의 깊은 울림을 길어내신 의장님께 감사와 존경의 마음을 드립니다.

이재정 경기도교육감

문희상 의장님은 이 시대 가장 지성적인 정치인이다. 그의 정치적 분석력, 판단력, 실천력이 우리나라 정치를 한 단계 더 높였다. 그는 역대 의장들 가운데 빛나는 사법개혁을 이루어낸 위대한 정치인으로 기억될 것이다.

변재일 국회의원

문희상 의장님과 저는 연이 참 깊습니다. 노무현 정부시절 대통령 비서실장과 정보통신부 차관으로 만나 함께 정보화 혁명을 이끌어

냈고, 제가 정치에 첫 발을 내 딛을 때 후원회장을 맡아주시며 든든하게 지원해주셨습니다. 항상 마음 깊이 감사함을 느끼며 훌륭한 정치 선배님이신 문희상 의장님께 진심으로 존경한다는 말씀 전합니다.

설훈 국회의원

문희상 의장님과 저는 김대중 대통령을 만나 정계에 입문한 것부터 시작해 참 연이 깊습니다. 제가 곁에서 본 의장님은 넓은 포용력과 따뜻한 가슴을 가진 사람입니다. '겉은 장비이지만 속은 조조'라는 말을 들을 정도로 정치 감각과 통합, 조정 능력이 뛰어나다는 평을 받고 있는 이유입니다. 이제 의장님께서 임기를 마치시고 40년의 정치 여정을 내려놓습니다. 자연인으로 돌아가시는 길을 응원드리며, 원외에 계시더라도 정치원로로서 대한민국 공동체가 나아가야 할 길에 대한 지혜를 나눠주시기 부탁드립니다.

조정식 국회의원

의장님의 40년 정치역정은 한국 정치의 역사였습니다. 의장님은 그 파란의 역사에 정치인이 걸어가야 할 길을 보여주신 우리들의 사표이십니다. 저 역시 의장님을 모시며 정치철학과 경륜을 배울 수 있었습니다. 의장님과의 소중한 시간 잊지 않겠습니다.

오제세 국회의원

문희상 의장님은 무신불립(無信不立) 철학을 실천하시는 소신이 뚜렷한 큰 정치인이십니다. 우리나라처럼 정치와 국회가 불신 받는 환경에서 6선을 달성했다는 것이 그 증거죠. 의장님의 정치적 소망인 권력분점과 일하는 국회가 실현되길 기원합니다.

강창일 국회의원

17대 국회에 들어와서 처음으로 뵙게 되었다. 별로 말씀을 아니하시는 데도 그 존재 자체로 모든 게 그득한 느낌을 우리들에게 안겨 주었다. 호랑이 상에 포청천을 연상시키는 외모, 해박한 고전 지식과 세상을 꿰뚫어 보는 혜안, 감히 어려워서 말 붙이기가 어려웠었다. 그런데 비대위원장 하실 때 본인은 윤리위원장을 하고 있었는데, 일절 간섭하지 않으시고 전권을 맡기셨다. 그래서 소신껏 일할 수 있었다.

김동철 국회의원

문희상 의장님은, 가히 정치를 소통의 예술로 승화시킨 마에스트로(maestro)이시다. '80년대 말 당료생활에서 시작된 인연의 끈은 청와대 정무수석과 비서관으로, 선·후배 국회의원으로 고락을 함께하다 20대 국회를 마지막으로 동반 퇴장하는 30년 세월이 되었다. 내게는 줄곧 삶의 스승이자 정치적 멘토이셨다. 무엇보다 15년간 나의 후원회장을 도맡아 주신 고마움은 견줄 바가 없다. 이제 무거운 짐 내려놓고 건강을 돌보시며, 후배들의 영원한 귀감으로 남으시길 기대한다.

김부겸 국회의원

넉넉한 인품, 우리들이 늘 기대고 싶은 큰 느티나무, 대화와 타협이라는 정치의 본령에 가장 충실했던 의회주의자, 넓은 학식과 깊은 통찰력으로 문제해결의 큰 방향을 제시하던 나침반. 그는 후배 정치인들의 사표(師表)다.

김두관 국회의원

시대의 어둠을 밝혀 질척한 땅을 옥토로 만들려 온 힘을 기울여 달려온 젊은이가 있었습니다. 그가 걸어온 길은 가시밭이었으나 그가 지나온 자리는 꽃밭이었습니다. 그가 있었기에 오늘의 대한민국 정치가 있었습니다. 민주당의 역사의 행간에는 그의 땀과 눈물이 서려있습니다. 청년은 장년이 되었고 이제 정치의 무대를 떠나려 합니다. 그가 위대한 것은 뒷모습이 아름답기 때문입니다. 문희상 선배님! 고생 많으셨습니다. 당신의 뒤를 따르겠습니다. 감사합니다.

김영주 국회의원

문희상 국회의장님께서는 당이 어려울 때마다 어려운 자리를 마다하지 않고 나서 주셔서 당을 위기에서 구해주셨습니다. 2012년 대선 패배 뒤 당 비상대책위원장을 맡으셨을 당시 저에게 비서실장을 맡겨 주셨습니다. 한번 일을 맡기시면 진행 과정을 묻거나, 결과에 대해 나무라지 않으셨기 때문에 일처리를 할 때 더욱 긴장하고, 완벽하게 하려고 노력할 수밖에 없었습니다. "아무리 어려워도 이겨낼 수 있으니 힘을 내라"고 말씀하시던 의장님께서는 후배들에게 정치가 무엇인지 살아오신 정치 역정과 행동으로 몸소 보여주셨습니다.

박진 국회의원

문희상 의장님은 얼핏 추상같은 호통이 나올 듯한 포청천 표정이지만 실제로는 대단히 자상하고 속마음이 부드러우신 분이다. 여야를 넘어서 후배 정치인들과 주변 사람들을 허투루 대하는 법이 없고 상대의 마음을 읽고 사람을 아끼고 이끌어주실 줄 아는 분이다. 그러면서도 일단 마음먹으면 용의주도한 기획력과 추진력을 겸비하신 분이다. 그래서 정치후배들이 배울 점이 많고 존경심이 저절로 가는 분이다. 정치적 입장은 달라도 만나면 편하게 대화할 수 있고 넉넉한 인품에 고개가 숙여지는 분이다.

노웅래 국회의원

일하는 국회 위한 입법 등 국민만 바라보는 의장님의 정치 행보는 모든 이들의 귀감이셨습니다. 하지만 민생 개혁을 위한 의장님의 노력에 상임위원장으로서 미치지 못한 것 같아 가시는 길 배웅하는 마음이 마냥 편치만은 않습니다. "국회의 뜻이 국민의 뜻과 동치되어야 한다"는 의장님의 말씀 받들어 21대는 품격 있고 일하는 국회 기필코 제도화하겠습니다.

안규백 국회국방위원장

문희상(文喜相) 그 이름 석자는 우리 시대의 良心이다. 사람은 모든 사회의, 모든 역사의 처음이고 끝이다. 내가 의장님을 뵌 지도 어느

새 32년이 지났다. 단 한 번도 올곧은 삶을 벗어나지 않은 그 이름. 敢히 그동안의 정성과 一以貫之 삶의 궤적에 존경을 표하고 康寧하시길 평전에 대한다.

정성호 국회의원

의정부에서 인권변호사로 시민운동을 하던 저를 정계로 끌어주셨다. 항상 줄탁동시(啐啄同時), 내부동력과 외부조건이 맞는 때를 살펴 함께 힘써야 한다는 말씀을 강조하셨다. 국가혁신, 국민통합의 길에 큰 경륜을 나누어주시길 간청 드린다.

송영길 국회의원

문희상 의장님은 국회를 '민주주의의 꽃, 최후의 보루'에 비유하셨다. 그는 그 보루를 지키는 더 없이 유능한 파수꾼이셨다. 민주주의를 향한 평생 발걸음! 국회에서 영글었다.

유성엽 국회의원

장비를 연상하게 하는 외모와는 달리 정확한 판단력을 바탕으로 논리적이고 유창한 언변이 돋보이는 분이시다. 또한 항상 솔직담백하고 다정다감한 친근한 이웃집 아저씨의 모습으로 다가온다. 그러면서도 항상 보여주시고 실천하셨던 나라와 국민을 위한 우국충정은 후배 정치인들에게 영원한 귀감이 될 것이다.

백재현 국회의원

문희상 국회의장님과는 같은 JC출신으로 1983년 경기지구 회장님으로 처음만나 40년을 바라보는 인연까지 이어왔습니다. 굴곡진 정치 여정의 복잡함들을 단 한 번에 정리해주는 능력을 가진 저의 정치적 멘토이시고 친형님 같은 분입니다. 대한민국 정치의 산주역이신 문의장님의 건강과 더 큰 행복의 나날들을 기원합니다.

인재근 국회의원

문희상 의장님과는 정치를 시작하기 전부터 인연이 깊습니다. 2014년에는 당 비대위에서, 제20대 국회에서는 국회의장과 행안위·여가위원장으로 함께 했습니다. 소통의 리더십으로 민생을 먼저 챙기신 정치인으로 기억합니다. 그 모습 잊지 않고 항상 응원하겠습니다.

전혜숙 국회의원

'무신불립(無信不立)' 문희상 의장님께서 늘 강조하시고 스스로 실천하셨던 말씀입니다. 어느 자리에서나 항상 과묵하시면서도 내실 있는 말씀으로 정치를 이끄시고, 늘 겸손하시면서 신의의 정치를 실천하시는 문 의장님의 모습을 보면서, 이렇게 정치를 해야한다고 느끼고 배웠습니다.

민병두 국회의원

그는 늘 항심을 유지한다. 민주주의자, 특히 의회민주주의자이다. 대통령의 권력이 강한 나라에서 일찌감치, 아주 일찍 1980년대부터 의회가 중심이 되어야 한다는 철학을 얘기한 보기 드문 선각자이다.

박순자 국회의원

의장님은 "산(山)"이었습니다. 제가 국토교통위원회를 일하는 위원
회로 이끌어 국민을 위한 의정활동을 하는 데에 든든한 지원자가
되어 주셨습니다. 의장님은 항상 "민(民)"을 중심에 두셨습니다. 정
치도 시대정신도 결국 민생을 위한 것이라는 뜻을 저 역시 함께 품
어 왔습니다. 산민(山民) 문희상의장님의 강녕을 기원하며 앞으로
도 경륜과 혜안을 빌려주시길 부탁드립니다. *산민(山民)은 문희상
의장님의 호(號)

유기홍 국회의원

민주당을 위기에서 구한 두 번의 비대위원장 지금 야당이 비대위원
장 문제로 시끄럽지만, 문희상 의장님은 우리가 야당 시절 가장 어
려운 순간 두 번이나 비대위원장을 맡아 위기를 극복하고 문재인정
부 탄생의 초석을 놓았습니다. 저는 당시 수석대변인으로 함께했습
니다만, 언론인들과의 격의 없고 소탈한 만남이 기억에 남습니다.
또 2014년 황병서와 최룡해 등 북한 주요 인사들의 아시안게임 방
문 시 자주 만난 사람들처럼 대화를 이끌어 가시던 의장님의 모습
도 기억에 남는 장면입니다.

이개호 국회의원

2014년 7월 국회의원 보궐선거로 내가 첫 등원을 하고, 얼마 지나

지 않아 우리당은 문희상 비대위 체제를 구성했다. "비대한 죄로 비대위원장이 되었다"는 문희상 위원장님의 첫 일성이 기억에 남는다. 어려울 때 큰 바위 얼굴처럼 여유를 보이던 모습은 민주당의 활로를 여는데 힘이 되었다. 문희상 비대위는 문재인 대표 체제를 거쳐, 정권교체의 견인차가 되었다. 그 과정에서 보여준 문희상 위원장님의 여유와 뚝심. 그후 국회의장으로서 보여준 조용하지만 빛나는 역할은 우리 정치사에 오랫동안 기억될 것이다.

이찬열 국회의원

문희상 의장님은 국민들이 믿고 존경하고 따를 수 있는 큰 어른이셨습니다. 평소 강조하시던 "청청·여여·야야·언언"을 실천하며 지혜와 경륜에서 우러나온 해답을 주시던 의장님, 잊지 않겠습니다.

유승희 국회의원

후배 정치인을 아끼고 용기를 주는 문희상의 정치. 17대 때 나는 초선 비례로 감히 겁도 없이 정치 1번지 종로에 출마하겠다고 사무실을 냈다. 작은 건물 벽 옹색한 녹슨 계단이 너무 비좁아서 몸을 옆으로 돌려서 겨우 올라오셨다는 문희상 의장님의 방문은 나에게 "비정한 정치? 아니예요. 정치는 인간적인거예요." 이런 아직도 선연한 울림을 주셨다.

윤관석 국회의원

"국회의원은 국회에 있을 때 가장 아름답다", 문희상 국회의장님의 수많은 말씀 중에 가장 인상 깊었던 말입니다. 항상 열린 마음으로 현안 해결에 끝까지 노력하셨던 모습이 눈에 선합니다. '의회주의자' 문희상 국회의장님의 소명은 끝이 아닌 시작임을 감히 말씀드리며, 국회의원의 '영원한 어른'으로 남아 주시길 기원합니다.

전해철 국회의원

민주당과 정치계의 큰 어른이신 문희상 국회의장님과는 참여정부 비서실장으로 계실 때부터 가까이에서 모시며 인연을 이어왔습니다. 여야의 협력과 의회의 역할을 늘 강조해 오신 의장님의 소신과 말씀은 후배 정치인들에게는 큰 귀감이 되었습니다.

이춘석 국회의원

"빈 마음으로 주어진 자리에서 최선을 다 할것이다"는 의장님의 말이 기억에 남습니다. 의장님께서는 우리 당이 어려운 시기에 두번이나 비대위원장을 맡아 당과 의원들이 걸어 가야할 길을 제시하고 닦아 주셨습니다. 항상 국민의 편에서 정의를 세우기 위한 의정활동에 매진했던 문희상의장님을 언제나 존경합니다.

이용득 국회의원

형님! 아저씨! 모두 다 좋은 말이죠. 듬직하고 믿음직한 분께 쓰는 말입니다. 비대위 때 모시면서 정말 반했습니다. 포청천아저씨! 이제 그리울 때는 어떻게 하죠? 제게 써주신 좋은 글씨 한 점이 있으니까 그걸 보면서 그리움을 달래겠습니다.

한정애 국회의원

"짜증을 내어서 무엇하나~~" 2012년 6월, 고양시 킨텍스 건물에 '태평가'가 울려퍼졌습니다. 당시 정치 초년생이었던 제가 전당대회 사회를 맡았는데, 당대표 선출 결과가 오래 지체되자 "문희상 선관위원장님을 모셔 노래 한 곡 청하겠습니다."라고 엉겁결에 말했습니다. 이에 의장님은 특유의 웃음을 지으시며 거침없이 한 곡조 해주셨습니다. 후에 언론인들은 민주당 전당대회 중 가장 기억에 남는 장면이라고 평하더군요. 당돌한 부탁을 가슴 가득 이해와 배려로 호쾌하게 받아주신 모습은, '사람을 대하는 자세'를 다시금 깨닫게 해주셨고 그때부터 의장님은 제게 넘버원이셨습니다. 호탕한 웃음 뒤에 숨겨진 의장님의 따뜻함, 영원히 간직하겠습니다.

김민기 국회의원

문희상 의장님께서 세 번의 글을 주셨습니다. 시종일관(始終一貫), 일신우일신(日新又日新), 심덕승명(心德勝命)입니다. 잘 보이는 곳에 걸어두고 늘 마음에 새기고 있습니다. 한결같고, 새롭고, 덕의 리더십을 보여준 정치인 문희상. 문희상 의장님 존경합니다. 고맙습니다.

박홍근 국회의원

당의 비상대책위원장을 두번이나 역임하며 위기를 지혜롭게 헤쳐나가시는 의장님을 한 번은 비대위원으로 한 번은 비서실장으로 가까이 모시는 영광을 누렸습니다. 바다보다 깊은 말씀들에 빠져들었고,

하늘보다 넓은 글귀들을 새겼습니다. 이 시대 진짜 의회주의자인 문희상 의장님은 제게 영원한 대인군자(大人君子)이십니다.

김세연 국회의원

청년시절부터 국회의장에 이르시기까지 의회주의자로서 합리적 리더십을 보여주신 문희상 의장님께 경의를 표합니다. 제 선친과는 당과 정치를 떠나 교우(膠友)의 정을 나누셨고, 아울러 저에게는 늘 많은 가르침을 주셨습니다. 이 곳 의사당에 '문희상의 정치'가 오래도록 기억되길 기원합니다.

김철민 국회의원

무신불립(無信不立). 문희상 의장님께서 정치인의 첫 번째 도리로 강조하셨던 말입니다. 긴 정치 여정 동안 신의를 가장 중요시하고 이를 실천했던 의장님께 존경을 표하며, 그 뜻을 이어 협치와 상생의 정치를 위해 노력하겠습니다.

박재호 국회의원

노무현 정부 청와대에서 모시며 큰 가르침을 받았습니다. 말의 무게감과 빠른 판단력과 더불어, 범접할 수 없는 큰 가슴을 가진 분이셨습니다. 이후에도 우리 정치 역사와 그 이면을 꿰뚫고 계신 원로로서 후배들에게 정도를 전수하는 역할을 하시리라 굳게 믿습니다.

김교흥 국회의원

문희상 국회의장은 우리 당의 뿌리이자 든든한 버팀목이시다. 외모는 삼국지에 나오는 장비를 닮았지만, 정국을 꿰뚫어 보는 능력은 조조처럼 냉철하고 치밀한 전략가로 관운장의 덕까지 겸비한 한국 정치사에 보기 드문 지도자이다.

박선숙 전) 청와대공보수석 겸 대변인 · 국회의원

청와대에는 봉숭아학당이 있었다. 1998년 김대중 대통령의 첫 번째 정무수석이었던 문희상 정무수석실은 그렇게 불려졌다. 기자와 취재원과의 거리를 훌쩍 뛰어넘는 공감의 힘. 문희상 정무수석에게는 그런 능력이 있었다. 어떤 질문에도 성심성의껏, 때론 행간의 뜻을 전하는 향기 있는 언어와 태도의 힘. 그래서 봉숭아 학당에는 늘 기자들이 넘쳐났다.

박정 국회의원

조조의 머리에 장비의 외모를 갖춘 정치인. 경기북부 의원모임을 함께하면서, 중국을 함께 다녀오면서 그분의 지략에 한 번 놀라고, 강직함에 두 번 놀랐다. 문 의장님께 나는 늘 배우는 학생이었다.

송기헌 국회의원

혼란한 정치 환경에서도 의회정치의 기본인 대화와 타협 그리고 협치를 실천하고, 이를 국민들과 후배 정치인들에게 전파한 '대한민국의 진정한 의회민주주의자!' 잊지 않겠습니다.

김종민 국회의원

문희상 의장님! 無信不立의 마음, 和而不同의 신념, 君舟民水의 정신을 기억합니다. 국민을 위한 개혁, 그 험로를 지켜주셨기에 검찰개혁과 정치개혁의 길이 열렸습니다. 고맙습니다. 그리고 감사합니다.

권칠승 국회의원

부진즉퇴(不進則退), 국민의 삶이 멈춰있지 않고 대한민국이 앞으로 나아갈 수 있도록 정진(精進)하셨던 문희상 국회의장님의 발자취를 잊지 않겠습니다.

김승남 국회의원

"문희상 의원입니다. 민주당 대표실에 와서 같이 일해 주셨으면 좋겠습니다" 1993년 여름, 군에서 막 제대하자마자 시골집으로 걸려온 전화 한 통은 저와 민주당의 인연을 맺게 해 주었습니다. 지혜로움과 통합적 리더십을 보여주신 문희상 의장님은 분명 우리 시대 '큰바위 얼굴'이셨습니다.

이광재 국회의원

참여정부 첫 대통령 비서실장을 지내셨던 문희상 의장님은 김대중, 노무현 두 대통령을 잇는 분이며 뛰어난 조정 능력과 위기관리 능력을 보여주신 지략가이자 덕장이셨습니다. 또, 외모와 달리 순정을 가진 남자로서 정치사의 산증인이십니다. 특히 의회민주주의의 새로운 전환의 기틀을 만드신 점은 21대 국회가 이어받아 국민을 위한 국회, 일 잘하는 국회, 미래를 준비하는 국회로 나아가야 할 것입니다.

임종성 국회의원

문희상 의장님은 우리 후배들에게 항상 든든한 선배셨습니다. 또한 의회민주주의에 대한 확고한 신념과 당당한 행동, 그리고 품격 있는 정치는 우리가 따라야 할 본보기였습니다. 우리의 기둥, 국회의 기둥이 되어주신 의장님! 고맙습니다. 함께해서 행복했습니다.

김영진 국회의원

문희상 국회의장님께서는 대한민국 입법사에 큰 획을 그은 어르신입니다. 후배 의원들의 의정 활동에 격려를 아끼지 않으셨으며, 품격 있는 정치로 모범을 보여주셨습니다. 정치에 있어 큰 가르침을 주신 문희상 국회의장님께 진심으로 감사의 말씀을 드립니다.

김영호 국회의원

언제든, 어떤 질문에든 쉬운 화법으로 혜안을 제시해주시는 분. 굵직굵직한 정치역정을 거쳐 오며 직접 느끼고 겪은 생생한 경험담으로 복잡한 정치현실을 이해하고 풀어나가는 데 귀감이 될 유용한 지침들을 전해주신다. 개인적으로 기억에 남는 한마디는 "정치인은 이해와 현실을 좇고, 정치가는 시대와 역사를 읽는다"고 하셨던 말씀이다.

박찬대 국회의원

'강개부사이 종용취의난(慷慨赴死易 從容就義難)' 지난 패스트트
랙 정국, 의장석을 점거한 한국당의 폭언, 철통마크. 저는 본회의장
끝자리에서 의장석까지 의회 민주주의를 위해 걸어간 의장님의 한
발, 한 발을 마음에 담았습니다. '문희상' 옳은 길을 위해 어렵지만,
조용히 나아간 정치인의 이름입니다.

백혜련 국회의원

현존 정치인 중 현대사의 산증인이란 표현이 가장 잘 어울리는 분
이다. 민주진영의 지도자로, 국회의 무게추로 본인에게 주어진 역사
적 사명을 다하셨다. 순탄치 않은 역사의 순간에도 꿋꿋했던 지난
40여 년의 정치활동을 존경하고, 앞으로도 시대의 어른으로 중심
을 잡아주시길 기대한다.

진성준 국회의원

"장비의 얼굴에 조조의 머리." 아주 오래 전 언론의 촌평인데, 과
연 적실한 평이 아닐 수 없다. 서슬퍼런 독재의 탄압에 맞서려면 장
비처럼 용맹해야 했고, 서로 다른 여야의 입장을 통합하려면 조조
처럼 영리해야 했을 터. 장비와 조조를 한 몸에 갖춘 이를 또 어디
서 찾을까.

김관영 국회의원

장비라 불리지만 저는 보았습니다. 당신의 눈물을. 당신의 뜨거운 열

정과 '형님리더십'을 존경합니다. 여야(與野)를 아우르며 익힌 역지사지의 자세와 철저한 의회주의가 있었기에 수많은 협상 테이블이 마련됐고, 신바람 나게 일할 수 있었습니다. 땡큐! 문희상!

강병원 국회의원

의회주의자, 문희상. 다른 말로 문 의장님을 표현하기 어렵습니다. 폭력과 모욕이 의회를 공격하는 상황에서도 품위와 원칙을 지키며 국민을 위한 개혁법안 통과에 최선을 다하셨습니다. 문 의장님의 강단 있는 국회운영은 의회주의자들의 귀감이자 전범으로 영원히 기억될 것입니다.

박용진 국회의원

정치는 시소게임과 같아서 내가 더 덩치가 크고 무겁다고 상대를 눌러 버리면 상대만 공중에 떠 있게 될 뿐 정작 나는 아무 재미도 없게 된다. 여야가 서로 존중하고 배려해야 제대로 된 정치가 가능하다. (의장님께서 저에게 해주셨던 말씀입니다)

강훈식 국회의원

문희상 의장님은 평소 "국회는 민주주의의 꽃이며 최후의 보루이자, 국회의원들의 유일한 경쟁 무대"라고 강조하신 대한민국 정치인의 대표적인 의회주의자이십니다. 지난 20대 국회에서도 대결과 갈등보다는 협치와 민생을 꽃피우는 국회의 계절을 열기 위해 최선을 다해 노력하셨습니다.

이재정 국회의원

문희상 의장님은 온건하고 한결같은 분으로 정치의 나아갈 길을 보여주신 분입니다. 국회의장 취임 직후 봉화마을에 남기셨던 첫 글귀는 아직도 눈에 선합니다. 하해불택세류(河海不擇細流), 강과 바다는 개울물도 마다하지 않고 받아들인다는 '협치의 정신', 그 뜻을 이어 받아 정치가 희망이 되는 세상, 아름다운 사람 사는 세상을 만들어 가겠습니다.

조훈현 국회의원

의장님을 처음 뵈면 누구나 강한 인상을 받게 된다. 목소리도 우렁차시다. 인내력과 돌파력이 대단하시니 연단에 올라 마이크를 잡으면 저절로 집중이 되었다. 이번 국회 역시 상호 입장차가 컸는데, 달래기도 하시고, 어떤 때는 정치인의 책무를 지키라며 일갈하는 때도 있었다. 지도자의 모습에 일면 공감이 갔다.

김성수 국회의원

문희상 의장님 하면 가장 먼저 떠오르는 것은 봉숭아 학당이다. 정치판의 맥을 짚는 예리한 정세 분석과 구수한 입담으로 정치인 문희상의 방은 항상 기자들로 들끓었고, 그런 기자들과 만든 모임이 봉숭아 학당이다. 몇 기에 걸쳐 졸업생을 배출했는데 기사깨나 쓴다는 정치부 기자치고 안 거쳐간 이가 없으니 봉숭아 학당 출신들이 오랫동안 한국 언론을 주름잡았던 셈이다. 은퇴하셔도 봉숭아 학당의 명맥은 이어질 게 틀림없으니 현실 정치를 떠나 자유로워진 원로 문희상의 날카로운 비판과 노련한 훈수가 더욱 기대된다고 하겠다.

정재호 국회의원

노무현 대통령 비서실장으로 모시고 일하였습니다. 제게는 정치적 스승인 셈입니다. 숲을 볼 줄 아는 통찰을 보여주시면서도 숲 속 나무를 잊지 않는 섬세함까지 배울 수 있었습니다. 그런 '문희상의 정치'는 과거가 아니라 현재이고 미래일 것입니다.

지상욱 국회의원

의장님을 수행해 인도네시아를 방문했던 때의 기억이 있다. 당시에 보여주신 의장님의 해박한 지식과 사람을 대하는 진정성에 큰 감동을 받았다. 문의장님은 항상 청년과 개혁을 주제로 정치를 하신분으로 안다. 포용과 변화에 대해 남다른 철학을 가지고 늘 협치와 소통을 강조하시던 문의장님의 건강과 안녕을 기원한다.

김원웅 광복회장 · 전) 국회의원

아무도 배척하지 않고, 테이블에 무릎 맞대고 대화 나눌 수 있는 품이 큰 사람. 향후에도 갈등 많은 우리 사회의 '코디네이터'로 역할해주실 기대가 큽니다.

이미경 KOICA이사장

"나는 왕보수이자, 왕진보인 사람" 본인의 표현처럼 문희상 국회의장은 진보이면서 동시에 보수의 가치를 추구할 수 있었고 그런 삶을 살아왔다. 좌우에 치우치지 않았고 진영 갈등을 조정할 줄 알았다. '정치의 본질은 협치'라는 자신의 말에 충실했던 사람이다.

배기선 전) 국회의원

문희상의 政治美學은 기다림이다. 그의 기다림 속에는 치열한 고뇌와 先覺, 굳센 意志와 너무도 인간적인 따뜻함이 함께 있다. 그리고 마침내 그의 기다림은 김대중, 노무현, 문재인으로 이어지는 한국 현대사의 거대하고 화려한 진보의 밑거름이 되었다.

강성종 신한대학교 총장 · 전) 국회의원

만약에 장비가 유비보다 더 덕이 많고, 관우보다 더 담대했으며, 공명보다 더 지혜로웠다면, 그래서 삼국지의 가장 완벽한 인물이 제갈공명이 아닌 장비였다면, 그렇게 삼국지가 다시 씌어진다면, 저에게는 마뜩잖았던 '장비 문희상'이라는 세간의 별명에 흔쾌히 동의합니다.

김홍걸 국회의원

무신불립(無信不立)의 마음으로 민주주의와 의회주의를 위해 헌신하셨고, 김대중 대통령의 정치철학을 누구보다 잘 이해하고 실천한, 여유와 유머를 겸비한 존경하고 사랑하는 정치인.

김민철 국회의원

문희상 의장님을 만나 정치에 입문했습니다. 저에게 의장님은 정치적 스승, 정치적 아버지이십니다. 지금도 생생합니다. 김대중 대통령께서 이루고자 하셨던 수평적 정권 교체 직후, 의장님이 "이제 내 인생은 덤이다"고 하셨지요. 사심을 비우고 오직 정치발전을 위해 최선을 다한 문희상 의장님이셨기에 국회의장까지 하셨다고 봅니다. 의장님은 어려울 때 편히 쉬면서 다시 일어날 수 있는 편안한 고목 같은 분입니다. 따뜻한 조화와 통합의 리더십을 갖춘 분입니다. 의장님은 분명 한국 정치사에 길이 남을 정치적 거인이십니다.

유경현 대한민국헌정회 회장

좋은 정치, 좋은 나라를 위해 평생 몸 바치신 시대의 주도적 지도자이셨다. 여·야의 만남에 진력해서 공존·연대 포용의 구현에 심혈을 기울였다는 평가가 많았다. 이지적 소양과 불굴의 신념, 관후한 인품은 많은 이에게 모범이 되었다고 생각한다.

장경우 대한민국헌정회부회장

여야 협치에 앞장서고 의회민주주의를 위해 노력한 문 의장의 노력이 의회 기록사에 길이 남을 것입니다. 입법부의 수장으로 악화된 한일 관계의 개선과 각국 의회 대표자들과의 교류를 통한 외교 노력과 활동은 국회 외교사에 높이 평가 될 것입니다. 특히 대한민국 국회를 이끌어 왔던 전직의원들의 모임 헌정회에 대한 각별한 관심과 지원은 모든 회원들의 잊혀지지 않는 기억이 될 것입니다.

황학수 대한민국헌정회사무총장

수도권에서 최고지도자가 나오게 된다면 경기도 의정부 출신의 문희상 선배가 될 것이다 하는 생각을 평소부터 갖고 있었습니다. 청년대통령이라 불리어지는 JC 중앙회장을 역임한 이래 정당정치와 국가경영 핵심에서 다양한 경험을 축적하셨습니다. 문무겸전(文武兼全) 해불양수(海不讓水) 덕목을 구비한 참으로 보배스러운 후배들이 믿고 따르는 지도자가 되었습니다. 의장님의 경륜이 평전에만 기록되지 말고 격변하는 한반도 정세에서 통일지도자로 더 크게 쓰임받기를 소망합니다.

이길범 대한민국헌정회이사

영호남! 정치적 구도를 설명하는 상징어 문희상! 108석의 기호지방을 대표하는 정치인! 9차례 개헌이 상징하듯이 우리 헌정사의 외연은 거칠고 역동적이다. 하지만 세계 10위 국력이 상징하듯이 기능적으로 잘 짜여진 내포를 가지고 있다. 세간에 '겉은 장비, 속은 조조'라고 규정되는 외연과 내포의 문희상 의장은 헌정사를 잘 대변하고 있다.

한공식 국회입법차장

본회의장에서 의장님을 모시고 함께한 시간은 저의 30년 국회생활에서 가장 치열했던 순간이었습니다. 폭풍후 찾아온 고요함이 평화스럽게만 느껴지지 않아 아쉬움이 있지만 의회사에 기록될 의장님의 담대하고 결단력 있는 모습은 영원히 잊지 못할 겁니다.

김승기 국회사무차장

문희상 의장님을 생각하면 떠오르는 몇 가지 이미지가 있다. 우선은 포청천의 엄정함과 단호함이지만 선비의 단아함과 어린아이같은 순수함도 함께 연상된다. 무엇보다 품격있는 국회를 만드는데 이바지 하신 품위있는 의회지도자로 오래오래 기억될 것이다.

이종후 국회예산정책처장

제가 국회 의사국장으로 일할 당시 서예에 조예가 깊으셨던 의장 님께서 써주신 글이 《見利思義 見危授命》입니다. 공직자의 자세 에 대한 의장님의 가르침은 그 이후 저의 공직생활에 나침판이 되 어 왔습니다. 앞으로도 그 말씀 명심하며 초심을 잃지 않겠습니다.

김하중 국회입법조사처장

나는 대학생 때 문희상 국회의장님을 처음 뵈었다. '당당하지만 온 화한 풍모'에서 언젠가는 큰 정치인이 되실 것을 예감할 수 있었다. 민주당과 국회에서 두 번이나 모시면서 큰 가르침을 받았다. 문의 장님이 몸소 실천하신 '파사현정' 및 '청렴성'은 모든 정치인의 귀감 이 되었으면 좋겠다.

가와무라 다케오 한일의원연맹간 사장·한일친선협회중앙회 회장·일본 중의원 의원

대한민국 국회의장 대임을 훌륭하게 완수하고 오늘의 기쁜 날을 맞 이한 것을 진심으로 축하드리며 더없는 경의를 표합니다. 그동안 한 일의원연맹 회장으로서 오랫동안 한일양국간 우호친선을 위하여 위

대한 공적을 쌓아올린 것에 대해 저희는 높게 평가하고 있으며 결코 잊혀지지 않을 것임을 믿어 의심치 않습니다. 저도 한일의원연맹 간사장, 한일친선협회중앙회 회장으로서 1998년 김대중 대통령과 오부치 게이조 총리의 파트너십 공동선언의 정신에 의하여, 문희상선생님의 지도 아래, 한일·일한 우호친선에 더욱 최선을 다할 각오가 되어 있습니다. 문희상 선생님의 더욱더 많은 활약과 건승을 기원합니다.

Harry Harris(해리 해리스) 주한 미국 대사

민주주의를 위한 의장님의 헌신과 리더십은 한미 동맹을 공고히 하는 가치의 표상입니다. 또한 대한민국 외교 이익 증진과 정책에 있어 '의회외교' 역할 확대에 노력을 아끼지 않으신 의장님께 찬사를 보내드립니다. 의장님께서 임기 기간에 세우신 모든 업적은 향후 의장님들과 국회 모든 업무의 주요한 기준점이 될 것입니다. 한미 양국 간의 파트너십을 강화하는 의장님의 지속적인 헌신과 노력에 건승을 기원하며, 만사형통 하시기를 바랍니다.

Your leadership and commitment to democracy reflect the values that make the U.S.–ROK Alliance strong. I also applaud your efforts to expand the role of the National Assembly in advancing Korea's diplomatic and foreign policy interests. You have set a standard that will serve as a guide for future Speakers and National Assemblies for years to come. With best wishes in all your future endeavors and for your continued commitment to strengthening the vital partnership between our two countries.

A.Kulik(안드레이 쿨릭) 주한 러시아 대사

국회의장님, 러한 국회간 관계 발전에 노력해주신 의장님의 기여에 깊은 감사의 말씀을 드립니다. 대한민국 국회의장으로서 유라시아 국가 국회의장 회담에 적극적으로 참여하셨으며, 이로 인해 설립된 상호 의회 간의 협력위원회 체계 내에서 러시아 연방회의와의 건설적인 대화를 가능케 하였습니다. 또한 다양한 역내 이슈 및 국제 사안에 대하여 서로 깊은 이해를 나눌 수 있었으며 저희 양국간 우호와 협력 관계를 강화하였습니다. 존경하는 의장님, 앞으로도 건강하시길 바라며 하시는 일에 번영과 성공을 기원합니다.

Let me express my deep appreciation for your contribution in developing and strengthening Russia-Korea inter-parliamentary ties. Your activity at a high post as the Speaker of the National Assembly has facilitated constructive dialogue with the Federal Assembly of the Russian Federation, including within the framework of the Interparliamentary Commission, which was established with your personal participation, and the initiative on conducting the Meeting of Speakers of Eurasian Countries' Parliaments, and also has deepened mutual understanding on broad issues of regional and international agenda, strengthened friendship and cooperation between people of our two countries. I wish you, esteemed Mr. Speaker, good health, prosperity and success in your future activities.

Abdulla Saif Al Nuaimi(알 누아이미) 주한 UAE 대사

국회의장직을 수행하시면서 의장님은 저의 조국 UAE의 고위급 인사들과 친밀한 관계를 유지하셨으며, 이를 통해 양국의 특별한 전략적 파트너십과 국회간 협력을 더욱 공고히 하셨습니다. 의장님께서는 2019년 2월 서울에서 아부다비의 왕자이자 UAE 국군의 최고부사령관이신 H. H. Sheikh Mohamed Bin Zayed Al Nahyan를 만나셨고, 2018년 12월 아부다비에서 E. Amal Al Qubaisi UAE 국회의장님을 만나셨습니다. 의장님의 건강과 행복이 충만하기를 바랍니다.

During his tenure as the Speaker of the National Assembly, his close ties with the leaders of my country, United Arab Emirates, have significantly strengthened the Special Strategic Partnership and parliamentary cooperation between the two countries. He met with H.H. Sheikh Mohamed Bin Zayed Al Nahyan, Crown Prince of Abu Dhabi in Feb. 2019 and with H.E. Amal Al Qubaisi, the Speaker of the UAE's Federal National Council, in Abu Dhabi in Dec. 2018. I wish him continued good health and happiness.

Adel Moham mad Adaileh(아델 아다일레) 주한 요르단 대사

지난 상호 대표단 방문은 대한민국 국회와 요르단 하시미테 왕국 상원 간의 활발한 협력 관계가 구축될 수 있는 귀한 계기가 되었습니다. 그간 의장님께서 양국 관계 발전을 위해 뿌리신 노력의 씨앗들은 적절한 시기에 향후 상호 호혜적 관계 및 전략적 파트너십 구축의 열매를 맺어, 다양한 영역에서 현재와는 비교가 안 되는 높은 수준에서 양국이 협력을 이룰 것으로 믿어 의심치 않습니다. 의장님의 노력과 헌신에 진심으로 감사를 드립니다. 이 기회를 빌려, 의장님의 건강과 앞으로 하시는 모든 일에 건승을 기원합니다.

Indeed, it was such a valuable opportunity for me to observe the active cooperation efforts between the National Assembly of the Republic of Korea and the Senate of the Hashemite Kingdom of Jordan through an exchange of delegation visits. I do firmly believe that these first seeds sowed by Your Excellency would, in time, bear the fruits of a mutually beneficial cooperative relationship and a strategic partnership between our two nations far above what currently exist, in various fields. In this regards, I really appreciate Your Excellency for all your hard work and dedication.

Bkyt Dyussen bayev(바콧 듀쎈 바예프) 주한 카자흐스탄 대사
의장님께서 대한민국 국회의장으로서 임기를 성공적으로 마치신 것을 축하드리는 바입니다. 또한 저는 의장님께서 韓-카자흐스탄 관계 발전에 기여하신 노고에 대해 깊은 감사를 표하고자 합니다. 의장님의 리더십 하에서, 한-카자흐탄 양국은 2019년 9월 24일 Nur-Sultan에서 열린 제 4회 유라시아 국가 국회의장 회의를 성공적으로 개최할 수 있었습니다. 또한 작년 의장님께서는 카자흐스탄을 방문해주심으로써 한-카자흐스탄 양국의 협력 관계에 새로운 동력을 불어넣어 주셨습니다. 한국과 카자흐스탄 양국 국회의원들 간의 우호관계 증진에 대한 의장님의 지속적인 공헌과 지지에 감사드립니다. 의장님께서 앞으로도 좋은 일들만 가득하시길 바라오며, 더 깊은 협력을 이어가시기를 바라겠습니다.

I would like to congratulate you on successfully completing your tenure as the Speaker of the National Assembly of the Republic of Korea. I express my sincere gratitude for all the efforts that you have put in developing bilateral relationship between the Republic of Kazakhstan and the Republic of Korea. Under your leadership, two countries jointly successfully held the 4thMeetingofSpeakersofEurasianCountries'Parliamentsin-Nur-Sultan.YourvisittoKazakhstaninlastyeardefinitelygaveadditionaldynamicstobilateralcooperationbetweenourtwocountries. I surely appreciate your continued support and contributions to strength the friendly relations between parliamentarians of Kazakhstan and Korea. I would like to wish you all the best and looking forward to cooperating with you further.

Bruno Figueroa(브루노 피게로아) 주한 멕시코 대사
멕시코와 대한민국은 오랜 시간 동안 전략적 파트너십을 구축해 왔으며, 그 파트너십은 해가 갈수록 더욱 강해지고 있습니다. 의장님

의 국회에서의 비전과 리더십은 양국간 돈독해진 관계에 크게 일조
하였습니다. 2019년 11월, 의장님께서 제 5차 MIKTA 회의 참석차
멕시코시티에 방문하신 것이야 말로 양국 의회 외교 발전에 핵심적
이었습니다. 저는 또한 2019년 10.19 주한일본대사관 주최 행사에
서 의장님을 뵌 날도 좋은 추억으로 간직하고 있습니다. 앞으로 의
장님이 하시는 모든 일에 건승을 기원합니다.

Mexico and Korea have forged a strategic partnership which
over time has become stronger. Your vision and leadership in
the National Assembly contributed greatly to this strengthened
relationship. Your visit to Mexico City to the 5th MIKTA Speaker
Consultation in November 2019 proved key in promoting bilateral
parliamentary diplomacy to its best. I also keep wonderful mem-
ories of the meeting you hosted with members of the Diplomatic
Corps in Oct. 19, 2019. I wish you much health and more suc-
cesses in your future endeavors.

Chaim Chosen(하임 호센) 주한 이스라엘 대사

대한민국 국회의 국회의장으로서 임기를 마무리하시는 이 시점을
빌어 그간 이스라엘과 대한민국 양국 관계 발전에 기여하신 의장님
의 노고에 진심으로 감사의 말씀을 드립니다. 언제나 친절하시고 항
상 저를 환대해주셨던 의장님의 대한 기억을 영원히 간직할 것입니
다. 특히 저희 측의 이스라엘 순방 요청에 신속하고 긍정적으로 응
해주셔서 더할 나위 없었으며, 2018년 12월 순방 시 제가 직접 모실

수 있어서 영광이었습니다. 당시 의장님의 방문은 이제까지 대한민국에서 이스라엘로 방문하신 공직자 중 국가 서열 순위가 가장 높아 그 의미가 뜻깊었습니다.

On the occasion of the completion of your tenure, I would like to convey my deepest appreciation for your great contribution to the relations between our two countries. I will remember forever that your door was always open to me and your prompt positive response when I invited Your Excellency to visit the holy land. I had the great honor to accompany your Excellency in this very important visit in December 2018, the most high ranking one ever been from Korea to Israel.

Csoma Mózes(초머 모세) 주한 헝가리 대사

지난 2019년 10월, 한남동 의장공관에서 주최하신 '의회외교포럼의 밤' 행사에서 의장님과 환담을 나눴던 기억이 아직도 눈에 선합니다. 특별히 저에게는 주한 헝가리대사로서, 그리고 한국학 학자로서 한-헝가리 양국의 협력에 대해 다시 한 번 돌아보는 뜻깊은 시간이었습니다. 저의 작은 아들의 아침 등교길에 초등학교 교문을 지나는 의장님의 차량을 볼 때마다 반가웠는데 더이상 볼 수 없게 되어 아쉬운 마음이 듭니다. 의장님 앞날에 건승과 행복을 기원합니다.

Faisal A. El-Fayez(파이잘. 엘파예즈) 요르단상원의장

먼저, 대한민국 국회의장으로서, 그리고 6선 국회의원으로서 임기를 성공적으로 마무리하시게 된 것을 진심으로 축하드립니다. 이번 기회를 빌어 지난 저희 상원 대표단의 대한민국 국회 방문시 의장님께서 친히 베푸신 환대와 따뜻한 배려에 깊은 감사의 말씀을 전합니다. 더불어, 같은 해 12월 의장님과 대한민국 국회 대표단을 모실 수 있어서 무한한 영광으로 생각합니다. 양국은 이러한 방문을 통해 상호 호혜적 파트너십을 확대해 나가며 서로 교류와 협력이 필요한 부분을 같이 모색할 수 있는 관계로 한 단계 더 발전했다고 믿습니다. 대한민국 국회와 의장님의 앞날에 항상 좋은 일이 있기만을 바랍니다.

First of all, with much pleasure, I would like to extend my sincere congratulations on Your Excellency's well deserved and success-ful completion of the tenure as the Speaker with six consecutive terms I would also like to take this opportunity to express to Your Excellency my sincere gratitude for extending your warm welcome and kind hospitality towards the Jordanian Senate Delegation during our official visit to Seoul in August, 2018. On the same note, it was also a great pleasure to welcome Your Excellency and the Korean National Assembly to Jordan during the official visit in December the same year. Through our exchange of visits, I do believe we have stepped up in our efforts to explore the potential areas of exchange and international cooperation, while expanding a mutually beneficial partnership for the interests of our loving nations, respectively. With all my respect, Your Excellency, I wish you personally and the National Assembly of the Republic of Korea the very best of success in the years to come.

Inara Murniece(이나라 무르니에쩨) 라트비아 국회의장

라트비와와 대한민국 간의 의회 교류에 헌신적으로 기여하신 의장님의 노고에 진심으로 감사의 말씀을 전합니다. 지난해 의장님의 발트 3국 공식 순방 일정의 일환으로 저희 수도인 리가에 방문해주셔서 무한한 영광으로 생각하고 있습니다. 특히, 의장님 방문시 체결된 '한-라트비아 의회 간 협력의정서'는 양국 의회 관계를 더욱 긴밀하게 만들 것입니다. 더불어 올해 초 대한민국 국회를 방문한 저희 측 대표단을 의장님께서 따뜻하게 맞이해 주셔서 대단히 감사하게 생각하고 있습니다. '코로나 사태'로 인해 라트비아 국민들 삶에 극적인 변화가 일어나고 있는 이 시점에, 대한민국의 사례가 사상 초유의 사태에 대응하고 있는 저희에게 큰 귀감이 되고 있습니다. 존경하는 의장님의 건강과 앞으로 하시는 모든 일들 성취하시기를 바랍니다.

Using this opportunity, I would like to thank you for the strong commitment in developing parliamentary dialogue between Latvia and South Korea. I was particularly honoured to welcome you in Riga during your official visit to Latvia and the Baltic countries. The Agreement of Co-operation signed in Riga may serve as a strong building block for encouraging closer ties between our parliaments. I also hold warm memories of your kind welcome extended to my delegation in Seoul early this year. Now when lives of our people are drastically changed by the coronavirus pandemic, we find the experience of your country as very encouraging tackling the unprecedented challenges. Honourable Speaker, I wish you strong health and all the personal and professional success in the years to come.

Ján Kuderjavý(얀 쿠데르야비) 주한 슬로바키아 대사

그간 대한민국과 슬로바키아공화국 양국 관계 발전에 기여하신 문희상 의장님의 노고에 진심으로 감사드립니다. 특히 지난해 9월 18일 문희상 의장님의 슬로바키아 방문과 우리 측 의회 의장님과의 면담을 주최할 수 있어서 무한한 영광으로 생각합니다. 해당 면담에서 의장님은 대한민국과 슬로바키아가 지리상 거리는 멀어도 양국이 경제적으로 긴밀히 협력하고 있으며, 상호 의회 간의 교류가 활발하게 이루어지고 있다고 재차 확인하신 바 있습니다. 오랜 정치 인생을 끝으로 의장 임기를 마무리 하시는 문희상 의장님의 무궁한 성공을 기원합니다.

As a token of appreciation, I want to thank Mr. Moon for his hard work and contribution to the development of relations between the Slovak Republic and the Republic of Korea. It was a great honour to host Mr. Moon when he visited Slovakia on 18 September 2019 and met with the Speaker of the National Council of the Slovak Republic to reaffirm our close economic cooperation and active relations between our respective national assemblies, which thrive despite the geographical distance. I wish Mr. Moon continued success after the end of his tenure in office and in his retirement from politics.

Mihai Ciompec(미하이 씨옴페크) 주한 루마니아 대사

10월 10일~13일, 문희상 대한민국 국회의장께서 루마니아를 공식 방문하셨습니다. 대한민국 국회의장의 신분으로는 유럽연합 회원국의 첫 방문이었던 문 의장님의 방문은 루마니아 공화국 100주년 및 대한민국-루마니아 전략적 동반관계 설정 10주년에 이루어졌다는 점에서 특별한 의미를 지닙니다.

On October 10-13, H.E. Moon Hee-sang paid an official visit to Romania. This first official visit to an EU member state in his capacity as the Speaker of the National Assembly bore a special significance as it took place in the context of the Centenary of Modern Romania and of the celebration of a decade since the Strategic Partnership between Romania and the Republic of Korea was established.

Otar Berdzen ishvili(오타르 베르제니쉬빌리) 주한 조지아 대사

특히 의장님께서 조지아를 공식 방문하실 때 보여주신 정치적 경륜을 기억합니다. 의심의 여지 없이 의장님께서는 저희에게 한국의 문화와 자부심, 서로 함께 공유한 역사를 보여주셨고, 외교적 수완으로 국위선양하시며 새로운 파트너십을 정립하시고 성공적으로 관리해주셨습니다. 저희는 그간 쌓아온 우정과 마음으로 서로의 국가가 상호 호혜적인 관계를 유지하며 더 높은 목표를 달성할 수 있을 것이라고 믿습니다. 또한 의장님 사모님께 감사드리며, 뵙게 되서 영광이었고 존경한다는 말씀 전해드리고 싶습니다.

Especially, I would like to recall his statesmanship while conducting official visit to Georgia. With no doubt, he brought to us Korean Culture, Pride and shared History, diplomatically defended country's interest and looked forward to establish new partnership, which he had successfully managed. We are positively assured that with established friendship and spirit our nations will benefit more and countries relations will reach other higher summits. Also, it was honor and respect to us to host his Excellency's spouse, which we appreciated a lot.

Peteris Vaivars(페테리스 바이바르스) 주한 라트비아 대사

2015년, 한국 내 라트비아 대표부 설립에 따라 양국은 우호와 협력 증진에 많은 과정을 거쳐왔습니다. 특히 2019년 5월 의장님의 라트비아 공식 방문은 대한민국 국회의장으로서 8년만에 이루어졌으며 이는 가히 기념비적인 이정표였습니다. 의장님의 지난 여러 훌륭한 정치 업적 중 특히 양국이 더욱 긴밀한 관계를 맺을 수 있게 핵심점 역할을 수행하신 데에 자부심을 가지시기 바랍니다. 의장님 인생의 다음 막에도 성공을 기원합니다.

Following the establishment of the full-fledged Latvian mission in Korea in 2015, our bilateral relations have seen significant milestones in the journey of friendship and cooperation. It was particularly highlighted by your official visit to Latvia in May 2019, which was much heralded as the first travel in eight years by a sitting Korean parliamentary speaker. I hope you reflect with pride on your political career and on the role you have played in bringing our nations closer than ever before. I wish you all the best as you begin the next chapter of your life.

Ramzi Teymurov(람지 테이무로프) 주한 아제르 바이잔 대사

2018년 8월, 문희상 의장님을 영접하고 아제르바이잔과 대한민국의 중요한 협력 의제에 대해 매우 생산적인 논의를 할 기회가 있어서 매우 기뻤고 영광이었습니다. 양국 국회 간 관계에 대한 명확한 비전과 로드맵을 제시해주시고, 차년도에 직접 아제르바이잔을 몸소 방문하시어 그러한 비전을 현실로 이뤄주신 문희상 의장님의 리더십에 매우 놀랐습니다. 저는 특히 문희상 의장님께서 저희 Ilham Aliyev 대통령님과의 대담에서 대한민국이 Turkic Council에 참관국 자격으로 참석하는 것을 제안하신 것에 감탄했습니다. Turkic Council은 앞으로 유라시아의 정치적 환경에 중요한 전략적 역할을 수행할 것이기 때문에, 다시 한 번 의장님의 진정한 리더십과 정치적 경륜이 빛나는 제안이었습니다. 문희상 의장님께서 은퇴 후에도 건승하시기를 기원하겠으며, 대한민국뿐 아니라 해외에서도 정치적 리더로서 기억되시리라 믿어 의심치 않습니다.

It was my great honour and pleasure to give a courtesy call to His Excellency Moon Hee-sang in his office in August 2018. I was excited with the leadership of H.E. Moon Hee-sang who put clear vision and roadmap for further development of inter-parliamentary relations between our countries which turned into reality following year with his official visit to Azerbaijan. I especially admired when H.E. Moon Hee-sang suggested the possibility for Korea to join Turkic Council as an observer state during his meeting with the President, H.E. Ilham Aliyev. It demonstrated the true leadership and statesmanship of H.E. Moon Hee-sang since Turkic Council and its member states will play a more important strategic role in the political map of Eurasia. I am sure he will be remembered as a leading political figure in Korea and abroad.

Umar Hadi(우마르 하디) 주한 인도네시아 대사
문희상 의장님의 혜안이 저에게 깊은 인상을 남긴 두 번의 만남을 기억합니다. 첫번째 만남은 2018년 9월 발리에서 개최된 제4회 MIKTA Speaker's Consultation에 참석하실 때 저와 중진국의 중요한 역할에 대한 대담을 나누신 날입니다. 두 번째 만남은 감사하게도 의장님께서 아세안 대사들을 공관으로 초대해주신 날입니다. 저에게 문희상 의장님은 완벽한 리더이자 정치가이십니다. 의장님의 비전은 많은 이들이 공감할 수 있고 가슴에 와 닿습니다. 의장님은

어려운 사안을 피하지 않으십니다. 더 중요한 것은, 의장님은 친절하고 관대한 분이라는 것입니다. 저는 앞으로도 의장님께서 인류를 위해 많은 일을 해나가실 것이라고 믿습니다. 또한 의장님께서는 언제나 인도네시아의 좋은 친구로 남으실 것입니다.

I recall at least two encounters with Speaker Moon Hee Sang, when his insights made a deep impression on me. First, our discussion about the important roles of middle power countries, as he was going to attend the 4thMIKTASpeaker'sConsultationin-Bali,September2018. Second, when the Speaker graciously invited ASEAN Ambassadors to his residency. To me, Speaker Moon is an ideal leader and statesman. His vision is approachable and relatable to many. He does not shy away from addressing difficult issues. More importantly, he is a kind and generous man. I am confident that he will continue to render his great service to humanity. And he will continue to be a great friend to Indonesia.

김원호 전) 한국디지 털미디어 산업협회회장 · 의회외교활동자문위원회위원
친구 문희상은 학창시절에도 공부든 리더십이든 누구보다 뛰어났습니다. 그렇지만 항상 친구들과 정답게 어깨동무를 하며 발걸음을 맞추려했습니다. 국회에서도 팍스코리아나를 선창할때부터 입법부 수장으로 세계무대를 향한 의회외교를 펼칠 때까지 옆에서 지켜보았습니다. 대한민국을 세계중심국가로 도약시키겠다는 꿈을 국민 모두 '다함께' 실현시키려는 한결같은 모습을...

신상훈 전) 신한은행 은행장 · 의회외교활동자문 위원회 위원

명문가 혈통과 전통있는 집안의 내력을 가진 현대정치사의 덕장으로 여·야 정치인들에게 존경받는 인품이며 처음 뵈었을 땐 치켜진 눈썹 등 인상은 마치 장비같은 관상인데 대화를 하실 땐 가라앉은 톤으로 상대에게 편안함을 주는 모습은 의외였고 묘한 카리스마가 있었다. 의원 외교 자문단 식사자리에서 하시는 말씀의 폭이 동서양의 역사를 넘나들고 지혜가 넘쳐 국가나 소속당에서 위기시에 찾아 중용하는 이유를 알게 되었다. 앞으로도 나라와 국민들에게 정신적 지도자로 국가발전에 도움이 되어주시길 바라는 마음이다.

장철균 전) 스위스대사 · 의회외교 활동자문위원회 위원

국회의장으로서 여야의 정치파행에도 불구하고 국민의 지탄을 받아온 의원들의 무분별한 해외여행을 투명한 제도적 검증을 통해 '의회외교'를 정상화시키고 효율성을 제고한 부분을 높이 평가합니다.

최성주 전) 폴란드대사·의회외교 활동자문위원회 위원

문 의장님께서 작년 초 의회외교 활동강화를 위해 자문위원회를 구성한 것은 한국 국회 역사에서 중요한 이정표를 세우신 겁니다. 그간 정치 일선에서 애 많이 쓰셨습니다. 가까운 장래에 건강한 모습으로 뵐 수 있길 고대합니다. 항상 건승하세요.

이병길 전) 국회사무 차장 · 의회외교활동자문위원회 위원

서예하시는 국회의장, 본인이 직접 쓰신 '만절필동(萬切必東)' 작품

을 펠로시 미 하원의장에게 전해주는 일간지 사진에서 정치인의 격조, 정치지도자의 신념 그리고 자연인 문희상의 여백을 읽었다. *만절필동: 중국의 황하강이 만 번을 꺾여 동쪽을 향하듯이 정치는 만 번을 꺾이는 우여곡절이 있더라도 국리민복을 향한다.

박홍규 고려대 정외과 교수 · 의회외교활동자문 위원회 위원
문의장님이 강제동원피해자 문제 해결의 돌파구를 찾기 위해 2019년 11월 5일 와세다대학 특별강연을 단행하셨을 때, 그 자리에 함께한 나는 보편적 정의와 국가이익의 실현을 위해 헌신하는 정치적 리더의 참모습을 보았다.

김기형 전) 의정부시장
外戶而不閉 是謂大同(외호이불폐 시위대동) 사람마다 대문을 잠그지 않고 편안하게 살 수 있으니 대동의 세상이라 요즘말로 민주주의란 뜻. 의정부에서 평생을 담장이 없는 집의 현관문을 24시간 열어놓고 몸으로 민주주의를 실천한 정치거목 문희상의 이름은 대한민국의 민주주의와 함께 영원하리라.

김종구 전) 한겨레신 문편집인 · 전) 한국신문방송 편집인협회장
험난하고 혼탁한 정치의 세계에서도 가슴 속에 항상 마르지 않는 맑은 샘물을 간직한 사람. 지위와 권세가 올라가도 '올바른 한국 정치'의 화두를 끝까지 놓지 않은 사람. '조조'라고 불릴 만큼 뛰어난 능력의 소유자지만 늘 정치적 책략이 아니라 정치적 지혜를 추구한

사람. 그가 있어 기자 생활이 즐겁고 행복했다.

김진국 중앙일보 대기자 칼럼니스트 · 관훈클럽신영연구기금이사장
그는 치우치지 않았다. 1990년대 '봉숭아학당' 인기는 그 덕분이다. 외모는 장비, 머리는 조조, 가슴은 유비다. 김대중·노무현·문재인 정부 일등공신으로, 개혁하되 포용과 상생의 길을 찾은 의회주의자다.

김진오 CBS 논설위원 · 전) 보도국장
별 볼 일 없는 저희에게 '정치란 무엇이고 정치란 어떻게 움직이는가'를 가르치신 봉숭아학당 교장선생님께서 국회의장을 마치신다고하니 마치 선생님을 보내는 것 같아 맴이 거시기 합니다요~. 그래도변혁의 시기에 문희상이라는 기자 정치학교 봉숭아학당 교장선생님이 계셨노라고 널리 알리겠으니 걱정 붙들어 매시라요.

김진홍 전) 국민일보 편집인· 논설실장
국민을 위해 일신우일신(日新又日新)하는 정치인, 과거와 현재에 안주하지 않고 미래를 고민하며 누구보다 먼저 행동으로 미래를 살아가려 한 정치인, 정치의 영역에서 자신을 지속적으로 확장하고 맡은 역할에 정성을 다한 정치인 문희상.

양승현 가천대 사회과학대학장· 전) 서울신문정치부장
정치부 기자들의 물음을 꿰뚫던 정치적 식견과 통찰은 날카로웠다.

시대적 사유의 깊이를 지닌 드문 정치인이었다. 권력의 주변과 중심을 두루 살폈다. 대권 가도에 비켜서 있던 이유를 도통 모르겠다. 天心도 실수를 하는가!

이승열 아리랑국제방송사장 · 전) SBS앵커

늘 안개 같던 정치 세계에서 중심을 벗어나지 않도록 이끌어주신 분, 전혀 권위가 느껴지지 않으면서 따듯한 형님처럼 다가갈 수 있도록 해주신 분, 그리고 되돌아 볼수록 인품이 크게만 느껴지는 것은 나쁜일까?

장화경 국회방송 자문위원장 · 전) 경향신문 정치부장

정치부기자 초년병 시절, 문희상 당시 민주당대표 비서실장은 '봉숭아학당'으로 불리던 기자 정치교실의 좌장이었다. '차가운 머리와 따뜻한 가슴'의 정치인으로 기억한다. 최초의 평화적 정권교체, 세 명의 진보 대통령을 탄생시킨 배후에는 지략가 문희상이 있었다. 그의 역할 덕분에 우리 사회는 이나마 전진할 수 있었다.

조한규 전) 세계일보 사장 정치부장

정치인 문희상의 철학은 '수처작주(隨處作主)'. 어디를 가나 주인이 되라는 뜻이다. 그는 맡은 자리에서 시대정신에 맞게 최선을 다한다. 온 몸에 피멍이 들면서도 '패스트 트랙 4법'을 관철시켰다. '시중(時中)의 달인'이라고 생각한다.

홍준호 조선일보 대표이사 부사장 · 한국신문협회장

매사 소의 걸음처럼 느긋하나 눈은 불타는 범의 그것을 **빼닮았다**. 우행호시(牛行虎視)! 마주한 기자들이 놀라곤 하던 정치 흐름을 읽는 안목과 미래를 내다보는 통찰력은 그 범의 눈에서부터 먼저 쏟아지곤 했다. 하루하루 글머리 찾기에 바쁘던 시절 큰 정치인 문희상을 만난 건 기자로서 행운이었다.

남진 가수

의장공관이라는 더없이 딱딱한 공간에서 격없는 대화와 노래 한자락을 함께 불러주던 의장님의 소탈한 모습이 기억에 남습니다. 아이같은 웃음 속에 유난히 눈물이 많던 정치인 문희상. 사랑합니다.

안숙선 국악인

언젠가 국회 사랑재에서 흥보, 놀부 화초장 대목을 보시고 몹시 호탕히 웃으시며 "역시 우리것은 좋은것이여"라며 많은 관객들과 함께 즐거워하시던 모습이 기억이 납니다. 항상 우리 국악을 사랑해주셔서 정말 감사합니다. 늘 건강하시길 바랍니다.

김성환 탤런트 겸 가수

문희상 의장님을 알고 지낸 지 언 30여 년이 되어갑니다. 연예인보다 더 재미있는 위트와 솔직담백한 입담을 가졌으면서도 방송울렁증이 있다며 수많은 예능프로 섭외를 거절하셨던 의장님. 의장님의 예술에 대한 사랑과 지원을 언제까지나 기억하겠습니다.

엄용수 코미디언

국회의사당 환경미화원을 청소용역에서 정규직으로 전환시켜주신 천사 같은 장비, 선물도 주시고 식사와 위로공연까지 베풀어 주셨습니다. 마음이 짠했습니다. 어머니 같은 장비, 감사합니다.

김덕수 국악인

겨레의 얼과 혼이 배인 훈민정음 해례본을 국회의장실에서 만났을 때, 여민동락의 정신으로 우리 겨레의 소리가 국회에서 울려 퍼졌을 때, 국악인으로서 대한민국 국회가 자랑스러웠습니다. 언제나 우리의 것을 든든히 지켜주시던 문희상 국회의장님. 사랑합니다.

박동선 회장

문희상 의장님은 일찍이 의회외교의 필요성을 인식하고 여러 국가들을 직접 방문한 것은 물론 의회외교포럼을 출범시켜 나라의 위상을 높이는 데 큰 역할을 하셨습니다. 최근 어려워진 한일관계의 개선을 위해 발의하신 법안 역시 의장님의 큰 업적입니다. 지난 반세기 동안 민간외교를 해온 저로서는 문희상 의장님이 한국 의회외교의 선구자로서 역사에 길이 남으실 것을 확신합니다.

조병윤 전) 헌법학회 회장 · 서울법대 동기

문희상은 대한민국의 세계적 선도국가로의 발전과 우리 민족의 무궁한 번영을 위하여 일생을 바친 사람이다. 그는 국민을 사랑하고 화합과 평화가 이루어지기를 소망했다. 따라서 평화와 화합과 협치가 국민을 존중하고 사랑하며 국가 발전과 민족번영을 이루어 낼 수 있는 길임을 청년시절부터 국회의장에 이르기까지 주장하고 투쟁하며 실천하였다. 그는 우리나라의 진정한 민주주의 실현과 국리민복과 평화적인 통일을 위해 모든 정열과 힘을 바친 진장한 애국자이고 이를 위한 불굴의 정의의 투사이다.

김종철 경복고등학교 38회 동문회장

장비처럼 짙은 눈썹 카리스마 넘친 리더십으로 대한민국 최고의 의회민주주의 입법 수장으로 자리 매김하시더니 이제 그 소임을 다하시고 야인으로 돌아오시는 문희상 의장이 자랑스럽습니다. 남은 생 금란지교의 정을 나누는 동문으로 동행코자 합니다.

김의신 경복고등학교 38회 동문

우리 친구 문희상은 솔직하고 꾸밈없고 너그럽고 정이 가득한 아주 컬러풀한 친구다. 시인처럼 섬세하고 그렇지만 많은 사람 앞에서 긴장하는 일도 없고 더욱이 성공적인 인간관계는 여간 어려운 게 아닌데 평생을 이끌어 온 친구다. 또한 온 집안이 웃음이 가득한 가정을 가진 부러운 친구다. 이제 역사의 흐름을 주도하다 해가 저물어 관직을 떠나니 모처럼 한가한 마음으로 여가를 즐기면서 잔잔한 의정부 시냇물 소리에 심신을 추리면서 보내시길 베풀어준 우정에 감사. 감사.

윤재열 경복고등학교 38회 동문

초등시절 6·25, 1·4후퇴, 엄동설한 피난길, 고교시절 4·19, 경무대, 효자동, 광화문 체류탄길, 대학시절 6·3동지, "자유·정의가 강물처럼" 외치던 길, 재적·275,동의·259 입법수장, 천인단애, 백척간두, 고뇌의 길, 건너 인도하신 천주님께 감사드립니다.

정탁 경복중·고 등학교 38회 동문

친구들 중 문희상은 언제나 우리들의 두령이었다. 슬그머니, 자연스럽게, 은근슬쩍, 당연한 듯 그냥 두령이었다. 왜 그랬는지 몰랐고 지금도 모르겠다. 그저 그렇게 정해져있는 것처럼 그랬다. 물론 안다. 뛰어난 통찰력, 광폭의 포용력, 결정적 행동력, 그리고 폭풍 같은 감성. 어쩌겠는가, 우리가 수하로 들어가야지.

우린들 왜 불평이 없었겠냐만 그의 집에서 자주 맛보는 하얀 밥과 환상적인 불고기 맛, 희상 동생들의 귀여운 재롱에 우리는 그저 몽롱해질 수밖에. 그런 희상에게도 큰 약점이 있었으니, 안 한 것인지 못 한 것인지 그럴싸한 연애 스토리가 없었다. 그럼에도 당시로선 금기로 여겼던 이성에 대해 우리를 눈 뜨게 하고 술, 담배, 유행가, 여행을 주도하면서 낭만적 일탈의 재미를 일깨워 주기도 했다. 생각하면 그는 우리의 아름다운 청춘이었고 빛나는 인생이었다. 우리 또한 그에게 그러했으리라 믿는다.

김민식 경복고등학교 41회 동문회장

큰 政治를 布施하다. 정치 입문 후 국가 권력의 정점에 오르기까지 소위 계파주의를 타파하고자 노력하셨던 文 의장님은 갈등과 대립보다는 언제나 포용과 안정을 택하셨습니다. 그렇듯 국가에 큰 政治로 布施하신 의장님을 추억합니다.

이윤정 조선대학교교수

문희상 의장님은 김대중-노무현-문재인 시대에서 중추적인 역할을 한 유일한 정치인으로 각 시대에서 가장 힘든 곳에서 열정적인 역할을 하셨습니다. 저는 문희상 의장님이야말로 김대중-노무현-문재인 시대를 잇는 다리이자 민주화 시대를 응축하는 이정표로서 여전히 현역에서 미래를 위해 뛰고 계십니다.

조광한 남양주 시장

1992년, 이기택 대표 비서실장 시절입니다. 험상궂은 얼굴의 초선 국회의원이 사무실 앞을 지나다니는 걸 보며 '우와 엄청 무섭게 생겼네, 잘못 걸리면 죽음이겠네'라는 생각을 했습니다. 나중에 모셔보니 마음이 비단결이셨어요.

윤태영 전) 청와대 대변인

그는 잎이 우거진 큰나무다. 많은 사람들이 그 그늘에 모인다. 때로는 정치적 상대방도 잠시 쉬고 간다. 그는 유유히 흐르는 냇물이다. 끝없이 낮은 곳을 추구하며 따뜻하게 때로는 시원하게 세상만물을 포용한다. 그런 그의 모습에서 나는 이 시대의 '큰바위 얼굴'을 만난다.

소문상 전) 참여정부 정무기획비서관

나는 문희상 정치의 키워드는 사람, 휴머니즘이라고 생각한다. 40여 년의 열정과 헌신, 깊고 예리한 통찰, 드라마를 보다가 훔치는 눈물 속에는 모두 사람이 들어있다. 그의 새로운 삶에 사랑과 행복이 가득하길 소망한다..

이기우 문희상 국회의장 비서실장

토론을 즐기시고, 해박한 지식과 혜안으로 소통의 무게감이 남다르신 멋진 의장님! 후배들에게 참~정치가 무엇인지를 알려주신 큰 스승이십니다. 마지막 비서실장으로 모신건 크나큰 영광입니다.

박수현 전) 문희상 국회의장 비서실장

문희상 국회의장은 산과 바다이다. 온갖 들짐승과 날짐승의 집이 되어주는 산, 세상의 모든 물길을 차별 없이 품어주는 바다 같은 너른 품을 지닌 분이다. 나는 감히 "스승님이 되어 주십시오"라고 청한다. 스승님은 산과 바다처럼 부족한 제자에게 너른 가르침을 주실 것이다.

조중희 문희상 국회의장 정무수석

팍스코리아나21연구원에서 의장님의 처음 뵈었습니다. 그때 문명의 서진을 말씀하시며 동아시아 중심, 한반도 중심의 세계질서를 준비하자고 하셨을 때, 30대의 어린 청년의 가슴은 두근거렸습니다. 그렇게 의장님 곁에서 20여년의 시간이 꿈처럼 화살처럼 지나갔습니다. TV속 구호기금 광고에 눈물을 흘리시며 힘들어하시는 대한민국 국회의장의 모습을 보면서, 정치란 춥고, 배고프고, 서러운 사람들을 위해 존재하는 것이라는 말씀을 끝까지 실천하신 의장님의 뜻을 결코 잊지 않겠습니다.

이계성 전) 문희상 국회의장정무수석

정치인 문희상을 한마디로 표현한다면 균형이다. 4반세기 전 취재 기자로 처음 접했을 때부터, 최근 2년 가까이 문희상 국회의장을 지근거리에서 보좌할 때까지 한 번도 균형을 벗어난 모습을 보지 못했다. 진영 대립이 날로 극심해지고 있는 지금 우리사회에 가장 필요한 덕목이다.

최광필 문희상 국회의장 정책수석

문희상 의장님은 큰 정치인이십니다. 무신불립(無信不立), 선공후사(先公後私), 화이부동(和而不同), 역지사지(易地思之), 외교입국(外交立國)을 말씀하시면서 실천에 옮기셨습니다. 고비마다 결단을 내리며 이끌어가는 정치 지도자의 본 모습을 보여주셨습니다. '함께 더불어' 하는 동행정치의 모범이셨습니다. 초심을 잃지 않고 편견에 사로잡히지 않기 위해 최선을 다하셨습니다. 문희상 의장님은 진정 큰 정치인이십니다.

윤창환 전) 문희상 국회의장정책수석

바람에도 꺾이지 않는 자유〈莊子〉가 연상되는 가슴이 따뜻한, 샤를 보들레르 문희상... 플라톤의 이성, 하이데거의 존재, 공자의 인본주의를 향하여 치열한 삶을 전개한 지도자 문희상...

한민수 국회대변인

정치인 문희상은 저에게 등대와 같았습니다. 현역기자시절 의장님께서 주신 명철한 분석과 통찰력은 정치를 이해하고 접근하는데 크나큰 도움이 됐습니다. 정국 현안은 물론 사회 전반에 대한 식견을 들었던 봉숭아학당 시간은 정말 행복했습니다. 이제는 보통명사화된 '시대정신'이라는 화두도 의장님께 처음 들었지요. 직접 모시고 배울 수 있어서 영광이었습니다. 사랑합니다. 항상 건강하십시요.

김형길 문희상 국회의장 외교특임대사

짧은 기간이었습니다만, 큰 가르침 깊은 울림을 주셨습니다. 세상을 크게 바라보시는 통찰력과 지도력, 주변 사람들을 감화시키는 복된 마음, 늘 낮은 곳을 챙겨보시는 따스함... 우리 정치의 거목으로 오래도록 건재하시길 바랍니다. 그 큰나무 그늘이 오래도록 그리울 듯 합니다.

한충희 전) 문희상 국회의장 외교특임대사

문희상 의장님은 신언서판(身言書判)을 모두 갖춘 대한민국의 대표 지성이다. 자녀를 키울 때 가장 이상적인 모델일 것이다. 나라와 민족을 사랑하고 겸손히 상대를 이해하고 존중하며 헌법적 가치와 자유와 정의에 투철하고 불의와 타협하지 않으며 거기에 인문적 문화적 기품과 향기가 있으시다.

정준희 문희상 국회의장 통일특별보좌관

의장님은 사막의 자그마한 숲의 거목같다. 척박한 정치환경에서 많은 이들의 목마름을 적셔주셨다. 시공이 달랐더라면 아메리카삼나무가 되셨을텐데. 아니 장자의 「쓸모없는 나무」가 되셨더라면 더 좋았을텐데. 아쉽다.

정동규 문희상 국회의장정책기획비서관

14대 국회 때 이기택 민주당 총재 비서실장으로 가시면서 "동교동에서 북아현동으로 시집간다."하신 그때 의장님을 처음 알았습니다. 25년이 지나 의장님 비서관으로 모시게 돼 영광이었습니다. 언제부턴가 정치 양극화, 증오의 정치가 강화되고 있습니다. 정치는 결국 말로 하는 것인데, 상대를 존중하는 정치, 낭만과 배려가 들어 있는 말과 글을 구사하시는 의장님의 정치철학이 우리 정치에 깊이 스며들기를 소망합니다. 그런 의장님이 많이 그리울 것 같습니다.

이준 문희상 국회의장정책조정비서관

문희상 의장님을 비서관으로서 가까이에서 모신 것은 참으로 영광된 시간이었습니다. 정책수석실에서 정부정책·여론 분석, 입법 등을 하였지만, 특히 대한민국 임시의정원 100주년 기념사업 준비와 의장님의 정치철학 정리('M Philosophy Dictionary')에 쏟았던 열정의 動因은, 의장님의 가시적 발자취와 직결된 일이라는 비장한 책임감이었습니다. 철학·정치학·법학·역사 등에 정통한 인문학적 토대 위에 의회민주주의에 대한 신념 및 풍부한 경륜으로부터 샘솟는 의장님의 대관세찰(大觀細察)의 혜안과 지혜는 두고두고 한국 정치의 등댓불이 될 것이라 믿습니다.

김동욱 전) 문희상 국회의장정무조정비서관

문희상 의장님은 확고한 민주주의의 신념 속에서 무신불립과 화이부동의 정치철학을 끝까지 견지하고자 노력하셨습니다. 또한 늘 대화와 협상을 우선하셨지만 불의와는 추호도 타협하지 않으시는 정치의 원칙을 지켜오셨습니다. 제21대 국회가 문희상 의장님의 숭고한 뜻을 이어가서 훌륭한 국회로 거듭나기를 기원해 봅니다. 한 시대를 풍미했던 정치 거인 문희상 의장님을 모실 수 있어서 영광이었습니다.

조규범 전) 문희상 국회의장 정무혁신비서관

'협치국회', '실력국회', '미래국회'라는 3대 목표 구현을 위해 구성된 국회의장 직속 '국회혁신자문위원회'에 총괄간사로 참여한 것은 일생의 영광이었습니다. 국회혁신자문위의 권고사항들이 후대 국회에도 지속적으로 전파되어 보다 진일보한 국회로 거듭나게 되기를 소망합니다.

권순민 문희상 국회의장 연설비서관

22년 전 어느 철부지 청년 하나가 의장님을 만났습니다. 의장님의 눈을 통해 세상을 보았고, 말씀을 통해 세상을 배웠습니다. 당신의 한없는 너그러움과 따뜻한 가슴에 기대어 벌써 나이 50이 되었습니다. 함께 할 수 있어서 행운이었고 영광이었습니다. 의장님의 발걸음은 영원히 기억될 것입니다. 새로운 삶 옆에도 늘 조용히 서있겠습니다.

김용성 문희상 국회의장정책비서관

사람들은 문희상 의장님에 대해 다양하게 묘사합니다. '당의 큰 어른'이라는 표현이 특히 많은데, 그 이유가 무엇인지 지난 20대 총선 공천 과정에서 확실히 알았습니다. "절이 싫으면 중이 떠나는 거라고 합니다. 그런데 저는 민주당에서 절 같은 존재입니다. 그런 제가 어떻게 민주당을 떠나겠습니까?"(공천탈락 후 어느 행사장에서 하신 말씀) '당의 큰 어른'임이 저 한마디에 다 담겨 있습니다. 의장님의 인생철학과 정치철학과 함께 말입니다. 의장님의 말씀 한마디 한마디가 그리울 것 같습니다...

문인숙 교수(첫째 동생)

오빠!! 내 인생에 참 많은 영향을 준 오빠~. 오빠가 해준 주옥같은 말들은 내 인생에 지침서가 되곤 하지!! 그중에서도 치매와 편견!!! 오빠가 가장 두렵다는 그 두 단어는 늘 내 가슴 속에 남아 있어!! 치매는 우리 엄마의 트라우마 때문인지 나도 너무 두렵고 내 마음이 저릿하고 아파. ㅠㅠ 그리고 편견!! 관찰자에 따라 상황이 변할 수도 있는 현상~. 그 편견 때문에 진실이 왜곡될 수도 있으니 늘 객관적으로 바르게 진실을 보려고 노력해야 한다며 두렵다는 말을~~~.
그래서 넓은 바다와 같고 큰 바위, 큰 나무가 너무 어울리는 오빠이
기에~ 그래서 큰 정치를 하는 오빠이기에~ 편견 없는, 깨어있는 많
은 사람들이 아낌없는 박수를 보내고 있을꺼야!! 오빠!! 그 긴 세월
진짜 수고 많았어!! 진심으로 존경하고 사랑해!! 아프지 말고 곁에
오래오래 있어줘!!^^♡♡♡^^

문재숙 교수(둘째 동생)

사람들은 오빠가 '장비' 같다고도 하고 '호랑이상'이라고도 한다. 그
러나 오빠의 속내는 늘 가족을 사랑하고 있다. 속살은 늘 따뜻하다.
오빠의 이것을 알아차리는데 나는 65년이 걸렸다. 그렇지만 오빠는
내게 항상 무섭다. 늘 앞을 내다보는 예지력, 사람 속을 들여다보는
투시력, 동물적인 정치 감각, 앞을 내다보는 탁월한 안목. 오빠는 나
에게 스승이요, 멘토요, 나를 지켜주는 거대한 산이다. 오빠 없는
나는 존재할 수 없다. 사랑하고 존경하는 오빠, 나는 늘 '오빠 생각'
을 부르며 자랐던 사춘기 때를 생각하면 뭉클하고 감사합니다. 늘
앞으로도 지금처럼 건강하시고 명석하시고 행복하세요.

문희재 (셋째 동생)

국민학생 시절, 대학생인 형의 학교 앞에서 형과 둘이 살았습니다.
부모님만큼이나 의지가 되던 큰형은 다정다감하였으나, 정의를 위
해서라면 투사가 되곤 하였습니다. 나의 큰형은 항상 시위대의 가장
앞열에 있었고, 도망을 잘 가지 못해 경찰에 제일 먼저 붙잡히는 사

람이었습니다. 숨어서 지켜보다 형이 피투성이가 되어 잡혀가면 집으로 연락을 하던 시절이 지금도 생생합니다. 몸을 사리지 않고 대의를 생각하는 형 덕에 혹독하게 치뤄낸 긴긴 시절이 있었습니다. 그럼에도, 이런 정치인을 가질 수 있었음에 감사합니다. 사랑하는 형이자 존경하는 정치인 문희상의 퇴임을 축하합니다. 앞으로 그의 앞에 또 다른 세상, 새로운 길이 있기를 기원합니다.

문희숙 교수(막내 동생)

난 오빠가 좋다. 늘 내편이라 좋다. 오빠랑 대화하면 무지하게 솔직해진다. 하찮은 이야기꺼리도 공감해주고 경청해준다. 누구든 존재감을 느끼게 해주는 휴머니스트임에 틀림없다. 근데 묘한 건 내편인 듯 내편 아닌 경우가 많다. 내가 적대시하는 사람들의 입장도 변호하기 때문이다. 내편을 들지만 그들의 입장도 변호하는 오빠의 이율배반이 난 좋다.

문석균 (장남)

아버지는 훌륭한 효자, 미덥지만 덜 살가운 남편, 딸들한테만 만점 아빠다. 김대중 대통령을 정말 존경하는 노무현 대통령을 정말 좋아하는 문재인 대통령을 정말 기대하는 정치가라 생각한다. 아들에게는?

문수현 (큰딸)

세상 모든 딸들이 그렇겠지만 난 울 아빠가 참 좋습니다. 어디로 가야 할지 몰라 방황할 때 너가 가는 길이 맞다고 아낌없이 믿어 주는 눈빛, 숨도 못 쉬게 힘들 때 따뜻하게 보담아 주는 통통한 손, 끝까지 혼자 남더라도 가치 있는 일이라면 당당하게 나아가는 의연함, 바짝 긴장되는 순간 빵 터지게 만드는 걸죽한 농담까지. 울 아빠는 정말 근사합니다. 사랑하는 아빠 진짜 수고 많으셨어요. 그동안 짐들 훌훌 벗어버리시고 우리 이제 부터 진짜 신나게 놀아봐요! 단것 이제 조금만 줄이시구요*!!!* 사랑해 아빠...

송평수 변호사(맏사위)

그와의 첫 만남에서 그도 나도 긴장. 나는 먼저 "저보다 더 긴장하시는 것 같습니다."라고 말했다. 그는 "딸 가진 부모는 다 그래요."라고 현답했다. 그렇게 16년이 지났다. 달인이 된다는. 그는 매사에 신중하고 때로는 결론이 서지 않으면 두문불출. 결론이 서면 뒤도 돌아보지 않고 직진. 복잡한 문제도 쉽게 정리하는 재주는 으뜸. 중학교 2학년도 알아듣게 말을 쉽게 하는 타고난 정치인 자질. 지위가 높아져도 한결같다. 사람 냄새 풀풀. 판을 단번에 뒤집는 유머감각. 동서양 고전에 대한 해박한 지식. 오는 사람마다 않고 가는 사람 붙잡지 않는다. 우락부락하게 보여도 가슴이 따뜻하고 측은지심과 눈물이 많다. '겉은 장비 속은 조조'라는 세평보다 '겉은 장비 속은 제갈량'을 더 좋아한다. 사실은 젊었을 때 사진을 보면 아랑 드롱 뺨친다. 약속 시간은 칼같이 지키고 아랫사람 만날때도 먼저 도착. 의외지만 좀 게으르다. 형제와 가족사랑은 끔찍할 정도. 집에서는 그냥 아빠, 오빠다. 드라마·노래와 집밥을 좋아한다. 제일 싫어

하는 것은 운동. 대통령이 꿈이었으나 차선인 국회의장을 선택. 그
래도 대통령 빼고는 다 해 봤다.

문지현 (막내딸)

아빠는 나의 모든 인생에 절대적 존재다. 사회적 명성과 위치때문이
아닌 나의 최고 아빠이기 때문이다. 언제나 바쁘지만 막내딸 친구
이름을 다 기억하고 딸의 꿈을 언제나 응원하고 믿어주는 사람. 내
가 누군가의 부모가 되니 이런 사소한것들이 참 쉽지 않다. 우리 아
빠가 얼마나 좋은 아빠인지 시간이 흐르면서 더 잘알게 된다. 앞으
로 더욱 더 사랑하게 될 나의 아버지 사랑합니다.

평창동계올림픽 성화봉송

제2부

문희상의 인생

2

문희상이 걸어온 길

1. 문희상이 걸어온 길

[어린 시절]

개근상은 놓치지 않는다

문희상은 해방되던 해 철도직 말단 공무원으로 일하던 문흥모 선생(1992년 작고)의 2남 3녀 중 맏이로 의정부동 123번지에서 태어났습니다.

어려서부터 영특하기로 소문났던 그는 초·중·고 시절을 화려하게 장식하면서 주위 사람들의 총애를 받았습니다. 아버지가 자주 전근을 다니시는 바람에 그의 가족 역시 자주 이리저리 이사를 다니게 되었고 덩달아 문희상도 학교를 자주 옮기게 되었지만 하루도 결석하는 일이 없었다고 합니다. 그는 아버지로부터 무엇보다도 개근이 중요하다는 교육을 받았고, 지금은 중앙초등학교로 바뀐 양주초등학교 시절 6년 연속 개근을 하는 성실함을 보여주었습니다. 후일 이러한 부모교육이 의원 시절 내내 꾸준히 유지되는 성실함으로 나타났다고 볼 수 있습니다. 국회의원으로서 국회의 모든 상임위와 본회의에 100% 참석하려고 노력하고 있습니다. 왜 그런가? 간단합니다. 회의에 가는 것이 게을러질 때 고 김대중 대통령께서 늘 하시던 말씀이 떠올라서 그렇습니다.

"상임위원회는 기본이야. 학교에서 개근상 타는 이치와 똑같아. 기본을 해놓고 난 후, 잘하고 못하는 것은 그 다음이야."

문희상 의원은 어린 시절과 마찬가지로 국회의원 정치생활을 6선하면서 의장 때 한 번 못 나갔던 일 빼고는 늘 100% 출석이라고 자랑스럽게 이야기 하시곤 합니다. 중학교 다닐 때도 마찬가지로 늘 개근입니다. 주변 의원들의 본보기가 되는 것은 바로 이런 모습이겠지요.

어린 시절부터 지켜온 그의 성실함은 뼛속까지 성실함 그 자체입니다. 어떤 사유로도 본회의 불참은 있을 수 없다는 그의 소신이 검증된 것은 여러 번입니다. 최근 20대 국회 본회의 출석률 1위(100%참석)를 기록하였으며 최근 2년간 국회 총 84회 동안 한 번도 빠지지 않은 의원 20명 중 초선은 12명이며, 그중 최다선 의원이 바로 문희상 의원인 것입니다. 개근상을 누구에게도 양보하지 않습니다. 이는 그에게 투철한 소신과 성실함이 어린 시절부터 리더로서의 기본 소양이 갖추어져 있었음을 알 수 있습니다.

남다른 역사관을 가지다

학창 시절 그는 연이어 계속 회장으로 뽑히더니, 경복중·고 시절에는 역대 최우수 성적이라는 깨지지 않는 기록을 남겼습니다. 문희상은 초등학교 3학년 때 이승만 대통령이 양주초등학교를 지어주러 헬기타고 방문한 적이 있었다고 합니다. 꼬마대표로 4명이 나와서 사진 찍은 게 앨범에 기념으로 간직하고 있습니다.

1950년대 유아기

  결정적으로 세상을 알게 된 것은 초등학교를 졸업하고 중학교를
유학을 가서 6년간 하숙을 하던 시절로 기억합니다. 하숙집에서
중3 때 4·19를 경험하게 됩니다. 그 전까지만 해도 문희상의 머릿
속에 이승만 대통령은 국부이고 독립투사로 인상 깊게 새겨져 있
었습니다. 그분이 나라를 지키는 어른이고 훌륭하신 어른이라는
생각이겠지요. 그러나 4·19가 시작되고 세상을 달리 보게 되는 경
험을 합니다. 하숙집에 안종길이라고 한 학년 아래인 친구가 있는
데 4·19때 총에 맞아죽었습니다. 얼마나 충격적이었을지 짐작할
수 있습니다. 나라의 대통령을 어떻게 물러나라고 할 수가 있을까
라는 어린나이에 생각지도 못했던 상황이니 그때 국민의 힘이라
는 것이 뭉치면 엄청난 파도가 되어 결국 정권도 무너질 수 있다
는 것을 경험하게 된 것이지요.

  초·중·고 과정 연속 학생회장으로 활약하는 리더십을 일찌감
치 보여주었으며, 누구에게나 모범이 되는 탁월한 수장으로서 장
차 국회에 발 디딜 어린 문희상의 모습을 보여주기 시작했습니다.

미래에 큰일을 맡아 나라를 이끌어갈 재목으로서의 문희상은 어릴 때부터 남달랐습니다. 누구보다도 궂은 일을 앞장서서 리더로서의 덕목을 갖추었으며 한 번도 부모님을 실망시키는 일 없는 자랑스러운 아들로 성장했던 것입니다.

의정부의 아들, 문희상은 늘 주변의 친구들의 힘든 일을 돕기에 앞장섰으며 학교에서 리더로서 책임감이 투철하여 눈에 띄는 학생이었다고 모두가 기억하고 있습니다. 누구도 앞으로 그가 겪을 수많은 고초와 역사의 아픔을 예상하지 못했겠지요. 하지만 어린 시절부터 그는 유달리 사고가 깊었고 논리가 정연했으며 깊은 역사관도 갖고 있었다고 합니다.

양주초등학교도 그랬지만, 경복중, 경복고 거의 다 학생회장을 지냈습니다. 중1 때 유일하게 학생회장을 못했던 이유를 이야기를 할 때면 자주 웃음이 나온다고 합니다. 그 어린 문희상이 난생처음 서울로 하숙을 갔는데 친구들은 다 선행학습을 했고, 다들 영어에 능통했는데 어린 문희상만은 그게 뭔지 모르겠고, 가르쳐 주는 사람도 없으니 그저 막막하기 짝이 없더랍니다.

그래서 그때 처음으로 17등을 했고 회장을 못했다고 합니다. 지금은 웃을 수 있는 추억이지만 그때는 어린 문희상에게 얼마나 억울한 일이 많았을까요. 그 시절 또 하나의 재미있는 일화를 가끔 이야기합니다.

"2반이었던 애였어. 김승규라고 쌍둥이야. 근데 전 학년을 뒤집어 놓는 거야. 이른 바 일진이라고 하지? 근데 한번 어떤 일이 있었냐 하면, 2학기 때. 국어는 2-2가 있어. 그거를 뒤로 뒤로 돌리는데 그 놈이 내 뒤에 앉았어. 순서대로 한 칸씩 뒤로 돌아가니까 노끈으로 묶은 책이 자기한테 간 거야. 그거에 기분이 나쁜 거지. 그래서 "모두 다 일어나!", 이러면서 제일 앞에 앉은 놈부터 때리는 거야. 그래서 내가 맞을 차례가 오고 있는데, 여러 생각이 드는 거야. 난 입으로 쫑알쫑알 하면서 억울함에 울분에 찬 거지.

난 어떻게 했는지 모르겠는데, 내가 있은 힘을 다해서 그 애를 들이 받았지. 그 애가 울고불고 난리가 난 거야. 그때 친구들 사이에 서열이 바뀌었지. 그래서 내 주변에 얼쩡얼쩡 하던 놈들이 다 사라진 거야. 아직도 생생해. 어쨌든 그냥 다 나가 떨어졌지. 그 다음부터는 내가 1등을 하는 거야.

2학년 때는 또 어떤 일화가 있냐면 이게 또 중요한 계기가 돼. 남형우라고 수학을 가르치는 선생님이야. 경북고를 나왔대. 근데 고등고시 3급 시험을 합격을 한 거야. 모두 그 선생님께 꼼짝을 못해. 왜냐하면 쪽지시험을 맨날 봐. 30점 만점인데 15점 맞으면 15번을 때려. 마대로 엉덩이를 때리는 거야. 이게 안 된다라고 아무도 말을 못해. 난 아무리 생각해도 그건 아닌 거야. 이걸 내가 반장으로서 용납하면 안 된다는 용기가 생기는 거야.

그날도 어김없이 쪽지시험을 봤어. 그리고 선생님은 그 결과에 맞게 매질을 시작하려고 준비하셨지. 그때 난 나도 모르게 반사적으로 벌떡 일어나서 "선생님, 그건 안 됩니다!" 했더니 선생님이 "그럼 네가 애들 대신 다 맞을 수 있어?" 하시는 거야. 그래서 그러겠다고 대답했지. 선생님은 정말로 애들 틀린 개수를 전부 합쳐

나를 때리는 거야. 한 백 대 맞았을 걸? 백 대쯤 맞으니까 우는 애들이 있고 발을 구르는 애들도 있었지. 물론 옆 반까지 난리가 났었고. 애들은 모두 나만 보면 빵 사주고 싶다고 성화였어. 그러다가 3학년 때는 당연하게 학생회장으로 뽑힌거야."

경복중고 동기동창인 정탁 선생은 문희상을 이렇게 회고합니다.

"친구들 중 문희상은 언제나 우리들의 두령이었다. 슬그머니, 자연스럽게, 은근슬쩍. 당연한 듯 그냥 두령이었다. 왜 그랬는지 몰랐고 지금도 모르겠다. 그저 그렇게 정해져있는 것처럼 그랬다.
물론 안다. 뛰어난 통찰력, 광폭의 포용력, 결정적 행동력, 그리고 폭풍 같은 감성. 어쩌겠는가, 우리가 수하로 들어가야지.
우린들 왜 불평이 없었겠냐만, 그의 집에서 자주 맛보는 하얀 밥과 환상적인 불고기 맛, 희상 동생들의 귀여운 재롱에 우리는 그저 몽롱해질 수밖에.
그런 희상에게도 큰 약점이 있었으니, 안 한 것인지 못 한 것인지 그럴싸한 연애 스토리가 없었다. 그럼에도 당시로선 금기로 여겼던 이성에 대해 우리를 눈 뜨게 하고 술, 담배, 유행가, 여행을 주도하면서 낭만적 일탈의 재미를 일깨워 주기도 했다.
생각하면 그는 우리의 아름다운 청춘이었고 빛나는 인생이었다. 우리 또한 그에게 그러했으리라 믿는다."

학창 시절 그의 이야기를 들어보면 일찍이 정의를 불태우며 친구

들의 좋은 리더였음을 알 수 있습니다. 조금의 두려움도 없이 스스로 옳다고 결정하면 어떤 고통이 따르더라도 강하게 추진하는 모습을 엿볼 수 있는 것입니다.

문희상은 학창시절부터 미래 정치인의 자세를 갖추고 있었던 것입니다.

1950년대 중3

[청년 시절]

대학생 문희상

서울법대 64학번 동기이자 전 한국헌법학회 회장인 조병윤 교수는 문희상을 다음과 같이 회상합니다.

1964년 봄 서울대학교 법과대학에 입학하면서부터 문희상은 6.3 민주항쟁의 중심역할을 하기 시작하였다. 6.3사태로 불리는 6.3 민주항쟁은 전국의 수많은 애국학생들이 "굴욕적 한일회담 반대"와 "박정희 정권 퇴진"을 요구하며 대규모의 데모로 일어서

1964~1965년에 걸쳐 2년여 동안 진행된 전국적 민주화 투쟁으로, 4.19혁명과 함께 후일 1970년대와 1980년대의 대학생과 민주시민이 군사정권의 장기집권과 독재에 항거한 수많은 민주화 투쟁의 선구적인 기초와 초석을 이루고 있다고 평가되고 있다. 이것은 5.16으로 집권한 박정희 군사정권의 반민주적 독재와 한일 굴욕 외교를 반대하고 민족정기의 3.1독립운동 정신으로 민주화를 올바르게 세우려는 젊은 대학생들의 굴욕적인 한일회담 저지 투쟁이 대학로의 서울대 문리대와 법대로부터 전국적으로 전개되기 시작하는 엄중한 시대상황이다.

그 시작은 문희상이 서울 법대 1학년 신입생 때인 1964년 3월 24일 서울대 문리대와 법대의 군사정권의 독재와 굴욕적 한일회담을 저지하려는 민주항쟁과 가두데모로부터 이어지는 연속적인 투쟁이다.

이러한 시대상황 속에서, 종로5가 대학로 서울대학교 법과대학 동숭동 캠퍼스의 강의실 앞 4.19혁명 희생자 기념비 앞 잔디광장의 한가운데에 학생들이 제일 많이 모여 앉아 비장한 분위기로 함께 둘러 앉고 서 있는 곳을 들여다보니, 가운데에 웬 우람하고 덥수룩한 수염의 건장한 체격의 신입생 동기생이 유창하고 우렁찬 목소리로 좌중을 들었다 놓았다 하고 있는 것이 아닌가. 당시 서울법대 신입생 수는 160명이었다. 서울법대 4.19 기념비 앞 잔디광장의 좌중을 주도한 이 청년 대학생이 바로 경복고 학생회장를 역임한 문희상(구명 문정흥)이었다. 그는 공자의 동양철학에서부터 로마 그리스 시대의 서양 철학과 정치사상에 이어 현대의 세계적인 시대상황과 한국의 민주화 투쟁 방향과 국가발전 전략에 이르기까지 종횡무진 설파하고 있었던 것이다. 이제 겨우 대학 신입생인 주변 청중들은 같은 신입생임에도 대학 선배들 이상의 논리 정연한 박학다식과 민주화 투쟁 의지와 용기에 놀랍고 경외의 눈으로 경청하고 애국심의 열기를 북돋우며 박수 치고 있는 대단한 광경이었다.

  5월 20일에는 종로5가 대학로의 서울대 문리대와 법대의 문희상 등 학생들은 김중태(정치과 4), 현승일(정치과 4), 김도현(정치과 4) 등이 서울대, 동국대, 성균관대, 건국대, 경희대 등 5개대학 학생대표와 함께 치밀하게 계획하여 민족주의 비교연구회(민비연)와 함께 주도한 '민족적 민주주의 장례식 및 성토대회'를 서울대 문리대 교정에서 서울대, 동국대, 성균관대, 건국대, 경희대 등 약 3000명의 대학생과 1천여 명의 시민 참여로 거행하였다. 이 '민족적 민주주의 장례식'에서는 김도현과 김정남이 초안한 선언문을 박동인(동국대)이 낭독하고, 민승(건국대)이 결의문을 낭독했다. 이어서 김지하(김영일)가 작성한 장례식 조사로 "시체여! 너는 오래전에 이미 죽었다. 죽어서 썩어가고 있었다. 넋 없는 시체여! 반민족적 반민주적 민주주의여!....절망과 기아로부터 해방자로 자처하는 소위 (5.16)혁명정부가 전면적인 절망과 영원한 기아 속으로 민족을 함몰시키기에 이르도록 너의 본질은 과연 무엇이었느냐? 길고 긴 독재의 채찍을 휘두르다가 오히려 자신의 치명적 상처를 스스로 때리고 넘어진 너.(중략)....시체여! 우리 삼천만이 모두 너의 주검 위에 지금 수의를 덮어주고 있다. (중략) 백의민족이 너에게 내리는 마지막의 이 새하얀 수의를 감고 훌훌히 떠나 가거라. 너의 고향 그곳으로 돌아가거라. 안개 속으로 가거라! 시체여!(후략) "라는 조사를 송철원(서울대 정치 4)이 읊었다. 장장순(동국대)의 폐회사에 이어 우뢰 같은 함성과 함께 '축! 민족적 민주주의 장례식'이라고 쓴 조기와 민족적 민주주의가 든 검은 관을 8명이 들고 앞장섬으로써 시청 앞에서 관을 태우기 위해 2천여 시위 학생들은 이화동 서울 법대 앞 사거리에서 경찰과 충돌, 약 5시간 동안 최루탄 발사, 연행 투석전 등 가두데모가 격렬하게 진행되었다.

이어서 5월 23일에는 문희상을 위시한 서울법대 데모가 이어졌고, 5월 25일에는 전국 대학 학생회장들의 연합체인 한국학생연합회(한학련) 주관으로 전국 31개 대학생 대표들이 '난국타개 학생 총궐기대회'를 거행하였다. 여기에는 문희상을 위시한 서울대 문리대, 법대, 약대, 미대 등이 중심이 되어 대학로 서울대 문리대 4.19기념탑 앞에서 500여 명이 모여, 정정길(법학과 4)법대 학생회장 겸 서울대 총학생회장 겸 대외적인 서울대 총학생대표의 한학련의 투쟁 방향에 관한 개회사, 김덕룡(사회학과 4)문리대 학생회장 겸 서울대 총학생회 운영위원장 겸 대내적인 서울대 총학생대표의 한학련 선언문 낭독, 이양희(서울법대 신임 학생회장)의 구국비상결의문 낭독과 채택에 이어 격렬한 가두데모로 정학철(서울법대 1)등 수십 명이 구속되었다.

1964년 6월 3일은 6.3민주항쟁이 최고수준에 다다른 극한투쟁이었다. 6월 3일 오전 학생 시위는 전면적으로 확대되었고 구호도 '박정희 정권 하야'로 모아졌다. 서울의 18개 대학 1만여 명의 대학생들과 전국 각지의 대학생들이 서울시청과 광화문, 중앙청 광장을 향해 집결하면서 가두시위에 들어갔다.

6월 3일 오후 단식투쟁 100시간을 돌파한 서울대 문리대생 400여 명이 학생회장 김덕룡을 선두로 가두시위를 시작하고, 서울대 법대에서는 전날 700여 명이 정정길 총학생회장, 이헌재, 정성철, 김병만 등이 주도한 총학생회 주최 "자유쟁취 총궐기대회"에 이어 단식투쟁에 돌입했던 서울대 법대생들이 문희상과 필자 등을 위시하여 가두시위를 함께 합세하여 종로 2가 화신백화점과 을지로 입구, 시청 앞을 거쳐 광화문 중앙청으로 향해 오후 5시 50분경에 세종로를 거쳐 중앙청 앞 광장에 도착하였다. 이미 1만여 명의 대학생과 시민이 운집한 가운데 문희상과 필자 등 서울법대생들은 중앙청 앞 청와대 입구 광장의 아스팔트에 주저앉아 농성을 시작하였다.

고려대, 연세대, 성균관대 등의 시위대는 '박정권 타도'를 외치며 서울 거리를 누비면서 경찰 저지망을 뚫고 광화문 국회의사당(현 서울시의회 회관)앞에 모였다. 그 숫자는 3천 명에 이르렀다. 이들이 다시 청와대 쪽을 향해 파도처럼 밀려가면서 경찰 저지망들을 뚫고 이미 문희상 등 우리들을 포함한 1만여 명이 모여 있는 중앙청 앞 광장에 합세하였다.

이 때부터 시위 저지 임무가 경찰에서 수도방위사령부로 넘어갔다. 청와대로 들어가는 길목은 겹겹이 바리게이트가 쳐져 있었다. 우리가 광화문 쪽을 바라보니 광주 등 호남지역 대학생들과 부산 대구 등 경상도 대학생들과 대전 등 충청지역 대학생들이 하루 종일 서울을 향해 시위를 계속하며 상경하여 오후 6시가 넘어 각 대학의 깃발들을 높이 들고 문희상 등 우리가 아스팔트에 앉아있는 중앙청 앞 광장에 들어오면서 이를 환영하는 수만 명 군중들의 우뢰 같은 함성과 박수가 터져 나왔다.

시위대가 수경사 군인 대열의 강력한 저지로 청와대 방향으로 더 이상 진출하지 못한 상태에서 날이 어두워지기 시작하면서 서울대 농대의 선언문과 결의문 낭독이 끝나고 우뢰 같은 함성으로 구호와 노래가 울려 퍼지는 순간 강력하고 요란한 연속적인 최루탄 발사 소리와 함께 최루탄이 문희상과 우리가 앉아 있는 머리 위로 비오듯 쏟아지기 시작하였다. 우리는 아스팔트에 엎드렸으나 최루탄들은 우리의 머리에 직격탄으로 떨어졌고 튀어 오른 아스팔트 가루들이 눈에 바로 들어가 실명위기의 고통과 눈물로 앞을 볼 수가 없었다. 문희상과 필자 등 서울법대생과 시위대들은 부둥켜 안고 흩어지는 시위 군중과 함께 휘몰렸고 이날 서울대 연행자는 422명이었다.

박정희 대통령은 이날 밤 9시 40분 1시간 40분을 소급한 오후 8시를 기해 서울특별시 일원에 비상계엄령을 선포하고 계엄사령관에 육군참모총장 민기식 대장을 임명했다. 문희상은 이와 같이 이 6.3민주항쟁의 중심에 그 무서운 두 눈을 부릅뜨고 서 있었다.

1964년의 데모와 조기방학의 격동기를 거쳐 문희상이 서울법대 2학년이 되는 1965년에는 박정희 독재정권 타도와 굴욕적 한일회담 반대 민주화 투쟁은 서울법대를 중심으로 가장 강력하게 전개되었다. 문희상을 위시한 서울법대의 뜻있는 몇몇 동기생들이

이 시대의 위기의 한국을 민주적으로 발전시키고 민족정기와 사회정의와 국리민복을 위하여 살신성인의 의지로 분연히 일어서기로 뜻을 모았다.

문희상의 포용적이고 지혜로운 리더쉽과 부산 경남고 학생회장을 역임하고 강인하며 총명한 홍정표의 예리한 판단과 함께 이 역사적 과업을 수행할 능력과 의지가 충만하다고 서로 믿은 4명의 서울법대 혈혈 동지의 의기가 투합되었다.

문희상, 홍정표(외무고시 수석 합격 후 주미 대사관 참사관과 주인도네시아와 주 핀란드 대사 역임)와 함께 서울 보성고 무적그룹 리더 출신의 불굴의 정의의 투사 최기선(민주협 대변인으로 민주화 투쟁 후 국회의원과 인천광역시장 3선 역임)과 강릉제일고 출신의 필자 (조병윤 : 서울대와 파리2대학에서 각각 국민주권과 인간존엄성 실현을 통한 민주화구현 방안에 관한 헌법과 헌법철학 박사학위 수여 후 한국헌법학회 회장, 팍스 코리아나21 연구원장, 명지대 부총장 및 세계헌법학회 한국학회 회장 겸 세계본부 집행이사와 2018년 서울 세계헌법대회 유치위원장 역임) 등 4인이다.

우리 4인은 이 큰 뜻을 결의하는 도원결의를 하기 위하여 대학로의 서울대 문리대 건너편 서울대 의과대학 내 키 큰 나무숲 광장에 있는 조용하고 아담한 장소인 함춘원의 히포크라테스 동상 앞에 둘러앉았다.

이어서 국가와 민족의 발전과 이를 위한 민주화와 정의구현을 위해 평생토록 모든 힘과 노력을 다 할 것을 굳은 의지로 결의하였다. 그런데 바로 이 때 문희상이 뒷주머니에서 슬그머니 꺼낸 것은 웬 포도주 병이 아닌가. 그는 그 특유의 친근하고 코믹한 웃음과 함께 삼국지의 관우 장비 유현덕은 피를 함께 나누어 도원결의를 하였는데 우리도 피와 같은 포도주로 도원결의를 하지 않겠는가 라고 제안하여 그 치밀한 준비성에 감탄하며 박장대소하여 동감을 이룬 후 엄숙하게 민주화를 위한 평생 혈혈 동지의 도원결의를 하였다.

이 후 문희상을 위시한 우리 4인은 나라와 민족을 구하고 진정한 민주화를 기필코 이루려는 강인한 의지와 깊은 우정으로 굳게 뭉쳐 폭풍노도와 같은 민주화 투쟁의 대학생활을 전개해 나아갔다. 문희상이 서울법대 2학년이 되는 1965년은 박정희 군사정권의 독재정치에 대한 민주화 투쟁과 굴욕적 한일회담 저지 투쟁이 전국적으로 폭풍노도의 열화와 같이 일어나 전국의 모든 대학은 데모와 조기방학의 연속적 혼란 상황이 전개되는 때이다.

전년도의 전국적인 한일회담 반대 투쟁을 군사력으로 저지하려는 6.3 계엄령 사태이후, 1965년은 이 한일 굴욕외교 저지와 군사정권의 민주화를 위한 투쟁이 더욱 가열되었다. 문희상은 이 모든 투쟁과정에서 용맹스럽고 무시무시한 사자호와 같은 열변으로 민주화 투쟁을 이끌었다. 대학로 서울법대 도서관 앞 분수광장에서 이협, 김규칠 등 법대 선배들의 성토와 함께 문희상의 민주화 투쟁을 위한 열변은 서울법대생 모두의 민주화 투쟁을 더욱 강히게 이끌었다.

또한 군사 위수령발동으로 대학이 포위된 위기에 처하자 서울법대 도서관을 학생들이 책걸상으로 바리게이트를 치고 이영희 선배와 도원결의 맹장 최기선이 앞장서서 성토하며 투쟁을 가열시켰다. 이 강력 투쟁 과정에서 결국 문희상과 함께 도원결의한 민주화 투쟁의 맹장 최기선은 이영희 이협 김규칠 장명봉 학생회장 등 선배들과 함께 제적이라는 가장 중한 학사징계를 받았다.

전국적인 극열한 반대 투쟁에도 불구하고 한일협정이 곧 체결 조인될 것 같은 극한적 위기 상황을 타개하기 위하여 문희상, 홍정표, 최기선과 필자를 위시한 서종환 학생회장 이창식등 서울법대 학생들 200여 명은 1965년 6월 서울법대 2층 제 10강의실에서 무기한 단식투쟁에 들어갔다. 그 후 수일동안 전국 13개 대학에서 단식농성이 이어졌다. 서울법대 단식투쟁 일주일째 단식농성장인 제10강의실에서는 많은 학생들이 쓰러지기 시작하고 분위기는 점점 침체되어 가고 있다. 투쟁이 위축되는 위기감에서 필자는 '민족주체성'이라는 당시의 최대 구호로 단식투쟁 이후 최초의 혈서를 쓰고 일어서 끝까지 더욱 강력하고 지속적인 민주화 투쟁을 열렬히 해 나아갈 것을 호소하는 열변과 함께 졸도하여 단식 동료들의 애국가 함성속에 실려가 병원 응급치료 후 단식투쟁에 복귀하여 단식투쟁을 계속하였다.

6월 22일 정오 현재 서울법대 졸도학생은 185명에 이르렀다고 "6.3학생운동사"에 기록되어 있다. 6월 22일 오후 5시 전국경찰에 비상경계령이 내려진 가운데, 한일협정 저지 투쟁의 전 국민적 거센 함성에도 불구하고 한일협정이 정식 조인되었다. 오후 7시 학생운동사상 전무후무한 서울법대생의 200시간 단식투쟁을 눈물로 마치면서 굴욕한일협정의 국회비준반대선언문을 결의하고 문희상은 "민족주체성"이라는 혈서를 가장 크게 썼다. 단식투쟁을 함께한 모든 참여 학생들도 "호혜평등" 등 당시의 구호들을 혈서로 썼다. 서울법대 200시간 단식투쟁에 끝가지 참여한 학생은 다음과 같다.

재학선배그룹 : 박정태, 박종익, 정무일, 정태기,

1961학번 : 이영희, 1962학번 : 김우기, 유종현, 이대우, 이헌재, 임종률, 정대철, 정성철, 진치남,

문희상(당시 이름 문정홍)이 박정희 군사정권의 독재타도와 굴욕적 한일회담 저지를 위한 6.3민주화 항쟁 당시 단식투쟁 때 "민족주체성"이라고 쓴 혈서 원본

1963 학번 : 구덕서, 권경술, 권순대, 김규칠, 김명, 김여순, 김영규, 김일수, 마서홍, 박찬, 백남치, 서종환, 성경섭, 윤재기, 이계천, 이복한, 이상지, 이소라, 이승진, 이진두, 이협, 장명봉, 정민수, 정해주, 채태병, 허규철,

1964학번 (문희상과 서울법대 동기로 단식투쟁 최다수 참여) : 강상철, 강상훈, 강창웅, 김계인, 김길환, 김수동, 김영철, 김영훈,

도용락, 문희상(당시 이름 문정흥), 민원기, 박수혁, 백우섭, 선우태호, 성영수, 안경은, 안상수, 안왕선, 양석근, 유광삼, 유현, 유충걸, 윤여현, 윤태남, 이상수, 이원, 이창식, 장석화, 전계휴, 정형근, 조병윤, 진의장, 최기선, 추광태, 한정길, 허진호(당시 이름 허홍중), 홍정표, 황산성, 황인행

　1965학번 : 강만수, 강복수, 강완구, 권태옥, 김규식, 김능오, 김대희, 김영배, 김영수, 김재진, 김종구, 김태영, 문명극, 박동수, 박승만, 박휴상, 배영길, 백승현, 백운철, 안길용, 안성덕, 안평, 윤기향, 윤석분, 윤세문, 이재수, 임도빈, 정영일, 조병대, 조영래, 최경보, 최창근, 황창연,
서울대 상대 원정단식 참여 : 23명, 서울공대 원정단식 참여 : 1명

　문희상이 서울법대 3학년과 4학년이 되는 1966~1967년 동안 문희상의 역동적 투쟁 주도와 민주화 투쟁은 데모와 이어지는 조기방학의 소용돌이 속에서 연속적으로 진행되었다. 의정부에 계시는 문희상의 부모님께서는 문희상을 민주화 투쟁에서 보호하려고 서울 임대집에 할머니를 장기 감시원으로 파견하시기까지 하였으나 도원결의 4인방은 이 감시를 피하여 데모를 주도하느라 숨바꼭질을 이어갔다. 문희상과 도원결의 4인방이 서울법대 4학년이 되는 1967년의 박정희 정권의 6.8 부정선거를 규탄하는 서울법대 투쟁에서는 도원결의의 정의의 투사 홍정표와 서울대 전체수석 합격의 시대적 영웅 조영래(법 3 : 민주화 투쟁 선도 변호사

역임) 및 필자가 이홍훈 학생대표(법 3 : 대법관 역임)의 사회 하에 박정희 군사정권의 독재와 부정선거를 강력히 규탄하는 투쟁의 열변을 성토하여 경찰 수배에 쫓기는 몸이 되고 문희상과 함께 민주화 투쟁은 계속되었다.

　문희상의 대학생활은 이와 같은 폭풍노도의 민주화 투쟁 열기 속에서 8학기 모두 조기방학으로 점철되었고 이 용광로에 달구어지고 강인해진 문희상의 민주화 투쟁 의지는 결국 한국 정치를 민주화시키고 민주적 정권교체를 이루어 내 민의의 대의기관 국회를 이끄는 국회의장으로서 오늘의 문희상을 탄생시키었다.

1960년대 청년기

함춘원 결의 (含春園決意)

　1964년 어느 따스한 봄, 서울대 함춘원 히포크라테스 동상 숲에 젊은 피 끓는 네 청년이 서성입니다. 바로 문희상, 조병윤, 최기선, 홍정표입니다. 조국과 민족을 위해 맹세하던 아름다운 청년들의 도원결의, 아니 서울대의 상징이었던 함춘원 결의입니다.

 젊은 시절 의로 뭉쳐진 도원결의 4인방의 우정은 모든 시련을 견뎌내고 30년이 지난 지금까지 이어지고 있습니다. 그리고 문희상은 국민의 정부를 거쳐 참여정부의 주역으로, 최기선은 인천시장 등 행정가로, 조병윤은 학계의 실력자로, 홍정표는 외교관으로 각기 자신의 소속된 무대에서 승승장구하고 있는 중입니다.

 훗날 그들이 이 나라를 이끌어 갈 네 명의 아름다운 청년 리더가 폭발적인 에너지를 발휘할 줄 누가 예상이나 할 수 있었겠습니까? 그들이 뜻을 모았던 1964년은 한일회담 반대투쟁, 1965년에는 한일협정 비준저지투쟁, 1966년에는 삼성재벌 밀수규탄, 1967년도에는 6·8 부정 선거 규탄 등 나라를 올바로 세우고 싶어 하는 대학생들의 데모가 이어지던 치열한 시기, 구 중심에 그들이 서있었습니다.

 그중에서도 의정부의 아들 문희상은 유난히 깊은 사고와 예리한 관찰력, 직관력을 보여주는 논리 정연한 역사관을 가진 뛰어난 젊은이였습니다. 이후 국민의 정부를 거쳐 참여정부의 주역으로 우리나라의 큰 기둥이 되어 줄 정치관을 정립하며 성장하게 됩니다.

 대학 졸업후 공무원 3급(행정고시)에 합격했으나 데모꾼이라는 이유 하나로 임용이 탈락되면서 길고도 험한 시련의 시간이 다가옵니다.

 1964년 5월, 문희상이 몸담고 있던 서울대학교 문리대에서는 9개 대학 학생 2,000여 명이 박정희 정권이 표방한 '민족적 민주주의'를 비판하는 집회를 열게 됩니다. 이들은 '민족적 민주주의를 장례한다'라는 성명을 내고 '5월 군부 쿠데타는 4월의 민족, 민주 이념에 대한 정면적인 도전이었으며, 노골적인 대중 탄압의 시작'이라고 성토했습니다. 이들은 결의문에서 일본에 예속되는 매국적인 한일 굴욕 회담을 전면 중지하고, 5·16 이래 온갖 부정부패 사건의 원흉을 조사하여 처단하며, 구속된 정치범을 즉각 석방할 것 등을 요구했습니다.

굴욕적인 한일 회담에 반대하는 시위는 6월 3일 절정에 이르렀는데, 시민들까지 가세한 1만여 명의 시위대는 광화문까지 거리시위를 벌이며 5·16 쿠데타와 군부의 부정부패, 중앙정보부의 정보정치, 매판 독점자본, 외세 의존 및 매국 외교 등에 항의하며 정권 퇴진을 요구하게 됩니다.

문희상은 바로 1965년 한일회담 비준반대를 했던 「6·3사태」 학생운동의 주축이 되었기 때문에 주동자라는 낙인이 찍혀 보안사에서 사퇴를 하게 되었고, 후일 구성된 '정화위원회'를 만들어 정치규제가 해제되어서야 알게 되었지만 임용시험(그 시절에는 행정고시가 따로 없었다고 함)도 계속 탈락하는 것도 바로 그 이유였다고 합니다. 결국은 아무 것도 할 수가 없었고 군대를 다녀와서 민주연합청년동지회에서도 이때 빠지게 되었으며 돈을 벌기 위해 3부이자 대출을 받고 아버지에게 도움을 요청하여 서점 숭문당을 시작하게 된 것이라고 했습니다.

'주동자'라는 주홍글씨가 계속 그를 따라다닌 것이었지요. 그는 10년간 10억 벌면 그만두겠다고 서점을 시작했다고 합니다. 그렇게 생업으로 서점을 시작한 그는 1979년 6년 만에 손을 떼고 김대중을 만나게 됩니다. 그의 정치인생을 배우며 "세상을 좀 바꾸자"는 이야기에 전폭적으로 동의했다고 합니다. 그리고 그는 '자유가 들꽃처럼 만발한 세상', '정의가 강물처럼 흐르는 세상', '민족통일의 꿈이 무지개처럼 피어나는 세상'을 김대중 대통령과 함께 같은 꿈을 꾸며 정치인생의 가시밭길을 걷게 되었다고 했습니다. 박정희대통령밖에 모르는 이른바 박정희맨이었던, 하늘같은 아버지의 청천벽력과 같은 노여움을 사게 될 줄은 꿈에도 모르고 말입니다. 문희상은 아버지께서 "박정희가 나라를 구했다고 생각한다. 조국 근대화의 공은 박정희 덕이라고 인정한다"라고 자주 말씀하시더라고 했습니다.

문희상의 피 끓는 서울대 문리대 시절, 2년 선배 김중태, 현승일과 함께(후일 다들 감옥에 갔다고 함) 민족 주체성 확립을 위해 두 눈 질끈 감고 지나칠 수가 없었던 그 용맹함이 후일 미래가 창창한 그의 발목을 잡을 줄 누가 알기나 했겠습니까?

세례명 바오로

1980년, 서울의 봄은 비록 짧았지만 그 여파는 길고도 길었습니다.

문희상은 당시 나라의 민주화를 주장하다가 투옥되어 온갖 고초를 당했습니다. 투옥 중에 신부님을 만나게 된 것입니다.

1980년대 서울의 봄이 왔고, 문희상이 민주연합청년협의회의 초대 회장으로 전국에 수배를 받고 도망 다니다가 나중에 결국 감옥에 가게 되었습니다.

그때 감옥에서 서강대 총장이셨던 서인석 신부님을 만났습니다. 문희상은 원래 철저한 불교 집안에서 자란 사람입니다. 아침에 일어나면 천수경 듣고 반야심경 외우는 그런 불교 집안입니다. 하지만 문희상은 감옥에서 서인석 신부님과 같이 있으면서 종교를 바꾸었습니다.

서인석 신부님은 감옥에서 더 많은 괴로움을 당하시면서도, 고문당한 문희상을 위해 밤새도록 기도를 해 주셨습니다.

그때 문희상은 몰래 숨어서 성경을 볼 정도였습니다. 결국 감옥에서 서인석 신부님에게 영세를 받았습니다. 세례명은 바오로.

그는 성경 속에서 바오로의 일생이 가장 감명 깊었습니다. 마침 서인석 신부님의 영세명도 바오로이셨고, 그래서 바오로가 문희상의 세례명이 되었습니다.

그런데 세례를 받으려면 물이 있어야 하는데 감옥에서 물이 있는 유일한 장소는 화장실뿐이었습니다. 그래서 화장실의 똥물로 세례를 받았습니다. 신부님이 "바오로!"하시자, 그도 "바오로!"하고 외쳤습니다.

그때 말로 다 할 수 없는 어떤 통한의 눈물 같은 것이 문희상의 눈으로부터 터져 나왔습니다. 문희상에게는 그 똥물 세례가 그의 일생에 중요한 전기가 되었습니다. 그 똥물로 받은 세례로 하나님을 알게 되었고, 더욱 용기를 가지고 불의와 시련에 맞서 싸울 수 있었다고 합니다. 이렇듯 우리는 목숨을 위협받는 험난한 시간들을 견디게 해주는 데에 종교의 힘도 적지 않습니다.

인간의 힘으로 어찌할 도리가 없는 낭떠러지에 서있는 그 위태로움 앞에 어찌 혼자 힘으로 견디는 것만이 능사겠습니까? 또 당시 문희상이 처한 위기를 생각해보면 그 고통 속에 기도해주시던 신부님의 그 따뜻한 기도를 어떻게 잊을 수 있겠습니까? 좁은 공간, 정신적인 고통, 가족에 대한 그리움, 나라를 살려야 한다는 절실함을 모두 기도 속에 담아 견디어내는 문희상을 상상할 수 있습니다. 그러한 깊은 고뇌의 시간이 후일 어떤 어려움 속에서도 꿋꿋이 견딜 수 있는 문희상을 만들어 주었을 거라고 생각해봅니다.

다시 그 당시 그가 겪었던 이야기로 되돌아가 보겠습니다. 그들 군부독재의 힘은 거기서 끝나지 않았습니다. 오히려 정치권력의 힘은 무소불위, 바로 그 자체였습니다.

문희상은 생계 수단이자 가업으로 꾸려오던 몇몇 사업체를 단지 그가 '민주세력'이라는 이유만으로 이른바 세무사찰의 힘에 눌리면서 끝내 경영권을 포기하기에 이르렀습니다.

1990년 10월, 윤석양 이병의 보안사 민간인 사찰 폭로 사건은 나라안은 물론 전 세계를 경악케 했습니다. 이 나라의 정치인, 지식인, 교수, 학생 등 이른바 양심적인 민주인사의 일거수일투족을 낱낱이 감시함으로써 승계된 군사정권의 노골적인 반민주성을 확인시켜 준 것입니다.

여러 차례의 투옥과 정치활동 규제, 그리고 두 번의 세무 사찰, 고시 합격 후 임용 탈락 등의 거듭된 시련을 겪어야 했던 문희상은 '보안사 사찰 대상 384번'이라는 사실 앞에 또다시 실소를 머금어야만 했습니다. 이후 문희상은 5·17을 주도한 정치군인들에 의해 정치 활동규제조치에 묶이고 말았습니다.

인생의 전환점, 민주연합청년동지회

1985년 문희상은 한국 JC중앙회장에 당선, 취임했습니다. 국내 최대 규모의 청년단체 중앙회장을 맡은 그는 우선 청년운동의 초점을 이 나라의 '민주화', '지방화', '국제화'에 맞추어야 한다는 철학과도 같은 소신을 펼쳐 나갔습니다.

또한 그 시절, 그는 이 단체의 각급 국제대회에 한국대표단장으로 참가하는 등 모두 46개국을 순방하면서 지구촌 시대에 대비한 안목을 넓히기도 했습니다. 한국청년회의소 중앙회장 선거에 출마하였을 때에는 99.8%의 놀라운 지지율을 기록한 일이 지금껏 많은 사람의 입에 오르내리고 있다고 합니다.

87년 가을, 문희상은 이번에는 민주연합청년동지회 초대 회장에 취임하게 되었습니다. 서울법대 재학 시절 김대중 선생의 '3단계 통일론'에 심취하면서 맺어진 DJ와의 인연이 80년 서울의 봄에 연청(민주연합청년동지회의 줄임말) 결성의 뜻을 세웠고 1987년 비로소 30만 연청인의 선두에서 활약한 뒤 14대 대통령 선거에 거듭 연청회장을 맡아 대선정국의 리더십을 발휘했습니다. 자신을 낳아주시고 길러주신 아버지는 돌아가셨다 하더라도, 철이 들면서 정치의 길에서 만난 김대중 대통령을 그는 정치의 아버지 삼아 지혜를 배우곤 하게 됩니다. 대통령으로 당선되던 그 역사적인 날, 그는 "이제 나의 인생은 덤이다"라고 선언한 적도 있습니다. 그 분이 말씀하시는 민주주의와 자유, 또한 한국의 미래는 정치인의 길을 걷게 되는 그에게 중요한 교본이 되어 주었기 때문입니다. 3대 통일론 이외에도 그분의 정치 인생을 배우며 "세상을 좀 바꾸자"는 이야기, 그리고 그와 함께 꿈꾸는 '자유가 들꽃처럼 만발한 세상', '정의가 강물처럼 흐르는 세상', '민족통일의 꿈이 무지개처럼 피어나는 세상'을 김대중 대통령과 함께 걷는 멀고도 먼 정치인생의 가시밭길을 걷게 되었다고 했습니다. 사실 처음에는 DJ가 좀 과격하다는 선입견을 갖고 30분만 보자하고 만났는데, DJ는 후일 문희상을 원석을 발견한 것처럼 반가워했다고 합니다.

[국회에 입성하다]

험난한 정치여정에 첫 발을 디디다

1992년 문희상은 마침내 '국회 진출'에 성공하였습니다. 이미 4년 전 뼈를 깎는 아픔을 맛봤던 그는 특유의 뚝심 하나로 '길은 하나 오직 한길'만을 향해 뛰고 또 뛴 땀의 결과였습니다.

그때도 그랬습니다. 한수 이북지역의 독특한 정서는 문희상을 두고 '인물은 훌륭한데 당이 문제'라며 말(정당)을 갈아탈 것을 끊임없이 종용하곤 했습니다. 그때마다 문희상은 어금니를 꽉 깨 물었습니다. '지역살림, 나라살림을 꾸린다는 사람이 어찌 이쪽 당, 저쪽 당 오락가락할 수 있겠는가'라며 '정치적 지조'를 생명처럼 간직해 온 인고의 결과였습니다.

원내에 진입한 문희상은 마치 물을 만난 고기처럼 눈부신 활약상을 보여주었습니다.

행정위 국정감사에서 "문희상 의원이 압도적 점수 차로 순위를 지켰다"라고 당시 언론은 보도했고, 당시 중앙일보도 "국회의원들의 국정감사 활동 평가에서 문희상 의원 의원이 국감스타 베스트 5 가운데 으뜸을 차지했다"고 보도할 정도로 그는 의정활동에 발군의 기량을 선보였습니다.

세월이 흘러 DJ는 대선에서 YS에 패한 뒤 정계 은퇴를 선언하고 영국 유학길에 오르게 되었습니다. '3당 야합'에 반대한 이기택은 DJ가 떠난 신민당과 당대당 통합을 이루어 총재에 취임하고 문희상을 비서실장에 발탁하는데, 이때 이기택은 뜻밖에 삼초고려를 했다고 합니다. 바로 문희상이 비서실장을 할 수 없는 '3대 불가론'을 내세웠기 때문입니다.

'첫째, 이마에 DJ라고 찍혀 있다. DJ가 정계에 복귀하면 DJ를 도와야하기 때문에 비서실장을 할 수 없다. 둘째, 하루에 담배 세 갑 이상을 피우는 골초다. 아버지와 DJ를 빼고는 누구 앞에서도 담배를 피워야 한다. 그런데 비서실장이 총재 앞에서 담배를 피울 수는 없지 않은가. 셋째, 대변인처럼 매일 아침 총재의 집에 들러 브리핑하고, 조찬을 함께할 수가 없으니 비서실장으로는 부적격하다' 이런 내용이 3대 불가론이었다고 합니다. (당시 대변인은 박지원 씨였는데 그는 DJ와 이기택 참모 시절 하루도 빠지지 않고 새벽에 출근, 조찬을 함께하며 아침 신문 브리핑을 한 사람으로 유명함)

이기택의 대답은 아주 명쾌했다고 합니다. "그렇다면 문제없다. 나도 DJ를 존경한다. 나도 DJ가 복귀하면 언제든지 달려가 도울 것이니 함께 가자." 또 "매일 아침 집에 올 필요도 없고, 나 역시 담배를 좋아하니 같이 피우면 될 것 아닌가", 이것이 "호랑이는 굶어 죽어도 풀을 먹지 않는다"하던 정치인 이기택의 비서실장을 맡게 된 뒷얘기입니다. 이렇게 문희상은 신뢰를 받으며 발탁이 되었고 최선을 다하여 국정에 임하게 됩니다.

시대는 문민정부, 대권 게임의 승자 상도동 진영은 앞서거니 뒤서거니 정부 요직을 독식하는데, 이를 빗대 국회의원 문희상은 의정부 단상에서 "이제 상도동에 남은 것은 강아지뿐"이라고 일갈, 도하 언론의 지면을 장식하게 되었습니다.

호사다마라는 말이 있다고 하지요? 문희상은 의정활동 평점 A+이라는 높은 점수를 따내고도 1996년 4월 치른 제15대 총선에서 예기치 못한 일격을 당하고 말았습니다. 외길 정치인 문희상, 그 예사롭지 않은 정치 여정을 다시금 확인시켜 주기에 충분했던 일이 있습니다. '동생의 부도'라거나 '판문점 총격사건' 등은 차라리 사치스러운 변명정도로 치부해 두기로 하겠습니다.

국회의장이 되다

수많은 시련과 역사 소용돌이 속에 아픔과 슬픔이 가득하지만 문희상은 회한 가득한 시절을 조용히 뒤로하고 2018년 제20

대 국회의장 자리에 오릅니다. 전반기 의장을 맡아 국회를 이끌었던 정세균 의장의 바통을 이어 받았습니다. 그 막중한 책임과 의무를 받아들이며 40년간의 경험과 지혜를 모두 쏟아 혼신의 힘을 다하겠다고 국민에게 약속하면서 말입니다. 저를 포함한 의정부시민 모두가 감개무량하였던 순간을 우리는 모두 기억하고 있습니다. 민주주의의 꽃이며 최후의 보루인 국회 수장이 되어 국회가 펄펄 살아있어야 민주주의도 살고 정치도 산다는 그의 신념을 다시 한번 다짐하는 순간이었을 겁니다. 국민의 신뢰를 얻어야 국회가 살고, 신뢰를 잃는다면 국회가 지리멸렬한다는 것을 문희상은 잘 알고 있습니다. 김영삼 대통령은 "모든 나랏일은 국회에서 결정되어야 한다"며 "싸우더라도 국회 안에서 싸워야 한다"고 말했습니다. 김대중 대통령은 "국회의원은 국회에 있을 때 가장 아름답다. 싸워도 국회에서 싸워라"라고 말했습니다. 문희상은 국회의원이 국민의 신뢰를 회복할 수 있는 곳은 단 한 곳 국회뿐이라고 여깁니다.

의회주의자 두 전직 대통령의 가르침이 변함없는 진리라고 믿고 있으니 말입니다. 집주인 국민이 만든 설계도에 따라 일꾼 국회가 움직이는 것은 당연하다고 생각하며 후반기 국회 2년이 협치를 통해 민생이 꽃피는 국회의 계절이 되기를 꿈꾸었습니다.

국민의 눈높이에서 역지사지의 자세로 소수의 입장을 먼저 생각하고 바라보겠다고 약속했던 문희상입니다. 그는 약속한대로 '협치와 통합의 국회', '일 잘하는 실력 국회', '대한민국의 미래를 준비하는 국회'를 만들기 위해 혼신의 힘을 다해 매진했던 것입니다.

2. 인간 문희상

[인간적인, 너무나 인간적인]

다정다감한 문희상

눈물은 아마도 우리네가 갖고 있는 감정에 가장 충실한 표현일 것입니다. 그래서 눈물이 흔한 사람을 보고 정이 많다고 하나 봅니다. 어느 날, 그런 문희상을 가까이에서 지켜보며 눈물 많은 아빠라고 그의 딸 수현이 보내온 편지를 소개하겠습니다.

"제가 아는 사람 중에 가장 눈물이 흔한 사람을 뽑으라면 저는 아주 큰 소리로 당당하게 말할 수 있습니다. 우리 아빠라고. 남들이 믿거나 말거나 우리 아빠는 정말 눈물이 흔합니다.
주말 드라마에서 조금만 슬픈 내용이 나올라치면 엄마는 기대에 찬 얼굴로 얼른 아빠 얼굴을 훔쳐봅니다. 백발백중 아빠는 슬픈 대목에서 눈물을 터트리고 맙니다. 누가 상상이나 하겠습니까? 그 덩치에 주말 연속극을 보면서 그것도 며느리랑 마주 앉아 눈물, 콧물 흘리는 모습을.
이 울보 아빠에게 초비상사태의 날이 있었으니, 바로 저의 결혼식이었습니다. 제가 워낙 유난한 아빠의 사랑을 독차지하고 자란 맏딸인지라, 식구들 걱정이 만만치 않았습니다. 드디어 결혼식 날, 모든 것이 순조로워 보였습니다. 주례 말씀이 끝나고 저희 부부가 부모님 앞에 나란히 섰을 때였습니다. 울지 않으려고 애쓰느라고 얼굴 전체가 벌게진 아빠 얼굴이 눈에 들어옵니다.

딸 시집보내는 게 서운해서, 어디 멀리 가는 것도 아닌데, 이제 매일 볼 수 없다는 답답함에, 아빠 눈가가 자꾸만 젖어들어 갑니다. 제 눈가도 아빠를 따라 자꾸만 젖어들어 갑니다. 아빠와 저는 그렇게 마주 보며 눈물을 닦았습니다.

그리고 얼마 전 저는 아빠의 눈물을 또 보았습니다. 노무현 대통령이 탄핵되던 날, 국회에서 끌려가는 아빠의 동지들의 모습을 TV로 지켜보던 아빠는 눈에서 눈물이 하염없이 흘렀습니다. "이건 우리가 대통령을 좋아하고 싫어하고의 문제가 아니야, 국민이 만든 대통령을, 국민이 원하지 않는데, 어떻게 저렇게..."

한참을 울던 아빠가 눈물을 닦으며 제일 먼저 한 일은 바로 의정부 제일시장으로 나가신 일입니다. 이럴수록 국민의 곁에 있어야 한다면서 외출준비를 하시더니, 국민들의 소리를 듣기 위해 그들, 즉 국민의 곁으로 가야한다시며 뚜벅뚜벅 외출을 나가셨습니다. 서민들이 거친 손으로 삶의 터를 일구어가는 재래시장, 아빠는 그들의 곁으로 다가가셨습니다. 걸어가는 아빠의 뒷모습은 태산같이 높게만 보였습니다. 남들은 그렇게 이야기합니다. 아빠가 안 무섭냐고, 그러면 전 언제나 이렇게 대답했습니다. 저에게 가장 좋은 친구가 바로 우리 아빠라고, 친구가 무서울 수 있냐고. 세상은 머리가 아니고 가슴으로 살아야 한다고, 그리고 당장 눈앞의 이익이 아닌 미래를 생각해야 한다고, 항상 사람은 자기인생의 큰 꿈을 갖고 그 꿈을 이루기 위해 앞으로 나갈 줄 알아야 한다고 일깨워 주신 우리 아빠.

국회의원이어서가 아니고, 대통령 비서실장이어서가 아닌, 순수한 사람으로 저는 우리 아빠를 존경합니다. 그리고 사랑합니다."

(2005. 3. 28. 큰딸 수현의 편지)

귀한 딸을 시집보내는 날, 아버지로서의 눈물을 보이고 가족을 사랑하는 평범한 문희상입니다. 누구나 소중한 딸을 결혼시키며 그 뒷모습을 보고 눈물을 훔치게 됩니다. 저 또한 여식이 있어서 그 마음을 상상해봅니다. 조금 더 잘해주지 못한 것은 없는지, 가서 어르신을 잘 모시고 살런지, 남편 내조를 잘 했으면 하는 마음, 그런 친정아버지의 애틋한 마음으로 눈물을 훔치겠지요.
대통령을 여러 번 모시면서 탄핵이 되고 동지들이 끌려 나가는 아픔을 지켜보면서도 눈물을 흘리는 문희상입니다.

일찍이 나라의 기둥이며, 중심이 되어야 하는 대통령이 탄핵이 되는 것을 상상이나 했을까요?

역사의식을 가지고 나라 전체를 운영하려고 노력하던 대통령의 노력이 하루아침에 물거품이 되는 현장입니다. 가슴 아프고 개탄스러운 일이 있을 때마다 눈물을 보이는, 참으로 따뜻한 문희상입니다.

공처가이자, 애처가인 문희상

민주통합당 비대위원장이던 시절 문희상은 JTBC의 시사 프로그램 '뉴스 콘서트'에 출연했던 적이 있습니다. 이런 저런 내용으로 토의를 하던 중에 문 위원장이 갑자기 "여보, 미안해"를 외쳤습니다. 스튜디오는 웃음바다로 변했습니다. 야당 지도자의 첫 종편 출연이었지만, 문 위원장의 유머로 분위기가 부드러워졌습니다.

평소 '가화만사성'을 강조하는 문희상은 무엇보다도 가정이 화목해야함을 중요하게 생각했습니다. 그러기 위해서는 아내의 말을 늘 따르고 아내의 노고에 대한 따뜻한 마음을 잃지 않습니다.

바쁘게만 지내는 생활 속에서도 쉬는 날이면 아내와 손잡고 산책을 나서며 소소한 행복을 놓치지 않는 애처가로 알고 있습니다. 아내를 사랑하고 아끼지만, 다정하고 애교스러운, 요즘 젊은이들 같은 표현을 한마디도 할 줄 모르는 무뚝뚝한 남편이지만, 누구보다도 사랑하는 마음을 품고 있는 공처가 남편입니다. 요즈음의 젊은이들은 시시때때로 사랑을 표현하고 다정한 스킨십을 나누는 개방적인 시대라고 하지만, 우리네 세대는 아직 그런 것을 미처 배우지 못한 보수적인 세대입니다. 그저 마음으로 아내에게 박수와 그간의 노고에 대한 격려를 전할 뿐입니다. 문희상 또한, 구세대 아버님들의 무뚝뚝함으로 똘똘 뭉쳐있지만 때로는 웃음으로, 때로는 따뜻한 눈빛으로 아내의 그간의 고생을 충분히 격려할 수 있는 공처가로 살고 있습니다.

문희상은 가정의 중요함을 누구보다도 잘 아는, 또 정치인의 아내로 평생 고생 많았던 아내에게 그 누구보다도 위로해 주고 싶은 따뜻한 남편이 되고 싶은 마음일 것입니다. 비록 말로 표현하는 것이 서툴지라도 말입니다.

문희상이 어느 봄날, 늘 미안해하며 아내에 대해 이야기 한 적이 있습니다.

"내가 몇 번 아내에 대한 헌사를 보낸 적이 있어요. JC 중앙에서 당선됐을 때, 그리고 출판기념회를 했을 때 마누라 애기를 꼭 했어요. 나는 원래 잘 할 수 있는 게 별로 없어. 아침에 뭘 약으로 먹어야 되는지, 옷을 뭘 입어야 되는지. 결혼 이후 단 한 번도 내가 스스로 뭘 한 적이 없어요. 전부 마누라가 하는 거예요. 한마디로 하면 저 양반이 없으면 나는 존재의 의미가 없어. 지금의 나를 있게 한 모든 것 아내야. 그러니까 내가 이렇게 되더라도 믿는 것은 마누라 하나 전부야. 아무 것도 없어. 그래도 마누라가 있으니까 좋지. 그만큼 나한테 중요한 사람이고. 난 수사로 다시 태어나도 저 여자랑 숙명적으로 다시 결혼할 것 같다고 말 하곤 해. 처음 만나는 순간, 나는 어? 우리 마누라네? 라고 마음이 갔어. 근데 한눈에 반했다는 말이 되게 좀 비합리적이잖아. 근데 그게 아주 과학적인 거래. 하지만 늘 나한테 부족한 건 마누라랑 맞춰 간다는 거야."

우스개 소리를 나누는 그는 평범하고 부족한 대한민국의 보수적인 남자, 문희상입니다. 소박하고 소탈하기 짝이 없는 문희상을 정겹게 여기지 않을 수 없는 대목입니다.

여성으로서, 이 땅의 딸로서 살아가는 분들에게 박수를!

그는 여성문제에 대한 전문가도 아니고 남다른 일가견을 갖고 있지도 않지만 가끔 억울하다는 이야기를 하곤 하는데 이유인즉, 외모 탓이 아닌가 생각한다고 합니다. 그의 아내가 가끔 농담반 진담반으로 "어떻게 그렇게 무서운 남자하고 사느냐"고 하는 말을 듣곤 하니 말입니다.

지구의 절반인 여성의 권익은 나날이 신장되고 있고, 또한 일찍이 신장 되어야 하는 부분입니다. 그는 아내에게, 어머니에게 부드럽고 따뜻한 성품을 가진 만큼 세상의 여성들의 불이익과 아픔에 대해 늘 안타까워하곤 했습니다.

일류디자이너는 남자다, 일류요리사는 남자다, 이러한 편견을 가지고 말하기 좋아하는 사람 또한 남자일지도 모릅니다. 불과 얼마 전만 해도 남자는 남자의 일에만 집중할 수 있는 여건이 여성보다도 훨씬 더 잘 갖추어졌었다고 할 수 있었습니다. 문희상은 여건만 갖추어지고 자신이 하는 일에 더 많은 시간을 투자할 수만 있다면, 자신의 직업에 더욱이 충실 할 수 있는 여건만 된다면 여성이 절대 뒤지지 않음을 알고 있습니다.

곧 여성 문제라는 것은 여성 스스로 자초한 것이 아니라 남성이라는 존재 때문에 생긴 상대적인 문제라고 말합니다. 그러므로 여성문제란 남성문제일 수도 있으며 나아가 우리 인간의 문제 일 수도 있다고 말합니다. 이렇게 무소의 뿔처럼 당당하게 여성으로서 살아가기를 바라는 공지영의 소설 제목처럼 화합하는 차원에서 남과 여의 조화를 이루도록 해야 한다고 말합니다.

그는 페미니스트도 아니고, 여권운동가도 아니지만 우리나라 여성의 경우, 그 위상이 열악했던 게 사실이고 다른 나라 여성들에비해 많은 희생과 피해를 감수 하고 있었음이 사실이고 공감하는바 입니다.

최근 누가 보아도 우리 사회에 여성의 사회적 진출이 두드러지고 있음을 알 수 있습니다. 각 분야에서 여성의 목소리가 높아지고 있는 것은 다행스러운 일이며 육군사관학교와 같이 금녀의 영역이던 곳에 여성의 진출이 증가하고 있으며 여성 경찰서장도 탄생하였습니다. 유독 정치권의 경우 아직도 여성의 진출이 미미한실정입니다만 꾸준히 늘고 있기는 합니다.

문희상은 우리 국회에 여성 의원들이 많아지면 우리정치도 싸움이나 정쟁보다는 대화와 타협이 활발해질 거라고 생각하고 있습니다.

김대중 대통령이 야당으로의 정권교체를 이루기까지 50년이 걸렸습니다. 새로운 세기에 반드시 훌륭한 여성 리더가 쏟아져 나올것으로 문희상은 믿고 있습니다.

문희상이 보는 여성의 아름다움이란 예쁜 얼굴, 화장, 애교, 몸매등 이런 데에서 여성의 매력이 보여진다기보다 무엇이든 자기위치에서 최선을 다하는 열정의 모습에서 찾을 수 있다고 생각합니다. 여러분들의 아내와 딸들이 사회에 나가 존중받는 것은 진정 적극적으로 일하는 기운찬 전진하고 성취하는 모습임을 항상 문희상은 잊지 않고 있답니다. "우리는 이 땅의 모든 여성에게 힘찬 박수를 보냅니다" 이렇게 여성을 높이 사는 문희상은 역사 속에서 여성의 역할을 결코 적지 않게 기여하고 있음을 잊지 않습니다. 국가가 위기를 맞이하고 이를 극복하는 과정에서 여성의 역할이 결정적인 순간은 여러 차례 볼 수 있었습니다.

임진왜란 때 왜군을 막아낸 '행주대첩'은 바로 '아줌마 대첩'이었다고 가끔 문희상은 이야기합니다. 멀리 갈 필요 없이 최근 6.25 이후 최대의 국난이라는 IMF 환란을 극복하는 배경에는 김대중 대통령 이하 정부 각료의 각별한 노고 이외에 금모으기 운동, 근검절약이라는 주부들의 눈물겨운 노력이 감동적이라고 자주 언급하곤 합니다.

IMF 외환 위기가 극복되는 시기가 도래했다고 하여도 콩나물 값 한 푼을 깎는 주부들의 저축이 나라를 살리는 기초가 되었고, 또한 금모으기에 앞장서면서 우리 사회의 저력은 주부들의 힘이 아닐 수가 없음을 우리 모두 알고 있습니다.

문희상은 그의 아내와 가끔 우리 사회의 건강함을 유지시켜 주는 것 또한 주부들의 힘이라고 생각하며, 특히 우리나라 주부들의 절약 정신의 남다름에 감탄하곤 합니다.

과유불급이라는 말이 있습니다. 지나친 것은 부족함보다 못하다는 말입니다. 무엇이든 지나치면 안 됩니다. 문희상은 가끔 오늘의 이 시대에 사는 주부들에게 권하고 싶어 합니다. "좀 더 적극적으로 재테크를 하셔도 됩니다. 그리고 자기 개발을 결코 포기하지 마세요" 그리고 또 이렇게 여성들에게 이야기 합니다. "좀 더 합리적으로 절약하고 남다르게 재테크를 하기 위해서, 여성들이여! 세상을 알아야 합니다. 바람이 날 필요가 있어요. 여기서의 바람이란 '묻지마 관광' 바람이 아니라 '미지의 세상'에 대한 바람입니다. 여성들이여 바람이 나세요!" 라고 말입니다.

문희상은 잘 알고 있습니다. 우리 사회를 이끌어가는 많은 에너지가 여성들로부터 창출되고 있으며 또한 손수레를 끌 듯이 앞에서 이끌어 갈수 있는 리더로서의 여성의 힘도 적지 않다는 것을 말입니다.

요즘 국회에도 여성의원이 많이 늘었습니다. 이제 더 이상 여성을 가정에 머무르는 내조하는 현모양처로만 생각하는 시대는 지났습니다. 여성들이여! 무소의 뿔처럼 앞서서 갈 수 있음을 잊지 마시길 바랍니다.

개그맨 문희상

2005년 4월 여당인 열린우리당 문희상 의장이 야당인 한나라당 박근혜 대표를 당사로 찾아가 만난 이래 두 사람은 10년이 가깝도록 유머로 친해진 관계였습니다. 두 사람은 자주 만나는 사이였다고 합니다. 그런 어색한 사이에서도 문희상의 유머는 어김없이 등장했다고 합니다. 국회 시정연설 직전 박 대통령은 문 위원장에게 "역량이 대단하신 것 같다"고 말을 건넸다고 합니다. 그러자 문 위원장은 "역량보다 내가 '비대'(肥大·살이 쪘다는 의미)해서 비대위원장을 또 하는 것 같다"고 대답을 했었습니다. 박 대통령은 그런 유머에 파안대소했다고 합니다. 박 대통령은 "정치엔 유머가 반드시 필요하다. 여야가 웃어가며 정치하면 좋겠다"고 그의 유머에 대해 아낌없는 칭찬을 했다고 합니다.

문 위원장은 대한약사회 창립 60주년 기념식에서도 먼저 연설한 새누리당 김무성 대표가 축사를 조금 길게 하자 "'무대'(무성대장이란 뜻의 김 대표 별명)가 (길게)가면 '비대'가 안 갈 수 없다. 이게 숙명"이라고 해 사람들을 웃겼던 적도 있다고 전해집니다. 지금 다시 들어도 웃음이 나옵니다.

문희상은 박 대통령의 말처럼 선진국 정치에서 유머는 빼놓을 수 없는 감초임을 잘 알고 있습니다. 어느 땐 한마디의 조크로 위기 상황을 넘기고, 또 어느 순간은 단순한 유머로 좌중을 휘어잡기도 하는 것입니다.

연례 백악관 출입기자 만찬을 앞두고 버락 오바마 대통령은 어떤 유머로 기자들을 웃길지 머리를 쥐어 짜내기도 한다고 합니다. 그 정도로 유머 감각은 미국 정치인들에게도 중요한 자질인가 봅니다. 백악관 만찬장에서도 오바마는 "푸틴이 지난해 노벨 평화상 후보에 거론됐는데 있을 수 있는 일이다. 왜냐하면 요샌 그걸 아무에게나 주니까"라고 말해 폭소를 자아냈다고 합니다. 그 자신도 2009년 노벨 평화상을 받아 논란이 있었다는 걸 염두에 둔 농담이었겠지요.

이정희 한국외대 정치외교학과 교수 등 국내 전문가들도 '유머는 정치의 윤활유이자 조미료'라고 꼽습니다. 하지만 한국에서 정치 유머는 이미 사라지고 있어 보입니다. 극심한 대립 속에서도 촌철살인 유머로 분위기를 잡았던 정치고수들이 줄었기 때문입니다.

유머 불모지역이 된 국회에서 그나마 남은 인물들은 문희상과 '엽기 수석'으로 불렸던 유인태 의원 정도라고 알고 있습니다.

문희상의 유머 코드는 오바마 대통령과 비슷한 '자기 학대형'이 대부분이며, '장비를 닮았다'느니 이런 외모를 빗대어 우스개소릴 하는 경우가 많습니다.

국회부의장 시절 한우시식회에서 "소 잔치에 돼지가 왔습니다"라고 축사를 하거나, 과거 "코디네이터를 따로 두고 있느냐"는 한 여성의 질문에 "그러면 얼굴이 이렇게 됐겠느냐"고 되받아 친 적도 있습니다. 비대위원장을 다시 맡은 뒤엔 "생긴 대로 산돼지처럼, 포청천처럼 뛰겠다. 필요하면 개작두를 치겠다"고 포부를 밝혔고, 기자들과의 식사 때는 "북한은 '장군님의 모습'이라며 나 같은 돼지형을 아주 좋아한다"고 말한 적이 있습니다. 이하늬를 언급하며 가끔씩 "닮은 구석이 있지 않느냐"는 우스갯말을 서슴지 않기도 하지요.

하지만 그의 유머에 단순히 자기 비하가 전부는 아닙니다. 복잡하고 민감한 상황을 날카로운 한마디로 정리하는 능력도 뛰어납니다. "요즘 초·재선 중에는 너무 막 나가는 의원들이 많으니 버르장머리를 고쳐놓겠다", "지리멸렬한 당에서 쥐새끼처럼 빠져나갈 궁리만 하는 사람은 조직원의 자격이 없다"는 직설적인 표현으로 당내에서 틀을 바로잡기도 했습니다.

문희상은 유머 섞인 달변가로 기자들에게도 인기가 많았습니다. 회의 때 참석 의원들보다 기자들의 수가 더 많으면 "밥보다 고추장이 많다"며 친근감을 표시하기도 했습니다. 항상 유머와 열정을 유지하는 비결을 궁금해 하는 기자들에게 문 위원장은 "열정이 없으면 정치를 그만두고 돈을 벌든지 해야 한다"며 "지도자는 주변 분위기가 활활 살아나도록 만들어야 한다"고 지론을 밝혔습니다.

요즈음 코로나 19 사태를 맞이하면서 우리는 이제 사회적 거리 두기로 인해 모두가 멀리에서 손을 흔들고 악수마저 하지 않도록 권하고 있는 실정입니다. 너무나 각박하다고 느끼거나, 마스크를 끼고 있으니 그나마 서로의 웃음마저 감염으로 인해 사라지고 있는 시대에 이제는 멀리에서 누구인지 모습을 알아보지 못하고 인사 없이 스치는 순간도 있습니다.

그럴수록, 사회적으로 어려운 시기를 맞이할수록 문희상은 유머를 잃지 않아야 한다고 말합니다. 웃음, 즉 유머는 우리에게 많은 것을 안겨줄 수 있다고 말하곤 합니다.
온갖 고문, 사회적 불안, 당파간 갈등과 고난의 시기에도 유머는 우리에게 희망과 미래에 대한 돌파구를 안겨줄 수있다는 문희상의 아름다운 가치관 중 하나라고 여겨지는 것이지요.

나는 삼국지의 장비다

문희상 비상대책위원장에겐 유독 외모에 빗댄 별명이 많이 붙어 다닌다. 포청천·두꺼비·산적 두목·멧돼지….

"별명은 늘 붙어 다녔다. 중·고교 땐 얼굴에 털이 많이 나서 털보라고도 불렸다. 산돼지나 산적 두목이란 별명도 있었는데 나의 어느 측면을 잘 표현하고 있다고 생각한다. 나 스스로 볼 땐 산돼지에 가까운 것 같다. 저돌적이고 격정적이고 열정적이어서 산돼지처럼 밀어붙이는 게 있다."

초선 시절엔 국정감사 스타로 떠오르면서 기자들 사이에 '겉은 장비, 속은 조조'로 불리기도 했습니다.

문 위원장은 조조의 이미지를 싫어한다고 했습니다. 그는 "머리를 잘 쓴다고 해서 조조라고 붙인 게 지금까지 붙어 다니는데, 난 조조가 갖는 간웅의 이미지가 싫다. 이왕 머리가 좋다고 하면 제갈공명이라든지 다른 말로 표현할 수 있지 않나.

과거 노무현 대통령이 출판기념회 때 와서 내가 볼 때는 유비에 딱 맞다고 말한 적이 있다. 덕이 많고 유연하다는 의미겠지. 고교 동창들은 나를 관우라고 부를 때가 있었다"고 이야기 하곤 했습니다. 문희상은 포청천과 얽힌 에피소드도 들려주곤 했습니다.

"포청천 역을 맡았던 중국 배우 진차오췬(金超群)이 우리 민속씨름대회에 초청받았는데 자기와 닮은 나를 만나는 걸 조건으로 걸었다. 너무 똑같아서 만나는 순간 서로 웃음이 나왔다. 진차오췬은 키가 1m80cm로 훤칠하다. 얼굴이 까만 건 분장 때문이고 실제 피부는 백옥같이 하얗다. 나보다 훨씬 잘생겼더라."

이렇게 자신의 외모를 스스로 이야기하기도 하는 것입니다.

덕이 많고 유연성이 있으면서도 순수하고 열정적인 장비를 좋아하는 문희상입니다.

골초에서 금연홍보가로

문희상은 사실 오래도록 엄청난 골초였습니다. 어느 날 담배와의 영원한 결별을 한 경험에 대한 이야기를 추억하며 기고한 글이 있어서 소개합니다.

"늦게 배운 도둑이 날 새는 줄 모른다더니 흡연이 바로 그랬다. 나의 첫 흡연은 결혼 이후, 아마 30세 전후로 기억된다. 그 후로 줄곧 30년 가까이 담배를 손에서 놓아본 적이 없었다. 그래서 나 자신도 담배를 끊게 되리라곤 생각하지 못했다. 더구나 한국일보의 금연 캠페인에 '금연기'를 쓰게 되리라곤 더더욱 생각을 못했다. 담배가 없이는 어떤 일도 할 수 없는 생활이었기 때문이다.

'한번 끊어볼까'라는 생각은 자주 했었으나 생각보다 실천에 옮기기가 쉽지 않았다. 하지만 금연의 계기는 정말 우연치 않게 찾아왔다.

2002년 1월 심한 감기몸살로 앓아 누운 적이 있었는데, 근 일주일을 꼼짝 못하고 누워 있는 동안 내 의지와는 상관없이 자연스럽게 담배를 손에서 놓게 되었다. 몸을 추스르고 나서 가만히 생각하니 '이번 기회에 담배를 아예 끊어야겠구나'라는 생각이 들었다.

아내에게 무심결에 "나 담배 끊을까 봐"라고 했더니, 아내는 당장 그날부터 "우리 남편이 담배를 끊었소"라고 광고를 하고 다녔다. 혹시라도 마음을 바꿀까 조바심이 났던 모양이다. 하여간 아내의 작전은 성공해서 주변의 모든 사람이 나의 금연을 기정사실화했고, 신문에 가십 기사로까지 나가기에 이르렀다.

정치권에서 담배 하면 떠오르는 정치인이 몇 명 있는데, 민망하

146

게도 그중 하나가 나였다. 트레이드 마크처럼 정치부 기자들 사이에선 '문희상은 골초'로 통했다. 세어본 적은 없지만 기자들 사이에서 내 흡연량은 하루 5갑이 정설이었다. 게다가 당시 고(故) 이주일 선생의 금연 캠페인으로 사회적 관심이 금연에 쏠렸던 시기였으니 나의 금연 소식을 전해 들은 정치부 기자들이 가십 기사로 쓸 만했을 것이다.

흡연을 시작한 후 "금연을 했다"고 말할 수 있을 순간은 항공기 안에 있을 때와 잠잘 때뿐이었다. 그러니 본격적인 금연을 시작하고 처음 두어 달 동안은 여러 가지로 힘들었다. 한번은 꿈속에서 담배를 태우고는 '아, 내 의지가 이 정도밖에 안 되나'라고 자책하다가 벌떡 일어나 '꿈이었구나' 하며 가슴을 쓸어내린 적도 있었다. 이제는 금연의 계기를 제공한 그때의 감기몸살이 내 인생에 새로운 전기를 가져왔다고 말하고 싶다.

가장 중요한 변화는 가족의 건강이다. 모두 아는 사실이지만 간접흡연의 폐해가 상당히 크다는 것이다. 이젠 나로 하여금 가족의 건강에 해를 끼치지 않고 있다는 사실에 대단히 만족하고 있다. 그런 의미에서 이 지면을 빌려 청와대의 대표적인 흡연가인 유인태 정무수석과 문재인 민정수석에게 금연을 권하고자 한다. 일상의 작은 변화라면 청결함을 말해주고 싶다. 자동차 안이나 집 안에까지 담뱃재로 인해 지저분했던 것이 아주 청결해졌다. 신체의 변화는, 종종 있어 왔던 목의 통증과 두통이 거의 없어졌다는 것이다.

불명예스럽게도 우리나라 15세 이상의 남성 흡연율이 OECD 국가 중 1위라고 한다. 불명예스러운 통계에 나도 한몫했던 셈이니, 이제 와서 이런 말을 한다는 게 좀 쑥스럽기는 하다. 그렇지만 한국일보의 금연 캠페인을 계기로 대한민국 국민이 금연에 동참해주길 간곡히 바란다. 소중한 가족을 위해서라도."

(한국일보, 2003.5.18. 문희상 기고문)

가족을 사랑하는 문희상은 이렇게 해서 담배를 멀리 하게 되었습니다. 아마도 이렇게 금연 열풍이 일어날 것을 예견하고 있었던 것일까요. 일찌감치 금연 홍보대사가 되어 버렸습니다. 무엇이든 마음먹으면 단호하게 변화를 시도할 수 있고, 그것이 더구나 가족을 위한 일이기도 하다면 실행하는 데에 더 이상 주저함이 없이 결단력 있는 문희상의 한 단면이기도 합니다.

3. 문희상의 역경과 삶

[죽음의 산을 넘다]

교통사고가 나다

2005년, 문희상은 불의의 사고로 응급실에 실려 가게 되었습니다. 병실로 옮겨진 추위가 채 가시지 않은 이른 봄, 병실에서 수많은 생각들이 머릴 스치고 지나갔다고 합니다.

"병실 창밖으로 봄이 성큼 다가왔습니다. 곧 4월이군요. 어느새 파릇파릇 새싹이 돋아나고 개나리, 진달래꽃이 피어나면 우리 삶의 고단함도 잠시나마 잊을 수 있겠지요..........
난생처음 당하는 교통사고, 죽음이 바로 코앞에 다가와 있었음을 실감했습니다. 오히려 마음은 차분해지고 공포감조차 들지 않았습니다. 순간 이제 막 재롱을 피우기 시작한 네 살배기 손녀 경은이를 못 보게 되는 것은 아닐까 하고 슬프고 억울했습니다."

문희상은 '당신은 무엇을 위해 그토록 목숨을 걸고 살아가는가' 하는 본질적인 물음에 눈물을 글썽입니다. 병원 응급실로 후송되어 극심한 통증을 참으며 수많은 상념에 젖습니다. 응급처치와 각종 검사를 받은 후, 생명에 지장은 없을 것이라는 의사의 말을 듣고 나서야 일단 큰 고비는 넘겼구나 하고 잠시 한숨 돌려보았던 것 같습니다.

그럼에도 불구하고, 문희상은 이 사고로 인해 공식선거 일정에 차질이 생긴 것을 너무나 힘들어했습니다. 당원 동지들에게 죄송스러운 마음을 이루 말할 수가 없었던 것입니다. 병원에서는 2주 이상 움직이지 말라, 요양이 급선무임을 설명하지만, 문희상은 한 시도 병상에 누워 있을 수 없었습니다. 4월 전당대회를 앞두고 있는 중요한 시기이니 문희상은 입원을 지속할 수 없었고, 퇴원을 강행하는 그런 문희상에게 수많은 당원들의 성원이 쏟아진 것으로 또렷이 기억합니다 . 건강이 우선이니 쉬셔야한다, 그러다가 정말 큰일 나시려고 그러시냐, 절대 움직여서는 안된다. 온갖 걱정의 말들이 문희상에게 큰 동지애를 안겨줍니다.

문희상은 당시 쏟아졌던 당원 동지들의 사랑을 절대 잊지 못합니다.

"저는 이것이 우리 당의 저력이라고 생각합니다.
동지애, 당에 대한 사랑,
우리가 하는 일이 바르다는 확신!
우리 당은 동지애와 신념의 힘으로 움직입니다.
이것이 우리 당을 다른 당과 구별 짓는 특징입니다"

당을 통합하고 힘을 모으는 자리, 2005년 4월 2일 전당대회를 온 국민 모두의 축제와 같은 분위기 속에서 치르기 위해 한시도 통증에 사로잡혀 병원에 있을수 없다는, 그는 영원히 당과 동지, 즉 나라 걱정과 신의를 최고로 여기는 그런 뜨거운 심장을 가진 그런 사람입니다.

이런 일화를 보면 우리는 그의 평소 모습을 미루어 짐작할 수 있습니다. 우리는 그렇게 긴박하게 선거상황이 진행되던 그 시기에 평소 그의 따듯하고 인간적인 모습에 기억하고 있던 모든 당원들의 힘을 모아 성대한 전당대회를 치를 수 있었던 것입니다. 그를 지지하던 당원이든, 아니든 모두가 한마음 한뜻으로 그의 쾌유를 비는 댓글이 쏟아지고 있었고, 또한 병석을 물리치고 일어나 전당대회를 위해 청년처럼 뛰는 그의 모습, 또한 그런 그를 응원하는 수많은 댓글들과 아낌없는 박수갈채를 잊을 수 없습니다.

문희상은 어느 날 한쪽 눈에 문제가 생겨서 1주일간 병원 신세를 진적도 있었습니다. 그때도 당분간은 외부활동을 중단하고 집에만 있으라는 의사의 당부가 있었습니다. 전신마취를 하고 3시간이 넘는 수술을 했었던 것이지요. 다행히 수술은 잘되었는데 3일 만에 집어든 신문속의 세상소식에 문희상은 두 눈을 질끈 감아버리고 맙니다. 아픈 눈을 뜨고 바라보는 작금의 현실에 답답함을 넘어 암담하기 짝이 없었습니다.

그가 정치를 하면서 최고로 중요하게 여기는 가치는 너무나 단순합니다. 나보다는 당을, 당보다는 국가를 최우선으로 생각하는 것입니다. 또한 나보다는 당원, 당원보다는 우리의 국민이 우선인 것입니다.

당시 노대통령과 정동영, 김근태 두 전직 당의장의 치고받는 모습을 보며 매우 실망하고 있었습니다. 실망감에 더해 과연 저분들이 국가 최고 지도자의 반열에 자리하고 있는 분들인지 걱정스러운 마음과 정치인의 한사람으로서 모멸감과 좌절감을 느꼈다고 합니다. 신체의 일부가 아파서 병석에 있더라도 그는 나라와 당, 가장 최우선인 국민에 대한 걱정을 내려놓지 못합니다. 이런 그의 뜨거운 마음을 누구도 병석에 눕혀두지 못하는 것입니다. 아파도 힘들어도 그의 나라를 향한 사랑과 충성심은 식을 줄 모릅니다.

엄홍길과 팔로우십 (followship)

산을 좋아하는 사람들에게 왜 산에 오르냐고 물으면 "산이 거기 있으니까"라고 대답합니다. 그러나 엄홍길 대장은 아끼던 동료가 거기에 남아있기에 에베레스트에 올랐습니다. "나는 내가 그토록 사랑했던 산악 동료를 그 얼음같이 차가운 산 속에 남겨 둘 수 없다"는 슬프고도 애절한 마음을 한 걸음 한 걸음 담아 고산지대를 올랐다고 합니다.

그렇게 험한 길을 목숨을 걸고 다시 오르고 드디어 엄홍길 대장은 해발 8,750미터 지점에서 고인이 된 박무택 씨의 시신을 수습해 소중한 그의 유품을 안고 귀국했습니다. 참으로 가슴 벅찬 산악인들의 이야기가 아닐 수 없습니다. 죽어서도 계속되는 연대의식이 없다면 극한 상황에서 공동의 목표를 향해 나아가는 것은 불가능할 것입니다. 생사를 초월한 신뢰가 있기에 온갖 어려움을 극복하고 위대한 업적을 이룰 수 있는 것입니다.

실제이야기가 반영된 엄홍길 이야기는 영화로도 제작되어 많은 사람들의 심금을 울린 적도 있습니다.

사랑하는 나의 산악동료가 먼 타향에서 이승을 떠났는데 그가 사랑하는 가족의 품으로 돌아올 수 있게 하기 위해 그 위험한 산을 다시 오르는 그 엄홍길의 뜨거운 마음을 잊을 수가 없습니다.

엄홍길과 박무길이 가족이 아니면서도 가족보다 더 뜨거운 그 마음을 어떻게 다 헤아릴 수 있을까요.

엄홍길 대장이 이끄는 2005년 6월 13일 한국 초모랑마 휴먼 원정대 이런 분들의 마음 따뜻한 이야기를 들으면 문희상은 팀워크와 신뢰의 중요성을 다시 한번 마음깊이 생각하게 됩니다.

우리도, 우리 정치인도 그들처럼 뜨거운 열정과 순수한 영혼을 닮을 수는 없는 것일까, 당리당략, 눈앞의 이익에만 급급한 정치인이 아니라 진정 국민에게 봉사하고 헌신하는 정치인이 될 수는 없는 것인가 하는 생각을 끝없이 합니다.

특히 이제는 모든 것이 민주주의 원칙에 따라 상향식으로 결정되는 시대가 되었습니다. 타율성에 의존하던 과거 정치의 패러다임으로는 한 발자국도 앞으로 나갈 수 없습니다. 자발적인 헌신과 희생 없이는 정치가 단 한순간도 존재할 수 없게 된 것입니다. 바로 민주적 리더십의 시대요, 팔로우십의 시대입니다.

팔로우십이란 리더십과 팔로우(follow, 따른다)를 합친 말입니다. 21세기형 민주적 리더십의 작동 원리는 리더의 지시와 명령에 따라 움직이는 것이 아니라 구성원들의 자발적인 협력과 따라줌, 즉 팔로우십에 의해서 움직인다는 것이 특징입니다.

앞서 예로든 산악인들의 모습을 보면, 죽어도 끊어지지 않는 신뢰가 있기에 팀원들은 대장을 목숨 걸고 따르고, 대장은 팀원들에게 자신의 전 존재를 던짐으로써 팀원들의 자발적인 팔로우십을 이끌어 내는 것입니다. 이것은 문희상이 생각하는 진정한 리더십입니다.

장애, 이 또한 이겨 나가리라!

2000년 11월에 불의의 오토바이 교통사고로 하반신 마비판정을 받았다는 가수 강원래. 그가 5년 만에 새로 앨범을 냈다고 합니다. 앨범 제목은 〈다시 멈추지 않을 것〉이라고 합니다. 평범한 사람들이 그냥 그렇게 5년이라는 세월을 보내는 동안 그는 얼마나 많은 노력과 힘든 과정을 거쳤을까요?

같은 클론의 멤버인 구준엽 씨는 친구와의 복귀를 위해 지난 일 년간 휠체어를 타고 살다시피 했다고 합니다. 그렇게 살다 보니까 친구인 강원래 씨의 심정을 100분의 1이나마 이해할 수 있을 것 같다고 했습니다. 문희상은 친구의 아픔을 진정 10,000분의 1이라도 이해하며 지내는지 가족의 아픔을 얼마나 이해하며 사는지 스스로에게 되묻곤 합니다.

밤늦은 시간, 젊은 친구들이 좋아하는 개그 프로그램에 〈바퀴 달린 사나이〉라는 코너가 있었습니다. 〈바퀴 달린 사나이〉란 제목은 휠체어를 타고 다니는 자신을 표현하고 있는 말로서, 얼마나 솔직하게 자신의 이야기를 개그로 표현하는지 문희상은 감탄합니다. 대중들로부터 웃음을 이끌어 내면서도 장애우로서 살아오며 겪었던 한국 사회의 편견에 날카롭게 일침을 가하는 내용이지요.

"나는 사고로 두 다리를 잃고 두 손으로 걷는 장애인입니다. 어릴 때 학교를 가고 싶어도 정상인이 다니는 학교에서 받아 주질 않았습니다. 두 손으로 걷는 모습을 다른 아이들이 따라 할 거라며 교육상 좋지 않다고 하더군요. 처음엔 따라 할 겁니다. 하지만 따라 해보면 얼마나 힘든지 알게 되기 때문에 나중엔 하라고 해도 안 할 겁니다. 나도 친구들과 같이 두 발로 걷고 싶다고 많이 울 곤 했습니다만 이제는 누구보다도 즐겁게 살고 있습니다. 나에겐 누구보다 튼튼한 두 팔이 있기 때문이죠. 얼마나 다행인지 몰라요. 누구도 부럽지 않습니다. 나는 내가 얼마나 많은 것을 가졌는가 하고 생각합니다."

2000년대 초반, 문희상은 미국을 방문했을 때를 기억합니다. 그는 우연히 전동휠체어를 탄 사람이 버스에 타는 모습을 지켜본 적이 있습니다. 버스가 도착해서 전동휠체어 채로 승차(버스 구조가 다름)할 때까지 거의 10분 정도의 시간이 소요된 듯 느껴졌습니다. 주변 사람들 중 어느 누구도 얼굴 찌푸리는 표정 없이 그 과정을 지켜보거나 도와주는 모습들이었습니다. 한국에선 볼 수 없던 휠체어 탄 사람들이 여기에서는 그렇게 많이 보이는지 충격이라고 표현해야 할 만한 그 장면이 아직도 문희상의 머릿속에 남아 있습니다.

문희상은 주변에서 자주 마주치는 장애우들에게 이렇게 말해

줍니다. "편견이라는 생각의 장애를 안고 사는 사람들 앞에, 보란 듯이 세상을 향해 당당하게 서 주길 간절히 바란다"고 말입니다.

누구보다도 멋진 춤꾼이었던 강원래가 휠체어를 타고 다시 춤꾼으로 대중 앞에 나서기 까지 얼마나 힘든 과정을 거쳤을까요? 누구보다도 뼈를 깎는 노력으로 준비하고 대중 앞에 나선 그의 인생에 다시는 멈추는 일은 없을 것이고, 후천적 장애를 이겨내고 다시 춤꾼으로 돌아온 그의 모습은 둘도 없이 자랑스러운 대한민국의 남자입니다.

많은 사람이 그렇듯 문희상도 살아가며 잠시 주변의 소중한 것들을 지켜야 한다는 것을 잊고 지내는 일들이 많습니다. 주변을 돌아보기 어려울 정도로 팍팍한 시간들을 보낼 때가 태반입니다. 문득문득 신문지면의 사실들을 떠올리며, 묻어 두고 지내던 기억들과 생각들을 문희상은 가다듬어 보곤 합니다.

장애를 가진 사람들의 어려움을 모두 헤아리기는 어렵습니다. 실제로 장애를 입게 되지 않는 한은 어떻게 그들의 어려움을 다 알 수가 있겠나요. 그러나 그들과의 오랜 대화와 그들을 사랑하는 마음이 가득한 문희상은 무엇이 그들을 조금 더 평안히 장애를 느끼지 않고 살아갈 수 있는지 헤아리기 위해 끝없이 보살피려고 노력하는 사람입니다.

박세리가 보여준 맨발투혼

어느 날 방송을 보며 눈물을 흘리는 문희상을 보고 아내가 한

마디 합니다.

"당신 뭐, 좀 알고나 보는 거요?"

아내는 시끄러운 소리에 잠을 깨 바라보니 골프의 기역자도 모르는 문희상이 중계방송을 시청하며, 마치 자기 딸이 우승이라도 한 것 마냥 기쁨을 참지 못하고 눈물을 흘리고 있으니, 참 재미있는 광경이었겠지요. 사실 그때까지만 해도 문희상은 골프채가 몇 개인지, 골프는 어떤 룰이 있는지, 아무것도 모를 때였다고 했습니다.

시기적으로 1997년 박세리의 골프를 보던 시기는 국제통화기금(IMF)과의 협상이 이루어지던 시점이지요. 특히 각 당의 대통령 후보들에게까지도 IMF의 협상 내용을 준수하겠다는 서명까지 요구받던 그 시점이었을 겁니다.

그 캄캄했던 외환위기, 국난의 시기가 벌써 20여 년 전으로 돌이켜 볼 정도로 지났습니다. 그 사이에는 온 국민이 한마음으로 시작했던 '금 모으기 운동'도 있었고, 소프트웨어를 포함한 '국산품 애용 운동'도 있었습니다. 어려운 순간에는 반드시 빛을 발하는 우리 국민들의 애국심이 '제2의 국치, 제2의 국난'이라던 IMF를 세계에서 유례를 찾을 수 없는 빠른 시간에 이겨냈습니다.

이겨 낸 것뿐만 아니라, 국민소득 3만 달러가 넘어선 현재에 와 있습니다. 대한민국 국민은 한 분 한 분이 정말 자랑스러운 사람들입니다.

1997년 12월 IMF 체제에 들어가면서 이듬해인 1998년은 정말 기운 빠지고 힘에 겨운 한 해였습니다. 새로운 대통령이 취임 연설을 하는 도중에 메어오는 목을 추스르며, 왈칵 쏟아지는 눈물을 감춰야 할 정도로 어려운 시기였습니다. 우리 국민에게 가장 힘들고 어려웠던 1998년.

박세리 선수가 세계무대에서 첫 우승을 했던 해가 바로 1998년입니다. 당시 박세리 선수의 우승은 단순한 우승이 아니었습니다. 거기에는 특별한 감동이 있었음을 우리 모두 지금까지 또렷이 기억하고 있습니다.

하루 종일 늘어만 가는 국민들의 근심 걱정, 무거운 그 마음들 속에, 박세리 선수의 승전보는 문희상을 포함한 우리 국민들에게 한여름 폭염 속의 한 줄기 시원한 소나기와도 같았습니다. 축 늘어진 어깨를 한 번쯤 크게 펴보게 해 주는 위안이었습니다. 그 승전보를 새벽까지 지켜보다, 승리의 순간에 북받쳤던 눈물은 단지 같은 한국인의 승리 때문만은 아니었을 것입니다.

박세리 선수가 여러 가지로 어려운 상황일 때에는 마치 자신의 딸이 겪는 어려움을 보는 것처럼 안쓰러운 마음이 들기도 했답니다. 그 당시 박세리 선수가 '다시 시작하겠다'는 말을 남기고 동계훈련을 위해 다시 미국으로 출국했다고 하더군요. 이를 계기로 문희상은 처음으로 골프에 대해 관심을 가지게 되었고 우리나라 골프에 대한 자부심을 가지게 되었던 것이라고 합니다.

문희상에 의하면 한 지인이 말하길, "악천후에 강한 선수가 박세리 선수"라고 했답니다. 맨발로 물속에 들어가 힘차게 스윙하던 그 유명했던 모습을 떠올리면 틀림없을 것이라고 생각합니다.

어려운 악천후 상황에서 더 돋보이는 선수, 그와 같이 어렵고 힘든 시기에 단결하고 결집하는 국민들, 우리는 정말 큰 자산을 가졌습니다.

문희상은 발 딛고 있는 대한민국도 어렵고 상황이 안 좋을 때 더 힘을 모아 마침내 극복해 내는 우리국민의 지혜가 함께하기를 바라고 있습니다.

박세리 선수가 보여준 맨발 투혼 샷 장면을 오버랩 시켜 나오던 가수 양희은이 부른 〈상록수〉의 노랫말 한 구절이 생각납니다.

'우리 나갈 길 멀고 험해도 깨치고 나가 끝내 이기리라.'

문희상의 기원대로 우리 국민은 어떠한 어려움이 닥치더라도 결국은 흔들림 없이 이길 겁니다. 이겨내고야 말겁니다. 우리는 우리 민족이 누구보다도 우수함을 알고 있습니다. 이번 코로나19 사태를 지켜보면서도 우리는 누구보다도 자부심이 가득 차올랐을 것입니다. 유럽, 러시아, 일본, 미국, 스페인의 엄청난 사망률과 뒤늦은 대처 방안, 거기에 리더들의 비루한 대책으로 인한 국민들의 분노를 보고 있습니다.

베란다에서 대통령을 향한 원망과 질타를 퍼붓는 두드림 시위가 이어진다는 월드 뉴스를 보며 다시 한번 우리나라 정치인의 나아 갈 방향과 국책을 고민하는 문희상입니다.

'국회의원과 국회의장은 하늘과 땅 차이'라고 말합니다. 그 이유는 리더십의 차이가 다르기 때문입니다. 문희상이 정상론을 이야기 하는 것은 정상에 서야 더 넓은 것이 보이고 바다를 볼 수 있다는 이야기를 합니다. 세계를 한 눈에 조망할 수 있는 자리에 섰던 만큼, 높은 자리에 올라가는 것이 의의가 있는 것이 아니라 민족의 미래를 꿰뚫어 보아야 한다고 통찰력의 중요성을 이야기 했습니다. 오늘날 우리의 저력이 세계적인 코로나19 대응력을 자랑할 수 있었던 것 아닌가 싶습니다.

성실히 연습해 햇볕에 그을린 얼굴과 가지런한 하얀 이를 보이며 활짝 웃으면서 승리의 팔을 번쩍 올릴 때 우리 모두 감격해 환호하고 박수치며 가족들과 서로 얼싸안고 내일처럼 좋아하던 그때 온 국민이 시름에 젖어 낙담하고 힘겨워할 때 다시 딛고 일어날 수 있는 용기를 주던 그때가 생각납니다.

지금 고난과 시련 속 비슷한 상황이지만 똘똘 뭉쳐 헤쳐 나가면 코로나도 지쳐 사그러들 것이라고 확신합니다.

온갖 역경 속에 피나는 연습과 노력으로 일군 박세리처럼 국민들도 지치지 말고 희망을 안고 대통령과 정부를 믿고 응원하며 각자 하는 일 열심히 하며 차분히 대응해 밝고 희망찬 내일이 올 거란 믿음을 갖고 활기차게 살아가자고 그는 힘주어 말합니다.

4. 문희상의 가족

[아버지를 그리며..]

눈부시게 푸르른 가을하늘입니다.

어느새 2018년, 70이 훌쩍 넘은 문희상은 아버지의 탄신 100주년을 추모하는 시간을 가집니다. 세월은 덧없이 흘렀지만 그의 아버지에 대한 기억은 더욱 또렷해집니다.

문희상은 절절하게 그립고 보고 싶은 아버님을 떠올립니다.

보수적이던 문희상의 아버님은 그랬던 문희상을 마뜩지 않게 보셨습니다. 그가 계엄포고령 위반 혐의로 4개월 동안 고문을 당하고 나온 이후에 아들을 돕기로 마음을 돌리신 것 같았습니다. 그러나 어긋나갔던 문희상에게 느낀 실망감이 마음 한편에서 떠나지 않았다는 것을 그는 알고 있었습니다.

15대 대선 다음날인 1997년 12월 19일 새벽, 문희상은 바로 이 자리 아버님께 찾아왔습니다. "아버지, 제가 맞았죠! 정권 교체 되었죠!"라고 외쳤습니다. 쏟아지는 눈물을 주체할 수 없을 정도로 그의 아버님 앞에서 울었습니다. 그의 아버지는 마치 "그래 아들이 옳았구나, 잘했다"라고 말씀하시는 것 같았습니다. 그날 마음속 응어리를 풀어내며 그 둘은 진정한 화해를 이루었습니다.

문희상이 처음 국회의원에 당선된 다음 날 그의 아버지는 돼지고기 한 덩어리 손에 쥐고 곳곳의 경로당을 모두 돌았습니다. 아들 당선의 인사였습니다. 그날 문희상의 내외를 불러 앉혀 놓고 '초심을 잃지 말라'는 당부를 하셨습니다. 그리고 거짓말처럼 그의 곁을 떠나셨습니다.

문희상은 아버지의 뜻에 따라 초심을 잃지 않으려 애쓰고 노력하며 살아왔습니다. '자유가 들꽃처럼 만발하며 정의가 강물처럼 흐르고 통일에의 꿈이 무지개처럼 솟아오르는 세상'을 꿈꾸며 최선을 다해 왔습니다.

2018. 9. 29. 부친 문흥모 선생 탄생 100주년 추모사를 전하고 싶어 여기에 옮겨 적어봅니다.

중3때 아버지와 함께

추모사

아버지... 눈부시게 푸르른 가을하늘입니다.

어느새 70이 넘어 아버지의 탄신 100주년을 추모하기 위해 여기에 섰습니다. 세월은 덧없이 흘렀지만 아버지에 대한 기억은 더욱 또렷해집니다.

아버지... 절절하게 그립고 보고 싶습니다.

인숙이와 재숙이, 희재와 희숙이는 저마다 배필과 더불어 잘 지내고 있습니다. 큰손자 석균이와 손녀 수현이 지현이도 살림을 꾸려 오순도순 살고 있습니다. 그리 크게 걱정할 일 없는 평범한 일상의 나날이 흘러가고 있습니다. 아버님과 어머님의 은덕입니다. 낳아주시고 길러주신 은혜에 감사드립니다. 더 이상 말로 표현할 길이 없습니다.

첫 당선을 이루었습니다. 26년 전의 일입니다. 그것이 국회의원 문희상의 첫 시작이었습니다.

아버지의 헌신과 사랑으로 국회의원을 시작한 이 못난 큰아들이 오늘 대한민국 국회의장이 되어 왔습니다. 너무나도 자랑하고 싶었습니다. 아버지 앞에 어머니 앞에 어린아이처럼 오고 싶었습니다. 정흥이가 희상이가 아버님께 오늘처럼 오고 싶었습니다.

접경지역인 의정부에서 새끼 빨갱이라는 소리까지 들었습니다. 청춘을 바쳤던 시절이었습니다. 정치인생의 처음과 끝이라고 해도 과언이 아닐 것입니다.

국회의원에 당선된 다음날 아버지는 돼지고기 한 덩어리 손에 쥐고 곳곳의 경로당을 모두 돌았습니다. 아들 당선의 인사였습니다.

그랬던 제가 대통령 비서실장, 당 대표, 국회부의장을 거쳐 지금 국회의장으로 일하고 있습니다. 아버님께서 하늘에서 보고 계시리라 생각합니다.

한반도의 평화, 국민의 삶, 대한민국의 번영 그리고 제가 나고 자라서 뼈를 묻을 의정부의 발전을 위해 전력투구하겠습니다. 초심을 잃지 않고 신명을 바쳐 일하겠습니다. 언제나 자랑스러운 아들로 아버님 앞에 설 수 있도록 후회 없이 살겠습니다.

아버님,

한없이 보고 싶습니다. 부디 편히 쉬소서.

2018년 9월. 큰 아들, 대한민국 국회의장 문희상 올립니다.

[이 땅에서 아버지라는 이름으로]

남영동

문희상은 매일 아침신문을 펼쳐 듭니다. 남영동 보안분실이 인권기념관으로 재탄생한다는 기사를 보았을 때 가슴이 뜨거워지면서 왠지 모르게 어쩐지 슬쩍 외면하고만 싶어졌답니다. 많은 사람이 가슴 아픈 사연을 갖고 있는 장소이기 때문일 겁니다. 한이 서린 장소이자, 누군가에게는 크나큰 두려움의 장소이기도 할 겁니다. 1980년 김대중 선생님을 따라 정치를 시작했던 문희상도 등줄기 서늘한 기억의 조각들이 고스란히 자리하고 있는 곳입니다.

당시 정치에 막 입문해 '민주연합청년동지회(연청)'라는 조직을 결성한 문희상은 5.17 쿠데타로 시작된 정치 탄압과 인권 유린 사회분위기에 결국은 수배자가 되고 말았습니다. 신군부는 김대중 내란음모 사건의 한 줄기로, 김대중 선생님의 맏아들인 김홍일 의원과 문희상이 주도한 '연청'조직까지도 모두 가차 없이 반국가단

164

체로 규정해 버렸습니다. 결국 문희상은 그 후로 오랫동안 긴 시간 수배가 되어 도피를 시작하게 되었고, 두 통의 편지를 받게 됩니다. 그때 그 편지에는 두통의 가슴 아픈 편지가 들어 있었습니다. 하나는 부모님, 다른 하나는 아들로부터 온 편지였습니다.

수배가 시작된 직후 한밤중에 경찰이 집에 들이닥쳤다고 쓰여 있었습니다. 연로한 아버지와 어머니가 잠들어 계신 방문을 구둣발로 걷어차고 여기저기 휘젓고 다니면서 가택수색을 했답니다. 문희상을 찾아내라고 협박을 하면서 말입니다. 부모님은 새벽녘까지 잠을 이루지 못하고 분함을 못 이겨 밤을 새워 벌벌 떨고 계셨다고 합니다.

그렇지 않아도 아들걱정에 잠 못 들고 지새우는 부모님께서는 천부당만부당 억울한 일이었고 견디기 힘든 일이었다고 쓰여 있었습니다.

낮이나 밤이나 그저 아들이 건강히 돌아오기만을 기다리는 부모님의 집을 샅샅이 수색하며 아들을 잡아가려는 광경을 마주하니 부모로써 심정이야 오죽 하셨겠습니까?

문석균의 기억 속에 문희상은 늘 무뚝뚝한 아버지였다고 합니다. 그러나 늘 독립된 한 개인으로서의 아들을 존중하며 키우셨다고 합니다. 그 좋아하던 담배도 아들이 재수하며 대학을 준비할 동안은 단 한 개피도 피우지 않고 아들의 공부를 위해 1년을 참고 지냈다는 일화는 잘 알려져 있습니다. 아들에게 굳건한 의지를 함께해주고 싶은 아버지의 마음이겠지요. 그렇게 늘 묵묵히 아들을 지원하고 믿으며 아들을 존중해주던 아버지입니다. 그런 문희상은 늘 아들에게 "정치는 '인(忍)'으로부터 시작된다. "부족한 사람을 일으켜 세워주는 것이 진정한 정치이다"라고 자주 이야기 했습니다. 이 이야기는 당리당략에만 어두운 어리석은 정치인에게 진정 꼭 전해야 할 가치관인 것 같습니다. 아마도 이런 희생정신, 자주 아들에게 말하듯, 정치를 하다보면 개인의 소중한 것은 많이 잃을 수 있다는 그런 '인'의 정신이 아니었으면 6선을 이을 수 없었을 것입니다.

문희상의 아들 석균이가 보내 온 편지는 동시대를 살고 있는 우리 아버지들이 바라보기에 참으로 가슴 아픈 이야기입니다. 얼마 전 같은 반 친구와 싸웠는데, 그 이유가 아버지를 간첩이라며 자신을 놀렸기 때문이라는 내용이었습니다.

"너희 아버지 간첩이지, 빨갱이지?"

같은 반 친구들이 아들에게 수배 전단에 붙은 문희상 사진을 가리키며, "빨갱이 아들, 간첩 아들"이라며 놀렸다는 것입니다. 그래서 친구들과 싸움을 하고, 너무너무 억울해 울면서 집에 왔다는 얘기가 들어 있었습니다.

수배당한 본인의 고통보다도 문희상으로서는 가족의 고통이 얼마나 힘들었을지 글을 읽으며 쏟아지는 눈물을 주체 못하는 누군가의 아들이자 아버지로서의 삶이 얼마나 힘들고 고통스러웠을지를 가늠하기조차 어렵습니다.

이 땅에서 아버지로 산다는 것은 정말 외롭고 힘들기 짝이 없습니다. 불효하는 아들이 잘되어서 떳떳한 모습을 보여드리기도 전에 돌아가신 것도 가슴 아픈 일이지만 아들이 겪어야하는 그 억울함을 지켜보아야 하는 아버지로서의 삶은 또 얼마나 슬프고 고독할 일일까요.

편지를 읽는 동안 그 마음은 뭐라 표현해야 할지 몰라 지금 생각해도 가슴이 쿵쿵 뛴다고 합니다. 가슴이 찢어지는 것도 같고, 미안하고 안쓰러운 마음에 눈물이 넘쳐나기도 하고, 신군부의 폭거에 분노가 끓어오르기도 했을 것입니다.

부모님께 대한 죄송함과 아들 녀석에 대한 미안함으로, 문희상은 결국 그 자리에서 자수를 결심했습니다. 본인이 간첩으로 몰리는 것도 억울하지만, 아들이 간첩 아들로 손가락질 받아야 한다는 건 정말 참을 수 없었기 때문이었습니다. 그래서 아들 앞에 당당한 아버지가 되기 위해 문희상은 자수를 결심합니다.

당연히 자수는 곧 고문이란 말과 같은 의미였습니다. 말로만 듣던 남영동 분실로 들어가는 길이 얼마나 겁이 나고 무서웠을까요..... 상상하기 힘든 취조와 구타, 매달리기 등의 고문이 계속되는 동안 수치심과 공포, 절망으로 얼마나 고통스러운 시간을 보냈는지 모릅니다. 죽어버리겠다고 벽에 머리를 쳐박아 보기도 했다고 합니다. 그래도 그 모진 고문을 참아내고 나올 수 있었던 것은 아들에 대한 억울한 누명만큼은 벗겨주고 싶다는 절박함에서 기인한 것이었습니다. 1980년, 문희상에게 이 땅에서 아버지가 된다는 것은 한 목숨을 온전하게 거는 일이었습니다.

세대가 변하고 세월이 흘러도 변하지 않는 것은 어버이의 사랑일겁니다. 문희상은 천사를 대신해서 보살피라고 내려왔다는 부모님을 모시는 일, 또 반대로 누군가의 아버지로서 자식을 보살피는 일 어느 하나 힘들지 않은 일이 없지만 국가를 보살피고자 희생한 가족의 아픔을 잊어서는 안 된다고 늘 다짐한다고 합니다.

취조가 끝나갈 무렵 한 방에 있던 서인석 신부님이 세례를 해 주셨고 세례명으로 바오로를 받았는데, 이것이 스스로의 고통을 극복하는 방법이기도 했고, 문희상 자신이 고문한 사람들에 대해 용서하는 마음이 생기도록 하는 방법이기도 했습니다.

그 끔찍한 기억 속의 남영동 분실은 이젠 오랜 세월이 지나 인권기념관으로 재탄생을 하였습니다. 언론에서는 매우 상징적인 사건으로 받아들이고 있습니다. 당시 탄압받던 민주 인사들과 이유도 모른 채 고문으로 스러져 간 수많은 사람의 가족들이 느끼는 감회가 남다르겠지요.

그리고 지금도 눈앞에는, 그때 감방 동기였던 이해찬(현 더불어민주당 당대표), 설훈(현 국회의원 겸 더불어민주당 최고위원) 동지가 참으로 씩씩하게 오리걸음과 쪼그려 뛰기를 잘하던 모습이 눈에 선하게 떠오른다고 합니다.

문희상도 남영동 분실을 기억하는 한 사람으로서 떠오르는 단상(斷想)과 작은 소회(所懷)를 적어봅니다.

'언젠가는 진실과 정의가 승리한다는 역사의 가르침이 누구도 깨트릴 수 없는 진실임을 새삼 느끼며 지금 내 눈앞에 보이는 것만이 세상의 전부가 아님을 생각해 봅니다.'

문희상은 주말이 되면 제5공화국을 다룬 드라마를 가끔 보았다고 합니다. 보는 내내 불끈불끈 두 주먹이 쥐어지기도 했다지요.
그리고 또 다짐합니다.

'이젠 정말 그런 시대로 돌아가는 일은 없겠지, 없도록 해야겠지'

라고 말입니다. 잊고 싶지만, 기억하고 싶지만, 절대 잊어서는 안
되는 가슴 아픈 역사의 뒤안길입니다.

동생에게 늘 미안할 뿐이다

문희상이 2006년 4월 여동생 문재숙 교수에게 평소 얼마나 미
안한 마음이 가득했던지 가졌던 그 마음을 담아 쓴 편지가 있다
고 합니다.
그 편지는 오라버니로서의 따뜻하고 아름다운 말투로 이렇게 씌
여 있습니다.

"매일 오고가는 동부간선도로의 잿빛 하늘이 오늘따라 가슴을
더욱 무겁게 짓누르는구나. 유난히 낮게 내려앉은 하늘을 보며 거
친 한숨을 내뱉어 본다.
동생 재숙아! 이렇게 편지를 써 보려니 쑥스럽구나 .
얼마 전 기특하게도 너의 큰 딸 슬기가 가야금 연주 음반을 냈
더구나. 그 기사를 보며 얼마나 대견하던지. 엄마를 닮아서, 참 바
르고 열정적으로 자신의 일에 매진한다는 생각이 드니 가슴이 뭉

클했단다. 기쁜 소식은 그뿐이 아니었다. 지난 3월 13일이었지. 중학교 때부터 손끝이 갈라지고 피가 터져 가며 연습하던 너의 가야금 사랑이 결실을 맺던 날이었다. 무형문화재 인정수여식에 온 가족이 내려가 축하와 기쁨을 나누었었지. 일정이 겹친 탓에 참석은 못 했지만, 그 소식만으로도 예순이 넘어 할아버지가 된 내 눈에 눈물이 흐르고 말았단다.

어느 인터뷰에서 "중학생이던 저에게 오빠가 이끌어 알게 된 가야금이 내 삶의 좌표가 되어 주었고, 내 삶의 모든 것이 되었다"고 말하던 너를 보면서 우리 집안의 장남으로서, 너에겐 오빠로서 내가 헛되이 살지는 않았다는 작은 보람에 기쁨의 눈물을 감출 수 없었단다. 오빠는 네가 너무나 사랑스럽다. 어릴 때부터 지금까지, 그리고 앞으로도 영원히.

그러나 그 기쁨도 잠시였지 "문재숙 교수의 무형문화재 인정에 여권 실세인 친오빠가 개입한 의혹이 있다."는 한 정치인의 터무니없는 의혹 제기와 언론 보도에 그야말로 경악을 금치 못했고, 이것이 정치를 하는 나로 인해 비롯되었다는 자책감에 너에게는 너무나 미안하다는 말밖에는 할 수가 없더구나.

재숙아, 내가 정치에 들어온 것이 잘못된 것이었을까. 입문과 동시에 수배생활과 빨갱이라는 누명을 뒤집어쓰고 부모님과 형제자매는 물론 사랑하는 내 아들딸에게까지 무거운 짐을 지우더니, 이제는 정치인이라는 이유만으로 동생의 일평생에 큰 상처를 남기는구나. 이 가슴 아픔을 어찌 해야 되겠니.

야당 시절은 물론이고, 정부에서 직책을 맡고 있으면서도 정치인이라는 나의 신분이 너나 다른 형제자매에게 피해를 입히지 않을까 노심초사였다. 아마 너는 잘 알고 있을 거야. 가족모임에서나 어디에서나 우리 가족에게 정치에 관련된 이야기는 금기시되어 왔었지. 그런데도 불구하고, 오늘 나와 연결시킨 너의 기사를 보고 참담한 심정을 금치 못하고 있다.

어느 자리에서나, 누구에게나 "가야금을 하게 된 결정적인 계기는 오빠"라고. 그래서 "오빠에게 너무 감사하다." 고 말하던 너를 생각하면 지금의 내 심정은 쥐구멍이라도 찾고 싶고, 훼손된 너의 명예를 되찾아 줄 수 있다면 정치 인생을 기꺼이 그만두고 싶은 심정이다."

이렇게 여동생을 생각하는 오라버니로서의 마음은 애틋하기만 했던 모양입니다.

못난 오빠로 인해 고통 받는 사랑하는 나의 동생에게

이런 제목을 가진 그의 동생을 향한 사랑 가득한 편지는 계속 이어집니다.

"무릇 사람들은 그 사람의 현재 모습만을 보고 시기와 질시를 보내지만, 그 사람이 현재의 모습을 만들기 위해 얼마나 고되고 피나는 노력을 했는지를 보려 하지 않는다는 말이 무섭게 머릿속을 파고들고 있단다. 고(故) 김죽파 선생님의 수제자로서 그분의 임종을 지키고 돌아와 서럽게 울던 너의 모습에서 돌아가신 김죽파 선생님에 대한 존경과 더불어 중학교 시절부터 모진 시련과 가혹한 연습량을 소화해 내며 가야금과 함께했던 한(限)을 느낄 수 있었다.

문화예술인의 자부심과 자긍심은, 순수한 열정이 있어서 그 어느 분야에 못지않다는 것을 잘 알고 있다. 그 때문에 내 동생 문 교수가 어제오늘 이 못난 오빠로 인해 그 순수한 자존심에 얼마나 큰 상처를 받았을까를 생각하면 가슴이 미어져 말을 이을 수가 없을 정도구나.

너를 포함해 문화예술계의 모든 분들에게 하고 싶은 말이 있다면, 대한민국의 무형문화재라는 자격이, 대한민국의 문화예술이라는 지위가 이렇듯 정치권의 추한 수단으로 호락호락 욕되게 쓰인 것에 대해 정말 죄송할 따름이고, 한 정치인의 무책임한 문제 제기에 분노를 참을 수가 없다는 것이다.

재숙아! 너무나, 너무나도 미안하다.

미안한 오빠의 부탁이라면, 상심을 거두고 더욱 당당하게, 누구보다도 자격이 충분한 내 동생 문 교수의 평상시 모습처럼 생활해 주기를 바란다. 아마 너를 아는 모든 분과 애제자들이 너를 믿고 지켜주리라 믿어 의심치 않는다. 거듭 미안하고 사랑한다, 내 동생아.

- 2006. 4. 4 못난 큰오빠가 -"

문희상에게는 누이동생들이 셋 있는데 오빠로 인하여 힘들었던

일들을 전혀 불평 한마디 없이 오빠 덕분에 성숙하게 되었다고 말합니다. 사실 여동생들에게 영향을 많이 주었습니다. 그는 동생들의 진로를 결정할 때 국악을 하는 게 좋겠다고 조언을 하기도 했습니다. 은혜를 잊지 않는다고 말할 때면 미안하기도 하고 감사하기도 하다고 생각한다고 합니다.

세상의 모든 아이를 가슴으로 품는 문희상

"하부지, 하부지, 아나 줘, 아나 줘."
한 아이가 달려 나옵니다. 갑자기 주변이 환해지면서 별 같은 아이가 달려옵니다. 그 아이 말고는 아무것도 보이지 않습니다. 저절로 입가에 환한 웃음이 퍼집니다.

밤늦은 시간, 의정부 본가로 가면, 제일 먼저 문희상을 반기는 이가 있습니다. 집사람도, 막내딸도 아닙니다. 이제 막 또각또각 작은 걸음을 시작한 단풍잎같이 작은 손을 가진 손녀 경은이입니다. 문희상은 경은이만 보면 하루 종일 고민하던 어떤 걱정거리도 언제 그랬냐는 듯 저절로 사라진다고 합니다. 휴가만 생긴다면 온종일 오롯이 손녀 경은이랑 있고 싶어 합니다. 언제부터인가 할아버지라고 부르는 소리가 너무도 기쁘게 들려옵니다.

문희상 자신이 할아버지가 되기 전에는 주변 사람들이 '손자, 손녀' 자랑할 때마다 '저리도 좋을까, 좀 극성이다'라고 생각했다는데 본인이 한 순간에도 경은이가 눈앞에 보이는 듯하고, 문희상 자신도 모르게 입가에 빙그레 미소가 지어졌다고 합니다.

어느 순간, 주변의 친구들처럼 기쁘게 할아버지가 되어있습니다. 너무나 기분 좋은 일입니다. 가끔 경기도 광주 큰 식당을 가서 닭볶음탕을 온가족이 나들이 삼아 다녀온다고 합니다.

해마다 약 4천 건 정도의 8세 이하 미아 발생 신고가 접수되고 있으며, 불행 중 다행으로 이들 중 80% 이상의 미아가 가족 품으로 돌아간다는 경찰 통계 기사가 문희상 눈에 들어온 적이 있습니다. 그토록 사랑스럽고 소중한 딸과 아들, 손자와 손녀를 잃어버리게 되면 그 부모의 심정은 어떠할까요. 상상하기조차 끔찍할 만큼 충격과 고통에서 하루하루를 지내게 될 것입니다.

2005년 정부는 실종 어린이 찾기에 대폭적인 예산 지원을 하겠다는 방침을 밝혔습니다. 5월부터 '실종아동 등의 보호 및 지원에 관한 법률'이 시행되고, 2006년에는 보건복지부가 '실종아동 전문기관'을 설치해 운영하게 되었습니다. 문희상은 국민 개개인이 조금 더 미아에 대한 관심을 가져 주길 희망하며, 차츰차츰 예산과 인력을 계속 강화해 나가는데 노력을 합니다.

문희상은 "내 자식이라 생각하고 관심을 가져 준다면 훨씬 많은 미아를 찾아서 절망에 빠진 부모의 품으로 돌려보낼 수 있을 것이고, 사전에 예방할 수 있을 것"이라는 어느 일선 경찰의 말이 가슴에 와 닿았다고 합니다.

부모의 한순간 실수로 인해 실종되거나 미아가 되는 사례와는 달리, 버려지는 아이들에 대한 기사들이 자주 등장합니다. 오래전에 장애아로 태어나 주택가에 버려졌던 아이가 경찰의 DNA 추적 끝에 가족을 찾아냈다는 기사도 있었습니다.

생활고를 못 견뎠다는 이유도 있고, 장애아였다는 것도 버린 이유 중 하나였다고 합니다. 정말 너무나 안타까운 사연이었습니다. '아, 이런 사람들, 역량이 된다면 국가가 모든 걸 책임져 줘야 하는 건 아닌가. 그런 국가가 되어야 하지 않나.' 가슴 무거워지는 기사였습니다. 이 기사를 보고 문희상은 부모와 아이 모두에게 깊은 상처가 되지 않기를 항상 기도합니다.

문희상은 주변에 혼자 울고 있는 아이가 없는지 한 번쯤 둘러보는, 더불어 같이 사는 사회가 되었으면 하는 따뜻한 마음씨를 가진 사람입니다.

'세상은 너무나 각박하다, 갈수록 너무나 삭막하다'고 하며, 너무나 개인주의라고들 합니다. 그래도 문희상은 아직도 세상은 살만하다고 생각하고 있습니다. 서로를 걱정해주고 마음을 나누며 기쁜 일은 나누면 두 배가 되고, 슬픈 일은 나누어서 절반으로 줄일 수 있는 아름다운 사회가 이루어진다는 희망을 잃지 않기로 합니다. 아이는 우리의 미래입니다. 미래를 소중히 지켜야 국가의 미래가 밝다는 것을 누구나 알고는 있지만 실천하지 않습니다. 보다 아름다운 미래를 위해 아동·청소년에 대한 애정이 각별히 필요한 때입니다.

그리운 어머님, 아버님! 불효자를 용서하세요

올해도 어김없이 5월이면 거리에 어버이날을 축하하는 어여쁜 꽃다발이 눈에 띕니다. 문희상에게는 그 어여쁜 어버이날 꽃을 사다 드릴 분이 아무도 계시지 않습니다. 흔히 우리는 이야기하지요. 이다음에, 후일에 잘해드리겠다며 자식이 미래에 극진히 봉양하고자 마음먹는다 하여도 부모님은 자식을 기다리지 않더라는 성현의 말씀이 구구절절 가슴을 저리게 합니다.

그의 아버님은 지팡이를 집어 야 걸을 수 있는 불편한 몸으로 행사장이든 가리지 않고 다니시며 만나는 사람마다 "우리 희상이 사람 좀 만들어 달라"며 간곡히 당부하시고 드디어 아들이 14대 국회의원으로 당선되는 것을 지켜보시고는 다음 날 하늘의 부르심을 알고 계셨던 듯 천사와 같이 평안한 모습으로 영원히 문희상의 곁을 떠나셨습니다.

마치 마지막을 준비하시듯, 나라를 위해 막중한 임무를 맡아야할 아들을 위해 인근 경로당을 돌아다니며 당선사례를 하고 오신 직후였다고 합니다.

유세장에 운집한 군중 틈에서 아들을 염려하는 마음이 가득한 자상한 웃음을 지닌 그의 아버지의 절룩이는 걸음을 기억합니다. 유권자들에게 지지를 호소하고 다니시던 그 모습에, 문희상은 연단에서 그만 어린 아이처럼 눈물을 흘렸습니다. 특히, 문희상의 어머니는 집안의 정신적인 지주였습니다.

지혜롭고 사업수완도 좋으시고 두루두루 가족도 돌보는..., 정말 못하는 게 없으셨다고 합니다. 철도 공무원인 아버지를 돕기 위해 시장에서 작은 포목점을 운영하셨다고 합니다. 손재주도 좋으시고 대인관계도 좋으셔서 포목점은 나날이 성장했다고 합니다. 한번은 가게를 옮기신 후 외상장부를 들고 찾아다니시자, 모두가 수금하러 다니는 줄 알았다 하지만 내용인즉 "그 모든 것을 없는 셈 치겠다. 가게가 큰 것이 모두 당신 덕이다." 라며 일일이 외상을 없앴다는 어머니의 일화는 유명합니다. 정말 현명한 어머니이셨고 누구에게나 존경받는 자랑스러운 어머니였다고 합니다.

이렇게 자랑스럽고 현명한 부모님아래 성장한 문희상은 큰일을 도모하는, 그릇이 큰 아들이 되었습니다.

늘 아들을 돕고 아들의 일이라면 발 벗고 나서지만 늘 마음 한 구석에는 아들이 엇나갔던 일에 대한 실망감이 떠나지 않고 있었다는 것을 문희상은 잘 알고 있습니다. 사실 문희상이 처음 김대중 전 대통령과 정치노선을 함께 하겠다고 했을 때 아버지는 아들을 다시는 안 보겠다고 할 정도로 노여워하셨다고 합니다.

문희상의 아버지는 아들이 계엄포고령 위반 혐의로 4개월 동안 고문을 당하는 것을 보고 노여운 마음을 접었으며, 아들을 도와야 하겠다고 결심 하셨다고 합니다.

고문당하는 아들을 그대로 두고 보기만 할 수 없었던 아버지의 심정이 이루 말로 다 할 수 없었을 겁니다. 그 후 진정한 부자지간의 화해와 용서는 1997년 김대중 후보가 대통령에 당선된 새벽, 아버지의 묘 앞에서야 비로소 이루어졌습니다. 아버지 살아생전에 아버지의 손을 잡고 기쁜 소식을 전해드리고 싶었겠지만, 현실은 그렇지 못했습니다.

문희상은 아버지의 산소를 찾아가 "아버지, 오늘 대통령 당선 소원이 이루어졌습니다. 아버지가 저를 믿어주신 덕분입니다. 이 모든 일은 아버님이 아니었으면 이루어지지 못했을 겁니다." 하고 눈물로 외쳤습니다. 문희상은 돌아가신 아버지께서 "그래, 네가 고생이 많았구나. 그래 네가 옳았다. 아주 잘했구나. 축하한다." 하고 말씀하시는 목소리가 들리는 것만 같이 느껴졌다고 합니다.

그를 지탱해 준 두 분의 어머님!

누군가 이런 말을 하지요? 하늘이 우리를 일일이 보살피기 어려워서 대신 보내는 천사가 바로 「어머니」라고 합니다. 문희상에게도 그런 어머님이 두 분 계셨습니다. 한 분은 문희상의 친어머니이고 다른 한 분은 문희상의 장모님입니다. 언제나 성공해서 나를 마음 놓이게 해주려나…. 하는 기약도 없는 야당 정치인을 아들로 둔 그의 어머니, 또 그런 사위에게 딸을 보내고 마음 편할 날 없는 장모님, 두 분은 자나 깨나 우리 아들이, 우리 사위가 뜻을 이루고 큰일을 하게 되기만을 오매불망 기도하셨습니다.

그러던 어머님과 장모님은 생전에 큰일을 하고자 하는 아들 부부를 위해, "너희는 언제 또 곤경에 처할지 모르니 비록 충분할지 모르지만 가진 모든 것을 주고 싶다"며 평생 동안 아끼고 아끼며 검소하게 사시며 모은 것을 모두 주고 싶다고 하셨습니다. 시도 때도 없이 정치적 탄압당하는 것을 지켜보시며 두 어머님의 가슴이 얼마나 찢어지는 것처럼 아팠을까요. 운명하시는 순간까지도 그 부부가 마음에 걸려 그렇게라도 해주지 않으면 아마 편히 눈감을 수 없었던 모양입니다. 그렇게 두 분 어머님 덕분에 채무도 정리하고 어려운 고비를 넘겼습니다.

문희상은 어머니를 생각하면 언젠가 책에서 읽은 적이 있는 거미 이야기가 떠오른다고 합니다. 거미는 산란을 하기 위해 제 몸에서 거미줄을 뽑아 고치를 만들고 그 속에 들어가 산란을 하고 나면 죽음을 맞이한다고 합니다. 그 산란한 알들이 고치 속에서 겨울을 나고 곁에 있는 죽은 어미의 몸을 양분으로 삼아 부화해서 영양분을 섭취하고는 건강하게 살아나오는 것입니다. 제 목숨도 아끼지 않고 내놓을 수 있을 만큼 부모의 사랑은 한없이 희생적이고 위대한 것입니다.

 우리가 익히 잘 알지만 살아생전에 불효를 했다면 더욱이 부모님이 돌아가신 후에 많은 후회가 밀려옵니다. 문희상을 위해서 이 세상 누구보다도 많은 희생을 하신 부모님. 그러나 그는 정작 부모님께 좋은 세상을 보여드리지 못했습니다. 살아생전 불효하고 부모님을 기쁘게 해드리지 못한 것을 두고두고 후회하고 가슴 아파 부모님께 죄송한 마음을 가슴 깊이 묻을 수밖에 없습니다.

 비가 오는 날이면 어미를 묻은 무덤이 떠내려갈까 봐 운다는 청개구리처럼, 이제 문희상이 할 수 있는 일이라고는 부모님 영전에 엎드려 눈물을 삼키는 일뿐입니다.

 문희상은 오늘을 사는 젊은이들에게 부디 자신처럼 불효자가 되지는 말라고 합니다. 아울러 시대와의 불화로 부모님께 큰 고통과 시련을 안겨드리는 자신 같은 몹쓸 자식들이 더 이상 없는 세상이 되기를 바라고 있습니다. 이제 수많은 시간이 지나 그리움만이 가득한 시간 속에 가슴속 깊이 "어머니, 아버지! 보고 싶습니다" 라고 외치기만 할 뿐입니다.

[뱃지와 눈물]

문희상이 선거에 당선되고 난 이튿날의 일이었습니다. 누군가가 당선을 축하한다며 돼지 두 마리를 보내 주셨습니다. 문희상의 아버님께서는 그것을 토막 내어서는 소주와 함께 46개의 경로당에다 돌리셨습니다. 그리고 저녁 무렵이 되어서야 돌아오셔서는 문희상에게 "나는 이제 내 할 일을 다 했다. 이제부터 더 열심히 해라"하고 당부를 하셨습니다. 그리고는 "이제 큰 손주 장가보내는 것을 보고 싶다"는 말을 유언처럼 하시더니 가슴이 뻑뻑하다고 말씀하셨다고 합니다.

그래서 문희상은 곧바로 응급실로 달려갔습니다. 문희상의 아버님께서 응급처치를 받으시는 동안 성모 마리아상을 찾아가 그 앞에서 제발 단지 1년만이라도 더 살게 해 주십사 하고 기도를 올렸습니다. 그러면 무슨 일이라도 다하겠다고 했습니다.

그러나 결국 깨어나지 못한 채 뇌사 상태가 되고 말았습니다. 그리고 나서 다시 한 달 후, 문희상은 국회에 등원했고, 뇌사 상태로 계시던 아버님께 국회의원 배지를 달아드렸습니다. 그러자 그의 아버님께서는 아시는지 모르시는지 눈물을 흘리시고는 영원히 눈을 감으셨습니다.

세상에 자식 생각, 자식 걱정 안 하는 부모가 어디 있겠습니까만, 문희상의 아버님은 그 은혜를 갚을 길을 상상할 수 없을 정도로 많은 것을 베풀어 주셨다고 생각합니다.

그의 아버님께서는 결국 그렇게 돌아가셨습니다. 그런데 문희상의 마음속에는 아버님에 대한 고마움 못지않게 또 하나의 감정이 남아 있었습니다. 그것은 쉽게 떨칠 수 없는 커다란 미련이었습니다.

문희상의 아버님께서는 오직 아들을 위해 야당의 정치 지도자인 김대중 총재를 지지하셨습니다. 하지만 그는 마음 깊은 곳에서는 '야당의 가시밭길'까지 지지하지는 않으셨던듯합니다. 그 점이 문희상에게 커다란 아쉬움으로 남아 있을 수밖에 없었습니다.

그의 아쉬움과 미련이 마침내 사라졌던 것은 지난 1997년 12월 19일의 일이었습니다. 대통령 선거가 있었던 그 다음 날이었죠.

그날 새벽에 문희상은 돌아가신 아버님과 마음으로 대화하면서 그동안 맺혀 있던 온갖 미련과 아쉬움을 모두 풀었습니다.

대통령 선거가 끝나고 김대중 후보의 당선이 확정되는 순간, 몇 평도 되지 않는 의정부의 새정치국민회의 지구당사에는 순식간에 많은 사람이 모였습니다.

그동안 정권 교체만을 위해 헌신하던 사람들은 말도 채 잇지 못한 채 그저 눈물만 흘리고 있었습니다. 그런데 어디에서 나타 난지도 알 수 없는 사람들이 모여서 소리 소리를 지르는가 하면, 소주를 맥주 컵에 가득 붓고 건배를 외치면서 자기들만 혼자 고생다했던 것처럼 만세를 부르고 있었습니다.

문희상은 그 자리를 조용히 빠져 나온 후, 새벽 네 시 무렵에 아버님 산소를 찾았습니다. 그러고는 큰절을 한 차례 올렸습니다. "아버님 감사합니다. 아버님 덕분에 이제 정권 교체를 이루게 되었습니다."라고 가까운 주위 사람들은 이렇게 말했을 것으로 생각했지만, 그렇게 말하지 않았습니다. 문희상은 큰 소리를 지르며 대성통곡을 했습니다. "아버지 제 말이 맞았지요? 정권 교체 되었지요? 아버님 덕분입니다."

그렇게 한참을 소리쳤더니 '그래, 네 말이 맞다'고 말씀하시는 듯했습니다. 문희상은 그곳에 앉아 거의 한 시간 동안 오열했습니다. 그동안 맺힌 미련과 아쉬움을 모두 풀어버렸습니다.

문희상에게는 '국민의 정부'가 출범한 것만으로도 그동안의 고생을 모두 보상받은 셈이나 마찬가지입니다. 그리고 아무런 미련도 없을 것입니다.

5. 인생의 전환점이 된 만남

[논어(論語)를 만나다]

문희상의 인생전반에 길잡이라 할 수 있는 책은 단언 「논어(論語)」입니다. 문희상의 집안은 지금까지 할아버지, 아들, 손자 3대가 서점을 운영하고 있습니다. 이를테면 가업(家業)이 책방인 셈입니다. 그 때문인지 그는 동서양의 고전을 또래들보다 일찍 접했고, 독서에 심취해 있었습니다. 지금까지 읽은 책의 절반 이상을 그 시기에 모두 읽었다고 해도 과언이 아닐 것입니다.

문희상이 「논어」를 처음 읽은 것은 중학교 때의 일입니다. 읽고 또 읽고, 반복하다가 지금까지도 종종 펼쳐 보는 말 그대로 애독서 중 하나입니다. 고전은 동서양을 막론하고 고전만의 변함없는 진리와 가르침이 있습니다. 특히, 정치인의 길에 들어선 나에게 「논어」에 나온 두 가지 가르침은 내 삶의 원칙과 내가 추구하는 정치를 그대로 말하는 것이라 해도 과언이 아닌 것입니다. 무신불립(無信不立)과 화이부동(和而不同)입니다.

子貢問政 子曰, "足食, 足兵, 民信之矣." 子貢曰, "必不得已而去, 於斯三者, 何先?" 曰, "去兵." 子貢曰, "必不得已而去, 於斯二者, 何先?" 曰, "去食. 自古皆有死, 民無信不立."

간단히 풀이하면, 공자(孔子)의 제자 자공(子貢)이 정치에 대해 묻자, 공자는 식량과 병사를 충분히 하고, 백성이 믿도록 하는 것이라고 답했습니다. 거꾸로 자공이 무엇을 먼저 버려야 하는지를 묻자, 먼저 병사를 버리고 다음으로 식량을 버리라 했습니다. 백성이 믿지 않으면 나라가 존립할 수 없기 때문이라고 했습니다.

君子 和而不同, 小人 同而不和

이 말을 풀이하면, 군자는 각각의 의견이 다르면서도 화합을 이루지만, 소인은 쉽게 동화되면서도 각자의 이익을 추구하기 때문에 화합을 이루지 못한다는 말입니다.

공자는 「논어」의 '안연편(顔淵篇)', '자로편(子路篇)'에서 '무신불립'과 '화이부동'이라는 정치의 핵심을 남겼습니다. 경제와 안보에 앞서 가장 중요한 것은 서로에 대한 신뢰라는 것입니다. 모든 것을 다 버려도 믿음을 버려서는 안 되고, 믿음을 잃게 되면 모든 것을 잃는다는 말입니다. 또한 갈등을 조정해야하는 정치의 존재 이유와 화합에 힘써야 하는 정치인의 자세에 대해 정곡을 찌르고 있습니다.

지금까지도 문희상은 사람들이 살아가면서 만들어 내는 모든 관계 속에서 무신불립은 깊이 새겨야 할 중요한 원칙이라는 확신이 있습니다. 또한 정치인으로서 화이부동의 자세는 백번 천번을 강조해도 지나치지 않을 것이라는 믿음이 있습니다. 이 두 가지의 가르침이 문희상 인생의 길잡이 역할을 해왔습니다.

인생은 끊임없는 선택과 결단의 연속이라고들 합니다. 수많은 상황에서 어떤 원칙을 적용하느냐가 선택과 결단의 결과에 영향을 주게 됩니다. 그 때문에 한 가지의 변함없는 원칙을 세워 놓는 일은 그리 쉬운 일이 아닐 것입니다. 하지만 명확한 원칙이 정해져 있다면 선택과 결단이 의외로 쉬워질 수 있다는 말이기도 합니다.

40년 정치인의 삶을 살아온 문희상에게 수없이 많은 선택과 결단의 순간이 있었습니다. 그리고 앞으로도 계속 선택과 결단의 고민 속에서 살아갈지도 모릅니다. 다만, 그는 지금까지와 같이 확고한 원칙이 있기에 비록 대가를 치르게 될지라도 선택과 결단의 어려움은 그리 크지 않을 것이라 생각합니다.

[마음의 기둥, 아버지]

문희상 아버님 생각이 또렷이 납니다. 문희상을 국회의원에 당선시키기 위해 노구를 이끌고 경로당마다 찾아다니셨습니다. 아마도 아버님이 보기에는 늘 부족하고 가르침이 필요한 아들이었을 겁니다. "우리 아들 잘 부탁드립니다"하며 다니셨을 모습이 눈에 선합니다. 우리 "부족한 아들 잘 좀 돌보아 주세요" 하셨겠지요.

그분 덕분에 문희상은 지난 1992년에 14대 국회의원 선거에서 당선될 수 있었습니다. 그 당시만 해도 의정부의 많은 사람은 김대중 총재를 두고 '빨갱이'라고 했습니다. 경기도 북부 지역이었기 때문에 반공 정서가 유달리 강하기도 했고, 또 당시까지는 그간의 권위주의 정권이 용공 조작을 일삼아 왔기 때문에 그런 현상이 생겼던 것이라고 생각합니다.

그래서 인지는 몰라도 사람들은 문희상을 '새끼 빨갱이'라고 손가락질을 했습니다. 심지어는 "아버지가 물려준 그 많은 재산을 김대중에게 다 바쳤다"는 유언비어가 돌기도 했습니다. 이런 상황이었음에도 불구하고 문희상의 아버님께서는 못난 아들을 사람 한번 만들어 보겠다고 헌신적으로 노력하셨고, 그 결과 문희상은 마침내 국회의원에 당선될 수 있었습니다.

의정부에서는 국회의원 선거가 치러질 때 '울면 당선된다'는 말이 있었습니다. 1988년에 치러진 13대 국회의원 선거 때의 일입니다. 문희상은 당시 평화민주당 후보로 출마했었는데, 가능초등학교에서 마지막 합동연설회를 하게 되었습니다. 마침 제비뽑기에서 문희상이 1번을 뽑아 제일 먼저 연설을 하게 되었습니다.

그때 유세를 하면서 이런 이야기를 했습니다.

"인간의 육체에서는 세 가지 고귀한 액체가 나온다. 피, 땀, 눈물이다. 그중에서 가장 최고는 눈물이다."

14대 국회의원 선거 때는 문희상도 결국은 울고 말았습니다. 물론 일부러 울려고 했던 것은 아닌 것 같았습니다. 당시에 그는 마지막 합동연설회에서는 마지막 차례였습니다. 그런데 연설을 하기 위해 연단에 올라설 때, 문희상의 아버님께서 목발을 짚으신 채 청중들에게 인사하며 다니는 모습이 자꾸만 눈에 들어와 말문이 막혔다고 합니다.

그래서 연설의 마지막 부분에 가서 "저기 계신 우리 아버님께 박수를 한번 쳐주시기 바랍니다. 만일 우리 아버지께서 평생 제가 당선되는 걸 보지 못한 채 돌아가시면, 저는 가슴에 대못을 박고 살아야 합니다. 저를 사람 한번 만들어서 효도 좀 할 수 있게 해 주십시오"라고 말하는데, 문희상의 눈에 눈물이 흐르기 시작했습니다. 그 눈물 때문이었을까요?

그렇게 그때는 당선이 되었습니다. 사람의 마음은 모두 똑같은 것 같습니다. 지난 14대 선거 당시 문희상이 당선될 수 있었던 것은 유권자들의 단순한 동정심이 아닌, 그와 그의 아버지 마음이 유권자의 마음과 서로 통했기 때문이었다고 생각합니다.

[인생의 등대 - 김대중 대통령]

나의 인생은 덤

정치에 발을 내딛으면서 문희상은 이제 그의 인생의 전부를 걸 수 있는 인물을 만났습니다. 김대중 대통령입니다. 그분이 말씀하시는 민주주의와 자유, 한국의 미래는 정치인의 길을 걷는 문희상에게 아주 중요한 교본이 되었습니다. 정치를 해야겠다고 결심 하는 이유가 그 안에 들어 있었기 때문입니다. 또한 주저앉아 낙담하고 있을 때는 큰 꾸짖음과 격려로 깨닫게 해 주었습니다. 해답을 못 찾아 고민하고 있을 때는 그를 지혜로 이끌어 주셨습니다. 그리고 김대중 선생님이 드디어 대통령에 당선되던 역사적인 날, 문희상은 '이제 나의 인생은 덤'이라고 선언한 바 있습니다. 그를 낳아 주고 길러주신 아버지는 돌아가셨지만, 정치인의 길에서 김대중 대통령은 문희상에게 그의 마음속 깊이 아버지와 다름없다고 여겼습니다. 김대중 대통령을 만나 빽빽하고 비좁은 동교동 지하 서고에서 크게 감복하여 큰절을 올리던 그날의 만남을 잊지 못합니다. 단계적 통일 답안을 듣고는 "바로 이거야" 하고 무릎을 탁 쳤다고 했습니다. "문화교류, 기자교류, 언론교류, 이렇게 계속 교류를 한 다음 경제교류, 그래서 경제를 딱 주거니 받거니 양쪽 다 윈윈할 수 있다. 그러다보면 화폐를 통일할 수 있고 그러면 그때 가서 서로가 전체 통일로 봐야하는데 그 때는 투표를 하고 남북 플러스 4강(强)을 보장해야한다"는 통일 답안이었습니다.

그에게 김대중 대통령이란

1979년 말, 동교동 지하 서재에서 처음 만남을 갖고 마음을 의탁한 지 30년이 흘러 이렇게 긴 이별을 합니다. 이날이 오게 될 것이라 예상은 했지만, 차마 마음의 준비를 하지 못했습니다. 마음 깊은 곳에서 무너져 내리는 깊은 슬픔입니다.

"생아자(生我者)도 부모요, 지아자(知我者)도 역시 부모입니다. 2009년 8월 18일 나의 아버지가 돌아가셨고, 오늘은 이 땅에 민주주의의 아버지가 돌아가셨다."

며 슬픔에 잠겼습니다. 김대중 대통령은 문희상 정치 인생의 처음이자 끝이며 인생의 전부였습니다. 그가 정치를 시작한 동기 역시 탄압받는 김대중 대통령을 지켜보면서 결심하게 된 것입니다. 서슬 퍼런 군사정권의 음모 속에서 '빨갱이'가 되었고, 내란 주동자가 되어 버렸습니다. '내가 아는 김대중 선생님은 그런 분이 아니다', '말도 안 되고 억울하다'는 그 억울함을 참지 못함이 문희상이 정치를 할 수 있었던 힘과 근원이었습니다.

문희상은 처음 김대중 대통령을 만나 항상 "자유가 들꽃처럼 만발하고 정의가 강물처럼 흐르며, 통일의 희망이 무지개처럼 피어오르는 나라"를 만들기 위해 인생을 걸고 대통령 선거를 도왔고, '제15대 김대중 대통령 당선'과 함께 그의 인생의 목표를 이루었습니다.

김대중 대통령 대한민국 역사에 처음으로 민주주의의 역사를 만들었습니다. 민주화를 완성하고, 평화적 정권 교체를 이루었습니다. 한반도의 평화라는 절대 가치를 이끌어 낸 평화의 상징이었습니다. IMF라는 절망의 늪에서 국민과 함께 일어섰으며, 4대 보험 등 복지 시스템의 기초를 만들어 고통스러운 서민의 삶을 감싸 주었습니다.

민주주의와 한반도의 평화, 서민 경제, 지난 10년 우리가 누렸고 앞으로도 지켜내야 할 절대적 가치를 알리고 떠나셨지만, 남아 있는 사람들에게는 커다란 숙제가 남았습니다.

문희상은 2009년 6월 11일 6·15 9주년 기념연설 중 김대중 대통령이 촘촘히 글씨를 적어 놓은 친필 메모장을 들고 '유언과도 같은 연설'을 하였던 것을 기억합니다. 민주주의, 서민경제, 한반도의 평화 3대 위기를 말하였고, 이를 지켜내기 위해 피맺힌 마음으로 '행동하는 양심'을 역설하였습니다.

문희상은 연설을 듣는 동안 온몸에 소름이 돋는 경외심과 숙연함을 느낍니다. 마음 깊은 곳 통곡의 피맺힌 절규였습니다. 아마도 오래 남지 않은 생명의 마지막 불꽃이라 생각하셨던 것 같아 가슴이 쓰리고 아파했습니다.

김대중 대통령의 그 연설을 두고 차마 입에 담지 못할 표현으로 온갖 비난이 있었습니다. 그 연설이 마치 현 정부에 대한 저주라도 된다는 듯.

하지만 역설적이게도 그 연설은 이명박 대통령과 현 정부, 국가에 대한 무한한 애정이 없으면 불가능한 연설이었습니다. 3대 위기는 곧 현 정부의 위기를 가져오고 국가의 위기를 가져올 것이라는, 그래서 현 정부가 잘되고 대한민국이 잘되기를 바라는 충심에서 나온 경고였습니다.

전직 대통령이 굳이 말씀하지 않으셔도 되는 것들, 오히려 안 하면 더 편히 잘 지낼 수 있는 상황에서도 가차 없는 양심의 소리를 전달했습니다. 이를 애써 말씀하신 것은 '행동하는 양심'을 실제로 보여준 표본이며 신념에서 나오는 용기였습니다. 과연 누가 그분처럼 마지막까지 신념을 다해 살 수 있었을까요.

각계각층, 대통령과 정부 여당에서도 김대중 대통령의 서거에 대해 위대한 지도자를 잃었다고 슬퍼하며, 최대한의 예우를 강조하였습니다.

문희상은 위대한 지도자로 섬기겠다는 그 말이 정치적 수사가 아닌, 진정성을 갖기 위해서는 김대중 대통령이 통곡의 심정으로 한 호소에 즉시 답을 해야 한다고 생각합니다. 생전 마지막 연설에서 말씀하신 그 일을 말입니다.

문희상은 아직 늦지 않았다 생각하고 정부여당은 당장 서민의 아픔을 보듬고, 한반도 평화를 위해 대북정책을 전면 전환하고, 이 땅 민주주의를 위해 국민과의 소통 속에서 신뢰를 회복해야 한다고 주장합니다.

국민 한 사람, 한 사람이 '행동하는 양심'이 되어 대한민국의 민주주의와 평화, 서민의 삶을 지켜 나가자고 외칩니다.

문희상은 반드시 그렇게 해야만 그것이 위대한 지도자, 김대중 대통령의 마지막 피맺힌 절규에 답을 하는 길이라고 여깁니다.

김대중은 사랑받는 대통령

문희상의 새로운 소원이란 김대중 대통령께서 5년 임기를 마치고 퇴임하시는 날, 광화문 네거리에 국민들이 가득 모여 차가 지나갈 수 없게 되자 대통령이 차에서 내리셨을 때, 어린 소녀들이 "대통령 할아버지, 그동안 고생 많이 하셨어요"라고 외치는 소리를 듣는 것이었습니다.

말하자면 대한민국 헌정 사상 처음으로 국민들의 축복을 받으며 퇴임하는 대통령의 모습을 보고 싶은 것이었지요. 그래서 자기 집 대문 앞조차도 제대로 나올 수 없는 전직 대통령이 아니라, 터키의 건국 영웅 케말 파샤(Mustafa Kemal Atatürk)처럼 국민들에게 존경받고 또 국민들의 마음을 움직일 수 있는 국가의 큰 어른이 되셨으면 하는 마음입니다.

문희상은 김대중 대통령께서 국가원로가 될 수 있는 유일한 분이라는 생각을 갖고 있습니다. 헌정 사상 최초의 정권 교체에 의해 탄생한 역사적 대통령이기 때문입니다. 또 퇴임 이후에도 국민들에게 기억되면서 나라가 어지러울 때 큰 가르침을 줄 수 있는 분이라 생각하기 때문입니다. 그는 김 대통령께서 그런 전직 대통령의 모습으로 영원히 남기를 간절히 소망하고 있습니다.

그리고 김대중 대통령부터는 그 이후의 모든 대통령이 국민들의 축복 속에 퇴임하게 되고 또 모두 다 국가원로로서 대접을 받게 되는 그런 모습을 기대해 봅니다. 문희상이 꿈꾸는 진정한 리더의 모습으로 말입니다.

천리 길도 한 걸음부터

'천리길도 한 걸음부터'이라는 말이 있습니다. 시작의 중요성을 일깨워 주는 말이죠. 요즘처럼 이 말의 의미가 크게 느껴질 때도 없을 겁니다.

새로운 시대를 제대로 열기 위해서는 늘 새로운 마음으로 늘 초심을 잃지않도록 다짐하며 내딛는 첫발을 잘 시작해야 할 것입니다.

"시작이 반이다"라는 말이 있습니다. 무엇이든 시작하는 게 어렵지 일단 시작되면 대부분의 일은 제대로 굴러간다는 그런 뜻이지요.

우리 지난 헌정사를 돌이켜 보세요. 아니면 지난 백여 년간의 역사를 돌이켜 보십시오. 백여 년 전에 갑신정변이니 동학혁명이니 하는 개혁에 실패한 탓에 그동안의 우리 역사는 일제 35년이나 분단 시대를 거치면서 왜곡될 수밖에 없었습니다.

헌정사도 마찬가지입니다. 건국 초기부터 권위주의적 독재정치가 시작되었습니다. 그리고 나서 이렇게 정권 교체가 되기까지 반세기. 무려 50년의 시간의 걸렸습니다.

그렇게 첫 단추가 중요한 것입니다. 첫 단추가 잘못 끼워진 바람에 우리는 이제까지 많은 시간과 국력을 낭비해야 했던 것입니다. 헌정 사상 최초로 정권 교체가 되었습니다. 새로운 역사의 첫 단추가 제대로 끼워진 것입니다.

문희상은 바로 그 새로운 역사의 시작에 바로 김대중 대통령이 있는 것이라고 생각합니다. 그런 만큼 김대중 대통령 이후에 대통령이 되는 분들 또한 이제는 누구나 존경받는 전직 대통령을 남게 될 가능성이 무척 높다는 것이 문희상의 생각이었습니다.

노블레스 오블리쥬

문희상이 국민의 정부시절 김대중 대통령의 대한 여론이 평가를 보면 너무 일방적이고 부분적인 것 같아 안타깝기도 하고, 어떤 측면에서는 억울함까지 느끼기도 했다고 합니다.

특히 그가 가장 안타깝게 생각하는 부분은 1999년 6월에 김대중 대통령께서 러시아 순방을 마치고 돌아오셨을 때의 일입니다. 어렵게 만들어 낸 러시아 순방 외교의 성과가 당시 몇몇 고관부인이 관련된 호피무늬 코트 사건으로 인해 완전히 묻혀버리고 말았던 것입니다.

물론 '옷 로비' 의혹 사건을 지켜보는 국민들의 분노와 배신감은 충분히 이해합니다. 자본주의 사회에서 돈이 많은 사람들은 좋은 옷을 보면 사서 입고 싶고, 돈이 없으면 외상 구입을 하기도 합니다.

그런데 중요한 것은 적어도 장관 부인이라면 그래서는 안 된다는 사실입니다. 서양 말에 '노블레스 오블리쥬(noblesse oblige)'라는 말이 있습니다. 신분이 고귀한 사람일수록 의무가 많다는 것입니다. 또 '깨끗한 손'이라는 말도 있습니다. 손이 깨끗한 사람이라야 남에게 손을 닦으라고 말할 자격이 있다는 자격이 있다는 것입니다. 따라서 개혁을 주도하는 사람, 고위직에 있는 사람들과 가족들은 깨끗하고 검소해야 합니다. 장관 부인들이 몰려다니면서 비싼 옷을 사 입고, 돈을 냈느니 안 냈느니 하면서 서로 싸우고, 10만 원짜리 쇼를 보러 다녀서는 안 됩니다. 더욱이 IMF 환란의 극복을 위해 온 국민이 고통을 감내하고 있는 때에 고통 분담을 주장해 온 고관의 부인들이 고급 옷 쇼핑 등 불미스런 행위를 한 것은 국민들로부터 지탄을 받아 마땅한 일일 것입니다.

하지만 그런 점을 인정하더라도 호피무늬 코트 사건으로 인해 결국 김대중 대통령의 러시아 순방 외교의 역사적 의미가 묻혀버린 점에 대해서는 정말 안타까움을 금할 수 없었습니다. 외교는 아무나 할 수 있는 것이 아닙니다. 집안에서 바깥일은 아버지가 주로 하시죠? 그렇듯이 외교는 대통령이 하는 것이라고 문희상은 생각합니다.

김대중 대통령과 외교

옛날에 우리 조상들은 먹을 것이 부족하면 부잣집에 가서 일을 도와주면서 밥이라도 얻어 자식들을 먹였습니다. 그렇듯이 약소국이 살아가는 방법에는 두 가지가 있습니다. 하나는 큰 나라에 빌붙어서 먹고사는 것이고, 다른 하나는 '너 죽고 나 죽자'는 식, 즉 이판사판의 방법으로 나오는 것입니다.

큰 나라에 빌붙어서 사는 방법은 국민들을 근근이 먹여 살릴 수는 있을 겁니다. 하지만 국민들에게 보람과 자부심을 주고 국력을 신장시킬 수는 없습니다. 특히 최근의 세계 질서를 감안할 때 이제 이러한 방법은 더 이상 통용될 수 없습니다. 시대가 바뀌고 상황이 완전히 바뀌었기 때문입니다.

제2차 세계대전 이후 미국과 소련이 체제 경쟁을 벌이던 시절이 있었습니다. '냉전시대'라고 하죠. 그때는 전 세계의 약소국들이 미국이나 소련 편에 서면 최소한의 지원은 받을 수 있었습니다.

우리나라는 미국으로부터 원조도 많이 받고 미국과의 무역수지도 언제나 흑자였습니다. 미국은 한반도에서 자신의 영향력을 유지하기 위해 한국 물건이 조금 질이 떨어져도 많이 사 주었습니다.

북한도 마찬가지였습니다. 소련과 중국으로부터 에너지도 지원받고 기술도 지원받았습니다.

그런데 소련이 붕괴하고 냉전 체제가 종식되면서부터 세계는 완전히 달라지고 말았습니다. 이제는 오로지 무한경쟁만이 지배하는 사회가 되었습니다. 말하자면 약소국들이 비빌 언덕이 없어져 버린 것입니다.

우리나라는 미국, 일본, 중국, 러시아와 같은 세계 4대 강국에 의해 둘러싸여 있습니다. 그들의 이해관계 때문에 우리는 지금 남과 북으로 갈라져 있습니다. 이러한 상황에서 우리나라가 어떻게 하면 통일을 하고 또 남들 못지않게 먹고 살면서 국가의 위상을 높일 수 있는가? 바로 이러한 점들이 대한민국 외교의 근본 문제라고 김대중 대통령은 생각하셨습니다. 그리고 문희상은 이 문제를 해결하고자 항상 노력하였습니다.

이승만 대통령의 외교와 김대중 대통령

북한은 1990년대 이후 새로운 외교 대책을 들고 나왔습니다. 그것이 바로 '너 죽고 나 죽자'는 식의 외교입니다. 지난 1990년대 초에는 핵 개발을 통해 세계를 긴장시키더니 결국은 경수로 원자력 발전소와 중유를 지원받았습니다. 요즘은 또 미사일 개발과 금창리 지하 핵 시설을 이유로 식량도 지원받는 한편 국제 사회의 대북 경제 제재를 완화시키려 하고 있습니다.

어떤 측면에서는 이승만 전 대통령도 마찬가지였습니다. 이승만 전 대통령은 '인사에는 등신, 외교에는 귀신'이라는 말까지 들었던 분인데, 평소에 북진통일을 주장했습니다. 그러자 당시 최강국이 었던 미국이 이를 말렸습니다. 미국은 한반도가 휴전 상태로 남아 있어야 유리한데 이승만 대통령은 그것을 알고 북진통일을 주장했던 것입니다. 그래서 미국으로부터 원조를 받으며 먹고 살 수 있었던 것입니다.

또 당시 미국은 우리에게 일본과 수교를 하라는 압력을 넣었습니다. 그런데 이승만 전 대통령이 살펴본 결과 일본은 아직 우리를 먹여 살릴 만한 힘이 없었습니다. 그러자 이승만 전 대통령은 국민들의 반일 감정을 자극해서 일본과의 수교 압력을 막아 내는 한편, 원조를 받아 국민을 먹여 살렸습니다.

이렇듯 지난날의 대한민국 외교는 둘 중의 하나였습니다. 그런데 김대중 대통령은 5천년 역사상 처음으로 4대 강국을 상대로 자주 외교를 펼쳤습니다. 김대중 대통령은 취임 이후 미국, 일본, 중국, 러시아를 차례로 방문한 바 있습니다. '햇볕정책'을 중심으로 4대 강국을 설득하면서 그들의 지지를 이끌어 냈습니다. 미국 의회에 가서 직접 연설도 했고, 러시아와 중국의 대학에 가서 연설을 해서 많은 박수를 받았습니다.

그런데 만일 이런 일이 거꾸로 일어났다고 생각해 보십시오. 그러니까 북한의 김정일이 우리의 우방이라는 일본이나 미국에 가서 연설을 하고 박수를 받고 또 의회에 가서 기립 박수를 받았다면 우리나라는 벌써 난리가 났을 겁니다. 도대체 어떻게 외교를 하고 있는 것이냐는 비판이 줄지어 제기될 것입니다.

바로 그런 일들을 김대중 대통령이 중국과 러시아를 방문해 하시고 온 것입니다. 이런 일이 가능했던 이유는 무엇입니까? 이미 김대중 대통령이란 인물은 국제적으로도 유명한 지도자이기 때문에 가능했던 것입니다. 30년간의 망명 생활과 감금 생활을 해온 탓에 이미 무시할 수 없는 국제적인 인사가 되어 있는 것입니다.

김대중 대통령의 러시아 순방은 이러한 4대 강국에 대한 자주 외교를 마무리하는 것이었습니다. 그런데 안타깝게도 이 커다란 역사적 의미가 호피무늬 코트로 인해 묻혀버리고 말았을 때의 문희상 가슴은 새까맣게 타들어 갔다고 합니다.

'햇볕정책'을 아십니까

김대중 대통령의 햇볕정책에 대해 어떤 사람들은 '안보를 위태롭게 한다'며 비판을 제기하고 있습니다. 그러나 그것은 일면만을 보고 파악한 편견에 지나지 않습니다.

햇볕정책은 세 가지 원칙을 갖고 있습니다. 첫째는 튼튼한 안보를 기반으로 한다는 것입니다. 둘째는 북한을 흡수 통일하지 않겠다는 것입니다. 셋째는 남북한의 화해와 교류·협력을 추진한다는 것입니다. 이를 통해 한반도의 냉전 구도를 종식시키고 남북 상호 간의 발전을 도모해 통일시대를 열어 간다는 것, 이것이 바로 햇볕정책의 근간입니다.

이처럼 '튼튼한 안보'는 햇볕정책의 기본 원칙입니다. 대화와 화해의 손을 내밀 수 있는 것은 '강자'입니다. '약자'가 화해를 주장하면 그것은 잡아먹히는 것을 의미할 뿐입니다. 약자에게는 화해나 대화의 자격이 주어지는 것이 아니라, '백기'와 '항복'의 선택만이 강요될 뿐입니다.

먼저 우리가 튼튼한 국방력을 갖추고 북한에게 흡수 통일을 하지 않겠다는 의지를 보여주어야 북한은 대화에 나서게 됩니다. 그렇다고 해서 과거의 정부처럼 대북(對北) 고립정책을 취하면 북한은 체제 위기를 느끼게 되고, 이는 결국 남북한 간의 긴장을 고조시키는 결과를 초래하게 됩니다.

지금은 정치적으로나 경제적으로나, 또 국제적으로나 북한이 우리나라에 비해 현격히 뒤처져 있습니다. 이런 북한을 대화의 장으로 나오게 하려면 먼저 튼튼한 국방력을 갖춰 북한으로 하여금 무력 도발을 포기하게 하는 한편 북한을 흡수하지 않겠다는 신뢰를 심어주어야 합니다.

실제로 김대중 대통령의 햇볕정책은 확고한 안보 태세, 그리고 북한의 무력 도발에 대한 단호한 응징으로 나타나고 있습니다. 과거의 군인 출신 대통령들은 무척이나 안보를 중요시했습니다. 하지만 그 당시에도 북한은 끊임없이 무력 도발을 감행했습니다.

박정희 대통령 시절에는 청와대 근처까지 공비가 침투했던 1·21 사태가 있었습니다. 제5공화국 당시에는 아웅산 사건이 있었습니다. 제6공화국이 탄생하던 무렵에는 KAL기가 폭파되었습니다.

그럴 때마다 안보를 강조하던 군인 출신 대통령들은 한결같이 '단호히 응징하겠다, 복수하겠다'고 천명하곤 했습니다. 그런데 실제로 응징이 이루어졌습니까? 그러나 햇볕정책을 주장하고 있는 김대중 대통령은 어떻게 대응했습니까? 북한 함정들이 서해안을 침범하자 그대로 격침시켰습니다. 북한군 30명이 죽었고 70명이 부상당했다고 합니다.

30명의 군인이 죽었다면 이는 큰일이 아닐 수 없습니다. 그런데 이에 대한 북한의 대응은 어떤 것이었습니까? 북한은 서해안에서 자기네 군인이 죽었는데도 동해안에서는 금강산을 관광하는 대한민국 국민들을 친절하게 안내했습니다. 또한 북한의 우방이라는 러시아나 중국도 우리에 대해 아무 말도 하지 못했습니다.

남한이 햇볕정책을 통해 국제 사회의 신뢰를 얻고 또 대북 이니셔티브(initiative)를 쥐고 있었기 때문에, 중국과 러시아는 유감 표명조차도 할 수 없었던 것입니다. 과거 같으면 상상조차 할 수 없었던 일입니다. 진정한 안보, 강력한 안보란 바로 이를 두고 말하는 것이 아니겠습니까?

문희상은 이처럼 튼튼한 안보를 기반으로 추진되는 햇볕정책에 대해 "안보를 위태롭게 한다"며 비판하는 것은 이치에도 맞지 않을 뿐 아니라 실제 상황에도 부합하지 않는 잘못된 주장이라고 말합니다.

[IMF를 맞이하는 김대중 대통령의 집념]

IMF 이겨내는 방법

어떤 사람들은 김대중 정부의 IMF 환란 극복에 대해 "IMF 구조조정 프로그램에 따라 수행한 것이므로 다른 사람이 대통령을 맡았어도 가능한 성과였다."는 식으로 이야기합니다. 나아가 빈익빈 부익부 현상이 심화되고 외자 유치로 인해 엄청난 국부가 유출되었다는 비판도 제기되고 있습니다.

그렇지만 IMF 환란의 극복을 당연한 결과로 가볍게 받아들이는 견해에는 결코 동의할 수 없습니다. 물론 IMF 환란이 발생하자 국민들이 돌 반지에서 결혼반지까지 팔아 22억 달러의 금을 모아주는 등 '고통 분담'에 나서는 눈물겨운 고통과 저력이 밑바탕 되었던 것은 사실입니다.

그러나 김대중 대통령의 탁월한 리더십과 국제 사회에서의 신뢰가 없었다면 우리는 지금도 언제 끝날지 모르는 IMF 환란의 어두운 터널에 갇혀 있었을 것입니다. 김대중 대통령이 당선되었을 당시에는 이른바 가용 외환보유고가 38억 7천만 달러였습니다. 가계의 규모에 따라서는 한 달에 100만 원이 필요한 집도 있고, 300만 원이 필요한 집도 있습니다.

그런데 우리나라의 경제 규모를 따져볼 때 최소한 400억 달러의 외환을 갖고 있었어야 했습니다. 최근에는 국제 금융시장의 혼란을 감안할 때 최소한 700억 달러는 되어야 한다고 주장하는 학자도 있습니다.

아무튼 최소한 400억 달러가 있어야 하는 나라 살림에 불과 40억 달러만을 갖고 있었던 겁니다. 한 달에 100만 원 필요한 가정이 단돈 10만 원도 없었던 셈입니다.

그러면 부도가 나게 되는 겁니다. 나라가 부도가 나면 아무도 외상으로 물건을 안 줄 뿐 아니라 빚도 끌어올 수 없습니다.

그러면 우리나라처럼 자원이 빈약한 나라에서는 석유를 공급할
수 없어서 엘리베이터도 멈춰서고, 공장의 기계도 멈추고, 물도 자
유롭게 쓰지 못하는, 말 그대로 '생지옥'이 되고 맙니다.

나라의 부도

바로 이러한 부도 직전의 상황에서 김대중 대통령이 정권을 인
수한 것입니다. 그래서 김대중 대통령은 노동자들에 대한 정리 해
고를 받아들이는 아픔을 감수하면서 외환의 확충에 전력을 기울
였습니다. 대통령께서 직접 정부 부처의 과장들이나 금융기관의
창구 직원들에게 전화를 걸어 외환 상황을 점검하고, 외환의 확
충을 독려했습니다.

오죽했으면 일국의 대통령이 우리 식으로 말하면 '투기꾼'인 조
지 소로스(George Soros)도 만나고, 마이클 잭슨도 만났겠습니
까? 다 외자를 유치하기 위해서 그랬던 것입니다. 김대중 대통령
의 이러한 집념, 그리고 세계적인 민주지도자 김대중 대통령에 대
한 국제 사회의 신뢰가 결합되어 이제 우리는 외환보유고 700억
달러를 자랑할 수 있게 된 것입니다.

그래서 문희상은 김대중 대통령을 더욱 존경합니다. 어려운 시
기의 리더는 결단력을 필요로 합니다. 그런 김대중을 곁에서 지켜
보며 진정한 국민을 걱정하는 대통령의 모습이라고 문희상은 생
각했을 겁니다.

무엇을 먼저 살려야하는가 (대중경제론)

빈익빈 부익부 현상의 심화 문제도 마찬가지입니다. IMF 환란을 겪는 과정에서 빈익빈 부익부 현상은 불가피한 것이었습니다. 앞에서 말씀드렸듯이 나라가 부도나면 모두 다 먹을 수도 없고 제대로 살 수도 없는 생지옥으로 내몰리게 됩니다. 그랬던 만큼 우선은 나라의 부도를 막아 내는 게 최선의 과제였습니다.

그 과제를 해결하는 과정에서 거리에 나앉게 되는 사람들은 응급처리를 통해 구제할 수밖에 없었던 것입니다. 정원을 초과해서 손님을 태운 탓에 침몰의 위험이 있는 배를 살리기 위해서는 무엇보다 우선 정원 초과 상태를 해소해야 합니다. 그대로 있다가는 모든 사람이 다 함께 죽을 수밖에 없기 때문입니다.

일부 승객들은 구명보트에 이동시킴으로써 큰 배의 안전을 도모하는 것이 무엇보다 중요한 일입니다. 그래야 결국은 구명보트에 옮겨진 사람들의 생명도 구출될 가능성이 높은 것입니다.

이렇듯 지난 1998년 당시의 IMF 상황에서는 정리해고와 기업들의 부도 사태가 불가피했던 측면이 있습니다. 그리고 지금은 IMF 환란이 극복되면서 국민의 정부는 생산적 복지 정책을 통해 몰락한 중산층과 서민 위주의 경제 정책을 펼쳐 나가고 있습니다.

김대중 대통령의 경제 이론은 '대중경제론'입니다. 즉, 중산층과 서민들이 경제 주체로서 열심히 일하고 보상받는 것입니다. 이것이 IMF 환란이라는 돌발 상황에 의해 유보되었다가 이제 본격적으로 추진되기 시작한 것입니다.

그리고 '국민의 정부'의 공기업 해외 매각이나 외자 유치 문제에 대해서도 비판하는 사람들이 있습니다. 그런데 이 문제 역시 과거의 국가경제 체제 중심의 사고에 머물러서는 안 된다고 생각합니다.

예를 들어 우리 국내에서 고용도 창출하고 질 좋은 상품을 생산하는 외국인 소유의 기업에 대해 무조건 배타적인 태도를 취하면 안 됩니다. 이미 전 세계적인 무한경쟁 시대에 접어든 상황인 만큼 외국 기업이든 우리 기업이든 경쟁을 통해 더 좋은 상품을 생산하는 기업이 살아남는 체제가 되어야 나라 경제가 발전합니다.

지난날처럼 우리 대기업들이 적자 상태의 수출을 하면서 국내에서의 높은 가격으로 그 적자를 보전하려 한다면, 한국 경제는 더 이상 미래가 있을 수 없습니다. 적극적인 외자 유치를 통해 국내 기업의 경쟁력도 높이고, 국민들에게 더 좋은 상품을 공급해야 합니다.

문희상은 김대중 대통령의 외교·안보·통일·경제 정책은 이처럼 성공적으로 추진되고 있는데, 국내 정치가 무척 혼란스럽다는 것을 안타까와 했습니다.

성실하고 부지런한 국가의 리더

문희상이 바라보는 정치는 대통령이 혼자서 하는 것이 아닙니다. 여야가 대화를 통해 조금씩 양보하면서 최대 다수의 최대 행복을 추구하는 것입니다.

그런데 지금의 정치 현실은 대화와 타협이 아니라 '무한정쟁'만이 지배하고 있습니다. 김종필 국무총리의 경우, '서리'자를 떼는 데만 무려 6개월이 걸렸습니다. 각종 개혁법안과 민생법안이 산더미처럼 쌓여 있는데 국회는 정쟁만 거듭하고 있습니다. 더욱이 새정치국민회의는 소수당이라는 한계 때문에 밀어붙일 수도 없습니다.

돌이켜볼 때, 우리나라에서 국회가 가장 정상적인 상태로 운영되었던 것은 지난 1988년 여소야대 국회 시절의 일이었습니다. 당시 제1야당이었던 평화민주당의 김대중 총재는 의안의 98%를 합의에 의해 처리해 주었습니다.

그런데 15대 국회 당시 한나라당은 온갖 구실을 붙여 국회를 고전시키고 있습니다. 그 결과 15대 국회는 '냉동국회', '식물국회', '방탄국회', '뇌사국회' 등과 같은 오명을 얻고 말았습니다.

문희상은 정권의 교체가 정치권에 가져다주는 의미는 크게 두 가지라고 생각합니다. 하나는 야당이 여당이 됨으로써 자신들의 정책을 실현하는 것입니다. 다른 하나는 여당도 야당이 됨으로써 반성도 하면서 더욱 좋은 정책을 펼칠 수 있는 계기를 만드는 것입니다.

물론 지금의 여당도 여당다운 자세가 미흡했던 점이 있겠습니다만, 그 당시 한나라당의 대결 위주의 정치는 너무나 아쉬운 점이 많다는 것이 그의 생각입니다.

문희상은 정치적 혼란을 결국은 국민들이 바로잡아 주셔야 한다고 생각합니다. 국회의원 선거에서 국민들께서 개혁적이고 깨끗하며 21세기를 이끌어 갈 수 있는 정당과 후보들을 선택해 주셔야 한국 정치는 새로운 미래가 열릴 것이기 때문입니다. 문희상은 김대중 대통령께서 역대 최초로 국민들의 축복 속에 퇴임하는 대통령이 될 조건과 역량을 갖추고 있으며, 또한 반드시 그렇게 되어야 한다고 간절하게 기원했답니다. 대통령께서는 매일 새벽에 일어나서 밤늦게까지 국정을 돌보고 국민들의 여론을 듣습니다. 체력도 왕성하거니와 그 누구보다 부지런하고 성실한 대통령입니다. 문희상이 김대중 대통령을 지켜보면서 어르신들께 드리고 싶은 말씀은 다음과 같습니다.

"어르신 여러분들도 나이 드셨다고 세상일에 관심을 저버리셔서는 안됩니다. 무슨 일이든 열심히 하셔야 합니다.
몸도 움직이면서 가정에서나 동네에서나 어르신의 역할을 찾으셔야 보람도 느낄 수 있고 건강해지십니다. 우리에게는 아직도 어르신이 필요합니다.
초가집이던 기와집이던 아파트이던 주택이던 기둥이 중요하듯 나라에는 어르신이 필요합니다. 관심이 나라를 지켜주실 수 있습니다. 어르신 여러분! 여러분의 사랑과 관심이 나라를 지켜줍니다. 사랑합니다."

[노무현 대통령과 비서실장으로서의 인연(因緣)]

그를 대통령 비서실장으로 발탁했던 노무현 대통령을 생각하면 문희상은 늘 수만 가지 생각이 스친다고 합니다. 그는 2006년 가을 대통령님께 기나긴 편지를 올립니다.

"수해와 무더위 길고 길었던 숨 막힌 여름이 물러나고 가을에 들어섰습니다. 대통령님의 건강을 소원하며 안부 인사를 드립니다"

이렇게 시작된 기나긴 그의 편지는 그가 대통령 비서실장으로 1년여 간 대통령님과 함께 했던 시간들을 떠올리고 있습니다. 그는 집권여당의 국회의원과 당의장으로서 대통령의 국정철학과 참여정부의 성공을 위해 혼신의 힘을 다했음을 자부하고 감히 자신하고 있음을 말하는 편지를 씁니다. 그 누구보다도 참여정부와 대통령에 대한 애정이나 이해가 높았음을 자부하고 있음이 보입니다.

당시 편지를 쓰면서 어려운 말씀을 드리려고 했음이 엿볼수 있습니다. 누군가는 해야 할 쓰디쓴 편지의 서두를 이렇게 열고 있습니다.

"막상 이렇게 마음을 먹고 글을 시작하니 오히려 비서실장으로 있으면서 말씀을 드릴 때 보다 훨씬 어렵습니다. 생각보다 큰 각오를 하게 됩니다.

최고 권력자에게 직언을 하는 것에 대한 어려움을 한비자는 세난(說難)편을 통해 역린(逆鱗)이라 표현했습니다. '주군(主君)의 역린(逆鱗)을 건드려서는 안 된다. 건드리면 목숨을 잃게 된다'는 신하의 처세방편을 한편 일리가 있으나 역린(逆鱗)에 대한 언급이 없이는 진정한 직언이 될 수 없습니다.

요즈음의 제 심정을 한 단어로 표현하면 근심, 근심, 또 근심 뿐입니다.

지방선거의 결과가 참담했고, 매일 마주서게 되는 사회 전반의 현상이 위태롭게 진행되고 있습니다. 지금의 민심을 저버려두고, 이대로 가다가는 대선 필패는 물론이고, 우리가 수십 년간 쌓아왔던 모든 노력들이 매도당하게 될 것입니다."

당시 그의 피 끓는 심정을 표현하며 근심 가득한 글을 이어갑니다.

"정권의 재창출, 대통령의 선거 승리, 이러한 것들을 쟁취하지 못할 까봐 걱정하는 것이 아닙니다.

제 마음이 이렇게 짓눌리는 것은 참여 정부가 이대로 주저앉아 버리면, 조국 대한민국을 위해 목숨을 걸고 살아왔던 '민주화와 개혁세력'들이 '무능의 상징'으로 매도당하고 추락하여 '용도폐기' 될 것이라는 위기감 때문입니다.

또한 정권이 넘어가게 되면 그 자체로 시대의 흐름에 대한 역행입니다 .정권의 위기가 아니라 대통령 혼자의 위기가 아니라 '개혁세력 전체와 대한민국 미래의 위기'입니다. 이러한 위기를 차마 눈 뜨고 지켜볼 수가 없으며 '역사의 죄인'이 되지 않을까 하루하루가 답답할 뿐입니다.

노무현 대통령님!

대통령님이 추구하는 개혁원칙을 십분 백분 이해하나 가장 중요한 개혁은 참여정부의 성공이며 참여정부의 성공을 통해 민심을 얻어 정권 재창출을 이뤄내는 것입니다.

시대의 흐름을 역행하지 않도록 막아내는 것입니다. 그것만이 대한민국을 10년, 20년 전으로 되돌리지 않고, 지속적인 발전을 이룩해 선진 국가를 만들어내는 것이라 확신합니다.

현재의 여권 지지율과 지방선거 결과에서 보여준 민심은 열린우리당과 참여정부에 완전히 등을 돌린 상태입니다. 민심을 회복하기 위해, 신뢰를 회복하기 위해 지금 당장 실행해야 하는 최소한의 일들을 제 나름대로 정리해 보았습니다. 부디 헤아려 읽어주시길 바랍니다."

피가 절절 끓는 심정으로 대통령님께 호소하는 글을 쓰는 문희상의 마음은 어떠했을까요? 우리가 짐작이나 할 수 있을까요? 그렇게 그의 애달픈 편지는 꽤 여러 장 길게 이어집니다.

"첫째, 공권력을 바로 세워야 합니다. 탈권위주의를 최초로 실현하셨고, 정경유착의 고리를 과감하게 끊으셨으며 권언유착의 병폐를 없애셨기 때문에 사회 모든 분야에 투명성을 높이셨습니다. 대단한 변화가 아닐 수 없습니다만 여기에 오류가 있습니다. 공권력이 추락하여 권위주위와 정권의 권위가 혼돈되고 있습니다. 잦은 불법시위에 대응하지 못하고 권위를 지키지 못하는 정권과 무능한 공권력을 국민이 좋아하지는 않습니다.

국가를 운영하는 것은 대화로만 이루어지는 것이 아니며 합법적인 권한, 즉 칼이 병행되어야 합니다. 공권력이 무너진다는 것은 탈권위주의의 증거가 아니며, 인권을 중시하는 것과는 다릅니다.

이는 국민의 불안감을 증폭시키며 정권에 대한 신뢰를 무너뜨리는 것이기 때문입니다. 정권의 권위가 도전 받아서는 국민의 신뢰를 받아내기 어렵습니다."

이렇게 문희상은 국가를 이끌어가고 있는 대통령에 대해 쓰디쓴 말을 서슴지 않고 이어갑니다. 모든 글귀 하나하나가 나라와 국민을 사랑하는 마음을 알 수 있는 편지였습니다. 다음으로는, 대통령님의 말씀을 줄이셔야 한다고 하고 있습니다. 토론에 능했고 논리력과 해박한 지식을 자랑하던 노무현 대통령은 어떠한 주제에 대해서도 정리하고 끝없이 생각하는 연구자적인 자세를 이야기 하고 있습니다만 불필요한 논란이 다수 발생하고 있다는 우려에 대해 이야기합니다.

토론이 민주적 리더십의 기본 전제이고 참여정부 4대 국정원리 '원칙과 신뢰' '공정과 투명', '대화와 타협', '분권과 자율'이 민주적 리더십을 구성하는 중요한 요소라는 것을 언급하며, 이러한 8가지 원리의 이행에 '토론'이 필수적이라고 쓰고 있습니다.

"대통령의 말은 모든 가치체계의 총화여야 합니다. 의제의 시작이 아니라 결론을 말씀하셔야 합니다. 논란의 출발점을 말씀하시기 보다는 결정을 짓고 집행할 부분을 말씀하셔야 합니다. 그래야만, 대통령님의 말씀이 힘을 얻고, 국민에게, 언론에게 무겁게 받아들여지게 됩니다.

대통령님!

진심으로 바라건데, 부디 대통령 후보 노무현과 대통령 노무현을 나눠서 생각해 주시기 바랍니다."

라고 절실한 마음을 담아 전하면서 노자의 도덕경 17장을 인용하고 있습니다. 지도자에 대해 태상 부지유지(太上 不知有之)라 하며 '잡보장경 중 지혜로운 이의 삶'에는 '벙어리처럼 침묵하고 임금처럼 말하라'는 뜻의 글귀입니다 최고 권력자의 움직임과 말이 국민에게 얼마나 큰 무게로 전달이 되는지를 보여주는 글귀라 인용하여 그 마음을 전달했던 것으로 보입니다.

"대통령님이 보시기에는 후련하고 잘한다고 하실 수도 있지만, 결국 그러한 참모들의 글과 발언은 국민적 반감이라는 부메랑이 되어 대통령님과 참여정부에 누가 되고 있습니다.

정제되지 않은 글, 절제하지 못하는 말은 논란의 단초가 되고, 그에 대한 해명과 반박을 통해 국가적 혼란으로까지 커지게 됩니다. 국민의 입장에서 생각해 보시길 바랍니다."

누구도 대통령에게 직접 말하기 어려운 직언, 쓰디쓴 조언이 계속 이어집니다.

"셋째, 언론관계 개선에 나서야 합니다. 넷째, 인사에 더욱 신중을 기해야 합니다. 다섯째, 민심 수렴에 노력하는 모습을 보여줘야 합니다. 여섯째, 김대중 前대통령과의 깊은 대화의 장을 만들어야 합니다"

라는 진심어린 글을 쓰고 있습니다. 특히 김대중 대통령과의 대화를 이야기하고 있는 이유가 있습니다. 소상히 쓰여진 그 부분을 소개하겠습니다.

"참여정부의 대북정책과 외교 정책이 수구세력에 의해 왜곡되고 공격받고 있습니다. 북핵 문제는 돌파구를 찾지 못하고 위기 상황으로 치닫고 있습니다. 대통령님께서 혼신의 힘을 쏟은 미국과의 정상회담을 누구나 지원하지않고, 흠집내기에만 여념이 없었습니다. 정상회담이 있기 하루 전. 김대중 前대통령님은 언론회견을 통해 대통령님을 지원하였습니다. 그만큼 참여정부 대북정책의 성공을 간절히 바라고 계신 것입니다.

국민의 정부와 참여정부를 이어 내려오던 평화와 번영의 대북정책이 빛을 보지 못하고 한나라당과 보수세력에 의해 뒤집힐 때에는 민주화와 개혁, 통일을 열망하던 우리 모두가 역사의 죄인으로 매도 당하는 결과가 나오게 될 것입니다.

김대중 전(前)대통령께서 남북정상회담에 대한 화두를 던졌습니다. 이 시점에서 두 지도자가 국가와 민족의 미래를 위해 허심탄회한 대화의 장을 만들고, 돌파구를 찾아내는 지혜를 발휘해주시기 바랍니다."

이렇게 여섯 가지 말씀을 드리며 글을 마무리하고 있습니다. 문희상은 그 글의 말미에 조선시대 임숙영의 일화를 적습니다.

"조선시대 과거시험에는 임금이 질문을 내고 과거 응시자들이 답을 하는 책문(策問)과 대책(對策)이 있었습니다. 광해군의 책문 '나랏일을 위해 가장 시급한 일이 무엇인가'에 대해 죽기를 각오하고 답을 낸 임숙영에 관한 일화를 읽어본 적이 있습니다.

그 답변의 내용이 광해군의 심기를 거슬리게 해 임숙영을 내치려 했지만, 이항복 등의 진언으로 오히려 과거에 합격해 발탁이 되는 내용입니다. 임숙영이 우여곡절 끝에 발탁되지 못했다면, 결국 불합격자의 불량답안으로 묻히게 되었을 법한 그 답안이 지금까지 전해져 현시대에도 많은 것을 시사하고 있습니다.

오랜 고민 끝에 오늘 올리는 이 편지가 대통령님의 생각과 매우 달라, 결국 불량 답안이 될지라도, 저는 중심으로 이 글을 전했다는 것에 마음의 큰 짐을 덜어놓은 것 같습니다.

김대중 대통령 당선 이후 덤으로 살아가던 정치 인생이, 노대통령님께서 비서실장으로 발탁함으로써 흐드러지게 꽃이 필수 있었다고 생각합니다.

사마천은 사기에서, 사위지기자사(士爲知己者死)를 소개하였습니다. 참여정부와 대통령님에 대한 애정을 덮어두고, 피를 토하는 심정으로 글을 올리는 것임을 깊이 생각해 주시기 바랍니다.
제갈공명은 후출사표에서 국궁진력(鞠躬盡力)을 말한 바 있습니다. 어느 자리에 있든지, 민족의 번영과 대한민국의 발전, 참여정부와 대통령님의 성공을 위해 저 또한 국궁진력(鞠躬盡力)할 것입니다. 부디 이 간곡한 진언이 받아들여지길 간절히 소망합니다."

추신으로 그는 이 글이 2006년 8월부터 준비하고 망설이다가 '손에서 놓음'을 쓰고 있습니다. 그와 노대통령의 인연은 이렇듯 가슴 아프고 절절하기만 했었습니다. 그러니 문희상은 스스로 애증이라고 표현하는 것일 겁니다.

에필로그

[지혜로운 사람이 되어가는 삶]

잡보장경(雜寶藏經)

1998년 남미를 방문했을 때 만났던 어느 교포가 문희상에게 써준 붓글씨입니다. 글귀가 마음에 깊이 남아 모양 좋게 표구를 했답니다. 지금까지도 항상 옮겨가는 사무실마다 가장 잘 보이는 곳에 걸어두신다고 합니다.

요즘 문희상은 자주 진심을 담아 소리내어 이 글을 읽곤 한다고 합니다.

유리하다고 교만하지 말고
불리하다고 비굴하지 말라.
무엇을 들었다고 쉽게 행동하지 말고
그것이 사실인지 깊이 생각하여
이치가 명확할 때 행동하라
벙어리처럼 침묵하고 임금님처럼 말하며,
눈처럼 냉정하고 불처럼 뜨거워라.
태산 같은 자부심을 갖고

누운 풀처럼 자기를 낮추어라.
역경을 참아 이겨내고
형편이 잘 풀릴 때를 조심하라.
재물을 오물처럼 볼 줄도 알고
터지는 분노를 잘 다스려라.
때로는 마음껏 풍류를 즐기고
사슴처럼 두려워할 줄 알고
호랑이처럼 무섭고 사나워라
이것이 지혜로운 이의 삶이니라.

이렇게 작품에 있는 글을 그대로 옮겨 적어 봅니다. 문희상에게 관심을 보여주시는 여러분께 소개하고 공감하고자 합니다.
어떻게 하면 지혜로운 사람이 될 수 있을까 우리는 자주 고민하게 됩니다.

문희상이 좋아하는 이 글을 읽어보면 사실 지혜란 우리 삶의 매우 가까운 곳에서 쉽게 실천할 수 있는 것처럼 보입니다. 무서울 때는 호랑이 같이, 낮추어야 할 때에는 누운 풀 같이, 냉정해야 할 때는 시베리아 벌판의 눈 같으라는 이 글을 실천하는 것이 그리 어려워 보이지는 않습니다.

항상 쉬운 것이 실천하기에는 쉽지 않을 때가 있습니다. '교만하지 않으려면 어떻게 해야 하는 것일까' 하는 이런 고민은 쉬우면서도 대단히 어렵기도 합니다. 여러분의 삶도 「잡보장경(雜寶藏經)」의 저 글귀처럼 '지혜로운 삶'을 이루시길 기대합니다.

좌우명, 인생의 지표

문희상은 "내려올 때 보았네, 올라갈 때 못 본 그 꽃...." 고은의 「그 꽃」이란 이 짧은 시를 좋아합니다. 이 시의 내용은 정말 간단합니다. 산에 오를 때는 보지 못했던 꽃을 내려갈 때는 보게 됐다는 것이 내용의 전부입니다.

이 시를 읽을 때마다 함께 생각나는 것이 성경의 '너희가 눈이 있어도 보지 못하며 귀가 있어도 듣지 못하느냐(마가복음 8:18)'의 구절과 '마음이 있지 않으면 보아도 보이지 않고 들어도 들리지 않으며 먹어도 그 맛을 알지 못한다.[心不在焉 視而不見 聽而不聞 食而不知其味(심불재언 시이불견 청이불문 식이부지기미)]'는 『대학』(전7장)의 구절입니다.

모든 것을 보면서 살고 있는 것 같지만 우리는 삶의 많은 부분을 놓치며 살고 있습니다. 문희상의 정치 일생조차 글자 그대로 파란만장하고 우여곡절의 연속이었습니다. 특히 문희상은 마지막 6선에 도전할 때 지옥 갔다, 천당 갔다 여러 번 고비를 넘겼습니다. 이제 정치인생의 마무리 단계에 접어들면서 한없는 회한과 성찰 속에서 후배들에게 하고 싶은 말이 수 없이 뇌리를 스칩니다.

문희상 정치 일생을 통틀어 인생의 좌우명이라고 할까, 정치철학의 요체를 세 가지 사자성어로 요약할 수 있습니다. 첫째 무신불립(無信不立), 둘째 화이부동(和而不同), 셋째 선공후사(先公後私)입니다. 2500년 전 성현의 말씀이지만 지금도 문희상의 삶속에 펄펄 살아서 숨 쉬고 있습니다.

무신불립(無信不立)은 국민의 신뢰가 없으면 국가도 없다는 것입니다. 경제도 안보도 국민의 신뢰를 잃으면 아무 소용도 없다는 것입니다.

화이부동(和而不同)은 모두가 서로 다른 생각을 가질 수 있지만, 크게는 하나로 화합해야 한다는 것입니다.

그리고 선공후사(先公後私)는 사적인 이해관계는 다음이고 공적 가치가 우선한다는 것입니다.

무신불립(無信不立), 화이부동(和而不同), 선공후사(先公後私) 이 세 가치는 문희상 인생의 지표였고, 정치철학의 뿌리이기도 합니다. 문희상은 지금에 와서 돌이켜 생각하면 반드시 다 이뤘다고 말할 수 없지만, 최선을 다해 노력했다고 생각하고 있습니다.

정치가의 덕목

문희상은 새로이 본격적인 정치에 입문한 의원들에게 늘 이야기 했습니다. 정치인·정치가(statesman)로서의 길을 갈지, 정객·정상배(politician)의 길로 갈지, 그 첫 기로에 섰다고 표현합니다. 정치가의 길, 정객의 길은 종이 한 장 차이입니다. 그러나 다음 선거만 생각하는가, 다음 세대를 생각하는가는 엄청난 차이인 것입니다.

그렇다면 문희상이 생각하는 정치가의 덕목은 무엇인가?
막스 베버는 그의 「직업으로서의 정치」라는 저서에서 정치가는 열정, 책임감, 균형감각의 세 가지 자질을 갖춰야 한다고 했습니다. 정치가에 있어 가장 중요한 덕목은 뜨거운 열정이지만 열정만 가지고 되는 것이 아니라 책임감이 열정의 길잡이 역할을 해야 한다고 하였습니다. 그리고 현실에 대한 내적 집중과 평정, 사물과 인간사로부터 거리를 두는 균형 감각이 정치가의 결정적인 심리적 자질이라고 한 것입니다.

동양의 옛말에 '용장불여지장, 지장불여덕장(勇將不如智將,智將不如德將)', 즉 용장은 지장을 이기지 못하고 지장은 덕장을 이기지 못한다는 말이 있습니다. 그런데 이 세 가지(勇·智·德)를 모두 갖춰야 훌륭한 정치가가 될 수 있습니다.

문희상은 정치가의 덕목을 머리와 가슴 그리고 배, 이 세 가지의 조화라고 표현합니다.

머리는 균형감각, 미래예측, 창의력, 상상력, 판단력, 통찰력, 문제해결 능력을 의미합니다.

가슴은 열정, 관용(똘레랑스), 사랑, 존중, 배려, 희생의 총화입니다. 배는 배짱과 결단력, 책임을 다하는 도덕적 용기 그리고 사명감을 의미합니다. 머리, 가슴 그리고 배, 이 세 가지 덕목을 갖춘 자 만이 국민이 원하는 훌륭한 정치가가 될 수 있고, 정치를 이끄는 리더가 될 수 있다고 생각합니다.

김대중 대통령께서는 정치가는 서생적 문제의식과 상인적 현실감각을 지녀야 한다고 하셨습니다. 우남 이승만의 실리와 현실감각 그리고 마키아벨리가 얘기했던 현실적 권력개념은 중요한 정치의 본질이긴 하지만, 그것만 가지고는 정치가의 유형으로는 부족하다고 보셨습니다. 그보다 한 수 위인 백범 김구 같은 우국지사적, 서생적, 선비적 역사의식과 시대정신, 이것을 추구하는 사상가적 측면과 조화를 이뤄야 한다고 보신 것입니다. 그 서생적 문제의식에서 행동하는 양심이 출발하는 것입니다. 행동하지 않는 양심은 곧 악의 편이라고 까지 말했습니다.

문희상은 이 모든 덕목을 늘 잊지 않고 갖추고자 진심을 다해 뼈를 깎는 노력을 했던 것입니다. 생각해보면 길고도 먼 정치인생에 여러 가지 지혜들을 고민해왔음을 알 수 있습니다.

국태민안(國泰民安)

몇 년 전 불어 닥친 지식정보화와 IT 열풍이 우리나라를 세계 정상급 정보통신의 선구자로 당당하게 자리매김한 것으로 평가받고 있습니다. 한류열풍에 이은 또 한 번의 반가운 소식이 아닐 수 없습니다. 이처럼 반가운 소식 덕분에 어려운 경제여건에도 불구하고 미래에 대한 밝은 희망을 굳세게 간직할 수 있는 것 같습니다.

문희상은 〈렉서스와 올리브나무〉라는 책을 좋아합니다.

그 책에서는 성공하는 나라들의 아홉 가지 특징을 소개하고 있습니다. 저자인 토마스 프리드먼은 그것을 아홉 가지 습관이라고 표현합니다.

첫째는, '속도'입니다. 정부와 사회가 얼마나 빨리 판단하고, 혁신하고, 의사결정하며, 규제를 완화하고 적응하는가. 정부 인허가 단계부터 계약체결과 투자결정을 거쳐 최종 생산에 이르기까지의 처리시간을 단축하기 위해 얼마나 구조조정을 했는가. 자기 집 차고에서 고안한 아이디어를 얼마나 빨리 시장에 내다 팔 수 있는

가, '미친' 사람의 아이디어에 얼마나 빨리 자금이 모이는가 하는 것을 보면 그 나라의 수준을 알 수 있다는 것입니다.

둘째, '지식'입니다. 네트워크가 잘 구축되어 있는지, 그리고 그 네트워크를 이용하여 얼마나 지식을 잘 유통시키는지가 성공을 좌우한다고 합니다. 한마디로 '학습하는 국가'가 되어야 합니다. 그것은 마치 모든 성공하는 회사들이 '학습하는 회사'인 것과 마찬가지입니다. 앞으로 우리가 필요로 하는 물건의 생산은 전체 인구의 5%만 있으면 충분하다고 합니다. 나머지는 서비스와 지식정보산업에 종사하게 될 것이라고 합니다.

셋째, '고부가가치'입니다. 이 책에 '당신의 나라는 얼마나 가벼운가'라고 표현합니다. 즉 수출품의 무게가 얼마나 가벼우며 비싸냐 하는 것으로 그 나라의 수준을 알 수 있다는 것입니다. 지식과 정보기술이 많이 투입될수록 제품 무게는 가벼워지고 가격은 비싸지며 그 결과 국가는 더 부유해 지기 때문입니다.

넷째, '외부에 대한 개방'입니다. 과거에는 폐쇄적 태도가 생존 가능성을 높여준 것이 사실입니다. 그러나 이제는 바깥을 향해 문을 활짝 열어야 번영할 수 있습니다. 평화와 번영은 개방과 공존 속에서만 담보될 수 있습니다. 비밀이 많은 조직일수록 자신이 아는 것만 과대평가하고 넓은 세상의 문물을 과소평가하는 경향이 있다고 합니다. 일본금융이 붕괴되었던 것도 그 폐쇄성 때문이라는 것이 정설입니다.

다섯째, '내적인 개방'입니다. 즉, 방금 이야기한 대외적 개방 이외에 국가 내부의 이러저러한 장벽들을 허무는 것이 매우 중요합니다. 내적으로 투명할수록 법치주의가 제대로 작동하고, 부정이 발 디딜 틈이 없어집니다. 투명할수록 더 많은 정보가 공유되고 더 많은 자본이 모입니다. 지금까지는 선진국, 후진국으로 대별되었지만 앞으로는 투명한 나라와 불투명한 나라로 양분될 것이라는 주장도 제기되고 있습니다.

여섯째, 국가 지도자들이 깨어 있고 교체 가능해야 합니다. 유능한 국가 지도자는 정보를 중개하는 능력과 더불어 다양한 변수를 동시에 고려할 수 있는 능력이 있어야 합니다. 국가 지도자가 세상을 볼 줄 모르고 세계를 움직이는 힘의 상호작용을 모르면 그러한 지도자는 올바른 국가전략을 짤 수 없을 것입니다.

일곱째, '창조적 파괴'입니다. 혁명적 제품이 출시되려면 그 사회가 창조적 파괴를 허용하거나 적어도 참아주는 문화를 가지고 있어야 합니다. 90년대 말의 아시아 경제위기에서 타이완이 비켜갈 수 있었던 것은 일찍이 80년대에 자국 중소기업들을 치열한 국제경쟁에 그대로 노출시켰기 때문이라는 주장도 있습니다. 살아남기 위하여 처절한 생존경쟁을 벌이는 과정에서 기업 체질이 튼튼해졌다는 것이 그 논거입니다.

여덟째, 다른 나라를 친구로 만들 줄 알아야 합니다. 한 나라의 국제경쟁력은 그 나라가 얼마나 우방을 잘 만들고, 동맹체에 잘 편입되는가 하는 것으로 결정됩니다. 국내시장에만 의존해서는 살 수 없기 때문에 세계시장으로 눈을 돌려야 합니다. 세계시장을 넓히는 것은 우방국과의 관계를 돈독히 하는 것을 뜻합니다. 동맹체를 구축하고 유지관리 할 줄 아는 CEO가 오늘날 국가의 필수 자산이라는 점을 이 책은 강조하고 있습니다.

아홉째, '강력한 국가브랜드'를 갖춰야 합니다. 영국에서는 자국의 국가브랜드를, '세계의 박물관'에서 '세계의 선구자'로 바꾸자는 움직임이 있었는데, 이에 따라 영국 정부는 1997년에 국가로고를 '통치하라, 영국이여'에서 '쿨(cool)한 영국이여'로 바꿨다고 합니다. 국가브랜드에 대하여 각국이 얼마나 신경을 쓰는지 알 수 있게 하는 대목입니다. 수출품의 가격을 좌우하는 것은 품질뿐만 아니라 제품에 표기된 원산지 표시라는 것은 잘 알려진 사실입니다. 정보통신 강국과 한류 문화열풍으로 높아진 대한민국의 대외이미지를 국가브랜드로 연결시키기 위하여 치밀한 마케팅 전략이 필요한 시점입니다.

성공하는 국가의 9가지 습관 가운데 우리나라가 과연 얼마나 해당되는지는 속단하기 어렵겠지만 속도, 지식, 고부가가치, 창조적 파괴의 측면에는 어느 정도 들어맞는 것 같으나, 개방성, 친구 만들기, 국가 지도자들의 능력 등 몇 가지는 아직 부족한 점이 있다고 문희상은 생각합니다.

궁극적으로 나라가 태평하고 국민들의 생활이 평안한 나라, 즉 국태민안(國泰民安)이 문희상의 꿈입니다.

성공하는 사람의 습관, 성공하는 국가의 습관, 이러한 우수한 인재 또는 국가의 비결과 조건을 배울 수만 있다면, 또한 우리가 접목하여 우리가 가진 잠재력을 키워 나라를 키울 수만 있다면 문희상이 꿈꾸는 국태민안은 머나먼 꿈이 아닙니다. 이렇게 문희상은 매일 매시 국태민안의 꿈을 꾸며 책을 읽습니다. 소박한 책방,

숭문당에서 우리나라의 내일을 그려봅니다.

국태민안은 모두의 소원입니다. 모두의 기도 제목입니다. 문희상이 한시도 잊지 않는 그의 정치인생의 목표인 것입니다.

제3부

문희상의 정치인생

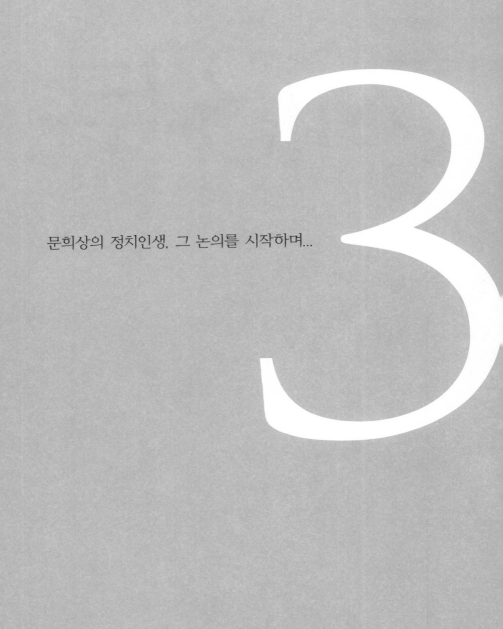

문희상의 정치인생, 그 논의를 시작하며...

다. 하지만 한 가지 분명한 것은 그가 영원한 의회주의자이고, 오로지 국민만을 바라보는 민주주의의 신봉자라는 점입니다.

저 안병용은 신한대학교(구, 신흥대학)에서 정치학과 지방자치를 21년 강의한 교수였고, 지금은 45만 의정부시민의 3선 시장으로서 늘 공공의 이익과 가치를 실현하는 사명에 충실해 왔다고 자부합니다.

문희상 의장에 대한 평전도 그러한 사명의 연장선에서 평생을 의회주의와 민주주의 발전의 큰 길을 걸어온 족적이 뚜렷한 한 정치인의 인생을 살펴봄으로써 과거의 교훈과 미래의 희망을 구하기 위한 것입니다. 이를 위해 주관이나 감정을 철저히 배제하고, 객관적인 자료에 충실하기 위해 사실자료의 열람과 문희상 의장과의 대담에 많은 시간과 공을 들였으며, 이를 토대로 공정하고 객관적인 입장에서 문희상의 정치인생을 연구하고 분석함으로써 정치인 문희상을 올바로 이해하고 평가하는 데 도움을 주었으면 하는 바람으로 기술하였습니다.

"지금 우리는 한 치 앞을 내다보기 힘든 절체절명의 위기에 봉착하고 있다고 저는 생각한다. 우리가 최근 맞고 있는 이 상황은 민주주의가 아니다. 김대중 대통령, 김영삼 대통령이 그토록 원했던 민주주의가 아니다. 권력에 의해 국회가 무시당하고 국민이 무시당하는 것은 민주주의의 본질이 아니다.(중략)
대한민국의 민주주의가 붕괴되는 이 참담한 현실에서 치열하게 싸워야 할 상대가 누구인지를 직시해야 할 때다. 지금은 국민들과 함께 '단일대오'로 흐트러짐 없이 민주주의를 지켜가야 할 때임을 명심해야한다. 그렇지 않으면 김대중 대통령, 노무현 대통령의 영정사진 우리 다 떼어야한다. 정신 바짝 차려야 할 때다."

2015년 11월 27일 새정치민주연합 제167차 최고위원회의·중진의원 연석회의에서 모두발언

그렇습니다. 문희상 국회의장은 오로지 국민을 바라보는 정치를 해 왔습니다. 처음부터 지금까지 늘 그랬고 또 앞으로도 그럴 것입니다.

큰 바위라고 불리는 사람,

늘 국민만 바라보고 뚜벅뚜벅 민주주의 외길만 걸어온 사람,

문희상, 이제 그의 정치인생을 돌아보고자 합니다.

문희상 국회의장의 최근 모습

1. 현대정치사 연구와 문희상

[정치사 연구의 접근방법]

정치학 연구의 패러다임 변천

우리 대한민국의 정치가 발전하려면 정치라는 대상을 학문의 입장에서 종적으로 횡적으로 다양하게 연구하고 분석하는 것은 필수적입니다. 그러한 측면에서 정치사 연구의 활성화는 정치학 발전 그리고 궁극적으로는 정치발전의 가장 중요한 기반이고 대전제입니다.

그러면 정치학 연구의 패러다임(Paradigm)은 어떻게 변천되어 왔을까요? 19세기와 20세기 초까지의 정치학은 소위 '전통적 접근방법'으로 불립니다. 여기에는 역사적, 법적, 제도적 접근방법이 포함되는데 특히 역사적 연구가 중요했습니다. 당시에는 역사학과 정치학의 차이점은 거의 인식되지 않았으며, 정치학은 역사학의 한 분야로 간주되었습니다. 이 세대의 정치학자들의 격언은 "역사는 과거의 정치였고 정치는 현재의 역사이다"라는 것입니다.

따라서 정치학은 사실 정치사였고 이에는 정당사, 외교사, 그리고 정치사상사와 같은 분야들이 강조되었습니다(아이작, 1988: 51: 이재성, 2007: 168에서 재인용). 심지어 이 시대에는 '정치학을 강의하는 것은 역사학을 강의하는 것'이라든가 '정치학 없는 역사는 열매가 없고, 역사 없는 정치학은 뿌리가 없다'는 등의 주장도 제기되었고, 이런 정신은 현대적 맥락에서 재해석되어 오늘날까지 이어지고 있습니다(차기벽, 1993: 16; 신복룡, 2001: 158; 이재성, 2007: 168에서 재인용). 이 시기 학문의 역사에서 중요한 측면은 역사학, 정치학, 사회학 등 각 인문사회과학의 분과들이 학문적 독립을 추구하기 시작했다는 점입니다. 역사주의(Historicism) 또는 역사적 결정론은 사상사적으로 당대를 특징짓는 과도기적 성격을 뚜렷이 보여주고 있습니다.

헤겔, 콩트, 마르크스 등으로 대표되는 역사주의적 흐름은 전통적 역사학으로부터 정치학과 사회학의 전문적 분화를 촉진시켰으며 이는 역사학에 대한 사회과학적 도전이었다고 할 수 있습니다. 한편 현대 사회과학적 전통의 출발로서의 역사학은 독일의 사학자인 레오폴트 폰 랑케(Leopold von Ranke)에 의해서 현대적 역사학, 즉 과학적 역사학으로 다시 태어나게 됨으로써, 현대적 정치학, 사회학, 그리고 역사학이 독립적 학문 영역으로 발전하게 되었습니다(이재성, 2007: 169).

20세기에 들어서면서 사회이론의 과학화 경향이 본격적으로 전개되었습니다. 미국의 정치학자 데이비드 이스턴(David Easton)은 H. A. Simon 등의 "행태주의(Behaviorism)"와 맥을 같이하여 '제도가 아니라 행태를' 연구해야 함을 주장하면서, 역사적 방법 또는 역사주의를 과거의 사실과 전통만을 추종하는 낡은 방법으로 평가하고 비판하였습니다(Easton, 1953: 235-236; 이재성, 2007: 169에서 재인용).

그러면 역사학계 내에서 정치사 연구는 어떻게 되었을까요? 자크 르 고프(Jacque Le Goff)는 역사학계 내의 정치사 문제를 다루면서 '정치사는 그저 처치 곤란한 잡동사니에 불과했습니다. 한때 역사학의 중심권이었던 정치사가 이제는 역사학의 부수물로 전락해 버렸다'고 비판했습니다(고프, 1982: 168, 171; 이재성, 2007: 169에서 재인용). 또 홉스봄은 '과거에 대부분의 역사는 통치자의 영광 그리고 아마도 실용적 용도를 위해 저술되었다. 정말로 여전히 이러한 기능을 지닌 역사가 있다'며 역사학과 권력의 관계를 지적했습니다(홉스봄, 2002: 324; 이재성, 2007: 169에서 재인용).

정치사 연구의 중요성

그러면 정치사(政治史)는 왜 정치학과 역사학 모두에게서 버림받게 되었을까요? 19세기 말까지도 여러 학문 분과의 어머니와도 같던 역사학이, 그리고 그 역사학에서도 가장 중심적 위치를 차지하던 정치사 연구가 갑자기 학계에서 무관심의 대상으로 전락한 이유는 현대 역사학이 실증주의에 기반하기 때문이라기보다는 정치사 그 자체에 대한 강한 거부감 때문이었습니다. 20세기 초에 마르크 블로크와 뤼시엥 페브르에 의해 창시된 '아날학파', 아날학파 2세대의 중심인물인 페르낭 브로델의 '거시 역사학' 또는 사회사는 유럽의 새로운 역사학을 열었습니다.

또한 같은 시기 미국에서도 '새로운 역사학'의 기치 아래 제임스 로빈슨(James H. Robinson), 찰스 비어드(Charles Beard), 칼 베커(Carl Becker) 등이 지성사와 사회사라는 분야를 개척하기 시작했습니다. 현대 역사학은 모두 왕조의 역사, 전쟁의 역사, 승리자 위주의 정치사 그 자체에 대한 반발로서 출현하였고, 정치사 속에서 잊혀졌던 하층 계급의 존재를 인식하고 있었다는 공통점을 가지고 있습니다(곽차섭, 2002: 471). 더 나아가 세계 역사학계에서는 포스트 모더니즘적 역사학 비판 및 재구성 시도가 활발히 전개되고 있는 실정입니다(이재성, 2007: 170).

19세기 이후 정치사(政治史)는 실증주의의 영향력 아래서 정치학계의 관심사로부터 멀어져갔습니다. 한편 역사학계에서는 전통적 정치사의 낡은 사관(史觀)을 비판하면서 새로운 역사학으로 계속 이동하고 있습니다. 과연 정치사는 현대 인문사회과학에서 배제되어야 할 낡은 영역인가? 고프(Goff)는 새로운 가능성을 주장합니다. 그는 '낡은 정치사는 이제 소생 불가능한 시체와 같다'고 단정 짓는 동시에 '현재 정치사가 분명히 위기에 처해있다고 볼 수 있겠지만, 또한 인문과학에서 정치적 측면과 접근방법이 점차 중요하게부각'되고 있다고 평가합니다(고프, 1982: 185-186: 이재성, 2007: 170에서 재인용).

홉스봄 역시 최근 정치사에 대한 관심과 연구의 증가를 긍정적으로 평가하면서 현대의 역사학과 사회과학이 서로 접근함으로써 역사학 내의 진보가 이루어졌다고 지적하면서, '역사학의 혁명가들이 오랫동안 격하시켜 왔던 정치사를 다시 강조하는 운동이 현재 뚜렷하게 나타나고 있다'고 평가하고 있습니다(홉스봄, 2002: 113: 이재성, 2007: 170에서 재인용).

이러한 측면에서 정치사 연구는 매우 중요하며, 특히 그러한 정치사의 중심에서 중요한 역할을 해온 정치인에 대한 연구는 매우 중요하다고 생각합니다.

[대한민국의 정치사와 문희상]

우리나라의 정치사 연구경향

역사를 전공하지 않은 사람들과 대화하다 보면 일반인의 상식과 역사학의 현실이 어긋나는 점을 발견할 수 있는데, 그 중 하나가 근현대 '정치사' 연구의 현황입니다. 우리나라 사람들이 평소 정치에 관심이 많아서인지, 한국사 연구자들도 당연히 정치에 관심이 많으며 정치사 연구 역시 많이 되어 있을 것이라고 생각하는 경우가 많습니다. 그러나 전반적으로 볼 때 한국 정치사, 그 중에서도 근현대 정치사는 그러한 '사회적 기대'에 부응할 만큼 충분한 연구가 이루어졌다고 보기는 힘든 실정입니다.

특히 우리나라의 정치사 연구는 전반적인 주제를 다양하게 다루기보다는, 그때그때의 유행에 따라 특정 분야에 치중하는 방향으로 이루어져 온 경우가 많았고 또한 그 시작이 매우 늦은 편입니다. 1960년대 중반에 들어서서 동학농민운동·전쟁에 관한 연구가 단편적으로나마 시작된 것이 그 시작이었습니다. 1969년 동아일보에서 3.1운동 50주년 기념논문집을 펴내면서 근현대 정치사 연구가 본격적으로 시작되었습니다. 1960년대 중후반부터 1970년대에는 주로 3.1운동이나 대한민국임시정부 등 근대 정치사(독립운동사)에 속하는 주제들이 조금씩 연구되기 시작했습니다.

1980년대 들어서는 정치사 연구의 분위기가 근본적으로 바뀌기 시작했습니다. 변혁이론에 직간접적으로 영향을 받은 급진 성향의 소장 연구자들이 성장하면서 정치사 연구의 흐름이 바뀌었습니다. 이들은 근대 정치사에서 그동안 조명 받지 못했던 공산주의 운동사를 집중적으로 연구했습니다. 조선공산당 운동이나 노동운동, 국외 공산주의자들의 항일운동 등이 주된 연구주제였습니다.

한편에서는 해방 이후 미군정기 정치사 관련 연구를 시작하면서, 현대 정치사 연구가 비로소 시작되었습니다. 반미주의 열풍 속에서 연구자들은 '과연 미국이 우리에게 무엇인가'를 묻게 되었고, 자연스레 해방 직후 미군정기 정치사를 집중적으로 연구하기 시작했습니다.

이러한 흐름을 만든 소장연구자들이 1990년대까지 활발히 활동하면서, 정치사 연구에 관한 주요 저작들이 90년대에 많이 출판되었습니다. 그런데 이러한 정치사 연구 열풍은 90년대 들어 조금씩 잦아들기 시작했고, 2000년대 들어서는 오히려 기피 경향까지 생겨났습니다. 정치사는 복잡하고 지루하다는 인식이 커지면서 인기를 잃어가는 반면, 기존의 역사인식에서 드러나지 않았던 것들을 다루려는 사회사나 문화사 영역의 연구들이 조명받기 시작했던 것입니다.

정치사 연구 유행이 후퇴한 것은 여러 가지 요인이 있겠지만, 가장 중요한 이유는 정치사 연구를 관통하는 거시적인 문제의식을 미처 정리하지 못하고 있기 때문이라고 생각합니다.

우리나라 정치사의 시대구분

한국의 정치는 일상적인 위기의 역사였기 때문에 한국의 정치사도 위기의 역사입니다. 세계에서 가장 빠른 시간에 산업화와 민주화를 이룩하였으나 아직까지 민주주의와 의회주의가 안정화, 공고화되지 못하고 있습니다. 촛불혁명으로 탄생된 지금의 문재인 정부이지만 출범한지 3년차를 지나가는 시점에 있으나 사회갈등과 국론분열은 더욱 심화되고 있고 통합이 불가능한 사회로 치닫지는 않을지 혼란스러운 국면이 지속되고 있습니다.

미국 정치학자 크레인 브린튼은 '혁명의 해부'라는 저서를 통해 미국·프랑스·영국·러시아 혁명 등 세계 4대혁명을 분석하여, 절대주의 체제, 시민혁명, 역쿠데타, 왕정복고, 민주화의 재진전이라는 시나리오를 정치발전의 시대구분으로 제시합니다. 이러한 브린튼의 견해는 우리나라의 정치발전 과정에 적용해도 매우 의미 있고 설득력이 있는 것으로 보입니다.

조선의 절대주의 체제는 실학의 등장과 동학혁명으로 흔들리게 됩니다. 실학이 지식인들의 이반이라면, 동학은 기층민중의 이반입니다. 그러나 시민혁명은 일제의 한반도 강점으로 지체됐고 이승만 권위주의 정부로 이어집니다. 결국 이에 대한 반발로 4·19라는 시민혁명이 터져 나옵니다. 5·16은 시민혁명에 대한 역쿠데타이고, 유신체제는 역쿠데타의 종착점인 왕정복고입니다. 전두환 정권은 이 왕정의 일부 흔적입니다. 노태우 정권과 김영삼 정부는 수직적 정권교체였고 수평적 정권교체를 위한 과도기였습니다. 김대중 정부와 노무현 정부의 등장은 수평적 정권교체로서 마침내 명예혁명, 민주화를 위한 행진이 한 단계 더 도약한 것이고(이달순, 2012), 이명박정부와 박근혜정부의 등장 및 촛불혁명을 통한 퇴장을 통해 우리나라의 민주화 재진전은 더욱 안정적 결실을 맺었다고 할 수 있는 것입니다.

이러한 우리나라 정치사의 발전단계는 다음의 〈표 1〉과 같이 나타낼 수 있습니다.

〈표 1〉 우리나라 정치사의 발전단계(대한민국의 역대 정부)

제1공화국	제2공화국			
이승만 정부 (1948년~1960년)	허정과도정부 (1960년)	장면내각 (1960년~1961년)	윤보선 정부 (1961년~1962년)	군사정부 (1962년~1963년)
제3공화국	제4공화국			
박정희 정부 (1963년~1972년)	박정희 정부 (1972년~1979년)	최규하 정부 (1979년~1980년)	전두환 정부 (1980년~1981년)	전두환 정부 (1981년~1988년)
제6공화국						
노태우 정부 (1988년 ~1993년)	김영삼 정부 (1993년 ~1998년)	김대중 정부 (1998년 ~2003년)	노무현 정부 (2003년 ~2008년)	이명박 정부 (2008년 ~2013년)	박근혜 정부 (2013년 ~2017년)	문재인 정부 (2017년 ~현재)

우리나라 정치사 연구와 문희상 조명의 의미

그러면 이러한 시대구분에 문희상은 어떠한 의미가 있을까요? 한국 현대정치사를 구분해 보면 그 길목마다 문희상이 등장한다는 것이며 우리는 이에 주목해야 합니다. 5·16으로 그 누구보다

피해를 받은 주역으로 시작해 김대중을 통한 진정한 의미의 민주화 즉, 수평적 정권교체를 이뤄냈으며, 노무현과 함께 국민중심의 민주발전을 이루어낸 그 중심에 바로 문희상이 함께 했다는 것입니다. 그리고 지금 문재인 정부와 함께 20대 국회의장으로서 자치와 분권을 통한 진정한 민주화를 위한 최정점에 위치하고 있습니다.

한 마디로 민주사관에 의한 정치발전모델에서 새로운 발전의 단계마다 문희상은 작지 않은 의미와 역할을 통해 '의회주의'와 '민주주의'를 양축으로 하는 그 시대적인 정치발전에 기여하는 족적을 남겼다고 할 수 있습니다.

지금 시대적인 대전환기에 우리나라 정치사의 시대구분 속에서 영원한 의회주의자이고 민주주의의 신봉자인 문희상의 행적을 살펴보는 것은 매우 의미가 있다고 할 것입니다.

문희상의 정치연보

- 1945년 음력 3월3일 경기도 의정부에서 대지주의 아들로 태어납니다.
- 1957년 양주초등학교(현 중앙초등학교)를 졸업합니다.
- 1960년 경복중학교를 졸업합니다.
- 1963년 경복고등학교를 졸업합니다.
- 1968년 서울대학교 법학과를 졸업합니다.
- 1970년 해군본부 법제담당관으로 근무합니다.

- 1973년 문정흥에서 문희상으로 개명하고 숭문당을 설립해 대표를 맡습니다.
- 1976년 학교법인 경해학원 이사장을 맡습니다.
- 1979년 김대중 전 대통령을 동교동 사저에서 처음 만납니다.
- 1980년 민주연합청년동지회(여연청) 초대회장을 지냅니다.
- 1982년 숭문상가·삼정식품 대표이사를 역임합니다.
- 1985년 한국청년회의소(JC) 중앙회장을 지냅니다.
- 1988년 13대 총선 때 김대중 총재의 평화민주당 후보로 경기도 의정부시에서 처음 출마했으나 낙선합니다.
- 1992년 14대 총선에 당선되면서 직업 정치인의 길을 걷기 시작합니다.
- 1993년 민주당 대표 비서실장을 지냅니다.
- 1996년 새정치국민회의 후보로 출마한 15대 총선에서 낙선합니다.
- 1998년 청와대 정무수석비서관에 발탁됩니다.
- 1999년 국가정보원 기획조정실장으로 일합니다.
- 1999년 저서 '국민의 정부의 개혁방향과 과제'를 출간합니다.
- 2000년 제16대 국회의원으로 재선 국회의원이 됩니다.
- 2000년 저서 '생각을 바꾸면 세상이 바뀐다'를 출간합니다.
- 2003년 제26대 청와대 대통령비서실장이 됩니다.
- 2003년 2월 황조근정훈장을 받습니다.
- 2004년 제17대 국회의원으로 3선 국회의원이 됩니다.
- 2004년 ~2008년 문희상은 2004~2008년 한일의원연맹 회장

을 지냅니다.

- 2005년 열린우리당 의장을 맡습니다.

- 2005년 11월 청조근정훈장을 받습니다.

- 2007년 저서 '문희상이 띄우는 희망메세지 동행'을 출간합니다.

- 2008년 제18대 국회의원으로 4선 국회의원이 됩니다.

- 2008년 제18대 국회 전반기 국회 부의장을 맡습니다.

- 2011년 저서 '문희상이 띄우는 희망메세지 동행2' 출간합니다.

- 2012년 제19대 국회의원으로 5선 국회의원이 됩니다.

- 2013년 민주통합당 비상대책위원회 위원장을 맡습니다.

- 2014년 새정치민주연합 비상대책위원회 위원장을 맡습니다.

- 2016년 제20대 국회의원으로 6선 국회의원이 됩니다.

- 2017년 촛불혁명 이후부터 집필해 3월22일에 저서 '대통령, 우리가 알아야 할 대통령의 모든 것'을 출간합니다.

- 2017년 대선 때는 문재인캠프에서 선거대책위원회 상임고문을 맡습니다.

- 2017년 5월18일 대통령 특사 자격으로 아베 신조 일본 총리를 만납니다.

- 2018년 7월13일 20대 국회 후반기 국회의장으로 선출됩니다. 총투표수 275표 가운데 259표를 얻어 당선됩니다. 국회법에 따라 탈당해 무소속이 됐으며 20대 국회가 끝나는 2020년 5월까지 국회의장을 수행합니다.

- 2019년 사법개혁과 선거법 개정 관련 법안 처리에 크게 기여합니다. 문희상은 극심한 여야 대립과 다수 야당 출현으로 쉽게 합

의가 어려웠던 사법개혁과 선거법 개정 관련 법안을 처리하는 데 기여했습니다. 문희상은 여당과 야당 사이를 중재하는 노력도 진행했습니다. 더불어민주당과 자유한국당, 바른미래당 등 국회 내 교섭단체 원내대표를 소집하여 패스트트랙 법안 처리를 놓고 의견을 좁히기 위한 대화를 주재하기도 했습니다.

[문희상의 정치철학]

문희상의 정치철학 개요

문희상의 정치철학은 그의 '희망통신 25호'에 실려 있는 번영의 21세기 선진경제 한국을 위한 새로운 정치 패러다임 지켜야 할 5가지 가치, 버려야 할 5가지 사고에서 확인할 수 있습니다.

문희상은 반드시 지켜가야 할 소중한 "대한민국의 가치 5가지"로 자유민주주의와 시장경제: 대한민국 헌법의 최고 가치, 중산층과 서민: 민생경제 발전과 사회적 약자를 위한 복지, 한반도 평화: 민족의 생존과 직결된 가치, 개혁과 변화: 열린자세로 세계화와 시대흐름에 능동 대처, 새로운 정치: 지역주의 극복으로 정치개혁 완성을 제시하고 있습니다.

그리고 한국사회 발전을 위해 버리고 가야 할 "5가지 사고"로는 편 가르기의 극단적인 모든 이분법적 사고와의 결별을 강조하면서 민주와 반민주의 이분법: 용서와 관용 그리고 승복의 정신으로 대통합, 진보와 보수/좌파와 우파의 이분법: 이념의 대결 종식, 반미자주와 친미사대의 이분법: 국익최우선의 실용외교, 친북과 반북의 이분법: 냉전적 사고 종식, 분배와 성장의 이분법: 병행발전으로 선진경제한국 달성을 제시하고 있습니다.

우리 대한민국은 무수한 시대의 도전과 이에 대한 현명한 극복의 역사를 갖고 있습니다. 한반도를 둘러싼 주변 열강들의 끊임없는 침략과 도전에도 전 국민의 지혜를 모아 슬기롭게 극복해 온 저력의 역사를 갖고 있습니다. 일제강점기를 비롯해 6.25라는 동족상잔의 비극을 경험했고, 군부독재의 억압아래 어두웠던 70·80년대와 IMF라는 국가 위기까지 경험했습니다.

역사는 어두운 곳이 있으면, 반드시 밝은 곳이 있기 마련입니다. 일제강점기에는 독립운동이 있었고, 6.25에는 자유민주주의 수호를 위한 참전군인들의 헌신이 있었습니다. 군부독재에 저항하여 민주화의 물결이 일어났었고, 외환위기와 코로나19에는 국민 모두의 단결된 힘이 있었습니다. 대한민국의 국민이 위기 때마다 보여준 저력의 원천은 국민 대통합과 단결의 힘이었다고 생각합니다.

국민과 국가 대통합은 지금의 시대에도 절실한 상황입니다. 세계화와 변혁의 물결이 전 세계를 개혁과 개방의 시대로 만들어 가고 있습니다.

세계 안보환경은 북핵문제, 이라크 전쟁과 일본의 우경화, 테러의 문제 등 하루가 다르게 세계평화에 위협이 되어 가고 있으며, 각국은 철저하게 국익중심으로 변화되어가고 있습니다. 이러한 시기에 우리 대한민국의 모습은 어떻습니까?

세계 구석구석이 새로운 패러다임으로 대전환이 이뤄지고 있는 이 중요한 시기에, 한국의 사회상은 그리 희망적이지 않습니다. 사회전반에 걸쳐 뿌리 깊은 반목과 갈등이 확산되며 자리잡아가고 있으며, 국론은 현안마다 두 갈래로 분열되고 있습니다.

문희상은 그 문제의 원인을 정치의 잘못이라고 고백하고 있습니다. 정치인의 잘못입니다. 정치인의 한사람으로서 극한으로 치닫고 있는 대립과 대결의 한국정치를 보면서 부끄럽고 참담한 심정을 금할 수 없습니다.

한국정치는 이분법적인 대결의 정치가 극에 달했으며, 힘을 합쳐 미래로 나아가기보다는 편을 갈라 과거로 회귀하려는 수구세력의 반발과 도전이 도를 넘어서고 있습니다. 특히, 여야가 따로 없어야 할 한반도 평화 최우선의 대북정책과 외교안보정책에 대해 정략적인 공세가 난무하고, 현안마다 대화와 타협보다는 대립과 대결로 해결하지 못하는 악순환을 지속하고 있습니다.

이대로는 안됩니다. 지금의 이러한 정치로는 변화와 개혁이라는 시대흐름에 능동적으로 대처할 수가 없습니다. 국민의 저력을 한데모아 국민 대통합이라는 대원칙을 지켜낼 수가 없습니다.

21세기 선진한국의 길을 열어가기 위해서는 가장 먼저 정치가 변해야 합니다. 대결과 대립의 마이너스 정치가 아닌 국민 대통합과 상생의 생산적인 플러스의 정치, 새로운 정치가 등장해야 합니다. 성숙한 정치가 구현되고 한 단계 도약하는 정치의 틀이 만들어져야 합니다. 그것이 대한민국이 사는 길이고, 우리 모두가 사는 길입니다. 앞으로의 시대는 단언컨대, '시대에 대한 열린 자세로 힘을 모아 미래를 향해 나아가는 세력'과 '닫힌 자세로 편을 갈라 과거로 회귀하려는 세력'간의 한판승부가 될 것입니다. 어느 세력이 국민의 지지를 받느냐에 따라 번영의 미래로 전진하느냐, 쇄락의 과거로 퇴보하느냐는 대한민국의 운명이 결정될 것입니다.

반드시 지켜가야 할 소중한 "대한민국의 가치 5가지"

단도직입적으로 앞으로의 시대에 어떤 정치가 이루어지든 한국 사회에서 반드시 지켜가야 할 아름답고 소중한 "대한민국의 가치"가 있습니다. 어떠한 정치가 펼쳐지든, 어떤 정치세력이 등장하든 반드시 약속하고 지켜가야 할 가치입니다.

첫 번째는 자유민주주의와 시장경제입니다. 대한민국을 세운 명분이었고, 대한민국 헌법이 추구하는 최고의 가치이기 때문입니다. 인간의 존엄성과 국민주권과 자유를 보장하는 것을 대한민국의 헌법이 최고의 가치로 삼고 있기 때문에 자유민주주의와 시장경제는 새로운 정치의 첫 번째 가치가 되어야 하며, 그 어떤 정치세력도 이를 부정할 수 없습니다. 얼마 전 특정정당의 대표가 자신들만이 자유민주주의와 시장경제를 지킬 유일한 정치세력이라는 말을 하였습니다. '자유민주주의와 시장경제'에 대해 보수세력만이 지켜갈 수 있다는 식의 생각을 말할 수 있다는 것 자체가 독선이며 오만입니다. 어느 정치세력도 독점할 수 있는 가치가 아니기 때문입니다. 만일, '자유민주주의와 시장경제'를 철저히 지키는 정치세력이 보수라는 것이 맞다면, 새로운 정치는 아마도 왕보수가 돼야 할 것입니다. 그만큼 한국정치에 가장 최우선이 되는 가치라는 것을 강조하고 싶습니다.

두 번째는 중산층과 서민, 사회적 약자를 감싸 안는 정치입니다. 한국사회의 근간을 이루고 있는 중산층과 서민을 위한 민생경제를 또 하나의 제1 가치로 생각해야 합니다. 정치의 본질은 국리민복입니다. 때문에 국민을 배부르게, 등 따뜻이, 눈물을 닦아주는 정치가 필요합니다. 그러기 위해서는 국민으로부터 듣는 정치가 필요합니다. 듣고 직접 눈으로 확인하여 국민의 가려운 곳을 언제든지 긁어줄 수 있어야 합니다. 중산층과 서민이 편안하고 풍요롭게 살 수 있도록 해야 합니다. 중산층과 서민이 풍요롭게 살 수 있는 민생경제와 더불어, 양극화 해소와 복지체계 완성을 통해 사회적 약자를 배려해야 합니다.

고령화 인구와 여성, 장애인, 빈곤층, 노동자 등 사회적 약자가 보호받을 수 있는 정치를 펼쳐야 합니다. 사회적 약자가 보호되어야 하는 것은 국가가 존재하는 이유 중에 하나이기 때문입니다. 만일, 사회적 약자를 보호하는 것을 좌파나 진보라고 몰아 붙인다면, 그것 또한 기꺼이 왕좌파, 왕진보가 될 각오로 지켜나가야 할 것입니다. 보수와 진보라는 이분법에 기인한 사고는 이제 벗어버려야 할 때입니다. 민생경제와 복지를 함께 발전시켜 중산층과 서민, 사회적 약자 모두가 잘 살 수 있는 시대를 열어가야 합니다. 그것이 바로 번영의 21세기 선진경제를 만들어내는 것입니다.

세 번째는 한반도의 평화입니다. 한반도의 평화라는 가치는 민족의 생존과 직결된 가치입니다. 때문에 남과 북의 민족 교류협력과 남북 간 대화, 민족공조를 통한 남북평화를 지킬 수 있는 정치가 있어야 합니다. 최근 북핵과 미사일 문제를 두고 미국과 일본의 강경파들이 득세하고 있습니다.

국내에서도 대북제재 등 강경 대응의 목소리가 높아지고 있습니다. 국민의 정부부터 참여정부에 까지 이어져 온 '평화와 번영의 한반도'를 위한 대북정책은 '퍼주기'와 '친북좌파 정책'으로 매도되어 공격 받고 있습니다. 무엇이 정답입니까? 무엇이 진실입니까? 미국과 일본 강경파의 '用北 행보'에 편승해 한반도의 평화를 위협 받게 하고 전쟁 위험성을 고조시키는 것이 과연 대한민국의 국익을 위해 바람직 한 것입니까? 아니면, 한반도 전쟁불가를 최우선으로, 평화적이고 외교적인 해법을 도출하기 위해 주변각국과 북한과의 대화를 모색하는 것이 바람직한 것입니까?

전쟁은 곧 민족 공멸이기 때문에, '한반도에서 전쟁은 절대로 있어서는 안된다'라는 것이 우리 대한민국의 최대 전략 목표가 되어야 합니다. 이를 위해, 미국과 일본을 비롯한 국제사회의 강경론자들의 압박이 있어도, 국내 강경파들과 북한에 대해 극도로 염증을 느끼는 부정적인 여론이 확산되어도 신중한 자세로 '한반도의 평화'라는 무한 가치, 절대 국익을 지켜가는 정치가 필요합니다.

'한반도의 평화'라는 가치를 지키기 위한 방법이라면, 미국 강경파에게도 단호하게 대처할 필요가 있습니다. 미국의 강경정책과 대북제재가 도를 넘어 '한반도의 평화'를 위협하는 상황들이 발생한다면, 미국의 네오콘 등 강경파에 대해 NO라고 말해야 합니다. 북한에 대해서도 마찬가지입니다. 평화번영정책은 기본적으로 남북화해와 교류, 대화와 협력을 강조하고 있지만, 한반도 평화를 위협하게 되는 미사일발사, 북핵실험 등 북한의 군사·정치적 위협에 대해서는 단호하게 대처를 해야 합니다.

북한의 위협행동이 북·미 양자대화를 만들어내고, 북한에 대한 제재를 완화시킬 것을 바라는 일종의 정치적 제스츄어라도, 이는 미국의 네오콘과 일본 극우세력에게 강경론 주도의 빌미를 제공할 뿐 어느 누구도 겁먹지 않고 아무 소득도 없는 소용없는 짓임을 분명하게 경고해야 합니다. 국제사회의 우려하는 목소리가 고조되고 있는 북한 인권과 관련해서도 당당한 목소리를 내줄 수 있어야 합니다. 지켜져야 할 보편적 인권에 대한 대한민국의 의지를 밝혀줘야 합니다. 북한 인권에 대해 세계 어느 국가보다도 많은 기여를 한 나라가 바로 한국입니다.

가장 기초적인 인권이 무엇입니까? 먹고 사는 문제의 해결입니다. 인도적 지원이 무엇입니까? 어느 국가보다 많은 탈북자를 수용하고 있으며, 인도적 지원에 나서고 있는 국가는 바로 우리 대한민국입니다. 북한 눈치보기로 북한인권을 모른 척 하고 있다는 주장은 나무만 바라볼 뿐 숲을 보지 못하는 편견입니다. 다시 한 번 강조하지만, 한반도에서 절대로 전쟁이 일어나서는 안됩니다. 전쟁은 곧 공멸이기 때문입니다. 때문에, 한반도의 전쟁가능성을 고조시키는 그 어떤 움직임과도 절대로 타협해서는 안됩니다. 그러기 위해서는, '튼튼한 안보를 바탕으로 한 남북간의 화해와 교류, 협력'이라는 국민의 정부와 참여정부의 '평화번영 정책'을 계승하고 6.15 공동선언의 기본정신을 지켜가는 정치가 이어져야 하겠습니다. 현재 진행 중인 북핵위기 등 세계 안보환경과 변화에 능동적이고 현명하게 대처할 수 있는 평화세력이 중심이 되는 정치가 필요합니다.

네 번째는 개혁과 변화에 대한 열린 자세가 필요합니다. 개혁은 선택의 문제가 아니라 국가 생존의 문제입니다. 개혁과 변화에 대해 열린 자세로 세계화와 시대의 흐름에 능동적으로 대처하며 미래지향적 개혁개방을 이끌어갈 정치가 필요합니다. 수구적이고 폐쇄적인 과거회귀 퇴행적 정치는 배제되어야 합니다. 불과 100여 년 전을 생각해야 합니다. 쇄국정책으로 일관한 닫힌 정책이 어떤 결과를 가져왔습니까? 참담한 식민지의 역사입니다. 반대로 이대로는 안 된다는 위기의식을 갖고 각자의 연고지역을 버리고, 일본을 중심으로 하나가 되자며 메이지 유신을 단행했던 일본은 어떻게 되었습니까?

서구 선진문화에 문 걸어 잠그고, 안에서의 편가르기 싸움으로 낭비했던 그 시간 뒤에 우리 한반도와 한민족은 절체절명의 위기에 도달했습니다. 국가를 빼앗기고, 언어를 빼앗기고, 민족성과 인권을 유린당했습니다. 생각하기도 싫은 식민지라는 불행한 역사를 갖게 되었습니다.

변화와 개혁에 열린자세로 대처하지 않는다면, 21세기에도 불행한 역사를 또 갖지 말라는 법은 없습니다. 앞서 말씀드린 대로, 변화와 개혁에 대한 입장에 따라 미래로 전진하는 한국이 될 것인지, 과거로 후퇴하는 한국이 될 것인지가 결정됩니다. 시대의 흐름과 세계화의 물결에 현명하고 용기있는 개혁개방을 이끌어갈 정치가 필요한 시점입니다. 대한민국으로 하나 되자는 대통합의 정치가 필요한 시점입니다.

다섯 번째로, 새로운 정치를 지켜가는 것입니다. 지역주의 극복이라는 정치개혁 과제를 완수해야 합니다. 새로운 정치를 기치로 참여정부와 열린우리당이 출발하였습니다. 정치개혁의 선두에 서서, 그동안 한국정치의 3가지 고질병이었던 ① 제왕적 대통령제의 권위주의 타파 ② 정경유착으로 인한 금권정치 철폐, ③ 망국적 지역주의 타도를 달성하기 위해 매진해 왔습니다. 권위주의 타파와 금권정치 철폐는 이미 달성되었습니다. 제왕적 대통령제의 권위주의는 노무현 대통령이 집권여당 총재의 무한한 권한을 포기하고, 검찰청, 경찰청, 국세청, 국정원 등 국가 4대 권력기관을 권력으로부터 자유롭게 해줌으로써 실현되었습니다.

정권을 위한 권력기관이 아닌, 국민을 위한 권력기관으로 거듭나는 새로운 시대를 연 것입니다. 금권정치도 마찬가지입니다. 투명한 정치자금과 정경유착의 부패고리가 완전히 끊어졌습니다. 이로 인해 사회전반의 투명성도 높아지고 있습니다. 이제 남은 것은 지역주의를 극복하는 과제뿐입니다. 앞으로의 새로운 정치는 특정 지역을 기반으로 삼지 않는 전국정당을 만들어내야 하는 의무를 갖고 있습니다. 지역주의 극복이야 말로, 한국 정치개혁의 마지막 과제를 수행하는 길이며, 국민 대통합을 실효적으로 달성하는 길이 될 것입니다. 새로운 정치는 낡은 정치의 고질적 병폐로 남아있는 지역주의 극복에 모든 역량을 쏟아 부어야 합니다. 지역주의 극복을 주 타깃으로 정해 국민 대통합의 틀을 만들어 내야 합니다. 지역주의 극복이라는 중요한 임무를 달성하고 국민대통합이라는 가치를 실현할 수 있는 정치세력은 한국정치의 새로운 진로를 만들어 낼 것입니다.

앞으로의 한국 정치는 지금까지 나열한 "대한민국의 가치" 다섯 가지를 외면하고서는 그 어떤 정치도 한국의 발전과 번영을 이끌어 가는데 역할을 할 수 없을 것이라 확신합니다. 이 다섯 가지의 가치는 기존의 정치세력이든 새로 등장하게 될 정치세력이든 부정할 수 없는 가치가 될 것입니다. 이 다섯 가지 '대한민국의 가치'를 누가 더 제대로 지켜갈 것인지를 두고 새로운 정치세력과 기존의 정당들이 다가올 2007년 대회전에서 성숙한 대결을 펼치고 나면, 한국정치는 한 단계 업그레이드 될 것이라는 확신을 갖고 있습니다.

이처럼 새로운 정치의 등장은 한국정치의 한 단계 도약을 의미하며, 발전을 가져다 줄 것입니다. 국민 대통합이라는 한국정치의 염원이 달성될 가능성도 매우 높아질 것이라고 생각합니다.

한국사회 발전을 위해 버리고 가야 할 5가지 사고

이제 반대로, 지금 한국사회의 발전을 기약하기 위해 버리고 가야할 낡은 정치패러다임이 있습니다. 결론부터 말하자면 편가르기의 극단적인 모든 이분법적 사고와의 결별이 필요합니다.

첫 번째는 민주냐 반민주냐의 이분법적 사고를 버려야 합니다. 국민의 정부 출범과 동시에 실질적인 민주화가 달성되었으며, 민주화 투쟁의 시대는 끝난 것입니다. 민주화의 피땀 어린 노력은 인정하되 과거의 기억으로 묻어야 합니다. 새롭게 만들어갈 21세기 선진경제한국의 미래를 먼저 생각해야 하기 때문입니다. 과거의 대결적 구도를 용서와 관용을 발휘하고, 민주적 절차에 따른 합법적 결과에 대해 승복의 정신을 발휘하여 국민 대통합으로 승화시켜야 합니다.

두 번째는 진보와 보수/ 좌파와 우파라는 이념의 이분법적 사고를 버려야 합니다. 이념중심의 정치는 2002년 대선으로 마지막을 고해야 합니다. 이젠 의미 없고 소모적인 논쟁일 뿐입니다. 새뮤얼 헌팅턴은 저서 '문명의 충돌'에서 "세계정치는 이데올로기가 아니라 문화와 문명의 괘선에 따라 재편될 것"이라 언급했습니다. 굳이 세계석학의 말을 빌리지 않아도, 양극적 이데올로기 대결은 현재의 세기에 설득력이 없는 말입니다.

구소련의 몰락으로 볼셰비키 혁명의 실패가 입증되고 '자유민주주의' 우월성이 입증된 것이 이미 지난 세기입니다. 냉전적 이데올로기 대결은 더 이상 의미가 없는 구시대의 유물일 뿐입니다. 하지만, 대한민국의 현실은 어떻습니까? 아직도 진보니 보수니, 좌니 우니 이념의 대결 논리에서 허덕거리면서 서로가 서로를 적대시 하고 있습니다. 마치 과거의 망령이 되살아나 현재를 괴롭히는 듯 합니다. 21세기에 20세기 과거의 늪에서 허덕거리는 현재의 한국 정치의 현실을 냉정하고 과감하게 떨쳐 내야 합니다. 좌니 우니 극단의 세력 속에서 중도의 모습에 눈을 돌려야 합니다. 말없는 중도세력의 힘이 더 크고 대한민국의 발전에 필요한 세력이기 때문입니다. 숨죽이고 일상에 매진하며 살아가는 보편적 국민의 이익과 권리를 먼저 생각해야 합니다. 참여정부의 5년은 소모적인 이념대결을 완전히 종식시키고 중도세력이 자리 잡기 위한 과도기로 평가되어야 합니다. 과도기를 거치는 동안 더욱 시끄러웠던 5년으로 기억되어야 합니다.

세 번째는 친미와 반미/ 자주와 사대주의의 이분법적 사고를 버려야 합니다. 중요한 것은 어느 것이 국익을 극대화 할 수 있는 외교인가를 먼저 생각해야 합니다. 세계화의 흐름에 맞는 미래지향적인 실용외교가 절실한 시점입니다.

네 번째는 친북과 반북의 냉전적인 이분법적 사고와, 이를 이용하는 과거회귀 퇴행적 정치는 버려야 합니다. 한반도의 평화가 최우선의 가치가 되어야 하며 자유민주주의는 변하지 않을 가치이기 때문입니다. 자유민주주의의 기치 아래 한반도에서는 전쟁이 절대로 없어야 한다는 최우선의 전제에서 펼치는 정치가 필요합니다. 자주는 친북좌파, 한미동맹 강조는 친미사대주의라는 편협한 사고를 버려야 합니다.

이 세 번째와 네 번째에 대해 좀 더 자세히 말씀드리면 우선, 자주는 친북좌파이고 한미동맹 강조는 친미사대주의라는 터무니없고 편협한 주장들은 하루속히 없어져야 합니다. 자주라는 사전적 의미는 '남의 간섭이나 보호를 받지 않고 스스로 일을 처리한다'라고 나와 있습니다. 이 얼마나 당연하고 기본적인 의미입니까? 특히, 국방에서의 자주는 기본전제입니다. 동서고금에 자주의지도 없는 나라의 국방을 책임져 주는 다른 나라는 없었습니다. 옛 제국주의 시대의 식민지 침략이라면 혹시 모를까, 21세기 국가 간 무한 경쟁이 벌어지는 시점에서 국방을 타국에 의존하는 나라는 없습니다. 자주 국방에 친북·좌파의 올가미를 씌우는 것은 절대로 용납될 수 없습니다.

자주가 국방의 기본이듯, 외교 또한 국방의 기본입니다. 지역 간 집단안보체제가 상설화되고 국경과 전후방이 의미 없는 전쟁이 발생하는 시점에서 외교력의 뒷받침은 21세기 국가 안보에 매우 중요한 요소입니다. 그 점에서 자유민주주의를 혈맹으로서 지켜낸 한미동맹의 강화와 민주주의와 시장경제라는 공통의 가치를 바탕으로 한 한미일 공조는 우리 안보에 가장 중요한 대목입니다. 특히, 한미동맹의 굳건한 터전 아래 우리 안보를 강화해 나가는 것이 상식입니다. 자주를 말씀드린 것과 같은 맥락에서 이를 두고도, 친미·사대의 올가미를 씌우는 것은 극단적인 주장일 뿐 아니라, 절대로 용납할 수 없는 일입니다.

미국이든 우리나라든 각국이 갖고 있는 대전제는 국익 우선의 외교안보 전략이라는 것입니다. 현안이 되고 있는 전작권 이양과 관련해서도 국익 우선의 관점에서 바라봐야 합니다. 전시작전권 이양 문제는 한국의 문제이기도 하지만, 미국의 문제이기도 합니다. 특히, 9.11 테러이후 미국의 세계전략은 일대 전환을 가져왔습니다. 안보정책의 변화는 해외주둔미군재배치계획(GPR: Global Posture Review)에 따라 해외미군의 전략적 유연성(strategic flexibility)을 담보하는 것입니다. 주한미군감축과 이동도 이러한 전략의 일환으로 추진되고 있습니다. 미국은 자신들의 안보·군사전략에 맞춰 주한미군을 재배치하되, 그에 대한 대비책을 이미 만들어 우리에게 제시하고 추진 중에 있습니다.

　이미 주한 미군 10대 임무를 전환하고 있으며, 동북아와 한반도 안보를 담당하기 위한 전력증강계획과 전략 보강문제도 한국정부와 긴밀히 협의하여 진행해 왔습니다. 한미 양국이 처한 안보현실을 냉정히 평가하고 그 결과에 따라 동맹 비전을 만들어 냈으며, 동맹 조정의 일환으로서 전작권 이양을 도출한 것입니다. 우리정부도 마찬가지입니다. 미국의 세계안보전략의 변화에 능동적으로 대처하기 위해, 오랜 기간 한미 양국간 협의를 통해 미래지향적이고 발전적인 한미동맹을 유지하기 위한 방안을 논의해왔고, 한반도 안보에 아무런 지장이 없는 만반의 준비가 된 상황에서 전작권 이양을 추진한 것입니다.

　미국이라는 나라가 자국의 국익을 고려하지 않은 채, 우리가 원한다고 전작권 이양을 하고, 원치 않는다고 전작권을 유지시킨다는 발상은 세계 안보 정세를 읽지 못하는 어리석은 발상일 뿐입니다. 전작권 이양을 논의한 한미정상간의 회담 결과를 뒤집기 위해, 방미단을 파견하고 조공외교를 운운하며 매달리고 국론분열과 과격시위를 획책하는 것은, 미국의 세계전략과 미국의 국익외교에 대한 기본적인 지식도 없는 비상식적인 행태입니다. 게다가, 전작권 이양문제를 미군철수와 한미동맹 약화로 연결시키고, 전쟁위험 고조를 주장하며 국방비로 인한 국민부담 가중으로 왜곡시킨 것은 국익을 생각지 않은 매우 위험한 정략적 접근법입니다. 국익중심의 실용외교에 대한 안목이 전혀 없다는 것을 온 국민에게 스스로 보여주는 행태일 뿐입니다.

다섯 번째는 분배와 성장을 따로 구분하는 이분법적 사고를 버려야 합니다. 분배와 성장을 병행발전시켜 중산층과 서민을 모두 잘 살게 할 수 있는 번영의 21세기 선진경제한국을 만들어야 합니다. 일각에서는 참여정부가 분배와 복지에 치중하여 성장잠재력과 경제를 어렵게 만들었다고 주장하고, 한편에서는 분배와 개혁의 약속을 저버리고 성장중심주의로 급선회 했다며 비판하고 있습니다. 성장이 곧 분배라는 논리와 분배 속의 성장을 주장하는 논리가 있습니다. 어떤 것이 먼저인가를 놓고 끊임없는 논란이 지속되고 있습니다.

뿐만 아니라, 여기서도 분배는 곧 공산권과 사회주의를 연상케 하고, 성장은 자유민주주의인 것처럼 극단의 이분법으로 나누어지고 있습니다. 분배는 진보고, 성장은 보수라는 이분법적 사고는 생산적이지 못한 논쟁일 뿐입니다.

문희상의 새로운 정치에 대한 제언

위에서 살펴 본 것처럼 지켜야 할 가치와 버려야 할 정치를 나눠 보니 이제 21세기 한국사회에 필요한 정치가 무엇인지 나오는 것 같습니다. 불필요한 정치가 나오는 것 같습니다. 먼저 불필요한 정치를 결론지어 보겠습니다. 우리에게 필요 없는 정치는, 바로 이분법적이고 대립적인 정치, 이로 인한 대결과 정쟁이 난무하는 소모적인 정치입니다.

ⅰ) 민주냐 반민주냐/ 진보냐 보수냐 좌냐 우냐/ 친미냐 반미냐/ 친북이냐 반북이냐/ 분배냐 성장이냐/ 하는 모든 소모적이고 국가 미래를 위해 불필요한 편 가르기 정치

ⅱ) 세계적으로 종말을 선언한 냉전적 사고에 기인해 끝없이 안보를 정치에 이용하는 과거회귀 퇴행적 정치, 미래를 위해 전진하는 정치가 아닌 과거를 향해 퇴보하는 정치

ⅲ) 개혁과 변화에 대해 두려워하고 닫힌 마음을 갖고 있는 수구적 정치

이러한 정치는 한국사회의 고립과 역사의 퇴보를 가져오게 될 것입니다. 이제 탈이념의 정치를 생각해야 합니다. 미래를 열어가기 위한 새로운 정치를 위해서 그렇게 해야 합니다. 이제 새로운 시대를 열어갈 우리에게 필요한 정치는 무엇인지 결론지어 보겠습니다.

ⅰ) 자유민주주의와 시장경제를 최우선의 가치로 하는 정치

ⅱ) 한반도의 평화를 절대적으로 지켜가는 정치

ⅲ) 서민과 중산층, 사회적 약자를 감싸 안으며 민생경제를 살리고 복지를 완성시키는 정치

ⅳ) 극단을 배제하고 중도세력을 아우르는 국민 대통합의 정치

ⅴ) 국익을 우선으로 생각하는 실용외교를 펼쳐가는 정치

ⅵ) 세계화와 변혁의 시대흐름을 파악하고 지속적으로 개혁을 실천하는 정치

ⅶ) 지역 주의 극복으로 전국정당을 세워 정치개혁을 완성하는 정치

바로 이런 정치가 필요한 것입니다.

새로운 정치의 대원칙은 탈이념과 국민 대통합입니다. 나누어져 있는 국가와 국론을 하나로 만들기 위해 최선을 다하는 정치가 필요합니다.

새로운 정치를 펼쳐가는 방법은 개혁입니다. 개혁도 여러 방법이 있습니다. 국민과 함께 가는 개혁, 국민 눈높이에 맞는 개혁을 실현해 나가야 합니다. 그러기 위해서는 너무 앞서가도 안됩니다. 국민보다 10보 100보 앞서나가는 개혁은 국민과 함께 갈 수 없는 개혁이기 때문에 동의를 얻지 못하고 실패할 가능성이 높습니다.

국민보다 딱 반보 앞서는 개혁, 그것이 실용적인 개혁입니다. 실용개혁은 새로운 정치를 펼쳐가는 방법입니다. 개혁은 진보고, 실용은 보수라는 터무니없는 이분법은 지양되어야 합니다. 실용은 국민과 함께 하는 개혁을 실현하기 위한 최선의 방법입니다.

새로운 정치를 누구와 함께 할 것인가, 어느 세력이 새로운 정치의 동력이 되어줄 것인가에 대한 고민도 있습니다. 바로 서민과 중산층, 우리사회의 중도세력입니다. 목소리를 내지 않고 일상에 매진하며 살아가는 보편적인 국민들의 이익과 권리를 먼저 생각하는 정치가 필요합니다.

10%도 안될 양 극단의 목소리에 휘둘리는 언론과 국가는 바람직 하지 않습니다. 극단을 배제하고 중도세력과 함께 할 수 있는 정치가 바람직합니다.

새로운 정치는 세계를 향해서도 바람직한 방향을 제시해야 합니다. 그것은 국익중심의 실용외교를 펼치는 것입니다. 세계화의 흐름과 변혁, 개혁과 개방에 대해 능동적으로 대처하는 외교, 한반도의 평화를 지켜갈 수 있는 지혜롭고 열린자세의 실용외교 노선이 필요합니다.

새로운 정치에서는 진보니 보수니, 좌파니 우파니 이분법적이고 소모적인 논쟁을 던져버리고, 국민과 국익이 최우선 되는 실용개혁이 필요합니다. 국민의 눈높이에 맞춰 국민이 원하는 것이 무엇이든 그것을 해야 합니다. 민생 제1주의의 정치는 바로 국민과 함께하는 정치입니다.

앞으로의 대한민국을 위해서는 "중산층과 서민을 위한 중도·실용개혁의 탈이념·대통합의 정치로 번영의 21세기 선진경제한국"을 만들어 나아가야 합니다.

[상해임시정부 그리고 독립과 해방둥이 문희상]

일제 강점기와 상해임시정부

혼돈상태에서 진행된 개항과 식민지 지배를 거쳐 맞이한 타율적인 해방정국에서 미·소 두 강대국의 개입, 좌우익 이념투쟁, 남북한의 대립과 갈등, 친일잔재의 미청산, 한반도에 대한 미국의 제국주의적/패권적 영향력이 동시에 작용하면서 근대한국정치가 시작되었습니다.

사실 우리민족은 20세기를 불운 속에서 맞이했습니다. 전반기 일제 36년 동안 우리 선령들은 나라의 독립을 위해서 국내에서는 물론 만주 중국 대륙에서 시베리아에서 찬 눈보라를 맞으면서 많이 고생했습니다. 그러다가 1945년 2차 대전이 일본패망으로 끝나면서 우리는 해방 즉 독립을 맞게 되었습니다.

일제시대는 정치적으로 자주적 근대국가인 대한제국의 주권을 약탈하고 일본 천황의 대리자인 총독이 다스린 시대였습니다. 대한제국은 근대 국제법인 〈만국공법〉(萬國公法)에 기초하여 모든 나라와 대등한 관계를 가진 입헌황제국으로 출범했으며, 권력구조는 제국주의 국가들에 대한 대응능력을 높이기 위한 비상체제로서 황제권을 극대화시켰으나 정치이념은 〈민국〉(民國)에 두었습니다. 국호를 〈대한〉(大韓)이라고 한 것은 삼한 즉 삼국의 광대한 영토를 모두 아우른다는 취지에서 그렇게 만든 것이며, 그래서 〈제국〉의 조건을 갖추었다고 믿었습니다. 이는 〈조선〉이라는 영토가 한강 이북이나 한반도에 국한된 울타리를 뛰어넘고자 하는 의지가 담긴 것이었습니다.

일제시대 임시정부가 〈대한〉의 국호를 그대로 계승한 것이나, 해방 후에도 대한민국의 국호로 이어진 이유가 여기에 있었습니다. 이러한 대한민국의 건국에는 상해임시정부의 역할과 의미가 매우 크고 중요했다는 것은 누구도 부정할 수 없을 것입니다.

해방둥이 문희상

문희상은 독립을 맞은 1945년 8월을 5개월여 앞두고 경기도 의정부에서 대지주의 아들로 태어났습니다.

상해임시정부에 대해 문희상은 2019년 4월 10일 임시의정원 100주년 기념사에서 다음과 같이 말하고 있습니다.

기미년 3월 1일, 우리의 선조들은 '조선이 독립한 나라이며, 조선인이 이 나라의 주인임'을 전 세계에 선포했습니다. 침략국의 폭압에 비폭력 평화정신으로 저항하며 민족의 항일독립정신을 세계만방에 알렸습니다. 자유와 평등, 평화와 민주, 인권이라는 인류 보편적 가치를 염원하며 기꺼이 목숨을 바쳤습니다.

3.1 독립운동은 저항의 차원을 넘어 민족의 사상과 철학, 인류애를 보여준 위대한 유산입니다. 우리 민족의 긍지와 자부심을 드높인 숭고한 역사입니다. 우리 민족의 선각자들은 독립선언서에 담긴 3.1 독립운동 정신을 받들었습니다. 민족을 위한, 우리의 정부를 만들고자 각고의 노력을 기울였습니다. 마침내 일제의 혹독한 탄압 속에서도 1919년 4월 11일 대한민국 임시정부를 탄생시켰습니다.

대한민국 임시정부의 모태가 바로 대한민국 임시의정원이었습니다. 임시의정원은 우리 역사상 최초의 근대적 입법기관이라는 점에서 매우 중요한 정치적 의미가 있습니다. 3.1 운동 정신의 완성도를 높이는 일대 전기를 마련했다고 생각합니다. 구시대 왕조를 잇는 망명정부가 아닌, 임시정부 수립을 결의해 새시대를 지향했습니다.

3.1 운동의 역사적 성과인 대한민국 임시정부 수립에 절차적 정당성과 투명성을 부여했습니다. 임시의정원은 새로운 국가의 기틀을 다지는 반석이며 기둥이었습니다.

대한민국 임시의정원은 임시정부를 수립한 것에 머물지 않았습니다. 주권재민(主權在民)의 정신을 담아 국호를 대한민국으로 정했습니다. 대한민국이라는 국호를 통해 우리의 조국이 '제국(帝國)에서 민국(民國)으로, 황제의 나라에서 국민의 나라'로 새롭게 거듭난다는 것을 천명했습니다.

또한 임시의정원은 우리나라 최초의 헌법인 「대한민국 임시헌장」을 제정했습니다. 임시헌장에는 여성인권, 차별철폐, 평등과 자유, 국민의 의무와 선거권, 사형과 태형 폐지 등의 내용이 들어 있습니다. 100년 전 당시 전 세계를 놀라게 할 선구적이며 독창적인 내용입니다. 현대국가의 헌법으로도 손색이 없습니다. 문명 국가를 지향하는 대한민국 임시의정원 29인의 통찰력과 혜안이 깃든 대한민국의 이정표입니다.

무엇보다도 임시헌장 제1조 「대한민국은 민주공화제로 함」은 1948년 제헌헌법 제1조 「대한민국은 민주공화국이다」로 계승된 이래 지금까지 유지되고 있습니다. 임시의정원 첫 회의에서 결의한 임시헌장 제1조는 '제국의 백성'을 '공화국의 주인'으로 바꾼 역사적인 의미를 가지고 있습니다.

임시헌장 제2조는 「대한민국은 임시정부가 임시의정원의 결의에 의하여 이를 통치함」이라고 명시했습니다. 절대권력이 좌지우지 하는 나라가 아닌, 견제와 균형이 작동하는 정치체제, 다양한 목소리를 통해 국가를 이끌어가는 민주주의 사상의 발로였습니다. 우리나라 의회주의의 위대한 첫걸음이었습니다.

그 이후에도 대한민국 임시의정원은 해방을 맞는 1945년 8월까지 약 27년간 꾸준히 회의를 개최한 우리 민족의 입법부였습니다. 현재 우리 국회 운영제도의 원형을 찾아 거슬러 올라가면 상당부분 임시의정원에 도달한다고 합니다. 오늘의 대한민국 국회가 임시의정원이 표방했던 민주적 공화주의와 의회주의의 가치를 제대로 구현하고 있는지 되돌아봐야 할 시점입니다.

영국의 역사학자 에드워드 카(Edward Hallett Carr)는 '역사는 현재와 과거 사이의 끊임없는 대화'라고 했습니다. 우리의 어두운 역사 속에는 반드시 분열과 갈등. 대립과 혼란이 있었습니다. 그 책임은 정치와 각급 지도자들에게 있었다고 생각합니다. 현재를 사는 정치인은 비장한 마음으로 새로운 100년을 어떻게 만들어 갈 것인지 깊은 고민과 성찰이 필요한 엄중한 시기입니다.

국회의장으로 임시의정원 개원 100주년 기념사

[미군정과 이승만 정부 수립 그리고 문희상의 학창시절]

미군정과 이승만 정부의 수립

국내외적 요인이 결합된 해방정국의 상황으로 인해 일제로부터 의 해방이 자주독립국가의 궁극적 목표인 통일정부 수립과 반봉건적 개혁으로 귀결되지 못하고 혼란과 갈등을 지속하는 과정에서 갈등과 혼란을 최종적으로 해결하는 하나의 방법으로 북한에 의한 한국전쟁이 시작되었고, 전쟁의 결과 한반도의 분단이 국내적으로 수용되고 국제적으로 공식화되면서 현실로 나타나게 되었습니다.

사실 우리나라의 해방은 우리만의 힘으로 이루어진 해방이 아니라 다른 나라에 의해서, 특히 미국과 소련에 의해서 이루어졌다고 해도 과언이 아닙니다. 미국과 소련이 한국을 공동으로 점령하기로 한 것은 우리 민족의 입장에서 보아 제2차 세계대전이 낳은 불행한 유산이었습니다. 당시 세계정세로 보아 한국의 장래는 원초적으로 미·소 양국이 전후 얼마나 협조적인 관계를 유지하는가에 달려 있었습니다.

제2차 세계대전이후 전 세계는 냉전체제(Cold War)로 급속도로 전개되었으며, 그 와중에서 미, 소 양국은 새로운 신생독립국가들을 자신들의 진영으로 끌러들이기 위한 노력을 경쟁적으로 펼치기 시작했습니다. 즉 세력팽창과 방어라는 갈등 구도 속에서 한반도는 극동에서 첫 번째 냉전의 주요 결전장이 되어버린 것입니다. 그리고 결국 독립이 된 후 미국과 소련에 의해서 우리나라는 남북으로 갈라지고 만 것입니다.

대한민국은 3년간의 미군정기를 거쳐 탄생하고, 미국의 자유민주주의를 받아들여 〈헌법〉이 만들어졌으며, 6.25전쟁과 그 이후의 전후복구사업이 미국의 원조에 힘입어 이루어졌습니다.

미국을 우방으로 선택하고 남한 단독정부를 세운 이승만의 선택은 이상적(理想的)인 것은 아니지만 현실적으로는 불가피한 선택이었습니다. 이승만은 현실주의자였습니다.

형식상으로는 대한민국이 먼저 건국하고(8.15) 북한이 남한보다 늦게 건국하여(9.9) 한달 늦었으므로 우리가 분단국가를 먼저 세운 책임이 있다고 할지 모르나, 실제상으로는 김일성의 권력장악이 남한보다 한층 빠르게 진행되고 있었던 점을 고려해야 합니다. 이승만이 단독정부 수립을 서두른 이유가 여기에 있었습니다.

해방정국에서 한국은 근대적 민주주의에 대한 이론적, 실천적 기초를 갖추지 못한 상태에서 미국으로부터 도입한 '수입민주주의'를 적용하기 시작하였고, 제도상의 민주주의가 정치지도자 및 사회세력에 의해 보장되지 못하면서 민주주의가 형식화되고 파괴되는 양상으로 진행되었습니다. 이승만 정권의 장기집권과 독재는 민주주의의 형식화와 파괴의 결과이며, 이에 대한 저항인 4월 혁명으로 이어지면서 붕괴됩니다.

이승만이 주도했던 1950년대의 한국정치에서 특기할 만한 사실은 선거가 주기적으로 실시되었다는 것입니다. 1948년의 제헌의회 의원 선거 2년 후에 국회의원 선거가 실시된 이래 4년마다 어김없이 국회의원선거가 실시되었으며 1952년 최초로 대통령 직선이 이루어진 후 4년마다 대통령선거와 지방의회선거도 주기적으로 실시되었습니다. 특히 1952년 한국전쟁의 와중에서도 민주주의의 핵심인 선거가 실시되었다는 것은 놀라운 일입니다.

우리가 보통 이승만 정부에 대해 또는 개인 이승만 대통령에 대해 논할 때, 정치적으로는 1952년 부산 정치파동, 54년 사사오입 개헌 등 이승만 초대 대통령의 독재와 자유당 정권의 부패 등으로 점철된 시기라는 인식이 지배하고 있었습니다. 그러한 인식이 잘못된 것이라고 비판할 수는 없지만 그렇다고 우리에게 50년대 자체가 무의미한 시기는 아니었습니다. 근대화를 향한 변화가 꾸준히 진행되고 그에 따라 사회적 자본으로서의 인프라가 착실히 구축되었기 때문입니다.

문희상의 학창 시절

1950년대 대한민국은 교육에 대한 집중투자로 해방 후 80%가량이었던 문맹률을 10% 수준으로 낮출 수 있었습니다. 이와 함께 그 후 산업화에 활용될 많은 인적자원을 보유할 수 있었습니다.

문희상도 1951년 양주초등학교(현 중앙초등학교)를 입학하여 1957년 졸업합니다. 어린 시절 문희상은 매우 영특한 모범생이었습니다. 양주초등학교 시절 6·25전쟁을 겪으면서도 6년 연속 개근과 6년 연속 반장을 했습니다. 그리고 당대의 명문 경복중학교를 입학합니다.

문희상의 경복중학교 시절, 아버지와 함께

문희상은 인터뷰에서 이승만 대통령을 이렇게 회고합니다.

  이승만 대통령은 내가 초등학교 2학년 땐가 3학년 땐가 사진 찍
은 게 있어요. 우리 초등학교 앨범에. 이승만 박사가 양주국민학교
를 지어주러 헬기타고 왔었던 거예요. 나를 포함해 꼬마대표로 4
명이 나와서 사진 찍은 게 있더라고. 결정적으로 세상을 알게 된
게 초등학교를 졸업하고 중학교를 가서 유학을 갔어요.

  6년간을. 하숙을 했어요. 하숙집에서 중 3때 4·19를 맞게 되었
어요. 4·19전까지 내가 봤던 이승만 대통령은 국부이고 독립투
사에. 그 분이 나라를 지키는 어른이고 훌륭하신 어른이다. 세뇌
가 되었어요. 그렇게 생각했어요. 그런데 4·19가 시작되고 너무
깜짝 놀랐어요. 이런 세상이 있나. 우선은 하숙집에 안종길이라
고 나보다 한 학년 낮은 애가 있는데 그 양반이 4·19때 총에 맞
아죽었어요.

  이게 나한테는 너무 충격이었어요. 나라의 대통령을 어떻게 물러
나라 할 수가 있나. 충격을 먹었는데 아, 국민의 힘이라는 게 뭉치
면 엄청난 파도가 되어 결국 정권도 무너질 수 있구나. 놀랐어요.

[4·19혁명과 장면 정부]

4·19혁명

  1960년의 4월 혁명은 해방정국에서 달성하지 못한 민주주의와

민족주의의 이상을 분단된 남한에서 실현하고자 했던 민중적 열망의 표출이었다는 점에서 역사적 의의를 갖는 것이지만, 그 이상과 열망이 제도적으로 정착되기도 전에 박정희 군사쿠데타에 의해 좌절되고 말았습니다. 이런 점에서 4월 혁명은 '미완의 혁명', '좌절된 혁명', '절반의 성공과 절반의 실패'라는 평가를 받고 있습니다.

요컨대 4·19혁명은 진정한 자유와 민주주의를 비로소 뿌리내리게 한 민주혁명이었습니다. 이 혁명의 결정적 주체가 되었던 학생들은 국가와 민족의 장래를 염려하고 새로운 발전을 추구하기 위해 몸부림쳐 왔으며, 당시 정권이 민족의 정부가 못되고 독선적인 정부가 되었기에 항거하였던 것입니다.

그리고 이 혁명의 성공원인은 진정한 자유민주주의를 알고 당시의 독재를 혐오하던 국민의 희생적인 공감대 확산에 있었다고 평가할 수 있을 것입니다.

실로 4·19혁명은 해방 이후 한국에 도입된 한국 민주주의가 이승만의 개인적 통치로 시들어 가던 현실에서 이를 되살릴 기회를 제공했고, 더 나아가 한국 역사상 처음으로 국민의 힘으로 집권자를 교체한 매우 중요한 사건이었습니다.

또 이러한 성공이 이후 독재 권력 앞에서 민주화 투쟁이 끊임없이 지속되게 한 중요한 정신적 원동력이었고 역사적 교훈이자 정치적 토대가 되었습니다. 이런 점에서 4·19 운동의 정치사적 의미는 지대하다고 하겠습니다(김영명, 2013: 112).

장면 정부

　장면정부는 제2공화국을 말합니다. 제2공화국은 4·19 혁명으로 제1공화국이 붕괴된 후, 6·15 개헌에 의해 설립된, 한국 역사상 유일의 내각제 기반 공화 헌정 체제로 대통령은 윤보선, 국무총리는 장면이었습니다.

　제1공화국에서의 1인 독재 체제에 대한 경험으로 대통령중심제가 아닌 의원내각제가 채택되어 정치적 실권은 국무총리가 담당했고, 대통령은 의례적인 국가원수로서 기능했습니다. 또한 국민기본권 보장의 강화, 지방자치제도의 시행, 양원제의 국회 등이 이 시기 헌법의 특징이었습니다.

　당시 정국은 매우 불안한 상황에 놓여져 있었으며, 군부에서 쿠데타가 있을 것이라는 소문도 횡행하고 있었습니다. 이에 장면 정권은 사회적 혼란을 해결할 수 있도록 시간을 달라고 호소하지만 국민은 장면정권을 신뢰할 수 없었습니다. 이에 국민의 외면으로 5·16 군사쿠데타로 실각하게 되는 것입니다. 말 그대로 무신불립이었습니다.

　장면 정권의 붕괴는 매우 중요한 정치사적 또는 정치적 의미를 가지고 있습니다. 즉, 정권을 담당할 지도자에게 과연 무엇이 필요한 것인가를 생각하게 해 준 것입니다. 특히 신생독립국가나 저발전된 후진국의 지도자들의 경우 제국주의와 맞서 싸운 투쟁가적인 이미지와 경력이 국민에게 중요한 조건이었다는 것이 확인된 것입니다. 즉 그러한 투쟁의 길에 목숨을 바칠 만한 각오와 카리스마를 지녀야 국민의 존경과 진심어린 탄복을 받을 수 있다는 것입니다. 그러나 장면에게는 그러한 경험이 없었습니다. 그러므로 국민에게 감동을 주지 못했고 결국은 신뢰를 얻을 수가 없었던 것입니다.

또한 장면의 성격도 그 스스로 온후하고 신사풍의 인격자였으나, 카리스마 넘치는 지도력과 결단력 그리고 추진력이 필요한 신생독립국가로서 이제 막 정치·사회적인 기반을 공고히 해 나가야 하는 당시 우리나라의 정치 지도자로서는 적합하지 않았습니다.

결국 박정희와 지지자들이 일으킨 5·16군사쿠데타에 의해 붕괴되었고, 제2공화국은 수립 9개월 만에 단명하게 되었습니다.

[5.16군사쿠데타와 박정희 정권
그리고 문희상의 시련]

5.16군사쿠데타와 박정희 정권

1961년 5월 16일, 사회혼란을 틈타 박정희는 군사 반란으로 정권을 장악 했습니다. 쿠데타로 정권을 잡은 박정희 정권은 4월 혁명에서 분출되었던 사회민주화의 열기를 누르고 강압적인 통치체제를 구축하였습니다.

5·16군사쿠데타로 집권한 이후, 민주화를 요구하는 정치세력을 군사정권이 철저히 탄압함으로써 민주세력 대 반민주세력 간의 대립 구도가 뚜렷해졌습니다. 민주주의세력 대 반민주주의세

력의 대립 구도하에서 민주화운동의 추진세력들은 개별적으로 산발된 모든 역량을 반민주세력의 강력한 힘에 맞서기 위해 단일세력으로 집결할 도리밖에 없었습니다. 그리고 이로부터 30년 동안 대한민국은 진정한 의미의 민주주의를 뿌리내리는 데 많은 대가를 치러야 했습니다.

박정희는 1963년 민정 불참 약속을 깨고 대통령 선거에 나와서 아슬아슬하게 야당의 윤보선 후보를 누르고 제 5대 대통령에 취임하였습니다. 그렇게 해서 18년 장기 독재의 서막이 오른 셈입니다.

박정희는 1967년 선거에서 대통령으로 재선되었으나 헌법의 임기제한에 의해 3선 출마가 불가능해지자 1969년 야당과 학생들은 물론 공화당내의 김종필 지지세력의 강력한 반대에도 불구하고 3선 개헌안을 통과시키고, 1971년의 제7대 대통령선거에서 3번째로 대통령에 선출되었습니다.

1971년 선거이후 노동자, 빈민, 지식인의 저항이 분출했고 박정희 정권은 선거를 통한 권력유지방식이 거의 불가능하다고 판단하고 형식적 민주주의의 틀을 폐기하는 유신체제의 수립에 들어갔고 결국 안보위기에 대처하고 통일에 대비해 국력을 집중한다는 명분으로 1972년 10월 17일 계엄령을 선포하고 국회와 정당을 해산하여 헌정을 중단시킨 후 11월 계엄령하에서 실시된 국민투표를 통해 이른바 '유신헌법'을 공표했습니다.

꿈 많던 젊은이 문희상의 시련

이러한 박정희 정권 시대에 문희상의 시련이 시작됩니다. 문희상은 어려서부터 영특하기로 소문났었고 초중고 시절을 화려하게 장식하면서 주위 사람들의 총애를 받았습니다. 지금은 중앙초등학교로 바뀐 양주국민학교 시절 6년 연속 개근과 6년 연속 반장으로 뽑히더니 경복중고 시절에는 한해 평균 97점이라는 깨지지 않는 기록을 남겼습니다. 게다가 초중고 3개과정 연속 학생회장으로 활약하는 리더십의 수완까지 발휘하기도 했습니다. 그리고 우리나라 최고의 대학인 서울대학교 법학과에 입학하게 됩니다.

서울법대 동기들과 함께

그러나 법대 4인방의 도원결의는 그의 청년시절을 어두운 터널로 이끌고 말았습니다. 대학 졸업 후 공무원3급 임용시험(행정고시)에 합격했으나 '데모꾼'이라는 이유 하나로 임용이 탈락되면서 시작된 군부독재 기간 내내 이어진 시련은 길고도 험했습니다.
이에 대해 인터뷰에서 문희상은 이렇게 회고합니다.

5·16이 되니까 전부 숨더라고. 군인들 세상이 되었는데 뭐 말할 수가 없어 이젠. 국민도 다 미쳐 돌아가요. 아버지도 그중에 한분이에요.

통일주체국민회의라는 그 당시에 선거인단 역할을 했고 통대의원이 되면 체육관에서 대통령을 선출하는 권한이 생기는, 오더 국민이 아니면 거기에 끼지를 못했어요. 그러니까 아버지는 박정희 맨이에요. 박정희가 나라를 구했다고 생각을 하고, 조국근대화의 그 공을 인정하는 분인 거예요. 그런데 나는 그 반대로 하는 거 아니에요? 나는 그때 민족 주체성확립이라고 해서 한일회담 반대 즉, 6·3운동이라고 해요. 그 주동자가 된 거예요. 원래는 그 주동했던 게 서울대 문리대였어요.

문리대하고 법대는 교정이 구름다리하나로 왔다갔다 하는 사이에요. 그런데 우리가 체육시간에는 문리대로 간다고. 문리대에서 맨날 제보를 하니까. 문리대에 주동자가 다 있었어요. 김중태, 현승일..등 우리보다 2년 선배들인데 다 감옥갔어요. 그러니까 서열이 다 법대로 넘어간 거예요. 학생운동에 주류권이, 그때 내가 2학년이라 한일회담 비준동의 반대에 앞장설 수 밖에 없게 된 거예요. 임용을 왜 안시켜 주는지. 지금처럼 행정고시 이러지 않고, 임용고시라고 했어요. 임용시험을 붙었는데도 임용을 안해 주는 거야. 그래서 이유를 그때는 몰랐다니까. 그래도 임용시험을 붙으니까 군에 입대하는 데 법무장교를 시켜주더라고, 법무장교를 했어요. 임용은 안 시켜 주고. 그러다 한일회담비준반대를 하면서 그게 1965년도인데 그때 내가 학생운동의 주축이 된 거예요.

[박정희 유신정부(제4공화국)와
문희상의 상징 숭문당 창업]

박정희 유신정부(제4공화국)

1972년 10월 17일 대통령 박정희(朴正熙)는 전국에 비상계엄령을 선포하고, 국회해산 및 정당활동 중지, 헌법의 일부 효력 정지 및 비상국무회의 소집 등의 비상조치를 발표하였습니다. 정부는 11월 21일 국민투표를 실시하여 유신헌법을 확정하고 이 법에 따라 같은 해 12월 15일 국민의 직접선거로 통일주체국민회의 대의원 선거를 실시하였습니다. 같은 해 12월 23일 임기 6년인 2,359명의 대의원들로 구성된 통일주체국민회의는 제1차 회의를 열고 이른바 '체육관 선거'로 대통령을 선출하였고, 12월 27일 박정희가 제8대 대통령에 취임하였습니다. 이와 더불어 유신헌법을 공포함으로써 제4공화국이 정식 출범하였습니다(김형아, 2005).

유신 초기 잠잠하던 저항세력을 활성화시킨 계기는 이른바 1973년의 '김대중 납치사건'이었습니다. 김대중 납치사건의 전모를 밝힐 것을 요구하는 대학생들의 시위에 이어, 시민사회 각 부문에 산재해 있던 재야세력의 유신헌법개정운동을 촉발하였습니다.

특히 유신체제 초기와는 달리 1970년대 말은 유신체제의 취약점이 극명하게 드러날 수밖에 없는 조건이었습니다. 1975년 이후 모든 경제지표는 급속한 하락 국면을 보여주고 있었습니다. 여기에 덧붙여 세계경제의 불황과 1979년 초의 제2차 오일쇼크는 대외의 존적인 한국경제에 치명적인 영향을 미침으로써 기업의 도산사태와 인플레이션, 실업의 증가라는 도미노 현상을 야기시켰습니다.

결국 1979년 10월 26일, 박정희는 중앙정보부장 김재규의 총탄에 숨을 거두었습니다.

문희상의 상징, 숭문당 창업

군사독재시기에 문희상은 행정고시 임용 좌절을 이겨내고, 군복무를 하게 됩니다. 1970년 해군본부 법제담당관으로 근무를 시작해 1973년 군복무를 마치고 제대를 하게 됩니다. 제대 후 장사를 하기로 마음을 먹었는데 원래 이름을 더럽히지 않겠다고 생각해 개명을 결정하고 어머니가 당대 저명한 작명가 김봉수씨를 찾아가 재벌이 될 수 있는 이름이라며 희상을 받아왔다고 합니다.

그리고 드디어 문희상의 생활의 기반이자 정치의 기반이 되는 상징적인 의미를 가지고 있는 숭문당을 1973년 설립해 대표를 맡게 됩니다.

의정부시 최초의 대형 서점이자 의정부의 명소인 숭문당의 창업이었습니다. 문희상은 임금이 신하들과 정사와 학문을 논하던 창경궁의 건물에서 이름을 따와 숭문당이라고 작명하였습니다. 문희상은 새벽 5시 반에 일어나 밤낮없이 서점에서 일한 결과 10년 동안 10억 원을 버는 게 목표였는데 7년 만에 목표를 달성했다고 말했습니다. 그리고 서점에서 번 돈은 정치 입문 후 세무조사 등 탄압을 받아 대부분 없어졌다고 합니다.

숭문당 앞에서, 사모님과 함께

3. 전두환과 노태우의 신군부정치 시대

[전두환 신군부정치와 문희상의 정치입문]

최규하 정부의 조기퇴진과 신군부정치의 전개

제4공화국과 유신체제는 당시 중앙정보부장 김재규가 박정희 대통령을 시해한 10·26사태로 종결되었습니다. 이때 정치적 과도기에 정권을 물려받은 것이 바로 최규하 대통령 과도체제였습니다. 그러나 최규하는 그러한 난국을 해결할 의지나 정치력이 없었고, 결국 대통령직을 사임하게 됩니다.

이때 전두환은 국군보안사령관으로 재직 중 10.26 사건으로 대통령 박정희가 암살당한 상황에서 국군보안사령관 겸 계엄사령부 합동수사본부장 자격으로 10.26사건 수사를 맡았습니다. 그러던 중 12.12 군사반란를 일으켜 군을 장악하였습니다. 그러나 박정희가 그를 임명할 때 차지철을 견제할 목적으로 노재현이 박정희의 각별한 신임을 받는 전두환을 천거한 것을 받아들였다는 것을 생각해본다면, 보안사령관인 그의 권력 순위를 짐작할만할 것입니다. 그는 보안사령관에 앉고 주어진 임무대로 차지철, 그리고 김재규를 견제할 각종 방안을 연구하였고 10.26 이후 그 방안들을 바탕으로 손쉽게 권력을 장악할 수 있었던 것입니다.[1]

이후 1980년 8월 16일 최규하 대통령이 군부의 강압에 의해 사임하고, 같은 해 8월 27일 서울 장충체육관에서 열린 통일주체국민회의에서 대통령선거 단일후보로 나서 최다 득표율로 제11대 대통령에 당선되었습니다.

이어 1980년 9월 29일 대통령 임기 7년 단임과 간선제에 의한 대통령 선출을 골자로 하는 헌법개정안이 공고되었고 이에 따라 10월 22일 국민투표가 실시되어 우리나라 투표사상 가장 높은 95.5%의 투표율과 91.6%의 찬성율이라는 압도적인 지지로 10월 27일 새 헌법이 공포되었습니다.

1981년 1월 15일 창당된 민주정의당 총재에 추대되었고 제5공화국 헌법에 따라 1981년 2월 25일 대통령선거인단의 간접선거로 치러진 제12대 대통령선거에 대통령 후보로 출마하였고, 압도적인 지지를 받아 제12대 대통령에 당선되었습니다. 같은 해 3월 3일 임기 7년의 제12대 대통령에 정식 취임하여 제5공화국 정부를 출범시킴으로써 12·12사태로부터 15개월여 만에 군사쿠데타에 의한 정권장악을 마무리지었습니다.

전두환 정부의 공과(功過)

제5공화국은 헌정사상 최초로 평화적 정권교체가 이루어졌으며, 사회정화운동과 새마을운동 등 정의사회를 구현한다는 국정운영 목표를 가지고 출범했지만 말 그대로 군부독재의 연장이었음을 부

---

1) https://namu.wiki/w/%EC%A0%84%EB%91%90%ED%99%98/%EC%9D%B C%EC%83%9D

정할 수는 없었습니다. 특히, 군부독재 특유의 반민주적이고 권위적인 정치행태와 권력핵심 주변의 각종 부패와 비리는 전두환 정부에 대한 평가에 있어서 도덕성은 물론이고 근본적으로 높은 평가를 받을 수 없는 태생적 한계가 있는 정부였습니다.

그러나 경제적인 면에서는 수출증대를 위한 해외시장 판로를 개척하는데 노력하였으며 1986년에는 한국이 처음으로 무역 흑자국이 되기도 하였습니다. 전두환이 재임기간 중 가장 역점을 둔 것은 물가안정이었으며 당시 김재익 경제수석의 조언을 그대로 받아들이고 실행하여 물가안정에 힘입어 처음으로 우리나라 무역흑자를 달성했습니다. 또한 1986년 아시안게임과 1988년 제24회 서울 올림픽을 유치하는 데 성공하기도 하였습니다.

전두환의 정치인생 말년은 매우 비참하고 쓸쓸합니다. 7년간의 대통령 임기 가운데 마지막 1년여를 남겨 놓고 있던 1987년 4월 13일, 대통령 직선제를 포함한 국민들의 개헌요구와 민주화 요구를 묵살하고 당시의 제5공화국 헌법에 따라 1988년 2월 정부를 이양하고 이를 위한 대통령선거를 연내에 실시한다는 내용의 특별담화인 '4·13 호헌조치'를 발표하였습니다.

이를 계기로 4·13 호헌조치에 반대하는 민주화 운동이 전국적으로 확산되면서 한국정치사의 커다란 분기점인 '6월 민주화운동'으로 발전되었습니다.

이러한 국민들의 거센 직선제 개헌요구에 굴복하여 6월 29일 노태우 민정당 대표가 직선제 개헌·김대중 사면복권 등을 포함한 8개항의 시국수습방안인 '6·29선언'을 발표하게 됩니다. 그리고 제

13대 대통령선거에서 노태우 후보가 당선되자 정권인수인계 절차를 거쳐 대통령직에서 물러나게 됩니다. 특히, 5·18 광주민주화운동 유혈 진압과 제5공화국 권력비리에 대한 진상 규명 및 책임자 처벌을 요구하는 전 국민적인 요구에 직면하게 되어 대 국민 사죄와 함께 재산헌납을 발표하고 백담사에 2년 이상을 은둔하게 됩니다. 1997년 12월 18일 제15대 대통령선거에서 김대중 후보의 승리로 최초의 여·야간 정권교체가 실현되면서 나흘 뒤인 12월 22일 김영삼 정부의 특별사면으로 풀려나게 됩니다.

[6월 민주항쟁]

6월 민주항쟁과 6·29선언

6월 민주항쟁은 1987년 6월 10일부터 7월 9일까지 전국적으로 일어났던 일련의 반독재 민주화 요구 시위입니다. 총인원 500만여 명이 참가하여 4·13호헌조치 철폐, 민주헌법 쟁취, 독재정권 타도 등을 요구하고 나섰습니다.

12·12 군사 정변과 5·17 군사 정변으로 정권을 잡은 신군부는 국민들의 민주화 요구를 무시한 채 간접 선거를 실시해, 전두환을 임기 7년의 대통령으로 뽑았습니다. 그러나 민주화 움직임이 사회 곳곳에서 일어나면서 특정 세력이 대통령을 독자치할 수 있는 간접 선거에 대한 반발이 커졌습니다. 1987년에는 대통령을 직접 뽑자는 운동이 봇물처럼 터져 6월 민주 항쟁으로 이어지게 되었습

니다(네이버 지식백과).

전두환 정부는 경찰력을 동원해 6월 민주 항쟁을 진압하려고 했지만 독재 정치에 대한 국민들의 거센 저항과 민주화 요구를 이겨 낼 수 없었습니다. 결국 집권 여당인 민주정의당의 대통령 후보였던 노태우는 국민들의 요구를 받아들여 6·29 민주화 선언을 발표하게 됩니다. 6·29 민주화 선언에는 헌법을 개정해 대통령을 직접 선거로 선출한다는 내용이 담겼습니다. 또한 야당의 정치 지도자인 김대중의 활동 제한 조치 해제, 민주화를 요구하다 감옥에 갇힌 사람들의 석방, 언론 자유의 보장, 사회 각 부분의 자유와 자치 보장, 대학의 자율화와 자유로운 정당 활동 보장 등도 담겼습니다(네이버 지식백과).

6·29 민주화 선언은 당시 민주정의당 대통령 후보였던 노태우의 결단인 것처럼 발표되었습니다. 그는 전두환 정부가 자신의 선언을 받아들이지 않을 경우 대통령 후보직에서 물러나겠다고 했습니다. 하지만 6·29 민주화 선언은 대통령이었던 전두환과 협의해 발표했음이 나중에 밝혀지기도 했습니다. 노태우에 대한 좋은 이미지를 심어서 장차 시행될 대통령 선거를 유리하게 이끌기 위한 의도였던 것입니다(네이버 지식백과).

그러나 6·29선언은 위기에 처한 제5공화국의 마지막 선택이었으며, 이는 단순한 타협이 아니라 시민사회의 요구에 대한 불가피한 선택이었습니다. 즉, 6월 민주항쟁은 대학생과 지식인, 노동자 등을 중심으로 하는 기존의 독재 타도의 저항세력에다가 그전까지만 해도 적극적인 의사와 참여를 유보하고 있던 중산층까지 참여함으로써 범국민적인 요구의 수준으로 독재타도와 군부철폐 그리고 민주화를 위한 역량이 크게 배가됨으로써 전두환 정권의 권위주의적 군부독재세력과 체제를 붕괴시켰다는 점에서 그 의의가 크다고 할 것입니다.

전두환 신군부와 문희상의 고초

신군부독재 시기에 문희상 의장이 얼마나 고초를 겪었는가를 문희상 의장은 동행(희망통신, 10호)에서 다음과 같이 회고하고 있습니다.

올해도 어김없이 거리에는 어버이날 꽃을 파는 젊은이들이 보입니다. 하지만 이제 저에게는 어버이날 꽃을 사다 드릴 분이 안계십니다. 자식은 부모님을 모시고 싶어하지만 부모님은 자식을 기다리지 않더라는 옛 성현의 말씀이 구구 절절이 가슴을 저리게 합니다.

불편하신 몸을 이끌고 다시시면서 만나는 사람마다 "우리 희상이 사람 좀 만들어 달라"며 간곡히 당부하시던 아버님...아버님은 제가 처음 14대 국회의원에 당선된 다음날 쉬시는 듯 앉아계시다가 영원히 저의 곁을 떠나셨습니다. 인근 경로당을 돌아다니시며 당선사례를 하고 오신 직후였습니다. 유세장에 운집한 군중들 틈에서 지팡이를 짚고 절룩이시며 유권자들에게 지지를 호소하고 다니시던 그 모습에, 저는 연단에서 그만 어린아이처럼 눈물을 흘렸습니다.

아버님은 저를 도와주셨지만 늘 마음 한 구석에는 제가 어긋나
간 것에 대한 실망감이 떠나지 않고 있었다는 것을 저는 알고 있
습니다. 사실 제가 처음 김대중 전 대통령과 정치노선을 함께 하
겠다고 했을 때 아버지는 저를 다시 안보겠다고 할 정도로 보수
적인 분이었습니다.

그러다가 제가 계엄포고령 위반혐의로 4개월 동안 고문을 당하
고 나온 이후부터 아버지는 저를 돕기로 마음먹으신 것 같습니다.
하지만 아버지와 저 사이의 진정한 화해와 용서는 1997년 김대중
후보가 대통령에 당선된 날 새벽, 아버지가 누워계신 묘소에서 이
루어졌습니다. 저는 산소 앞에 서서 "아버지, 제가 옳았죠!" 하고
외쳤습니다. 아버지께서는 "그래, 네가 옳았구나. 잘했다."하고 분
명히 말씀하시는 것 같았습니다. 그제서야 저는 마음속에 깊이 응
어리졌던 한이 풀리는 것을 느낄 수 있었습니다.

동행에서는 다음과 같은 회고도 있습니다(희망통신 2005. 7. 18).

오늘 아침도 신문을 펼쳐 듭니다. 남영동 보안분실이 인권기념
관으로 재탄생 한다는 기사를 어쩐지 슬쩍 외면하고만 싶어집니
다. 많은 사람들이 가슴 아픈 사연을 갖고 있을 겁니다. 그래서 원
한의 장소이고, 두려움의 장소이기도 할 겁니다. 1980년에 김대중
선생님을 따라 정치를 시작한 저에게도 등줄기 서늘한 기억의 조
각들이 고스란히 자리하고 있는 곳인 까닭입니다.

5. 17쿠데타로 시작된 정치탄압과 인권유린은 당시 정치에 막 입문해 '민주연합청년동지회'라는 조직을 결성한 저를 수배자로 만들었습니다. 신군부는 김대중 내란음모 사건의 한 줄기로, 김대중 선생님의 맏아들인 김홍일 의원과 제가 주도한 '연청' 조직도 반국가 단체로 규정해 버렸습니다. 결국 수배와 동시에 도피를 시작하게 되었고 꽤 긴 시간이 지난 어느 날, 아내가 보낸 편지 2통을 받았습니다.

　그때 그 편지에는 두 가지 가슴아픈 사연이 들어있었습니다. 하나는 부모님에 관한 일이었고, 다른 하나는 제 아들에 관한 일이었습니다. 수배가 시작된 직후 한밤중에 경찰이 집에 들이닥쳤다고 합니다. 연로하신 아버님과 어머님의 잠들어 계신 방안을 구둣발로 휘젓고 다니면서 가택수색이라는 것을 했답니다. 아들을 찾아내라고 협박을 하면서 말입니다. 부모님은 새벽녘까지 잠을 이루지 못하시고 분함을 못 이겨 밤을 새워 벌벌 떨고 계셨다고 합니다. 제 아들, 석균이로부터 온 편지사연은 이랬습니다. 얼마 전 아들이 같은 반 친구와 싸웠는데, 그 이유가 아버지인 저를 간첩이라며 자신을 놀렸기 때문이라는 내용이었습니다.

　'너희 아버지 간첩이지? 빨갱이지?'

　같은 반 친구들이 제 아들에게 수배 전단에 붙은 제 사진을 가리키며, '빨갱이 아들, 간첩 아들'이라며 놀렸다는 것입니다. 그래서 친구들과 싸움을 하고, 너무 너무 억울해서 울면서 집에 왔다는 얘기가 들어 있었습니다. 편지를 읽는 저의 마음은 뭐라 표현해야 할지 몰라 지금 생각해도 가슴이 쿵쿵 뜁니다. 가슴이 찢어지는 것도 같고, 미안하고 안쓰러운 마음에 눈물이 넘쳐나기도 하고, 신군부의 폭거에 분노가 끓어오르기도 했습니다.

부모님께 대한 죄송함과 아들 녀석에 대한 미안함으로, 저는 그 자리에서 자수를 결심했습니다. 내가 간첩으로 몰리는 것도 억울하지만, 내 아들이 간첩 아들로 손가락질 받아야 한다는 건 정말 참을 수 없었기 때문이었습니다. 그래서 아들 앞에 당당한 아버지가 되기 위해 자수를 결심했습니다.

당연히 자수는 곧 고문이란 말과 같은 의미였습니다. 말로만 듣던 남영동 분실로 들어가는 길이 얼마나 겁이 나고 무서웠는지... 상상하기 힘든 취조와 구타, 매달리기 등의 고문이 계속되는 동안 수치심과 공포, 절망으로 얼마나 고통스러운 시간을 보냈는지 모릅니다. 죽어버리겠다고 벽에 머리를 쳐 박아 보기도 해봤습니다. 그래도 그 모진 고문을 참아내고 나올 수 있었던 것은 아들에 대한 억울한 누명만큼은 벗겨주어야 한다는 절박함 때문이었습니다.

그때 1980년, 제가 이 땅에서 아버지가 된다는 것은 제 한 목숨을 온전하게 거는 일이었습니다. 취조가 끝나갈 무렵이었던 것으로 기억합니다. 한 방에 있던 서인석 신부님이 세례를 해 주셨습니다. 스스로의 고통을 극복하는 방법이기도 하였고, 저를 고문한 사람들에 대해 용서하는 마음이 생기도록 하는 방법이기도 하였습니다. 세례명으로 바오로를 받았습니다.

그 끔찍한 기억속의 남영동 분실이 이젠 인권기념관으로 변신을 한다고 합니다. 언론에서는 매우 상징적인 사건으로 받아들이고 있습니다. 당시 탄압받던 민주인사들과 이유도 모른 채 고문으로 스러져간 수많은 사람들의 가족들이 느끼는 감회가 남다르겠지요.

저도 남영동 분실을 기억하는 한 사람으로서 떠오르는 단상과 작은 소회를 적어 봅니다. 보이는 것만이 진실이 아니고, 언젠가는 진실과 정의가 승리한다는 역사의 가르침이 사실임을 새삼 느끼며 고개를 끄덕거려 봅니다.

주말이 되면 5공화국을 다루는 드라마를 가끔 봅니다. 보는 와중에 종종 불끈불끈 주먹이 쥐어지기도 합니다. 사람인 탓이겠지요. 그리고 또 다짐합니다. 이젠 정말 그런 시대로 돌아가는 일은 없겠지, 없도록 해야겠지 라고 말입니다.

그리고... 지금 눈앞에는, 그때 감방 동기였던 이해찬(現 더불어민주당 대표), 설훈(現 더불어민주당 국회의원) 동지가 참으로 씩씩하게 오리걸음과 쪼그려 뛰기를 잘 하던 모습이 선하게 떠오릅니다.

1988.2.14. 민주연합청년동지회 수도권회원 결사대회

[노태우 정부]

야권의 분열 그리고 신군부의 연장

1987년 6·29선언으로 이제 정치의 주요 관심은 개헌과 선거가 자리하게 되었습니다. 여·야간의 협상으로 대통령직선제를 핵심으로 하는 새 헌법이 마련되었고 국민투표를 거쳐 채택되었습니다. 그리고 선거국면이 전개되면서 민주화의 두 주역인 김영삼(YS)와 김대중(DJ)의 분열이 일어났습니다. 오로지 군부독재 타도와 민주화를 이루어 내기 위한 열망으로 김대중, 김영삼 양 김은 근본적인 정치이념이나 성격, 지지기반 등의 차이에도 불구하고 서로 협력했습니다. 그런데 민주화가 이루어지고 난 뒤 그들은 민주세력의 맹주 자리를 놓고 경쟁할 수밖에 없었습니다.

민주주의의 본질은 견제와 균형입니다. 그런데 균형에 초점이 맞추어져 있던 시계추가 급속도로 견제로 옮겨 간 것이었습니다. 그것은 민주주의 본질상 당연한 것이었습니다.

그러나 그 당연한 분열이 결국은 군부독재의 연장이라는 최악의 결과를 만든 것입니다. 즉, 민주화를 주도하던 세력들은 두 대통령후보(김영삼, 김대중)를 중심으로 나뉘어졌고 그 결과 권위주의세력, 군부세력이 지원하는 후보인 노태우가 결국 선거에서 승리하게 된 것입니다. 더구나 집권세력에 의해서 우리나라 정치의 고질병인 지역주의가 동원됨으로써 두 야당후보 지지표의 지역적 고착화를 가져와 권위주의를 반대하는 대다수의 표를 어느 한 후보에 집중시키지 못했습니다. 이에 더하여 사회운동세력까지 양김을 따라서 분열함으로써 권위주의세력, 군부세력의 단일후보인 노태우를 당선시키는 죄수들의 딜레마에 놓이는 최악의 결과를 가져온 것입니다.

노태우 정부와 민주주의의 후퇴

노태우 정부는 제6공화국 최초의 정부입니다. 1987년 6월 전 국민적인 민주화 시위로 집권당의 대통령 후보이던 노태우가 대통령 직선제를 중심으로 한 6·29 선언을 발표했습니다. 이후 대통령 5년 단임의 직선제와 4년 임기의 국회 단원제를 기본으로 한 새 헌법이 10월 29일 공포되었고, 12월 16일 대통령 선거가 실시되었습니다. 이 선거에서 노태우 후보가 당선되어, 이듬해 2월 25일 제13대 대통령에 취임함으로써 32년 만에 국민의 직접 선거로 구성된 제6공화국이 출범했습니다(네이버 지식백과).

노태우 정부는 서울 올림픽을 성공적으로 개최했고, 해마다 꾸준한 경제 성장도 이루어 냈습니다. 1989년 9월에는 한민족 공동체 통일 방안을 발표하고, 서울 올림픽 이후에는 동유럽의 공산권 국가와도 외교 관계를 맺어 남북 관계 개선을 추구했습니다. 1991년 9월 18일에는 남북이 유엔에 동시 가입하는 등의 성과를 내기도 합니다(네이버 지식백과).

그러나 정치적으로는 민주화의 길을 멀게 만든 정권이 바로 노태우 정권이었습니다. 1990년 1월 22일 민정당의 노태우 총재, 민주당의 김영삼 총재, 공화당의 김종필 총재가 3당합당에 합의함으로써 민주자유당(민자당)이 탄생했습니다. 3당합당으로 노태우 정권은 여소야대에서 벗어나 의회 내에서 안정적 지지기반을 구축할 수 있었으나, 3당합당은 여소야대하에서 추진되어오던 민주화 개혁의 종식을 가져왔습니다.

먼저 지방자치의 실시가 기초자치의회 선거로 축소되고 지방자치의 핵심인 지방자치단체장 선거가 여론과 야당의 끈질긴 요구에도 불구하고 차기 정권으로 연기되었습니다. 6공화국 초기에는 경제력 집중억제시책, 금융실명제 준비, 토지공개념 관련 법안 추진 등의 경제민주화를 위한 개혁시도가 있었으나 3당합당 이후 경제민주화 개혁을 추진하던 세력들이 퇴장을 강요당했고 여소야대 시기에 추진되어왔던 경제개혁은 무산되거나 유명무실해져 버렸습니다.

또한 3당합당은 지역주의를 더욱 심화시켰습니다. 3당합당은 호남을 기반으로 하고 있던 평민당을 배제한 반호남의 정치연합의 성격을 띠고 있었습니다. 3당합당은 한국 국민을 지역에 근거한 '2개의 국민'(Two Nations), 즉 극단적으로 호남 대 비호남으로 갈라놓았습니다.

노태우 정권은 성격상 전두환 정권과 군사독재정권이라는 본질에서는 동일합니다. 노태우 대통령은 퇴임후 2000억 원 이상의 비자금을 보관하고 있다가 사법처리 되었습니다. 김영삼 대통령은 이 사건으로 자신에 대한 의혹이 커지자 갑자기 5.18 특별법을 만들어 12.12 사건과 5.18 광주사태까지 수사하고 재판하도록 했습니다. 2년간 백담사에서 귀양생활을 했던 전두환 전 대통령도 함께 감옥에 가게 됩니다.

문희상, 드디어 국회에 입성하다

문희상은 13대 총선 때 김대중 총재의 평화민주당 후보로 경기도 의정부시에서 처음 출마했으나 당시 국가안보의 전진기지로 보수의 텃밭이었던 경기북부 그 중에서도 수부도시인 의정부시였기에 김문원 신민주공화당 후보에게 밀려 낙선했습니다.

제13대 국회의원선거 벽보사진

사실 노태우 정부가 등장한 후 1988년 4월 26일에 치러진 13대 국회의원 선거결과는 구권위주의 세력들이 승리를 선언하기에는 너무 이르다는 것을 보여주었습니다.

문희상은 첫 총선에 출마해서 낙선한 심정을 다음과 같이 인터뷰에서 밝히고 있습니다.

글쎄 그 당시에 뭐. 떨어질 줄 알고 했을 거야. 안할래야 안할 수가 없었어. 내가 명색이 DJ의 노선을 따르면서 내가 안 나가면 되겠나. 누가 하겠다는 사람이 있으면 얼른 핑계를 대고 그 사람 하라고 했겠지. 그 때는 어쩔 수 없었어. 숙명이구나 했지. 안 나갈 수가 없었어.

1992년의 14대 총선은 같은 해에 치러질 대통령 선거의 전초전의 성격을 띠고 있었습니다.

그리고 드디어 문희상은 14대 총선에 당선되면서 직업 정치인의 길을 걷기 시작합니다. 민주당 후보로 의정부 선거구에 출마해 38.7%의 득표율로 당선되어 드디어 국회에 입성하게 됩니다. 용이 하늘로 승천하게 된 것이고, 물고기가 바다로 돌아간 것과 같았습니다.

1992년 3월에 치러진 총선에서 특기할 사실은 정주영이라는 한국의 최대 재벌총수가 이끄는 통일국민당의 돌풍이었습니다. 창당 후 불과 2개월 만에 치러진 총선에서 국민당은 유효득표수의 18%를 얻어 31석을 당선시키는 이변을 창출했고 정주영은 이에 고무되어 차기 대통령을 꿈꾸기도 했습니다.

문희상은 14대총선에 당선되어 국회의원이 되었을 때의 초심을 인터뷰에서 이렇게 밝히고 있습니다.

그때는 이런 거 저런 거 어떤 생각했으면 못했어. 오직 이 세상이 뭔가 잘못됐다. 시시각각으로 하고 있는 거야. 계속. 그리고 말로만 하고 안 하면 뭐가 되냐. 이거야. 세상을 바꾸자. 이거야. 근데 근본의 뿌리는 진보라고 생각을 해요.

문희상의 증언 : DJ는 노태우의 외교파트너였다

문희상은 남북 정상회담의 물꼬를 튼 건 노태우 대통령인데 그 당시 남북 기본합의서를 만들고 북방정책을 펼치는데 도움을 준 최고의 파트너는 제1야당 총재였던 DJ(김대중 전 대통령)였다고 증언하고 있습니다.

외교와 안보에는 여야가 없기 때문에 보수 정권이 집권을 했을 때도 당시 야당 대표들은 정부를 있는 힘껏 도와줬습니다.

노태우 정권 당시 국토통일원(통일부 전신) 장관이었던 이홍구 전 총리도 DJ의 협조가 없었다면 노태우 정부가 남북문제에 있어 선구적 역할을 못했을 것이라고 했습니다. 남북 정상회담과 관련해서는 아무리 야당이라 하더라도 100% 성공을 기원하고 함께 도와주겠다는 자세를 보여야합니다.

문희상은 현 문재인 정부를 향한 조언도 잊지 않고 있습니다.

물론 혼자 가면 속도가 더 빠르겠지만 야당과 함께 가야 국민적 동력을 얻을 수 있습니다. 다른 의견도 존중해야 하고 비판도 받아들여야 합니다. 아무리 역사 앞에서 선의로 일을 추진하려 해도 야당이 반대한다면 그 이유에 대해 한 번 더 의논을 해보고 안보에는 여야가 없단 얘기를 이끌어내야 합니다.

단, 남북 정상회담과 이어지는 북미 정상회담이 근본적인 한반도 비핵화, 평화체제 등을 가져올 것이기 때문에 여야 정쟁에 발목이 잡혀 일을 그르쳐선 안 됩니다. 야당과의 협치를 중시하면서도 호시우행(虎視牛行: 호랑이의 눈빛을 간직한 채 소 걸음으로 감)의 자세로 민족사의 찬란한 역사를 만드는 길을 뚜벅뚜벅 걸어가야 합니다.

14대 국회의원 의정활동 모습

4. 김영삼 문민정부

[김영삼 정부의 등장과 정치사적 성격]

김영삼 정부의 등장

김영삼 정부는 대한민국 제6공화국의 두 번째 정부입니다. 공식 명칭은 문민정부(文民政府)로, 군인 출신이 아닌 일반 국민이 수립한 정부라는 뜻으로 이전의 군사 출신 정권과의 차별성을 부각시키고자 했습니다(네이버 지식백과). 1992년의 대통령선거는 새로운 변화를 국민에게 보여줬습니다. 1990년의 정계개편을 통하여 민주투사이며 정통야당을 주장하던 김영삼은 여권으로 변신하여 대통령에 당선되었습니다.

그가 한때 군정종식을 주장하던 선거구호대신 구여권의 지지와 협력 속에서 30여년간 지속되어 온 군인출신 대통령에서 민간출신 대통령이 탄생된 것입니다.

김영삼은 1987년 통일민주당을 창당하여 대통령선거에 출마하였으나 실패하자 반드시 대통령이 되겠다는 일념 하에 1990년 당시 여당인 민주정의당(민정당)과 통일민주당, 그리고 신민주공화당을 합당하여 '민주자유당(민자당)'을 탄생시키고 스스로 대표최고위원이 되었습니다. 오로지 대권 도전을 위해 만년 야당에서 여당 인사로 극적인 변신을 한 것이었습니다. 그리하여 민주화투쟁을 했던 정신으로 군부 정권을 종식시키고 평화롭게 정권을 민간 정부로 이양 받았습니다.

그러나 과거 군부세력이 장악했던 여당인 '민정당'의 터전에서 대통령이 되었기 때문에 진정한 야당으로의 정권 교체라고 보기는 힘든 것도 사실입니다. 그러나 군부출신이 아니라는 점을 부각시켜 스스로의 정권을 '문민정부(文民政府)'라고 별칭하였고, '신한국창조'를 국정목표로 삼고, 1960년대부터 30여 년간 지속된 군부 독재정부 시절의 여러 가지 잔재와 불합리하고 비민주적인 제도를 과감하게 개혁하였습니다(네이버 지식백과).

노태우 정부에서 시작된 형식적인 민주화는 김영삼, 김대중 정부를 거치면서 심화되었습니다. 김영삼 정부는 군부의 정치적 중립을 확립함으로써 민주화의 물꼬를 트는 기반을 제공한 것이었습니다(김영명, 2013: 258). 즉, 한국의 민주화가 권력과 정부 차원에서 시작된 것은 문민정부로서, 문민정부에서 정치개혁과 탈군사화가 본격적으로 추진됨으로써 그 오랜 30년의 군사정치가 종말을 맞이하게 된 것입니다. .

김영삼 정부의 정치사적 성격과 공과(功過)

김영삼 문민정부의 시작은 우리나라 정치사에 매우 중요한 의미가 있습니다. 5·16군사쿠데타 이후 최초로 문민 출신의 대통령이 탄생하였다는 것입니다. 이것은 틀림없이 우리나라 민주주의 정치사의 큰 발전이고 도약이었습니다. 우리가 보통 민주화 투사라고 하면 김대중을 가장 먼저 생각하고 김영삼은 IMF체제를 불러 온 장본인으로 나라를 말아먹은 무능한 대통령으로 생각하는 분들이 있는데, 김영삼도 김대중 못지않게 민주화를 위한 투사로서 역할을 해 왔습니다. "닭의 모가지를 비틀어도 새벽은 온다"는 말은 그의 트레이드 마크이자 투사로서의 그의 성향을 가장 잘 알려주는 유명한 말입니다.

김영삼 정부는 새로 출범하면서 '변화와 개혁 그리고 전진'을 기치로 내 걸고 신한국의 창조를 위한 개혁정책을 추진하였습니다. 신한국 창조라는 명목하에 가장 먼저 실행한 것은 국민들에게 가시적으로 보여주는 역사 바로 세우기 즉 과거사 청산이었습니다. 역사 바로 세우기는 한국 현시대에 대한 철저한 사실검증 및 올바른 재평가를 통해 과거의 잘못된 역사를 바로 잡음으로써 대한민국의 민족사적 정통성을 확립하고 자주적이고 진취적인 민족정기를 고양하며 나아가 이를 토대로 21세기의 통일된 세계 중심 국가로 발돋움 할 수 있는 국민적 역량을 결집해 나가기 위한 것이라고 강조하였습니다.

또한 고위공직자의 부정부패를 예방하기 위해, 자신의 재산을 공개하고 일체의 정치자금을 받지 않겠다고 선언하여 모범을 보였고, 공직자윤리법을 개정하여 1급 이상 공직자의 재산을 공개토록 하였습니다. 한편, 정치적인 부담을 안고 전대통령의 부정을 역사적 차원에서 처벌하여 고위직의 부정부패를 엄히 다스렸습니다(네이버 지식백과). 특히 군사정권인 5~6공의 핵심인사들 전두환, 노태우를 처벌하게 했다는 것입니다. 좀 극단적으로 말하면 김영삼이 노태우와 전두환을 감옥으로 보냈다는 것입니다. 나아가 문민정부의 기초를 다지기 위해, 12·12 사건에 관련된 군의 사조직인 '하나회'를 해체시켰고, 또한 과거 군사독재정권 시절의 권력의 상징이던 안전가옥(안가)을 철거하여 청와대 앞길을 시민에게 개방하는 특단의 조치를 취하였습니다(네이버 지식백과).

정치적으로는, 선거의 선명성을 높이기 위해, '공직선거 및 선거부정방지법' '정당법' '정치자금법' 등을 개정하여 뿌리깊은 선거의 부정을 차단하는 조처를 하였습니다. 한편, 작은 정부를 지향하여 행정기구의 축소를 단행하였습니다. 또한 풀뿌리 민주주의인 지방자치제를 실시하여 지방화를 이루었습니다. 1995년 4대 지방선거를 동시에 실시하여 본격적인 지방자치시대를 열었습니다. 지방자치제의 실시는 중앙정부의 예속에서 벗어나 주민들의 요구에 따른 민의를 실행할 수 있으며 주민의 복리사업도 자발적으로 추진할 수 있었습니다(네이버 지식백과).

경제적으로는, 경제의 암적 존재인 검은돈을 투명하게 하기 위해 정치적 부담을 안고 '금융실명제'를 선언하여 그동안의 무거운 짐을 해결하였습니다. 김영삼 하면 생각나는 매우 파격적이었던 것이 바로 국민에게 큰 영향을 미친 금융실명제였습니다.

그 동안 비실명 금융 거래 관행이 오랜 기간 유지되어오면서 우선 경제적인 측면에서 금융거래를 왜곡시키고 계층간 소득 및 세부담의 불균형을 심화시킴으로써 음성적 자금거래를 조장하는 부작용을 초래하였으며, 정치, 사회 등 경제외적인 분야에 이르기까지 부정적인 영향을 미쳐 부패와 부조리의 소지를 확산시키는 결과를 초래하였습니다. 이러한 문제를 해결하기 위해 금융실명제를 통한 금융 거래의 정상화와 이를 통한 우리 경제의 도덕성 회복이 절실히 요구되었습니다. 이에 따라 금융실명제를 '93년 8월 12일 전격적으로 실시하였던 것입니다. 금융실명제는 경제개혁의 첫걸음임과 동시에 정치, 사회 전반의 지속적인 개혁을 위한 기초가 되는 개혁 중의 개혁이라 할 수 있습니다. 한편, 경제의 성장과 함께, 선진국 대열에 서기 위한 열망을 안고, 선진국 경제협력단체인 OECD(Organization for Economic Cooperation and Development, 경제협력개발기구)에 가입하여(1996. 10) 국제적 위상을 높였습니다.

문화·교육면으로는 일본과의 과거 청산 일환으로 대일 종속의 상징이던 중앙청(과거 조선총독부) 건물을 철거하였습니다. 그러나 역사의 진실성을 존중한다는 차원에서 다른 일본강점기 건축물(서울역사, 한국은행 본관, 서울시청)은 존속시켰습니다. 한편, 일제 식민지 교육의 잔재이던 '국민학교'가 국가주의적 전체주의의 이념체제인 점을 비판하고, '초등학교'로 개명하여(1996) 자주적 교육제도를 갖추게 되었습니다(네이버 지식백과).

그러나 이러한 여러 가지 큰 개혁에도, 지나친 산업 확대와 수출 산업 강화, 임금인상, 물가상승, 외화낭비 등 경제적 팽창과 더불어 부실이 커져 국가차원의 파산 위기(외환위기)를 맞았고, 결국 국제통화기금(IMF)의 지원을 받아 겨우 위기를 모면할 수 있었습니다(1997). 그 결과 국가의 재정을 바닥낸 정부라는 오명을 안게 되었고, 한편으로는 OECD의 가입이 성급하게 이루어졌다는 비판도 받았습니다. 김영삼 대통령의 무능과 그의 측근의 부정과 부패, 비리, 그리고 그의 아들 김현철의 국정농단과 인사개입 등 실정의 연속이었습니다. 문민정부라는 자신감과 새로운 역사 세우기를 주장하던 김영삼 정부는 결국 실패한 대통령으로 낙인찍히게 된 것입니다. 정권 출발시에 참신성을 강조하였지만, 정치자금의 부정으로 인상을 크게 훼손하여 과거의 행태에서 벗어나지 못한 면을 남기고 말았던 것입니다(네이버 지식백과).

[김영삼 정부와 문희상]

15대 총선과 문희상의 낙선

김영삼 정부의 초기 전광석화 같은 개혁조치에 많은 국민들이 지지를 했고 기득권 세력은 위축될 수밖에 없었습니다. 그러나 개혁의 성과는 나타나지 않고 점차 개혁으로 인한 피로감이 생겨남으로써 김영삼 정부의 지지도는 점점 떨어질 수밖에 없었습니다. 그리고 그러한 지지도의 급속한 하락은 결국 1995년의 지방선거에서 표출되어 당시 여당은 참패하게 되었습니다.

이에 김영삼 정부는 개혁정치에 대한 불만을 잠재우고 새로운 전기를 마련하기 위해 '역사바로세우기' 작업을 과감하게 시작하게 됩니다. 특히 김영삼 정부는 역사바로세우기 작업에서 전두환, 노태우 두 전직 대통령을 포함한 12·12, 5·18 관련자들을 처벌함으로써 우리나라만이 아닌 세계 민주화 역사에 기록될만한 업적을 남기게 됩니다. 이렇게 김영삼 정권은 예상을 뒤엎고 군부권위주의 정권의 과거를 단죄함으로써 집권 후반기에 자신의 정치적 입지를 강화하고 1996년의 최대의 정치행사인 15대 총선에서 승리의 초석을 쌓았습니다.

그리고 15대 총선에서 불어온 이러한 여당에 대한 지지 바람과 불리한 보수지역에서의 출마로 문희상은 당시 홍문종 신한국당 후보에게 밀려 낙선하게 됩니다.

이때의 심정을 문희상은 인터뷰에서 이렇게 밝히고 있습니다.

15대 총선에서 떨어졌을 때 참 아팠어. 평생에 내가 6선의원 하면서 선거 그거 치르면서 내가 정치하면서 가장 가슴쓰라렸을 때가 두 번 있었는데 그게 15대 때야. 13대 때는 그렇게 심하지 않았어. 그리고 바로 김대중 대통령과 일을 봤으니까. 15대 국회의원 선거 떨어졌을 때.. 14대 국회 시 300명 중에서 공무원. 언론에서 제일 우수한 의원이라고 날 1등으로 뽑았어.

근데 지역에서 날 떨궜어. 솔직히 근데 나는 이해가 안 갔어. 나중에 근데 들어보니까 그때 동협의회장에게 단 10만원만 줬어도 해 볼만했을 거야. 선거 때 귀신같이 알아. 내가 연설을 하러 다니면 연설이 되냐고. 그래가지고 뭐가 되겠냐. 상대는 그때 홍문종이야. 홍문종이는 내가 건물이 몇 십 채고 뭐 그런 루머. 그 사람은 그런 네거티브 선거에 귀재야. 내가 암만 따라가려해도 그 재간은 따라갈 수가 없어. 나는 애초에 그런 거에 재주가 없고, 나는 정치자체를 그런 식으로 하는 거 싫어해요. DJ가 얘기하는 서생적 문제의식과 상인적 현실감각, 그래서 이 두 가지가 다 중요하다 하는데 그분이 강조하는 것은 서생적 문제의식을 가져라 하는 것인데, 그분이 지향하는 목표는 백범 김구처럼 하라, 이거야. 나는 그 길로 가겠다. 근데 백범김구처럼 실수하지는 말아라. 작은 놈들한테.

문희상이 바라본 김영삼 대통령

문희상은 김영삼 대통령을 이렇게 회고(희망통신. 158호 2019.11.22.)하고 있습니다.

김영삼 대통령 서거 4주기 추모식에서 추모사 하는 장면

김영삼 대통령은 한국정치의 거목이자, 민주주의의 큰 산이셨습니다. 김영삼 대통령님의 일생은 민주주의를 위한 희생과 투쟁의 고단한 여정이었습니다. 역경과 시련을 이겨낸 위대한 역사였습니다. 당신께선 늘 깊이 고뇌하고, 무겁고도 과감한 결단력으로 행동하셨습니다.

1983년 5월 18일, 대통령님은 다섯 개의 민주화 요구사항을 제시하며 단식에 들어갔습니다. 억압받던 이들의 자유를 향한 열망과 민주화에 대한 국민의 염원을 담아 목숨을 건 23일간의 단식이었습니다. 이는 민주화 세력이 단결하고 민주화 투쟁의 공동 전선을 이루는데 기폭제가 되었습니다.

당신이 옮긴 한걸음 한걸음에는 늘 시대의 무게가 실려 있었습니다. 그 걸음마다 한국정치의 새로운 역사가 되었습니다.

놀라운 통찰력으로 시대정신을 읽어낸 진정한 지도자셨습니다.

대통령께선 "목숨이 끊어지지 않는 한, 바른 길, 정의에 입각한 길, 진리를 위한 길, 자유를 위하는 일이라면 싸우다가 쓰러질지언정 싸우겠다"고 하셨습니다. 1969년 초산테러를 당한 직후 국회 연설에서 하신 말씀입니다. 이 땅에 민주주의가 간절했던, 엄혹한 시절을 상징하는 사건이었습니다.

오늘날 자유롭게 누리는 민주주의는 국민의 피와 땀과 눈물로 지켜낸 것입니다. 드디어 1993년 2월 대통령님은 문민정부의 시대를 열었습니다.

담대한 결단력과 전광석화 같았던 추진력으로 개혁과 민주화는 신속하게 이루어졌습니다. 하나회 숙청과 정치군부 해체, 친일잔재 청산과 역사바로세우기, 공직자 재산공개와 금융실명제 등 크나큰 업적을 이루었습니다.

대통령님이 아니었다면, 그 누구도 해내지 못했을 일이었다고 생각합니다.

특히, 대통령에 당선되신 직후에는 대선 때까지 정치역정을 함께했던 민주산악회를 해체한다고 전격 발표하셨습니다.

대통령에 당선된 이상, 계파나 패권 조직을 두지 않겠다는 결연한 의지의 실천이었습니다. 분명 자신의 뼈를 깎는 심정이었을 겁니다. 그럼에도 당신께서는 온전히 국민의 대통령이 되어, 국민통합을 이뤄내겠다는 국정 방향을 분명히 하신 것이라고 생각합니다. 문득 93년 9월 국회 국정연설을 통해 정치개혁을 역설하셨던 모습을 떠올려 보았습니다.

"정치개혁을 위해서는 정치 지도자의 자기희생이 필요합니다.", "대결의 정치에서 벗어나야 하며, 정당은 창조와 정의를 위해 경쟁해야 합니다.", "지난날의 갈등과 반목으로 민족의 진운을 멈추게 해서는 안됩니다.", "과거에 대해 화해하고 미래를 향해 전진해야 합니다". 그날의 연설은 26년이라는 긴 세월이 지났지만, 지금의 국회에 대입하여도 전혀 손색이 없는 말씀이었습니다. 대통령님은 영원한 의회주의자입니다.

'여의도 의사당은 그 어려웠던 시대에도 민주주의의 불씨를 간직하고 전파하는 본산'이라던 대통령님의 말씀을 깊이 새기겠습니다. 그 치열하고 위대했던 지도자의 삶과 정신을 결코 잊지 않겠습니다.

5. 김대중 국민의 정부

[진정한 민주정부, 국민의 정부 탄생]

김대중의 정계복귀 그리고 대통령 당선

  김대중은 14대(1992년) 대선에서 김영삼에게 패배하고 정계를 은퇴하였습니다. 정계 은퇴선언 후 영국의 캠브리지 대학에 가서 EU공동체 연구와 베를린 방문을 통해 통일 연구를 하였습니다. 이후 1993년 귀국하여 아시아태평양평화재단을 설립하고, 1995년에 새정치국민회의를 창당하면서 정계에 복귀했습니다.[2]

  15대 대선의 주요 쟁점사항으로는 IMF 금융위기와 이인제 후보의 탈당에 의한 여당의 분열 그리고 DJP 연합으로 호남지역과 충청지역의 선거연합을 구성하게 되었습니다.

  아래에서 전국 득표율을 보면 김영삼 정부의 IMF 금융위기의 초래에도 불구하고 김대중 후보와 이회창 후보의 차이는 2%미만으로 이회창 후보와 이인제 후보의 분열, 그리고 DJP 연합으로 인한 야당의 연대가 중요한 변수였음을 알 수 있습니다.

  당시 시대적 분위기는 김영삼 정권의 IMF 금융위기 촉발에 대한 책임론 경향의 투표로 인한 여야의 정권교체와 같이 인식되었던 대통령 선거라는 인식이 지배적이었으나 아래의 〈표 2〉에서 보이는 지역별 득표율에서 나타나는 결과는 정당에 대한 지역주의에 대한 벽을 허물지는 못하였다고 할 수 있습니다.

하지만 여야의 평화적 정권교체가 이루어졌다는 데 큰 의의를 갖으며, 기존 투표에서 강하게 작용하였던 여야성향의 약화와 함께 정당요인의 중요성이 증대되는 계기를 마련하였습니다.

<표 2> 15대 대선에서 주요 후보의 지역별 득표율(%)

	전국	서울	인천 경기	대전 충청	광주 전라	대구 경북	부산 경남	강원	제주
김대중	40.3	44.8	39.0	43.8	94.3	13.1	13.6	23.7	40.5
이회창	38.7	40.8	35.7	27.3	3.2	66.8	53.7	43.1	36.5
이인제	19.2	12.7	23.4	26.5	1.4	17.7	29.9	30.9	20.4

주 : 부산·경남에는 울산이 포함된 비율 / 자료 : 중앙선거관리위원회

김대중 정부의 정치사적 의미

이렇게 탄생한 국민의 정부는 한국정치사에서 최초로 평화적인 방식으로 수평적 권력교체에 성공한 정권이라는 역사적인 평가를 받고 있습니다. 이승만, 장면, 박정희, 전두환에 이르는 40년 정치사에서 단 한 번도 정권교체에 성공하지 못했으며, 전두환, 노태우, 김영삼에 이르는 권력교체는 수직적 교체였습니다.

IMF 관리체제를 배경으로 출범한 국민의 정부는 재벌개혁과 금융개혁을 추진하는 동시에 IMF 관리체제를 벗어나는 데 역량을 집중했습니다. 동시에 남북관계 개선에 주력하여 2000년에 남북

2) 두산백과(https://terms.naver.com/entry.nhn?docId=1072199&cid=40942&categoryId=39201)

정상회담과 남북공동성명을 실현하는 성과를 거두었습니다.

그러나 구군부세력인 자민련과의 공동정부 구성으로 인한 개혁의 한계를 노정했을 뿐만 아니라 문민정부와 마찬가지로 집권 후반기에는 권력핵심부의 문제가 드러났습니다.

먼저 김대중대통령의 당선은 건국 50년 만의 첫 여야 정권교체라는 역사적 의미를 갖고 있습니다. 군사정권 시대의 독재와 이의 연장선상에서 어느 정도는 세습적인 모습으로 점철되던 정권의 이양이 국민의 힘에 의한 정권교체로 나타났다는 것은 분명히 역사적인 의의가 있는 것이라 하겠습니다.

민주화가 이루어지는 과정에서 이런 경험은 우리 국민에게 꼭 필요한 것이며 김대중 정부는 이런 최초의 정부라는 점에서 그 탄생에 많은 의미가 있습니다.

김대중은 대통령 선거운동과정에서 공언한 '준비된 대통령'답게 지역주의에 영합한 야당과 일부언론의 무조건적인 반대에도 불구하고 과감한 경제개혁에 착수해 지난 정권으로부터 물려받은 외환위기를 조기에 극복하는 한편, 기존의 완강한 대북 흡수통일론을 배격하고 이른바 '햇볕정책'으로 불리는 대북 포용정책을 꾸준히 견지함으로써 얼어붙은 남북관계의 돌파구를 마련했습니다. 그는 2000년 3월 베를린자유대학교에서 행한 연설에서 한반도 냉전구조 해체와 항구적 평화, 남북간 화해와 협력에 관한 '베를린 선언'을 발표한 데 이어, 2000년 6월 13~15일 김정일의 초청으로 평양을 방문해 분단 사상 55년 만에 첫 남북정상회담을 갖고 역사적인 6·15남북공동성명을 이끌어냈습니다. 그해 10월 민주주의와 인권신장 및 한반도평화정착에 기여한 공로로 21세기 첫 노벨평화상을 수상하는 쾌거를 이루었습니다.

[김대중 정부의 성과]

김대중 정부에서 수행된 많은 정책들은 당시의 긴급하고 중대한 사회문제를 해결하기 위한 처방책이었으며 특히 금융위기와 IMF 시대의 도래, 구조조정 등이 빠르게 진행되면서 행정부의 정책시행을 둘러싼 국민적 관심은 과거 어느 정부보다도 강하게 나타났습니다.

경제적 혼란과 위기의 직접적 당사자도 국민이고, 정책의 성공적 집행에 대한 편익의 이해 당사자도 국민이기에 정책 추진 기관으로서의 중앙 행정부를 바라보는 국민의 시각은 기대와 희망, 좌절과 분노 등 극단적 양태를 나타냈습니다(이근주 외, 2002).

대북포용정책(햇볕정책)

1) 대북포용정책(햇볕정책)의 등장 배경
김대중 정부의 대북 포용정책은 1990년대 탈냉전시대 동북아 안보환경 변화와 북한의 김정일 정권이 처한 실상을 현실적 기초로 삼고 출발하였습니다. 소련연방의 붕괴와 동구 공산권의 몰락은 동북아 체제의 안정과 균형을 촉진시켰습니다. 동북아체제의 안정된 균형은 대북 포용정책 추진에 냉전시대보다 상대적으로 유리한 환경을 조상하여 주고 있다고 할 수 있습니다. 당시 김정일 정권 하의 북한의 실상을 요약하면, 첫째, 동구 및 소련 사회주의권의 붕괴로 인한 국제적 고립과 식량 및 에너지난으로 경제결핍의 심화, 둘째, 북한의 변화 가능성과 대남혁명 전략과 군사노선의 불 포기성의 상존, 셋째, 북한이 핵미사일 등 대량살상무기 개발에 주력하면서 동북아 및 한반도에 새로운 안보위협요인으로 대두, 넷째, 북한체제의 불확실성이 이판사판식 남한 전면도발 가능성 등입니다(성준경, 2012).

이러한 이유로 당시 남북관계 및 시대분위기에 따른 남북관계 정책이 필요했고 평화와 공존, 평화와 교류를 위한 대북포용정책(햇볕정책)이 등장하게 되었습니다.

2) 대북포용정책(햇볕정책)의 성과

대북포용정책(햇볕정책)은 김대중 정부 5년을 상징하는 주요 정책으로 남북 정상회담이 성사되고 김대중 대통령이 노벨평화상을 수상하는 결과를 가져왔습니다. 1990년대 전반 북한의 NPT(핵확산금지조약)탈퇴로 남북한의 관계는 급속도록 냉각되었던 시기에 대북포용정책(햇볕정책)은 남북정상회담 개최에 기여하였고, 이에 6·15남북공동선언이 발표되었다. 대북포용정책(햇볕정책)은 남북간의 인적, 물적 교류를 활성화하여, 협력관계를 증진시켰습니다[3] (김미덕, 2007).

2002년 3월 발표한 통일부의 남북관계 현황과 대북정책 추진방향에 의하면 대북화해협력정책은 남북간 평화공존을 목표로 억지4)와 포용5)을 병행 추진하고 있으며 이를 기준으로 대북정책 성과를 평가할 수 있다고 하고 있습니다. 이러한 대북정책의 성과로는 첫째, 전쟁 및 도발 방지, 둘째, 군사적 긴장완화와 평화정착, 셋째, 남북정상회담 개최와 남북대화 지속,6) 넷째, 남북경제공동체 건설, 다섯째, 인적·물적 교류 증대, 여섯째, 이산가족문제 해결의 전기 마련, 일곱째, 인도적 대북지원 실시, 여덟째, 북한의 변화입니다(통일부, 2002).

DJ, 노벨평화상 수상

2000년 노벨위원회 노벨 평화상 발표문에서는 2000년 10월 13일 노르웨이 노벨위원회는 한국과 동아시아에서 민주주의와 인권을 위해, 그리고 특히 북한과의 평화와 화해를 위해 노력한 업적을 기려 2000년 노벨 평화상을 김대중 대한민국 대통령에게 수여하기 결정하였습니다. 한국이 수십 년간 권위주의의 통치하에 있을 때, 여러 차례의 생명에 대한 위협과 장기간의 망명생활에도 불구하고 김대중 대통령은 점차적으로 한국 민주주의를 대표하는 인물로 부상했습니다.

---

3) 이러한 성과에도 불구하고 한편에서는 북한에 대한 퍼주기와 북한 불변론을 언급하며 성과에 비해 투입이 너무 과하다는 부정적 인식과 평가도 있다.
4) 억지 측면 : 전쟁 및 도발 방지, 군사적 긴장 완화(통일부, 2002)
5) 포용 측면 : 남북관계 개선, 북한의 변화(통일부, 2002)
6) 6·15 남북공동선언의 의의는 첫째, 분단 55년 만에 처음으로 남북 정상간에 직접 합의·서명함으로써 향후 남북관계를 규율하는 규범력을 갖고 있다. 둘째, 한반도 문제의 당사자 해결 원칙을 확인하였다. 셋째, 남북이 통일을 미래적 과제로 두고 우선 평화공존단계의 필요성을 인정하여 소모적 논쟁을 진양하였다. 넷째, 우리가 추진하고 있는 대북화해협력정책의 당면과제인 이산가족문제나 남북교류협력 확대 등에 대한 실천사항이 담겨있다.(통일부, 2002)

1997년 그가 대통령에 당선됨으로써 한국은 세계 민주주의 국가 대열에 확고히 자리잡았습니다. 대통령으로서 김대중은 확고한 민주 정부의 수립과 한국에서의 내부적 화합 증진을 추구해 왔습니다. 강력한 도덕적 힘을 바탕으로 김대중은 인권을 제한하려는 시도들에 맞서 동아시아 인권수호자의 역할을 수행해 왔습니다.

미얀마의 민주주의를 지지하고 동티모르의 인권탄압에 반대하는 그의 헌신적 노력 역시 괄목할 만한 것이었습니다.

'햇볕정책'을 통해 김대중은 50년 이상 지속된 남북한 간의 전쟁과 적대관계의 해소에 노력해 왔습니다. 그의 북한 방문은 남북한 간의 긴장을 완화하는 과정에 큰 동력이 되었습니다. 이제 한반도에 냉전이 종식되리라는 희망을 가질 수 있었습니다. 김대중은 또한 인근 국가들, 특히 일본과의 화해를 위해 노력해 왔습니다. 노벨위원회는 한반도의 화해 진전과 통일을 위한 북한 및 다른 국가 지도자들의 기여를 인정하고자 한다[7]고 밝히며 노벨평화상을 수여하였습니다.

---

7) Nobel Peace Prize 2000
The Norwegian Nobel Committee has decided to award the Nobel Peace Prize for 2000 to Kim Dae Jung for his work for democracy and human rights in South Korea and in East Asia in general, and for peace and reconciliation with North Korea in particular.
In the course of South Korea's decades of authoritarian rule, despite repeated threats on his life and long periods in exile, Kim Dae Jung gradually emerged as his country's leading spokesman for democracy. His election in 1997 as the republic's president marked South Korea's definitive entry among the world's democracys. As president, Kim Dae Jung has sought to consolidate democratic government and to promote internal reconciliation within South Korea.
With great moral strength, Kim Dae Jung has stood out in East Asia as a leading defender of universal human rights against attemots to limit the relevence of those rights in Asia. His commitment in favor of democracy in Burma and against repression in East Timor has been considerable.
Through his "sunshine policy", Kim Dae Jung has attempted to overcome more than fifty years of war and hostility between North and South Korea. His visit to North Korea gave impetus to a process which has reduced tension between the two countries. There may now be hope that the cold war will also come to an end in Korea. Kim Dae Jung has worked for South Korea's reconciliation with other neighbouring countries, especially Japan.
The Norwegian Nobel Committee wishes to express its recognition of the contributions made by North Korea's and other countries' leaders to advance reconciliation and possible reunification on the Korean peninsula.
Oslo, 13 October 2000(https://blog.naver.com/fankiki)

IMF 외환위기 극복

1) IMF 외환위기의 배경

1997년 초에 시작된 한보 부도사태와 삼미, 진로, 대농에 이어 재계 서열 8위 기업이었던 기아까지 이르자, 금융시장에 부도 위기감이 확산되어 신용부족 사태가 발생하게 되었습니다. 96년말 2조 4천억이었던 금융기관의 부실여신은 97년 9월말 8조 4천억 원으로 3배 이상 급증하게 되면서 한국경제에 대한 외국인들의 불신을 높이게 되었습니다. 이에 97년 하반기부터 외국자본의 철수가 시작하여 10월 한 달 동안만 1조원에 이르는 주식이 순매도 하였을 뿐만 아니라 국내 금융기관들에 빌려준 외국자본들을 회수하기 시작하면서 외환부족 사태에 까지 이르게 되었습니다 (함승창, 1998).

이에 정부는 1997년 10월 말부터 원화가치를 방어하려고 노력하였으나 방어하는데 실패하고 외환보유고를 소진하게 되었습니다. 결국 11월 21일 IMF(국제통화기금)에 긴급자금을 요청하였다. IMF는 우리 정부에 구조적인 문제점을 지적하였는데 이는 재정 긴축, 고금리 유지, 자본-금융시장의 자유화, 기업의 지배구조 개혁과 구조조정, 노동시작의 유연성 확보, 무역자유화, 투명성 제고입니다(김성국, 2015).

2) IMF 외환위기의 극복 성과

김대중 정부는 출범과 동시에 마주한 IMF 위기 극복을 위해 다음과 같은 대응정책을 설정하고 추진하였습니다.

첫째, 외환수급상황을 안정시키는 일이 가장 시급한 과제로 38억불에 불과했던 외환보유고를 지원자금으로 보충하고 단기외채 만기를 연장하면서 외국환 평형채권을 발행하는데 성공함으로써 국제금융시장으로부터의 신뢰를 회복해 나갔습니다(강봉균, 2001).

둘째, 급강하고 있는 경제 활력을 회생시키는 일로 1998년 당시 5.8%의의 감속 성장을 기록하게 되었는데 이것은 한국경제발전 30여 년의 역사상 최악의 기록이었습니다. 이에 정부는 1998년 하반기부터 고금리정책을 수정하고, 건실한 중소기업의 도산을 방지하면서 구조개혁을 추진하도록 하였으며, 추경예산을 통해 실업대책비를 마련하여 경기부양효과를 꾀하였습니다. 이와 같은 정부의 보력으로 1999년 1/4분기부터 성장세는 플러스(+4.6%)로 돌아서게 되었고 1999년에 두 자릿수 성장을 기록함으로써 외환위기를 당한 국가 중 가장 급속한 회복세를 나타내어 세계의 주목을 받게 되었습니다(강봉균, 2001).

셋째, 급증하고 있는 실업사태를 완화하고 이미 발생한 실업자를 보호하기 위한 사회안전망을 구축하는 일로서 이는 가장 어렵고도 시급한 일이었습니다. 실업대책의 내용으로는 공공투자의 증가에 의한 일자리 마련, 공공근로사업기회의 제공, 직업훈련 확대 등을 포함하고 있었으며, 실업수당 지급을 통한 실업자 보호를 위해 고용보험을 조기에 확충하는 등의 노력을 하여, 1999년 2월 약 9%까지 상승했던 실업률은 2000년 부타는 4% 대로 안정되게 되었습니다 (강봉균, 2001).

[문희상, 김대중 대통령과 만나다]

문희상, 김대중을 만나 정치에 입문하다

문희상은 1979년 김대중 전 대통령의 동교동 사저에서 김 전 대통령을 처음으로 만나게 됩니다. 당시 서점을 운영하면서 여러 통일 전문가들과 의견을 교류하다가 김 전 대통령까지 알게 됐습니다. 문희상은 항상 김 전 대통령을 거의 유일무이한 정치스승으로 꼽습니다.

정치 스승 김대중대통령과 함께

서점을 운영하며 통일문제와 관련해 여러 전문가와 의견을 교류하다가 김대중 전 대통령에게 발탁돼 정치에 입문하게 됩니다. 말 그대로 제갈량이 유비의 삼고초려로 정치에 전면적으로 나서게 된 것과 같다고 할 것입니다. 문희상은 김대중과의 운명적인 만남을 인터뷰에서 다음과 같이 회고하고 있습니다.

8) 하지만 취업구조상으로는 불완전한 취업자가 상당 수 존재하였으며, 2001년 경제성장이 4~5% 수준으로 하향될 경우 신규 취업기회가 크지 않을 것이라 예상되었기 때문에 노동계의 구조조정에 대한 반발이 거세질 우려가 있었다(강봉균, 2001).

군대를 갔다 왔는데 80년대에 나는 할 것이 없고, 먹고 살려고 그러나 공부는 하고 싶어서 숭문당을 차리게 된 거고 6년 동안 10억을 번 것입니다. 1973년 시작을 했는데 1979년 10월 26일 박정희가 죽은 거야. 세상이 바뀐 거야. 완전히. 그래서 최초로 간 사람이 대통령은 되지 않았지만 JP에게 갔어요. 왜냐면 내가 학생운동 했을 때 JP랑 맞상대로 내가 토론을 하려고 한 적이 있다고. 한일회담 비준반대에 관해서. 왜 우린 반대를 하고 왜 너넨 해야 하는가에 대해 군부대표로 나와서.. 근데 이게 좌절됐습니다. 이게... 전국의 비상계엄령으로 인해. 이루어지지 않았지만, 마지막까지 공부를 했고 만났다고 김종필이를. 그때 본 김종필이는 한마디로 80년대의 봄을 주도할 만했다고. 신군부가 만약에 전두환이가 안 나왔으면 김종필이만 됐으면 민주화가 더 땡겨졌어요. 그건 지금도 확신해요.

그래서 난 김종필이를 높이 평가했다고. 어쨌거나 근데 내 체질이 아니야. 역시나. 나는 학생회장들하고 같이 만났는데 나는 영 아니야. 그때만 해도 나는 김대중대통령에 대해 너무 과격한 거 아닌가 당연히 생각을 갖고 있었어요. YS측에서 그때 나하고 최기선이라고 하는 나중에 인천시장을 한 법대 6·3데모를 할 때 주동자 5인방 중 하나예요. 그래서 다섯이서 아주 가까웠어요. 도원결의를 다섯이서 하고. 어쨌거나. 경복고등학교 선배인 김덕룡선배라고 있어요. YS와 만나서 30분 면담을 하기로 하고 갔는데 상도동 2층에 올라가서 아침에 인절미 두 개를 먹으면서 기도를 하는데 기도문이 토씨가 안 맞아. 근데 나는 그런 거는 깐깐한 편이거든. 논리가 안 맞는 사람하고는 상대를 하기 싫어. 그러고 나서 아니구나싶어서 한 이틀 안 가려고 끼깅대고 있었어요.

그렇지만 DJ측에서는 법대 나온 동기도 있었고 이협이라고 2년 선배지만 편입을 한 건지 같은 동기가 있었는데 하여튼 30분만 보자고 해서 갔어요. 내 뒤에 나하고 법대 동기인 황산성이가 있더라고. 나하고 30분을 만나면 뒤에 다른 사람하고 30분 만나고 이렇게 쭉 만나는 거예요. 80년대 봄이니까, 당시에 김대중도 대통령을 한번 해야겠다고 하는 거고. 나를 나중에 딱 보시더니 나중에 얘기를 해요. 무슨 원석으로 있는 보석을 보았다고 이렇게 평가를 하시더라고요.

나중에. 나는 그땐 밑져야 본전이니까 가보자는 심정으로 간 건데 황산성이는 유일한 법대 여자동기였다고. 내가 한일회담 비준 반대 때 혈서 쓸 때 제일 먼저 동조를 해서 쓴 애에요. 그런 인연이 있다고. 이 친구는 나중에 민한당으로 갔었다고. 신군부가 제2당을 하나 만든 거예요. 전두환이 밑에 나중에 감사원장한 친구가 있어요. 황영시라고 그분이 황산성이 삼촌이야. 나중에 자기는 이쪽으로 날 줄 알았는데 그쪽으로 발표가 났다고 얘기한 적이 있어. 솔직한 사람이지.

어쨌든 내가 그때 관심 가졌던 것은 통일 문제에요. 일종의 감상적 민족주의자였다고. 남과 북이 어떻게든 같이 나가야지 이렇게 해서 상쟁으로 가면 미래가 없다는 게 내 생각이었는데 구체적인 답을 몰랐어요. 막연히 그냥 우린 통일되어야한다. 이런 생각이었지.

316

그런데 그때 DJ가 모범답안을 딱 말했다는 거지. 단계적 통일방안을 말한 거야. 서두르면 망한다. 단계적으로 해야 한다. 맨 처음에는 문화교류, 기자교류, 언론교류.. 이렇게 계속 교류를 한 다음에 경제교류. 그래서 경제를 딱 주거나 받거니 양쪽 다 윈윈 할 수 있다 이거에요. 그러다보면 화폐를 통일할 수 있다. 그 정도 가면 그때 가서 서로가 전체 통일로 가야하는데 그때는 투표를 하던 서로 그때 가서 하면 된다. 그리고 4대강국보장론이라고 해서 남북 플러스 4대강국(미중러일)이 서로 보장해야한다라고 얘기하신 분이에요.

이 얘기를 듣는데 시쳇말로 뻑 갔어요. "사부로 모시겠습니다"하고 큰절을 했다니까요. 그 동교동에 지하에 서고가 너무 빽빽해서 앉을 자리도 없어요. 본인은 꼭 앉으셔야 되거든, 다리 때문에. 그러니 요만한 조그만한 곳에서 큰절을 했다니까요. 그러고 나서 그 이후로 한번도 배신을 하거나 벗어난 적이 없어요. 난, YS는 그렇게 만나고 흘린 거고 나중에 그 쪽 팀을 많이 챙기는 이유는 민추위라고 해가지고 상도동. 동교동 모임이 부활 됐을 때 내가 동교동 측에 간사를 했고 김무성이가 상도동 쪽에 간사를 했어요. 그래서 서로가 모임도 가졌고 내가 애정이 있어요. 내가 그날 10주년 추모사를 그래서 쓴거에요. YS에 관해서. 나는 YS의 일정부분 민주화에 중요한 역할을 했다고 생각하거든요. 그 김영삼의 마스터 플랜이 없었으면 아무것도 안 됐을 거에요. 그 양반 그래도 한 1년짜리 전광석화처럼 금융실명제 등 정신없이 해댔어요. 개혁에 대해서는 성공했어요. YS 돌아가신 다음에는 그 아들 김현철을 내가 데리고 있기도 했죠.

문희상은 1980년, 민주연합청년동지회(연청) 초대회장을 지냈습니다. 문 희상은 자신의 홈페이지에 2005년의 회고글을 올리며 다음과 같이 기억하고 있습니다.

신군부는 김대중 내란음모 사건의 한 줄기로, 김대중 선생님의 맏아들인 김홍일 의원과 제가 주도한 '연청' 조직도 반국가 단체로 규정해 버렸다. 고문이 계속되는 동안 수치심과 공포, 절망으로 얼마나 고통스러운 시간을 보냈는지 모른다.

문희상은 1985년에는 한국청년회의소(JC) 중앙회장을 지냅니다. 한국청년회의소의 기원은 1915년 미국 미주리주(州) 세인트루이스에서 발족된 Young Men's Progressive Civic Association입니다. 이후 주니어 시티즌스(Junior Citizens)로 이름을 바꾼 뒤 흔히 JC라는 약칭으로 불립니다. 지역사회개발, 지도자 훈련을 통한 개인 능력의 개발, 전세계 청년들의 우정이라는 3개 사항을 목적으로 삼고 있습니다. 한국에서는 1951년 6.25전쟁 당시 평택에 주둔중인 미 제5공군 정훈장교 매닝 스포츠우드 중위로부터 JC에 대해 소개를 받고 1952년 2월 당시 영어교사였던 서정빈을 중심으로 하여 결성한 '평택청년애향사업회'가 이 단체의 시초입니다. 1954년 4월 한국청년회의소로 명칭을 변경하였습니다. 전국 16개 지구, 374개 지방회의소에 회원수 약 4만 3000명에 이르며 각 지방회의소별로 일본·타이완·태국, 미국, 괌, 독일, 뉴질랜드 등 전 세계 308개소 JC와 자매결연을 맺고 있는 단체입니다(네이버 지식백과, 두산백과).

김대중 대통령을 만난 첫날, 서로 의기가 통하다

문희상은 철저히 김대중 사람입니다. 아무리 부인을 한다 해도 부인될 수 없는 사실입니다. 예전에 어느 월간지에서는 문희상을 이야기하면서 "이마에 김대중이라고 쓰여 있다"고 표현한 적도 있습니다. 15대 총선에서 낙선해 낙담해 있던 문희상에게 김대중은 당시 청와대에 들어가면서 1998년 정부무수석비서관으로 발탁해 함께 국정을 운영하도록 합니다.

그리고 1999년에는 당시 무소불위의 권력기관이었던 국가정보원 기획조정실장이라는 막중한 임무를 맡깁니다. 2000년에는 16대 국회의원으로 당선되어 재선 국회의원이 됩니다.

모두 다 김대중과 문희상 두 분 사이의 확실한 신뢰관계가 없었다면 불가능한 일이었습니다. 그런 만큼 김대중 대통령에 대한 문희상의 평가는 일정 부분 객관성을 결여하고 있다고 볼 수도 있을 것입니다. 이러한 한계가 있음에도 불구하고, 바로 옆에서 김대중 대통령을 접하면서 느낀 문희상의 진솔한 이야기를 말하는 것도 적지 않은 의미가 있겠다는 생각에 이야기를 시작합니다. 문희상 의장이 생각하는 김대중대통령과의 만남과 김대중의 리더십에 대해서는 '문희상 어록 4(서생적 문제의식과 상인적 현실감각)'에서 나오는 내용을 소개합니다.

문희상이 김대중 대통령을 처음 만난 것은 1979년말 동교동 사저에서입니다. 당시 그는 행정고시에 합격했었는데, 학생운동을 했었다는 전력 때문에 임용을 받지 못한 상태였습니다. 그래서 10년 동안 낭인생활을 해야겠다고 생각하면서 독서와 사람들과의 만남으로 소일을 하고 있었습니다.

그러던 중에 1979년 10.26 사태가 발생했습니다 박정희 대통령이 사망하고 바로 민주화의 봄이 시작되면서 이른바 3김 시대가 개막했습니다. 당시 3김씨 중에 한 사람을 선택한다면, 문희상의 입장에서는 김대중 대통령이 제일 마지막 순서였습니다. 문희상의 고향인 의정부에는 이북 출신이 많았고, 그런 만큼 '김대중은 용공주의자'라는 시각이 많았습니다.

문희상 또한 그런 정서적 영향권 안에 있었기 때문이었는지, 아니면 당시 그의 친구들이 DJ보다는 YS나 JP 쪽에 많았기 때문이었는지 모르겠지만, 아무튼 김대중 대통령은 문희상에게 가장 멀리 떨어져 있는 분이었습니다.

그래서 문희상이 제일 먼저 만난 사람이 YS였고, 제일 마지막에 만나게 된 사람이 DJ였습니다.

당시 문희상은 민족주의자임을 자처하면서 통일 문제에 대해 상당한 열정과 관심을 가지고 있었습니다. 그 분야에 대한 책도 많이 읽고 있었고, 전문가들의 이야기를 많이 접하기도 했습니다. 그러던 중에 김대중 대통령을 만났던 것입니다. 자연스럽게 통일 문제가 화제로 올랐습니다. 그런데 그 자리에서 문희상은 김대중 대통령을 통해 한 번도 생각하지 못했던 통일에 대한 실천적 방법론을 접하게 되었습니다. 문희상은 당시 그 말씀을 듣고 눈이 번쩍 뜨였습니다. 평화공존, 평화교류, 평화통일이라는 3단계의 통일론이었는데, 그 내용과 논리가 너무나 구체적이고 실천적이었습니다. 그 자리에서 무릎을 꿇지 않을 수 없었습니다.

그 날부터 문희상은 김대중 대통령에 대해 단 한 번도 실망을 해본 적이 없었다고 합니다.

몇몇 사람들은 김대중 대통령에 대해 '말을 자주 바꾸는 사람'이라고들 합니다.

그러나 문희상은 김대중 대통령은 절대 그런 사람이 아니라고 합니다. 아니 오히려 자신의 말에 대해 책임을 지시는 분이고, 말을 한 마디 하실 때에도 신중하게 생각하고 사려 깊게 판단한 이후에 하시는 분이고, 자신의 한마디 한마디에 책임을 지는 분이며, 또 원칙과 소신을 버리지 않는 분이다라고 인터뷰에서 강조하였습니다.

김대중 대통령의 원칙과 소신은 일관되어 있습니다. 안보, 통일, 또 경제, 사회 등등 제반 문제에 대해 본인의 깊은 철학과 식견을 가지고 있었습니다. 그렇게 깊은 인식을 가지고 있기 때문에 말을 바꿀 이유가 전혀 없는 것입니다.

김대중 대통령께서 하시는 말씀을 자세히 살펴보면 알 수 있을 것입니다. 그분은 결코 말을 바꾸지 않습니다. 다만 주어진 상황과 시대적 변화에 대해서 유연하게 대응하실 뿐입니다. 아마 편견에 사로잡힌 사람들이 그런 유연한 대응을 보고, 그 깊은 의미를 이해하지 못한 채 오해를 하는 탓에 '말을 자주 바꾼다'는 이미지가 생겨난 듯합니다.

그 많던 재산을 다 탕진해 빈털터리가 되다

여기에서는 문희상이 정치하면서 김대중대통령에게 그 많던 재산을 다 갖다줘서 빈털터리가 되었다는 세간의 말에 대해 인터뷰를 통해 해명한 얘기를 적어봅니다.

문희상 집안은 그 아버지 때부터 의정부시에서는 유명한 부자였습니다. 그런데 세간에는 그 많던 재산을 한마디로 정치하면서 김대중한테 다 갖다 줘서 빈털터리가 되었다라고 하는 말이 회자된 적이 있었습니다.

문희상은 그에 대해 근본적으로 성립이 안되는 말이라고 강력히 부인합니다. 그런 얘기가 나오게 된 배경은 두 가지라는 것입니다.

첫 번째는 김대중은 정치지망생에게 돈을 받아먹는 사람이라는 이미지를 덧씌우기 위해서라는 것입니다.

두 번째는 문희상 자신에 대한 부패이미지를 만들려는 악의적인 의도라는 것입니다. 지역에서 자신을 죽이려는 사람들은 지역에 무슨 건물이 생기기만 하면 다 문희상의 건물이라고 모함하고 또 컨베이어벨트 설립하고, 무슨 규정 홍보위반을 조직적으로 했다고..선거 때만 되면 나오는 네거티브 선거전략의 전형적인 예라는 것입니다. 인간이 도덕적으로다가 욕먹는 것은 크게 세 가지입니다. 하나는 스캔들이에요. 남녀관계에서 성 문란한 것과 관련된 거 하나, 두 번째는 돈이에요. 돈. 뇌물 받았거나, 무슨 치부를 했거나 정도 이상의 무슨 돈을 밝히거나 그런 거를 해서 도덕적인 욕을 먹는 것입니다. 그리고 마지막 세 번째는 말, 즉 거짓말하는 거예요. 이 말 했다가 저 말 했다가 일치가 안 되는, 그것이 도덕적으로 욕먹는 이유입니다. 그러므로 저에 대한 모함이고 결국 그런 식으로 디스하려고 생기는 말이라는 것입니다.

오히려 김대중대통령은 문희상에게 돈을 받은 것이 아니라 2억이나 되는 큰 돈을 문희상에게 주었다고 합니다. 각각 1억 원씩 두 번에 걸쳐 2억 원을 주었다는 것인데, 첫 번째는 있어 빚 갚으라고 주었다는 것입니다. 당시 문희상은 숭문당 등 하던 사업들이 부도가 나서 매우 어려운 형편이었습니다. 그래서 빚갚으라고 1억을 주었다는 것입니다. 그 다음에는 대통령 선거 때 연청에 별도로 1억 원을 또 주었다는 것입니다. 그렇게 크게 2번을 1억 원씩 해서 총 2억 원을 김대중에게 받았다는 것입니다.

그러므로 김대중에게 돈을 갖다 드렸다는 것은 말도 안되는 말이고 다만 문희상은 김대중대통령과 함께 정치를 하면서 돈 벌 기회를 놓쳤다는 것은 사실이라고 얘기합니다.

내가 돈을 벌어야겠다고 결심을 한 것은 군대갔다 오면서 바로에요. 다른 거를 아무것도 할 수가 없는 거예요. 당시 공무원 3급 임용시험(지금의 5급 임용시험)에 탈락을 시켜버리니까 아무 것도 할 수가 없는 거예요. 왜 그랬는가 나중에 알게 됐고. 내가 정치규제가 나중에 해제되었거든? 김영삼, 김대중 정치규제가 해제될 때 나도 해제되었다고. 정화위원회라는 것을 만들어서 80년대 초에 정치규제로 묶어서 풀려버린 게 그때에요. 뭘 하고 싶어도 아무것도 못하는 거야. 내가. 왜 그랬는 가를 알아 봤더니 윤석양 이병이란 자가 보안사에서 세상에 사찰자료를 공개 해버렸어요. 보안사에서 우리당에서 내가 서열 1번이야. 맨 앞에 나와 있어. 284번이야. 왜 그러냐면 내가 대학시절 때 6·3사태 때 주동자이기 때문에 그 때부터 있는 게 계속 따라다니면서 보안사에서 사찰을 한 거야.. 그러니까 아무것도 안 되는 거예요. 임용시험이 안되는 이유를 그 때 알았다니까. 그게 붙어 다니기 때문에..

 아무것도 할 수가 없어서 300만 원, 그 당시에 비싼 3부 이자 대출로 하고 아버지한테 융자를 받아서 숭문당이라는 책방을 시작했어요. 군대 갔다와서 바로. 그 때 아버지는 교과서 공급소만 하고 있었어요. 근데 내가 서점을 겸하는 교과서 공급소 아니면 못한다 그래서 숭문당을 군대 갔다와서 아무것도 없을 때 시작을 하게된 거에요. 나는 그때 10년만 10억을 벌고 그만하겠다라고 생각하고 시작했는데 10년이 되기 전에 10억을 벌었어요. 79년 10월 26일 박정희가 죽더라고. 그리고 나서 그 다음부터는 여기저기 불려다니기 바쁘더라고. JP에게도 불려가고, 상도동에도 불려가고 이게 정치 지망생들을. 서울의 봄 첫 번째. 그때 인연이 된 게 김대중 대통령이에요. 그래서 그때부터 이제 그날부터 조직을 시작해가지고 돈을 더 벌 것을 못벌게 된 이유이고, 그때부터 사업을 못했으니까 사업이 망하게 되었다고 . 그러니까 그런 의미에서 손해를 봤으면 봤지. 내가 돈 1원도 갖다 준 적은 한 번도 없습니다.

　그리고 DJ를 따라 다니다 보니까 당시 정권에 미운 털이 박혀서 세무사찰을 굵직한 것만 세 번이나 맞았어요. 한번에 10억 이상의 추징금을 맞으니까 뭐 재기해서 일어날 재간이 없어요. 그래서 부도가 났어요. 그때 동생이 먼저 부도가 났고. 결국 세무사찰로 그 많던 재산이 다 없어졌습니다. 그러나 그것도 김대중 대통령이 빼앗아간 게 아니지요. 군부독재나 당시 집권여당이 뺏어간 것이지 김대중대통령 때문은 아니죠.

문희상은 정치와 돈에 대한 소견을 이렇게 말합니다.

　나는 지금도 마찬가지인데, 없으면 없는 대로 살고 밥 세끼 먹는 거 하고 침대 하나만 있으면 나는 족합니다. 뭐 6·25를 겪은 분들은 다 이해하잖아요. 그런 세상도 있었는데 요즘은 너무 행복한 세상이야. 밥 굶는 거는 생각 안 해도 되잖아요. 그래서 돈은 나의 가치가 아니에요. 재산이나 부는 나의 가치가 아니에요. 그냥 없으면 불편할 뿐이야. 가난은 불편할 뿐이지 인간의 행복하고는 관계가 없다고 봐요. 부귀영화를 말하는데 나는 부에는 가치를 안 둬요. 요즘에 보니까 50년 된 집을 고치려고 보니까 며느리하고 시어머니하고 서로가 다투는 거야. 며느리는 좀 더 제대로 고치고 싶어 하고, 시어머니는 돈도 없으면서 어떻게 제대로 고치냐고..그렇게 싸우다가 결국엔 시어머니 말에 맞춰 가장 기본적인 보일러만 고치는 거로 이렇게 낙찰을 봤어요. 허허.

문희상, 청와대 정무수석을 맡다

문희상은 DJ대통령 당선 후 정무수석으로 청와대에 입성하고 100일후에는 국정원 개혁을 위해 초대 기조실장으로 가게 됩니다. 그 때의 기억을 인터뷰를 통해서 이렇게 소회하고 있습니다.

김대중대통령에게 정무수석 임명장을 받다

그때 대통령은 나를 정무수석 시킬 생각이 없었어요. DJ께서는 따로 뭘 시킬 생각을 하고 있었어요. 뭐라고 얘기해야 될지 모르겠고, 국정원쪽이에요. 결국엔 그쪽으로 가게 됩니다. 근데 정무수석을 이원종이라는 사람이 YS 때 했는데 전체수석에서 왕수석을 했어요. 비서실장보다 권력이 강했죠. 홍보수석도 직급으로 말하면 청와대 공보기능, 춘추관 기능까지 전부 정무수석이 했어요. 그리고 언론쪽에 보내는 인사관계도 그때는 청와대에서 했거든요. 다 정무수석이 했다고. 그런데 대통령이 정무수석의 권한을 빼야 된다고 생각했던 거에요. 그런 식으로 정무수석을 하면 안

된다면서, 이러다보니까 정무수석을 누구 시킬 사람도 없고 쉽게 생각한 거예요.

[문희상이 생각하는 김대중 대통령]

김대중 대통령의 리더십

김대중 대통령의 리더십에 대해 문희상은 크게 두 가지로 정리하고 있습니다.

하나, 역사적 상황 속에서 주어지는 것으로 개혁의 리더십, 즉 경장(更張)의 리더십입니다.

율곡 이이는 '시무론(時務論)'에서 국가의 발전단계에 대해 창업(創業), 수성(守城), 경장(更張)의 3단계로 설명합니다.

창업(創業): 나라를 처음으로 세움

수성(守城): 적의 공격 등을 막기 위하여 산성을 지킴

경장(更張): 사회적, 정치적으로 부패한 모든 제도를 개혁함

역대 정부를 이에 대비해 보면, 박정희 정부는 절대빈곤에서 벗어나기 위한 근대화 혁명의 시발이었다는 점에서 창업에 해당합니다.

5~6 공화국은 수성에 해당합니다.

사실은 문민정부에게 경장의 과제가 주어졌던 것인데, 김영삼 정부는 이에 실패하고 말았습니다.

율곡 이이는 '경장'에 대해 설명하면서, 경장의 최수선 과제는 '환경변화에의 적응', 최적전략(最適戰略) 특성은 '체제의 전면 개혁(제2 창업)', 리더십의 유형은 '개혁적 경륜가'라고 주장합니다.

김대중 대통령이 그러한 경장, 즉 개혁 또는 혁신, 제2 창업의 최적임자라고 생각합니다.

민주주의와 국가발전에 대한 그분의 불굴의 신념과 의지, 왕성한 정보마인드에서 나오는 마르기 않는 '지혜의 샘'과 통찰력, 미래 사회를 내다보는 안목과 철두철미한 준비 등을 김대중 대통령은 대한민국을 21세기 세계중심국가의 반열에 올려놓았다고 생각합니다.

두번째, 김대중 대통령의 국정운영철학에서 나오는 것인데 이것을 '윈-윈(Win-Win)을 추구하는 조화의 리더십, 균형의 리더십'이라고 정의하고 싶습니다.

시대사적 상황이 달라서 직접 비교하기는 어렵겠지만 박정희 전 대통령은 절대빈곤에서 벗어나기 위해 강력한 통제를 기반으로 한 압축적 성장전략을 선택했습니다. 빵의 절대적 크기는 늘어났지만 그 과정에서 일부 계층과 지역의 희생과 소외를 낳았습니다.

반면 김대중 대통령은 'Win-Win을 위한 조화와 균형'을 추구했습니다.

김대중 대통령의 '재벌과 중소기업의 쌍두마차론', '생산적 복지' 등은 여기에서 비롯되는 것입니다. 정치, 경제, 사회, 문화, 외교, 안보, 통일 등과 관련한 김대중 대통령의 모든 정책은 'Win-Win' 개념에 기초하고 있습니다.

김대중 대통령은 1970년대에 쓴 어느 글에서 '정치란 서생적 문제의식과 상인적 현실 감각을 조화시켜야 한다'고 말씀하신 바 있습니다. 그분의 말처럼 김대중 대통령은 이론과 실천, 이상과 현실, 명분과 실리, 총론과 각론을 대승적으로 조화시켜내는 탁월한 조정 감각과 균형 감각을 갖고 있습니다.

문희상이 생각하는 김대중 대통령

문희상 의장은 다음과 같은 고백(희망통신 155호 2019.8.18.)을 통해 김대중 대통령에 대한 마음을 전하고 있습니다.

김대중 대통령님! 대통령님이 걸어온 길은 상상할 수 없는 고통의 연속이었습니다.

수 십 차례의 연금생활, 6년간의 감옥 생활, 다섯 번의 죽을 고비를 넘기셨습니다. 그리고 혹독했던 정치겨울 동안, 강인한 덩굴풀 인동초를 잊지 않았습니다. 모든 것을 바쳐 한포기 인동초가 될 것"이라던 그 약속을 지켜내셨습니다.

대통령님의 생애는 진정한 용서와 화해를 통해 국민통합의 길을 걸어온 여정이었습니다.

당신을 탄압했던 세력과 결코 타협하지 않았으며 훗날 그들을 용서하기까지 하셨습니다.

1997년 12월, 대통령님께서는 평화적이고 수평적인 정권교체를 이뤄내 민주화를 완성했습니다.

산업화 세력을 포용하고 힘을 모아 연합정부 형태로 국정을 이끌었습니다.

국가 최고 지도자로서 진보와 보수라는 이분법을 배척했으며, 진영을 가리지 않고 인재를 등용했습니다.

이러한 통합과 화해의 정치는 국민의 단결과 단합으로 이어졌습니다.

유례없이 짧은 시간 안에 IMF 국난을 극복하고, 국민과 함께 일어설 수 있었던 원동력이 되었습니다.

당신께선 '평화와 번영의 한반도 시대'를 향한 첫걸음을 시작하셨습니다.

한미동맹을 굳건히 하며 한중, 한일, 한러 관계를 한 단계 도약시키는 한국외교의 르네상스 시대를 열었습니다.

특히, 1998년 김대중-오부치 선언을 통해 양국관계의 해법과 미래비전을 제시했습니다.

당시 일본의회 연설을 통해서는 "두 나라가 과거를 직시하면서 미래지향적인 관계를 만들어 나가야 할 때"라고 역설하셨습니다. 한일 양국의 과거, 현재, 미래를 꿰뚫은 놀라운 통찰력과 혜안이 아닐 수 없습니다.

당신께선 '서생적 문제의식과 상인적 현실감각'의 조화를 정치인에게 필요한 능력이라고 하셨습니다. '최선이 아니면 차선, 최악을 피하려는 차악'을 선택할 줄 아는 자세를 갖춰야 한다고 하셨습니다. 하지만 지금의 정치는 대화와 타협이 실종되었습니다.

민족 대도약의 기회를 맞아 국론을 모아야 할 정치권은 서로를 탓하며 반목과 갈등의 골만 깊어가고 있습니다.

대통령님, 제가 1992년 초선의원에 당선되어 동교동으로 인사를 드리러 갔을 때 대통령님께서는 "국회에서의 회의에는 절대로 빠지지 않겠다고 약속하라"고 하셨지요.

6선의 의원 생활, 24년 동안 그 약속을 지키느라 참으로 힘들었습니다.

힘에 부치고 나태해져 앉아 있다가도 당신의 말씀이, 얼굴이 떠올라 자리에서 벌떡 일어나곤 했습니다.

"자유가 들꽃처럼 만발하고 정의가 강물처럼 흐르며 통일의 희망이 무지개처럼 피어오르는 나라" 저를 정치의 길로 이끌었던 대통령님의 말씀을 따라 정치인생의 마지막까지 혼신의 힘을 다할 것입니다.

김대중 대통령 서거 10주기 추도식에서 국회의장으로 추모하다

6. 노무현 참여정부

[노무현 정부의 출범 배경과 개혁주의]

노무현 정부의 출범 배경

2000년대 들어 한국정치에서 반정치의 정치는 체계적인 이념으로서가 아니라 부동층 내지 무당파 층을 동원하여 정치권력을 장악하기 위한 하나의 수단으로 등장했습니다. 2002년 말 김대중 정부는 집권세력 내 권력투쟁의 심화, 부정·부패사건, 그리고 실정이 빈발하는 상황 속에서 정당성을 상실해 갔으며, 이와 맞물려 집권여당인 민주당에 대한 지지도도 급격히 하락했습니다. 이런 와중에 당내 지지기반이 취약했던 노무현 후보는 반개방형 예비선거와 지역대립을 고려한 전략에 힘입어 민주당의 대통령 후보로 선출되었고, 2002년 12월 19일 치러진 제16회 대통령 선거에서 한나라당의 이회창 후보를 누르고 당선되었습니다.[9]

16대 대선에서는 소위 3김[10]이라 일컬어지는 김영삼, 김대중, 김종필이 모두 정치권에서 벗어난 후 치러진 첫 대통령 선거였습니다. 16대 대선은 한나라당의 이회창 후보와 민주당의 노무현 후보의 대결로 이해해 볼 수 있습니다. 김춘식(2003)에 의하면 한나라당의 이회창 후보는 경제위기와 공적자금 남용 등의 경제정책과 대통령(김대중) 아들 및 민주당 내 집권층의 부정부패, 행정수도 이전, 공교육 붕괴 및 사교육 등의 교육문제와 북한 핵문제를 대표로 하는 대북문제 등을 집중적으로 거론하였습니다. 이에 민주당의 노무현 후보는 정치개혁에 대한 내용을 집중적으로 언급하고 이를 정책적 이슈로 삼았습니다(김춘식, 2003).

<표 3> 16대 대선에서 주요 후보의 지역별 득표율(%)

	전국	서울	인천 경기	대전 충청	광주 전라	대구 경북	부산 경남	강원	제주
노무현	48.9	41.2	50.4	52.4	93.2	20.2	29.3	41.5	56.0
이회창	46.5	44.9	44.2	41.3	4.8	75.5	65.3	52.4	39.9

주 : 부산·경남에는 울산이 포함된 비율 / 자료 : 중앙선거관리위원회

16대 대선의 노무현 대통령의 당선에 큰 이슈로 작용했던 것은 미군장갑차에 치어 사망한 효순·미선 여중생사건의 촛불시위라고 할 수 있었습니다. 여중생 사망으로 인하여 젊은 세대들이 광장으로 모여들고, 촛불을 들면서 젊은 세대들에 의한 광장의 정치적인 각성이 이루어졌습니다.

또한 이러한 젊은 세대들의 등장과 함께 민주당의 새로운 경선 과정은 그 전까지 아무도 예상하지 못했던 노무현 후보를 내세움

9) 김정훈, "노무현 정부의 파워맨," 『신동아』 11월호(2003), pp. 110~123.
10) 3김 혹은 삼김(三金)이란 1950년대부터 2000년대까지 대한민국에서 오랫동안 정치 활동을 해 왔던 김영삼(YS), 김대중(DJ), 김종필(JP)을 가리키는 정치적 용어이다. 정치인 3인 모두 성이 '김(金)'이라는 점에서 유래하였다. 3김이 정치 활동을 한 시대를 삼김시대라고 한다. 이 가운데 김영삼은 1993년부터 1998년까지 대한민국 제14대 대통령을, 김대중은 1998년에서 2003년까지 대한민국 제15대 대통령을 역임하였고, 김종필의 경우 1971년부터 1975년까지, 1998년부터 2000년까지 국무총리를 역임하였다. 또한 김영삼과 김종필은 9번이나 국회의원에 당선되었으며, 이 기록은 대한민국 국회 개원 이래 최다 당선 횟수로 현재까지 기록되어 있다. 2004년 제17대 국회의원 총 선거에서 자유민주연합의 비례대표 1번 후보로 출마한 김종필이 자유민주연합의 지지율 급락과 더불어 자신도 낙선하자, 총재직의 사퇴와 함께 정계 은퇴를 선언하면서 3김의 정치 활동은 막을 내렸다(위키백과).

으로서 낡은 것에서 새로운 것으로의 변화의 바람을 일으키고 정치개혁에 대한 젊은 세대의 갈망을 이루어냄으로써 전폭적인 지지를 이끌어 낼 수 있었고, 젊은 세대들은 사회변동의 주역으로서 자리매김하게 되었습니다.

이러한 지지를 이끌어낸 것은 1990년대 후반부터 시작된 인터넷이 역할을 하였다고 볼 수 있습니다. 인터넷을 통한 정치개혁에 대한 젊은 세대들의 지지와 미군장갑차에 의한 여중생사망 사건에 대한 촛불시위 등이 당시 젊은 세대들의 공감을 이끌어 내었고, 행정수도 이전에 대한 공약으로 대전·충청권에서도 이회창 후보보다 많은 득표율을 이끌어 내었습니다.

이것은 노무현 후보가 기성 정치의 타파를 내걸고 국민의 정치개혁 열망에 부응하려는 자세와 기성 체제의 외부에서 온 개혁자, 즉 '민주당 내 비주류'의 이미지를 최대한으로 활용한 선거 전략에 의해 가능했던 것입니다.

노무현의 개혁주의와 좌절

16대 대선기간 내내 노무현 후보는 선거기간 내내, 한나라당을 기득권층의 이익을 대변하는 '기득권당'으로 공격하는 동시에 '3김 정치와 지역주의 타파'를 주장하면서 마치 자신이 민주당 후보가 아닌 제3의 정당 후보인 것 같은 방식으로 선거 운동을 전개했습니다. 이것은 자신이 민주당 국회의원인 것에서 발생할 수 있는 정치적 책임을 회피하려는 의도였습니다. 또한 노무현 후보에 대한 '노무현을 사랑하는 모임(노사모)'의 적극적인 지지와 노무현 후보의 서민적인 이미지가 맞물리면서 20대와 30대의 정치참가와 함께 무당파 층과 부동층의 지지 등을 이끌어낼 수 있었습니다. 이러한 전략이 노무현 '바람'을 일으키는 원인이 되었습니다.

국민적 지지에 힘입어 정권을 장악한 노무현 대통령은 집권 초, 정치개혁에 대한 국민의 열망을 실현하기 위해 국정의 현안사항은 물론 인사문제에 대해서도 국민의 의견을 청취하고, 더 나아가 '서프라이즈 인사'를 단행하여 90%에 이르는 기록적인 지지를 받을 수 있었습니다.[11]

그러나 노무현 대통령에 대한 국민적 지지는 노무현 정부의 정책적 방향성의 혼란과 그의 돌출적 발언, 그리고 정계개편에 의한 지지기반의 약체화와 고립화의 심화 속에서 급속히 하락했습니다. 이러한 와중에 발생한 2004년 3월 12일 노무현 대통령의 탄핵사건은 이완된 지지기반을 복원시키는데 일조를 했지만, 정치적 리더십에는 커다란 타격을 가했습니다.[12] 당초 국민들은 '민주당 내 비주류' 정치인이었던 그에게 기성 정당 및 정치인들과는 다른 개혁자로서 정치개혁을 완수하고 서민의 고통을 완화해줄 것을 기대하여 높은 지지를 보냈던 것입니다.

하지만 그도 기성의 정치구조에서 야당과의 극단적인 대립과 선거 개입에서 자유로울 수 없었고, '누가' 정권을 장악하고 '어떤 정당'이 다수당이 된다 할지라도 기성의 정치구조에서 정치에 대한

11) 김일영, "민주화, 신자유주의적 포퓰리즘, 그리고 한국," 철학연구회(편), 『디지털 시대의 민주주의와 포퓰리즘』 (서울: 철학과 현실사, 2004), p. 220.
12) 김만흠, 『민주화 이후의 한국정치와 노무현 정권』 (서울: 한울, 2006).

새로운 기대를 실현하기 어렵다는 자조적인 인식을 낳았습니다. 결국 그에 대한 기대는 실망으로 변하여 국민들의 정치에 대한 불신을 한층 고조시키는 계기가 되었습니다.

[노무현 참여정부의 성과]

과감한 지방분권 추진과 소기의 성과

노무현 정권의 지방분권추진은 7대 기본방향과 20대 주요과제로 구성되어 있습니다. 7대 기본방향은 중장-지방정부간 권한재배분, 획기적인 재정분권의 추진, 지방정부의 자치역량 강화, 지방의정활성화 및 선거제도 개선, 지방정부의 책임성강화, 시민사회활성화, 협력적 정부간 관계 정립으로 구성되어 있습니다.

1) 지방분권 추진 배경

2002년 대선 당시 후보였던 노무현 대통령은 지방분권에 대해 특히 강조했습니다. 지방분권에 대해 노무현 대통령은 중앙행정권한의 지방으로의 이양을 촉진한다는 것으로 이는 노무현 대통령의 정치 철학을 담고 있습니다.

강재호(2010)는 노무현 대통령의 지방분권에 대한 개인적인 정치철학에 대해 노무현 대통령이 학교교육에서부터 국회 제2당의 대통령후보가 되기까지 국가나 서울 등에 기반한 주류와는 다른 길을 걸어왔다고 하며, 정치사회의 비주류이며, 비주류에도 주류와 비주류로 나뉘는데 노무현 대통령은 비주류에서도 비주류에 속하고 있음을 밝히고 국가로의 행정재정적 집권에 대해서 지방자치단체로의 분권이 서울을 비롯한 수도권으로의 사회경제적 집중에 대해 비수도권으로의 분산이 필요성에 대해 절감하고 있었다고 지방분권 추진 배경에 대해 설명했습니다(강재호, 2010).

또한 지방행정을 둘러싸고 있는 환경의 변화가 급격해지고 국내외 적으로 경쟁이 가속화 되고 있어 과거와 같이 중앙정부에 의존하여 단순히 중앙정부의 정책을 집행하는 것이 아닌 지방자치단체 스스로가 정책을 집행할 뿐만 아니라 결정까지 함으로써 정책에 대해 지방자치단체가 책임을 져야 하는 위치에 올라가게 되었습니다.

노무현 정부는 지방정부의 역량강화를 위해 국가혁신의 중요한 차원중 하나로 지방정부혁신을 적극 추진하였으며, 이는 역대정부의 혁신과는 차이가 있습니다.

노무현 정부에서는 혁신의 대상을 기구와 인력보다는 정부의 기능과 과정으로 규정하고, 이전 정부들과는 달리 공무원을 개혁의 대상이 아닌 개혁의 주체로 상정하여 상향적인 과제 발굴 및 상시적인 혁신 시스템을 구축하는 것을 목적으로 하고 있습니다(황혜신, 2005).

이는 공무원이 더 이상 혁신의 대상이 아닌 혁신의 주체로서 작용할 수 있도록 하였습니다.

2) 지방분권 성과

　이기우(2007)는 참여정부의 지방분권 정책에서 노무현 정부의 지방분권 성과에 대해 다음과 같이 정리하고 있습니다.

　첫째, 제주특별자치도의 출범으로, 이상적인 지방분권제도를 전국적으로 실시하기 이전에 획기적인 분권모델을 제주도에서 선도적으로 도입하고, 다른 지역으로 확산시켜 분권형 선진국가를 만드는 인큐베이터 역할을 수행하자는 것으로 이러한 이상적 분권모델을 선도적으로 정착하기에 사회·경제·문화적 특수성을 가지고 독자성이 강한 제주도가 가장 적합하다고 판단하여 제주특별자치도를 구상하게 되었습니다. 특히 주민소환제도가 제주특별자치도에 도입 된 이후 전국적으로 확대되었다는 점에서 제주특별자치도가 지방분권에 선도적인 역할을 하였음을 보여주는 사례가 될 수 있으며, 지방분권의 견인차 역할을 수행할 것으로 기대되고 있습니다.

　둘째, 주민투표제, 주민소환제, 주민소송제도 등 주민참여제도의 도입으로, 과거 입법의 미비로 실현되지 못했던 주민투표제도를 도입하여, 주민투표권을 외국인 주민에게도 허용하고, 지방자치단체의 주요결정사항과 행정구역의 통폐합 등과 구역변경, 주요시설의 설치 등 국가정책 등을 주민투표의 대상으로 하고 있습니다. 2006년 5월 2일 국회는 주민소환법을 통과시켰는데 이는 시민사회와 학계가 오랫동안 주장해온 주민소환제도를 국회가 종래의 입장을 바꿔 의결하여 도입한 점에 큰 의의가 있습니다. 2005년 1월 27일에는 지방자치법을 개정하여 주민소송제도를 부활시켰는데 이 주민참여제도를 선진국수준에 까지 끌어올려 도입했다는 점에서 긍정적 평가를 할 수 있습니다.

셋째, 지방교육자치제도의 개선으로 이는 제주특별자치도 출범과 함께 큰 성과로 볼 수 있습니다. 기존의 교육행정체제 하에서 기득권층이었던 교육권력자들의 조직적인 반발이 있었지만, 교육위원회를 지방의회의 상임위원회로 전환하였으며, 지방교육행정의 무책임성 극복을 위해 교육위원과 교육감을 주민들이 직접 선출하도록 하여 지방교육의 발전에 주춧돌이 되도록 하였습니다.

넷째, 지방예산편성지침의 폐지와 지방채발행 총액한도제 도입을 통해 지방정부의 재정자율성을 신장하고, 국고보조금사업, 지방양여금등을 교부세로 전환하여 지방정부의 재정자율성을 높이도록 하였습니다.[13]

온나라시스템

1) 온나라시스템의 구축 배경

온나라시스템이 만들어진 배경은 참여정부 정부혁신의 초점이 시스템의 혁신을 통한 공무원의 일하는 방식의 개선을 들 수 있습니다. 공무원이 수행하고 있는 업무의 과정과 절차를 합리적이고 효율적으로 재설계함으로써 효율적인 정부, 봉사하는 정부, 투명한 정부를 달성하고자 하는 정부 혁신의 전략적 목표가 온나라시스템의 구축 배경에 존재하고 있습니다(임준형 외, 2007).

온나라시스템은 정부기관의 업무처리 전과정을 혁신하기 위하여 구축한 범정부적인 종합업무관리시스템입니다. 정부기능분류체계를 근간으로 하여 모든 행정업무의 처리과정을 표준화시켜 관리하는 중추시스템의 역할을 수행합니다. 온나라시스템의 출발은 청와대의 e-지원시스템으로 참여정부의 일하는 방식혁신을 위해 전자정부 로드맵과제로 구축되었습니다.

행정자치부의 하모니시스템으로 발전되어 사용되다가 시범운영을 거쳐 전 중앙행정조직으로 확산되었습니다. 국정관리시스템, 전자통합평가시스템, e-사람을 포함하여 중앙과 지방을 아우르는 16개 범정부시스템 모두가 온나라시스템을 중심으로 하여 연계되어 있습니다(정책기획위원회, 2008).

2) 온나라시스템의 성과

온나라시스템은 2016년 13월말 기준으로 총 284개 기관에서 사용되었습니다. 구체적으로는 47개의 중앙행정기과 및 위원회, 16개 시도 및 202개의 시군구 그리고 19개의 기타 위원회에서 근무하는 공무원들이 활용하였습니다(정충식, 2018).

이처럼 온나라시스템의 활용도는 전반적으로 높다고 볼 수 있으며, 공무원들의 업무처리를 위한 업무일정관리 및 전자결재 기능 사용빈도는 상당히 높다고 할 수 있습니다.

이와 같이 개인별·기관별로 이루어지던 행정업무 처리의 전 과

---

13) 하지만 지방정부에서 복잡한 절차에 비해 세원의 증가가 없으며, 종합부동산세를 국세로 전환하여 지방정부에 분배하도록 한 점에서 재정분권이 이루어지지 않았다고 하는 비판도 있다.

정이 표준화, 통합화, 시스템화 되었으며, 업무에 대한 계획과 실적이 자동으로 축적되는 것은 물론 정부내 의사결정과정을 전자적으로 관리함으로써 불필요한 일은 줄이고 보다 효율적으로 일할 수 있게 되었습니다(정충식, 2018).

또한 온나라시스템의 도입으로 기안자·중간관리자 및 결재자 등 정책결정에 참여하는 모든 계층의 의견이 기록되며, 표준화된 문서관리카드와 과제관리카드에 의해 업무 추진실적을 실시간으로 관리할 수 있는 온라인 정책결정 프로세스가 확립되었으며, 정부기능연계시스템과 연계된 정부의 기능을 기능별, 목적별로 분류하여 체계적으로 관리할 수 있게 됨으로써 행정의 효율성 제고 및 대국민 서비스 질을 높일 수 있게 되었습니다(정충식, 2018).

[문희상이 바라본 노무현 참여정부]

참여정부는 새천년민주당을 바탕으로 한 국민의 정부에서 시작된 정권이므로 민주권력의 재창출이라고 할 수 있지만, 참여정부는 출범 직후 새천년민주당에서 열린우리당을 분리 창당함으로써 이러한 기초를 부정하였습니다. 참여정부는 새천년민주당은 물론 선거연합을 결성했던 정몽준의 국민통합21과도 무관한 상태에서 정부를 구성하게 되어 자유롭게 개혁을 추진할 수 있는 상황이었으나 대통령 탄핵과 그 이후 국정운영의 난맥상으로 어려움에 처했습니다. 참여정부가 추진한 정부개혁과 탈권위화는 상당한 성과를 거두었으나 의용적으로 추진한 신행정수도건설은 정치권의 반대로 무산되었으며 지방분권도 상당한 부작용을 나타내고 있습니다.

블루오션, 국민통합과 상생의 정치

우리는 역대 정부에서부터 지금까지 여와 야로 나뉘어 서로 적대시하는 분열적 정치행태들을 너무도 많이 봐왔습니다. 가장 큰 원인이 지역주의 정치구도 아닐까 생각합니다. 대통령 탄핵이라는 초유의 사태까지 발생한 바 있습니다. 지금도 그 때 불타오르던 광화문의 촛불이 아직도 잊혀지지 않습니다.

연정제안, 아니 지역구도 해소를 위한 선거구제 개편 논의만이라도 공론화시켜, 국가와 국민을 위한 방안을 찾아내는 모습을 보이는 것이 국민에 대한 도리가 아닐까 합니다.

정치와 민생은 별개의 문제가 아닙니다. 지역주의를 극복해 국민통합과 상생의 정치를 구현하는 것이 민생경제를 일으키는 매우 중요한 일이 될 것입니다. 민생은 민생대로, 지역주의 극복 논의는 논의대로 함께 추진하는 것이 가능합니다.

대통령을 포함한 모든 정치인은, '국민을 편안하게 하고 풍요롭게 만들어 드리자'는 한 목표를 갖고 살아가고 있는 동료라 할 수 있습니다. 한 방향을 향해 걷고 있는 동행자라고 할 수 있습니다.

동료애적 차원에서 머리를 맞대고 어떤 것이, 우리안의 갈등과 대립을 없애고, 국민통합과 상생의 '블루오션 정치'를 실현하기 위한 방법인지 토론할 수 있는 장을 마련할 수 있기를 기대해 봅니다.

블루오션 경영전략은 경쟁을 통하지 않고 기업 스스로가 새로운 시장과 고객을 창출해 나가는 것입니다. 블루오션 전략으로 성공한 기업들의 공통점은 사업 출발 단계에서는 아예 시장이 없었다는 것입니다.

개인적으로 정치에 있어 블루오션 전략을 말한다면, 선두주자는 노무현 대통령과 2002년 새천년 민주당이 아닐까 생각합니다.

대통령은 국회의원 시절부터 인터넷 정치를 통해 새로운 정치통로를 창출한 바 있고, 새천년 민주당은 국민경선을 통해 국민들의 정치참여를 확대시킨 바 있습니다. 누구도 시도하지 않았던 일들이었습니다. 이후 너나없이 인터넷과 국민경선으로 뛰어 들게 되었으며, 이제는 경쟁이 심해져 레드오션의 영역으로 넘어갔다고 할 수 있겠습니다.

이제 또다시 새로운 시대에 맞는 블루오션을 누군가가 찾아낼 것이고 반드시 그래야만 합니다.

개혁, 그 성공의 길

'慷慨赴死易 從容就義難'(강개부사이 종용취의난)
문희상은 참여정부 개혁의 성공을 위한 답으로 이 말을 인용하여 설명하고 있습니다(문희상, 2005.1.1.).

옛날 중국 송나라 때 사방득(謝枋得)이 쓴 각빙서(?聘書)라는 책에 '慷慨赴死易 從容就義難'(강개부사이 종용취의난)이라는 글이 있습니다. '분을 참지 못해 나아가 죽기는 쉬우나 조용히 뜻을 이루기는 어렵다'는 뜻입니다. 요즘 지난 한 해 동안의 정치를 되돌아보면서 이 말을 조용히 되새겨 보고 있습니다. 우리는 지금 개혁을 하고 있으며 이미 개혁은 시대의 소명이 돼있습니다. 개혁은 더 이상 선택의 문제가 아닙니다. 국가생존을 위한 필수조건인 것입니다.

개혁하는 국가와 정부는 살아남지만 개혁에 실패한 국가와 정부는 존립할 수 없는 것이 현실입니다. 우리당은 지난해 총선에서 과반의석을 확보한 이후 각종 개혁작업에 주력했지만 국민으로부터 만족할 만한 평가를 받지 못한 것도 사실입니다.

다음의 두 가지 때문에 이 같은 현상이 일어났다고 생각합니다. 우선은 개혁을 추진하는 주체세력이 개혁의 어젠다를 독식했다고 생각하는 선민의식에 도취해 국민을 설득하는 일을 소홀히 하고 아집과 독선에 빠진 점이 있지 않았나 라는 생각입니다. 고도의 이해관계가 충돌하는 사안을 선과 악의 이분법적인 사고만으로 재단하는 것은 위험한 것입니다.

이는 합리적인 개혁에 동참할 수 있는 중도적이거나 온건한 보수층을 반개혁 세력으로 몰아가서 개혁진영에서 이탈하게 만듭니다. 국민의 40%에 해당하는 중도세력을 반개혁 진영에 넘기면 개혁의 동력은 떨어질 수밖에 없습니다. 두 번째는 개혁과 혁명을 혼동하고 있는 점입니다. 혁명은 반대세력을 인정하지 않고 쾌도난마처럼 원칙을 강요할 수 있지만 개혁은 반대세력과 대화하면서 원칙을 관철할 수 있는 고도의 전략과 전술을 필요로 하는 것입니다. 17대 국회가 혁명적인 개혁을 해야 한다는 '혁명적 역할론'을 충분히 이해하고 있습니다. 그러나 '혁명 국회'가 아니라 '혁명적 국회'가 돼야 한다는 것은 혁명을 하듯이 전방위적인 개혁을 하더라도 민주적인 절차를 지키고 대화와 타협의 정치력을 발휘해야 한다는 의미입니다. '정치가와 사상가', '정치가와 정객'은 다른 것입니다. 사상가는 서생(書生)적 문제의식만 있으면 되고, 정객은 상인적 현실감각만 갖추면 되지만 정치가는 서생적인 문제의식과 상인적 현실감각을 공유해야 합니다.

민주주의는 최선이 아니면 차선을 택하고, 최악을 피하기 위해 차악을 선택할 수밖에 없는 제도입니다. 생각이 다른 상대방과의 대화를 통해 공존을 모색하는 정치, 그것이 민주정치인 것입니다. 나를 위해 상대의 희생을 강요하는 '제로섬의 정치'는 더 이상 국민에게 희망이 될 수 없습니다. 우리는 집권여당입니다.

그것도 해방 이후 최초로 개혁세력이 단독 과반여당을 구성한 강력한 여당입니다. 야당이 아니고 여당이기 때문에 무엇인가를 만들어 내는 것, 즉 생산성을 가장 중요하게 생각해야 합니다. 국가경영의 책임을 진 집권여당의 경우, 아무것도 얻지 못하고 아무것도 하지 못하는 것은 최악이라고 할 수 있습니다.

그러나 이보다 더욱 나쁜 것은 집권여당이 책임 문제로 지리멸렬해지는 것입니다. 일찍이 2500여년전 공자는 정치의 공리를 '兵食信'(병식신)과 '無信不立'(무신불립)이라고 했습니다. 민생과 신뢰의 정치를 설파한 말씀입니다. 모든 것을 얻어내려고 욕심을 부리다 아무것도 얻지 못하는 어리석음을 범하는 것은 피해야 합니다. 우리는 개혁의 원칙을 지키면서도 이를 효과적으로 관철할 수 있는 전략전술을 겸비해야 합니다. 아무런 전략도 없이 상대방을 무시하고 밀어붙이다 아무것도 얻어내지 못한다면 그것은 무능과 비겁의 정치인 것입니다.

개혁과 보수, 여당과 야당이 서로의 존재를 인정하고 합리적인 대화와 타협으로 상생의 정치를 만들어 민생경제를 되살리자는 제안으로 새해 원단의 소망을 그려봅니다.

통일과 북한문제

앞으로의 대북기조는 첫째, 정치군사적 위협에 대해서는 단호한 입장표명을 해야 합니다. 이 점에서는 대북 추가지원이 없다는 점을 분명히 할 필요도 있습니다. 단, 정치군사분야와 경협 및 민간교류는 구분되어야 합니다.

둘째, 단호한 입장표명을 하되, 대화는 계속 이어져야 합니다. 대북문제에 있어 국제사회의 이니셔티브는 우리가 쥐고 가야 하기 때문입니다. 대화 통로를 닫아 두고서는 우리의 입지가 강화될 수 없습니다. 때문에, 남북장관급회담 등의 대화채널을 통해 대화하되, 우리의 입장을 분명히 전달하고, 또 다른 돌파구를 그 안에서 찾도록 노력해야 합니다.

첫 번째와 두 번째는 바로, 국민의 정부 햇볕정책의 기조이며 뼈대인 '튼튼한 안보를 바탕으로 한 남북간의 화해와 교류, 협력'과 맥을 같이합니다. 또한, 6.15 공동선언 기본정신의 중요성을 절대로 훼손해서는 안된다는 것입니다.

셋째, 한순간 한순간 긴장을 풀지 않되, 긴호흡을 통해 신중한 대응을 해야 합니다. 강경론자들의 압박이 있어도, 북한에 대해 극도로 염증을 느껴 부정적인 여론이 있어도 정부는 신중한 판단을 해야 합니다. 그것은 '한반도 평화'라는 '절대국익'이 담보되어 있기 때문입니다.

위 세가지의 대북기조와 함께 병행되어야 하는 정부의 노력을 기대합니다. 그 어느 때 보다도 미국과의 긴밀한 공조를 보여주어야 합니다. 우리의 안보태세를 확고히 함에 있어 제일 중요한 것은, 첫째도, 둘째도, 셋째도 긴밀한 한미공조의 유지이기 때문입니다. 한미동맹을 최우선으로 해서 일본 및 자유진영 국가와의 유대를 강화해야 합니다. 또한, 중국과 러시아와 협의하여 북한을 끊임없이 설득해 나아가야 합니다.

[문희상이 바라본 노무현 대통령]

문희상은 노무현의 초대 비서실장입니다. 2003년 제26대 대통령 비서실장이 됐습니다. 그리고 2004년에는 17대 국회의원에 당선되어 3선의 국회의원에 올랐습니다. 2004년부터 2008년에는 한일의원연맹 회장을 지냈고, 2005년에는 열린우리당 의장을 맡았습니다.

말 그대로 노무현 참여정부의 실세 중의 실세였고, 핵심 중의 핵심이었습니다. 그 누구보다 노무현 대통령을 가장 잘 알고, 가장 사랑하고, 가장 아끼는 사람이 바로 문희상이었습니다.

노무현 대통령을 문희상은 인터뷰에서 이렇게 회고합니다.

17대 국회의원 선거 유세모습

　노무현대통령은 정확히 말하면 대통령 후보 경선이 되기 전까지는 그 사람하고는 그냥 뭐 특별한 인연은 없고, 지방자치분권연구소인가 그걸 했을 때 5만 원씩 회비 내는 회원이었어요. 그때 회원이 많지 않았어요. 천방지축 같은 사람을 누가 도와주나 했는데 나는 눈여겨봤어요. 사람이 발상이 참신하고 그래서 5만 원씩 지방자치연구소에 회비를 내 준거죠.

　그런 정도였어요. 근데 그 해 당 대표나 대통령 후보나 같이 나갈 수 있었어요. 초창기에, 세 군데까지 그렇게 했어요. 처음에는 제주도에서 한화갑이 1등을 했어요. 대통령 후보 1등. 그다음 부산인가 울산인가에서 떨어졌어요. 그러다가 이제 광주에서 한화갑은 추풍낙엽이 되고, 이인재가 확 뜨고 노무현이가 확 뒤집히는 계기가 거기서 되는 거예요. 어쨌거나 그래서 내가 도와주지도 못했는데 대통령 후보가 된 거야. 후보 된 이후로는 나는 노무현이가 그냥 가야 한다. 그런데 중간에 당에서는 한화갑대표나 김민석 등은 후보 단일화를 추진하는 후단협을 만들었어요. 정몽준과의 후보 단일화, 그로 인해 노무현 지지도가 15프로까지 떨어졌어요. 민주적 절차에 따라서 된 후보를 우리 스스로가 망가뜨리면 그게 말이 되는 것이냐 그것에 찬성하는 사람들이 많이 있더라고. 그래서 내가 주동자가 되었는데 노무현이가 이런 사람도 있네 하면서 너무나 고마워서 중히 생각해야지 했다고 합니다.

그래서 대선 기획단장을 시키더라고. 정세균, 임채정 등 정책본부장 등을 맡아가지고 쫙 잘했어. 일을 잘 도모했는데, 정대철이가 뭐라고 씹는 걸 그 날로 내가 기획단장 그만두고 선대위원장 제도로 일찍 출범하자고 설득을 했어요. 그렇게 하면 안 된다 하는 것을 내가 막 소리지르고 해가지고 뒤집었어요. 나는 선대위원회 부위원장으로 있고 김원기 의장을 위원장시키고 집행위원장이라는 자리를 처음 만들었어. 왜? 정대철 선거대책 집행위원장 만들라고. 그리고 본부장을 10개를 만들었어. 이해찬 기획본부장, 이상수 총무본부장 이렇게 3선급을 앉혔어. 그래가지고 선거도 치르고 당선이 된 거예요.

대통령이 된 후 노무현 그 양반은 이미 내가 선거대책 기획단장을 그만두면서 위원회를 띄우면서 나를 딱 숨기는 것을 보면서 진정성을 읽었다는 거야. 그때 이미 자기 마음에는 나랑 같이 가야 될 사람이구나 이렇게 그때 찍었다고 그러더라고. 그때 시도 때도 없이 그만두겠다고 그래요. 대통령 후보가. 대통령을 하면서도 그

만든다고 그러고.. 그럴 때마다 내가 나중에 달랬지만. 내가 맨 처음에는 화가 나서 문을 걸어 잠그고 책상을 쾅하고 때리기도 했어. 이광재하고 안희정이는 알지.

노무현은 종래의 대통령의 틀을 벗어난, 자신의 틀을 벗어났다고 하지만 전체에선 그런게 아니야. 그 양반 율사야. 일정한 룰 안에서 정해진 것 안에서 파격적이고 신선했다고. 그게 잘 나타난 일화가 바로 김원기 의장 시절 국회의장 공관을 방문해서 밥 좀 달라고 한 사건이지. 탈권위적의적이랄까. 소탈하다고 할까. 그 하나가 상징적인 거예요.

문희상의 노무현 대통령에 대한 마음은 다음과 같은 고백(희망통신 153호 2019.5.23.)에서 확인할 수 있습니다.

대통령님은 국민을 사랑했습니다.
당신의 정치는 국민통합에서 시작되었습니다.
노무현이 걸었던 그 길은 국민통합의 여정이었습니다.
당신께선 지역주의와 분열의 정치에 단호했습니다.
"정치, 그렇게 하는 게 아닙니다!"
주변의 온갖 반대를 무릅쓰고 동서통합을 위해 다시 부산으로 향한 그 발걸음. 지역주의의 벽을 넘고야 말겠다는 결연한 의지와 결단이었습니다.
2000년 4월 13일은 '바보 노무현'의 시작이었습니다.
"승리니 패배니 하는 이야기는 하지 않았으면 합니다...정치인이라면 당연히 추구해야 할 목표에 도전했다가 실패했을 뿐입니다."

지역주의에 맞섰던 '바보 노무현'이 남긴 낙선 소감 앞에서, 이분법에 사로잡힌 우리의 정치는 한없이 작고 초라해질 뿐입니다.

2002년 12월 19일 대통령님의 당선은 그 자체로 지역주의 해소의 상징이었습니다.

완성하지 못했던 세 가지 국정목표.

'평화와 번영의 동북아 시대'

'국민과 함께 하는 민주주의'

'더불어 사는 균형발전 사회'

이제 노무현의 그 꿈을 향해 다시 전진하겠습니다.

노무현대통령과 함께

7. 이명박 정부

[경제대통령 이명박의 등장][14]

경제화두 그리고 이명박의 부각

이명박 정부는 2007년 12월 19일 제17대 대통령 선거에서 당선된 이명박 대통령이 이끌었던 정부이며, 제6공화국의 두 번째 정권교체 즉 민주화세력에서 10년 만에 보수진영으로 정권이 교체된 선거로, 야당 후보로는 처음으로 서울과 수도권에서 평균 지지율이 50%를 넘겼으며, 호남지역을 제외한 13개의 시·도에서 최다 득표함으로써 역대 대통령 중 가장 많은 지역에서 승리했습니다. 또한 1위 이명박 후보와 2위 정동영 후보의 득표차이는 약 532만 표로 역대 대통령 선거 가운데 가장 큰 차이를 보였습니다(이재철. 2008).

17대 대선의 투표율은 민주화이후 가장 낮은 63%[15]를 기록하였습니다. 이러한 이유로는 반(反)노무현 대통령 정서와 여권후보의 지리멸렬, 경제 이슈의 선점 등으로 이미 이명박 후보의 승리가 예측되었던 점도 작용을 했습니다(김진하, 2008).

---

14) 17대 대선은 1·2위 후보 간 표격차가 극명하게 나타나므로 지역별 득표율에 대한 분석보다는 이명박 대통령의 당선 이슈에 대해 다루도록 한다.
15) 대선 투표율은 1987년 89.2%, 1992년 81.9%, 1997년 80.7%, 2002년 70.8%, 2007년 63%(중앙선거관리위원회)

17대 대선에 대한 선거아젠다를 분석한 송근원(2008)은 정책 이슈가 4,379건, 인물 이슈가 37,971건, 사건 이슈가 74,556건으로 17대 대선의 이슈들의 대부분은 인물 이슈와 사건 이슈로 구성되어 있었으며, 이들은 선거 10주 전부터 큰 폭으로 증가하거나 반복하여 증감되었지만, 정책 이슈는 그 크기가 상대적으로 이들이 비해 작고, 선거기간 동안 큰 변화를 보이 않았다고 밝히고 있습니다. 이러한 점에서 17대 대선은 인물과 사건 이슈를 중심으로 선거가 치루어 졌으며 이들 이슈들이 선거 결과에 많은 영향을 미쳤을 것으로 분석하고 있습니다(송근원, 2008).

　특히 경제 요인은 17대 대선에서 매우 강력한 요인으로 나타났습니다. 기존의 부유층만이 아닌 중산층, 노동자, 농어민, 비정규직, 젊은 세대층 등을 포함하는 거의 모든 세대와 계층에서 CEO 대통령을 내세운 이명박 후보를 지지하는 모습을 보였습니다.

　이명박 후보가 내세운 경제라는 이슈는 일자리 창출, 경제 성장 등의 단순한 경제 공약만이 아닌 지난 15대 김대중, 16대 노무현 대통령에 대해 경제에 무능한 좌파 정권으로 규정하고, 이명박 후보는 일하는 경제 대통령, 대한민국 CEO 대통령 등을 주장하며, 처음부터 끝까지 경제 성장을 약속했습니다. 이러한 전략을 보수주의 세력을 다른 모습으로 탈바꿈하게 했고, 기존의 강경 대북정책, 대미 일변도 외교, 반공 이데올로기 가치관 등 시대 변화에 제대로 적응하지 못한다는 보수의 부정적인 이미지를 벗어나게 만들었습니다. 이러한 경제 의제가 급부상하면서 여타의 다른 이슈들은 유권자들의 큰 관심과 지지를 이끌어 내지 못했습니다(정화영, 2012).

결국 17대 대선에서는 노무현 정권에 대한 실망, 정동영 후보의 상대적 약세 등으로 여권 지지자들의 투표율은 저조하게 나타났습니다(김진하, 2008). 후보자의 요인과 경제 요인, 노무현 정부에 대한 부정적 평가 등이 이명박 후보의 압승이라는 결과를 초래했습니다.

제17대 이명박 대통령은 530만 표 이상의 압도적인 차이로 승리하였습니다. 기업 CEO로 보여준 경영능력과 서울시장 시절 수행한 청계천 사업의 성과가 국민들에게 큰 기대를 불러일으킨 것으로 판단됩니다. 이명박 대통령은 화려한 정치적 수사보다는 실질적인 성과와 강력한 정책집행력이 기대된 인물이었기 때문입니다.

이명박 정부의 정책기조

이명박 정부는 출범부터 '작은 정부, 큰 시장'를 제시하였습니다. 민간과 시장의 자율적인 역할을 강조한 반면 절제된 정부의 역할을 제시하여 절약하고 섬기는 정부 그리고 법과 원칙을 지키도록 하는 법치주의적 정부의 모습을 강조하였습니다. 이 같은 이명박 정부의 면모는 제17대 대통령직인수위원회가 발표한 5대 국정과제인 '활기찬 시장경제', '인재 대국', '글로벌코리아', '능동적 복지', '섬기는 정부'에서도 잘 나타나 있습니다. 경제 정책에서 '시장경제'라는 표현을 통해 민간의 자율과 창의에 기초한 시장중심의 경제 여건을 조성하겠다는 뜻을 확실히 하였으며, 그 구체적 수단으로

감세와 규제개혁 등 투자환경을 개선하겠다고 한 것입니다. 이러한 면모는 경제 분야뿐 아니라 교육 및 복지정책에서도 나타납니다. 즉, 수요자 중심의 교육기회를 제공하며 시장기능을 활용하여 서민생활의 안정을 지원하겠다고 한 것 등입니다. 정부의 역할에 대해서는 절약하면서도 일 잘하는 실용정부를 구현하겠다고 했으며, 국민을 섬기는 정부로서 원스톱 서비스를 제공하겠다고 하였습니다. 특히 예산절감과 공공기관 혁신을 통해 작되 일 잘하는 정부의 모습을 제시하였습니다.

한때 실용정부라는 명칭이 고려된 적도 있었으나 곧 사라졌습니다. 실용정부를 잘 안 써서 그렇지, 노무현의 참여정부나 김대중의 국민의 정부처럼 공식적인 명칭이라고 하는 사람들도 있지만 앞서 기사 내용에서 보듯이 공식적으로 사용하지 않겠다고 분명히 못을 박았습니다.

그리고 실용정부 이외에도, '경제정부'나 '일하는 정부' 역시도 고려가 되었으나, 이명박의 브랜드 파워를 부각하고 이명박의 실용주의에도 어긋난다는 이유에서 이명박 정부를 공식 명칭으로 채택했습니다. 그리고 언론에는 국민정부, 참여정부와 달리 정부가 아닌 과거 대통령들의 이니셜 앞 글자를 따와서 불렀던 것처럼 'MB'로 불립니다.

이명박 정부의 기본적인 정치 이념은 신보수주의라는 분석이 많습니다. 신보수주의란 미국의 로널드 레이건과 영국의 마가렛 대처가 자국의 국내와 대외 정치에 적극 반영하면서 전세계적으로 퍼져나가게 된 보수 우파적 이념으로, 미국 주도의 세계 질서에 대한 확신, 경제적 자유주의, 공산주의에 대한 강경한 자세, 전통적인 사회문화 가치들의 복원 등을 추구합니다.

특히 이명박 정부는 역대 한국 정부를 통틀어 영미권, 특히 미국에 대해서 가장 우호적인 편이었습니다. 직전 정부로부터 이어져 온 한미 FTA와 제주해군기지 건설 등 미국과의 경제적, 군사적 협력체계를 더욱 강화하는 정책들을 강력하게 추진하는가 하면, 이명박 개인으로서도 부시 대통령과 오바마 대통령과의 인간적 친분에 각별한 노력을 기울였습니다.

일본에 대해서는 지일파적인 성향을 보이는 편으로, 한국과 일본의 이해관계가 맞아떨어지는 사안들에 대해서는 적극 협력하되, 서로 이해관계가 엇갈리는 사안들에 대해서는 한국의 입장을 최대한 관철하고자 했습니다. 전자의 대표적 사례는 한일군사정보보호협정이고, 후자의 대표적 사례는 이명박의 독도 방문입니다

교육정책에 있어서는 평등주의에 입각하기보다는 자사고 확대, 영어 몰입 교육, 국가 수준 학업 성취도 평가의 전면적 실시 등의 정책들을 실행하였습니다. 그로 인하여 고소득, 자사고, 특목고 위주의 교육중점으로 한 수월성 교육을 지향하는 편이었습니다. 또 5+2 광역경제권이라는 이름의 국토 개발 정책을 입안하기도 했습니다.

[이명박 정부의 성과]

이명박 정부는 선진화를 통한 세계일류국가라는 국가비전을 제

시하며 출범했습니다. 창조적 실용주의의 국정철학을 근간으로 경제의 선진화, 삶의 질의 선진화, 고품격 국가의 지향 등을 국정목표로 설정하여 대한민국을 선진국으로 도약시키고자 하였으나 국내외의 예기치 못한 사건과 환경변화로 인하여 원활한 국정수행에 어려움을 겪었습니다. 임기 초 미국산 소고기 수입에 대한 광우병사태로 촛불시위가 장기화 되었으며, 세계적인 금융위기 여파에 대한 수습 그리고 세종시로의 행정수도이전에 대한 재논의와 4대강 사업을 둘러싼 논쟁, 북한의 무력도발로 천안함과 연평도사태가 일어나면서 불안한 한반도정세 등입니다(권오성, 2012).

거시경제 및 재정정책을 통한 위기관리 추진

1) 거시경제정책의 배경

이명박 정부 출범 당시 세계경제는 국제유가가 강세를 지속하는 가운데, 미국 서브프라임 모기지 부실 사태에 따른 금융시장 불안이 확산되면서 경기가 점차 둔화되는 추세에 있었습니다. 2007년 말부터 서브프라임 모기지 부실 여파로 국제금융시장에서 신용경색이 점차 확산되면서 선진국 경제가 둔화되기 시작하였고 국내 경제도 2007년 하반기 이후 국제유가 상승에 따른 교역조건 악화와 물가 상승, 미국 서브프라임 모기지 부실에 따른 금융시장 불안 등으로 소비·투자 등 내수를 중심으로 성장세가 약해지는 모습을 보였습니다(국정백서편찬위원회, 2013).

2008년 상반기에는 고유가로 인한 인플레이션 압력이 지속되는 가운데, 금융시장 불안이 실물경제로 전이되는 양상을 보이면서 세계경제 성장세가 전반적으로 둔화되었습니다. 2008년 9월 리먼브라더스의 파산보호 신청 이후 금융시장에서 신용경색이 빠르게 확산되었으며, 금융시장의 불안이 실물경제로 급속히 전이되면서 세계경제는 2차 세계대전 이후 처음으로 마이너스 성장률을 기록하였습니다. 리먼 사태와 연이은 국제금융시장 불안, 실물경제 침체는 우리 경제에도 큰 충격으로 다가왔습니다(국정백서편찬위원회, 2013).

전 세계적 금융불안으로 확산된 글로벌 금융위기의 영향으로, 이명박 정부의 거시경제정책은 대부분의 기간을 위기대응 차원에서 운영되었습니다. 위기의 영향은 금융시장에 한정되지 않고 실물부문으로 전파되어 전반적인 경기위축이 나타났습니다. 수출의 급락은 우리경제에 큰 위험요인이었으며, 당시 국제 전망 기관들은 우리 경제의 성장률 전망치를 하향조정[16] 하였습니다. 그러나 우리 경제는 위기를 비교적 성공적으로 극복한 것으로 평가받고 있습니다(권오성, 2012).

16) 경제협력개발기구(OECD)는 2008년 한국의 경제성장률 전망치를 당초 5.2%에서 4.3%로 0.9% 하향 조정했다. 또 2009년 전망치는 5.1%에서 5.0%로 0.1% 내렸다. OECD는 해외수요 위축 및 유가 급등의 영향으로 한국경제의 성장이 둔화될 것이라고 설명했다. 세부적으로는 세계경제의 불확실성 증가로 3·4분기 설비투자가 감소하고 미분양아파트의 증가로 주택시장이 부진해 건설수주도 줄어들 것으로 내다봤다(파이낸셜뉴스, 2008.6.).

2) 재정정책의 성과

2008년 말 글로벌 금융위로 인하여 극심한 경기 침체를 경험한 우리 경제는 2009년에 0.3%, 2010년에 6.3%의 경제성장률을 기록하는 등 빠른 회복세를 시현하고 정상화 국면에 진입할 수 있었던 것은 건전한 재정여건을 바탕으로 적극적인 재정정책을 시행한 것에 크게 기인합니다(권오성, 2012).

글로벌 금융위기 직후 정부가 추진한 각종 비상대책으로 경제는 2009년 1분기 이후 빠른 회복세를 보였습니다. 주요 선진국들이 마이너스 성장을 기록하였던 2009년에 플러스 성장(0.3%)을 하였으며, 2010년에는 2002년 이후 최고치로 성장하였습니다. 이는 OECD국가 중 가장 빠른 수준의 경기회복세였습니다. 2011년 4/4분기에 유럽국가들이 마이너스 성장(-0.3%, 잠정치)을 하는 등 유럽 국가들의 재정위기 여파로 세계경제가 크게 둔화되는 어려운 여건 속에서도 2011년 우리 경제는 3.6%를 기록한 것으로 나타났습니다(국정백서편찬위원회. 2013).

국제통화기금(IMF) 등 국제기구와 주요 외신들은 우리나라를 위기 극복의 모범사례로 높이 평가하였으며, 국제 주요 국제신용평가기관이 모두 우리나라 국가신용등급을 상향조정하기도 하였습니다(국정백서편찬위원회. 2013).

이명박 대통령 임기 동안 여러 선진국들이 어려움을 겪고 있는 가운데 금융 위기 이전보다 경제는 10%이상 성장하였으며, 국가채무비율도 OECD 국가 중 가장 양호한 편이고, 외환보유액도 3,000억 달러가 넘어 위기대응능력이 커졌습니다. 세계 아홉 번째로 무역 1조 달러를 이루었으며, 세계 일곱 번째로 1인당 국민소득이 2만 달러를 넘고 인구 5,000만 명이 넘는 나라들 대열에 진입하였습니다. 20-50클럽 7개국 중피치 기준으로 더블A 이상 국가는 우리나라를 비롯하여 미국, 영국, 독일, 프랑스뿐입니다(국정백서편찬위원회. 2013).

글로벌 거버넌스 참여: G20 세계정상회의와 국격의 상승[17]

1) G20 세계정상회의 개최의 배경

2008년 금융위기는 기축통화발행국인 미국에서 시작되었다는 점에서 심대한 효과를 가졌습니다. 달러화가 기축통화로서 지위를 잃게 된다면, 달러화로 표기된 대외준비를 포함한 모든 금융자산이 순식간에 사라질 위험성마저 있기 때문입니다. 세계경제가 상호 연결된 상황에서, 일부 국가가 손실을 최소화하기 위해 달러화로 표기된 금융자산을 처분한다면, 이는 자본시장에서 파급효과를 초래하여 상황을 더 악화시킬 수 있습니다. 개별이익과 공동이익의 상충 상황에서 공동이익을 조정하는 역할이 없을 경우 경제행위자의 개별 행동이 파국을 초래할 가능성이 있었습니다. 이러한 이유로 2008년 세계는 대공황의 악몽을 회상하면서 두려움에 떨게 되었습니다.

이러한 상황에서 국제사회는 정상회담을 통해 세계경제를 관리

---

17) 이명박정부 주요정책의 성과와 과제 2권 내용을 편집 작성

하고자 하였습니다. 2008년 10월 18일 프랑스와 미국 대통령 그리고 유럽연합 집행위원자의 회동 이후 10월 22일 미국의 부시 대통령은 경제 정상회의의 주최를 선언하였습니다. 참석 대상국은 재무장관급 G20회원국 이었습니다.

2) G20 세계정상회의 성과와 국격의 상승

2008년 11월 이명박 대통령은 제1차 G20 세계경제정상회의와 2009년 4월 2차 G20 정상회의에서 모든 참가국이 합의할 수 있는 최대공약수를 제시함으로써 세계정상간 협력의 기초를 마련하는데 기여하였습니다. 1차 G20 정상회의에서 이명박 대통령은 더 이상 보호조치를 취하지 않은 현상동결 정책을 제안하였습니다. 경제 위기의 원인, 경제위기를 벗어나기 위한 위법적 행위에 대한 책임소재 논쟁을 피하고, 경제위기를 악화시키는 보호정책을 금지하자는 제안은 세계경제 주요국이 신사협정을 맺을 수 있는 최대공약수였습니다. 이어 2차 G20 정상회의에서 이명박 대통령은 1997년 금융위기 극복의 경험을 전하면서 급격한 긴축보다는 유동성 공급을 통한 연착륙을 제안하였고 이러한 이명박 대통령의 제안은 G20 정상회의 선언문에 포함되었습니다.

2010년 11월 서울에서 제3차 G20 정상회의[18] 가 열렸는데 우리나라는 경상수지를 둘러싼 미국과 중국 간 갈등을 중재함으로써 한국이 글로벌 거버넌스에서 중요한 행위자임을 보였고, 금융위기를 벗어나기 위한 협력이 지속되는데 기여 했습니다.

이명박 정권의 지구촌 문제 해결 시도는 국가 이미지 개선으로 이어졌습니다. Anholt-GfK Roper Nation Brands Index로 측정한 한국의 브랜드 순위는 2008년 33위로 시작하여, 2010년 30위, 2011년 27위로 향상되었습니다. FutureBrand Index로 측정한 한국의 브랜드 순위는 2010년 44위에서 2012년 42위로 향상되었습니다. 이와 같이 한국에 대한 평가는 기존 저평가가 어느 정도 극복되어 고평가로 이어지고 있으며, 이는 지구촌 문제 해결에 앞장서는 한국의 노력을 일부 반영하고 있습니다.

[문희상이 바라본 이명박 정부]

문희상은 2008년 제18대 국회의원으로 당선되어 4선 국회의원이 됩니다. 그리고 균형과 포용의 리더십에 특유의 친화력을 갖췄다는 평가 속에 2008년 당내 다수파의 지지를 받으며 18대 국회 전반기 국회부의장으로 선출되기도 했습니다.

말 그대로 이명박 정부와 대척점에서 때로는 비판과 견제의 역할을 때로는 국정운영의 파트너로서의 역할을 매우 잘 수행하면서 이명박과는 애증의 관계를 가질 수밖에 없는 입장에 있었습니다.

문희상은 인터뷰에서 이명박을 다음과 같이 평가하고 있습니다.

18) 서울정상회의에서는 우선 G20의 정책공조 방안과 개별국가별 정책약속들을 종합한 '서울액션플랜(Seoul Action Plan)'을 마련해 세계경제의 최대 현안으로 부각된 환율정책에 대한공조방향에 합의하고, 글로벌 불균형 완화를 위한 새로운 모멘텀을 제공하였다. 또한 은행자본·유동성 규제(Basel Ⅲ) 및 체계적으로 중요한 금융기관(SIFI) 규제를 채택하고, 금융시스템 차원의 리스크 관리를 위한 거시건전성 규제와 신흥국 관점의 규제개혁 과제 등 새로운 이슈를 설정하기도 하였다. 아울러 국제통화기금(IMF) 역사상 가장 획기적인 쿼터 및 지배구조 개혁을 달성하고, DDA 협상의 조속한 종결에 대한 정치적 의지를 표명해 막바지 협상을 앞당기는 성과를 도출하였다(국정백서편찬위원회, 2013).

또한 우리나라는 외부충격으로 인한 급격한 자본유출 변동성에 대응하는 글로벌 금융안전망을 구축할 필요성을 제기하고, 최초로 개도국의 빈곤 및 개발격차 해소를 G20의 주요어젠다로 논의하는 등 G20 정상회의 의장국으로서 신규의제를 제시하는 실질적 성과를 내었다. 이를 통하여 국제적 위상 제고를 통한 세계 리더국가의 하나로 자리매김하고, 세계경제를 논의하는 가장 중요한 다자간 국제회의라는 G20 회의의 위상을 더욱 공고히 하였다는 평가를 받았다(국정백서편찬위원회, 2013).

18대 국회의원 당선으로 4선 국회의원이 되다

   이명박대통령은 내가 본 대통령 중에 최악이에요. 그분은 선공
후사(先公後私)를 제대로 해석을 못한 사람이에요.

   모든 것을 사적인 이해를 가지고 된다 안된다를 판단한 사람이
에요. 그리고 너무 비겁해. 했으면 했고 죄를 지었으면 지었고, 그
래야하는 거예요. 근데 죄를 지었으면서 나는 안그랬어요 하면서
계속 지금까지 그렇게 나가는 거에요. 난 여러 가지로 지도력에 있
어서도 문제가 있다고 생각해요. 근데 그때 국민들이 순진하게 경
제문제는 잘 해 줄거다. 이런 막연한 기대감 속에서 지지한 거예
요. 근데 4대강도 그렇고 꿈같은 이야기예요. 전혀 맞지 않는 거
거든 그게, 결국은 뒤집어진 게 아니에요. 그리고 장사만 한 거
예요. 원전같은 것도 그렇고, 큰 의미에서 보면 자기장사만 한 거
야. 그니까.

문희상(2010)은 다음과 같이 이명박 정부를 바라보고 있습니다.

이명박 정부가 스스로 잘했다고 자화자찬하는 것 중에 3가지가 있습니다. 3년간 미국발 금융위기를 빠른 시일 내에 성공적으로 극복했다는 것입니다. G20 정상회의 서울 개최를 통해 대한민국의 국제적 위상을 강화했다는 것 그리고 UAE 원전 수주로 경제대국으로 성큼 뛰었다는 것입니다.

나는 기회가 있을 때마다 이 3가지 업적에 대하여 높이 평가한 사람 중의 하나입니다. 특히 G20 정상회의 서울 개최와 원전수주는 후대에 참여정부 때 유엔사무총장을 배출했던 정도의 높은 평가를 받을 외교적 승리라고 칭찬했습니다. 누가 뭐래도 대통령의 결단 없이는 불가능했을 것이라고 생각해서 대통령의 리더십에도 박수를 보냈습니다.

그러나 지금의 시점에서 과연 그것이 역사에 남을 만큼 커다란 치적이었을까? 생일잔치하려고 며칠 굶는 격이라는 옛말이 있듯이 국제적 큰 잔치가 결국 선진국 금융질서를 따라가는 것에 다름 아니고 이것이 국익에 부합하는 것인지, 원전 수주도 수주실적 200억 달러 중 절반을 우리가 대출해 주고 군 파병 조건도 포함되어 있다면, 과연 그것도 치적인지 의심스럽기 짝이 없습니다.

정부가 주장한 업적이 결국 개발독재 시절 성과주의, 목표 지상주의식 밀어붙이기 기질 때문이 아닌가라는 말도 나오고 있습니다.

한 정권의 평가, 한 대통령의 업적 평가라는 것은 보는 시각과 기준이 무엇인가에 따라 얼마든지 다를 수 있습니다. 그러나 동서고금을 통틀어서 언제든지. 어디서든 공통되는 평가기준이 있습니다. 그것은 민주성과 효율성입니다. 다른 말로 바꾸면 국민통합능력과 국가경영능력입니다.

모든 조직은 각자의 고유 목표를 갖고 있습니다. 친목단체는 회원들의 친목. 기업은 이윤. 시민사회 단체는 시민적 권리 향상을 목표로 합니다. 그러나 각자 지향하는 목표가 달라도, 그 조직의 역량 극대화를 통한 목표달성이란 공통점을 지닙니다.

국가도 조직인 이상 예외가 될 수 없습니다. 특히 민주국가라면 대통령은 국민통합능력을 최고로 발휘해서 민주성을 확보하고 국가경영능력에 전력투구함으로써 효율성을 극대화시켜 선진 인류국가로 도약할 수 있어야 되는 것입니다.

지난 3년 대통령의 국가경영능력에 대한 평가는 어떠한가?

국가경영 임무의 두 요체는 경제와 안보입니다. 국민은 이명박 대통령의 국가경영능력이 탁월할 것이란 큰 기대를 가졌습니다. 과거 대기업의 CEO를 역임했고. 보수정당의 후보란 점에서 경제와 안보는 잘할 것이란 믿음 때문이었습니다.

그러나 3년이 지난 현재의 경제상황은 어떠한가? 아주 좋지 않습니다. 요즘 언론보도를 보면서 국민은 희망을 잃어가고 있습니다.

우선 이명박 정부 3년간 물가지수는 19.1%로 소비자물가 10.7%의 약 2배로 폭등했습니다. IMF 이래 최악입니다.

전세 값도 3년간 14% 상승하고 상승폭을 계속 높이고 있는 실정입니다. 이로 인해 '전세난민'이란 용어까지 등장했습니다. 그나마 집주인들이 전세보다 월세를 선호하여 집 없는 서민들의 설움과 가계형편이 심각해지고 있습니다.

가계부채는 3년간 165조원 급증하여 가구당 부채가 4,263만원에 이른다고 합니다. 가계부채가 결국 우리 경제의 잠재적 시한폭탄이란 평가도 있습니다.

일자리 문제도 심각합니다. 사실상 실업자가 425만 명, 구직 포기자가 22만 명에 달한다고 합니다. 청년실업률은 8.5%로 일반 실업률의 두 배에 달하고 있습니다. 취업준비자와 불안전 취업자를 감안하면 실질 청년실업률이 20%를 상회하고 있다는 통계까지 나오고 있습니다. 대한민국의 미래를 짊어져야 할 우리 젊은이들이 희망을 잃어가고 있습니다.

지난 1월 27일 유엔식량농업기구는 "한국 구제역 사태는 반세기만에 유례를 찾을 수 없을 정도로 피해가 크다"고 발표한 바 있습니다. 정부의 어설픈 방역대책으로 330만 두가 살처분되어 축산 농가를 비롯하여 관련 업계의 종사자들에게 막대한 피해를 끼쳤습니다. 매몰지역의 환경오염 피해로 식수원 문제가 큰 근심거리입니다.

한마디로 민생대란 상황이 아닐 수 없습니다.

안보상황은 어떻습니까?

6.25 전쟁 이후 최악입니다. 극도로 경색된 남북관계가 안보불안을 야기하고 있기 때문입니다. 이명박 정부 출범 이후 대결적 대북정책 기조는 급기야 천안함 폭침과 연평도 포격으로 이어졌습니다. 두 말할 것도 없이 천인공노할 북한의 만행은 언젠가 반드

시 민족 앞에 그 죄과를 심판받아 마땅한 일이지만, 또한 우리정부의 미숙한 대응은 안보 공백뿐 아니라 위기대응능력 부실을 여실히 드러냈습니다.

남북관계는 '한반도의 평화,' '한반도에서의 전쟁 절대 불가'라는 대전제에서 풀어가야 합니다. 그것이 바로 국익이고, 그것이 대한민국의 최대 전략목표가 되어야 합니다.

외교 면에서 이명박 정부는 한미동맹이 그 어느 때보다 확고하다고 평가합니다. 그러나 천안함 사태이후 미국 편향외교는 나머지 한반도 주변국과의 관계를 악화시키는 결과를 초래했습니다. 특히 중국과의 관계는 한중 수교 이래 최악입니다.

탈냉전시대는 절대강국 밑에, 그 질서 속에 편입되어 안보 보장받고, 경제 보장받던 그런 시절이 아닙니다. 이제는 국경 없는 전쟁을 치르고 있습니다. 이제는 우리의 적이 남과 북도 아니고 동과 서도 아닙니다. 미국, 중국, 러시아, 일본, 영국, 불란서 모든 국가가 우리들의 라이벌입니다. 거기서 싸워서 이겨야 합니다. 이기는 자만이 살아남습니다.

실용주의가 바로 국익외교입니다. 친미도 반미도 아닙니다. 우리 국익에 가장 맞는 걸 골라서 하자는 것입니다. 실용주의적으로 국익에 맞냐 안 맞냐를 놓고 판단하는 것입니다.

이렇듯 경제와 외교안보 면에서 이명박 정부는 물론 보수여당에 대한 국민적 기대는 처참히 깨졌습니다. 그야말로 총체적 실패라 하지 않을 수 없습니다.

국가경영능력은 그렇다 치고, 국민통합능력의 기준으로 보았을 때 지난 3년의 평가는 어떠한가?

한 정권 특히 대통령에 대한 평가는 덧셈이 아닌 곱셈방식에 의한 것이라는 주장을 한 적이 있었지만 실제로 어느 부분을 과락 받으면 결국 낙제점을 받게 되는 것도 사실입니다. 아무리 국가경영능력이 탁월해서 100점을 받았더라도 국민통합 능력이 0점이면 곱셈에 따라 몽땅 0점이 되는 것입니다.

국민통합능력의 요체는 민주성의 확보입니다. 민주주의의 발전·성숙만이 국민의 총 역량을 결집해내는 지름길이기 때문입니다.

민주주의에서 가장 중요한 요체 중 하나는 비판의 자유입니다. "아니요"라고 말할 수 있는 자유가 민주주의의 알파와 오메가입니다. 아무리 아름다운 수사로 민주공화국임을 외쳐도 비판의 자유가 없으면 독재입니다. 북한이 좋은 예입니다.

비판의 자유는 양심의 자유, 표현의 자유, 사상의 자유, 학문의 자유, 언론출판 집회결사의 자유 등 대한민국 헌법이 열거하는 기본권입니다. "예(YES)"라고만 하는 언론의 자유는 자유가 아닙니다. 이명박 정부의 지난 3년 동안 비판의 자유는 점점 죽어 가고 있습니다. 중요 언론 방송 대부분은 "예(YES)"만 하는 정권의 나팔수 역할만 하고 있습니다.

지난 참여정부 시절 국민에게 돌려줬던 4대 권력기관인 검찰, 경찰, 국세청 그리고 국정원의 권력이 다시 부활했다는 지적도 있습니다. 한동안 민간인 사찰로 정국이 냉각됐고 정부의 입장과 다르면 개인이나 단체를 고소·고발하는 사례도 빈번했습니다.

비판의 자유가 사라지면서 제4, 제5 권력이라 일컫는 언론과 시민단체의 행정부에 대한 견제와 균형 기능도 죽었습니다. 지난 10월 국경없는기자회의 연례보고서에 따르면 한국의 세계언론자유지수가 세계 42위였습니다. 2009년 69위보다는 개선됐다고 할 수 있지만 비판의 자유가 심각히 훼손된 것은 엄연한 현실입니다. 사법적 통제만이 삼권분립의 명맥을 유지하고 있는 듯합니다.

국민 여론을 집약하여 표출하는 정당에 의한 권력 통제도 이뤄지지 않고, 국회에 의한 행정부 통제도 상실되고 청와대의 거수기로 전락했습니다. 국민통합을 이룰 수 있는 민주적 소통구조가 제 기능을 못하는 상황에서 국민통합은 요원할 뿐입니다.

이명박 정부가 과연 민주성 확보로 국민통합을 이루려는 의지가 있는지에 대한 의문까지 제기되고 있습니다. 역대 정부치고, 지금처럼 국민적 분열을 조장하는 정부가 없었다는 평가 때문입니다. 국민 절대 다수가 반대하는 4대강 사업을 강행하는 것을 비롯하여 세종시문제로 국회 파행, 이제는 동남권 신공항, 과학비지니스벨트 문제로 지역간 분열까지 일고 있습니다. 심지어 개헌 논의로 여당 내 친이와 친박의 갈등의 골이 깊어가고 있습니다. 국민통합의 리더십을 발휘해야 할 대통령이 분열을 수수방관하고 있다는 주장도 있습니다.

여기에다 최근 측근들의 비리혐의가 드러나고 있는 것에 우려를 금할 수 없습니다. 도덕성은 정권의 생명과도 같은 것입니다. 그나마 남아있는 국민적 신뢰마저 좀먹기 때문입니다.

국민신뢰가 없는 국민통합은 있을 수 없고, 국민통합이 없는 국가는 존재 가치조차 없는 것입니다. 2,500년 전 공자는 군사 兵

즉 안보와 밥 食 즉 경제 그리고 믿을 信을 정치의 요체로 보았습니다. 그 중에서 버릴 순서를 병, 그 다음에 식을 말하면서 신의 중요성에 대한 자공의 물음에 대해 無信不立이라고 했습니다. 국가가 신뢰를 잃으면 나라 자체가 없어지는 것이고, 신뢰가 있어야 나라도 지키고 먹고살 문제를 고민하게 된다는 것입니다. 그만큼 국민의 신뢰, 국민통합이 중요합니다.

모 언론에서 실시한 여론조사 결과 국민 이명박 정부 3년 동안 국민통합과 사회양극화가 이전 정부보다 나아졌다고 생각하는 국민은 10명 중 1명 정도에 불과했다고 합니다. 남은 2년은 국민통합을 위해 매진해야 하는 이유입니다.

8. 박근혜 정부

[박근혜 정부의 출범]

선거의 여왕, 박근혜의 등장

박근혜는 1997년 한나라당(지금의 미래통합당)에 입당하여 제15대 대통령선거에 출마한 이회창을 지원하는 유세를 하며 정계에 입문하였습니다. 그리고 이듬해 4월 대구광역시 달성군의 국회의원 보궐선거에서 당선되어 15대 국회의원이 된 뒤 제18대 총선까지 달성군에서 내리 4선을 하였고, 제19대 총선에서는 비례대표로 당선되어 5선 의원이 되었습니다. 1998년 10월부터 한나라당 부총재로 일하다가 2002년 2월 이회창 총재와의 불화로 탈당한 뒤 4월에 한국미래연합을 창당하여 당 대표로 취임하였으며, 5월에는 북한을 방문하여 김정일 국방위원장과 회담하기도 하였습니다(네이버 지식백과).

2002년 11월 제16대 대선을 앞두고 한나라당과 합당하는 형식으로 복당하였으며, 2004년 3월 한나라당 대표로 선출되었습니다. 노무현 대통령의 탄핵과 맞물려 치러진 2004년 4월 15일 제17회 총선거는 선거의 여왕으로 불리어지게 된 '박근혜'를 탄생시켰습니다. 탄핵의결 후 여론의 역풍을 맞은 한나라당은 총선을 위해 박근혜를 당 대표로 선출했습니다. 박근혜는 당 대표 취임연설에서 '눈물'을 흘리면서 당의 쇄신을 국민에게 약속했고, 이것이 한나라당을 기존 강자의 이미지에서 약자의 이미지로 전치시키는 효과를 낳았습니다. 또한 박근혜 대표는 선거 기간 내내, '생활 우선의 정치와 모성의 정치'를 표방하면서 노무현 대통령의 '권력 우선의 정치와 부성을 정치'와의 차이를 부각시켰습니다(신동아, 2004: 183~186). 더욱이 '자신의 과거'를 비난하는 일부 언론과 정치세력에 대해 일체 부정적인 발언을 자제하여 노무현 대통령의 돌출적인 언행과는 대조적인 이미지를 연출했습니다.

2006년 6월 당 대표직에서 물러나 제17대 대선의 한나라당 후보 경선에 출마하였으나 이명박 후보에게 패하였습니다. 2011년 10월 서울시장 보궐선거 때 발생한 '선관위 디도스 공격'의 여파로 홍준표 당대표가 사퇴하자 한나라당 비상대책위원장으로 선출되었고, 2012년 2월 당 명칭을 새누리당으로 변경하는 등 쇄신을 주도하며 그해 4월의 제19대 총선에서 원내 과반수가 넘는 의석(152석)을 확보하는 승리를 이끌었습니다.

박근혜는 두 번에 걸쳐서 새누리당의 위기를 박정희식 절약과 내핍이라는 형식의 지도력으로 극복한 것입니다. 이러한 사건들을 거치면서 대중들에게 박근혜의 가치가 인정받기 시작했고 바야흐로 대중들의 지지를 받을 수 있었던 이유였습니다.

2012년 7월에 제18대 대선 출마를 선언하고 8월에 치러진 당내 경선에서 대통령 후보로 선출되었습니다. '준비된 여성대통령'을 슬로건으로, 경제민주화와 생애주기별 맞춤형 복지 등을 주요 공약으로 내세워 선거운동을 전개하여 2012년 12월 제18대 대선에서 득표율 51.55%(1577만 3128표)로 당선됨으로써 대한민국 헌정사상 첫 여성 대통령이자 첫 부녀(父女) 대통령, 첫 미혼 대통령이 되었습니다. 재임 중인 2014년 4월 '세월호 참사'에 이어 2015년 5월 '메르스 사태'가 발생하였으며, 2016년 2월에는 남북한 경제협력의 일환인 개성공단이 폐쇄되었습니다(네이버 지식백과).

집권 4년째인 2016년 중반부터 최태민의 딸인 최순실(최서원으로 개명)이 관련된 이른바 '박근혜 정부의 최순실 등 민간인에 의한 국정농단 의혹 사건(박근혜·최순실 게이트)'이 불거져 국민의 저항이 거세게 일어났습니다. 이에 2016년 12월 3일 국회에서 대통령 탄핵소추안이 발의되어 12월 9일에 가결됨으로써 대통령 직무가 정지되었으며, 2017년 3월 10일 헌법재판소의 탄핵심판 선고에서 만장일치로 탄핵소추안이 인용되어 대통령직에서 파면되었습니다. 이로써 대한민국 헌정 사상 최초로 재임중에 탄핵으로 물러난 대통령이 되었습니다(네이버 지식백과).

박근혜 대통령 당선의 의미

18대 대선에서 역대 대선과의 특수한 점은 대한민국 최초의 여성 대통령이 탄생한 것으로 볼 수 있습니다. 과거 대선은 여야의 정권교체가 중심이 되었다면, 18대 대선에서는 정권 교체와 더불어 여성 대통령이 탄생할 것인가가 핵심 이슈로서 존재했습니다.

이명박 정권의 실정으로 많은 국민들의 실망과 분노로 당시 야당이었던 민주당은 18대 대선을 '도저히 질 수 없는 선거'라 칭하기도 하였고, 선거 전 여론조사 결과 박근혜 후보와 문재인 후보, 안철수 후보의 지지율에서 안철수 후보가 사퇴하기 전까지 문재인 후보와 안철수 후보의 지지율을 합치면 박근혜 후보를 압도적으로 이기고 있었습니다. 이러한 여론조사 결과는 문재인 후보와 안철수 후보가 단일화하면 이길 수 있었고, 안철수 후보가 선거 막바지에 문재인 후보에 지지유세를 시작하면서 문재인 후보의 지지율이 상승곡선을 그리기 시작하면서 문재인 후보의 당선에 대해 의심하지 않았습니다. 하지만 선거 결과는 2012년의 유행어 멘붕과 같이 박근혜 후보의 당선이라는 멘붕을 야당에게 안겨주게 되었습니다(김정훈, 2013).

중앙선거관리위원회의 자료에 따르면 2002년 16대 대선 이후 남성의 투표율이 여성의 투표율 보다 높게 나타나고 있었는데 18대 대선에서는 여성이 76.4%, 남성이 74.8%로 여성의 투표율이 1.6% 높게 나타났습니다(중앙선거관리위원회, 2013). 이와 같은 투표율은 성별로 본 투표행태에도 영향을 주었는데 여성일수록 문재인 후보보다는 박근혜 후보를 선택하는 경향을 보였고 여성 후보에 대한 친근감이 여성 후보에 대한 기대와 지지로 이어졌다고 볼 수 있습니다(경제희, 2013).

박근혜 후보를 지지하는 다른 요인으로는 연령이 낮은 유권자보다는 연령이 높은 유권자가, 타 지역 출신자 또는 거주자보다 부산·울산·경남 지역 출신자가, 진보적인 유권자 보다는 보수적인 유권자가, 민족적 차원에서 북한을 지원해야 한다는 의견에 찬

성하는 유권자보다 반대하는 유권자가, 재벌이 스스로 개혁을 하
지 못하여도 기업 활동에 간섭해서는 안된다는 의견에 반대하는
유권자보다 찬성하는 유권자가, 이명박 정부에 대해 부정적으로
평가하는 유권자보다 긍정적으로 평가하는 유권자가, 강정의 경
제제가 나빠질 것으로 전망하는 유권자보다 좋아질 것으로 기대
하는 유권자가 박근혜 후보를 지지했던 것으로 나타났습니다(경제
희, 2013).

[박근혜 정부의 성격]

박근혜는 당선 기자회견에서 "국민대통합"을 강조했지만, 당선
직후 그가 만나 감사와 축하 인사를 주고받은 이들은 정몽구 같
은 재벌 오너나 기득권 세력들이었습니다.

사실 박근혜 정치 기반의 뿌리는 박정희와 전두환 독재 정권입
니다. 정치 일선에 들어선 뒤에는 'TK+민정계+사학재단' 같은 반
동적 기득권층이 그의 든든한 기반이었습니다.

박근혜 정부에서 내각이나 실세로 중용될 것으로 예상되는 인
물군을 봐도, 이한구·진념·김광두·안종범 등 모두 강경한 신자
유주의 우파들이었습니다. 대통령직인수위원회 면면도 마찬가지
였습니다.

이런 기반만 봐도 박근혜 정부는 명백히 친재벌, 신자유주의, 강
성우파 기득권 세력을 기반으로 하는 정부일 수밖에 없었습니다
(김문성, 2013).

박정희 권력의 성격

이러한 박근혜의 정치적 성격을 알기 위해서는 그의 아버지인 박정희 권력의 성격을 판단해야 합니다. 박정희 권력, 특히 유신정권은 '군사파시즘'이라고 규정할 수 있을 것입니다. 박정희 권력은 단순한 군사독재라기보다는 군사파시즘입니다. 특히 1972년 시작된 유신체제는 군사정권의 파시즘 성격을 완벽하게 보여주었습니다. 유신체제는 대통령의 절대권력과 장기집권, 종속적 자본축적의 심화 확대, 계급적 통제 강화, 안보 이데올로기의 강화를 기본 골간으로 하였습니다.

이러한 박정희 정권이 수립된 계기는 크게 두 가지로 구별할 수 있습니다.

하나는 정치, 사회적 요인을 들 수 있습니다. 이승만의 장기집권과 독재, 자유당 정권의 부정부패와 실정, 민주당 정권의 분열과 무능으로 인한 정치적 혼란, 4월 혁명 이후의 사회적 혼란과 민생의 궁핍, 국민들이 반공사상의 해이와 국가 안보의 약화 등의 요인을 들 수 있습니다.

다른 하나는 한미일 3각안보 동맹체제 구축을 위한 미국의 세계전략이라는 국제적 요인입니다.

박정희 정권은 이렇듯 당시의 혼란기 정치, 사회적인 여러 요인과 한반도를 미국의 국익을 위해 재편하고자 한 미국의 세계전략상의 요인 등이 복합적으로 작용하여 5.16군사 쿠데타를 바탕으로 수립될 수 있었던 것입니다.

박근혜의 정치적 성격

박근혜는 과거 육영수가 죽은 후 큰딸로서 20대 초반에 퍼스트레이디 역할을 대행하면서 대중들에게 알려졌습니다. 박근혜는 어머니 육영수처럼 조용하면서 내조하는 전통적인 인상을 남겼습니다. 박정희가 죽은 후 그녀 역시 무대에서 사라졌습니다. 이후 박근혜가 세상에 모습을 다시 드러낸 것은 98년 경제위기 때입니다. 98년 그녀는 여당인 새한국당의 모 지역구 국회의원으로 당선되었습니다.

경제위기가 박근혜의 정계진출의 계기가 되었다고 볼 수 있습니다. 이후 한나라당(미래통합당 전신)이 위기에 처했을 때, 박근혜는 두 차례나 그 기생성으로 위기에 처한 한나라당을 반성과 절제와 내핍의 형식을 통해 구했고 19대 대선에서도 역시 위기에 처한 경제위기를 극복하라는 대중들의 요구를 받았다고 할 수 있습니다. 박근혜가 그러한 위기의 구원자의 모습을 띠는 것은 대중들에게 각인된 군사파시즘의 위기를 구하는 신화와 일치합니다 (이재민, 2013).

박근혜 정권의 성격은 문영찬(2014)에 의하면 다음과 같습니다.

먼저 경제적 측면을 보면 박근혜정권은 세계대공황이 중국 등 신흥국의 위기로 발전하는 상황에서 위기에 처한 독점자본가계급의 대안으로 등장한 정권입니다. 자본주의 경제법칙의 결과 필연적으로 발생하는 공황을 회피할 수 없다면 한국경제 위기의 폭발을 가능한 한 지연시키고 경제 위기 상황에서 격화되는 계급투쟁을 제어하고 위기를 관리 가능한 수준으로 묶어 두는 것이 박근혜정권의 주요한 임무입니다. 그런 점에서 박근혜정권은 경제위기 관리정권, 공황 관리정권이라 할 수 있습니다.

이데올로기 측면에서 보면 박근혜정권은 파시즘적 지향을 분명히 하고 있습니다. 군사파시즘을 승인하고 일제시대를 미화하는 교과서를 승인했고 박근혜 스스로 제2의 새마을 운동 운운하고 있습니다. 그러나 문제는 이러한 파시즘적 성격이 단지 이데올로기 차원에 그치는 것이 아니라 정치적 차원에서도 내란음모 사건 조작, 통합진보당 해산청구 등 한국 사회에 반동적 질서를 수립하는 방향으로 나아갔다는 것입니다. 그런 점에서 박근혜정권은 정치적 성격에서도 파시즘적 성격을 분명히 하고 있다고 할 수 있습니다.

[박근혜 정부의 공과(功過)]

박근혜정부는 2012년 12월 19일 제18대 대통령 선거에서 당선된 박근혜 전 대통령의 정부로 제6공화국의 여섯 번째 정부이며 해당 공화국 체제로서는 사상 처음으로 국민에 의해 탄핵되고 대통령 본인을 포함한 정부 주요 인사 대부분이 기소된 정권입니다. 2013년 2월 25일 출범했고 2017년 3월 10일 대통령이 파면되면서 예정보다 약 1년 일찍 끝났습니다.

경제민주화와 무상 보육 등을 내걸고 당선되었고 창조경제와 문화 융성을 주요 정책으로 제시했습니다. 정부 초기 국정 현안을 뒤로 한 채 해외 순방이 잦았고 대통령이 한 말들을 이해하기 어렵다는 비판으로 임기 내내 불통 논란에 시달리기도 했습니다.

박근혜 정부의 공(功) [19]

1) 정부 3.0의 등장 배경

정부 3.0이 국정과제로서 공식적으로 천명된 것은 18대 대선 선거 공약으로 제시되었던 것으로 대통령직인수위원회가 2013년 2월에 발표한 국정과제에 포함되었으며, 2013년 5월 박근혜 정부가 발표한 140개 국정과제에도 포함되었습니다(임성근, 2015).

정부 3.0은 박근혜 정부의 정부 개혁프로그램으로 인식할 수 있으며, 이전 정부들과는 다리 개혁 가치를 중요시 하고 있다는 점이 특징입니다. 정부 3.0에는 개방, 공유, 소통, 협력 등 4대 가치를 표방하고 있으며 이를 확산하기 위해 노력을 해왔습니다(박해육 외, 2015). 이처럼 박근혜 정부에서 정부3.0은 국정목표와 국정과제를 달성하기 위한 추진기반이었으며, 새로운 정부운영의 패러다임으로서 정부 3.0을 기존의 전자정부와는 근본적으로 다른 정부운영전략이라고 할 수 있습니다(So, Soon Chang 외, 2016).

정부 3.0과 관련된 정부개혁은 진화한 ICT 기술을 바탕으로 하여 정부 내부는 물론 민간과의 협업을 통해 국민 개개인에게 맞춤형 서비스를 제공하는 것을 목적으로 합니다(우윤석, 2014).

정부 3.0의 추진 기본계획은 2013년 6월 19일 정부 3.0 비전 선포식에서 발표되었습니다. 박근혜 정부의 국정 목표와 과제를 달성하기 위한 추진기반으로서 정부 3.0을 내세웠으며, 행정의 전자적 처리, 정보통신기술의 활용 이상을 지향하고 있으며, 국정운영 전반을 개별 고객지향성을 최대화 하는 방향으로 이끌어 가기 위한 체제라고 볼 수 있습니다(임성근, 2015).

2) 정부 3.0의 성과

정부 3.0의 성과에 대해 임성근(2015)은 국민들은 정부 3.0에 대해 '국민에게 믿음을 주는 투명한 정부', '일 잘하는 유능한 정부', '국민 맞춤형 서비스'에 대해 매우 긍정적 인식을 갖고 있으며, 특히 공무원과 전문가만을 대상으로 정부 3.0 자체의 필요성을 묻는 질문에서도 긍정적인 인식이 나타났다고 합니다. 공공정보를 적극적으로 개방하고 공유하며 부처 간 칸막이를 없애 소통하고 협력함으로써 국민 맞춤형 서비스를 제공하고 동시에 일자리 창출과 창조경제를 지원하는 새로운 정부운영 패러다임인 정부 3.0의 필요성에 대해 대부분의 공무원과 전문가들이 필요하다는 인식을 가졌고 하며 향후 개선을 통해 국민들에게 체감되는 공공서비스로 결실을 맺을 것으로 보고 있습니다(임성근, 2015).

신열(2017)은 정부 3.0을 통해 혁신수준이 개선된 부분이 있는 반면, 과거 참여정부에 비해 혁신에 대한 요인들이 큰 편차를 나타내고 있지 않아 여전히 정부혁신의 지향점에서 개선해야 할 부분이 있다고 보고 있습니다.

---

19) 박근혜 정부의 경우 헌정 사상 초유의 탄핵으로 인하여 대통령 임기를 채우지 못하였고, 성과 및 정책에 많은 논란이 있으므로 정부 3.0에 대한 배경과 성과만 작성

박근혜 정부의 과(過)

대한민국 제6공화국체제 하에 사상 처음 과반수(51.6%)의 지지를 얻어 당선되었으나 국가정보원·국방부 여론조작 사건, NLL 대화록 논란 등의 약점으로 초기 인선이 늦어지는 난항을 겪었습니다. 임기 중 주요 사건으로 2013년 5월 청와대 대변인 성추문 의혹사건이 있었고, 2014년 4월 청해진해운 세월호 침몰 사고, 12월 통합진보당 위헌정당해산 사건이 있었습니다.

2015년 4월 성완종 리스트 사건이, 여름에 메르스 사태가, 10월 역사 교과서 국정화 논란이 있었고 12월 일본과 위안부 합의를 체결했습니다.

2016년 2월 개성공단이 폐쇄되었고 7월에는 주한미군 THAAD 배치 논란이 있었습니다. 집권 4년 차인 2016년 10월 말부터 박근혜-최순실 게이트를 비롯한 각종 논란과 의혹이 연달아 터지며 여론이 급속도로 나빠져 결국 2016년 12월 9일 국회에서 탄핵소추안이 가결되었고 이듬해 2017년 3월 10일 헌법재판소의 결정으로 대통령직에서 파면되었고 박근혜-최순실 게이트의 연루된 장관과 차관, 비서실의 보좌관을 비롯한 정부 주요 인사, 재계 인사, 대통령 본인까지 피의자 또는 피고인이 되었습니다.

탄핵소추안 가결 이후부터 대통령의 직무가 정지되면서 황교안 국무총리가 권한대행을 맡아 형식적인 운영만 지속되다가 2017년 5월 9일 제19대 대통령 선거로 문재인 후보가 대통령에 당선되면서 5월 10일부터 문재인 정부가 출범하면서 완전히 막을 내렸습니다.

끝내 박근혜 정부는 제6공화국 최초로 5년 임기를 채우지 못한 정부로 역사에 기록되었고, 이로 인해 2017년 3월 11일부터 2017년 5월 9일까지 정권공백기를 맞이하게 됩니다(나무위키).[20]

말 그대로 사상 처음으로 여성 대통령이 이끌었던 정권이나, 사상 처음으로 국민에 의해 탄핵되고 헌법재판소에 의해 파면되었으며, 대통령 본인을 포함한 정부 주요 인사 대부분이 기소된 정권으로 역사에 자리하게 된 것입니다.

[문희상이 바라본 박근혜 정부]

문희상새정치민주연합 비대위원장, 20대 총선 승리의 기틀을 만들다

문희상은 2012년에 제19대 총선에 당선되어 5선의 국회의원에 올랐습니다. 2013년에는 민주통합당 비상대책위원회 위원장을 맡았고, 2014년 새정치민주연합 비상대책위원회 위원장으로 선출되었습니다. 2014년 9월 김한길, 안철수 공동대표에 이어 박영선 원내대표까지 물러난 상황에서 비상대책위원장을 맡게 된 것입니다. 당시 새정치민주연합 지지율은 10%대로 창당 이후 최저였습니다.

당시 문희상은 비생대책위원장을 맡고 싶어서 맡은 것이 아니었습니다. 당의 원로 몇십 명이 모여 만장일치로 추대하고 어려운 당

20) https://namu.wiki/w/%EB%B0%95%EA%B7%BC%ED%98%9C%20%EC%A0%95%EB%B6%80

을 위기에서 구해 달라고 억지로 떠맡긴 것이었습니다.

그러나 일단 맡기로 한 이상 문희상은 최선을 다하였습니다. 문희상은 소통과 철저한 중립성 유지를 통해 당내 기강을 세웠습니다. 문희상이 위원장을 맡기 전과 후에 달라진 점을 놓고 당의 중심이 잡히고 질서가 생겼다는 말도 나왔습니다. 문희상은 위원장을 맡을 당시 '버릇없는 초재선 의원들의 버르장머리를 고쳐놓겠다. 규율을 지키지 않으면 개작두로 치겠다'는 등의 강경한 발언을 쏟아냈습니다. 이 발언 뒤 초재선 의원들이 중구난방식 주장을 하는 사례가 크게 줄었던 것으로 파악됐습니다.

김무성 새누리당 대표 등 여당과도 비교적 원만한 관계를 유지하면서 세월호특별법 입법과 예산안 법정시한 내 처리 등의 성과를 거뒀습니다.

2015년 2월 새정치민주연합 전당대회에서 문재인 대표가 당선되면서 문희상은 비대위원장을 내려놓았고, 비대위체제에서 새정치민주연합 지지율은 35%대까지 회복됐습니다.

그리고 2016년 제20대 총선에서 당선되어 드디어 6선의 국회의원이 됐습니다.

문희상은 20대 총선을 이렇게 인터뷰에서 회고합니다.

20대는 내가 가장 서럽게 치른 선거지. 그리고 내가 정치하면서 가장 싫어했던 때가 바로 그때고, 공천 탈락인가. 요새는 말도 안 되는 무슨 절대 있어서는 안 되는 이유는 3가지였는데 그 당시에는 정당활동, 입법활동, 지역활동 이걸로 점수를 매겼는데 지역활동은 떨어졌어도 다시 줄 수밖에 없었고 정당활동은 나보다 더 잘할 수 있겠냐 이거야. 그리고 입법활동은 내가 국회 본회의에 100프로 참석을 했는데 아니 뭘 기준으로 했느냐. 이거야. 떨궈야 된다는 생각이었던 거야. 그때 그놈들이 이번에도 똑같은 그 짓을 했던 놈들이야. 친문의 핵심들이야. 최재성 이런 놈들이야.

6선의 국회의원으로 국회의장이 되다

문희상이 바라보는 박근혜

문희상은 박근혜를 인터뷰에서 이렇게 평가하고 있습니다.

나는 박근혜를 상당한 수준으로 봤어요. 외국을 가면 그 사람의 어학실력이 그대로 나와. 근데 영어를 잘하고, 불어를 잘하고, 스페인어까지 해. 나는 우선 어학에 대해서 쫄아 가지고 어학 잘하는 사람 보면 부러워. 근데 아주 자연스럽게 해요. 그런 의미에서,

나는 그 당시에 여성의원들은 박근혜도 예외가 아니고 아버지 후광으로 되었다고 생각을 했었는데.. 근데 박근혜는 해외에서 대화를 하는 걸 보면 대화의 이어짐이 너무 훌륭하더라는 거지. 그렇다면 이렇다는 겁니까? 하고 물어보는 걸 보고 아 얘가 바보는 아니구나. 그냥 공주로 들어온 거 아니구나. 이렇게 생각했다고. 근데 문제는 국회의원까지야. 특히 야당 국회의원 박근혜는 뭣을 제대로 해냈는데 그 이상은 안 된다 이거야. 대통령은 그거하고 차원이 다르다고. 대통령은 전체를 보는 안목과 통찰력 같은 게 있어야한다고. 역사의식이 있어야하고. 이건 그게 아니야. 그냥 왕조시대의 사화로 밀려났다가 다시 청와대로 자기 집으로 돌아온 듯한 전형적인 행태를 보인다는 거지.

그러다보니까 공식시스템에 대해서 이해도 없을 뿐더러 할 생각도 안한다. 그러니까 보좌관에게 의지할 수밖에 없는 거야.

의회를 존중해야 한다

문희상은 (희망통신 84호 2013. 03. 04)에서 당시 박근혜 대통령에게 다음과 같이 충고하고 있습니다.

정부조직 개편 문제는 결국 정부조직법이라는 법률의 개정문제입니다. 그것은 여야의 합의에 따라 국회에서 결정돼야 할 사안입니다. 그러나 청와대의 최근 행태는 국회를 무시하고, 야당을 무시하고, 아니 여당조차 무시하는, 이런 행태가 계속되고 있습니다.

이것은 삼권분립의 민주주의 원칙에도 어긋나고, 대화와 타협이라는 상생의 정치 원칙에도 어긋납니다. 아무리 급하고, 제 아무리 국정철학이라고 해도, 법률이 정한 원칙은, 정부조직 개편은, 국회의 논의를 거치고, 국민의 동의를 얻어야 하는 것이지, 대통령 촉구담화, 대 야당 압박 일방주의로 되는 것이 아닙니다.

대통령이든 국회의원이든 일반 국민이든 모두 법을 지켜야 합니다. 지금 법을 지켜야 하는 것은, 국회존중, 국민동의의 원칙을 지킨다는 것입니다. 국회 입법권과 법률을 무시하는 대 국회관, 대 야당관으로 어떻게 새 정부가 국민행복을 이룰 수 있겠습니까. 청와대의 일방적인 결례와 수모들은 얼마든지 참을 수 있습니다. 5자 회담과 연결해서 이뤄지는 소동에 관해서 저는 얼마든지 참을 수 있다고 생각합니다. 이보다 더 근본적인 문제는 입법부를 시녀화하려는 시도입니다.

저는 분명하게 말합니다. 처음부터 끝까지 한 가지로 말했습니다. 여야, 상생정치를 위해서 얼마든 대화하고 타협할 수 있습니다. 다만 밥 먹고 사진 찍는 자리에는 가지 않겠다, 국정파트너로 완전히 인정하고 아젠다를 놓고 상의할 수 있을 때, 언제든 간다는 생각에 변함이 없습니다. 바로 오늘이라고 그렇게 한다면, 얼마든지 응할 수 있습니다.

삼권분립 존중과 의회와 소통해야 한다

문희상은 제40차 의원총회 모두발언에서 박근혜 대통령에게 삼권분립의 원칙을 지키고, 소통하여 역사에 남는 대통령이 되길 바란다는 충고도 하고 있습니다.

의총 발언은 비대위원장은 가능하면 안 하는 것이 좋다고 생각합니다. 시간도 시간이지만 주로 의총에서는 원내대책에 관해 숙의를 전반적으로 의논하는 자리인데 대표가 건건이 나와 거들고 그러면 시간만 낭비하는 거 아닌가 하는 생각이었습니다.

지금 현안이 분명하고 확실합니다. 정부조직법 개정 법률안입니다. 이것은 완전히 법률에 관한 문제입니다. 이것을 택도 없이 점점 키워서 무엇을 어떻게 하자는 것인지 도대체 이해가 안 됩니다. 이런 정치 처음 봤습니다. 이럴 때 또 한마디 거들면 문제가 또 커져서 꽉 막히지 않나 싶습니다. 대통령이 참 걱정됩니다. 이 상황이 무척 걱정되는 상황입니다.

그렇잖아도 준비는 늘 합니다. 이럴 때 나와서 한마디 하라고 할 때를 대비해서 말입니다.

어제 박대통령 담화가 있었습니다. 담화가 아니라 (선전)포고였습니다. 오만과 독선의 일방통행이었습니다. 유신독재를 연상시키는 역주행의 극치였습니다. 국민을 볼모로 국회의 입법권을 무시하고 야당을 협박하고 있습니다. 대통령이 이러면 안 됩니다. 국회를 좌지우지할 수 있다는 착각에서 벗어나시길 간곡히 당부합니다.

대통령을 만나는 것을 두려워하지 않습니다. 저는 두 가지 조건이 있다고 늘 얘기했습니다. 저는 대통령이 성공하길 바라고, 5년간 지긋지긋한 것을 끝냈으면 좋겠고, 그래서 다시는 실수 안하길 바랍니다. 그러나 만날 때 사진 찍고, 밥 먹고, 의례적인 것을 왜 하나? 아무 의미 없는 만남입니다.

두 가지 조건을 냈습니다. 하나는 야당을 대등한 국정파트너로 인정하는 마음이 들면 그때 초청하라는 것입니다. 그러면 저도 참석은 물론이고 제가 또 초청할 것입니다. 둘째는 구체적 내용을 만들라는 것입니다. 아젠다 없이 만나서 뭘 하냐는 말입니다. 지난번에 느닷없이 일방통보, '몇시에 내일 만나자, 당장 오늘저녁에 만나자'고 했습니다. 말도 안 되는 얘기였습니다.

그래서 안 된다. 이 문제에 관해 분명하고 확실히 말한다고 했습니다. "민생 안보에 관한 것은 언제든 쾌히 내가 먼저 제안해서 만난다. 그런데 이 문제는 그런 것이 아니지 않은가. 정부조직법 개정법률안에 관한 문제인데, 이제 막 합의가 진행 중인데 영수들이 감 놔라 배 놔라 하면서 대통령과 대표들이 의중을 좌지우지하면 국회는 뭐가 되고 여야 합의가 뭐가 되나. 이것은 옛날 구태정치 아니냐"하고 거절을 분명히 했습니다.

그럼에도 불구하고 대화를 회담을 거부했다고 합니다. 이런 몰상식하기 그지없는 전무후무했던 일이라고 생각합니다. 청와대에서, 야당대표가 4자회담을 할 때도 미리 4-5시간 전에 이런 제안을 한다고 통보했습니다. 여기 현장에 있던 분들이 다 있습니다. 비서실장도 있고 사무총장도 있습니다. 우린 예법을 다 갖춰서 그렇게 했습니다. 이건 예의도 아니고, 더 무서운 것은 예의의 문제가 아닙니다. 국회에 대한 무시이고 입법권의 무시이고, 삼권분립의 무시이고, 민주정치의 무시입니다. 이것을 어떻게 하란 말입니까.

말을 시작하면 막 발언하는 스타일이 되어서 브레이크가 잘 안 걸립니다. 그래서 내가 안하려고 하는 것입니다. 다시 원고로 돌아가겠습니다.

정부조직법개편은 전적으로 국회 고유의 권한입니다. 대통령은 개입할 수도 개입해서도 안 되는 일입니다. 대통령이 감 놔라, 배 놔라 하는 것은 국회를 청와대의 시녀나 통법부로 전락시키는 처사입니다. 분명히 말하는데 박근혜 정부가 그 어떤 협박과 압력을 가해도 국회 입법권은 꼭 지킬 것입니다. 그것은 국민의 권리이기 때문입니다. 대한민국 헌법에 보장된 국민의 권리이기 때문입니다.

긴말이 필요 없습니다. MB정권 5년 동안 권력에 장악당한 언론의 폐해를 우리 국민 모두가 잘 알고 있습니다. 권력의 방송장악 가능성을 단 1%도 허용해서는 안 됩니다. 국민 뜻도 마찬가지라고 생각합니다.

민주당은 더 이상 양보할 게 없습니다. 심지어 새누리당도 우리의 최종제안에 고개 끄덕이고 있고, 오늘이 지난다고 하늘이 무너지는 것이 아닙니다.

첫 단추를 제대로 꿰어야 박근혜 정부도 성공하고 국민 모두가 행복하게 살 수 있습니다. 다시 한 번 말하지만 민주당은 도울 것은 돕겠습니다. 하지만 이번 일처럼 잘못된 것을 뻔히 알면서 도울 수는 없습니다. 박 대통령은 마치 하면 된다는 아집으로 밀어붙이는 모양입니다. 시대착오적 오만과 독선의 일방통행임을 지적하면서 당장 멈추시기를 촉구합니다.

박근혜 대통령이 진정으로 여야 상생정치, 민생을 위한 정치를 바란다면 국회 입법권을 존중해 주십시오. 원안고수라는 억지를 버리고 여야의 합의안, 즉 국회의 합의안을 수용하겠다고 국민에 선언해 주십시오. 그러면 오늘이라도 박근혜 정부가 부실한 정부에서 온전한 정부로 반전될 수 있음을 인식하기 바랍니다.

내가 아는 정치는 기본적으로 두 가지 유형이 있습니다. 하나는 권력을 잡지 않으면 이념이나 정책을 실현할 수 없기 때문에 권력을 잡아야 하는 속성이 있습니다. 파워의 개념입니다.

마키아벨리가 일찍이 정리했습니다. 파워를 놓고 여야가 투쟁할 수 있고 당내 주류 비주류가 싸울 수 있습니다. 정치행위의 기본 같은 것입니다.

그러나 또 하나의 정치의 모습이 있습니다. 그것은 이해관계의 조정, 조절, 통합입니다. 이것이 가장 중요한 정치의 또 한 면입니다. 이 두 가지는 현실과 이상의 차이와 같아서, 김대중 대통령이 정리했듯이 서생적 문제의식이란 측면과 상인적 현실감각이라는 측면으로 변함없이 언제든지 존재합니다.

대통령 후보까지는 투쟁과 권력을 위한 행위가 용인됩니다. 그러나 대통령은 그렇게 하면 안 됩니다. 대통령이 되는 순간부터는 48%의 진 사람도 모두 다 안고 100%로 가는 대통합의 자세가 기본이 되어야 합니다.

대통령이 야당을 상대로, 국회를 상대로, 질타하고, 욕하고, 잘못됐다 하고 그러면 정치가 언제 통합되겠습니까. 가장 힘을 가진 대통령이 마음을 열고 "국회에서 해결하세요. 이것은 법률의 문제 아닙니까. 내 뜻은 이것입니다" 이렇게 얼마든지 이야기 할 수 있어야 합니다.

지금부터 소통해야 합니다. 그래야 성공합니다. 꼭 성공해야 됩니다. 간곡하게 당부합니다. 우선 측근과 소통하십시오. 청와대 비서관들부터 통제하십시오. 그들이 나대는 것을 좀 말려주십시오. 그런 식으로 하다가는 정치는 망칩니다. 쥐 잡다가 독 깨려고 덤비면 되겠습니까. 그렇게 하면 안 됩니다. 나중에는 통제가 안 됩니다. 비서와 소통하고 각료와 소통하고 더 나아가 여당과 소통하십시오. 그 다음에 야당과도 소통하십시오. 그래야 앞으로 승승장구하고, 기록에 남는 역사적 대통령이 될 수 있을 것입니다. 그렇지 않으면 반드시 망한다는 것을 분명하고 확실히 말씀드립니다.

남북문제는 신뢰 프로세스가 중요하다

문희상은 남북문제에 대해 전문가적인 식견을 가지고 있으며, 관련해 개성공단 정상화와 남북평화와 협력에 관한 소견과 제언을 희망통신 94호에서 다음과 같이 밝히고 있습니다.

박근혜 대통령의 대북정책의 핵심은 한반도 신뢰프로세스 가동입니다. 인도적 문제해결, 당국간 대화, 호혜적 교류협력, 개성공단 국제화, 북핵문제 해결 기여 등의 순서를 밟자는 것 아니겠습니까. 그러나 신뢰프로세스 첫 단계인 인도적 지원에서 개성공단이 폐쇄 위기에 직면하게 되었습니다.

현재까지 정부의 대북 메시지는 대북 억지력을 강화, 북한 도발 시 강력 응징 정도입니다. 그런데 이러한 것은 국가의 기본적인 안보태세에 관한 것입니다. 굳건한 안보태세 강화를 바탕으로 한발 더 나아가야 한다고 생각합니다.

　남북 분단은 우리가 원해서 된 것이 아닙니다. 분단은 냉전의 희생물입니다. 국제사회에서 한반도를 일컬어 '냉전의 마지막 고도'라고까지 합니다. 이제 우리 운명은 우리 스스로 결정해야 합니다. 지금 상황에서 한반도에 탈냉전의 기류를 흐르게 하고, 주도권을 갖고 북핵문제를 풀 수 있는 나라는 우리뿐이고, 또 그래야 한다고 저는 생각합니다.

　민주정부 10년 이전까지는 북한당국이 한국정부를 외면해 왔습니다. 통미봉남이 그들의 정책이었습니다. 그러나 민주정부 10년간 지구상에 북한을 실질적으로 도와줄 수 있는 나라는 대한민국밖에 없다는 것을 북한 스스로 알게 되었습니다. 그래서 6.15 공동선언과 10.4 정상선언도 가능했다고 생각합니다.

　6.15 선언으로 금강산관광과 개성공단이 본격 가동되었습니다. 남북간의 신뢰형성이 있었기 때문입니다. 북한은 금강산 관광과 개성공단 사업을 위해 주요 부대를 10km 이상 뒤로 물렀습니다. 남북협력 사업이 한국전쟁 때 동부와 서부전선의 주요 남침 통로였던 바로 그곳에 조성됐던 것입니다. 그래서 금강산 관광과 개성공단은 한반도 평화의 상징이라고 하는 것입니다.

　10.4 선언은 이 두 사업을 더욱 확대 시키고, 본격적인 남북협력 시대를 열자는 합의였습니다. 정전협정을 평화체제로 전환시키기

위해 종전선언을 하자는 것이었습니다. 남북 간의 장점을 살려 상생 협력으로 통일시대를 열어가자는 것이었습니다.

그러나 이명박 정부가 들어서자 다 수포로 돌아갔던 것입니다.

남북문제는 굳건한 한미 동맹을 기반으로 해야 합니다. 한미 간 대북정책의 정책공조 없이는 한 발짝도 나갈 수 없기 때문입니다.

대북정책에 관하여 한·미간이 잘 조율되고, 공조가 잘됐을 때 한반도의 미래는 밝았습니다. 반대로 대북정책에 관해서 한·미간 공조가 잘 안 됐을 때, 한반도 미래는 늘 어두웠습니다. 국민의 정부와 클린턴 행정부, 참여정부와 제2기 부시 행정부 시절에는 대북정책에 관해 한·미간 조율이 잘 되었고, 그로 인해서 한반도의 평화와 번영의 발전이 있었습니다.

지금은 박근혜 정부와 미국의 오바마 2기 행정부 모두 북한과의 대화를 원하지 않습니까? 박근혜 대통령의 한반도 신뢰프로세스가 본격 가동될 수 있는 기본 여건이 조성된 것입니다. 그래서 저는 박근혜 대통령에게 큰 기대를 걸고 있는 것입니다.

그렇다면 대북관계 접촉을 어디서부터 시작할지를 정해야 합니다.

통일부가 대북정책의 주무부서입니다. 대통령께서는 남북대화를 주도할 수 있도록 통일부에 힘을 실어주어야 합니다. 대북특사가 시기적으로 부담되는 상황에서 통일부 중심으로 대북 물밑 접촉을 시도하여 개성공단 정상화부터 논의해야 할 것입니다.

한반도 신뢰프로세스의 주 대상은 어디까지나 북한입니다. 따라서 북한의 신뢰가 가장 중요한 것입니다. 이 과정에서 6.15 공동선언의 정신을 승계할 것을 북한 당국에 촉구해야 합니다.

개성공단 정상화를 위해 정부가 할 수 있는 것은 이명박 정부 시절 경제협력을 제한하고 민간교류협력을 중단시켰던 5.24 조치를 푸는 것입니다. 그래야 북한당국이 박근혜 정부의 남북관계 개선 의지를 신뢰할 수 있을 것입니다.

지난 2010년 2월 북한당국이 금강산 관광객의 신변안전 보장을 담은 문서로 이명박 정부에게 금강산관광 재개를 제의했지만 받아들이지 않았습니다. 이번 기회에 북한당국과 협상할 때, 금강산 관광과 개성공단을 동시에 가동시킬 것을 제안해야 할 것입니다. 그래야 일방적 양보가 아닌 서로의 제의를 받아드린 것이 될 수 있습니다.

금강산 관광과 개성공단은 6.15 공동선언의 정신에 의해 가능하게 된 것입니다. 이 두 민족적 사업의 재개는 곧 6.15 공동선언의 정신을 이어가자는 남북간의 약속이 될 수 있습니다.

위와 같은 일련의 협상제의를 북한 당국이 수용하게 되면, 남북간에 급속한 신뢰형성이 이뤄질 것입니다. 그렇게 되면 북핵문제 해결을 위한 제의가 본격화 될 수 있다고 생각합니다.

핵문제는 어디까지나 6자회담으로 풀어야 합니다. 북한 당국이 원하는 한반도평화체제 확립이나, 북미관계 정상화 등은 9.19 공동성명의 핵심 의제에 포함되어 있습니다. 북한당국이 비핵화의 절차를 밟아가다가 중단한 것은 비핵화 단계에 비례하여 그들의 요구인 평화협정과 북미관계 정상화가 제대로 이뤄지지 않았기 때문입니다. 특히 올해가 정전협정 60주년이 되기 때문에 북한당국은 이번 기회에 정전협정을 평화협정으로 대체시키려고 노력할 것입니다.

이 점에서 참여정부때 10.4 정상선언의 정신을 강조해야 합니다. 당시 노무현 대통령과 김정일 국방위원장은 '종전선언'을 이행하려 했습니다. 10.4 정상선언은 냉전의 마지막 고도인 한반도의 전쟁상태를 끝내고, 본격적인 남북 상생과 통일시대의 문턱을 넘자는 것이었습니다.

5월 7일 한미정상회담은 북한당국에게 중요한 신호를 전해야 합니다. 그 신호는 박근혜 정부가 한반도 신뢰프로세스를 본격 가동할 것이며, 한반도 평화와 북핵문제 해결의 주도권을 갖겠다는 것이어야 합니다. 그렇지 않고 한미동맹 강화가 안보문제에 치중하게 되면 북한당국에게 오해를 주게 되고, 북한당국이 또다시 미사일 발사나 핵실험을 실시하면 더 이상 돌이킬 수 없는 상태가 될 것입니다.

정전협정 60주년을 맞이하여 남북관계 발전에 새로운 전기가 마련될 수 있는가의 여부는 박근혜 대통령의 결단에 달려 있다고 생각합니다.

9. 문재인 정부

[촛불혁명과 박근혜 퇴진]

촛불혁명, 민주 시민혁명

박근혜 대통령 퇴진 운동은 박근혜의 대통령직 사퇴 및 기타 목적을 목표로 했던 사회 운동입니다. 언론에서는 촛불을 들고 참여해 촛불집회라는 용어를 사용합니다. 집회시위의 경우 초기에는 민중총궐기 투쟁본부에서 주최하였으나 이후 여러 시민단체들의 연대체인 박근혜정권 퇴진 비상국민행동이 대한민국 주요 도시에서 정권 퇴진 탄핵 찬성 집회를 이어나갔으며 그중 매주 토요일에 대규모 집회를 열었습니다. 촛불을 사용한 항의행동이라는 점에서 촛불항쟁으로도 불리며 그 결과로 박근혜를 대통령 직에서 퇴진시켰다는 점에서 일부에서는 혁명으로 평가해 촛불혁명으로 부르기도 합니다.

그 전개과정을 보면 다음과 같습니다(위키백과).[21]

2016년 10월 24일 저녁 JTBC는 최순실에 대한 국정개입에 대한 증거로 태블릿PC를 입수하여 보도하였습니다. 10월 25일 포털에 탄핵, 하야가 상위 검색어로 올랐으나, 공식적인 퇴진 요구는 터지지 않았습니다. 10월 25일 박근혜는 연설 등을 도움받았다고 해명했으나 이날 저녁 JTBC는 박근혜가 해명의 범위를 넘어서는 문건을 최순실에게 유출했다고 증거를 공개했습니다. 이에 10월 26일부터 기자회견, 선언 등 형태로 공식적인 퇴진 운동이 시작되었으며, 저녁부터 퇴진 집회도 열렸습니다.

MBC 시사매거진 연구용역의 박근혜 대통령 퇴진 운동 여론 연구 결과에서는 2016년 10월 29일과 2016년 11월 5일에 있었던 1차·2차 시위 기간에는 박근혜 대통령이 직접 사임하기를 바라는 하야론이 우세했다면 박근혜 대통령의 사임이 늦춰지자 2016년 11월 12일과 2016년 11월 19일에 있었던 3차·4차 시위 기간에는 박근혜 대통령에게 사임을 명령하는 퇴진론으로 여론이 바뀌었고 박근혜 대통령이 스스로 사임할 뜻이 없다는 것이 자명해지자 2016년 11월 26일의 5차 시위 기간에는 박근혜 대통령의 하야와 퇴진을 바라는 여론에서 강제적인 퇴진인 탄핵론으로 여론이 바뀌었다고 분석했습니다.

2016년 11월 26일 '박근혜 즉각 퇴진 5차 범국민행동'이 열렸습니다. 4차 집회 가처분 신청에서 법원이 낮시간대의 청와대 방면 행진을 허용함에 따라 율곡로 북쪽 청와대로 가는 행진은 낮시간대에 하고 저녁에는 율곡로까지 행진하는 것으로 신고했습니다. 전국에서 190만명 (경찰 추산 33만명)이 참여해 대한민국 헌정사 최대의 시위로 기록되었습니다.

2016년 11월 29일 박근혜는 자신의 행동은 공익을 위한 것이었

---

21) https://ko.wikipedia.org/wiki/%EB%B0%95%EA%B7%BC%ED%98%9C_%EB%8C%80%ED%86%B5%EB%A0%B9_%ED%87%B4%EC%A7%84_%EC%9A%B4%EB%8F%99

다고 하면서 진퇴문제를 국회에 맡기겠다고 대국민담화를 했습니다. 박근혜 퇴진을 요구하던 시민사회단체들은 즉각 퇴진을 요구하고 박근혜 퇴진 집회를 계속 열기로 했습니다.

2016년 11월 30일에는 박근혜 대통령 퇴진을 촉구하는 총파업을 벌였습니다. 이날 총파업에 22만 명이 참가했으며 집회에는 주최측 추산 6만 명이 참가했다고 밝혔습니다. 2016년 12월 3일에 열린 6차 집회에서 주최측 추산 232만 명(경찰 추산 42만 명)이 참가하여 대한민국 헌정사 최대 시위 기록을 다시 경신했습니다.

박근혜의 탄핵

박근혜 대통령은 2016년 12월 3일 6차 촛불집회 이후 2016년 12월 9일 국회에서 불참 1표, 찬성 234표, 반대 56표, 무효 7표로 탄핵안이 가결되었습니다. 탄핵의 주요 원인으로는 일단 제일 큰 것은 물론 촛불의 시민 여론 힘이 워낙 강하기 때문에 국회의원들은 무엇보다도 민심에 굉장히 민감하게 작동될 수밖에 없고 탄핵 전에 한국갤럽이 조사한 여론조사에서도 탄핵에 대해서 찬성한다는 국민이 81% 이르렀습니다. 그래서 234명이 탄핵에 찬성했는데 비율로 환산하면 78% 정도 되기 때문에 거의 민심과 일치합니다.

헌법재판소는 드디어 2017년 3월 10일 오전 11시 대심판정에서 박근혜 대통령 탄핵심판사건 선고기일을 열고 재판관 8명 전원 일치 의견으로 박 대통령에 대한 파면 결정을 내렸습니다. 이정미 헌법재판소장 권한대행은 이날 대통령 탄핵심판 선고에서 "피

청구인 대통령 박근혜를 파면한다."는 주문을 확정했습니다. 이는 2016년 12월 9일 국회가 대통령 탄핵소추안을 의결하고 헌재에 접수한 지 92일 만의 결정으로, 헌재가 국회의 탄핵심판 청구를 인용한 것은 대한민국 헌정사 최초의 현직 대통령 파면이었습니다.

당시 헌재는 박근혜가 최서원(최순실)의 국정개입 사실을 은폐한 점(대의민주제 원리와 법치주의 훼손), 최서원의 이권 개입에 도움을 준 점(직권 남용, 기업의 재산권 침해, 기업경영의 자유 침해), 직무상 비밀을 유출한 점(국가공무원법상 비밀엄수의무 위배), 검찰·특별검사의 조사·압수수색에 불응한 점(헌법수호의지 없음)은 국민의 신임을 배반한 행위이며, 헌법질서에 부정적 영향을 미친다는 점이 인정되어 이러한 행위가 대통령을 파면할 만큼 중대하다고 밝히면서 결국 박근혜는 재판관 전원의 일치된 의견으로 헌정사상 최초로 탄핵되었습니다(네이버 지식백과).[22]

[문재인 정부와 국회의장 문희상]

문재인 정부의 출범

문재인 정부는 2017년 5월 9일 제19대 대통령 선거에서 당선된 문재인 대통령의 정권입니다. 제6공화국의 일곱 번째 정부이자, 세 번째 정권교체로 출범한 정부체제입니다. 임기는 2017년 5월 10일 출범해 2022년 5월 10일까지 예정되어 있습니다. 헌정 사상 최초의 궐위로 인한 선거로 인해 이전 정부들과 달리 대통령직 인수위원회 설치 없이 선거 결과 확정 직후 임기가 시작되었습니다. 때문에 인수위를 대신하기 위하여 국정기획자문위원회를 설치하여 운영했습니다.

정부 공식 명칭은 앞선 두 정권과 마찬가지로 별도의 정부 명칭 없이 문재인 정부로 결정됐습니다. 확정되기 이전에 취임사에서 더불어민주당 정부, 언론에서 제3기 민주 정부 등을 혼용했으나, 5.18 민주화운동 기념식 연설과 노무현 전 대통령 추도사 연설에서 문재인 대통령이 직접 문재인 정부로 지칭을 하면서 이제는 언론에서도 공식적인 용어로 문재인 정부를 사용하고 있습니다.

국회의장 문희상

문희상은 2017년 촛불혁명 이후부터 글을 쓰기 시작해 2017년 3월 22일에 '대통령, 우리가 알아야 할 대통령의 모든 것'이라는 책을 냈습니다. 대통령이 탄생하는 과정부터 국정 운영과 퇴임 이후의 자세, 갖춰야 할 덕목까지 적어 놨습니다.

2017년 대선 때는 문재인캠프에서 선거대책위원회 상임고문을 맡았습니다. 문재인 대통령 취임 직후엔 대일특사로 발탁돼 문재인정부 초기 4강 외교의 한 축을 이끌었습니다. 즉 2017년 5월 18일 대통령 특사 자격으로 아베 신조 일본 총리를 만나 문 대통령의 친서를 전달했습니다. 문희상은 이 방문을 놓고 '똥 싸놓은 거

22) https://terms.naver.com/entry.nhn?docId=3556230&cid=43667&categoryId=43667

치우러 가는 심정'이었다고 표현했습니다. 엉망진창으로 망가진 외교를 다시 복원하겠다는 일념으로 일정에 임했다고 합니다. 문희상은 2017년 5월 20일 김포공항에서 취재진을 만나 위안부 합의 문제를 놓고 "미래지향적으로 슬기롭게 극복하는 데 의견 합의를 봤다"며 "대한민국 국민이 정서적으로 위안부 합의를 받아들일 수 없다는 점을 분명히 전달했고 일본도 이를 이해한다는 취지로 말했다"고 밝혔습니다.

문희상을 본 일본인들은 포털사이트 댓글을 통해 "협상을 한다더니 야쿠자 오야붕(두목)이 왔다" 등의 평가를 남기기도 했습니다.

문희상은 2004~2008년 한일의원연맹 회장을 지냈습니다. 일본어를 공부하며 적극적으로 의원 외교에 나섰고 일본 총리를 지낸 모시 요시로 일본측 회장 등 일본 정계 인물들과 인맥을 두텁게 쌓았습니다.

2018년 7월 13일 20대 국회 후반기 국회의장으로 뽑혔습니다. 문희상은 2018년 7월 13일 국회의장을 선출하는 투표에서 총투표수 275표 가운데 259표를 얻어 당선됐습니다. 국회법에 따라 탈당해 무소속이 됐으며 20대 국회가 끝나는 2020년 5월까지 국회의장을 수행하게 됩니다.

원내 2당인 자유한국당의 이주영 부의장, 3당인 바른미래당의 주승용 부의장까지 선임되며 국회 의장단이 구성됐습니다.

이에 따라 5월 29일 20대 국회 전반기 국회가 종료된 지 45일 만에 입법부 공백사태가 해소됐습니다.

문희상 국회의장과 이주영 부의장, 주승용 부의장

　문희상은 수락 연설에서 "국회는 민주주의의 꽃이며 최후의 보
루"라며 "대결과 갈등에 빠져서 국회를 무력화하고 민생을 외면
한다면 국민이 선거와 혁명을 통해 용납하지 않을 것"이라고 당
부했습니다.

　문희상은 후보로 선출될 때 더불어민주당 20대 국회의원 가운
데 최고령인 73세였습니다.

　문희상은 정치지도자 중에 정치생활 내내 계보정치를 하지 않은
거의 유일한 정치인입니다. 계보원이 현재도 한 명도 없습니다. 이
와 관련해 문희상은 인터뷰에서 이렇게 말합니다.

　초창기에 정치를 하면서 정립이 된 거예요. 정치도 조직 활동이
고 친소가 분명히 있고. 인간관계가 형성되는 건 너무나 당연한 거
예요. 계보가 형성이 되려면 자발적인 권력행위가 생겨요. 그래서
패권주의가 생겨요. 그러다보면 망하게 되는 거예요.

402

계파 패권주의를 비판한 것이에요. 그래서 스스로는 계파만드는 건 아니다. 만든다면 김대중 계파주의라고 할 수 있다. 그분한테 정치를 배웠고 그분이 옳다고 생각하는 신념으로 지금까지 산다. 그분이 맨 처음에 나보고 세상을 좀 바꾸자. 그 얘기에 내가 전폭적으로 동의했고 그리고 어떤 세상을 만들기를 원하십니까? 물었더니, 자유가 들꽃처럼 만발한 세상, 정의가 강물처럼 흐르는 세상, 민족 통일의 꿈이 무지개처럼 피어나는 세상, 이게 나한테 딱 꽂히는 순간, 이게 노무현 대통령에서 약간 변질된 것은 자유정의라는 말 대신에 함께 더불어사는 세상, 골고루 더불어 사는 세상, 이런 것도 있고 통일도 다 마찬가지에요. 다 들어가는 개념이에요. 함께 더불어 살아야 된다 이거예요.

내가 말하는 동행도 이 말이에요. 포용적 성장이라는 말 정부에서 제가 제일 먼저 썼어요. 그게 원래 영국에 노동당, 미국에 민주당에서 만들어졌던 개념입니다.

사실 문희상 의장의 20대 국회에서의 목표는 크게 두 가지였습니다. 문희상 의장은 인터뷰에서 이렇게 밝히고 있습니다.

20대 국회에는 목표가 딱 2가지가 있습니다. 하나는 탄핵을 하는 거. 역사에 기록될 거예요. 234명이 찬성을 했어요. 2/3가 넘는 234명이 찬성을 해가지고 탄핵을 한 거예요. 역사적으로 힘든 상황에서 국민들이 스스로 일어나서 역사를 바꾼다는 것은 엄청난 거예요. 그게 다 개헌으로 마무리되었어요. 어쨌거나 한번 바뀌어야한다는 것은 개헌을 주장하는 거예요. 개헌을 하는 취지는 간단한 것. 대통령제가 나쁜 것이 아니에요, 우리 국민은 아직도 대통령제를 선호해요. 비선실세의 국정농단에서 촛불혁명이 시작되고, 대통령제가 문제가 아니고 대통령제의 시스템이 문제여서 비선실세가 있는 것이다. 시스템을 고쳐야한다. 이렇게 극단적으로 All or Nothing, 전부 아니면 전무. 이런 것은 없어져야한다. 나는 그래서 수직적으로 가려면 지방자치제로. 수평적으로 하는 건 대통령의 권한을 뺏어서 내각제로 가야 한다는 것입니다.

근데 우리국민은 국회를 못 믿으므로 대통령과 국무총리를 싸우게 하자. 국무총리에게 힘을 주자. 당당하게 해임건의권이나, 장관 추천할 수 있도록 하자는 것입니다. 그럼 책임총리가 있으니 비선실세가 있을 필요가 없다. 그래서 개헌을 하자면 이렇게 했으면 한다는 것입니다.

문희상 국회의장의 모습

[패스트트랙(검찰개혁, 선거법 개정)]

정권의 하수인. 권력의 시녀

대한민국 정부 수립 이후 이승만 정권 시기에는 경찰이 곧 국가 그 자체의 수준이었습니다. 국방, 치안, 경호, 정보 등등 모든 권한을 독점하고 있었습니다.

일개 경무관이 검찰총장은 물론 법무부 장관까지 종놈 다루듯한 역사가 있고, 검사가 빨갱이로 몰려 경찰에 즉결 처형을 당한 사건도 있었습니다.

여수·순천 사건이 그 예입니다. 이에 분노한 검사들이 정권의 몰락과 박정희 정권 수립 시기에 개헌과 형소법 개정에 개입하는데, 이것이 지금의 검찰 권력을 만들게 됩니다. 심지어 박정희 대통령도 군인이던 시절에 경찰의 횡포를 너무나 잘 봐와서 경찰을 약화시키는데 긍정적이었습니다.

하지만 전두환 대통령이 '법이 정직해봐야 힘 앞에선 쓸모가 없다'라는 말을 했듯이 군부정권 치하에서 법은 무용지물이었습니다. 군부정권이 끝날 때까지 여전히 경찰은 막강했습니다.

중앙정보부와 보안사, 경찰이 정권에 반하는 인사를 빨갱이로 몰아 잡아 가두고, 차지철 실장으로 대표되는 대통령경호실이 대통령 최측근에서 대통령을 모시고, 국세청이 정권에 반하는 기업, 예를 들어 국제그룹과 같은 기업들을 무너뜨릴 때, 검찰은 이들이 넘기는 사건을 기소해 주고 영장이나 법원에 요구하는 정도로

별다른 권력이 없었습니다. 하지만 이렇게 막 나가던 경찰이 실수하면서 군부정권이 몰락하는데 이것이 그 유명한 박종철 고문치사 사건입니다.

군부정권 몰락 이후 안기부, 경찰, 보안사 등등 권력에 아부하던 기관들도 동시에 몰락하고 법치주의가 제대로 들어서면서 검찰이 급부상하기 시작합니다.

무용지물이던 법들이 국가의 근간으로 다시금 자리매김하면서 검찰 권력이 갑자기 비대화 되고 몰락한 기관들의 권력 공백을 메우고 그 자리에 들어갔습니다. 게다가 다음 대통령들은 검찰을 칼잡이로 계속해서 활용하면서 지금의 괴물 검찰이 되었던 것입니다.

경찰권력이 검찰권력으로

1987년 6월 항쟁으로 대통령 직선제 개헌이 이뤄지고 노태우 대통령이 당선됐습니다. 노태우 대통령은 군 출신이었지만 전임 전두환 대통령과 차별화를 시도했습니다. 그 가운데 하나가 권력 핵심부에 군 출신들을 줄이고 검사 출신들을 기용한 것입니다.

검찰총장을 지낸 서동권 국가안전기획부장, 법무부 장관을 지낸 정해창 비서실장이 대표적인 사람들입니다. 검사 출신들을 요직에 발탁한 배경에는 검사 출신으로 노태우 대통령의 처사촌이었던 박철언이라는 인물이 있었습니다. 검사 출신들은 군 출신들보다 똑똑하면서도 상명하복에 철저한 사람들이었습니다. 노태우

정부에서 검찰은 공안정국을 이끌었고 '범죄와의 전쟁'도 수행했습니다. 노태우 정부는 가히 검찰 공화국이었습니다.

검찰은 박정희 전두환 독재 시절에는 군, 경찰, 중앙정보부와 비교하면 별로 센 기관이 아니었습니다. 군, 경찰, 중앙정보부는 독재 시스템의 주요 구성원이었지만 검찰은 정권의 하수인이나 권력의 시녀에 불과했습니다. 그러던 검찰이 노태우 정부에서 권력의 중심부로 진입하기 시작한 것은 독재 시스템이 무너지면서 '법 기술자'들이 정권 운용에 필요했기 때문입니다.

검찰이 바로 서야 나라가 바로 섭니다

김영삼 정부에서 검찰의 권력은 더 강해졌습니다. 김영삼 대통령은 '하나회'를 해체함으로써 군의 정치적 영향력을 완전히 제거했습니다. 검찰은 국가안전기획부, 경찰, 국세청 등 다른 권력기관에 비해 훨씬 막강한 권력기관으로 자리를 굳혔습니다.

이와 같이 비대해진 검찰을 개혁하기 위해 김영삼 대통령은 한보사태 등을 계기로 검찰권을 제한하려고 했으며, 임기 말에 검찰청법 개정에 의해 검찰개혁을 하려고 시도했습니다. 그러나 검찰은 한보비리사건을 수사하던 중 김영삼 대통령의 차남 김현철씨를 '몸통'으로 지명하여 결국 구속 수감하기에 이르렀습니다.

한국 최초의 여·야간 평화적 정권교체를 통해 출범한 김대중 정부 출범 직후인 1998년 1월, 검찰개혁에 대한 국민들의 요구가 거셌습니다. 김대중 대통령은 후보 시절 특검제 도입, 검찰총장 청문회 등의 제도 도입 등을 공약으로 내세웠습니다. 다음은 당시 『신동아』에 실린 당선자 인터뷰 내용입니다.

첫째, 검찰총장에 대한 임명권자의 편파적이고 자의적인 인사를 배제하기 위해 검찰총장의 국회임명동의와 국회인사청문회를 실시하며, 둘째, 검찰권의 공정한 행사를 담보하기 위해 검찰총장은 국회에 출석하여 보고토록 하며, 셋째, 재정신청제도를 전면적으로 확대해 기소독점주의의 남용을 방지하며, 넷째, 특별검사제를 도입하여 정치적 사건에 대해 정치권력으로부터 집권자가 전횡하지 못하도록 검찰의 인사, 예산 등에 관한 사항을 심의·의결하는 검찰인사위원회를 설치할 필요가 있습니다(신동아 1998년 1월호 당선자 인터뷰).

노태우, 김영삼 정부에서 검찰은 김대중을 대표로 하는 야당 탄압에 앞장섰습니다. 정권교체는 검찰의 입장에서 볼 때 재앙이었던 것입니다. 개혁의 대상이 된다고 판단할 수밖에 없었던 겁니다. 김대중 대통령은 1998년 4월 9일 법무부 첫 업무 보고에서 김태정 검찰총장을 앞에 놓고 이런 말을 했습니다.

검찰은 권력의 지배를 받고 권력의 목적에 따라 표적 수사를 많이 했습니다. 나도 당해 봐서 압니다. 1989년 용공 조작 당시, 밀입북 사건과 관련해 검찰이 서경원 씨를 사흘간 잠 안 재우고 고문까지 해서 나에게 주지도 않은 1만 달러를 줬다고 허위 자백하게 했습니다.

　검찰이 바로 서야 나라가 바로 섭니다. 이것은 내가 진짜 하고 싶은 말입니다. 분명히 말하지만 이 정권은 학연, 지연에 구애받지 않고 인사 문제를 깨끗이 할 것이고 권력을 위해 검찰권 행사를 해 달라고 하지도 않을 것입니다(http://www.hani.co.kr/arti/politics/).

　김대중 대통령이 말했던 "검찰이 바로 서야 나라가 바로 선다"는 말은 붓글씨와 표구로 제작되어 대검찰청을 비롯한 전국 검찰청사에 오랫동안 걸려 있었습니다. 그러나 김대중 정부에서도 집권 초기에 IMF를 극복하는데 주력한 나머지, 검찰개혁안을 마련하지 못했으며, 임기 말에 이르러서야 검찰과 관련된 제도 변화가 이루어집니다. 그러나 세 아들 김홍일, 홍업, 홍걸 등이 구속됨으로써 급속도로 레임덕에 빠지며 검찰개혁은 흐지부지되고 말았습니다.

고위공직자수사처 설치를 시도하다

　검찰의 이런 전략은 김영삼, 김대중, 이명박, 박근혜 정부에서 성공을 거두었습니다. 딱 한 번 노무현 정부에서 잘 통하지 않았습니다. 노무현 정부는 전임 정부의 비리에 별 관심이 없었습니다. 그리고 처음부터 검찰을 개혁하려고 달려들었습니다. 대검 중수부를 폐지하려고 했습니다. 고위공직자비리수사처(고비처)를 만들려고 했습니다. 검사들 가운데 일부 이른바 엘리트들은 부산상고 출신 비주류 대통령을 경멸했습니다. 노무현 대통령은 재임 기간 내내 검찰과 사이가 매우 나빴습니다. 이런 관계는 노무현 대통령 퇴임 이후까지 이어졌습니다.

강금실 전 장관이 검찰개혁의 일환으로 대검 중수부 폐지를 꺼내들었을 때, 이와 관련한 논의가 시작되기도 전에 송광수 당시 검찰총장이 '차라리 내 목을 치라'고 반발했습니다(경향신문. 2018.03.11.).

문재인 대통령은 노무현 정부 청와대에서 민정수석과 비서실장을 했던 사람입니다. 검찰에 대해 누구보다도 할 말이 많을 수밖에 없습니다.

검사스럽다

개혁에 대한 저항은 대체로 조직적인 반발로 나타납니다. 검찰개혁이 대표적인 예라고 할 수 있을 것입니다. 정권교체 시초의 거센 세력을 이용하여 나라의 기반을 튼튼히 다질 기회를 놓치면 모든 것이 무기력해지게 됩니다. 노무현 전 대통령은 당선과 동시에 검찰개혁을 시도했지만 실패했습니다. 2003년 TV로 생중계된 '검사와의 대화'를 할 때의 노무현 전 대통령님의 말씀이 아직 내 머리에 생생하게 기억납니다. "이쯤 되면 막가자는 거지요"

이때부터 '검사스럽다'는 말이 국민들 사이에 유행했습니다. 국민들은 검사들의 행태를 보면서 그들이 얼마나 무소불위의 권력으로 특권과 반칙을 누리는 집단인지를 알게 되었습니다. 예나 지금이나 언론의 비호 아래 그들의 실상이 일반 국민들에게는 많이 드러나지 않고 있습니다.

열심히 공을 들였지만, 여야 정당과 국회의원들이 협조해 주지 않았다. 한나라당(현, 미래통합당)은 무조건 반대했고, 검찰은 조직의 역량을 총동원해 국회에 로비를 했다. 털어서 먼지 나지 않기가 어려운 것이 정치인이라 그런지… 여당 국회의원들도 큰 노력을 하지 않았다. 결국 검경 수사권 조정도 공수처 설치도 모두 물거품이 되고 말았다. 공수처 수사 대상에 국회의원을 포함시킨 것이 제일 큰 문제였다면, 국회의원을 빼고서라도 제도 개혁을 했어야 옳았다.

검찰은 임기 내내 청와대 참모들과 대통령의 친인척들, 후원자와 측근들을 집요하게 공격했다. 검찰의 정치적 독립을 추진한 대가로 생각하고 묵묵히 받아들였다.(노무현 대통령의 『운명이다』에서)

이 당시 문희상은 참여정부 비서실장으로 근무하고 있었습니다. 그는 동행에서 검찰을 강하게 질타하고 있습니다. 그는 『동행』에서 검찰이 대통령에게 항명하는 부분을 다루고 있습니다.

모 검사장이 "나는 대통령의 명을 듣지 않고 국민의 명을 듣겠다"라고 했습니다. 말은 맞습니다. 국민의 검찰로 거듭나라, 대통령이 하신 말씀이 바로 그 말씀입니다. 대통령은 그 말을 해도 됩니다. 노무현 대통령은 그 말을 할 자격이 있습니다. '국민의 검찰로 다시 거듭나시오', 얘기할 수 있습니다. 왜냐하면, 정치적으로 이용할 마음이 전혀 없기 때문에, 그러나 그 사람은 그렇게 얘기하면 안 됩니다.

국민의 대표로 뽑혀서, 오늘날 국가원수와 행정수반으로서의 헌법적 권리를 갖고 있는 대통령입니다. 검사가 어떻게 대통령 말을 안 듣겠다는 말입니까? .... 국권의 집행자로서 대통령이 하는 말을 검사장이 안 듣겠다고 하면, 이 나라가 어떻게 된단 말입니까? 국법질서는 어떻게 된단 말입니까? 말도 안 되는 소리입니다 (동행1, 308).

문희상은 검사가 대통령에 저항하는 것은 국법질서에 어긋난다고 강하게 질책하고 있습니다.
2011년 6월 『문재인의 운명』에는 이런 대목이 나옵니다.

중수부 폐지를 본격 논의하기 전에 대선자금 수사가 있었다. 그 수사를 중수부가 했다. 대통령이나 청와대는 검찰이 정권 눈치 보지 않고 소신껏 수사할 수 있게 보장해줬다.
이 수사로 검찰이 국민들로부터 대단히 높은 신뢰를 받게 됐다. 그 바람에 중수부 폐지론이 희석됐다. 그런 상황에서 우리가 중수부 폐지를 추진하게 되면 마치 대선자금 수사에 대한 보복 같은 인상을 줄 소지가 컸다. 그 시기를 놓치니 다음 계기를 잡지 못했다. 아쉬운 대목이다. 그렇게 하면서까지 지켜준 검찰의 정치적 중립이며 독립이다.
그런데 이명박 정부가 들어서자마자 그들은 순식간에 과거로 되돌아가 버렸다. 이명박 정부 출범과 함께 한꺼번에 퇴행해 버린 것이 어이없고 안타깝다. 안타깝기만 한 것이 아니다. 검찰을 장악하려 하지 않고 정치적 중립과 독립을 보장해 주려 애썼던 노 대통령이 바로 그 검찰에 의해 정치적 목적의 수사를 당했으니 세상에 이런 허망한 일이 또 있을까 싶다(『문재인의 운명』에서).

문재인 대통령은 2011년 11월 『검찰을 생각한다』라는 책을 냈습니다. 김인회 인하대 법학전문대학원 교수와 함께 쓴 책입니다. '무소불위의 권력, 검찰의 본질을 비판하다'라는 부제가 붙어 있습니다. '들어가는 글'에 이런 내용이 있습니다.

참여정부는 역사상 처음으로 검찰개혁을 국가적 과제로 상정하고 시도했습니다. 그동안 제기된 검찰개혁 과제들을 하나하나 의제화하고 제도화하려고 했습니다.

정치적 중립 과제나 인권 친화적 수사에서는 성과를 보였습니다. 하지만 전반적으로 보아 성과보다는 실패가 많았습니다. 그리고 참여정부가 끝나고 나서도 개혁을 둘러싼 참여정부와 검찰의 대립은 남아 있었습니다. 그 결과가 노무현 대통령의 비극적 죽음입니다.(중략)

법률에 따라서만 권한 행사를 해야 할 검찰이 노무현 대통령 수사에서 금도를 잃고 권한을 남용하고 위법을 저질렀습니다. 증거가 부족한데도 무리하게 수사를 강행했고, 사실이 아닌 내용, 혐의 사실과 관련 없는 내용까지 실시간 생중계하듯 유포해 언론 조작을 했습니다. 정치권력의 요구와 이에 부응한 검찰의 맹목적 충성, 지극히 정치적이고 감정적인 사건 처리, 이것이 노무현 대통령

수사에서 드러난 검찰의 모습이었습니다.

우리는 참여정부의 검찰 개혁과 그 이후의 과정에서 검찰의 본질을 똑똑히 보았습니다. 그 경험을 분석하고 종합하고자 하는 것이 이 책의 목적입니다.

노무현 정부에서 검찰을 개혁하지 못한 회한과 그 이후 검찰의 만행에 대한 분노가 잘 드러나 있습니다. 검찰이 경찰 우위에 있고 사법권까지 장악하고 있는 한국 검찰의 막대한 힘과 권력은 노무현 전대통령의 죽음에서 정점을 보여주고 있습니다.

정권과 검찰권력이 손을 마주잡다

노무현 대통령 서거에도 불구하고 검찰의 전횡은 이명박·박근혜 정부 10년 동안 극에 달했습니다. 이 시기 검찰은 정권 및 언론과 유착하여 여권 봐주기, 야권 탄압을 위한 수사로서 정치검찰의 위용을 높이게 됩니다.

이명박 정권은 검찰 권력을 악용해 이전 정권을 수사함으로써 참여정부에 대한 신뢰를 추락시켰습니다.

'노무현 죽이기'에 동원된 검찰은 피의사실을 마음대로 공표하고, 공권력을 남용했습니다.

집권 세력을 반대하는 목소리에 칼날을 휘둘렀던 검찰은 정황과 증거가 그대로 드러난 이명박 정권 사건, 예를 들면 청와대 및 국무총리실 민간인 불법사찰, 이명박 전 대통령 내곡동 사저부지

매입 사건 등은 봐주거나 기소조차 하지 않았습니다. 또한, 검찰은 KBS 정연주 사장 사건에서 법원을 배임의 교사범으로 만들었습니다. 언론의 자유, 표현의 자유를 억압하기 위해 〈PD수첩〉과 〈미네르바 사건〉에서 무리한 기소를 서슴지 않았습니다.

이와 같은 검찰의 행태는 박근혜 정부에서 거침없는 활개를 펴게 됩니다. 박근혜 정부에서 검찰은 국정농단의 실상과 범인들을 알고 있으면서도 수사하지 않았습니다. 김기춘, 우병우 등 청와대 정치 검사들이 검찰을 장악하고 있었기 때문일 것입니다.

박근혜 정부에서는 청와대의 입맛에 맞는 수사를 한 검사는 승진하고, 청와대에 칼끝을 향한 수사를 한 검사는 좌천시켰습니다. 이러한 인사가 주는 메시지는 검찰의 정치 예속을 부추깁니다.

검찰이 불법에 대해 공명정대하게 수사를 하기보다는 청와대의 인사권을 바라보고 정치적인 수사를 하게 된다는 뜻입니다.

이와 같이 정치검찰 만들기는 역대 정부에서 계속되었고, 검찰 개혁을 공약으로 삼은 문재인 정부에서도 오히려 심화된 것으로 보입니다.

특검 수사를 통해 박근혜 전 대통령을 감옥으로 보내고 출발한 정부는 검찰 수사를 통해 전전 정부인 이명박 전 대통령을 성공적으로 구속시켰습니다.

검찰은 정권 타고 넘기로 조직을 보존합니다

대통령은 5년마다 바뀌었지만 검찰은 점점 더 강해졌습니다. 김영삼 정권에서부터 박근혜 정권까지의 검찰의 행태를 보면 검찰은 '정권 타고 넘기' 전략으로 조직의 권력을 강화시켜 왔습니다. 검찰이 일종의 조직 보호 자동 장치를 가동한 것입니다. 그동안 검찰은 정권에 대해 이와 같은 방식을 견지했습니다.

첫째, 정권 전반기에는 전 정권 비리 수사에 전력을 다합니다. 정권은 수사권과 기소권을 한 손에 쥔 검찰을 '가장 잘 드는 칼'로 활용합니다. 이렇게 요긴한 검찰을 정권이 개혁할 이유가 없습니다. 현 정권 인사들의 비리와 범죄 혐의는 차곡차곡 쌓아두기만 합니다.

둘째, 정권 후반기에는 그동안 쌓아두었던 현 정권 인사들의 비리와 범죄에 대한 수사를 시작합니다. 정권은 검찰을 개혁할 수 없습니다. 검찰은 조직을 무사히 보존합니다.

검찰권력은 임기가 없습니다

2016년, 박근혜 대통령 국정농단에 분노한 촛불 시민들은 검찰개혁을 외쳤습니다. 검찰개혁이 대한민국의 국가적 과제로 떠오른 것입니다. 우리나라 정치 권력은 5년 임기의 대통령과 함께 뜨고 집니다. 검찰 권력은 임기가 없습니다. 검찰 권력이 대통령 권력이나 정당 권력보다 강합니다.

검찰 개혁을 하지 않으면 야당은 아마 당분간 계속 당할 것입니다. 검찰이 야당에 대한 수사를 강하게 함으로써 문재인 정부에 잘 보이려고 할 것이기 때문입니다. 여당은 괜찮을까요? 그럴 리가 있겠습니까.

문재인 정부가 힘이 빠지는 순간 검찰의 예리한 칼끝은 문재인 정부와 여당을 향할 것입니다. 순식간입니다. 결국 검찰의 정권 타고 넘기 전략이 이번에도 성공할 수 있다는 의미입니다. '네버 엔딩 스토리'라고 치부하기에는 너무 끔찍하지 않습니까?(한겨레, 2019.01.06)

법이란 만인 앞에 평등합니다. 따라서 누구나 법을 준수해야 합니다. 삼권분립의 원칙, 견제와 균형의 원리를 충실히 따라야 합니다.

그런데 검찰은 무소불위의 권력을 휘두르며, 검찰 조직내의 비리에는 눈감고 자신들의 권력 유지에만 공들여 온 것입니다.

이 땅에 민주주의를 발전시키기 위해서라면 당연히 개혁해야 할 첫 번째 대상입니다.

자신의 몸을 자기가 수술할 수는 없습니다

조국사태의 핵심은 검찰이 언론 플레이를 하고 있는 고등학생의 표창장, 사모펀드가 아닙니다. 이런 것은 형사부에서 며칠만 수사해도 밝혀질 사안입니다.

전국의 특수부 검사 인력을 총동원해서 70여 곳을 압수수색을 하고 4달 동안 밍기적거리며 언론 플레이를 한다는 것 자체가 무소불위의 검찰권을 선택적으로 행사하는 것입니다. 의심이 가면 시끄럽게 떠들지 말고 차분하게 수사하고 재판에서 진실을 가리면 되는 것입니다.

이 문제의 핵심은 검찰 개혁을 무산시키기 위해 검찰이 조직적으로, 비열한 방법으로 반발하는 데 있습니다. 그동안 무소불위의 권력을 가진 검찰이 안으로는 자기 식구들의 범죄는 눈감아주고 밖으로는 권력과 손잡고 입맛대로 행사해왔던 검찰권을 뺏기지 않기 위해 저항하는 것이 핵심입니다.

김학의, 우병우, 안태근 검사 성추행, 스폰서 검사, 그렌져 검사, 장자연, BBK사건 등은 가볍게 재판에 넘기거나 면죄부를 주고, 반대로 노무현, 강금원, 한명숙, KBS 정영주 사장, MBC PD수첩 사건 등을 무리하게 수사하고 기소한 검사들은 비록 재판에서 무죄가 확정되었지만 승승장구했습니다. 이렇게 특정 권력과 손잡고 비리를 덮어주거나 무리하게 수사를 하며 공생 관계를 유지해왔던 것입니다.

그런 검찰이 지금 사상 초유로 자신의 직속상관인 조국 법무부 장관을 수사하면서 노무현 때와 같은 수법으로 야당, 언론과 한통속이 되어 망신주기식 수사기밀 유출, 허위사실 유포 등을 자행하고 있는 것입니다.

윤석열 검찰총장이 "사람에 충성하지 않고 검찰 조직에 충성한다"는 생각이라면 검찰개혁을 바라는 국민들은 배신감을 느낄 수밖에 없습니다. 검찰은 정의와 양심에 따라 법을 집행해야 국민으로부터 신뢰감을 얻기 때문입니다.

검찰은 "자기들이 마음 먹으면 못할 일이 없다. 정권은 유한하고 검찰은 영원하다"는 거만한 자부심을 가지고 그때그때 권력의 입맛에 맞게 선택적으로 검찰권을 행사하며 검찰 권력을 유지해 왔습니다. 관계기관에 상납하며 조직을 보호하는 조폭 문화와 무엇이 다른지요?

그래서 검찰개혁이 필요합니다. 지금껏 검찰개혁을 외쳤지만 성공한 정권은 없습니다. 전 세계에서 가장 무서운 권력을 가지고 있는 검찰이 한국 검찰입니다. 공소권, 기소권, 수사권 등등 모든 권한을 다 가지고 있기 때문입니다.

보수건 진보건 모든 정권이 검찰개혁을 하겠다고 했지만 성공한 사례는 없습니다. 왜 그럴까요? 검찰이 수단 방법을 가리지 않고 저항하니까요. 말로는 항상 국민의 뜻에 따르겠다는 소리를 하지만, 검찰이 자신들이 그동안 누려온 기득권을 포기한다는 것은 뱀이 껍질을 벗는 것만큼이나 어려운 일이지요.

더더구나 자체 개혁이란 불가능하다고 보아야 합니다. 자신의 몸을 자기가 직접 수술하는 것은 불가능하기 때문입니다.

사법개혁은 반드시 넘어야 할 큰 산입니다

촛불혁명을 등에 업고 당선된 문재인 대통령은 2017년 대선에 출마할 때 공수처 설치를 1호 공약으로 내세우며 검찰개혁에 드라이브를 걸었습니다. 그래서 20대 국회에서 고위공직자범죄수사처 설치 및 운영에 관한 법률(공수처법)과 검경 수사권 조정안을 통과시켰습니다. 장장 20년이 넘는 세월이 흘렀습니다.

사법개혁의 절박함은 중언부언할 필요가 없습니다. 국정농단 사태에 검찰이 일조했고, 진경준 전 검사장 사건 등을 굳이 끌어들일 필요도 없습니다. 서지현 검사의 폭로와 연이어 드러난 검찰 내 성추행 사건, 국정원 파견 검사의 댓글 수사 방해 사건, 수사기록 유출 사건 등 최근에 불거진 사건만으로도 검찰개혁의 절실함은 충분히 설명되고도 남습니다.

검사가 검사를 성추행하는 조직, 검사가 수사와 재판을 방해하는 조직, 심지어 검사가 사건 당사자에게 수사정보나 기록을 유출한 조직에게 국민들은 어떻게 범죄에 대한 수사권과 기소권을 맡기고 정의와 인권보호를 기대할 수 있겠습니까?

법원도 마찬가지입니다. 법관 블랙리스트 사태, 판사의 성향을 선별하여 관리한 법원이 그동안 판사들이 법과 양심에 따라 충실하고 올바른 재판을 해왔다고 감히 말하기 쉽지 않을 것입니다.

법원은 윤석렬 검찰체제 하에서 영장자판기라는 우스갯소리로 전락했습니다. 예로부터 사법부는 민주주의의 최후 보루라는 말을 해왔습니다. 아쉬운 구석이 없지 않지만 그래도 사회적 파장을 동반한 사건 혹은 인권침해 요소가 다분한 사실관계와 법리 해석 분야에서 그래도 사법부는 보편타당한 판단을 이어왔던 것입니다.

그런 법원이 정부의 개혁 드라이브 앞에서 돌연 보신에 돌입하고 말았으니 대중에게 희화화되는 법원의 현주소를 앞에 두고 누굴 탓할 수 있겠습니까? 사법농단 의혹을 받은 양승태 대법원장에 솜방망이 처벌을 내린 때부터 예견되었다고는 하지만, 낯부끄러운 과거를 청산하지 못한 책임은 두고두고 법관은 물론 법원 관계자 모두에게 꼬리표로 따라다닐 것입니다.

사법권이 흔들리면 국가가 흔들립니다. 사법권은 민주주의와 인권수호의 최후의 보루이자 분쟁의 최종적 심판권입니다. 잘못된 수사와 기소가 이루어지고 정당하지 못한 재판이 행해진다면 국민들은 서로를 믿고 존중할 수 없습니다.

나 그리고 가족밖에 믿을 곳이 없게 되고, 법보다 권력과 돈이 앞서는 무전유죄·유전무죄로 인해 약자들의 한탄과 피해의식은 끊이지 않을 것입니다. 그래서 사법개혁은 국가 구성원간의 신뢰를 형성하고 대한민국이 화합하고 통합된 사회로 나아가기 위해 반드시 넘어야 하는 큰 산입니다.

검찰개혁은 공수처 설치와 검경 수사권·기소권 분리부터

문재인 대통령이 검찰 개혁 의지를 가다듬은 것은 노무현 대통령 서거에 대한 복수심 때문이 아닙니다. 검찰 개혁은 대한민국 대통령 후보로서 당연히 해야 하는 국가적 과제였던 것입니다.

문재인 대통령은 2017년 1월 펴낸 『대한민국이 묻는다』에서 검찰 개혁 방안에 대해 이렇게 말했습니다.

"검찰 개혁과 관련해서 지방분권 강화 전에 지금 당장 할 수 있는 일은, 검찰에 너무 많이 집중된 권한을 법으로 조정하는 겁니다. 집중된 권한 때문에 '무소불위의 검찰'이 되었고 권력의 눈치를 보는 정치검찰도 등장했습니다."

현재 검찰이 가지고 있는 수사권과 기소권을 분리해서 수사권은 경찰에게, 기소권은 검찰에게 분리 조정하는 것이 가장 빠르게 개혁할 수 있는 부분입니다."

"수사권이 경찰에게 간 다음에도 경찰이 제대로 수사할 수 있으려면, 어느 정도 시간이 걸릴 거라고 봅니다. 그게 완전히 제대로 되기 전까지는 고위 공직자들이 수사를 받는 기구가 한시적으로 필요합니다."

검경수사권과 기소권의 분리, 공수처 설치의 필요성에 적고 있습니다. 문재인 대통령 대선 공약집에서 검찰개혁 부분을 찾아보았습니다. 이렇게 되어 있습니다.

권력 눈치 안 보는, 성역 없는 수사기관을 만들겠습니다

‐ 고위공직자 비리수사처의 설치와 검·경수사권 조정

·고위공직자의 비리 행위에 대한 수사와 기소를 전담하는 고위공직자비리수사처를 설치하여 검찰의 권력 눈치보기 수사 차단

·수사권과 기소권을 분리해 검찰과 경찰의 견제와 균형의 원리가 제대로 작동되도록 검·경수사권 조정

·검찰은 원칙적으로 기소권과 함께 기소와 공소유지를 위한 2차적·보충적 수사권 보유

‐ 검찰 인사 중립성·독립성 강화

·독립된 검찰총장후보위원회를 구성하여 검찰총장 임명에 있어

권력개입을 차단하고 검찰총장 국회 출석 의무화 추진[3]

· 법무부의 탈검찰화를 추진하고 검사의 외부기관 파견 억제

· 검찰총장추천위원회와 검찰인사위원회의 중립성과 독립성을 확보하고 검사징계위원회와 감찰위원회의 위상을 강화하여 검사 징계 실효성 확보

– 검찰의 외부 견제기능 강화

· 재정신청 대상을 현행 고소사건뿐만 아니라 고발사건까지 확대 적용하고, 공소유지변호사 제도 부활

· 중대 부패범죄에 대한 기소법정주의를 도입하고, 검찰의 무리한 기소/불기소를 통제하기 위해 검찰시민위원회 법제화

– 권력기관의 수사방해 행위 제어

· 청와대 등 국가비밀 보유 기관에 대한 압수수색 부당거부 제한

어떻습니까? 우여곡절 끝에 문재인 대통령의 공약 가운데 첫 번째 항목인 고위공직자 비리수사처 설치와 검·경수사권 조정이 이뤄졌습니다.

검찰 개혁 관련 법안은 국회 사법개혁특별위원회에서 다루었습니다. '공수처 설치'와 '검·경 수사권과 기소권의 분리'에 대해 자유한국당의 반대가 매우 강했습니다. 자유한국당은 전통적으로 검찰의 이익을 대변해 왔습니다. 자유한국당에 검사 출신 국회의원들이 많기 때문이기도 하지만, 자유한국당 자체가 보수 기득권 세력이기 때문인 것으로 판단됩니다.

문재인 정부에서 과연 검찰개혁이 이루어질 것인가에 대해서

는 많은 사람들이 걱정했습니다. 과거 검찰의 행태를 비추어 볼 때 문재인 정부가 검찰 개혁을 할 수 없도록 국민들을 자기 편으로 끌어들이기 위해 전 정권 비리를 철저히 파헤치고 있었기 때문입니다.

"큰일이다. 지금 과거 정권 비리 척결에 가장 앞장서고 있는 조직이 바로 검찰이다. 검찰은 박근혜 대통령, 이명박 대통령 수사에서 놀라운 능력을 발휘했다. '정의의 사도'로 탈바꿈했다. 촛불 시민들이 검찰을 '우리 편'으로 여기게 됐다.

거기에 검찰이 대법원 블랙리스트 의혹과 재판거래 의혹 수사까지 하면서 검찰 개혁이라는 말 자체가 온데간데없이 사라졌다. 이러다가 검찰 개혁 못 할 것 같다. 아니 이미 어려워진 것 같다. 문재인 정부마저 검찰 개혁을 하지 못하면 검찰 개혁은 영원히 불가능해진다. 우리 모두 반드시 후회할 것이다." (한겨레, 2019.01.06)

문재인 대통령과 함께 『검찰을 생각한다』는 책을 썼던 김인회 교수가 문재인 대통령 당선 뒤 2017년 9월 『문제는 검찰이다』라는 책을 다시 썼습니다. '검찰개혁 없이는 민주주의도 없다'는 부제를 달았습니다.

검찰이 '악마의 조직'처럼 된 것은 검사들이 악마이기 때문이 아닙니다. 권한이 너무 크고 강하기 때문입니다. 수사권과 기소권을 한 손에 쥐었기 때문입니다. 모든 조직은 조직 보호 본능과 조직 확대 본능을 갖고 있습니다. 관료 조직이 끊임없이 확장하는 것도 같은 이치입니다. 검찰도 마찬가지입니다.

참여정부에서 법무부 장관을 역임했던 천정배 의원은 "정권을 내놓을 각오를 해도 어려운 게 검찰개혁"임을 몸소 느꼈다고 소회하고 있습니다(경향신문. 2018.03.11.).

대한민국 국회와 국회의장 문희상 함께 쓰러지다

문희상은 패스트트랙으로 「선거제도 개혁법」과 「공수처법」을 통과시켰습니다.

패스트트랙이란 국회에서 발의된 안건의 신속처리를 위한 제도라는 뜻입니다. 발의된 국회 법안 처리가 무한정 표류하는 것을 막고, 법안의 신속처리를 위한 제도를 말합니다. 패스트트랙이란 일명 '안건 신속처리제도'이며 2015년 5월 국회법이 개정되면서 국회 선진화법의 주요 내용 중 하나로 포함되었습니다.

국회에서 법안이 통과되어야 하는데 소수가 무조건 반대한다고 법안이 통과되지 않으면 안 되지요. 그래서 300일 정도 시한을 정해두고 그 기간이 지나면 합의가 되지 않더라도 자동으로 강제적으로 투표에 붙이도록 만드는 제도입니다. 소수의 의견도 중요하지만 300일이 넘도록 합의가 안되는 법안이라면 그때는 다수결 원칙에 따라 투표를 해야 한다는 거지요.

그래서 이 패스트트랙 규정에 따라서 자유한국당을 제외한 더불어민주당, 바른미래당, 민주평화당, 정의당이 2가지의 법안을 패스트트랙으로 지정했습니다. 자유한국당이 반대해도 300일이

지나면 강제로 투표에 붙이도록 하는 법안을 2개 지정한 겁니다. 패스트트랙으로 지정한 2개 법안은 바로 「선거제도 개혁법」과 「공수처법」입니다.

여야 4당이 패스트트랙 절차에 따라 공수처 설치와 연동형 비례제도를 합의했습니다. 그동안 검찰이 보수 정권의 시녀라는 소리를 들을 정도로 비리 사건을 은폐, 축소하는 일이 비일비재했기 때문에 여야 합의로 구성된 공수처를 설치해서 권력의 눈치를 보지 않고 중립적으로 고위 공직자들의 비리를 수사하겠다는 취지입니다. 그리고 선거제 개편안 역시 그동안 더불어민주당과 자유한국당만 독식하던 의석수 현실을 개선하기 위해 연동형 비례대표제로 선거법을 개정하여 군소 정당들에게도 의석이 균등하게 배분될 수 있도록 한 제도입니다.

그동안 더불어민주당과 자유한국당 두 거대 기득권 집단만이 의석을 독점하고서 끊임없는 좌파 우파의 극단적인 투쟁을 일삼아 온 것이 우리의 정치 현실이었습니다. 그래서 연동형비례대표제로 선거법을 개정하면 군소정당인 정의당, 바른미래당 같은 중도 보수 정당의 의석수가 늘어나게 됩니다.

기존의 양대 정당제의 독점에서 벗어나 국민의 민의가 다양하게 반영되는 다당제로 바뀌게 되고 이는 우리 정치에 매우 고무적인 일이라 봅니다. 그런데 자유한국당은 연동형 비례제로 하면 자기들 의석수가 줄어드는 것만 계산하면서 발끈해서 문희상 국회의장을 찾아가 난동을 부렸습니다.

패스트트랙을 '목숨 걸고 막겠다'며 총력 저지를 선언한 한국당

의원들이 철야농성에 이어, 김관영 바른미래당 원내대표의 사보임 요청을 불허해달라며 문희상 국회의장과 충돌이 빚어졌습니다. 이로 인해 자유한국당 황교안 대표와 의원 23명, 소속 보좌관·당직자 3명 그리고 더불어민주당 의원 5명, 소속 보좌관·당직자 5명이 불구속 기소 또는 약식 기소되었습니다.

나경원 원내대표의 고위공직자비리수사처 설치법 패스트트랙 언급에 문희상 의장은 다른 뜻을 표했다. 문 의장이 "겁박해서 될 일이 아니다. 최후의 결정은 내가 할 것이다. 국회 관행을 검토해서 결정하겠다고 약속한다"고 말하면서 몸싸움이 시작됐다(뉴스&이슈, 2019. 4. 25).

자유한국당 의원들의 집단 공격에 문희상 국회의장은 갇히는 신세가 되었고 고령으로 저혈당 쇼크를 받은 의장님은 병원으로 실려갔습니다. 나는 이들의 항의와 농성은 대한민국 국회의원들에 대한 실망과 분노, 민주주의를 지키려다 쓰러진 문희상 국회의장에 대한 걱정 등 많은 회한으로 잠을 이룰 수 없었고, 이 때의 심경을 페이스북에 토로했습니다.

대한민국 국회와 국회의장 문희상 함께 쓰러지다
이 찬란한 봄날, 대한민국 국회와 국회의장 문희상이 함께 쓰러짐을 봅니다. 봄날 흩어지는 꽃잎보다 허망합니다. 비통합니다.
자유한국당 소속 의원들이 국회의장실에 몰려와 모욕에 가까운 항의와 농성에 분함을 못이겨 몸이 견디지 못했나 봅니다. 아니 한 평생을 지키려 했던 의회민주주의의 붕괴를 막지 못한 자괴감으로 마음이 무너져 내렸을 겁니다.

쟁점은 보통 사람은 조금은 생소한 '패스트트랙'과 '사보임' 때문입니다. '패스트트랙'은 국회에서 발의된 안건의 신속 처리를 위한 제도로 집권 여당에서는 공수처 설치와 연동형비례대표제 등을 패스트트랙으로 처리하고자 합니다. '사보임'은 국회 상임위원회를 변경하는 것을 말합니다.

어제 가까스로 바른미래당에서 이 패스트트랙을 추인하였으나 바른미래당 국회사법개혁특별위원회 간사인 오신환 의원이 개인 신념으로 반대하고 있고, 이에 바른미래당이 사보임을 해 간사를 교체하려 하자 자유한국당에서는 허가권자인 의장에게 허가를 하지 말 것을 요청하고 있습니다. 이에 문 의장님은 여, 야 그리고 이해관계자들이 원만히 타협해 오라는 당부를 하였고 이에 격하게 항의한 것으로 알려지고 있습니다.

문 의장님! 이러려고 의장하셨습니까? 제 마음도 함께 무너집니다. 당신은 전도양양한 젊은 시절 감옥 가고, 서슬 시퍼런 독재에 맞서며 한평생 민주주의를 실현하고자 했습니다. 경기북부의 최고 부자가 재산은 다 쪼그라들어 전 재산이 3억도 안됩니다.

문 의장님은 늘 말씀하셨습니다. '대한민국은 민주공화국이고, 대한민국은 백성이, 국민이 주인이다. 그러니 대통령도, 국회의원도, 시장도 한시적 국민의 머슴이다'라고.

그리고 '그 주권자의 민의가 모인 곳은 국회다. 누구도 국회의 권위를 무너트리는 것은 헌법의 부정이고 대한민국의 부정이라고 하셨습니다. 그러므로 대통령이라도 국회를 존중하고 함부로 해서는 안되며 국회의원 스스로는 자부심과 함께 자중자애, 그리고 스스로 국회의 권위와 품위를 지켜야 한다고 했습니다.

지금 국회의 권위와 품위를 목숨보다 더 귀하게 여겨 오신 자신의 국회의장실에서 이런 일이 벌어짐에 낙담하셨을 것입니다.

아! 슬프다. 아! 안타깝다. 우리는 얼마나 더 망하고 얼마나 더 아파야 제정신을 차린단 말인가!

'망하는 자 스스로를 먼저 모욕하고, 그리고 후에 남이 모욕을 한다'고 했습니다. 의장에 대한 존중과 존엄은 대한민국의 존엄이며 헌법에 대한 경의의 표시입니다.

국회의원님, 정중하게 부탁드립니다. 문 의장님을 정중하게 잘 대해 주세요. 제가 아는 문 의장님은 절대 당리당략에 치우칠 분이 아닙니다. 그리고 어떻게 하든지 대화와 타협으로 성과를 내주십시오. 그리고 의장님께 진정한 사과와 마음에서 우러나오는 반성이 있기를 권합니다. 대한민국 국민이 지켜보고 있습니다. 법과 질서를 그리고 국회가 스스로 품위를 저버린다면 그다음 대한민국은 어떻게 되겠습니까?

문 의장님! 몸과 마음이 아프시더라도 참으시고 속히 쾌차하십시오. 오늘은 문 의장님도 아프고, 나도 아프고, 많은 이가 아파할 것 같습니다. 우리 국회에는 정녕 언제 봄이 오려는가!

당시 문희상 의장은 의장실을 나가려다가 자신을 가로막은 임이

자 의원과 대치했습니다. 이 과정에서 문희상 의장은 임 의원의 뺨을 만졌고 한국당 의원들은 성추행이라고 주장했습니다.

고령의 국회의장을 꼼짝 못하게 감금하고 몸으로 막고 버티고 서 있기에 문 의장이 어이가 없어서 얼굴에 손 한번 대었다가 놓더니, 그걸 성추행으로 고소한다느니 하는 걸 보며, 자유한국당은 국회의원들이 아니라 폭력, 자해공갈단으로밖에 보이지 않습니다.

협치 노력의 끝. 결단의 리더십!

문희상 국회의장은 그동안 원내대표의 회의를 통해 합의안을 도출해 내기 위해 끊임없이 원내대표 간 대화 제의와 협상을 시도했습니다. 그러나 자유한국당은 당리당략만 내세우고 내년 예산과 민생법안 그리고 패스트트랙 법안 등을 외면했습니다. 장외투쟁으로 식물국회, 동물국회로 만들고국회를 정쟁의 도구로 사용하였습니다. 문 의장의 본회의장 입장도 막아서며 임시국회 본회의 개의를 막아섰습니다. 절차와 과정을 무시하고 국회선진화법을 어긴 불법 행위입니다. 그러나 회의 진행 방해에도 불구하고 문 의장은 의장으로서 리더십을 국민들에게 제대로 보여주었습니다.

국민이 지켜보는 국회 본회의장에서 집단 난동과 모욕적 막말, 본의를 상실한 채 불법적으로 회의 진행을 방해하는 자유한국당의 방종 앞에서도 문희상 국회의장의 회의 진행은 빛을 발하는 모습이었습니다.

민주주의는 서로 다른 이견의 통합을 위해 수많은 과정을 거치더라도 양보와 타협을 통해 결과를 만들어 가는 과정을 국민에게 보여주는 노력이 필요합니다.

자유한국당 의원들의 방해로 문 의장은 뒷문으로 의장실을 나와 가까스로 본회의장으로 들어갔습니다. 자유한국당 의원들은 그제야 본회의장으로 따라 들어갔고, 의장석 앞까지 몰려나가 피켓을 들고 구호를 외치며 강하게 항의했습니다.

하지만 문 의장은 의사 진행을 계속해 나갔고, 대신 찬반 토론을 허용하겠다며 반대 토론에 나선 자유한국당 주호영 의원을 불렀습니다. 이에 단상에 오른 주호영 의원은 "본회의에 부의된 안건에 대해 무제한 토론(필리버스터)이 신청된 경우 의장은 반드시 무제한 토론을 실시해야 한다"며 "법에 따라 무제한 토론을 진행하도록 하겠다"고 밝혔습니다.

그러면서 주 의원은 주어진 토론 시간인 5분이 지나 마이크가 꺼졌음에도 불구하고 단상에서 내려오지 않고 계속 토론을 이어 나가려고 했습니다. 이에 문 의장이 "토론을 다 했으면 내려가 달라"고 요청했지만, 주 의원은 꿈쩍도 하지 않았습니다. 자유한국당 의원들은 계속 "불법 의장", "아들 공천" 등 구호를 외치며 문 의장에게 거칠게 항의했습니다.

자유한국당 심재철 원내대표와 자유한국당 소속 이주영 부의장은 의장석까지 올라와 계속 문 의장에게 무제한 토론을 허용할 것을 요구했습니다. 하지만 문 의장은 "이건 필리버스터가 아니다"라고 일축했습니다. 자유한국당 의원들이 문 의장에게 "불법"이라고 항의하자, 문 의장은 "이게 불법이다. 여러분들 하시는 게 다 불법이다. 불법의 현장이다. 이게 의회주의냐?"라고 반박했습니다. 문 의장은 또 의장석에 올라와 있는 이주영 부의장에게 거듭 내려가 달라고 요구했으며, 5분의 시간을 더 줄 테니 토론을 마무리 해달 라고 요청했습니다. 그럼에도 불구하고 주 의원이 단상에서 버티 고 서있자, 문 의장은 주 의원이 토론을 시작한 지 15분 가량 지난 뒤 "토론 종결 요청이 들어왔으므로 토론을 종결한다"며 결국 의 사봉을 내리쳤습니다. 결단의 리더십이 빛을 발하는 순간이었습 니다.

공직선거법개정안을 통과시키며 의사봉을 치는 문의장(오마이뉴스. 2019. 12. 28)

이로써 선거법 개정안이 2019년 12월 27일 국회 본회의에서 통 과되었고, 공수처 설치법안은 12월 30일 통과했습니다. 또한, 검 경 수사권 조정을 명시한 형사소송법 개정안과 검찰청법 개정안 은 2020년 1월 13일 국회를 통과했습니다.

공수처법, 검·경 수사권 조정안 국회 통과

그러면 공수처가 왜 필요할까요?
서지현 검사 사건과 같이 검찰 내에서 범죄가 벌어지면 누가 수

사를 해서 기소를 해야 합니까? 그동안 검찰 내부의 부정과 비리
는 검찰의 자체 정화기능 다시 말해 셀프 개혁에 맡겨졌습니다. 소
수의 사건만이 검찰 밖으로 알려져 사회적 지탄을 받았을 뿐, 내
부에서 감춰지고 덮어졌을 사건을 고려하면 빙산의 일각인 것입니
다. 더 이상 검찰의 자정 능력만 믿고 국리민복을 검찰에 계속 맡
길 수는 없습니다. 바로 공수처가 필요한 이유입니다.

공수처법은 대통령, 국회의원, 판검사 같은 고위공직자의 고질적
인 비리를 척결하기 위한 법입니다. 이미 여야 5당이 합의했고 국
민도 찬성하고 있는 사법개혁법입니다. 그런데 오직 자유한국당(
현. 미래통합당)만 반대했습니다. 자유한국당은 공수처가 문재인
대통령의 독재 기구라고 주장합니다. 하지만 이는 왜곡된 거짓 선
동입니다. 공수처장은 대통령이 임명하는 게 아니라 여야추천위에
서 임명되기 때문입니다. 검찰총장은 대통령이 자기 사람으로 임
명하고 말 안 들으면 해임도 할 수 있습니다. 하지만 공수처장은
여야 각 2명과 법무부장관, 법원행정처, 대한변협 등 총 7명의 추
천위에서 임명합니다. 아울러 대통령이 맘대로 해임도 할 수 없는
독립된 기구입니다.

문희상은 국회의장으로서 공수처법을 통과시켰습니다. 정치인생
40년 동안 그는 검찰개혁의 필요성을 누구보다도 절감했습니다.
역대 정권마다 정치검찰이 국민들을 바라보기보다는 자신의 조직
을 지키려고 칼을 휘두르는 모습을 대통령의 옆에서, 또한 야당의
대표로서 줄곧 보아 왔습니다. 김영삼과 김대중, 노무현 대통령의
아들과 가족, 그리고 본인에게 검찰이 칼을 겨누고 수사할 때 조

용히 지켜보면서 검찰개혁이 왜 필요한지를 지켜보았습니다.

문희상은 검찰개혁의 일환으로 국회에 상정된 공수처 설치, 수사권과 기소권의 분리 등과 관련된 법률을 자유한국당의 반대 속에서 신속히 처리하여 그동안 어떤 정권에서도 불가능했던 검찰개혁의 기초를 닦는 데 역사적인 업적을 쌓았습니다.

선거법 개정안을 국회에서 통과시키다

문희상 국회의장은 패스트트랙의 일환으로 우여곡절 끝에 선거법 개정안을 국회 본회의에서 통과시켰습니다. 선거법을 둘러싼 논란과 불협화음이 매우 컸고, 석패율제, 연동형 캡 등 말도 많고 탈도 많았지만, 마침내 가결시켰습니다.

우리나라는 소선거구제를 채택하고 있는 나라입니다. 소선거구제는 하나의 선거구(지역구)에서 1명의 의원을 선출하는 제도입니다. 소선거구제는 비용이 적게 들고 투표가 간단하고 투표 방식에 대한 유권자의 이해도가 높다는 장점이 있습니다. 대신 사표(死票)가 많다는 치명적 단점이 있습니다.

예를 들어 어떤 지역구에서 A후보와 B후보가 각각 100표와 99표를 받았다면 A후보가 당선됩니다. 그러나 B후보의 99표는 민의를 반영하지 못하고 버려집니다.

이러한 단점이 지역주의와 맞물리면 선거는 언제나 거대 양당이 독식하는 현상을 초래합니다. 거대 양당 정치의 단점은 이루 말할 수 없습니다. 정권 탈환을 위해 네거티브, 발목 잡기가 만연하므로 정치인에 대한 불신이 사라지지 않는 근본 원인 중 하나입니다.

우리나라 국회의원 정수는 300명이며 이 중에 47명이 비례대표입니다. 253명은 지역구 의원이므로 지역구 비율이 상대적으로 높아 소수정당은 결코 확장을 기대할 수 없습니다. 소수정당은 무엇을 해도 힘을 쓰기 어려우므로 전략투표로 거대 양당에 투표할 수밖에 없는 일이 벌어지기도 합니다.

이러한 단점을 보완하기 위해 중선거구제 또는 대선거구제로 바꾸어야 한다는 의견이 있었으나 우리나라에서 국회의원에 대한 불신은 매우 높습니다. 국회의원 수를 늘린다면 국민적 비판과 반감에 사로잡힐 것이 뻔합니다. 그래서 이 안에서 어떻게든 해결을 봐야 합니다.

연동형 비례대표제는 말 그대로 정당의 득표율에 따라 의석을 배분하는 제도입니다. 예를 들어 A정당이 10%의 득표를 가져갔다면 전체 의석의 10%를 확보하게 됩니다. 정당 득표율로 전체 의석을 나눠가진 뒤 만일 지역구 당선자가 배분된 의석보다 모자라면 비례대표로 채우는 방식입니다.

현행 선거방식은 지역구와 정당을 함께 투표하지만 서로 연동되지 않고 지역구와 비례대표가 따로 계산됩니다. 그런데 비례대표 또한 문제가 존재합니다. 정당명부제 때문입니다. 비례대표는 유권자의 투표로 결정되는 것이 아닙니다. 정당이 명부를 결정하므로 비례대표제를 확대한다면 함량 미달의 후보가 쉽사리 당선될 가능성이 커집니다.

지역구 의원은 마음에 들지 않으면 표를 주지 않으면 그만이지만, 비례대표는 마음에 들지 않는 후보가 앞 순번을 달고 있다고 해서 정당에 표를 주지 않을 수도 없습니다. 또 완전한 연동형을 시행할 경우 초과 의석이 발생할 수밖에 없습니다. 정당 득표율에 따른 비율이 완벽할 수 없기 때문입니다. 그래서 선거 때마다 국회의원 수가 변동되는 상황이 발생합니다. 그러나 우리나라에서 국회의원 수가 늘어나는 것은 불신과 반감이 크기 때문에 완전한 연동형을 시행하기에는 무리가 따릅니다.

원안은 300명의 의석 중 비례대표를 75석으로 늘리는 것을 골자로 하였으나 가결된 수정안은 현행과 같이 300명의 의석 중 지역구 253석, 비례대표 47석을 유지하되 47석 중 30석에만 '연동형 캡'을 적용하여 연동률 50%를 적용합니다. 연동률이 100%가 아닌 50%만 적용하므로 '준연동형 비례대표제'라 부르고 있습니다.

예컨대 A 정당이 정당 득표율 20%, 지역구 당선자 10명을 배출했을 때, A 정당은 300석 중 20%인 60석에서 지역구 당선 10석을 뺀 50석의 절반인 25석을 '30석 캡'의 범위 안에서 다른 정당들과 비율을 조정해 가져가게 됩니다.

그리고 이 30석을 제외한 나머지 비례 의석 17석은 정당 득표율에 따라 단순 배분하는 기존 병립형 배분 방식을 따르게 됩니다. 단 비례대표 의석 배분을 받기 위해선 최소 정당 득표율(3%, 봉쇄조항)을 넘겨야 합니다.

비례대표 75석이 현행 47석으로 수정되고 30석에만 연동률 50%가 적용되므로, 크게 보자면 연동의 의미가 원안보다는 후퇴한 면이 있습니다. 연동형 비례대표제는 다수당보다 소수당에게 유리한 제도입니다. 왜냐하면 다수당의 경우 현행보다 의원 수가 줄어들 수밖에 없습니다.

그럼에도 비례대표제의 장점은 다당제가 실현된다는 점입니다. 양당 독식 구조에서 벗어나 다당제가 된다면 서로 간 견제와 대립이 보다 원활히 이루어지는 측면이 있습니다. 발목잡기와 네거티브가 아니라 다당제를 바탕으로 견제와 대립, 협력이 보다 긴밀하게 이루어질 수 있습니다. 또 사표를 방지하고 민의가 보다 많이 반영된다는 장점이 있습니다.

연동형은 대통령제 안에서는 여당에게 가장 불리한 제도이기도 합니다. 여당이 힘을 발휘하기 위해선 국회 과반에 가까운 의석수를 확보해야 하지만 그만큼 의석수가 줄어들기 때문에 향후 정책 시행에 있어 불리함으로 작용할 수 있습니다.

그러나 다당제가 안고 갈 장점도 있기 때문에 거대당의 특권을 내려놓은 것이라 볼 수 있습니다.

꼼수로 얼룩진 연동형 비례대표제

4.15 총선이 끝났습니다. 더불어민주당이 승리했고, 미래통합당이 참패했습니다. '준연동형 비례대표제'에도 불구하고 소수정당의 의석은 오히려 줄었습니다. 거대 양당이 만든 '위성 정당' 탓입니다. 미래한국당, 더불어시민당, 국민의당, 열린민주당은 4.15 총선에서 지역구에 후보를 내지 않고 비례대표만 공천했습니다. 청년, 여성, 장애인, 성소수자 등 사회적 약자의 권익을 대변하려던

소수정당들은 의석을 하나도 얻지 못했습니다. 업적, 지위, 평판 등 기득권을 가진 사람이 비례대표로 나서면서 21대 국회도 소수자들을 대변하기 어렵게 되었습니다. 비례대표제는 지역구 선거로는 뽑히기 힘든 소수정당 후보를 국회에 들여보내 정책의 다양성과 국민의 대표성을 높이려는 제도입니다.

두 거대 정당은 위성 정당을 만들어 투표용지에서 앞 순번을 차지하려고, 공천에서 탈락한 현역의원들을 비례 정당에 파견하는 꼼수를 두었습니다. 선거는 정책과 그 정책을 밀고 갈 인물을 뽑는 절차라고 보면 이번 선거의 의미는 상당히 퇴색했다고 볼 수 있습니다.

이렇게 위성 정당이 등장한 것은 '준연동형 비례대표제'의 제도적 허점 때문이기도 하지만, 한국의 후진적인 정당 문화 때문이기도 합니다. 연동형 제도를 도입한 독일, 뉴질랜드에서는 이런 위성정당 문제가 없었기 때문입니다. 그래서 선거법 개정은 후퇴한 것이 아닙니다. 사표를 방지하고 민의가 보다 많이 반영된다는 장점이 있기 때문입니다. 가급적 국민의 의사가 충분히 반영되어야 민주주의에 한발 다가간다고 말할 수 있기 때문입니다. 소수의 의견이 무시되지 않고 존중되도록 소수를 대변하는 대표가 당선되어 국회의원이 되면 그들의 이익을 대변할 수 있기 때문입니다.

그러므로 이번 연동형비례대표제의 도입은 제도가 잘못되었다기보다는 편법으로 이를 이용한 거대 양당의 책임이 있습니다. 어렵사리 개정된 연동형비례대표제는 결코 폐지되어서는 안 됩니다. 대한민국의 후진적인 정당 문화가 한꺼번에 개선될 수 있는 것이 아니라면, 지금 드러난 제도적 허점을 보완하는 것이 필요할 것입니다. 따라서 21대 국회에서 선거제도 개혁은 다시 논의될 수밖에 없을 것으로 보입니다.

문희상은 자유한국당의 거센 반발에도 불구하고 4+1이라는 협치를 끌어내어 선거법 개정을 통과시킴으로써 대한민국의 민주주의를 획기적으로 한 단계 끌어 올린 역사적 쾌거를 거둔 것입니다.

[문재인 정부에 대한 기대]

문희상은 문재인 대통령에 대해 인터뷰에서 이렇게 밝히고 있습니다.

문재인대통령을 신뢰해요. 사고는 안칠 것이다. 노무현대통령은 불안했다. 임기 내내 불안했어요. 말로 실수하고, 다 까먹고. 근데 최소한도 그런 사고는 안 칠 것이다. 그 양반은 균형감각이 있어. 그것은 틀림없어. 일단 말을 아끼기 때문에 경청은 하거든, 들어준다고. 근데 실제로는 하나도 안 들어 줘. 내가 그래서 Hearing만 가능한 사람이라고. 근데 진짜 우리말에서 들어준다는 것은 남의 말이 맞다면 내 거를 꺾고 남의 얘기를 들어주는 거거든요?

그런 진짜 들어준 거를 노무현은 여러 번 들어줬어요.

내가 모든 것을 그만뒀을 때 지금도 나와요. 동행에 나온다고. 추석 전날 연락이 와서 추석날 같이 보내자고 그래서 내가 갔더니 아무도 없이 윤태영이 하나만 앉혀놓고 토론만 하는 거야. 그래서 내가 설명하고. 그러니까 알았다고 그대로 고쳤어요. 법률을 고치는 것은 쉽지 않은 건데요.

대통령은 물론 시스템으로 해야 해요. 대통령이 대통령 뜻대로 간다고 해서는 안 되는 거예요. 그건. 당연히 그래야 되는 데 대통령의 캐릭터가 굉장히 중요하다는 것을 강조하는 거예요. 대통령 책임 하에서 지금과 같이 제왕적대통령 권위에 집중하는 이런 현상 속에서는 상대도 그걸 인정하고 논리전개를 해요.

아니, 국회에서 여야가 합의하면 되는데 왜 대통령한테 답을 하라고 하느냐. 국회가 자모인모(自侮人侮)다. 우리가 스스로를 깎아먹는 것이다. 의장모욕하고 그래놓고 대통령한테 답을 받아오라고 하고 이게 말이 되느냐 이게. 대통령이 하더라도. 우리가 이렇게 하자. 이러면 대통령이 꼼짝 못하지. 대통령께서 조금 더 소통하고 협치했으면 합니다.

문재인대통령과 함께

문재인 정부는 아직 성과에 대한 평가가 이르므로 여기에서는 문희상의장의 문재인 정부에 대한 기대를 소개하는 것으로 대신합니다. 그 내용은 문희상의 희망통신 135호(2018.5.9.)에 잘 나와 있습니다.

꽃보다 아름답다는 신록의 계절입니다. 눈 깜작할 사이에 문재인 정부 출범 1돌을 맞습니다. 감회가 없을 수 없습니다. 참으로 엄청난 변화가 있었습니다.

문재인 정부는 김대중, 노무현 제1, 2기 정부가 추진했던 민주개혁 과제를 마무리해야 할 책무가 있는 제3기 정부입니다. 문재인 정부는 연인원 1,700만 명의 국민이 피 한 방울, 쓰레기 한 톨 흘리지 않고 현역 대통령을 탄핵하고, 세운 촛불정부입니다. 나라다운 나라, 정의롭고 공정한 대한민국을 만들어 달라는 촛불혁명을 위해 적폐청산을 해야 할 역사적 책무가 있는 정부인 것입니다.

지난 1년 문재인 정부는 적폐청산을 위해 대통령 령, 규칙, 규정과 말씀 등 정부가 할 수 있는 것은 다했다고 생각합니다. 출범한 지 1년이 된 지금도 출범 초기와 같은 80% 안팎의 지지를 받고 있다는 사실은 국민이 문재인 정부를 얼마나 신뢰하고 지지하는가를 알 수 있습니다. 대통령에 대한 평가 기준 중 국민통합 능력에서 고득점 했다고 볼 수 있습니다.

대통령에 대한 두 번째 평가기준은 경영수행능력입니다. 여기에는 구체적으로 안보와 경제 역량에 대한 평가로 이루어집니다. 문재인 정부는 특히 안보 영역이 가장 미숙할 것으로 보였습니다. 그러나 지금은 가장 모범적인 사례가 되었습니다.

문재인 정부는 평창 동계올림픽을 성공적으로 마무리 했고, 그 여세를 몰아 국내는 물론 세계의 축복 속에서 제3회 남북 정상회담을 개최하고, 판문점 선언을 발표하였습니다. 이것은 세계사적으로 평화가 한반도 중심에서 이뤄졌다는 면에서 경천동지할 일이 아닐 수 없습니다.

나는 4.27 판문점 평화선언 전후의 대한민국은 완전히 달라질 것이라고 생각합니다. 특히 그 변화는 대한민국의 경제 패러다임에 엄청난 변화를 가져올 것이라고 확신합니다.

우선 대한민국은 섬나라에서 대륙국가로서의 기상을 회복할 것입니다. 한국에서 유럽까지 철도와 육로가 뚫리기 때문입니다. 그 결과 시간이 절약되어 물류비용이 절감되고, 우리의 수출 경쟁력이 크게 강화될 것입니다. 더구나 2,500만의 새로운 시장이 열립니다. 여기에 세계 2위의 희토류와 마그네사이트, 세계 3위의 흑연 그리고 세계 6위의 텅스텐 매장량을 자랑하는 북한은 그 밖의 지하자원 매장량이 2017년 기준 7조 달러(8,050조 원)에 달한다는 미국의 경제전문 매체 쿼츠의 분석도 있습니다.

세계 5위의 광물자원 수입국인 대한민국의 입장에서는 새롭게 도약할 계기가 아닐 수 없습니다. 북한의 노동력과 지하자원이 한국의 첨단 기술과 자본이 결합하면 그 경제적 시너지 효과는 가히 상상을 초월할 것입니다. 그동안 코리아 디스카운트는 코리아 프리미엄으로 바뀔 것이 분명합니다.

지금까지 문재인 정부는 너무도 잘했습니다. 국민에게 '이게 나라냐'는 절망에서 '이게 나라다'는 희망을 줬습니다. 대한민국 국민으로서 자긍심을 심어줬습니다. 지금까지 대통령이나 정부차원에서 할 수 있는 것은 최선을 다해 이루었습니다.

문재인 정부가 촛불정부의 역사적 소임을 다하기 위하여 첫 1년이 적폐청산에 방점이 있었다면, 2년차에는 적폐청산의 제도화에 초점을 둬야 한다고 생각합니다. 그렇지 않으면 적폐청산이 인적청산으로 비춰질 수 있고 그것에 급급하게 되면, 국민의 피로감이 누적되어 개혁 동력의 상실로 이어질 수도 있을 것입니다.

분명하고 확실한 것은 촛불혁명과 한반도 평화를 위한 법적, 제도적 장치를 위한 법적 절차를 밟아야 한다는 것입니다.

그렇다면 어떻게 해야 하는가?

해답은 협치에 있습니다. 특히 20년 만의 황금분할의 다당체제를 이룬 20대 국회에서는 협치 없이 아무것도 할 수가 없습니다. 물론 촛불혁명과 한반도 평화의 제도화는 대통령뿐 아니라 이 시대에 사는 모든 정치 지도자들의 기본 책무이기도 합니다. 따라서 정부 여당 그리고 야당이 민족사적 대업을 이루는데 함께 한다면 가장 바람직할 것입니다. 그러나 협치에 익숙지 않은 정치풍토에서는 정부여당이 앞장서서 협치의 손을 내밀어야 합니다.

국민의 정부와 참여정부 때 정부여당의 협치 사례가 있습니다.

국민의 정부 시절에는 IMF라는 6.25 이후 최대의 국난을 맞이한 상황에서 김대중 대통령의 DJP 연합으로 대통령은 외교안보, 총리는 경제, 문화 등 국내문제에 대한 권력을 분점 했었습니다.

참여 정부때는 제1야당에 총리직을 주는 연정을 제의한 바 있습니다. 개헌하지 않고도 현행 헌법으로도 가능한 것이었습니다.

이런 전례에 비추어볼 때 지금의 황금 같은 기회를 놓치지 않기 위해 과감한 협치를 통해 역사적 소임을 완수해야 할 것입니다.

야당도 바뀌어야 합니다. 김대중 대통령이 야당 총재였을 때 노태우 정부의 북방정책과 남북기본합의서를 체결하는데 도움을 준 최상의 파트너였습니다. 저도 2013년 2월 야당의 비상대책위원장 시절 당시 박근혜 대통령 당선자와 함께 제3차 북핵 실험이 예고된 상황에서 외교안보 문제에 관한 한 여야가 따로 있을 수 없다고 선언한 바 있습니다. 그것은 북한에게 오판하지 말라, 국제사회에 우리가 단합되어 있다. 그리고 국민을 안심시키기 위한 것이었습니다.

지금의 야당도 잊지 말아야 할 것은 제20대 국회는 촛불국회라는 것입니다. 우리 국회는 촛불 염원을 담은 대통령 탄핵소추발의안을 재석 300명 중 299명이 투표하여 234석표 즉 78%라는 압도적 표차로 가결시켰습니다.

촛불정국이 청와대의 계절에서 국회의 계절로 넘어온 이상, 촛불혁명과 한반도 평화의 제도화를 위해 촛불국회가 나설 때가 됐습니다. 다만 청와대가 진정성 있게 국회, 원내교섭 단체, 국회의원 한 명 한 명을 국정 파트너로 생각하고 설득해야 합니다.

지금은 국내외적으로 우리에게 천재일우의 기회임을 아무리 강조해도 지나침이 없다고 생각합니다. 그 기회가 헛되지 않기 위해 가장 필요한 것이 협치입니다. 협치를 해야 국민의 잠재적 에너지를 총 동원해서 하나로 만들어 갈 수 있게 됩니다. 그런 통합

능력이 바로 민주적 리더십의 기본이고, 국가혁신의 원동력이 될 것입니다.

　더 이상 머뭇거리지 않고 여야, 남북, 동서, 한중일을 넘어 세계로 미래로 나가야 합니다. 그러기 위해선 국민과 함께 국회와 함께 가야 가능합니다. 그것이 문재인 정부가 2년차에 꼭 가야 하는 방향입니다.

한.중 공공외교 평화포럼

10. 문희상의 특강

문희상이 권하는 바른 정치

문재인 정부가 집권 3기를 맞고 있습니다. 자치와 분권, 상생과 화합, 그리고 참여의 기치를 높이하고 희망차게 출범하였으나 오늘날의 실정은 그렇지 못합니다. 코로나19로 사회는 불안에 빠져 있고, 경제는 최악의 침체상황이 지속되고 있고, 체감경기는 1997년의 경제위기상황보다 못하다 할 정도로 위기감을 느끼고 있으며, 경제양극화, 빈부양극화와 세습화 현상이 더욱 심화되어 계급 갈등의 조짐을 보이고 있습니다.

신용불량자와 청년실업자는 늘기만 하고 자살과 이혼율이 상승하고 있으며, 기업도 사람도 자본도 이 나라를 탈출하고 싶어 하는 "희망없는 나라"가 되었습니다. 나이든 것이 존경과 권위의 상징이 아니라, 퇴출과 배제의 대상이 되는 지위반란의 세상이 되었습니다. 소련과 동구권의 사회주의 체제가 붕괴된 지 이십년이 지났건만 오늘날의 한국은 진보와 개혁이 집권주도세력으로 등장하여 시민혁명과 주류세력교체를 외쳐대고 있습니다.

세계에서 가장 빠른 민주화와 산업화를 이룩하였다고 칭송받는 한국이 정작 그들 스스로는 그 역사가 굴절되고 부작용이 아직도 우리사회의 병폐의 근원이라고 매도 폄훼하는 상황이 벌어지고 있습니다.

문희상 의장은 희망통신 101호(2014.1.20.)에서 다음과 같이 강조하고 있습니다.

이 세상에서 근대화를 가장 빠른 시간에 이룬 나라가 대한민국입니다. 이 세상에서 민주화를 가장 빠른 시간 안에 성취한 나라가 대한민국입니다.

정치란 무엇인가? 참 막연한 질문이지만 정치 없이는 살 수 없다는 것은 분명하다고 생각합니다. 우리 일상생활에서 정치, 경제, 사회, 문화라고 할 때 첫 번째로 정치를 거론합니다. 정치가 별로 하는 일도 없는데, 먹고 사는 일인 경제, 나라 지키는 일인 국방과 같이 해야 할 큰일이 국정에 많은데 왜 하필 꼭 틀림없이 정치가 먼저 나온다고 보십니까?

정치가 그만한 일을 하고 있기 때문에 그럴 것이라고 생각합니다. 만일 경제가 우선이라면 순서가 경제 정치로 나올 것입니다. 정치가 지금 제일 꼴찌인데 말할 때 순서도 끝으로 정치하고 조그마한 목소리로 나와야 하지 않겠습니까? 그렇지만 우리나라 신문이든 외국신문이든 모두 정치가 일면을 장식하고 있습니다. 정치가 도대체 뭔데 우리 사회를 이렇게 지배하며 우리 인간이 그렇게 꼼짝 못하고 그것을 수긍할 수밖에 없을까?

정치는 한자 그대로 다스릴 政 다스릴 治를 쓰고 있습니다. 인간이 사회적 동물이고 둘 이상 살면 사회가 구성되고 구성이 되면 질서가 있어야 하고 질서가 있으려면 서열이 정해져야 하고 일번, 이번 정하는 게 정치입니다. 다스리는 것은 결국 누구를 대표로 뽑는가에 관계되고 정치에 의해 인생이 많이 좌지우지 되고 있기 때문입니다.

다만 정치를 어떻게 볼 것인가에 대해서는 의견차가 있을 수 있습니다. 사람이 사물과 정황을 판단할 때 제일 먼저 눈으로 봅니다. 그리고 눈으로 보고 이야기 합니다. 있는 그대로 이야기하기 때문에 fact를 이야기 하는 것입니다. 그것은 사실에 관한 것입니다.

그러나 눈으로 보지 않고 마음 속 눈으로 보는 것이 있습니다. 앞의 것은 보일 견(見)이라 하고 뒤의 것은 볼 관(觀)이라 합니다. 모두 본다는 뜻입니다. 그렇지만 관은 어느 흐름 속에서 전체를 한꺼번에 보는 눈을 의미합니다. 세계를 어떻게 볼 것인가? 인생을 어떻게 볼 것인가? 정치를 어떻게 볼 것인가? 모두 보는 시각에 따라 전부 다를 수 있습니다.

이 문제는 굉장히 중요한 의미를 갖습니다. 우리가 몸 전체를 못보고 팔과 다리만 보면 다 망할 수 있기 때문입니다.

나는 일생에서 제일 무서운 것이 두 가지 있습니다. 하나는 치매 걸릴까봐 두렵습니다. 솔직한 이야기로는 전화번호를 잘 알다가도 어느 날 깜박깜박합니다. 치매오지 않을까 굉장히 두렵습니다.

그러나 치매보다 더 무서운 것이 있습니다. 바로 편견입니다. 인간의 편견은 한번 자리 잡으면 모든 것을 다 마비시킵니다. 편견이라는 것은 아주 무서운 것입니다. 예를 한 가지 들어 보겠습니다. 외눈박이가 사는 섬에 눈 성한 사람이 들어가면 외눈박이들은 모두 성한 사람을 생전 처음 보기 때문에 눈 병신 왔다고 할 수 있습니다. 그들의 편견입니다. 그들 외눈박이의 편견은 눈 성한 사람을 재 눈 성하다고 생각 하지 않는 것입니다.

어느 섬에서 벗어나지 않고 평생을 섬에서 산 사람이 있다고 가정을 해봅시다. 그 사람의 8~90%가 어렸을 때부터 해가 뒷동산 저만큼에서 떠오르는 것을 보기 때문에 해는 뒷동산에서 떠오른다고 말할 수밖에 없습니다. 그 사람의 입장에선 사실을 이야기 하고 있는 것입니다. 절대 거짓말이 아닌 것입니다. 그 사람이 본 대로 말하는 것입니다.

그런데 여러분 아시다시피 해는 뒷동산에서 떠오르는 것이 아니지 않습니까. 산 위에 올라가서 보면 동쪽 먼 바다에서 떠오르는데 말입니다.

그리고 그 해는 떠서 오르는 게 아닙니다. 해가 있고 지구가 해를 돌고 있는 것입니다. 이것은 인류가 생긴 이래로 14-5세기까지 전부 그렇게 생각했습니다. 지구가 돈다는 생각을 못한 것입니다. 그걸 맨 처음 말한 사람은 전부 잡혀가서 감옥에 가서 죽었습니다. 편견을 가진 사람들에 의해서 종교를 배반했다. 하나님을 모욕했다는 죄명을 뒤집어 쓴 것입니다.

코페르니쿠스와 갈릴레오 갈릴리 모두 다 천재였지만 그렇게 당했습니다. 지금 우리 이 세상에서는 지구는 둥글고 해를 돌고 있다는 것은 진실로 받아드리고 있지 않습니까? 이것을 코페르니쿠스적 발상의 전환이라 합니다.

인간이 산을 올라갑니다. 100m 산이 있으면, 한 5m, 10m 올라가서 보면 시냇물이 졸졸 흐르고 나무가 보입니다. 나무들이 조그

많게 옹기종기 모여 있는 것만 보았을 것입니다. 따라서 산에 관해서 더 많은 것을 이야기 할 수가 없습니다. 10m 올라갔다 온 사람은 산에 가보니 시냇물이 졸졸 흐르고 나무가 있다고 할 것입니다. 그렇지만 그것도 제대로 본 것이 아니지 않습니까? 그런 산에 대한 묘사는 그 사람의 편견인 것입니다.

10m 이상을 올라가면 어, 저쪽에도 산이 있고, 더 큰 산이 있다는 것을 알게 될 것입니다. 산 중턱에 오르면 더 많은 것을 볼 수가 있게 됩니다. 90m까지 올라가면 하나의 산이 아니라 산과 이어지는 산맥이 있는 걸 볼 수 있을 것입니다. 그러나 100m 정상에 가지 않으면 90m에서는 절대 볼 수 없는 걸 볼 수 있게 됩니다. 산 정상에서 그 뒤쪽 바다를 볼 수 있게 됩니다.

인간이 인생의 정상에 올라야 산 너머 뒤쪽에 지금껏 보지 못했던 바다가 있었구나 느낄 수 있는 것입니다. 인생의 정상에 올라가 본 사람은 단 네 명밖에 없었다는 말도 있습니다. 지금 우리가 공자왈 맹자왈의 공자, 예수 그리스도, 석가모니 그리고 마호메트입니다.

최정상에 있으셨던 분들은 천상천하유아독존의 세계, 마지막 최정상에 서서 완전히 자유로워지는 열반의 단계에 가는, 바로 석가모니 경지에 가는 사람을 성인이라고 합니다. 인간이 아니라 성인이라고 합니다.

인간이 그렇게까지 자유로워지려면 매일매일 껍질을 벗고, 전부 거듭나면서 편견의 늪에서 벗어나야 하는 것입니다. 편견의 늪을 그냥 갖고 있으면 결국은 필부필녀로 이름도 없이 살다가 죽는 것입니다. 신세한탄하면서 죽는 사람이 대부분일 것입니다.

거기까지 왜 올라가려는가? 보통사람들은 산이 있으니까 그냥 올라가는 사람도 있을 것이지만, 성인들은 그 길이 인격의 완성이고 인간이 가야될 방향이기 때문에 거기까지 가줘야 된다고 할 것입니다.

공자님은 15살에 지학(志學)하셨다고 합니다. 그후 15년 동안은 현재 학교 다니는 시간 같아서 수학하는 시간이었습니다. 30세에 가서 나는 섰다(而立) 얘기하셨습니다. 이제 어른이 되었기 때문에 섰다고 한 것입니다.

40은 불혹(不惑)이라고 하셨습니다. 유혹에 빠지지 않는다는 의미입니다. 성경에도 주기도문에도 나오지 않습니까. "나를 유혹에 빠지지 말게 하옵시고" 바로 그것입니다. 40이 돼서 공자가 겪은 현실입니다.

50이 돼서야 '아! 이 세상에서 내가 왜 태어났나?' 어느 날 갑자기, 자다가 벌떡 일어나서 '아..내가 왜 태어났을까?' '나한테 운명이 뭐가 쥐어져 있구나. 하느님의 명이 있구나.' 지천명(知天命)의 색을 갖게 되는 것입니다. 60이 돼서야 이순(耳順)의 경지라고 하여 모든 사물과 정황을 다 이해하게 됐다고 합니다. '아. 그 사람은 그렇게 해서' '저 사람은 어떤 위치에서 왜 억울하다고 그러는가?' 다 한꺼번에, 그냥 앉아서 다 듣는다는 것입니다. 인간 칠십이면 종심소욕불유구(從心所慾不踰矩)라고 합니다. 내가 원하는 것대로 해도 큰 틀에서 벗어나질 않게 됩니다. 완전히 다 이루어졌기 때문입니다. 석가모니가 천상천하유아독존이라고 말하는 경지입니다.

 예수의 일생 또한 마찬가지입니다. 우리가 알 수 있는 예수의 모든 흥미로운 사건은 30세부터 33살까지의 나이에 이루어집니다. 갈릴리 호숫가로 가셔서 기적이 벌어지는 예수 일생에 압축된 성격은 전부 이 3년 안에 이루어집니다. "저들의 원죄를 위해 내가 다 받아 갈 테니 저들을 용서하소서" 하고 십자가에 못 박혀 돌아가신 겁니다. 인간이 갈 수 있는 마지막 단계인 것입니다.

 문제는 어떤 사물과 정황이 정확하게 어떻게 보이는가가 가장 중요합니다. 인생에서 가장 중요한 순간이 바로 그 순간입니다.

 내가 오늘 정치에 관해서 뭐라고 말해봤자 다 소용 없는 일이고 여러분 마음속에 아, 저 말은 편견을 없애라는 말이고, 늘 갈고 닦아주고 제대로 보는 눈으로 보아야 한다는 것을 말씀드리려 한다는 것으로 이해해 주시기 바랍니다.

 노란 안경을 끼고 세상을 보면 전부 노랗습니다. 그리고 세상이 노랗다고만 자꾸 말합니다. 빨강 안경 끼고 세상을 보면 전부 빨갛습니다. 그리고 세상이 빨갛다고만 합니다. 내가 안경을 벗어야만 색깔이 제대로 보이는데, 빨간색 안경 끼고 빨갛다고만 그러는 것입니다. 이런 것은 좀 곤란합니다.

 다른 예를 들어보겠습니다. 굴뚝 속에 두 명이 들어갔다 나왔습니다. 한명은 까맣게 묻었고 다른 한명은 하얗습니다. 그럼 누가 얼굴을 닦으러 가겠습니까? 얼굴 까만 사람이 갈 것이라고 생각합니다. 그런데 허연 사람이 갑니다. 허연 사람이 까만 사람을 보니까 자기도 까말 것이라고 생각해서 가는 것입니다. 나도 검정이 묻었을 것이라고 생각하기 때문입니다. 그런데 진짜 까만 사람은 상대방이 하얗기 때문에 나도 하얗다고 생각합니다.

편견은 여기서부터 시작인 것입니다. 운명적으로 우리가 모두 완전히 편견에서 벗어났다는 사람이 있다면 그 사람은 성인의 경지에 있는 것입니다. 대체로 사람은 약간씩 다 편견을 갖고 있습니다. 편견이 없다면 거짓말일 것입니다.

내가 본 정치는 나의 편견일 수 있습니다. 그래서 내가 얘기 하는 말이 '아 저 사람은 자기 생각으로 그러는 것이지 정치가 그럴 리 있겠는가?'라고 얘기할 대목이 있을지도 모릅니다. 여러분의 시(視)로만 보십시오. 그래서 '정치가 무엇이다'라고 생각 하십시오.

문희상이 바라는 국민들에게 기억되고 싶은 모습

문희상은 인터뷰에서 국민들에게 다음과 같이 기억되고 싶다고 합니다.

나를 한마디로 표현하면 의회주의자라고 얘기해 주는 게 제일 기뻐요. 왜냐하면 민주주의자보다 의회주의자라고 불리는 게 한 발 앞서는 거라고 생각하기 때문이야. 물론 자유민주주의, 민주주의 좋지. 근데 그 민주주의는 갱길 때부터 태생이 선동주의와 똑같은 의미로 쓰일 때가 있다고. 그리스에서 맨 처음 생길 때부터 그때도 직접민주주의 한 형태인데 그런데 그것이 역사적으로 보면 선동주의, 데모크라시에 대해서 역반응 하는 것들이 많았다고.

그래서 플라톤 같은 사람은 이상주의를 지향하면서 완전히 절대 철인의 정치 그런 것이 있다고 생각한 거야. 그거는 민주주의하고 전혀 관계가 없다고. 민주주의는 못난 놈들이 모여서 하는 거라고 생각하는 전제가 깔려있다고.

어느 날 세상이 많이 바뀌면서 오늘날의 민주주의가 완성이 될 때 크게 두 가지 잃어서는 안 될 사항이 있어. 하나는 법치주의야. 마그나카르타 이후의 법치야. 군주가 하는 게 아니라 법률로 군주까지 지배한다는 원칙이야.

그렇기 때문에 민주주의의 대 원칙이야. 그런데 모든 국민이 주인이니까 모든 국민이 다 선거하고 투표하고 결정해야 된다는 게 민주주의의 기본인데 그렇게 하려면 비효율적이야. 그래서 의회라는 생각을 한 거야. 대표를 뽑아서, 대표가 법률을 만들어서 그 법률을 모든 사람이 지키게 하는 세상, 이것을 자유 민주주의라고 하자! 이렇게 얘기한 거라고. 그러다보니 독점이 문제가 생기니 독불 중심의 대륙계 국가에서 나온 3권을 분립해야 한다는 거야.

그래서 영원한 권력분립의 원칙이고 그 두 가지를 한데 합쳐가지고 법률을 만들어서 견제를 하고 견제 받고하는 제도가 의회주의의 제도거든. 의회주의가 국회가 그래서 모든 민주주의의 꽃이라는 거야. 여기가 시작이고 끝이야.

여기에서 잘못되면 민주주의가 잘못하는 시스템이 된다고. 제어가 안 되기 때문에. 여기에 시민단체도 있고 언론도 있고 성숙한 민주주의라 하지만, 어쨌거나 기본은 변함이 없다. 그래서 의회주의자가 민주주의보다 더 우선으로 해야 한다고 생각하는 거야. 그래서 의회가 결정하는 것은 국민이 결정했다고 생각해야한다는 게 의회주의라는 말이야. 근데 의회가 신뢰를 잃어? 그럼 아무것도 안 돼. 민주주의의 기본이 안 되는 거야.

근데 스스로가 의회를 깎아? 의원들이? 서로 동물국회를 해서 맨날 쌈질만 하고 서로 죽기만 바라고 상생은 커녕 공멸의 정치를 하니 국민들인들 어떻게 외면을 안 하냐고. 투표로 하는 게 서럽다니까요?

180석을 만들었어. 그럼 저쪽은 쫄딱 망하는거 아니야. 반대를 하니까 매일 지겨워서 그러는 거 아니야. 그러면 지금은 자기네가 도와줄 건 도와줘야하는데 안 한단 말이야. 지금도. 이렇게 하면 이게 어떻게 되냐면 더 큰 독재로 간다니까? 국민에 의한 독재가 되는 거야.

국민의 수준이 곧 정치의 수준이에요. 국회의원 잘못 뽑고 국회 탓만 하고 자기 탓을 안 하면 안 되지. 뽑는 것은 주인이야. 주인이 주인의 직책을 반대하고 소홀히 하는 것은 민주주의의 적이에요. 그래서 참여해야하고 참여하고 판단해야하고 그만한 수준의 정치를 유지할 수 있는, 국민들의 수준이 높아져야 해요.

제4부

문희상의 사상

문희상의 가치관

1. 문희상의 가치관

정치적 아버지

사상이란 어느 천재의 창작인 경우는 없습니다. 어느 천재 사상가가 집대성하는 경우는 있을지 모르지만 사상이란 장구한 역사적 과정의 산물입니다(신영복, 강의, 107). 모든 사상은 역사적 산물입니다. 특정한 역사적 조건 속에서 태어나고 묻히는 것이지요. 그래서 당시의 가치를 반영하고 있기 마련입니다. 보수와 진보, 억압과 자유라는 두 개의 대립축 사이에서 문희상은 격동의 시대를 살았습니다. 이제 내가 존경하고 정치적 아버지로 삼고 있는 문희상 의장님의 사상을 감히 서술해 보고자 합니다.

그의 40년 정치 인생이 결코 짧다고 볼 수는 없지요. 문희상은 사회 변혁기를 산 역사의 증인입니다. 1980년 김대중 선생을 만나 정치에 입문하여 국민의 정부, 참여정부에서 요직을 두루 거쳤으며, 6선 국회의원을 비롯해 대한민국 입법부의 수장인 국회의장을 지내셨습니다. 한국 정치의 거목이자 산 증인입니다.

이것이 장구한 역사적 과정이라고 말해도 별로 불편한 점은 없을 것입니다. 나의 인생에서 내가 이렇게 훌륭하신 분을 만난 것도 행운이지만, 아들처럼 사랑해 주시고, 의정부 시장이라는 정치 현실에 발을 딛을 때부터 어려울 때마다 물심양면으로 도와주셨습니다.

현대 정치사에서 문희상은 어떤 존재였는가를 조망해 보고자 합니다. 문희상의 사상을 압축해서 표현한다면 '개혁(改革)', '화이부동(和而不同)' 그리고 '무신불립(無信不立)'으로 말할 수 있을 것입니다. 하나 더 추가한다면 '선공후사(先公後私)'라고 할 것입니다. 그의 모든 저서에서 주된 내용으로 등장하고 있습니다. 또한, 그의 연설문에서도 가장 많이 등장한 단어가 이 네 마디입니다.

20년 전인 2,000년에 팍스코리아나21 연구원이 출간한 『문희상의 개혁투어 일곱마당, 생각을 바꾸면 세상이 바뀐다』에서는 개혁과 관련된 내용이 주를 이루고 있습니다. 그리고 『동행1』, 『동행2』는 화이부동과 무신불립이 주를 이루고 있습니다. 이 외에도 「문희상 의원 홈페이지」의 희망통신이나 보도자료, 뉴스, 의정 자료 등을 통해 정치, 남북관계, 국가관, 외교·안보관, 통일관, 리더십, 고향 의정부 사랑 등등 문희상의 거의 모든 것을 접해볼 수 있습니다.

제 일생을 통틀어 인생의 좌우명이라고 할까, 정치철학의 요체를 세 가지 사자성어로 요약할 수 있습니다. 첫째 무신불립(無信不立), 둘째 화이부동(和而不同), 셋째 선공후사(先公後私)입니다. 2,500년 전 성현의 말씀이지만 지금도 내 삶 속에 펄펄 살아서 숨 쉬고 있습니다.

무신불립은 국민의 신뢰가 없으면 국가도 없다는 것입니다. 경제도 안보도 국민의 신뢰를 잃으면 아무 소용도 없다는 것입니다. 화이부동은 모두가 서로 다른 생각을 가질 수 있지만, 크게는 하나로 화합해야 한다는 것입니다. 그리고 선공후사는 사적인 이해관계는 다음이고 공적 가치가 우선한다는 것입니다.

무신불립, 화이부동, 선공후사 이 세 가치는 내 인생의 지표였고, 제 정치철학의 뿌리이기도 합니다. 지금 와서 생각하면 반드시 다 이뤘다고 말할 수 없지만, 최선을 다해 노력했다는 말을 감히 드릴 수 있습니다(희망통신 120호, 2016.5.10.).

1980년 서슬 시퍼렇던 신군부에 의해 자행된 5.17 전두환 무리의 쿠데타에 의해 남영동 분실에 끌려가 고문받던 때부터 아들 석균이가 '간첩 아들', '빨갱이 아들'이라는 놀림을 받을 때도 문희상은 정의를 마음속에 깊이 간직하고 우리나라가 언젠가는 민주화되기를 열망했습니다.

김대중 대통령 시절에는 초대 정무수석을 지내고 노무현 대통령 시절에는 초대 대통령 비서실장을 역임하면서 두 분 대통령을 도와 개혁을 위해 헌신했습니다.

이명박·박근혜 집권 때에는 새정치민주연합 비상대책위원장과 국회부의장을 지내면서 정부의 독재를 신랄하게 비판하고, 이후 촛불혁명과 더불어 문재인 대통령이 당선된 후 국회의장에 당선되어 정치적 성공을 거두었습니다.

그는 항상 입법부는 행정부의 시녀가 되어서는 안 되며, 남북 간에는 평화·협력체제가 이루어져야 한다고 입버릇처럼 말합니다. 또한, 지속적인 개혁과 화이부동, 무신불립을 외치며 다양한 의견을 수용하고자 노력하였고, 정부나 정당이 국민의 신뢰를 잃으면 국민으로부터 외면당한다는 것을 강조했습니다.

국가주의 국가론자와 자유주의 국가론자

문희상의 사상을 설명하기에 앞서 '국가론'을 설명하고자 하는 이유는 우리 사회의 양대 거대 정당이 여야로 나뉘어 국민의 지지를 등에 업고 정권을 잡으려는 사상의 본류이기 때문입니다. 우리 국민들도 이들 양대 정당에 영합하여 보수파와 진보파로 크게 나뉘어져 있습니다. 더구나 진보를 대표하는 문희상의 사상을 설명하기 위해서라도 반드시 필요합니다.

앞으로 전개되는 내용은 진보로 상징되는 문희상이 굴곡의 대한민국 정치사에서 어떤 사상을 가지고 있었으며, 이 당시 보수파들은 어떤 생각을 가지고 있었는가를 규명할 것입니다. 그런 다음 각각의 사건에 대해 '나라면 어떻게 했을까?'를 나름대로 서술하고자 합니다.

오늘날 국민들을 보면 대한민국이라는 국가를 어떻게 보고 있을까요? 우리 대한민국의 국민은 국가를 보는 관점이 무엇일까요? 내가 보기로는 크게 두 가지의 관점과 주장이 대립되고 있는 것 같습니다.

유시민은 그의 저서 『국가란 무엇인가』에서 '국가주의 국가론자'와 '자유주의 국가론자'로 구분하여 우리 사회의 국가관을 설명하고 있습니다. 그는 '국가주의 국가론'을 따르는 사람과 정치세력을 '이념형 보수'라고 부르고 있습니다. 이를 대표한 정당들이 자유당, 공화당, 민정당, 민자당, 신한국당, 새누리당, 한나라당, 자유한국당, 미래통합당 등으로 이들은 이름만 다를 뿐 그 이념은 비슷하지요.

한편 '자유주의 국가론'으로 대표되는 견고한 다수파를 형성하고 있는 당은 민주당, 신민당, 평민당, 열린우리당, 새정치민주연합을 거쳐 더불어민주당을 들고 있습니다.

국가론자들은 이승만, 박정희, 전두환 정권 당시 간첩, 반국가단체, 북한찬양 등의 혐의로 고문을 당하고, 감옥에 갇히고, 사형을 당했던 사람들이 대부분 무죄판결을 받는 것을 보면서도 국가에 대해 정당성을 인정하는 관점입니다. 이들의 가장 중요한 관심사는 사회질서유지와 국가안전보장입니다. 다른 것은 의미가 있다고 해도 결정적으로 중요하지는 않지요. 해고노동자나 철거민들이 거리시위를 하면 물대포를 쏘아서라도 강력하게 진압하기를 바랍니다. 어떤 일이 있어도 사회의 질서와 기강을 바로 세워야 제대로 된 국가라고 보는 것입니다. 개인의 자유와 개성을 발휘하면 '빨갱이'로 취급합니다. 가난한 아이들, 의지할 곳 없는 노인들, 장애인, 중증질환자 등등 이들을 보호하기 위해 국가의 복지지출을 확대하는 일에는 관심이 없습니다.

자유주의 국가론을 진지하게 받아들이는 사람들은 공산주의나 사회주의뿐만 아니라 모든 형태의 집단주의와 독재에 단호히 반대합니다. 북한체제에 대해서도 매우 비판적이지만 국가보안법 폐지는 찬성합니다. 북한을 좋아해서가 아니라 사상과 표현의 자유를 중시하기 때문입니다. 국가안보를 명분으로 개인의 자유와 인권, 노동권을 제약하는 것도 반대합니다. 사람들은 이들에 대해 진보 세력이라고 부르고 있습니다.

우리나라는 한국전쟁 이후 전쟁을 겪은 세대들에 의해 국가안보 와 질서유지를 절대적인 가치로 여기는 사람들, 특히 노인들이 많 습니다. 전쟁 당시에 500만 명이나 되는 사람들이 죽어갔으니 이 에 대한 두려움이 크다고 볼 수 있습니다. 다시 말해 전쟁의 이데 올로기 속에서 살아가고 있는 것이지요.

그런데 전 세계는 냉전이 종식되었으며 공산주의를 대표하던 소 련이 몰락하였고, 중국은 시장경제를 받아들여 경제성장에 박차 를 가하고 있습니다. 오직 북한만이 고립되어 김일성과 김정일을 세습한 김정은 독재 체제가 국제사회에 융화되지 못하고 남아있 습니다.

문희상은 '자유주의 국가론'의 이념으로 사상이 무장된 사람입 니다. 1980년에 김대중 대통령을 만나 정치에 입문한 후 40년간 민주당원으로 국회의원을 해 왔습니다.

이와 같은 정치적 배경을 기저로 자유주의를 신조로 삼고 있지 만, 화이부동의 철학으로 여야 의원들에 대한 포용의 정치로 대결 의 논리를 떨쳐내자고 주장합니다.

진보와 보수/좌파와 우파라는 이념 논쟁은 냉전의 이데올로기 의 종식과 더불어 역사의 뒤안길에서 사라졌습니다. 하지만 대한 민국은 아직도 이러한 대결 논리에서 허덕거리며 서로가 서로를 적대시하고 있습니다. 21세기에 20세기의 망령된 늪에서 허덕거리는 현재의 한국정치의 현실을 냉정하고 과감하게 떨쳐내야 합니다(동행1. 225).

그런데 현실은 어떻습니까? 우리 사회는 근래 들어 이념 대립과 진영 간 대립이 더 심해지는 양상을 보여주고 있습니다. 진보와 좌파, 보수와 우파라는 양 진영으로 나뉘어 극단을 향해 치닫고 있습니다. 서로 상대 진영에 대해 차마 입에 담기 어려운 막말들을 쏟아내고 있습니다. 좌파는 우파에게 '토착왜구', '수구꼴통', 우파는 좌파에게 '빨갱이'라는 말을 거침없이 해댑니다. 그렇지만 사람들이 서로 다른 이념과 소신을 갖는 것은 당연한 일이고 그것을 탓할 수도, 탓해서도 안 될 것입니다.

우리 사회는 일제 통치와 분단, 6,25 전쟁 및 그 이후 미 군정과 오랜 독재 통치 기간을 겪으면서 왜곡된 이데올로기 교육이 행해졌고, 이에 따른 당연한 귀결이 요즘의 극렬한 이념 대립으로 나타나고 있다고 생각됩니다. 특히 분단은 우리 민족에게 더없이 큰 상처이며, 이로 인해 극한 대립이 생겼고, 역사와 사실의 왜곡, 그리고 소모적인 이념 논쟁의 불씨가 되어 왔습니다.

진보와 보수, 좌파와 우파는 어느 것이 옳고 그르냐, 선이냐 악이냐 하는 문제가 아니라, 관점이나 입장의 차이일 뿐입니다. 이데올로기입니다. 진보는 바람직한 변화를 거부하거나 늦추려는 보수의 문제점을 견제하고 비판하는 기능을 수행하고, 반대로 보수는 진보의 급격성을 경계하거나 비판하는 기능을 수행함으로써 진보와 보수 양자는 상호 보완적인 역할을 수행할 수 있는 것이지, 어느 쪽이 선이냐 악이냐, 옳으냐 그르냐 하는 문제가 아닌 것입니다.

나는 철저하게 왜곡된 반공교육을 받으면서 자라온 세대에 속합니다. 어린 시절 나에게 공산당은 괴물이고 이 세상에서 제일 나쁜 놈들이었으며, 북한은 그야말로 생지옥과도 같은 곳이라고 교육받았습니다. 거리마다 담벼락마다 실내외를 막론하고 어딜 가든 빨간 글씨로 '반공 방첩'이라고 적혀 있었고, 성장해가면서는 박정희와 전두환 독재정권에 반대하거나 인간다운 처우를 요구하던 노동자들을 비롯한 수많은 무고한 젊은이들이 간첩이나 빨갱이로 몰려 제대로 된 재판도 받지 못하고 투옥되거나 형장의 이슬로 사라져 가는 것을 지켜보았습니다.

나는 이런 과정을 피부로 느끼며 살아왔기에, 요즘 많은 노인들이 아직도 진보성향을 가진 사람과 진보진영이나 북한과 좋게 지내려는 평화 추구 세력들을 빨갱이라고 매도하는 분들을 어느 정도 이해합니다. 그분들이 60대 초반인 나와 비슷하거나 더 연장자들인데, 그들이 살아오면서 어떤 왜곡, 편향된 교육을 받았고, 어떤 환경 속에서 성장해왔는지 알고 있기 때문입니다.

이 글을 쓰면서 이념의 대립에서 벗어나 가급적 중립을 지키려하고 있습니다. 왜냐하면 평전이란 인간 문희상의 일생에 대한 평론과 전기를 말하기 때문입니다. 그러나 문희상의 사상을 아무리 객관적으로 보려고 해도 내가 민주당 당적으로 의정부 시장에 당선되었기 때문에 중립성의 한계가 있기 마련입니다. 보수당 측에서 문희상을 바라보면 정반대의 글이 나올 수도 있을 것입니다.

[개혁사상]

문희상은 국회의원으로 있을 때와 정무수석, 비서실장으로 재임하고 있을 때에는 자신의 개혁에 대한 소신을 항상 마음속에 지니고 있었습니다. 그러나 국회의장으로 당선된 후 특히 패스트트랙 정국에서는 자신의 역량을 한껏 들춰 보이며, 그동안 간직하고 있던 개혁사상을 행동으로 보여주었습니다. 그의 패스트트랙에서 보여준 민주주의를 향한 결단의 리더십이 한국 정치사에서 길이 빛날 것을 염원합니다.

촛불혁명의 시대정신은 개혁입니다

문희상 의장님의 사상은 처음부터 끝까지 개혁론입니다.

문희상의 개혁론은 1998년 그랜드 호텔에서 열린 PAX KORE-ANA 21 회원들을 대상으로 한 강연에서부터 나타납니다. 물론 그 이전부터 개혁에 대한 생각을 뿌리 깊게 가지고 있지 못했다면 이런 강연이 나올 수 없었을 겁니다. 이 강연은 김대중 대통령이 당선된 후 나온 강연이지만 자신의 개혁에 대한 소신을 5W 1H에 의거해 상세히 설명하고 있습니다.

50년 만의 정권교체로 국민의 정부가 들어서자 문희상은 초대 정무수석이라는 중요한 직책을 맡게 됩니다. 과거의 썩을 대로 썩은 독재정치의 폐단을 신랄하게 비판하면서 대통령의 리더십은 국민통합능력과 국가경영능력을 갖춘 인물이라야 대한민국을 이끌어나갈 자질을 갖추고 있다고 주장합니다.

사실 개혁은 어느 시대에나 있었습니다. 어느 시대나 개혁해야 할 폐단이 항상 존재해 왔기 때문에 사회개혁을 위한 노력은 항상 있었습니다. 대부분 기득권을 가진 소수의 집권 세력들의 횡포를 막기 위해 백성들의 삶을 향상시키고자 개혁 세력이 고개를 들었습니다.

조선 시대 초기에는 정도전을 비롯해 사대부들이 고려 말의 권문 세력들에 의해 피폐화된 백성들의 삶을 대변하는 방향으로 개혁을 추진하였고, 조선 중기의 조광조, 이이 등이 개혁을 시도했지만, 실패로 돌아가 임진왜란과 병자호란을 맞게 되었습니다. 양대 전란 이후에도 실학자들은 조선 사회에 대한 전반적인 개혁을 요구했으나 당시 성리학자들에 의해 묵살되었고, 조선 후기에도 농민들에 의한 동학혁명과 개화파의 사상이 결국 위정척사파의 폐쇄정책에 의해 좌절되어 일본의 식민지로 전락되었습니다.

이와 같이 개혁이란 얼마나 어려운 것인지를 짐작하고도 남습니다. 역사적으로 보면 항상 개혁의 대상이 되는 집단의 저항이 커 개혁이 실패로 돌아갈 때 국민들에게는 말할 수 없는 고통이 수반되었습니다. 그만큼 개혁은 어렵습니다. 문희상은 우리 시대를 관통하고 있는 시대정신은 '개혁'이라고 힘주어 말합니다. 이명박, 박근혜 정권을 거치면서 빈익빈·부익부는 다시 심화되었습니다. 성장위주의 경제정책을 펴면서 최하층민의 시름은 더 깊어졌습니다. 4대강으로 22조 원이 낭비되었고, 빚내서 집을 사라는 정책에 따라 부동산 투기는 심화되었으며, 가계부채가 크게 늘어나 은행에 이잣돈을 갚느라고 허덕입니다. 최순실에 의한 국정농단으로 국가의 체계가 무너지고, 문화예술계는 블랙리스트 사건으로 탄압을 받았습니다. 세월호 사건은 국민들을 분노하게 만들었습니다. 이루 헤아릴 수 없는 부정부패가 만연되어 결국 촛불혁명이 일어난 것입니다. 사필귀정입니다.

문희상 의장님의 개혁론은 정치개혁이 주를 이루고 있습니다. 우리가 정치, 경제, 사회, 문화라고 말할 때 정치가 맨 앞에 나옵니다. 신문 역시 정치면이 맨 첫 장을 장식합니다. 그만큼 정치가 중요하다는 말입니다. 다시 말해 정치개혁이 이루어지는 것이 가장 중요하다는 말이겠지요.

정치는 경제, 사회, 문화 등 모든 분야를 제어합니다. 성장 중심이냐 소득주도 성장이냐를 결정하는 것도 정치가 결정하고, 자사고 존치와 폐지, 문화계 블랙리스트와 화이트리스트 등도 정치에 따라 좌우되는 것을 보면, 정치가 우리 사회의 모든 분야에 너무나도 큰 영향을 주는 것이 사실입니다. 이렇게 사회 전반에 지대한 영향을 미치고 있는 정치가 정치답게 올바로 작동될 때 사회는 밝아지고, 국민의 삶의 질도 좋아질 것입니다.

백성이 가장 귀중하고 군주가 가장 가볍습니다

최순실의 국정농단으로 촉발된 촛불혁명은 박근혜 정권을 무너뜨려 문재인 정부를 탄생시켰습니다. 이를 가능하게 한 것은 국민의 힘이었습니다.

대한민국의 촛불혁명은 인류 역사에서 보기 드문 대혁명입니다. 피 한 방울 흘리지 않고 혁명에 성공한 시민혁명입니다.

최근 우리 사회의 집단 심리에 촛불혁명을 중심으로 세상을 바라보는 사고방식이 자리 잡고 있습니다. 이 사고방식에 기초해 나라가 잘못된 방향으로 탈선하려 할 때마다 국민들이 직접 나서서 문제를 바로잡으려는 시스템이 구축됐다고 볼 수 있습니다.

이를 보면 한국의 민주주의는 대통령이나 국회가 국민을 대리하는 대의민주주의를 뛰어넘어 새로운 유형의 직접민주주의 혹은 참여민주주의를 향해 나아가고 있다고 볼 수 있습니다. 물론 지금도 여전히 평소에는 대통령이나 국회에 국정을 맡기고 있습니다.

하지만 이들이 잘못할 경우에는 국민들이 언제라도 직접 개입하는 관행이 정착되고 있습니다. 대의민주주의와 직접민주주의의 절충형이 뿌리를 내리고 있는 것입니다.

한국의 촛불혁명은 형식적 의미의 주권자였던 국민 대중을 실질적 의미의 주권자로 만들어놓고 있습니다. 대통령과 국회의원이 '국민의 하수인'에 불과하다는 점을 명확히 하고 있는 것입니다.

촛불혁명으로 박근혜 정권이 무너졌습니다. 맹자가 말한 민귀군경(民貴君輕)이 딱 어울립니다. 문희상도 단골처럼 이 구절을 인용했습니다.

맹자가 말했다 "백성이 가장 귀중하고 사직이 그 다음이며 군주는 가볍다.(民爲貴, 社稷次之, 君爲輕). 그런 까닭에 백성의 신임을 얻으면 천자가 되고, 천자의 신임을 얻으면 제후가 되며, 제후의 신임을 얻으면 대부가 된다. 제후가 사직을 위태롭게 하면 다른 제후로 바꾸어 세운다. 희생 제물이 살지고, 제사에 쓰는 곡식이 깨끗하며 제 때에 제사를 지내는데도 가뭄이 들고 홍수가 나면 사직을 바꾸어 다시 모신다."

백성을 최우선의 가치로 규정하고 있습니다. 민본사상의 가장 극한에 이른 논리를 잘 보여주고 있습니다. 임금을 바꿀 수 있다는 맹자의 논리는 이를테면 국민에 의한 혁명의 논리입니다. 맹자의 민본 사상의 핵심입니다(신영복, 강의, 217). '국민이 가장 귀중하고, 나라가 다음이며, 대통령은 가장 가벼운 존재다', 이렇게 해석하면 될 것 같습니다.

이와 관련하여 순자(荀子)의 「주수군민론(舟水君民論)」에서도 비슷한 말이 나옵니다.

군주는 배요, 백성은 물이다. 물은 배를 띄울 수도 있고, 전복시킬 수도 있다.
군자주야 서인자수야(君者舟也, 庶人者水也), 수즉재주 수즉복주(水則載舟 水則覆舟)

박근혜 대통령이 최순실을 비롯해 국정 농단자들에 가려 나라를 온전히 이끌지 못하고 어지럽힌 데 대한 책임을 묻고 있는 것 같습니다. 보수를 추구하던 정당들이 결국 '미래통합당'으로 합쳐졌습니다. 자유한국당과 새보수당 등이 합친 미래통합당을 보면 보수가 박근혜 탄핵 전으로 돌아온 모습입니다. 총선으로 인해 다시 보수 결집이 이루어진 것입니다. 과거 탄핵에 대한 반성도 없습니다. 아직도 정책이나 비전을 보여주기는 커녕 대통령과 국민들에게 여전히 차마 입에 올려서는 안되는 막말을 하고 있습니다. 과연 이들을 보며 국민들이 희망을 가질 수 있을까요?

보수론자들은 경제 문제를 중심으로 해서 문재인 정부의 여러 가지 실정들과 관련해서 대립각을 세우고 대안을 제시하며, 새로운 국가 비전을 제시해야 국민들이 책임있는 정당으로 인정할 것입니다. 국민들이 바라는 것은 지금의 현실을 바꿀 수 있는, 희망이 담긴 비전과 실천력이기 때문입니다.

나는 촛불혁명이 적폐청산과 더불어 개혁을 이루어야 성공한 것이라고 생각합니다. 개혁은 하루 아침에 이루어지지 않습니다. 폐단들이 오랜 기간 동안 해결되지 않고 누적되어 왔기 때문입니다. 정치·경제·사회·문화 등 우리 사회 전반에 걸쳐 개혁을 하고자 할 때 기득권 세력의 반발이 만만치 않고, 개혁에 대한 청사진을 보여주고 이를 실천해 나가는 것이 쉽지 않기 때문입니다.

개인의 삶에 국가가 필수라면 정치 또한 필수적입니다. 요람에서 무덤까지 인간이 정치와 무관한 삶을 산다는 것은 불가능합니다. 국민들이 보다 나은 삶을 영위하기 위해서 국민을 위한 정치가 필요한 것입니다. 그러므로 정치가들은 '민심이 곧 천심'이라는 것을 명심하고 오직 국민을 위한 정치를 펼쳐나가야 합니다.

개혁은 뱀이 껍질을 벗는 것처럼 다시 태어나는 것입니다

그런데 개혁이 말처럼 그리 쉽지가 않습니다. 관성의 법칙이 적용되는가 봅니다. 일반적으로 기득권을 가진 세력들은 개혁에 대해 강한 저항을 합니다. 문희상은 개혁의 어려움을 뱀이 껍질을 벗고 환골탈태(換骨奪胎)하는 것이라고 말합니다.

뱀은 1년을 더 살기 위해 껍질을 벗는 아픔을 겪습니다. '탈피'라고 하죠. 목숨을 걸고 옷을 벗는 것입니다. 뱀은 이렇게 껍질을 벗어야 새로운 1년을 살 수 있습니다. 어린 시절 봄이 되어 동산에 올라 본 적이 있는 분들은 기억하실 겁니다.

여기저기에 뱀이 벗어놓은 껍질을 볼 수 있습니다. 그리고 가끔씩은 껍질을 제대로 벗지 못해서 죽어버린 뱀들을 발견할 수 있습니다. 껍질을 벗지 못하면 다시 태어날 수 없는 것, 그것이 바로 지금 우리의 현실입니다(생각을 바꾸면 세상이 보인다. 22).

변화와 개혁을 위해서는 때로는 묵은 습관과 전통을 포기할 필요도 있습니다. 낡은 사고방식을 버리고 새로운 사조(思潮)를 받아들이고, 스스로의 잠재능력을 최대한 발휘하기 위해 각고의 노력을 마다하지 않는 가운데 새로운 미래가 비로소 우리 앞에 펼쳐지게 됩니다.

뱀이 1년을 더 살기 위해 껍질을 벗는 아픔을 겪는 것이나, 40살이 된 솔개가 부리로 바위를 쪼아 그 부리가 깨진 후 새로운 부리가 돋아나고, 새로 돋은 부리로 발톱과 깃털을 하나하나 뽑아내어 새로운 발톱과 깃털로 다시 30년의 수명을 더 누리듯, 개혁은 처절한 고통을 수반하게 됩니다.

국민들은 정치와 정치인에 대한 실망감이 극에 달했습니다. 이전부터 지속된 구태와 낡은 정치가 개혁되지 않고 계속되어 왔습니다. 한국 정치를 바꾸지 않고서는 국민들로부터 정치와 정치인들은 외면당하고 말 것입니다.

개혁은 '깨끗한 손'을 가진 사람이 해야 합니다.

개혁은 누가 해야 할까요?
문희상은 개혁을 하려면 그 주체가 높은 도덕성을 가져야 한다고 말합니다.

'깨끗한 손'이라는 말이 있습니다. 손이 깨끗한 사람이라야 남에게 손을 닦으라고 말할 자격이 있다는 것입니다. 따라서 개혁을 주도하는 사람, 고위직에 있는 사람들과 가족들은 깨끗하고 검소해야 합니다(생각을 바꾸면 세상이 보인다. 226).

만일 개혁의 주체가 비리로 점철되어 있다면 국민들로부터 외면 받아 모든 노력이 초기부터 실패로 돌아가고 말 것입니다. 다시 말해 개혁은 국민과 함께 가야지 그렇지 않으면 결국 실패하고 맙니다(동행1. 161).

라인홀트 니버는 『도덕적 인간과 비도덕적 사회』라는 저서에서 인간은 '권력과 이익을 추구하는 존재'라고 하고 있습니다. 민주 사회에서 사회 정의는 정치적인 현실을 바로 파악하고 권력을 조직하여, 소외된 자가 권력에 동참할 수 있는 길을 열어놓아, 권력이 분산됨으로써 견제와 균형이 생겨날 때에 비로소 실현될 수 있다고 주장합니다. 또한, 권력이 다른 권력을 파괴하기 위해 노력하는 순환 구조를 해결하기 위해서는 도덕적 가치가 끝까지 뒷받침되어야 한다고 주장하고 있습니다. 도덕적 가치가 뒷받침되지 못하는 개혁은 사상누각에 불과하다는 거지요.

문희상은 그의 인생을 돌아볼 때 도덕적으로 높은 삶을 살아왔습니다. 자신의 지위를 이용하여 재산을 증식시키려는 노력도 없었으며, 특혜를 바라지도 않았습니다. 우익 단체가 고발해서 세간을 떠들썩하게 했던 처남취업 청탁건에 관해 2016년 7월 8일 남부지검이 무혐의 처분을 내렸습니다.

오히려 자신이 국회의원과 국회의장을 지내는 동안 동생과 자녀들이 불이익을 당하는 경우가 많았습니다. 가야금을 사랑한 동생 문재숙 교수의 무형문화재 인정수여식에서 여권실세인 친오빠가 개입한 의혹이 있다고 터무니없는 의혹제기와 언론보도, 아들 문석균이 국회의원으로 출마하려하자 아빠 찬스라는 프레임을 씌워 오히려 역차별을 받은 일 등은 오빠로서 그리고 아버지로서 마음이 얼마나 아팠을까 짐작하고도 남을 만합니다.

개혁에 실패하면 나라가 망한다

우리나라 근대사에서 갑신정변은 위로부터의 개혁이며 동학혁명은 아래로부터의 개혁을 시도한 사건입니다. 그러나 개혁이 실패하자 일본에 의해 나라가 침탈당했습니다. 김옥균을 비롯해 개화파가 일으킨 갑신정변은 청의 간섭으로부터 벗어나기 위해 우리나라에서 처음으로 근대 국민 국가를 건설하려 하려고 일으킨 사건이었습니다. 농민 중심의 동학혁명은 외세를 몰아내려는 민족운동이었으며 폐정개혁안 12개조를 요구한 개혁 운동이었습니다. 그러나 개혁을 바라는 이 두 사건이 실패로 돌아가자 일본에 국권을 빼앗기는 결과를 초래하게 되었습니다.

우리나라의 현실을 보면 백 년 전과 똑같은 상황에 놓여있다는 것을 알 수 있습니다. 지정학적으로 반도에 위치한 대한민국은 남과 북의 두 개로 쪼개져 있고, 주변에는 미국, 일본, 중국, 러시아가 우리 민족에게 강력한 영향을 미치고 있습니다. 백 년 전에도 제국주의 열강이 한국을 유린하기 위해 호시탐탐 기회를 노리고 있었습니다.

백 년 전에 우리가 개혁에 실패하여 나라를 빼앗던 것을 거울삼아 이제는 반드시 개혁을 성공적으로 완수해야 합니다.

너죽고 나죽자

이와 같은 상황에서 우리 국민들은 정치·경제·사회·문화 등 모든 부문에서 양분되어 있습니다. 전광훈과 김문수 등을 비롯한 이른바 '태극기부대'는 태극기뿐만 아니라 미국 국기인 성조기를 들고나와 흔들어 댑니다. 엄마부대 대표라는 주옥순은 "일본 파이팅", "아베 수상께 사죄하라" 등 매국적인 언사를 거리낌 없이 말하고 있습니다.

한목소리를 내야 할 외교·안보 분야에서도 정부가 하는 모든 일에 대해 무조건 반대를 하고 나섭니다. 부유한 자와 가난한 자, 대기업과 중소기업, 심지어 노동시장에서도 서로 간에 반목과 질시가 만연합니다. 교육은 말할 것도 없고 문화적 향유도 서민들이 누리기에는 아직 요원합니다.

문희상은 한국 사회의 발전을 위해 "버려야 할 5가지 사고"(동행1. 210)를 편가르기의 극단적인 모든 이분법적 사고와의 결별(동행 2. 234)로 설명하고 이들에 대한 개혁 방향을 제시하고 있습니다.

ⓐ 민주와 반민주의 이분법: 용서와 관용, 승복의 정신으로 대통합
ⓑ 진보와 보수/좌파와 우파의 이분법: 이념의 대결 종식
ⓒ 반미자주와 친미사대의 이분법: 국익 최우선의 실용외교
ⓓ 친북과 반북의 이분법: 냉전적 사고 종식
ⓔ 분배와 성장의 이분법: 병행 발전으로 선진경제 한국 달성

아주 이상적인 모델입니다. 현실에 대한 진단은 매우 탁월합니다. 그리고 그 해결방안도 나무랄 데가 없습니다. 그러나 손바닥도 마주쳐야 소리가 나는 법입니다. 아무리 개혁 세력이 냉전적 사고

와 기득권을 가진 반민주세력에게 손을 내밀고 설득해도 수단과 방법을 가리지 않고 어떻게든 정권만 잡으면 그만이라는 식의 대안이 없는 반대를 하면 답이 나오지 않습니다. 한마디로 요즘 정치가들을 보면 '너 죽고 나 죽자' 식의 전투를 치르고 있는 것 같습니다. 국민들도 편승하기는 마찬가지입니다. 포털사이트의 댓글을 살펴봐도 '네이버'와 '다음'의 댓글은 전쟁을 치르는 모습입니다. 이렇게 이분법적인 국민들의 편 가르기는 결코 올바른 모습이 아닐 겁니다.

정치가들과 언론은 노골적으로 때로는 교묘하게 이것을 이용합니다. 언론이 중립적이지 못하고 오히려 이들과 영합하여 국민들에게 진실을 호도하고 있습니다. 이런 정치문화에서 개혁이 성공적으로 이루어지는 것은 정말 쉽지 않지요.

교수신문이 선정한 2018년의 사자성어는 '임중도원(任重道遠)'이었습니다. '짐은 무겁고 갈 길은 멀다'는 뜻의 『논어』 〈태백편〉에 실린 고사성어입니다.

대학교수들은 "정부의 개혁이 추진되고 있음에도, 국내외 반대세력이 많고 언론들은 실제의 성과조차 과소평가하며 부작용이나 미진한 점은 과대 포장하니, 정부가 해결해야 할 짐이 무겁다"는 뜻에서 이 사자성어를 꼽았다고 합니다. 그러나 방해하는 기득권 세력은 집요하지만 끊임 없는 개혁, 그리고 함께 나누는 포용은 우리가 지향해야 할 미래입니다.

물론 이것은 국민들이 판단해야할 문제입니다. 세계화의 흐름 속에서 국가발전을 위해 진보해 나가느냐 아니면 퇴보해야 하는가는 국민들이 투표로써 선택할 문제입니다.

역수행주(逆水行舟) 부진즉퇴(不進卽退)

개혁은 간헐적이 아니라 지속적으로 이루어져야 합니다. 개혁은 완성된 적이 없었고 지금도 진행 중에 있습니다. 고통 속에서도 개혁은 계속되어야 합니다. 검찰개혁에 실패한 노무현 대통령은 오히려 검찰에 의해 고통받고 삶을 마감했습니다. 개혁하는 과정에는 견디기 힘든 고통이 따릅니다. 검찰개혁을 하고자 한 조국 장관은 개혁을 거부하는 검찰의 저항으로 가족 모두가 견딜 수 없는 고통을 받았습니다. 뒤이어 추미애 장관의 노력에 대해서도 노골적으로 항명사태를 벌였습니다. 검찰, 미래통합당(구. 자유한국당)이 언론과 유착되어 검찰개혁의 부당성을 알리고 국민들을 호도하는데 급급합니다.

그렇다고 개혁을 포기해서는 안 됩니다. 계속 개혁하지 않으면 결국 퇴보하게 됩니다. 개인이든 국가든 지금 우리가 처한 상황을 한계로 인식하면 퇴보할 수밖에 없습니다. 한계를 뛰어 넘어 계속 개혁하려는 정신이 필요합니다. 언제나 한계를 뛰어넘을 수 있다는 그 정신. 그것이 수반되지 않는 개혁은 제대로 효과를 발휘하지 못합니다.

우리 국민이 가진 역량은 이러한 한계를 분명히 극복할 것입니다. 문재인 대통령을 비롯해 국민들은 이 어려움을 충분히 해결할 수 있을 것입니다. 우리는 계속 전진하는 승리자가 될 것입니다. 아니 반드시 승리자가 되어 개혁을 완수해야 합니다.

문희상은 국민의 생존과 삶의 질을 높이기 위해 부단히 개혁을 이루어야 하며, 개혁의 끈을 놓쳐버리면 바로 과거의 암울했던 시기로 돌아간다고 말합니다.

역수행주(逆水行舟) 부진즉퇴(不進卽退)란 말이 있습니다. '물을 거슬러 오르는 배가 나아가지 않으면 후퇴한다'(동행2. 248)는 뜻입니다. 청나라 말기의 좌종당이란 정치가의 말입니다. 좌종당은 이홍장과 함께 양무운동을 했던 사람입니다.

부진즉퇴(不進則退), 나아가지 않으면 퇴보한다고 했습니다. 국민의 삶이 멈춰있게 해서는 안 됩니다. 대한민국은 앞으로 나아가야 합니다. 새해에는 무엇보다도 정치가 바로 서야 합니다. 대한민국 국회는 민생경제와 남북관계, 국제외교에 이르기까지 백척간두에 서 있다는 비장한 각오로 새해 첫 날을 시작해야 하겠습니다(2020.1.1. 새해 인사).

올해로 문희상은 40년 정치인생을 마감합니다. 마지막까지 개혁의 중요성을 외치고 있습니다. 나라의 운명이 개혁에 달려있다고 보는 것입니다. 그 가운데 정치가 있습니다. 그의 경험으로는 정치개혁이 없으면 아무 것도 이룰 수 없다는 것을 말하고 있습니다. 피 끓는 심정으로 대한민국의 미래를 걱정하고 있습니다.

개혁의 성공적인 완수를 위해 나는 여기에 한마디만 첨가하고 싶습니다.

욕속즉부달(欲速則不達) 견소리즉대사불성(見小利則大事不成)

『논어』 〈자로 편〉에 나오는 구절입니다. '빨리 하고자 하면 도달할 수 없고, 작은 이득을 보고자 하면, 큰일을 이룰 수 없다'는 뜻입니다.

정치를 어떻게 해야 하는가에 대한 제자의 질문에 공자가 답한 내용입니다. 빨리 하고자 하지 말고, 작은 이득을 보고자 하지 말라는 것이 공자 답변의 요체입니다.

서두르지 말고, 반드시 절차를 지켜가며 지속적으로 개혁하다 보면 언젠가 우리가 원하는 그 길에 도달할 것입니다. 먼저 국민들을 설득해야합니다. 개혁은 국민들과 함께 가야 성공한다는 신념을 가지고 뚜벅뚜벅 걸어 나가야 합니다. 아무리 바빠도 바늘허리에 실을 매는 우를 범해서는 안 되지요. 때로는 신속하게 때로는 천천히, 강약과 완급을 조절하면서, 그리고 개혁의 필요성을 국민들에게 계속 역설하면서 추진해야 합니다.

또 하나는 이념적으로 함께할 수 있는 정당들에 대한 설득입니다. 끊임없이 설득해야 합니다. 목적 달성을 위해 하나 주고 하나 받는 협상도 필요합니다. 내 것을 모두 움켜쥐려는 방법으로는 설득이 어려울 것입니다. 미래통합당과도 끊임없는 대화를 해야 합니다. 그들이 원외투쟁을 하더라도 대화를 포기하지 말고 끝없이 설득해야 합니다. 그래야 국민들의 마음이 움직입니다. 문희상은 국회의장을 역임하면서 일관되게 협치를 강조했습니다. 그리고 협치를 위해서는 역지사지가 필요하다고 강조하고 있습니다.

문 의장은 '일 잘하는 국회'를 위한 3가지 비전을 제시했다. 그는 "첫 번째로 협치에 방점을 둬야 하고, 두 번째는 국민 신뢰를 받기 위해 실력 있는 국회가 돼야 한다"고 말했다. 또 "셋째로 미래 문제를 국회가 주도적으로 이끌어가자"고 했다.

　문 의장은 협치의 조건도 설명했다. 그는 "협치를 위해 역지사지가 필요하다"며 "국민이 신뢰할 수 있도록 대의명분이 있어야 한다"고 말했다. 이어 "절차가 투명해야 한다"며 "어떤 일이든 분명한 목표를 국민에게 소상히 밝혀야 한다"고 덧붙였다(2018. 7. 30. 국회 정례간담회에서).

　문희상은 민주당이 모두 잘하고 있다고 여기지는 않았을 것입니다. 정당들과의 대화와 타협을 누구보다도 더 바랬을 겁니다. 특히 그가 생명처럼 여기는 평소의 정치철학인 화이부동(和而不同)을 항상 염두에 두고 있었을 것이기 때문입니다. 4+1 협의체가 공수처법을 패스트트랙으로 상정하고자 했을 때 미래통합당의 황교안 대표를 비롯한 의원들의 삭발투쟁과 단식 농성을 보면서 대화와 타협을 갈망했을 겁니다.

개혁은 국민과 함께해야 결실을 맺습니다

　개혁은 고칠 개(改)와 가죽 혁(革)으로 구성되었습니다. 다시 말해 가죽을 벗겨 새로이 고친다는 뜻이지요. 그만큼 개혁은 어렵다는 말입니다. 그래서 셀프 개혁은 거의 불가능하다고 봐야지요. 자기 몸에 스스로 주사 놓기도 어려운데 어떻게 스스로 자신의 몸을 수술할 수 있겠습니까? 반드시 의사라야 가능하지요. 그러므로 개혁은 반드시 외부로부터 이루어져야 합니다.

문희상은 우리 사회 전반에 걸친 총체적 개혁이 필요하다고 말합니다. 그 중에서도 정치개혁이 선행되어야 한다고 주장합니다. 그러나 개혁의 주체인 대통령이 키를 잡고 장관이 노를 저으며, 여당을 비롯한 개혁세력은 장애물을 극복해야 합니다. 여기에 국민들의 전폭적인 지원이 필연적입니다.

갑신정변은 1884년에 김옥균을 비롯한 급진개화파가 개화사상을 바탕으로 조선의 자주독립과 근대화를 목표로 일으킨 정변입니다. 위로부터의 개혁이었지만 기본적으로 민중의 지지를 이끌어내지 못하고 외세에 의존하여 개혁을 추진하려 했기 때문에 실패한 것입니다. 민중의 참여 없는 소수 개화 엘리트들만의 개혁의 종착점은 '3일간의 꿈'일 수밖에 없었던 것입니다.

그렇습니다. 정치개혁을 위해서는 시민사회의 결집과 뒷받침이 절실합니다. 국민들의 협조 없이는 아무리 훌륭한 개혁도 실패하기 마련입니다.

노무현이 대통령으로 당선될 수 있었던 요인 중 하나가 '낡은 정치 청산'이라는 새로운 쟁점을 부각시켰기 때문입니다. 유권자들은 새로운 것을 기대합니다. 유권자들은 정치인들보다 더 진보 성향으로 가고 있었기 때문에 노무현의 성향이 지지를 받은 거지요. 노무현 정부가 역대의 타 정권과 비교해 탁월하게 상생의 정치를 잘하려 했고, 개혁의 의욕이 뛰어났지만, 국민들의 약한 지지로 말미암아 출범하기도 전에 쏟아지는 언론의 집중포화 등 적대적인 환경 등으로 결국 침몰하고 말았던 거지요.

문희상은 평소 '국민과 동행(同行)하는 정치'를 꿈꾸어 왔습니다. 국민과 함께 가지 않고서는 그 어떤 정책도 성공적으로 이끌어 갈 수 없다는 것은 변치 않는 진리이기 때문입니다.

타이밍이 중요합니다

닭이 알을 깔 때에 알 속의 병아리가 껍질을 깨뜨리고 나오기 위하여 껍질 안에서 쪼는 것을 '줄(啐)'이라 하고 어미 닭이 밖에서 쪼아 깨뜨리는 것을 '탁(啄)'이라 합니다.

이와 같이 서로 합심하여 일이 잘 이루어지는 것을 '줄탁동시(啐啄同時)'라고 합니다.

헤르만 헤세는 데미안에서 '새는 알을 깨고 나온다. 알은 세계다. 태어나려는 자는 하나의 세계를 파괴해야 한다'고 적고 있습니다. 병아리가 스스로 알을 깨고 나와야 하지만 어미 닭이 밖에서 쪼아 준다면 자신에게 갇혀 있던 세상은 훨씬 빨리 깨어지겠지요.

참으로 세상을 살아가는 데 꼭 필요한 가르침이자 매력적인 이치가 아닐 수 없습니다. 행복한 가정은 부부(夫婦)가 「줄탁동시」할 때 이루어지고 훌륭한 인재는 사제(師弟)가 줄탁동시의 노력을 할 때 탄생하며 세계적인 기업은 노사(勞使)가 줄탁동시할 때 가능한 것이지요. 또한, 국가의 번영이나 남북관계 그리고 국제관계에도 줄탁동시의 이치를 공유하고 함께 노력할 때 성공과 발전이라는 열매가 열리는 것입니다.

한마디로 「타이밍」입니다. '때가 무르익었다'는 말이지요.

아무리 좋은 변화와 혁신이라도 상대방이 갈망하고 있는 때를 잘 맞추어야 성공합니다. 타이밍을 맞추지 못하면 일은 낭패를 보게 됩니다.

문희상이 말하는 줄탁동시는 시대정신과 민주적 절차와 그 맥을 함께 합니다. 그의 줄탁동시가 빛을 발하는 순간이 검찰개혁을 위한 법률을 국회에서 통과시킬 때였습니다. 밖으로는 민주검찰을 향한 국민의 열망이 무르익었을 때, 안으로는 더불어민주당과 범여 군소정당의 이른바 '4+1' 협의체가 합의했을 때, 이때의 타이밍을 놓치지 않고 공수법과 검경 수사권 조정과 같은 검찰개혁을 향한 법률을 제·개정하였습니다. 국민들이 정치에 보내오는 열광과 감동의 화답을 받은 것입니다.

추미애 법무부장관은 취임사에서 '줄탁동시'라는 사자성어로 검찰개혁에 있어 내부적 개혁과 외부적 개혁이 동시에 일어나야 함을 강조했습니다. 추미애 법무장관이 앞으로 보여줄 검찰개혁과 법무장관으로서의 역할, 무엇보다도 국민의 지지가 대한민국에 새로운 희망이 되기를 기대해 봅니다.

개혁은 완급 조절이 필요합니다

오랫동안 우리의 삶은 농업에 의지해 삶을 영위해 왔습니다. 그러나 기술의 발달은 증기기관으로 대표되는 산업혁명이 일어나자 급속도로 우리의 삶과 생활패턴을 바꾸어 놓았습니다.

인류는 약 7만 년 전 수렵·채집 등의 활동을 했습니다. 그리고 약 1만 2천 년 전에 농업혁명으로 생산이 급등하여 정착 생활을 할 때까지 약 6만 년의 기간이 걸렸습니다. 이후 과학혁명이 일어나 증기관으로 대표되는 1차 산업혁명(1874년)까지는 약 1만 년이 걸렸으며, 이후 1870년 2차 산업혁명(전기)까지 걸린 기간은 약 100년, 1970년 3차 산업혁명(정보)까지 100년, 그리고 2010년 4차 산업혁명(인공지능)까지는 40년밖에 소요되지 않았습니다.

이런 추세대로라면 20년 후인 2030년에는 제5차 산업혁명이, 그로부터 10년 후인 2040년에는 제6차 산업혁명이 일어날 수 있습니다.

이와 같이 급격히 변화하는 세상에서는 국제적으로는 세계화(globalization)가 되어 전 세계가 1일 생활권으로 변화되고, 외국에서 일어나고 있는 사건·사고를 인터넷이나 TV 등을 통해 실시간으로 전송받게 됩니다. 또한, 매일 매일 발명되고 있는 새로운 기술의 양도 많아 이들 기술에 대한 지식을 습득하는 것도 몹시 어렵습니다.

오늘날의 시대에는 홉스가 말했던 '만인(萬人) 대 만인의 이리의 시대'가 아니라 '만국가(萬國家) 대 만국가의 이리의 시대'라고 말할 수 있습니다. 우리는 이를 좋게 표현해서 '세계화의 시대'라고들 합니다. 그러나 이 표현의 이면에는 '무한경쟁', '적자생존', '약육강식'의 '정글의 법칙'이 지배하는 냉혹한 시대라는 의미가 감추어져 있습니다(생각을 바꾸면 세상이 바뀐다. 59).

국내 정치도 마찬가지입니다. 국민의식은 급속도로 성장하고 있습니다. 국민들은 다양한 매체들로부터 정보와 지식을 얻습니다. 아직 구태의연한 방식으로 정치하고자 하는 사람들은 과거의 행태에 젖어있는 계층의 국민들에게는 지지를 얻을 수 있을지 모릅니다. 항상 변화를 싫어하는 사람들이 다수 있기 마련이기 때문입니다. 그러나 급변하는 환경 속에서 살아가는 세대들의 정치 수요는 하루가 다르게 증가하고 있습니다.

이들 세대들은 끊임없이 새로운 것들을 요구합니다. 정치·경제·사회·문화 등 우리 사회의 모든 것들이 그 대상이 됩니다. 앞에서 말한 이분법적인 요소들뿐만 아니라 검찰개혁을 비롯해 국민의 자유, 평등, 정의와 관련된 거의 모든 영역이 그 대상입니다.

그러나 개혁은 하루아침에 완성되지 않습니다. 개혁에는 저항세력이 따르기 마련입니다. 경우에 따라서는 개혁이 반발에 부딪혀 좌절되기 일쑤입니다. 기득권 세력은 자신의 이익을 놓지 않기 위해 하는 일마다 반대합니다.

언론이 기득권의 편에서 개혁에 대해 반대하고, 한편으로는 기득권을 가진 언론이 다음의 개혁대상은 자기네 차례가 될 거라는 우려 속에서 기사의 논점을 왜곡합니다. 일부 국민들은 영문도 모르고 언론의 발표에 편승하여 개혁의 주체세력을 비난합니다. 그동안 노무현 대통령에 의한 개혁이 이명박·박근혜 정권 10년 만에 다시 원점으로 돌아간 느낌입니다.

귀를 막고 종을 훔치다

　엄이도종(掩耳盜鐘)은 '귀를 막고 종을 훔치다', '모두가 아는 사실을 혼자 모른 척하다', '자신이 듣지 않으면 남도 듣지 않을 것이라는 어리석은 생각', '얕은꾀로 남을 속이려 해도 소용이 없다'는 뜻입니다. 우리 속담에 '눈 가리고 아웅하다' 또는 '손바닥으로 하늘을 가리다(이장폐천: 以掌蔽天)'와도 의미가 비슷한 말입니다.
　이 고사성어는 『여씨춘추』에서 나온 말입니다

　춘추시대 진晉나라 범씨 가문에 대대로 내려오는 큰 종이 있었다. 어느 날 범씨 가문이 몰락하자 한 백성이 종을 훔치려 하였다. 워낙 종이 커서 가지고 갈 수가 없자 종을 깨부숴 가져가려고 망치로 내려쳤다. 당연하게도 큰 소리가 났다. 그는 다른 사람들이 들을까 깜짝 놀라 제 귀를 틀어막고 다시 종을 내려쳤다. 그러나 주변에 있던 사람들은 종소리를 들었고, 그 백성은 결국 그 자리에서 붙잡히고 말았다.

　제 귀를 틀어막든 그러지 않든 종을 내리치면 소리가 난다는 사실은 자명합니다. 자명한 사실을 스스로만 모른 체하여 감추려 하는 태도가 참으로 어리석습니다.
　조금만 살피면 누구나 알 수 있는 불법하고 불의, 부조리한 일을 하고도 적법, 정당한 것처럼 강변하거나 뻔히 속 보이는 후안무치한 짓을 해놓고도 당치 않는 명분을 내세우며 비난을 모면하려는 행태를 자주 봅니다. 누가 보아도 상식적이고 합리적으로 처리되어야 할 일들이 상식에 맞지 않고 불합리하게 진행된다면 그 뒤에는 사심과 탐욕에서 비롯된 부정과 불의가 있다고 짐작할 수밖에 없습니다.

손바닥으로 아무리 하늘을 가리려 들어도 가려지지 않는 것이 세상의 이치입니다. 얄팍한 눈속임으로 잠깐은 어리숙한 일부 사람의 눈과 귀를 속일 수 있겠지만, 언제까지나 또 모든 사람들을 다 속일 수는 없습니다. 향을 싼 종이에서 향내가 나고 생선 싼 종이에선 비린내 나는 것이 당연합니다. 세상이 하도 어수선하니 엄이도종 하는 무리들이 들끓습니다. 어엿이 나라를 이끌어 가는 국회의원을 비롯한 정치가, 언론, 검찰 등 소위 지도층이라는 사람들부터 이러하니 더욱 한심합니다. 상식과 이성에 맞지 않는 일들을 저지르면서 자신들이 과거에 했던 말마저 안색 하나 변하지 않고 손바닥 뒤짚 듯하여 보는 국민을 황당하게 합니다.

악업을 지어놓은 사람이 제 발 저린 도둑처럼 미리 미사여구와 감언이설로 자신에게 향하는 비난을 모면하려 악착을 부리더라도 검은 속셈과 내로남불, 양두구육(羊頭狗肉)의 실상은 조만간 드러나게 마련입니다. 엄이도종 하더라도 하늘은 가려지지 않고 사필귀정(事必歸正)은 피할 수 없기 때문입니다.

한강의 물은 도도하게 바다로 흘러갑니다. 세상은 계속 발전해 갑니다. 민주주의도 예외가 아닙니다. 아무리 손바닥으로 얼굴을 가리고 변화를 거부해도 개혁의 물줄기는 홍수처럼 모든 것을 삼킬 것입니다.

[화이부동(和而不同)]

두 번째 문희상의 사상은 화이부동입니다. 문희상은 화이부동이 민주주의의 요체라고 주장합니다. 입법부의 수장인 국회의장으로 선출된 것도 화이부동의 덕을 쌓아서 무난하게 선출되었다고 봐야겠지요.

『논어』의 〈자로편(子路編)〉「군자화이부동 소인동이불화(君子和而不同, 小人同而不和)」라는 글이 나옵니다. 군자는 화합하되 동화되지는 않고 소인은 동화되되 화합하지는 못한다는 뜻입니다. 다시 말해서 군자는 다양성을 인정하고 지배하려고 하지 않으며, 소인은 지배하려고 하며 공존하지 못한다는 말입니다.

이와 같이 공자는 다른 사람과 생각을 같이 하지는 않지만 이들과 화목하는 것을 화이부동이라 하여 군자의 덕목으로 꼽았습니다.

남과 화목하게 지내지만 자기만의 중심과 원칙을 잃지 않음을 의미하는 화이부동은, 포용과 관용의 톨레랑스(tolerance) 정신과 맞닿아 있습니다.

구존동이(求存同異)

화이부동에 앞서 구존동이를 먼저 살펴보겠습니다.

최근 중국에서도 새로운 리더십의 출현과 함께 '구존동이(求存同異), 같은 것을 구하되 다른 건 인정한다'고 했는데 화이부동과

490

같은 이치입니다(동행1. 300).

　서로의 의견이 상충하는 다른 부분은 인정하면서도 뜻이 맞는 부분이나 이익이 있으면 우선으로 추구한다는 뜻입니다. 서로 간의 공통점을 찾아내고 다른 점은 일단 그대로 두자는 말이지요.

　중국인의 여러 가지 협상 전술 중 대표적인 것이 구존동이입니다. 주은래가 이 말을 자주 사용했습니다. 주은래가 실리 위주의 외교전략을 진행하는 와중에 중미협상에서도 활용했듯이 중국 외교정책의 기본 정신입니다. 구존동이는 『서경』에 나오는 '구대동존소이(求大同存小異)'를 줄인 말입니다. 즉, '큰 뜻에서 같은 것을 찾아보고 작은 차이는 일단 놔두자'는 뜻입니다.

　'같은 것'과 '다른 것'은 인간사의 모든 대립과 갈등의 출발점입니다. 주은래는 그 논쟁의 결론이 이미 고전(서경)속에 있음을 찾아, 바로 그것을 다변화된 국제관계의 해법으로 삼았던 것입니다.

　이 말에 비추어 보는 우리 사회의 모습은 어떤가요? 우리 사회는 자신과 다른 남을 얼마나 인정하고 포용하는가요? 자신과 '다른' 것은 아예 '틀린' 것으로 규정하고 배척하지는 않는가요?

리더는 라스트 신을 만드는 사람입니다

　이제 본격적으로 문희상의 두 번째 철학인 화이부동을 말할 차례입니다.

　문희상 국회의장은 2018년 제20대 국회 후반기 의장단 구성 후 첫 공식행사로 서울 동작구에 위치한 국립현충원을 찾아 참배할 때, 방명록에 국민의 신뢰 얻는 국회, 서로의 차이를 존중하며 화합의 국회를 추구하자는 의미에서 '무신불립 화이부동(無信不立 和而不同)'이라는 문구를 남겼습니다.

군자는 자기만의 독특한 개성과 확고한 가치판단을 지니고 있는 사람입니다. 그는 공공의 이익이나 도리에 맞는 일에는 협조를 아끼지 않습니다. 그러나 이 경우에도 자기의 주관을 지닌 채 남과 화합하는 것입니다. 이에 반하여 소인은 자기의 이익을 위해서는 불합리한 일에 쉽게 뇌동합니다. 군자가 자기만의 창조성으로 사회발전에 공헌할 수 있음에 반하여 소인은 옳지 못한 일에 동화됨으로써 자기의 존재 의의마저 상실하는 것입니다.

우리는 진보와 보수를 떠나 나라다운 나라를 만들자는 염원을 촛불로 모았습니다. 그리고 사회의 각계 분야에서 굳건한 똬리를 틀고 있던 적폐를 상당 부분 청산했습니다.

공자의 '和而不同(화이부동)'이란 말씀처럼 우리는 선거 때마다 서로의 의견은 달랐지만, 그리고 지금도 지지하는 세력은 서로 다르지만, 국가의 미래를 위해 이제는 다시 화합을 이뤄야 할 때입니다.

'정당간의 대립과 갈등에서 벗어나 국민이라는 푸른 바다 속으로 들어가는 새로운 정치. 정치를 위한 정치, 권력투쟁을 위한 정치를 버리고 민생과 경제를 챙기는 새로운 정치'(박근혜 대표의 말)에 저는 일백프로, 일천프로 일치된다는 생각입니다.

그러나 정말 아쉬운 점은 현 상황에서 말씀과 행동이 다른 것 같아서 서운한 마음이 남습니다(동행1. 59-60).

열린우리당 대표로 재임할 당시에 박근혜 한나라당 대표가 말한 것을 평한 내용입니다. 문희상은 상대 진영인 박근혜 대표가 국민들에게 보내는 메시지에 대해서도 일백프로, 일천프로 자신의 생각과 일치한다고 말하고 있습니다. 이뿐만 아니라 이명박, 박근혜 대통령이 집권했을 때에도 국가안보와 직결된 대한민국의 국익과 관련된 것은 협조해야 한다고 역설합니다.

문희상은 "정당간의 대립과 갈등에서 벗어나 국민이라는 푸른 바다 속으로 들어가는 새로운 정치와 일맥상통하는 것 같다"고 말합니다. 한 잔의 물이 아니라 맑고 푸른 호수를 품을 수 있는 마음의 크기를 지닌 문희상을 봅니다.

문희상은 상대 진영에 대해서 잘한 것은 잘한다고 하는 대승적인 마음을 가지고 있습니다. 진심으로 국가발전과 국가안보를 위한 정치를 하면 정적인 상대방의 주장에도 함께 동의합니다.

요즘의 정치가들을 보면 이런 자세를 정말 찾아보기 힘듭니다. 상당수의 미래통합당 국회의원들이 '지르고 보자' 식으로 대통령에 대해서도 막말하고 가짜뉴스를 사실인 것처럼 발표를 해서 국민들을 양분시키고 있는 행태를 보이고 있습니다.

문희상은 국가와 민족에 대해 아무런 책임도 지지 않고 노이즈 마케팅으로 자기와 자신이 속한 정당만을 위해 상대방을 물어뜯는 정치가들과는 대조적인 모습을 보인 통 큰 정치가라고 할 수 있겠지요.

또한, 이 당시에는 대한민국의 고질적인 병폐인 지역주의가 만연하고 있을 때입니다. 문희상은 지역주의를 망국의 병으로 보고 국민통합을 구현해 내야 한다고 주장하면서 '블루오션 정치'를 강조하였습니다.

국민통합을 위한 상생의 정치가 바로 '블루오션 정치'입니다 (동행1. 60). 문희상 의장은 자신의 홈페이지에 게재한 〈블루오션, 국민통합과 상생의 정치〉란 글을 통해 "대통령을 포함한 모든 정치인은, '국민을 편안하게 하고 풍요롭게 만들어 드리자'는 한 목표를 갖고 살아가고 있는 동료라 할 수 있습니다. 한 방향을 향해 걷고 있는 동행자라고 할 수 있습니다.

동료애적 차원에서 머리를 맞대고 어떤 것이, 우리안의 갈등과 대립을 없애고, 국민통합과 상생의 '블루오션 정치'를 실현하기 위한 방법인지 토론할 수 있는 장을 마련할 수 있기를 기대해 봅니다(동행1. 61).

2005년은 당시 한국의 경영계에 '블루오션' 열풍이 불던 시기입니다. 블루오션은 '경쟁이 없는 새로운 시장'을 일컫는 용어입니다. 이것을 정치로 가져온 겁니다.

나는 2008년에 저술한 '블루오션 리더십'에서 블루오션 리더는 길을 여는 사람이며, 이기기 위해 지는 사람이라고 적었습니다. 블루오션 리더의 대표적인 사례로는 몽골제국의 창시자 칭기스칸의 리더십을 들 수 있을 것입니다. '길을 여는 능력 즉, 위대한 비전'

이 세계 정복을 열어준 것입니다. 또한 '이기기 위해 지는 능력'은 마지막 장면(Last Scene)을 만드는 사람입니다.

　이기기 위해 진다는 것은 조직 통솔자로서는 정말 어려운 일이다. 그 과정을 이해할 수 없는 조직원들을 설득하기도, 논리를 세우기도 어렵다. 그럼에도 불구하고 해야할 때, 그렇게 할 줄 아는 사람은 현명한 리더다. 리더는 과정이 어떠하든 마지막 장면, 즉 라스트 신만 머릿속에 그리고 있으면 된다. 아홉 번을 패해도 마지막 한 번을 이기면 승리하는 것이다.

　이것이 우리가 흔히 말하는 전투에서 패했지만 전쟁에서 승리하는 결과를 낳기도 한다. 리더가 라스트 신을 놓치면 조직은 흔들리게 된다(안병용 외, 블루오션리더십, 376).

화이부동으로 다양성을 인정해야 합니다

　촛불 혁명 이후에는 국민들이 자유한국당의 언론플레이, 검찰의 편파적 행태, 조·중·동으로 대표되는 우파 언론의 물어뜯기식 발악에 많이 속지 않고 있는 것 같습니다.

　그만큼 국민의 정치의식이 성숙되었음을 보여주고 있습니다. 그럼에도 불구하고 이들 우파들은 가짜뉴스로 대통령을 공격하고, 검찰은 편파 수사와 기소를 계속하고, 언론은 이에 편승하여 객관적인 보도를 거부하고 있습니다.

　자유한국당으로 대표되는 우파는 정치를 한 적이 없는 것 같습니다. 과거 우파의 정치는 정치가 아니라, 청와대의 국회 파견 업무에 가까웠습니다. 그건 행정의 일환일 수는 있어도 정치는 아닙니다. 정치는 대중 속에서 정치적 어젠다로 대중을 설득하고, 조직하고, 동원하는 메커니즘입니다.

우파 정치는 그래본 적이 없습니다. 상명하복, 군대식 행정에 가까웠습니다. 그러다 보니 국민들이 집회나 시위를 하는 것을 용납하지 못합니다.

박정희, 전두환 정권을 이어받은 우파세력들은 시위 군중들을 향해 물대포를 쏘고, 국정원과 검찰을 정치에 이용하여 선거에 관여하였으며, 자신들의 입맛에 맞지 않은 인사들을 구속하곤 했습니다.

심지어 블랙리스트를 만들어 문화계 인사들을 탄압했습니다. 정치는 실종되고 모든 영역에서 이분법적인 충돌이 발생하여 나라는 극도로 혼란을 이루었습니다.

문희상은 "지금 한국 정치를 보면 늪에 빠져있다. 상대방은 적이며, 타도의 대상이라는 인식이 배어있다"고 지적하면서 "상대방이 틀린 게 아니라 다르다고 해야 한다. 이것이 민주주의 원리고, 다양성을 인정하는 화이부동(和而不同)의 정치다"라고 말합니다.

정치는 대화와 타협의 산물입니다. 다양한 의견을 표출하되 화이부동의 자세로 이들 다양성을 인정하고, 서로 공존하는 화이부동의 태도가 어느 때보다도 절실합니다.

특히 서로의 생각이 같으냐 다르냐를 기준으로 내 편과 네 편을 가르는 오늘날 우리 사회의 풍조에서 공자의 통찰력은 우리를 깊게 돌아보게 하는 그 무엇이 있습니다.

한 걸음 더 나아가 이러한 화이부동의 철학을 마음에 새겨 평화통일을 강대국이 되기 위한 기회로 삼고, 우리 민족의 마지막 블루오션인 '통일'을 위한 힘찬 발걸음을 내디뎠으면 좋겠습니다.

북어와 코다리도 명태입니다

문희상은 계파 문제도 화이부동에서 그 해답을 찾아야 한다고 강조합니다. 민주주의를 사랑하는 그의 열정은 여기에서도 빛을 발합니다.

문희상은 계보원이 하나도 없습니다. 초창기부터 계파를 만들지 않겠다고 다짐합니다. 본디 정치도 조직 활동이므로 사이가 가까운 사람과 먼 사람이 존재하는 인간관계가 형성되는 것은 당연한 것입니다. 그런데 계파가 형성되면 자발적인 권력 행위가 생기기 마련입니다. 그래서 패권주의가 생기게 되지요. 그러다 보면 망하게 됩니다. 그는 계파주의가 나쁜 것이 아니라 계파 패권주의를 경계해야 한다고 말합니다.

나는 스스로 계파를 만들지 않았어. 계파라면 김대중 계파주의라 할 수 있지. 그분한테서 정치를 배웠고, 그분이 옳다고 생각하는 신념으로 지금까지 살고 있어. 그분이 맨 처음에 나보고 세상을 좀 바꾸자. 그 얘기에 내가 전폭적으로 동의했고, 그리고 어떤 세상을 만들길 원하십니까 물었더니 자유가 들꽃처럼 만발한 세상, 정의가 강물처럼 흐르는 세상, 민족 통일의 꿈이 무지개처럼 피어나는 세상, 이게 나한테 딱 꽂히는 순간 바로 사부님으로 모시겠습니다라고 말했지.

이게 노무현 대통령에서 약간 변질된 것은 자유, 정의라는 말 대신에 함께 더불어 사는 세상, 골고루 더불어 사는 세상, 통일도 다 마찬가지로 여기에 다 들어가는 개념이에요. 함께 더불어 살아야 된다 이거에요.

내가 말하는 동행도 이말이에요. 포용적 성장이라는 말, 이 정부에서 제가 제일 먼저 썼어요. 그게 원래 영국에 노동당, 미국에 민주당에서 만들어졌어요(2020. 5. 1. 저자와의 인터뷰에서).

문희상은 2005년 열린우리당 의장에 선출된 후 화이부동을 그의「명태론」으로 역설하고 있습니다. 너무나 적절한 비유로 보여집니다.

대구목 대구과에 속하는 명태라는 생선이 있습니다. 명태는 이름이 여러 가지입니다. 얼려 놓으면 동태가 되고, 말리면 북어가 되며, 얼리거나 말리지 않은 것은 생태라고 합니다. 또한 명태를 반 정도만 말려서 꾸덕꾸덕한 것을 코다리라고 하며, 대관령과 같은 곳의 노천 덕장에서 겨울철에 여러 번 얼렸다 녹였다 한 것을 황태라고 합니다.

명태, 동태, 북어, 생태, 코다리, 황태... 모두 같은 명태입니다(동행1. 72). 북어와 코다리가 모두 명태이듯, 모두가 우리 동지라는

498

사실을 잊어서는 안 될 것입니다(동행1. 73).

마치 각기 다른 악기가 모여 아름다운 하모니를 이루며 교향
곡을 연주하는 오케스트라와 같습니다. 화이부동은 조화입니다.

이와 같은 조화의 극치는 제주도에서 흔히 보이는 돌담에서 볼
수 있습니다. 돌담을 자세히 보면 우선 그 돌담을 쌓는데 사용되
는 돌들이 모두 자연석인 것을 알 수 있습니다. 자연에서 형성된
각양각색의 크기와 모양에 어떤 변형도 가하지 않고 있는 그대로
사용하고 있음을 볼 수 있습니다. 둘째로 자연석을 사용하는데 따
른 필연적 결과이기도 하지만 돌담을 쌓는데 어떤 돌도 쓸모없는
돌로 버려지지 않는다는 점입니다.

오케스트라와 제주도의 돌담은 서로 다른 구성원이나 사물들의
개성을 존중하는 태도로부터 화합이 이루어집니다. 정치 역시 마
찬가지입니다.

민주적 조직이라면 계파건 정당이건 국가이건 다 마찬가지입니
다. 구성원 각각의 개성, 의견은 다 다르다는 것을 인정하고, 존중
되어야하나, 더 큰 조직의 목표를 위해서 화합하여 하나가 되어야
합니다(2015. 12. 18. 문희상 어록2. 화이부동).

인류가 생긴 이래 둘 이상 모이면 바로 조직이 만들어졌습니다.
조직이 있으면 서열이 만들어집니다. 그 조직의 집행을 책임지는
쪽이 권력을 잡게 되고, 바로 그 사람들이 주류입니다. 거기서 소

외되는 사람들이 있는데 그들이 비주류입니다.

비주류는 비판하면서 '아니오'라고 계속 이야기해야 조직이 건강해집니다. 조직이 건강해져야 민주적 절차에 따라서 완전히 새로운 살이 돋아나게 되는 것입니다. 그게 없으면 썩게 됩니다. 그냥 정체되기 때문입니다. 그러면 발전이 없고, 그러면 그 조직은 망하게 됩니다. 따라서 한 조직에서 계파(정파)가 생기는 것은 오히려 자연스럽고, 정상적인 것입니다. 문제는 계파가 아니라 계파패권주의인 것입니다.

끼리끼리만 계속 해먹겠다는 독점과 전횡을 보이게 되면 그 조직은 이미 썩기 시작했으며, 망하게 되는 단초인 것입니다. 그는 틈만 나면 화이부동을 말합니다.

둘이 싸우다 망한다, 죽는다는 것을 알아야 합니다. 더 큰 대의명분에 있어서 하나가 되어야 한다는 것을 우리 스스로가 결심하지 않는 한, 이 문제는 해결되지 않는다.

40년의 오랜 정치 생활에서 국회의원, 정무수석, 국가정보원 기조실장, 비서실장, 열린우리당 당의장, 국회 부의장, 새정치국민회의 비상대책위원장 그리고 대한민국 서열 2위이자 입법부의 수장인 국회의장을 지내면서 그가 한 번도 바꾸어 본 적 없는 정치철학. 화이부동은 동료 및 후배 정치인들이 학습하고 몸과 마음에 깊이 체득해야 할 정치 지침입니다.

소인동이불화(小人同而不和)

화이부동과는 반대로 동이불화(同而不和)란 말이 있습니다. 같아지기는 하되 어울리지 못한다는 의미입니다. 같아지기는 하되 어울리지 못한다는 것은 자신만의 고유한 빛깔과 향(香)이 없다는 뜻으로 자기의 존재 이유가 없는 상태를 뜻하는 말입니다. 화이부동 동이불화는 '군자는 화합하되 뇌동하지 아니하고, 소인은 뇌동만 하고 회합하지 못한다'는 말이지요.

그러므로 성숙한 인격의 군자는 자유, 정의, 평화, 생명 같은 보편적 가치를 존중하기 때문에 누구와도 이익을 초월하여 연대할 수 있고, 소인은 자기 이익만 추구하기 때문에 지연, 학연, 혈연 등에 얽매여 끼리끼리 파당적일 수밖에 없다는 의미입니다.

사안에 따라 생각이 다를 수 있고, 추구하는 목표와 그 목표에 접근하는 방법도 제각각일 수 있습니다(동행1. 73).

정당 내 분위기는 어떻습니까?

오늘날 한국에서 보듯이, 여야를 가릴 것 없이 소인동이불화(小人同而不和)에 딱 들어맞는 것 같습니다. 언제나 상호 불화하기에 바쁩니다. 자당에 소속된 사람들에게 지도부의 말을 따를 것을 거의 협박하듯 강요합니다. 그리고 소속의원이나 당협지역위원장들도 스스로 굴욕을 참고, 자청하여 지도부의 말에 복종합니다. 조금이라도 다른 소리를 내면 배신자라 질타하며 내치고 있습니다.

다음 공천을 의식하여 그저 꿀 먹은 벙어리가 되어, 지도부의 지침을 따라갑니다. 전형적인 소인동이불화의 모습입니다.

문희상은 민주주의란 다양성을 인정하는 것이라고 주장하고 있습니다. 그러나 큰 일을 위해서는 자신의 의견이 관철되지 않더라도 합리적인 결정에 따라야 한다고 말합니다.

다 같지 않아야 민주주의다. 그러나 큰 것을 위해서는 하나로 뭉쳐야 민주주의다(뉴시스, 2019. 1. 14 보도).

민주주의는 다양성의 인정으로 완성됩니다. 프랑스의 정치학자인 모리스 뒤베르제는 정치가 서로 다른 두 얼굴을 가지고 있는 로마의 신 야누스와 같다면서 정치 권력이란 어떤 개인, 집단, 계급의 사회에 대한 지배의 도구인 동시에 최소한의 사회적 질서와 통합의 수단이라고 정의하였습니다.

불화하는 삶은 괴롭습니다. 가까운 이웃이나 동료와 불화하는 삶이 괴로운 것은 말할 필요도 없고, 사회 혹은 시대와 불화하는 삶 역시 괴로운 것은 마찬가지입니다. 내 편과 네 편을 가르는 것은 근본적으로 파괴적인 욕망에서 비롯됩니다. 그런 파괴적인 욕망이 사회에 넘쳐날 때 그 사회는 불난 집과 같고 이른바 지옥이 됩니다.

우리 사회가 연일 대규모 군중 집회로 대립과 갈등이 이어지고 있습니다. 화합과 조화가 사라진 거리에서 보편적 가치를 숙고하는 성숙한 시민의 자세가 필요한 때입니다. 요즘 한국 사회가 경쟁만 치열한 가운데 희망도 전망도 없는 지옥이라는 이야기가 들리고 있습니다.

시시비비를 가리는 말싸움이 도처에서 벌어지고 각종 주장들이 칼날처럼 부딪치는 사회는 지옥이나 다름없습니다. 사람들의 행복감이 그 어느 때보다도 떨어져 있는 이 시점에서 공자의 '화이부동'이 얼마나 소중한 말인지 생각해 봅니다.

[무신불립(無信不立)]

문희상, 무신불립의 저작권을 가지다

무신불립(無信不立) 이란 고사성어(故事成語)가 있습니다. 없을 무(無), 믿을 신(信), 아닐 불(不), 설 립(立)자를 쓰지요. 이는 "믿음이 없으면 설 수가 없다"는 뜻인데 "믿음이 없으면 살아갈 수 없다"는 의미입니다.

이는 『논어(論語)』 〈안연편(顔淵篇)〉에 나오는 말입니다. 공자의 제자였던 자공(子貢)이 공자에게 정치에 대하여 묻는 장면이 나오지요.

자공(子貢)이 정치(政治)에 관해 묻자, 공자는 "식량을 풍족하게 하고(足食), 군대를 충분히 하고(足兵), 백성의 믿음을 얻는 일이다(民信)"라고 대답하였다. 자공이 "어쩔 수 없이 한 가지를 포기해야 한다면 무엇을 먼저 해야 합니까?" 하고 묻자 공자는 군대를 포기해야 한다고 답했다. 자공이 다시 나머지 두 가지 가운데 또 하나를 포기해야 한다면 무엇을 포기해야 하는지 묻자 공자는 식량을 포기해야 한다며,

"예로부터 사람은 다 죽음을 피할 수 없지만, 백성의 믿음이 없이는 (나라가) 서지 못한다(自古皆有死 民無信不立)"고 대답했다.

여기에서 정치나 개인의 관계에서 믿음과 의리의 중요성을 강조하는 말로 '무신불립(無信不立)'이라는 표현이 쓰이기 시작했습니다.

어디 정치뿐이겠습니까?

작게는 연인과 부부 사이, 가족, 친구, 직장동료, 단체와 국가 등등....., 모든 관계의 기초는 믿음 위에서 출발하지요. 개인은 '돈을 잃으면 조금 잃는 것이요, 명예를 잃으면 많이 잃은 것이며 건강을 잃으면 모든 것을 다 잃는 것'이라 합니다. 국가도 안보와 경제를 잃고 신뢰마저 잃으면 모든 것을 다 잃는다고 말하고 있습니다.

서로 상대방을 믿고 신뢰하면 어떤 어려움도 극복할 수 있지만, 신뢰가 깨지면 건전한 관계는 그대로 끝장, 파탄 나게 된다는 것을 가르쳐주고 있습니다. 그러니 국민이 정부를 믿지 않으면 그 나라는 한순간도 존립할 수 없게 되지요.

'이목지신(移木之信)'이란 말이 있습니다.

진(秦)나라 효공(孝公)때 상앙이라는 재상이 법령을 공포하기 전에 백성의 신뢰를 먼저 얻고 나서 법을 시행하니 모든 백성이 그 법을 신뢰하고 잘 지켜서 산에는 도적이 없고 집집마다 풍족하며

사람마다 넉넉하여졌다는 고사입니다.

이 밖에도 무신불립의 중요성을 강조한 내용들은 많이 나옵니다. 조선시대 서애 유성룡 재상의 이순신에 대한 신뢰와 믿음이 없었다면, 인류사에 길이 빛날 이순신 장군은 없었을 수도 있습니다. 자기를 믿어 주고 맡겨주는 사람을 위해 목숨을 바치는 것입니다.

문희상은 화이부동과 더불어 무신불립이라는 말을 우리 정치사에서 가장 많이 사용한 사람으로 기억될 것입니다. 무신불립은 그가 하는 연설에서 단골 메뉴였으며, 국회 안에서나 밖에서도, 그리고 국회의장이 되어서도 습관처럼 외친 말입니다.

제가 무신불립이란 말을 정계에서 제일 많이 쓴 사람 중 한 사람이라고 생각합니다. 그러나 무신불립은 2,500년 전에 공자님이 하신 말씀이고, 저작권은 공자님에게 있습니다. 그 이후에 정계에서도 많이 쓰였습니다. 그런데 제가 유난히 더 강조해서 많이 쓰긴 했습니다. 그러다보니 여당 사람들까지 이제 무신불립에 대한 저작권이 나에게 있다고 이야기합니다. 그래서 좀 당혹스럽기는 합니다(문희상 희망통신 95호).

인류 역사는 어떤 경우에도 결국 죽음으로 이어져 왔습니다. 배가 고파서 죽고, 전쟁 때문에 죽고, 자연재해가 일어나서 죽는 것은 인류가 어쩔 수 없이 당면한 문제였지요. 그러나 한 국가와 조직이 마지막까지 존립할 수 있었던 것은 바로 신뢰(信賴) 때문이었습니다.

이명박·박근혜 정권과 무신불립

이명박씨가 대통령 후보로 나왔을 때, 국민들은 그가 경제대통령이 될거라는 믿음으로 한나라당 후보인 이명박을 압도적인 표차로 당선시켰습니다.

그런데 4대강·자원외교·방산비리(일명 사자방) 사건은 물론, 다스 실소유 의혹과 관련한 비자금 횡령과 삼성 뇌물 혐의 등으로 구속되었습니다. 4대강에 22조를 쏟아버리고 자원외교에도 31조를 내다 버렸습니다.

또한 대기업 출자총액제 폐지, 환율인상, 법인세 인하 등 친 재벌 정책을 펼치면서 권력과 재벌은 이익을 챙겼지만 생필품 물가가 최고 두 배나 폭등하고 국민소득 증가액이 대폭 감소하였으며, 부채 증가, 중소 상공업과 자영업 쇠락 등 서민 경제가 악화되었습니다. 경제대통령이라 믿고 뽑아준 이명박 정부의 경제성장률은 3.2%에 불과했으며, 국가 재정적자는 98.8조원, 국가부채는 443조원 등 경제가 나락으로 떨어졌지요. 이때부터 한국경제가 기울기 시작했습니다.

한편 아버지 고 박정희 대통령의 후광을 입고 선출된 박근혜 대통령은 '원칙(原則)과 신뢰(信賴)'라는 말을 자주 썼습니다. 그런데 최순실에 의한 국정농단이 대통령 재임기간 전반에 걸쳐 지속되었고, 그 결과 촛불혁명으로 그 막을 내리게 되었습니다. 또 하나 박근혜 정권의 가장 큰 실책이 세월호 사건에 대한 안이한 태도입니다. 박근혜 정부의 최대 사고인 세월호 사건 때의 감정이 '

슬픔과 분노'였다면 대통령이 직접 관련된 최순실 사건은 '실망과 허탈' 그 자체입니다. 급기야 대통령 지지율이 5%라는 사상 최저치로 떨어져 이제 어떤 일도 할 수 없는 지경에 이르고 말았으니, 믿음 없이는 한 발짝도 앞으로 나아갈 수 없음을 단적으로 보여준 것이지요.

세월호 사건과 무신불립

세월호 사건이 깨어있는 시민들뿐만 아니라, 모든 국민들에게 던진 메시지는 이러한 것입니다. 즉, '너희 백성들이 물에 빠져도 국가는 더 이상 구해주지 않는다' 하는 것입니다. 그리고 그 수습과정을 보면서 사람들은 점점 더 확신을 가지게 되었을 것입니다. '이 정부는 결코 우리를 구해주지 않을 것이다.'

국민들은 자식을 잃은 부모의 공감대로서 국가 전체에 대한 신뢰가 무너졌습니다. 이제 IMF와 같은 경제 위기가 와도 국가가 국민들을 지켜주지 않을 것이고, 전쟁이 일어난다고 해도 저만 살자고 기득권들이 달아나버릴 그런 나라, 결코 저들은 우리를 구해주지 않을 것이다 하는 확신이 국민들의 마음속에 들불처럼 일어났던 것입니다.

다시 말해 세월호 사건은 단순한 사고가 아니라, 국민들로 하여금 이 나라에 대한 신뢰를 잃어버리게 하는 큰 사건이었던 것입니다. 무신불립(無信不立)이라는 공자의 말은 2,500년 전 공허한 철학적 메시지가 아니라 오늘을 사는 그들과 우리에게 던지는 준엄한 경고입니다.

국민들의 믿음을 잃은 나라는 망합니다. 국민들의 신뢰를 저버린 정권은 얼마 가지 못합니다. 설사 그들이 6.25 전쟁통에 수없이 패퇴하고 백성을 버리고 도망갔어도 나라는 망하지 않았고, IMF로 인해 수많은 가정을 도탄에 빠뜨렸어도 국민들은 그들을 의지했습니다. 하지만 박근혜 정부의 눈에는 아무것도 아닌 것 같아 보였던 수백 명 아이들의 죽음은 국민들로 하여금 촛불혁명을 촉발시켰던 것입니다.

코로나19 감염병 사태와 무신불립

부모 만류 뿌리치고, 임신한 아내 두고 대구로 간 공중보건의 210명, 코로나 19로 신음하고 있는 대구시민들을 위해 자진해서 모여든 114명의 의료진들, 임관과 동시 간호장교 75명이 대구로 향했습니다.

열악한 환경에서 자신을 희생하며 환자를 돌보던 의료진들의 감염이 현실화 되었습니다. 이 영웅들은 쉴 공간도 쉴 시간도 없었습니다. 얼굴은 마스크에 꽉 눌려 피부는 쓸리고 상처가 생겼습니다. 방호복을 입으면 땀으로 흠뻑 젖었고, 작은 보호복이 찢어져 감염이라도 될까 조마 조마 가슴을 졸였습니다.

소방대원, 의료진, 자원봉사자 분들 모두 한 몸이 되어 대한민국을 위해 코로나19와 맞서 싸워주셔서 너무 감사드립니다. 환자분들을 위해, 나라를 위해 위험을 무릅쓰고 스스로를 희생하시는 모습이 보기 좋았습니다. 자신이 감염될지도 모르는 상황에서 환자분들을 위해 애쓰시는 봉사정신과 나라를 위하는 애국심을 가진 여러분들이야말로 진정한 위인입니다. 의료진분들을 비롯한 여러분들께서 노력하시고 계시는 모습을 자랑스러워하지 않은 사람은 없을 것입니다.

　시간이 지나면서 코로나 19의 발생지가 줄어들고, 회복되는 분들이 늘고 있는 것은 애쓰시는 여러분 덕분이라 생각합니다. 제가 도와드릴 수 있는 방법이 이렇게 작은 응원의 글 밖에 없어서 죄송합니다. 그래도 저의 따뜻한 마음이 전해지고, 저의 한 마디가 애쓰시는 분들에게 작은 힘이 되었으면 좋겠습니다. 계속 응원하겠습니다. 감사합니다.

누군가 쓴 글이 마음에 와 닿습니다.

당신의 지친 어깨에
'힘내라' 말하기가
너무 죄송스럽습니다.

그래도 부탁드립니다.
조금만, 조금만 더
힘내 주세요.

당신이 아니면
안되니까요.

한편 마스크 조기 품절로 인해 민원전화가 폭주하고, 장사가 안된다는 자영업자분들의 아우성에 국가는 마비 상태입니다. 학교는 개학을 연기했고, 거리에는 사람이 보이지 않으며, 가게에는 손님들의 발길이 뚝 끊겼습니다. 마스크를 사재기해 이윤을 취하는 나쁜 사람들이 생겼습니다. 이런 일은 사라져야 합니다. 이 와중에도 정치싸움은 계속되었습니다.

한편 아름다운 미담들도 들려옵니다. 건물주들이 월세를 삭감해주고, 전국 각지에서 전국 각지에서 성금이 쏟아지고 있습니다. 대구에 물품도 보내고 마스크도 사서 보내는 걸 보면 우리 국민은 저력이 있습니다. 금 모으기로 IMF를 이겨낸 정신으로 희망이 있습니다.

사태가 빨리 수습이 되고 정상적으로 돌아가야 합니다. 정부에서도 모임을 제한하는 것을 권장하고 있는데 이를 국민들이 지켜주는 것이 좋다고 생각합니다. 하루속히 여야가 합심하고, 정부, 국민들이 하나가 되어 이 난국을 대처해 나가야 할 것입니다. 국무총리가 컨트롤 타워 수장이 되고, 대구로 내려가 진두지휘를 하는 것을 보며 정부의 노력에 신뢰를 보냅니다. 그런데 가장 큰 문제는 바로 또 정치권에 있습니다.

미래통합당을 대표로 하는 국가주의자들은 정부가 코로나19에 대해 초기 대응이 미숙했고 1차 방역에도 실패했다고 주장합니다. 중국에서 한국에 오는 길을 '원천적으로 차단'해야 한다고 주장합니다. 중국에 대한 부정적 입장을 견지하면서 우한폐렴이라는 말을 고집하고 있습니다. 더구나 '의료진의 희생을 바탕으로 코로나

19 방역을 하는 것이지 정부는 무능하고 아무것도 하는 것이 없다.'고 정부를 폄하합니다.

이에 대해 더불어민주당을 대표로 하는 자유주의자들과 정부는 '국내 코로나19 감염자 대부분은 중국인이 아니라 중국에서 온 한국인'이며 이를 중국인과 연관시키는 논리가 부족하다고 합니다. 또한 전 세계 언론이 대한민국 정부의 대처에 대해 높은 평가를 하고 있으며, 일부 국가들은 코로나19를 대처하는 방법으로 한국이 최고의 모델이라고 극찬하고 있다고 자평합니다.

무신불립입니다. 국가적 재난으로 전 국민이 어려울 때는 신뢰가 중요합니다. 정부가 하는 말을 믿고 가끔 실수를 하더라도 신뢰를 바탕으로 어려운 현실을 함께 이겨내야 합니다. 생각의 전환을 통해 위기를 극복해야 합니다. 한 생명이 천하보다 더 귀하다는 말이 있습니다. 전부 우리의 일이라 생각해야 합니다.

의료진분들이 코로나19로부터 위협받는 생명을 위해 바이러스와 자신과의 싸움을 하고 있습니다. 하지만 이 시대의 영웅인 의료진분들이 계셔서 이 절망 속에서 희망을 찾을 수 있습니다.

우리 국민은 저력이 있기 때문에 신뢰를 바탕으로 함께 고민해 이겨내야 합니다. 하루 빨리 코로나 바이러스가 사라지고, 경기가 회복되어 소상공인들의 어려움이 지나가길 간절히 희망합니다.

국제관계와 무신불립

지금 세계 경제는 저성장의 늪에 빠져있습니다.

가뜩이나 세계 경제가 어려운 때에 정치인들이 이념 논쟁으로 국론이 분열되면 우리 경제는 더 어려워집니다. 국민들은 정치보다도 경제에 더 민감하기 때문입니다.

이러한 상황에서 우리나라가 지속적인 경제성장을 위해서는 여야가 협력하여 남북 간의 적대관계를 청산하고 평화적 관계를 이루어 성장의 시너지 효과를 누려야 할 것입니다.

남과 북의 정치체제와 경제 수준이 확연이 다른 현 상황에서는 서로 적대관계를 청산하고 평화적 교류를 이루어가며 상호발전을 이루어 나가다 보면 언젠가 외세에 의해서가 아닌 자체적인 통일이 저절로 이루어질 것입니다. 그러려면 남북 상호 간의 신뢰 관계가 먼저 구축되어야 할 것입니다.

한반도의 평화를 외세에 너무 의존하지 말고 남과 북이 자주 만나 대화를 나누며, 문화·관광·교육·의료·체육·경제 등 정치색을 띠지 않은 민간교류를 통하여 서서히 민족의 동질성을 회복하게 되면, 신뢰 관계가 구축될 것입니다. 그러다 보면 어느 시점에 동서독이 통일되듯이 통일은 순식간에 눈 깜짝할 사이에 우리 앞에 다가올 것입니다.

문제는 과거 약소민족국가 시절의 사대주의(事大主義) 근성을 아직도 버리지 못한 사람들과 그들의 비위를 맞춰 정권욕을 채우려는 야바위 정치인들 때문에 남북의 대화와 교류가 쉽지 않다는 것입니다.

지금의 사대주의는 미국과 중국입니다. 통일의 문제는 미국과 중국이 문제가 아닙니다. 항상 외부에 있는 적보다 내부에 있는 적이 더 힘들게 합니다. 외부의 적의 문제를 극복하기 위해서는 국민 각자 역사의식과 민족적 자존감이 높아져 외세 의존을 주장하는 정치꾼들의 위선을 견제할 수 있어야 합니다. 그러지 않고는 한국경제는 정상을 목전에 두고 하산의 길을 걸어야 할 것이며, 남북의 평화적 교류 또한 엄두도 못 낼 것입니다.

이제 가장 중요한 것을 말씀드리려 합니다. 안보의 위기를 비롯해 경제의 위기, 그 어떤 어려운 국가적 위기에 있어 가장 중요한 것은 국민의 신뢰가 바탕이 되어야 한다는 것입니다. 국민과 함께 하지 않고서는 위기를 극복하기 어렵습니다(동행1, 184).

저명한 국제정치학자이자 평화학의 창시자 요한 칼퉁(Johan Galtung) 교수는 동북아 평화를 위해서는 6자회담은 별 의미가 없으며 남·북 양자 간 대화만이 평화를 가져올 수 있다."고 말합니다. 그는 "미국은 남북한의 통일에 대해서는 관심이 없고 북한이 몰락하기를 바랄 뿐이며, 일본 역시 통일에 공감하지 않고 다만 극우파들이 분단을 정치적으로 이용하고 있다."고 말합니다.

북한은 남한에 대해 얼마나 신뢰를 갖고 있을까요? 남한은 정권이 바뀌면 이전 약속을 지키지 않는다고 생각하지나 않을까요? 우리가 북한을 믿지 못하면 북한이 우리를 믿도록 해야 합니다.

노무현 전 대통령의 말씀 가운데 좀처럼 잊혀 지지 않는 것은 "남북문제만 잘 되면 모든 것이 깽판 나도 괜찮다."고 했습니다. 천안함 폭침, 연평도 포격, 핵실험, 미사일 발사 등을 겪으면서 전쟁의 두려움 속에서 우리 국민들은 살아오고 있습니다.

그러므로 정부에 대한 불신을 근본적으로 제거하는 방법은 남북문제를 풀어가는 것입니다. 이산가족 상봉과 개성공단 재개, 금강산 관광, 남북한 철도 개통 등을 계기로 남북 간의 신뢰를 바탕으로 남북통일의 대업을 완수하기 위한 관계 개선을 하나씩 이루어 나가야 할 것입니다.

사람 "人"변에 말씀 "言"이 붙은 글자가 믿을 "信"입니다

경제를 살려 국민을 풍족하게 하는 것도 중요하고, 안보를 지켜 국민이 안심하고 살 수 있게 하는 것도 중요합니다. 하지만 그보다 더 중요한 것은 국민의 신뢰를 저버리지 않는 것입니다. 신뢰가 바탕에 있어야 경제도 살리고 안보도 지키는 것입니다.

그런데 과거나 지금이나 국민들은 정치와 정치가들에 대해 좋은 감정을 가지고 있지 않습니다. 정치인에 대한 불신은 매우 심각합니다. 국민들은 정치인에 대해 나라의 정책을 결정하는 사람으로 보기보다는 분쟁만 일삼은 사람을 첫 번째로, 다음에 국민의 세금으로 자기의 배를 채우는 사람 등으로 여기고 있습니다.

분쟁만 일삼는 사람이란 어떤 사람입니까? 말을 함부로 하거나 힘으로 밀어붙이는 정치가를 말합니다.

고 노무현 대통령은 '독재자는 힘으로 통치하고 민주주의 지도자는 말로 정치를 한다'는 명언을 남겼습니다. 말 그대로 독재자는 국민의 의견을 받아들이지 않고 자기 멋대로 독재를 하려다 보니 힘을 사용할 수밖에 없는 것이고, 민주주의 지도자는 국민이 나라의 주인임을 잘 알고 있으니 말로서 국민과 소통을 하며 국민들의 의견도 받아들이고 국민들에게 이해도 시키며 정치를 한다는 거지요.

문희상 또한 정치에서 '말'과 '국민의 신뢰'가 가장 중요하다고 주장하고 있습니다.

정치에서 "말씀"은 가장 중요하고 특히, 한국 민주정치에서 "말"은 결정적입니다. 사람 "人"변에 말씀 "言"이 붙은 글자가 믿을 "信"입니다. 신뢰가 정치의 기본이 되는 이유입니다. 모든 선거에서 국민의 신뢰를 잃으면 집니다. 국민의 신뢰를 얻으면 이깁니다. 이것은 불변의 법칙입니다. 말이 국민의 "믿음"을 잃으면 백약이 무효입니다. 그대로 말짱 도루묵이 됩니다.

국민의 신뢰는 정권을 창출하는 계기도 되지만 그걸 유지 발전시키고 계속 유지하는 골간도 국민의 신뢰입니다. 신뢰를 잃는다면 그냥 끝나는 것입니다(희망통신 95호, 2013. 05. 24).

단체나 한 사회를 유지하는 데 있어서 가장 중요한 것은 결속력입니다. 결속력은 믿음과 신뢰를 바탕으로 합니다. 사회도 계층 간에 신뢰가 있어야 안정된 사회가 될 수 있고, 기업도 직원의 신뢰, 고객의 신뢰, 협력업체의 신뢰가 있어야 경쟁력을 갖출 수 있습니다. 노사 간에도 신뢰가 있어야 화합할 수 있고, 가정 구성원도 신뢰가 있어야 좋은 관계를 유지할 수 있습니다.

결국, 모든 관계에서 가장 중요한 것은 신뢰입니다. 정치가도, 국가 조직도 국민에 대한 신뢰가 절대적입니다. 그러므로 신뢰는 조직의 생존을 위해서 마지막까지 지켜야 할 덕목입니다. 신뢰가 없어지면 국가의 존립 기반이 흔들리는 것입니다.

만일 정치적으로든 경제적으로든 안 좋은 상황에 처했더라도 신뢰만 있다면 다시 재기할 수 있고 계속 존립할 수 있겠지요. 그러므로 정부는 국민의 신뢰를 얻을 수 있는 최대한의 조치를 취해야 합니다.

그 옛날 공자님의 말씀인 무신불립이 시대를 초월해서 지금도 적용된다니 정말 놀라울 따름입니다.

[선공후사(先公後私)]

나라가 먼저입니다

선공후사(先公後私)라는 말이 있습니다. 사기(史記)에 나오는 말입니다. 사적인 이익보다는 공적인 이익이 앞서야 한다는 말입니다.

조나라의 염파는 조나라의 장군으로서 자기보다 지위가 높은 인상여를 시기 질투했습니다. 나중에 인상여가 당시 가장 강한 나라였던 진나라의 침입을 우려해 자신을 피한다는 것을 알고 평생 생사를 같이했다는 내용입니다. 문경지교(刎頸之交)라는 고사성어도 여기에서 나왔습니다.

인상여가 염파와 맞닥뜨리지 않기 위해 피해 다니면서 오해를 받고 수치심과 굴종까지 견딜 수 있었던 것은 바로 '감정 따위는 전혀 침범할 수 없는 확고한 목표와 의지', 즉 나라를 구하겠다는 대의가 있었기 때문이었습니다. 이런 상황에서 염파와의 사사로운 권력 다툼은 아무런 의미가 없지요. 인상여와 염파의 이야기는 개별적 이해를 초월해 국가의 존립이라는 공동의 목표를 추구했던 진정한 애국심이 무엇인지를 보여줍니다.

그런데 우리 정치와 사회는 지금 어떠한가요? 말로는 국가를 위한다고 천하에 목소리를 높이지만, 결국 자신의 이익을 위해서 목숨을 걸고 있지나 않은가요? 문경지교의 고사는 조금도 대의 정신이 없는 이 시대의 정치인들이 본받아야 할 것입니다.

'선공후사(先公後私)'는 사(私)보다 공(公)을 앞세운다는 뜻입니다. 사사로운 일이나 이익보다 공익을 먼저 챙긴다는 의미로 볼 수 있습니다.

오늘날 우리 정치에서는 선공후사를 빗댄 '선당후사(先黨後私)'라는 말을 자주 쓰고 있습니다. 개인의 이익보다 당의 이익이 더 중요하다는 뜻이지요. 당 앞에서는 계파나 혹은 개인적인 이득은 뒤라는 정신이 있어야 합니다.

선공후사. 공이 먼저고 사가 나중이다. 선당후사라는 말하고 착각을 해. 선당후사는 아니야. 선공후사야. 공적인게 우선이다. 사리사욕보다 당리당략이 낫다. 그러나 당리당략에 빠져서 나라가 어떻게 되는 것을 모르고 천방지축으로 그냥 반대만 하는 것은 사리사욕보다 더 나쁘다. 그것은 자기들만 생각하고 국리민복을 생각하지 않는 것이야. 정치를 하는 이유는 국리민복, 국태민안이야. 배고픈 사람은 배부르게 해주고, 억울한 사람에게는 눈물을 닦아주어야 해(2020. 5. 1 인터뷰에서).

문희상은 정치를 시작한 이래로 선공후사를 한 번도 어긴 적이 없습니다. 사리사욕이나 당리당략에 빠져서는 안 되고 국리민복을 하는 정치를 해야 한다고 주장하고 있습니다. 정치를 하는 이유를 명쾌하고 간결하게 정리해주고 있습니다.

내가 정치를 하면서 최고로 중요히 여기는 가치는 너무나 단순합니다. 나보다는 당을, 당보다는 국가를 먼저 생각하는 것입니다. 또한, 나보다는 당원을, 당원보다는 국민을 먼저 생각하는 것입니다.(동행1, 111)

문희상은 항상 선당후사를 중요시해왔습니다. 당이 그에게 억울하거나 불쾌하게 하더라도 당의 결정을 꼭 따랐습니다. 그래야 한다고 생각했고, 지금도 그 생각에는 변함이 없다고 봅니다. 비대위원장을 역임할 때도 문희상은 선국후당을 위해 모두가 당을 살리려고 하는 선당후사와 함께 국민을 보고 뼈저린 성찰과 반성을 하면서 혁신의 길로 가자고 했습니다.

안보, 민생에 관한 한 여야가 따로 없이 같이 가야 하는 것입니다. 이것 없이 무엇으로 정치를 하겠습니까? 정치의 본령은 국민이 아프고 서러울 때 가서 눈물 닦아주고 같이해 주는 것입니다. 민생, 현장, 그리고 생활 중심 정치가 필요한 것입니다. 그렇지 않고 우리끼리만 귀족주의에 빠져서, 이분법에 빠져서, 보수니 진보니 아무리 주장해봐야 국민하고 관계없는 진보백날 해봐야 무슨 소용입니까? 모두가 선당후사 하는 정신, 선공후사하는 정신, 나보다는 계파, 계파보다는 당, 당보다는 국가가 먼저라는 것이 화이부동의 자세입니다.

그리고 선국후당(先國後黨), 당이 아무리 중요하더라도 나라만한 것은 없는 것입니다. 나라를 위해서 힘을 합쳐야 할 때, 여야가 당파싸움이나 하면 발전이 없습니다. 큰 것에 대해서는 같아야 하는 것입니다(희망통신 95호. 2013. 05. 24).

문희상이 비상대책위원장일 때 국회 귀빈식당에서 열린 민주당 의원모임인 '무신불립'의 첫 정례세미나에서 발제한 내용의 일부입니다. 앞에서 말한 인상여와 염파의 아름다운 문경지교 정신을 그대로 보여주고 있습니다.

요즘 누구나 선당후사를 얘기하고 있습니다. 당이 먼저고 '사'는 나중이라는 말입니다. 계파보다는 당이 먼저라는 말이기도 합니다. 선당후사의 원전은 선공후사입니다. 나라가 먼저이고 '사'는 그 뒤라는 뜻입니다. 당보다는 국가가 우선이라는 말입니다. 다른 말로 바꾸면 선국후당이 됩니다. 여야가 국가를 위해, 국민을 위해 민생문제를 놓고 정책 대결을 해야 합니다. 품격있는 성숙한 정치를 할 때 국민의 신뢰와 사랑을 받을 수 있기 때문입니다(문희상 희망통신 80호).

문희상은 당리당략에 앞서 국익의 관점에서 행동할 것을 주장하고 있습니다. 어느 당이 선국후당을 하면서 국회를 이끌어 가는지를 국민은 두 눈 부릅뜨고 지켜 볼 것이며 이 결과를 다가오는 대선, 지방선거에서 또 분노의 폭발로 이어질지 모릅니다.

DNA는 속일 수 없습니다

아들 문석균이 의정부 갑 지역이 더불어민주당의 전략공천으로 바뀌면서, 자신의 출마가 좌절되었습니다. 더불어민주당은 그의 출마를 우려하면서 소방관 출신의 오영환씨를 공천하였습니다. 그러자 그는 선당후사의 마음으로 국회의원 출마를 포기했습니다.

문석균은 오랫동안 출마 준비를 하여 의정부 시민들로부터 신뢰와 사랑을 많이 받아 왔습니다. 하지만 아버지 문희상이 국회의원이라서 세습 공천이라는 족쇄에 걸리고 만 것이지요. 출마를 포기하면서 문석균씨는 얼마나 억울했을지 짐작이 가고도 남습니다.

더불어민주당 후보 공천이 좌절되자 문석균씨는 무소속으로 출마를 결심했습니다. 세상 사람들은 선당후사를 입버릇처럼 말하는 문희상이 행동으로 실천하지 못했다고 비난을 쏟아부었습니다. 아들 문석균씨가 더불어민주당 공천에서 좌절되자 당을 배신하고 무소속으로 출마했다는 거지요. 민주당 탈당 이후에는 문석균과 가족들에 대한 악성 댓글과 비방이 지속해서 쏟아지며 많은 어려움을 겪었습니다.

하지만 당시 의정부 지역에서는 불출마를 만류하고 무소속으로라도 출마하라는 요구가 이어졌습니다.

의정부고 총동문회 역대 회장들도 "문석균 동문이 진정 의정부를 위해 일할 생각이 있다면 정당의 옷을 벗어버리고 의정부 시민의 판단을 받아야 한다"고 촉구하기도 했습니다. 더불어민주당 소속 의정부시의원들도 동반 탈당하고 지역위원장을 비롯한 당직자들이 집단 사퇴했습니다. 그를 지지하던 사람들이 잇따라 성명을 내고 무소속 출마를 촉구했습니다. 나 역시 이 지역과 인연이 전혀 없고 나이가 어린 오영환 전 소방관이 전략적으로 공천되자 당혹감을 멈출 수가 없었습니다.

초중고를 의정부에서 다니며, 의정부 구석구석이 저의 놀이터였다. 이웃의 어른들이 저의 할아버지, 할머니였고 부모님이었다. '새끼 빨갱이의 아들' 문석균, 엄혹했던 시절, 이 땅 민주주의에 송두리째 인생을 바쳤던 정치인의 장남 문석균은 청년 가장이었다. 어린 시절부터 수없이 많은 인생의 고리들이 정치와 연결되어 있었다. 정치인의 길을 가지 않겠다고 거듭거듭 다짐했지만 결국 피할 수 없는 숙명이라는 것을 깨달았다(시민신문. 2020. 03. 17. 문석균 출마선언문에서).

문희상과 아들 문석균은 의정부에서 태어나 자라고 한 번도 타지로 이사를 가본 적이 없는 토박이입니다. 아버지 문희상이 군부독재시대에 남영동 보안분실에 끌려가 고문받는 것도 경험했으며, 빨갱이의 아들이라는 말을 수도 없이 듣고 자랐습니다. 아버지가 겪은 억울한 삶을 살아오면서 자신은 결코 정치를 하지 않겠노라고 다짐했을 것입니다. 그러나 DNA는 속일 수 없습니다.

　문석균은 지역의 일꾼으로 오랫동안 정치를 해온 사람입니다. 그런데 사람들은 그가 그동안 아무런 정치적 노력도 없이 순전히 아버지의 후광으로 정치하려 한다고 생각합니다. 그 역시 더불어민주당 당원이자 민주당 청년위원회 부위원장으로서 2012년 대선에서 혼신의 힘을 다했습니다.

　대한민국 최대 청년단체인 한국JC 중앙회장의 경험을 모두 쏟아부었습니다. 마침내 두 번째 도전인 2017년 문재인 대통령이 당선되었습니다. 의정부갑 지역위원회 당원동지들과 함께 무척이나 기뻐했습니다. 그리고 민주당 정책위 부의장과 대통령 직속 균형발전위원을 맡아 현 정부의 성공을 위해 열심히 달려왔습니다.

　이번 선거에 출마했을 때 문희상 의장님의 성격이 그대로 드러나는 부분이 있습니다. 선거 출마와 관련하여 아버지 문희상과 대화를 나눈 후 아들 문석균은 "아버님은 '네 문제는 네가 선택하라'고 하셨다"고 합니다. 문희상은 의정부 시장인 나와 시정을 의논할 때도 "시장님이 선택하세요"라고 말씀하십니다. 그리고 내가 어떤 선택을 하더라도 적극 밀어주시는 성격입니다.

　세상 사람들은 타인의 처지를 고려해 보지도 않고 무조건 비난하는 사람들이 많습니다. 문석균씨는 '아빠 찬스'가 아니라 오히려 아버지 때문에 정치적으로 많은 희생을 감수한 사람입니다. 지역에서 오랫동안 지역개발과 정치 활동을 해 온 사람입니다.

오로지 아버지가 정치인이라는 이유로 정치의 제도권에 나가지 못한 사람입니다. 결코 남들로부터 비난 받아서는 안 됩니다. 아버지는 국회의원 선거에서 두 번 떨어진 경험이 있습니다. 문석균씨는 이제 한 번 떨어졌습니다. 더 열심히 지역에서 주민들을 위해 봉사하고 나라를 위해 헌신하는 마음으로 이번 실패를 교훈 삼아 다음번에는 반드시 성공할 것을 기원합니다.

사람들은 문석균씨의 무소속 출마를 두고 문희상이 선당후사의 정신을 잃었다고 말합니다. 그러나 나는 그가 평생 동안 지켜온 선당후사의 가치관을 잃었다고 보지 않습니다. 그동안 문석균씨는 어려서부터 아버지의 정치 인생을 누구보다도 지근 거리에서 지켜보았습니다. 가족으로서 고통과 슬픔, 기쁨과 즐거움도 아버지와 함께 누렸습니다.

나는 우리 지역에서 문석균씨가 오랫동안 정치적 기반을 쌓아온 것을 보아 왔습니다. 민주당이 문석균씨를 사지로 몰았지만 문희상은 여전히 더불어민주당을 사랑하며 당이 성공하기를 기원하고 있습니다. 역사는 문희상의 선당후사 정신을 높이 평가할 것으로 믿어 의심치 않습니다.

2. 문희상의 정치사상

[국가관]

자유·정의·평화

거창한 것 같습니다만 국가관이란 한마디로 국가에 대한 가치관을 말합니다. 즉 옳은 것, 바람직한 것, 해야 할 것 또는 하지 말아야 할 것 등 자신이 국가를 바라보는 관점을 일컫습니다.

국가관이 가치관의 부분이듯 한 사람의 국가관은 가정·학교·사회 등 삶의 과정에서 형성되기도 하고 책을 통해서 이루어지기도 합니다. 문희상 역시 양자 모두를 통해서 자신의 국가관이 형성되었다고 볼 수 있습니다. 그는 김대중 대통령을 동교동 자택에서 처음 만난 후부터 그에게 매료되어 정치를 시작하게 되었습니다. 이때부터 김대중을 추종한 자유주의 국가론자로서 정치 인생을 시작해서 지금에 이르렀다고 볼 수 있습니다.

문희상은 김대중 전 대통령을 낳아주신 친아버지와 마찬가지로 목숨을 바친다는 각오로 모셨습니다. '자유', '정의', '통일', 그리고 '행동하는 양심'은 김대중 전 대통령의 핵심 사상입니다. 정의는 약자에 대한 배려가 기본입니다. 정의가 강물처럼 흐르는 그날이 올 때 우리는 남 에게 피해주지 않는 최소한의 삶에서 우리보다 못한 남을 돕는 적극적이고 따뜻한 삶을 살며 기뻐할 수 있을 것입니다.

그래서 김대중 전 대통령은 자유주의 국가론자들의 시조격에 해당한다고 볼 수 있을 것입니다. 박정희, 전두환 등 독재정치에 대해 항거하여 민주화를 위해 온몸을 던졌고, 남북정상회담에 정치운명을 걸었던 대통령입니다. 그를 아버지로 둔 문희상은 김 대통령의 가치와 정신을 지키기 위해 최선을 다해 민주당을 지켰습니다.

문희상은 노무현 전 대통령 시절 초대 비서실장을 역임했습니다. 국민의 정부와 참여정부의 중요한 요직을 거치면서 그의 국가관은 더욱 민주주의와 개혁에 대한 열망이 커졌을 것으로 보입니다.

노무현 대통령은 사람 사는 세상을 만들고자 했습니다. 인간이 인간다운 대접을 받는 세상, 특권이 없는 세상, 골고루 잘사는 세상, 원칙과 정직이 통하는 세상을 한 번 만들어보고자 했습니다 (동행2. 227).

우리 함께 꿈을 현실로 만들어 봅시다. 정직하고 성실하게 사는 사람, 정정당당하게 승부하는 사람이 성공하는, 그런 아름다운 세상을 만들어봅시다. 불신과 분열의 시대를 끝내고 개혁의 시대, 통합의 시대로 갑시다. 우리 아이들에게 정의가 승리하는 역사를 물려줍시다(2002. 4. 27. 새천년민주당 대통령 후보 수락 연설에서).

문희상은 반칙과 특권에 맞서 싸웠던 노무현 전 대통령을 옆에서 지켜보았고, 또한 그의 조력자였습니다. 국민통합에서 시작된 노무현 전 대통령의 사상은 고스란히 지역 갈등과 남북화해, 화이부동의 사상으로 문희상에게 전달되었을 것입니다.

자유민주주의와 시장경제

문희상은 반드시 지켜야 할 대한민국의 '5가지 가치'를 설명하고 있습니다. 이는 어떤 정치가 펼쳐지든, 어떤 정치세력이 등장하든 반드시 지켜나가야 할 가치라고 말합니다(동행1. 210).

ⓐ 자유민주주의와 시장경제: 대한민국 헌법의 최고 가치
ⓑ 중산층과 서민: 민생경제발전과 사회적 약자를 위한 복지
ⓒ 한반도 평화: 민족의 생존과 직결된 가치
ⓓ 개혁과 변화: 열린 자세로 세계화와 시대 흐름에 능동 대처
ⓔ 새로운 정치: 지역주의 극복으로 정치개혁 완성

문희상의 시대를 뛰어넘는 철학이 돋보이는 부분입니다. 정치의 본령을 꿰뚫고 있습니다.

자유민주주의가 추구하는 자유, 평등, 정의 등은 진보와 보수를 아우르는 더 높은 가치입니다. 그 목적은 어디까지나 사람이 사람답게 사는 세상을 실현하는 데 있습니다. 이런 면에서 자유민주주의와 시장경제를 철저히 지키는 것이 정치가들의 역할입니다.

대저 정치는 사회적 약자를 위해 필요한 것입니다. 부유하거나 권력을 가진 자를 위한 정치는 들어설 자리가 없지요. 왜냐하면

정치가 정의, 안정 등 삶의 가장 기본적인 욕구를 추구하는 활동
이라 할 때, 유한(有限)한 자원을 국민들에게 배분하려면 저소득
층을 비롯한 사회적 약자를 보살피는 것이 정치가가 해야 할 역
할이지요.

마하트마 간디는 "민주주의란 것은 그 체제 안에서 가장 약한
자와 가장 강한 자가 똑같은 기회를 가질 수 있는 것이다"라고 하
여 약자도 강자와 마찬가지의 기회를 가져야 한다고 주장합니다.
기회의 평등이 약자만을 위한 것인가에 대해서 논란의 여지가 있
지만, 강자는 언제든지 많은 기회를 누릴 수 있기 때문에 정치란
결국 약자를 대변하고 있다고 보아야 하겠지요.

또한, 대한민국이 언젠가는 반드시 실현해야 할 남북한의 평화적
통일은 민족의 생존권을 지켜나가는 최고의 가치입니다. 중국 전
국시대의 묵자(墨子)는 전쟁에 대해 '국가가 근본을 잃게 되는 것
이며 백성들이 그 생업을 바꾸어야 하는 일이다[國家失本, 而百
姓易務也]'라고 하여 국가의 근본 유지와 백성들의 생계유지를 위
해서도 전쟁이 일어나서는 안 된다고 말하고 있습니다.

팍스 코리아나의 실현

팍스는 라틴어로 평화라는 뜻입니다. 그래서 세계 중심질서라고
할 때 팍스라는 말을 자주 사용합니다. 그러므로 '팍스 로마나(Pax
Romana)'라는 말은 '로마의 평화'라는 뜻입니다.

역사학자 토인비는 『역사의 연구』에서 이 Pax Romana를 '세계

국가'라고 이름 지었습니다. 세계 국가는 여러 민족과 다양한 종교를 가진 복합국가를 말합니다.

　오늘날 팍스 로마나는 '힘에 의한 세계의 질서와 평화'라는 공통적인 특성이 있습니다. 예를 들어 팍스 로마나라면 당시 로마인들에 의해서 최초로 유럽이 통일되어 로마 중심의 세계 질서가 이어져 왔음을 말합니다. 그리고 '팍스 아메리카나'는 미국의 지배에 의해 세계의 평화질서가 유지되는 상황을 뜻한다고 볼 수 있지요.

　　고대　로마의「팍스　로마나(Pax　Romana)」에서　대영제국인「팍스　브리태니카(Pax　Britanica)」　그리고　「팍스　아메리카나(Pax　Americana)」. 이　큰　줄기는　계속　서진하여　역사의　중심이　동북아로　넘어올　것입니다.
　　그　시기가　「팍스　퍼시피카(Pax　Pacifica)」이고, 한국과　중국, 일본　등　동북아　일대의　국가들은　국가와　민족의　명운을　걸고　경쟁해야　할　것입니다(동행1. 155).

　영국·일본 등은 국토가 작은 나라인데도 불구하고 세계 으뜸의 선진국을 이루었습니다. 특히 영국은 태양이 지지 않는 나라, 거대한 식민지를 거느리는 해양제국을 이루었고, 일본 역시 일제 때 많은 나라를 병합하여 위세를 보이다가 제2차 세계대전에서의 패배로 크게 위축되더니 재기하여 경제 대국을 이루었습니다.

　오늘날 우리나라는 세계적인 정보기술을 보유하고 있고, BTS와 영화 '기생충'을 비롯한 문화 한류가 전 세계를 강타하고 있습니다. 촛불혁명으로 민주주의 혁명을 일궈내고, 코로나19 감염병 사태를 정부와 국민이 함께 슬기롭게 극복하였습니다.

언젠가 우리가 이니셔티브를 가지고 세계무대를 주무를 수 있다. 우리 민족은 그만한 능력이 있다. 하루아침에 BTS가 나온 것이 아니다.

사마천의 사기에서 한민족의 민족적 DNA를 얘기하고 있다. 세계 최고의 감흥을 즐기는 민족이지. 그리고 여러 부문. 특히 이번 코로나19 극복도 한국이 선도하는 국가라는 데 이견이 있을 수 없다. 지도자들이 큰 생각을 가지고 협조할 때 협조하는 상생의 정치가 필요하다. 안에서 죽기 살기로 싸우면 서로 공멸하게 된다. 망망대해에 떠 있는 난파선이 깨지면 둘 다 죽는다.

힘을 합쳐도 모자랄 판인데 맨날 싸울 여력이 어딨겠는가. 남과 북도 힘을 합쳐 세계를 주도하는 힘을 과시해야 해(2020. 5. 1. 인터뷰에서).

무력이 아닌 한류와 코로나19 사태에 대처하여 투명한 정보 공개, 성숙한 시민 정신과 민주주의, 기술 강국으로서의 모범사례는 전 세계를 소리 없이 침략하였습니다.

해외에서는 정부와 지도자의 역량이 돋보인다고 극찬하고 있습니다. 이런 대한민국을 보면 팍스 코리아나도 멀지 않았습니다.

통일 한국은 대륙과 해양과 초원의 길을 터줄 것입니다

대한민국이 그 옛날 삼국통일 이전과 같이 또다시 분단된 민족의 비극적 상황에 놓인 것처럼, 일단 나라가 분단되면 강국으로 성장하는 데 한계가 있습니다. 모든 나라들은 일련의 통일과정을 거치고 나서 강력한 파워를 가지고 등장합니다. 독일은 1871년 통일 후 집중된 힘으로 산업화에 박차를 가하기 시작해서 오늘날의 강한 나라를 이루어 냈습니다.

'팍스 코리아나'의 시작은 한반도 양국체제를 극복하는 일입니다. 한반도 양국체제란 상호 서로를 부정하고 적대하면서 처절한 전쟁을 벌였던 남과 북이 서로 인정하고 공존하자는 것입니다.

문재인 정부는 남북·북미 정상회담을 통해 남북교류·협력과 한반도 비핵화를 위해 많은 노력을 해 오고 있습니다.

비록 미래통합당과 추종자들이 대통령을 '빨갱이', '중국 추종자' 등등 차마 입에 담지 못할 비난과 욕설을 퍼부어도 묵묵히 통일 한국의 초석을 놓고 있습니다. 21세기 현재에 이르러 모든 이익의 가장 근본적인 척도는 국익입니다. 남북통일만큼이나 수지맞는 장사가 어디 있겠습니까? 나라가 어려울 때일수록 꿈을 잃지 말아야 합니다. 통일 강국의 비전을 새겨야 합니다. 통일 한국은 갑갑하게 살아가던 한국인에게 대륙과 해양과 초원의 길을 터줄 것입니다. 통일 한국이 만들어 낼 유라시아 소통은 동북아시아의 평화, 팍스코리아나(Pax-Koreana)를 만들어 낼 것입니다.

'25시'의 작가 게오르규는 "빛은 동방에서 온다"고 말했습니다.

이렇게 볼 때 팍스 코리아나, 즉 한국 중심의 세계 질서, 한국에 의한 세계평화를 꿈꾸는 것이 어쩌면 당연한지도 모릅니다. 한반도 남북이 평화공존체제를 이루어, 미·중, 중·일 간의 긴장과 갈등을 풀어간다면, 이것이 바로 팍스 코리아나의 진면목일 것입니다. '한반도에서 시작된 세계평화', '한반도가 주도하여 이룩해가는 세계평화'입니다. 더구나 폭력의 절대적 반대 명제인 촛불혁명, 즉 순수한 평화의 힘, 위력으로 말입니다.

북한이 열리면 동북아는 신세계가 됩니다. 통일 한국은 갑갑하게 살아가던 한국인에게 대륙과 해양과 초원의 길을 터줄 것입니다.

만주·연해주, 서해·동해가 이어져 거대한 교역로(交易路)가 생기고 예전의 실크로드를 따라 TKR(한반도횡단철도)·TSR(시베리아횡단철도)·TCR(차이나횡단철도)·TMR(만주횡단철도)·TMGR(몽골횡단철도) 철길이 연결됩니다. 섬처럼 갈라져 닫혔던 대륙이 열리고 경제적·문화적·인종적 융합이 시작될 것입니다. 특정민족·특정국가가 지배하던 과거가 아니라 다인종·다민족·다문화로 이루어진 미래가 탄생할 것입니다.

그러므로 대한민국이 평화통일을 성취해 낸다면 팍스코리아나는 불가능한 일이 아닐 것입니다.

이게 나라냐?

이명박 정권 5년은 한마디로 독재와 비리로 점철된 민주주의의 후퇴의 기간이었습니다. 서민생계 파탄과 재벌기업 각종 특혜, 남

북관계 파탄과 안보 무능(천안함 침몰, 연평도 포격)은 물론 4대
강 비리와 부실한 해외자원 개발로 인한 국고 낭비, 민간인 사찰,
조·중·동에 종편을 허가하여 언론계 생태계를 파괴했으며, 역사
왜곡과 전임 노무현 대통령 죽음으로 몰아가기, 국정원, 국군사이
버사령부, 국가보훈처 등의 대선 부정, 평화적인 촛불시위 탄압, 친
형 이상득 등 측근 비리... 이루 헤아릴 수가 없습니다.

아직도 생생하게 기억되는 것은 22조 8천억 원이 투입된 4대강
사업과 '자원외교'를 빙자한 천문학적인 국고 낭비입니다.

결국 이명박 정권의 국정 실패는 한국 사회를 10년 뒤로 역류시
켰습니다. 다른 것은 몰라도 '경제살리기'는 해낼 것으로 믿었던 국
민에게 실망만을 안겨 주었습니다.

실제로 이명박 정부 5년의 경제성장률은 평균 2.9퍼센트로 추
락하여 '경제살리기'의 허구성이 드러났습니다. 김대중 정부 평균
5.0%, 노무현 정부 평균 4.3% 성장률에도 훨씬 못 미치는 실패
작이었습니다.

그러고도 2015년에 발간한 그의 회고록은 자기반성이 없고 변
명과 자화자찬 일색입니다. 새정치민주연합 문희상 비상대책위원
장은 이명박 전 대통령의 회고록과 관련해 다음과 같이 평하고 있
습니다.

"남북관계 파탄은 북한 탓이고 한일관계 파탄은 일본 탓이고 광
우병 파동은 전 노무현 정권 탓이라 하니 남 탓만 하려면 뭐하러
정권 잡았나"라고 비판했습니다. 또한 "국민은 이 전 대통령이 잘

한 일은 하나도 기억 못하는데 정작 자신은 잘못한 일은 하나도 기억 못하는 것 같다"고 말했습니다. 또한 "국민과 이 전 대통령이 이러한 인식의 괴리를 보이는 것은 드문 일"이라며 "4대강 사업으로 혈세를 낭비하고 자원외교로 국부를 유출해 경제가 허덕이는데 4대강으로 경제 살렸다니 누가 동의하겠느냐"고 꼬집었습니다(SBS뉴스. 2015.01.30.).

한편, 박근혜 전 대통령은 세월호 사건과 최순실게이트로 알려진 국정농단을 대표적인 업적(?)으로 뽑을 만합니다.

4월 16일 세월호 침몰, 10대 학생이 대부분인 300명이 넘는 사람들이 육지에서 그리 멀지도 않은 바다에서 배가 뒤집혀 서서히 가라앉고 있었는데, 국가는 아무런 도움을 주지 않았고, 구조를 위한 정상적인 조치가 작동하지 않았습니다. 사람들은 정부에 분노했습니다. 슬픔을 넘은 분노였습니다.

박근혜 전 대통령은 가능한 모든 방법을 동원하여 세월호의 진실이 알려지는 것을 막았습니다. 끝없는 연출된 쇼를 통해 슬퍼하고 진실을 추구하는 것처럼 보여주기만 했습니다. 아무런 반성도 없었습니다.

수많은 비상식이 이 시기에 탄생했습니다. 그들은 단식하는 유가족 앞에서 '폭식 투쟁'이라는 패륜의 방식을 자행했습니다.

차명진 미래통합당(구. 자유한국당) 국회의원은 "세월호 유가족들. 가족의 죽음에 대한 세간의 동병상련을 회 쳐먹고, 찜 쪄먹고, 그것도 모자라 뼈까지 발라 먹고 진짜 징하게 해 쳐먹는다"며 유가족들을 비난했습니다. 막말을 서슴지 않았습니다. 이런 망언 집단이 다시 정치하러 나오지 못하도록 하기 위해서도, 우리는 세월호를 두고두고 기억해야 합니다.

이런 막말을 아무 거리낌 없이 한 차명진씨가 또 미래통합당의 공천을 받아 국회의원 후보로 출마했습니다. 도대체 이런 일이 어떻게 대한민국에서 가능한지 모르겠습니다. 세월호 유가족들은 차명진 후보를 모욕과 명예훼손 혐의로 경찰에 고발했습니다. 그런데 4.15총선을 불과 이틀 앞두고 또 세월호 막말을 하여 당으로부터 제명이 되었습니다. 너무 답답하여 가슴이 막힙니다. 이게 정당입니까? 이런 막말과 망언을 습관적으로 일삼는 정치인을 미래통합당은 어떻게 공천해줄 수 있을까요? 구태와 폭거가 없어져야 대한민국은 새로운 내일을 열 수 있지 않을까요?

세월호가 침몰해 많은 학생들이 사망하였습니다.

가슴이 먹먹합니다. 하도 기가 막혀서 말문이 막힙니다. 묵언수행을 무기한으로 하던지, 광화문 네거리에서 머리 풀고 석고대죄라도 해야 옳은지, 참으로 참담하고 참혹한 심정입니다. 과연 국가는 왜 있는 것인지, 과연 정치란 무엇인지, 과연 이 시대를 함께 사는 어른으로서, 정치인으로서 이렇게 무기력하게 수수방관해도 되는 것인지 이루 말할 수 없는 자책감과 자괴감에 밤새도록 잠을 설칩니다. 부끄럽고, 부끄럽고, 부끄럽습니다(희망통신 107호 2014. 5. 1).

문희상은 세월호 참사에 대해 국가와 정치의 역할, 자책감과 자괴감으로 고민하는 모습이 역력히 보입니다. 이러한 고민 끝에 세월호 특별법을 제정하여 국회를 통과시켰습니다.

국가가 해야 할 일은 국민의 안전과 행복을 지키는 것입니다. 국가가 직접적으로 나서서 재난 사태를 컨트롤하지 않고, 그 사건에 대해 책임지지 않으려 하면, 국가는 국민에게 슬픔과 아픔을 떠넘기는 게 됩니다. 국가의 존재 이유를 스스로 부정하는 겁니다.

이러한 세월호 참사의 전 과정은 우리 사회 전반에 대한 근본적인 개혁을 요구하는 무거운 신호였다고 생각됩니다.

다음은 박근혜와 최순실의 합작품인 국정농단에 대한 문희상의 사상입니다.

비선 실세에 의한 국정 농단은 최순실 게이트가 터지기 전인 2014년 11월에 정윤회 문건 유출 사건으로 시작됩니다. 이 사건은 박근혜 정부에서 정윤회가 정식 직위가 없는 비선 실세로서 국정에 개입한다는 의혹이 담긴 청와대 작성 문건이 세계일보와 박근혜의 동생인 박지만 씨에게 유출된 사건입니다.

그런데 검찰은 "정윤회 씨가 박근혜 대통령의 비선 실세"라는 문서 내용의 진위 여부보다는 문건의 유출 과정에만 집중했으며, 그 결과 검찰은 비선 실세의 국정 개입은 허위라는 결론을 내렸습니다. 이미 이 당시에도 검찰이 삼권분립의 '견제와 균형(check and balance)'을 잃고 권력의 시녀로 전락되어 있었다는 것을 반증해주고 있습니다. 고 노무현 대통령이 집권 초기부터 노력한 검찰개혁만 제대로 이루어졌어도 이와 같은 검찰 발표 결과가 나오지 않았을 겁니다.

새정치민주연합 문희상 비대위원장은 5일 오전 제43차 연석회의를 주재하는 자리에서 세칭 '비선실세 국정농단'에 대한 검찰 수사에 대해 '이미 대통령의 가이드라인대로 짜 맞춘 부실수사'라고 단정하고, '이것은 결국 특검에서 밝혀질 수밖에 없다'고 강조했다.

　이같은 문희상 위원장의 발언은 이날 오후 예언처럼 적중되어 검찰은 비선실세가 존재하지 않는다고 수사결과를 발표하면서 모든 것이 조응천 전 비서관과 박관천 경정이 주도한 허위 자작극의 형태로 수사 결과를 발표했다(Korea Press. 2015. 01. 05.).

　문희상 비대위원장의 이와 같은 예언은 그의 학식과 정치적 경륜에서 비롯된 것입니다. 당시의 정치지형을 정확히 꽤 뚫고 검찰의 성향을 정확히 판단하여 결론을 내린 것입니다.

　호미로 막을 것을 가래로도 못 막았습니다. 똑같은 비선 실세에 의한 국정농단이 최순실에 의해 자행되었지요. 도대체 왜 박근혜는 대통령으로서 청와대의 그 많은 참모들과 장관들 말은 듣지 않고 동네 아저씨. 아주머니에게 대한민국을 좌우하도록 맡겨두었을까요? 여기에 문고리 3인방은 물론 새누리당(현 미래통합당) 친박 국회의원들도 국가의 안위와 발전을 위해 간언 한마디 하지 않고, 오히려 박근혜에 충성(?)하여 개인의 영달만을 일삼아 왔습니다.

　참으로 참담합니다. 최순실을 필두로 하는 비선실세들의 비리와 국정농단 그리고 청와대의 연계가 연일 줄줄이 고구마처럼 엮여 나오고 있습니다.

노자의 『도덕경』에 임금의 네 가지 품격에 관한 것이 있습니다. 첫째는 태상 부지유지(太上 不知有之), 국민 모두가 너무 행복해서 임금이 누군지를 모른다는 것입니다. 두 번째는 친이예지(親而譽之), 백성과 친근하여 존경하고 자랑스러워하는 것입니다. 세 번째는 외지(畏之), 국민이 두려워하는 것입니다. 통치자 혼자만 잘났다고 하고, 고집불통의 상태를 의미합니다. 마지막은 모지(侮之)입니다. 국민이 대통령을 업신여기는 것입니다. 지금 박근혜 대통령의 품격입니다(희망통신 127호. 2016.11.11.).

가장 나쁜 정치는 '백성들과 다투는' 것입니다

문희상은 대통령의 품격을 노자의 『도덕경』에 나오는 말을 빌려 박근혜 전 대통령을 평하고 있습니다. 사마천도 『사기』〈화식열전(貨殖列傳)〉에서 정치 수준의 5단계를 언급한 바 있는데, 가장 나쁜 정치를 '백성들과 다투는' 것이라 했습니다. 노자나 사마천이나 나쁜 정치에 관한 생각이 거의 일치하는 것 같습니다. 좋은 정치는 그만두고라도 나쁜 정치는 안 봤으면 하는 바램입니다.
 왕이 왕답고 신하가 신하다워야 하며 대통령이 대통령답고 국회의원이 국회의원답고, 검찰과 법관이 검찰과 법관다워 권력분립이 완전한 민주주의를 완성한 대한민국을 희망해 봅니다.

 최순실에 의한 국정농단으로 민주주의는 역주행 했습니다. 국회는 철저하게 정권에 의해 무시당하고, 당시 여당이었던 새누리당은 청와대의 시녀와 꼭두각시였습니다. 경제는 엉망진창이고 가계부채, 국가부채, 기업부채가 매일매일 기록을 경신했습니다. 민생경제는 파탄 났고, 노사갈등과 불신이 팽배해서 서로 물고 뜯었습니다. 남북은 6.25 이후 최악의 관계를 치달았고 통일, 외교, 안보, 국방은 무능, 무지, 무책임, 무대책 4무에 빠졌습니다. 문화, 학문, 예술은 창의는 어디로 가고 블랙리스트에 묶여서 한 발자국도 꼼짝 못했습니다.

그럼에도 불구하고 정부 여당은 전가의 보도처럼 도끼자루 썩는 줄 모르고 색깔론, 종북몰이에 혈안이 되어 있습니다. 이 모든 상황이 누구의 책임입니까? 정권교체를 못한 우리의 죄입니다. 누구를 탓하겠습니까?(희망통신 128호 2016.11.21.).

대통령이 정윤회로 시작해서 최순실에 이르기까지 소위 비선실세에 의해 국정을 사유화한 결과가 국가에 어떤 영향을 미쳤는가를 잘 요약해서 정리하고 있습니다. 정치·경제·사회·문화는 물론 권력기관인 국회, 검찰, 법원, 국정원 등 국가 전반에 걸쳐 역주행과 퇴행을 초래하게 된 것을 두고 정권교체를 못한 더불어민주당의 책임이라고 말하고 있습니다. 사실 박근혜를 대통령으로 선출한 국민들의 책임이 더 크다고 해야겠지요.

경제대통령이 될 것이라 믿었던 이명박 대통령, 우리나라 최초의 여성대통령 박근혜의 공통점은 정치 경험이 전혀 없이 대통령에 당선되었다는 것이 있습니다. 이들이 대통령에 당선되는 데에는 기존 정치에 식상한 국민들이 신선한 충격을 가져올 것이라 기대하는 정치가를 바랐기 때문일 겁니다. 그런데 두 대통령은 그들의 비리로 인하여 감옥에 들어간 신세가 되었습니다. 이것이 어찌 국민들의 책임이겠습니까? 기존 정치인들의 무능, 무책임의 정치 때문이 아니겠습니까?

정치는 실험이 아닙니다. 대통령을 잘못 선택하면 반드시 뼈아픈 대가를 치르게 된다는 것을 우리는 경험했습니다. '나라다운 나라'를 함께 만들어 가야 합니다. 국민들이 정부, 국회, 검찰, 법원, 언론 등 권력기관을 눈을 부라리고 감시하고 그동안 저질러진 적폐를 청산하여 성숙한 시민의식으로 민주주의를 계속 발전시켜야 합니다.

[나라를 사랑하는 문희상]

국제적 협력의 길에 나서다

2007년 문희상은 통일외교통상위원회 회원 자격으로 아프리카를 방문한 적이 있습니다. 국제협력단(KOICA)에서 파견 보낸 봉사단의 활동을 둘러보고 격려하는 의미를 담은 방문이었습니다.

생소하기만 한 아프리카 대륙에 문희상이 첫발을 내딛던 그 날. 혹서라는 표현으로는 부족한 용광로 같은 태양이 그들을 맞이했습니다.

"이것이 아프리카구나!"

일주일간의 아프리카 방문은 문희상에게 남다른 감회를 느끼게 해 주었습니다. 대륙, 초원, TV에서나 보던 야생의 동물들과 원시적인 생태계, 그야말로 원초적인 인간 원형의 고향을 보는 것 같았습니다.

하지만, 무엇보다도 감동적이고 잊을 수 없는 것, 또 문희상 자신에게 무한한 에너지의 재충전 계기가 되었던 것은 검은 대륙 아프리카에서 대한민국의 국위를 선양하며 청춘을 불사르고 있는 국제협력단 봉사단원들의 열정이었습니다. 그들의 열정에 혹독한 더위도 잊고 대한민국의, 한민족의 희망을 보았다고 해도 조금도 지나치지 않을 것입니다.

문희상은 우리나라, 우리이웃, 우리가족만을 생각하기보다, 세계를 뻗어가는 국제협력의 길을 모색해야 한다고 주장합니다. 이번 코로나19를 겪으면서도 우리는 국제간의 관계가 얼마나 중요한지를 역력히 지켜보았습니다. 결코 남의나라, 남의 일이 아닙니다. 세계는 하나라고 생각해야 합니다. 같이 아프고 같이 성장해야하는 것입니다.

그것이 문희상이 생각하는 세상입니다.

한국의 봉사는 세계적이다

문희상은 탄자니아에서 만난 사람들이 있습니다. 옛 수도인 다르에스살람(Dar es salaam)에 있는 아마나 구립병원은 그냥 말이 구립병원이지 한국에서는 그 어디에서도 볼 수 없는 지붕에 기둥받침만 있는 건물입니다.

그곳에는 의사와 간호사를 포함해, 약 서른 명 정도가 환자들을 돌보는데 그중 다섯 명이 한국에서 파견된 봉사단원들이었습니다. 체온보다 높은 더위 속에서 에어컨은 물론이고 선풍기도 없이 환자를 돌보는데, 산부인과는 한국에서 자원한 의사 한 분이 유일했습니다. 번듯한 칸막이나 있겠습니까. 반나체의 산모들이 여기저기 누워있고, 출산의 고통으로 지르는 비명과 그런 가운데서도 세상에 태어나는 아기들의 울음소리가 가득했습니다.

20년이 넘은 수동 X-ray와 턱없이 부족한 의료장비, 그토록 열악한 환경에서 한국의 봉사단원은 그야말로 구슬땀을 흘리며 환자를 보살피고 있었습니다. 가슴 뭉클하고 감동적인 장면이 아닐 수 없었습니다. 그 모습을 보고 함께 방문한 의원들은 즉석에서 모금을 통해 작은 성의를 전달했답니다.

이집트의 국립통신연구원에는 우리 국제협력단이 만들어 놓은 IT 교육시설과 봉사단원들이 있었습니다. 아프리카 각국에서 IT 교육을 희망하는 사람들을 그곳으로 모아 놓고 IT 교육을 실시하고 있었습니다. 한국의 IT 기술이 아프리카 전역으로 뻗어 나가는 현장을 본 것입니다.

의료, 교육, IT, 건설 분야 등 각지에 나가 있는 봉사단원들은 그대로 팍스 코리아나(Pax Koreana), 즉 한국의 힘으로 만들어 가는 세계 평화를 위한 기수였으며, 첨병이었습니다. 시베리아 동토에서 중동의 사막에까지 세계 전 지역에 고루 퍼져 있는 한민족의 위대한 생명력과 세계 역사상 유례가 없는 단기간 동안의 경제 성장,

조국 근대화, 민주화, 21세기 선진화·정보화를 이루어 낸 위대한 민족성과 정체성을 보여주는 산 증인들이었습니다.

검은 대륙에서 만난 봉사단원들이 이구동성으로 말하는 것이 있었습니다. '돈과 라면'입니다. 첫째도 둘째도 어디를 가든 돈이 있어야 해결되는 문제들이 산적해 있었기 때문입니다.

입에 맞지 않는 음식으로 인해 한국의 라면 하나가 절실하다는 그 봉사단원들을 보면서 가슴 아프면서도 대견한 마음이 들었습니다. 다행히 한국으로 돌아오자마자 국제협력단에서 현지로 라면을 공수했다는 소식을 들었습니다.

문희상은 이들에게 조금이나마 보탬이 되고 싶다는 마음이 간절했다고 합니다. 결국 가장 중요한 것은 예산입니다. 힘닿는 데까지 봉사단을 위한 예산 확보를 위해 노력하고자 했습니다.

사람이 한평생을 살아가면서 중요한 가치로 생각하는 것을 쉽게 표현하면 부귀영화라고 합니다. 인류가 생긴 이래 부(富)와 명예는 사람이 추구하는 양대 축을 이루고 있다고 봐야 합니다.

봉사하고자 하는 이들에게는 큰 부가 주어지는 것도 아니며, 큰 명예가 주어지는 것도 아닙니다. 하지만, 우리가 간과하고 있는, 부와 명예보다 더욱 아름답고 중요한 가치가 있습니다.

식사를 못하는 이들은 겨우 한 끼를 간절히 바라며 그 척박한 땅에서 땀과 열정을 불사를 수 있는 가치는 바로 보람입니다. 욕구단계이론으로 유명한 미국의 심리학자 마슬로우(Abraham H. Maslow)가 말했듯 보람을 느끼고 자아실현을 통해 인생의 성숙함을 쌓아가고 있기 때문입니다.

부모님과 가족의 기대에 부응하고, 국가에 대한 애국심과 인생에 대한 경건한 도전정신으로 하루하루를 소중하게 만들어 가는 참으로 아름다운 사람들입니다.

문희상은 그들이 꿈, 긍지, 희망을 잊지 말고, 주어진 시간 동안 건강하고 좀 더 성숙한 모습으로 돌아오길 바라면서, 앞으로 파견 나가게 될 봉사자들의 건승도 함께 기원하는 무명의 영웅들에게 찬사를 보냅니다.

나보다는 너를, 너 하나보다는 우리를, 우리보다는 세계를 생각하며 대승적 정치를 생각하는 것이 정치인 문희상입니다.

문희상은 생태환경을 지킨다

흐르는 강물은 썩지 않습니다.

이명박 정부의 4대강 강행 추진은 세종시 수정안보다 국민의 반대가 더 거셌습니다. 국민 70~80%가 반대했지요. 불교, 개신교, 천주교, 원불교 등 4대 종단, 환경단체와 시민단체 그리고 야 5당도 반대했습니다. 문화일보가 경제 전문가분들을 상대로 실시한 여론조사(2010.6.28)에서도 무려 78%가 4대강 사업을 속도 조절하거나 백지화해야 한다는 조사 결과도 있었습니다.

"4대강 수심 6M의 비밀"을 MBC PD수첩이 방영하려다 제지당했습니다. 국토해양부는 2010년 8월 19일 전 언론을 대상으로 기사 삭제요청 및 법적 조치 등을 취했다고 합니다. 압도적 다수의 국민적 반대를 아랑곳하지 않고, 비판적인 언론을 입막음하기까지 하면서 4대강 사업을 강행하려는 이유가 무엇인지 묻지 않을 수 없습니다.

대형 보(洑) 설치와 대규모 준설 작업은 청계천을 인공천으로 만든 것같이 4대강도 인공강으로 만들겠다는 것과 같습니다. 물 부족도 없는 강에 엄청난 수량을 확보하는 것은 결국 운하를 만들기를 위한 전초 작업이 아닌가 하는 의구심이 강하게 듭니다. 또한 그 과정에서 있을 문화재 훼손뿐 아니라 자연환경과 생태계 파괴 등의 대재앙은 불 보듯 뻔합니다. 정부가 4대강 사업에 22조 원을 투자해서 34만 개 일자리를 달성하겠다는 목표를 수립했으나, 실제 신규 일자리는 2009년 12월 말 대비 2010년 4월 말 현재 0.7%인 2,425개에 불과합니다. 막대한 국민 혈세를 과연 누구에게 퍼 주겠다는 것인지 모르겠습니다.

4대강 사업을 즉각 중단하고, 국회에 4대강 사업 검증특별위원회를 구성해서 국민의 의구심을 풀어 주어야 하는 이유가 여기에 있었습니다.

우리의 환경, 우리의 바다, 우리의 강과 산이 우리에게 얼마나 울타리가 되어줄지를 누구보다 잘 알고 있습니다. 물을 담고 있던 보를 여니 죽어 있던 모래톱이 살아나고 물이 깨끗해져 흔적 없이 살아졌던 물고기와 새 등 우리와 친숙한 동물들도 다시 돌아와 생기가 돌고 있습니다.

문희상은 우리나라 산과 들을 사랑하는 생태환경론자입니다.

[나라에 백범과 같은 어른이 필요하다]

어른이 계셔야 합니다

가정과 동네에 어른이 계셔야 하듯이 나라에도 어른이 있어야 합니다. 존경받는 어른이 있어야 합니다. 만일 백범 김구처럼 국민으로부터 신망과 존경을 받는 국가원로가 계셨다면 우리의 지난 역사가 그렇게 왜곡되어 오지는 않았을 것이라는 생각입니다.

문희상이 나라를 얼마나 염려하고 깊이 생각하는 지는, 그가 늘 존경하고 나라의 어른으로 삼아야 한다고 자주 언급하는 백범 선생의 책을 보면 알 수 있습니다. 그는 항상 나라에는 백범과 같은 어르신이 꼭 계셔야 한다고 이야기 합니다. 누구나 「백범일지」를 보면 그의 가슴이 왜 그렇게도 조국을 생각하는 마음으로 뜨거운지 알게 됩니다.

지금까지도 꾸준히 사랑받는다는 책이 바로 백범일지라고 하고, 나라 사랑의 한결같은 마음이 담긴 책이라고 생각하는 것은 모두의 같은 생각인가 봅니다.

조국을 찾겠노라 황야를 누비며 목숨을 내걸고 활동하던 백범의 유서와 같은 자서전이 백범일지입니다. 나라에는 늘 이런 어르신이 필요하다고 가족과 동지들에게 늘 이야기 하던 문희상입니다. 일신의 안위보다는 후손에게 남겨줄 역사를 생각했던 백범 선생의 마음을 누구보다도 닮고 배워야 한다고 이야기 하는 문희상이 좋아하던 글귀입니다

"모든 사상도 가고 신앙도 변한다, 그러나 혈동적인 〈민족〉만은 영원히 성쇠 흥망의 공동운명의 인연에 얽힌 한몸으로 이 땅 위에 나는 것이다"

라고 남북통일을 기원했던 백범 선생입니다.
우리 모두 문희상의 마음처럼 서산대사의 선사를 다시 한번 음미하며 나라의 어른이 되는 길을 생각해보았으면 합니다.

"눈 오는 벌판을 가로질러 갈 때 발걸음을 함부로 하지말지어다. 오늘 남긴 자국은 드디어 뒷사람의 길이 되느니."

나의 멘토, 정치아버지인 문희상 국회의장님과 나의 마음은 이렇게 세월이 가도 변함없으며 똑같이 닮아가고 있는 것 같습니다.
국론이 분열되거나 국민들의 이해관계가 서로 엇갈리면서 국가가 위기에 처하게 되는 경우가 있습니다.
그럴 때 필요한 분이 국가원로입니다. 존경받는 대통령을 비롯한 국가원로가 국민들을 설득하는 데 직접 나서면 국론을 모을 수 있을 것입니다.
문희상은 우리나라가 새로운 천 년의 주역이 되기 위해서는 이 세기의 전환점에서 반드시 세 가지의 핵심적인 과제를 해결해야 한다고 생각합니다. 세 가지 과제란 다름 아닌 지역 간의 갈등, 계층 간의 갈등, 세대 간의 갈등을 해소하는 일입니다.
국가를 경영했던 경륜을 갖추고 있는 국가원로로서 문희상 국회의장님께 기대를 걸어 봅니다.

집안의 어른, 나라의 어른

어르신 여러분은 물론 해야 할 일들을 다하신 분들인 만큼 당연히 집에서 어른 노릇을 하셔야 합니다. 용돈도 당당하게 달라고 하셔야 됩니다. 그 어렵던 시절에 온갖 고생을 다 해가면서 자식들을 훌륭하게 공부시켜 주지 않으셨습니까?

그렇게 고생하면서 자식들을 키워 주신 것만으로도 어르신들께서는 집안의 어른 노릇을 할 자격을 갖고 계십니다. 그러니까 당당하셔야 합니다. 어르신 여러분이 바로 어른 노릇을 하셔야 손자들이 제대로 크고 가정이 바로 서게 됩니다. 두말할 필요도 없지만 그래야 국가가 바로 서게 됩니다.

각 가정마다 존경받는 어른이 계셔야 국가적으로도 존경받는 원로가 생기기 마련입니다.

우리나라 사람들이 유달리 양반과 상놈을 구별하려 애써온 것도 이유가 있습니다. 바로 가정교육 때문입니다. 미국에서는 사실 양반 상놈의 구분이 우리보다 더 엄격하다더군요. 다만 그곳에서의 양반은 지위가 높거나 돈이 많은 사람들이 아닙니다.

가정교육이 제대로 되고 있어서 가정의 기강이 바로 선 집안이 바로 양반 집안이라는 평가를 받고 있는 것입니다. 그러한 평가를 받기까지 집안의 기강과 질서는 어르신들이 책임지셔야 합니다. 어른들이 바로잡아 주셔야 하는 문제입니다.

문희상은 이렇게 어르신들께서 어깨를 쭉 펴고 세상에 당당하시길 바란다고 이야기합니다.

제사상과 세 가지 과일

가정의 화목과 조상을 모시는 일의 중요성을 늘 강조하는 문희상은 제사에 대해서 자주 이야기 하시더군요. 제사를 지낼 때면 절대 빠뜨려서는 안 되는 세 가지 과일이 있다고 합니다.

첫 번째가 토종밤입니다. 밤나무는 20년이 되었든 200년이 된 것이든 간에, 그 뿌리를 파보면 밤이 하나 있음을 알 수 있습니다. 이것이 바로 씨 밤톨입니다. 200년 묵은 것을 꺼내보아도 어제 심은 것처럼 생생합니다. 그런 식물은 밤밖에 없습니다. 밤을 제사상에 올리는 것은 바로 근본을 잊지 말라는 뜻입니다. 아무리 좋은 과일이 많아도 밤은 꼭 상에 올려야 합니다.

두 번째로 반드시 놓아야 하는 것이 대추입니다. 대추는 꽃 하나에 열매가 하나씩 매달립니다. 대추를 상에 올리는 것은 자손을 많이 보라는 의미입니다. 그해에 대추의 수확이 많은 것인지의 여부는 봄에 보면 압니다. 꽃이 많이 안 피었으면 그해에는 수확이 시원찮습니다. 다른 과일과 달리 대추는 꽃마다 열매가 하나씩 열립니다. 그래서 자손을 많이 번성시키라는 의미에서 상에 올리는 것입니다.

세 번째로 반드시 놓아야 할 과일이 바로 감입니다. 제주도 가보신 일이 있으신가요? 그곳에 가실 일이 있으면 귤나무를 자세히 살펴보십시오. 우리나라에서는 토질의 특수성 때문에 귤나무만 심어서는 귤이 잘 열리지 않습니다. 탱자나무로 접을 붙여야 귤이 잘 열립니다. 감도 마찬가지입니다. 우리나라의 감은 땡감나무에 감나무 접을 붙인 것입니다. 그래야 감이 열립니다. 그렇지 않으면 땡감만 열립니다. 제사를 지내면서 감을 상에 올리는 것은, 바로 땡감에서 감이 나오듯이 부모보다는 자손이 더 잘되라는 의미입니다. 말하자면 청출어람(靑出於藍)의 뜻으로 후손들이 조상보다 더 잘되라는 염원이 담겨 있는 것입니다.

문희상은 이렇게 어르신 여러분께서도 각 집안마다 청출어람 할 수 있도록 자식들과 손자 손녀들을 적극적으로 격려하고 질책해 주셔야 한다고 말하더군요. 우리가 꼭 귀담아 듣고 물려주어야 할 가치관 입니다

[우리 민족의 아름다운 이야기]

아름다운 우리의 전통이야기

우리 민족에게는 다른 민족들이 부러워할 정도로 좋은 풍습이 두 가지 있습니다. 그 하나는 상부상조 정신입니다. 우리 민족처럼 상부상조 정신이 투철한 나라도 또 없습니다. 하지만 그런 풍습이 때로는 고통이 되기도 합니다.

결혼식을 알리는 청첩장이 마치 고지서처럼 느껴질 때의 일이죠. 청첩장을 받아들게 되면 아무튼 돈이 없더라도 빌려서라도 축의

금을 내게 됩니다. 특히 문희상과 같이 정치하는 사람들에게 있어 경조사 부조금은 큰 골칫덩어리 가운데 하나입니다.

다행히 국회의원들의 경우는 일정 금액, 즉 소액 이상의 금품은 제공하지 못하도록 법으로 규정되어 있는 만큼 정치인들도 경조사의 부담에서 한결 자유로워진 건 사실입니다.

하지만 자식들의 결혼식을 치르거나 상을 당하는 경우가 되면 상부상조하는 전통이 매우 큰 도움이 됩니다. 신문에서 보니 북한 사람들도 마찬가지이더군요. 결혼 축의금의 규모가 일반 근로자들이 받는 월급의 3분의 1 수준이라고 합니다.

또 우리나라처럼 친목회가 많은 나라도 없습니다. 우리나라 사람들 대부분은 고향친구 모임에서부터 동창 모임, 취미를 같이하는 모임에 이르기까지 적어도 다섯 개 이상의 친목회에 참여하고 있다고 합니다.

이렇게 상부상조하는 정신과 문화는 우리들의 아름다운 전통임에 틀림없습니다. 그런 만큼 문희상은 사회가 수긍하는 범위에서 이런 문화를 소중히 지켜 나가야 한다고 말합니다.

상부상조와 경로효친을 아십니까?

아주머니들이 주로 하는 '계'모임도 상부상조하는 전통에서 시작된 것입니다. 사실 '계'는 '계원'들의 신뢰만 보장된다면 금융기관보다 좋을 수도 있습니다.

금융기관은 예대차(預貸差), 즉 예금 금리와 대출 금리의 차익을 통해 이익을 실현하지만, '계'에서는 이 예대차를 타인에게 주는 것이 아니라 계원들끼리 공유하게 됩니다. 그런 만큼 훨씬 이익인 셈이죠.

그런데 이러한 상부상조의 정신보다 더욱 중요한 것이 있습니다. 바로 바로 문희상이 늘 강조하는 경로효친 사상입니다. 세계적으로 보기 드문, 자랑스러운 전통입니다. 어르신들께서도 얼핏 생각하기에는 세계 각국의 나라들이 모두 부모에게 정성껏 효도를 할 것처럼 보이지만 사실은 그렇지 않습니다.

요즘 우리나라에서도 이 경로효친 사상이 많이 퇴색되고 있다는 지적이 있습니다. 우리 주변에서도 그런 변화를 실감하실 수 있을 겁니다. 그러나 이전과는 많이 달라졌다고 해도 우리나라는 아직도 세계에서 부모에게 가장 잘하는 나라일 것입니다. 특히 조상을 모시는 것이나 부모를 봉양하는 전통은 유교의 본산지인 중국보다도 우리나라가 더 발달되어 있습니다.

어느 잡지에서 한국인들의 의식 조사를 한 적이 있습니다. 부모님과 아내와 자식이 물에 빠졌을 때 누구를 먼저 구하겠냐고 물었더니 부모님을 먼저 구하겠다는 응답이 제일 많았습니다. 이처럼 아직 우리나라 사람들은 조상과 부모에 대한 커다란 공경심과 귀소 본능을 갖고 있습니다.

어떤 분들은 우리나라의 노인복지가 상당히 낙후되어 있다고 말씀을 하시기도 합니다. 하지만 문희상은 우리나라에서 가장 아름다운 전통은 그렇게 물질적인 측면을 떠나서 진정한 마음을 가지고 노인을 봉양하는 것은 우리나라가 가장 앞서 있고 또 최고 수준이라는 것이라고 자부합니다. 진정한 마음의 중요성은 물질적인 측면보다 훨씬 중요한 것입니다.

노인이 되어 산다는 것

노인복지가 잘 되어 있다 해서 반드시 행복한 것은 아닙니다. 다른 선진국의 노인 분들, 불쌍한 면도 많습니다. 병원이나 양로원의 시설이 아무리 좋아도 막상 저녁때가 되면 외로움을 느낄 수밖에 없기 때문입니다. 손자, 손녀, 아들, 딸의 얼굴을 보고 싶지만 면회 시간도 제한되어 있을 뿐 아니라 자식들도 바쁜 탓에 일 년에 몇 차례 찾아오는 게 고작입니다.

편안하다고 해서 반드시 좋은 것은 아닙니다. 요즘 우리나라에도 실버타운, 실버텔이라 해서 좋은 시설이 갖추어진 노인들의 주거지가 탄생하고 있습니다. 간호원이 항상 대기하고 있고, 수영장과 사우나 등 훌륭한 시설이 갖추어져 있습니다.

그런데 이렇게 훌륭한 시설에 사는 분들은 남들보다 더욱 행복할까요? 단연코 시설만으로 행복하진 않을 것입니다. 노인들에게 가장 무서운 병은 '외로움'과 '무력감'이기 때문입니다. 노인들의 입장에서는 아무 일도 하지 않고 영양사들이 차려 주는 진지를 드시는 것보다는, 직접 담근 된장으로 자식들과 함께 진지를 드시는 게 훨씬 맛있을 겁니다. 노인 분들은 고생이 되더라도 사람들과 섞여 있는 가운데에서 본인들의 일을 찾으실 때 자신의 가치와 함께 참된 보람도 느끼고 건강해지십니다.

선진국의 노인복지 시설은 아마 우리보다 여러 가지 면에서 좋을 것입니다. 하지만 우리도 못지않은 것이 있습니다. 바로 경로당입니다. 경로당이 우리나라처럼 많은 곳도 세계에 없습니다.

우리나라에서는 아파트단지를 지을 때에도 경로당을 의무적으로 짓게 되어 있습니다. 문희상이 살고 있는 의정부에는 지금 148개의 경로당이 있습니다.

우리의 의정부는 그 어느 도시보다도 어르신이 살기 좋은 도시가 되어가고 있습니다. 어느 누구도 항상 청춘은 아닙니다. 누구나 곧 노인이 되어가는 것입니다. 사랑하는 의정부가 그 어느 도시 못지않게 노인이 살기 좋은 도시, 경로효친을 아는 도시가 되기를 바라는 마음입니다.

최근 우리나라는 코로나19 확진자가 1만여 명을 상회하고 있으나 그 어느 나라보다도 노약자를 잘 보호하고 사망률을 줄이는데 성공하였습니다. 아직도 몇 천여 명의 집단 환자가 발생하고 있는 유럽 여러 국가에 비하면 정말로 기저질환이 있는 노인을 잘 모시고 보호한 나라입니다. 폐로 급 전염되어 사망률을 높힌다는 코로나로부터 면역이 약한 70대, 80대의 약한 어르신들을 잘 지켜내었습니다. 앞에서 언급한 대로 건강이 최고입니다. 건강을 잃으면 다 잃는 것이라고 합니다.

이렇게 문희상은 어르신들이 건강하게 살 수 있는 것은 서로가 따뜻하게 보살피고 있는 "노인이 외롭지 않은 나라"를 만드는 것이 그의 큰 보람이라고 생각해온 것입니다.

[대한민국 국민으로 산다는 것]

21세기 선진 대한민국을 위한 리더십

문희상이 생각하는 21세기 리더십은 불통즉통(不通卽痛), 통즉불통(通卽不痛)입니다. 梵網經(범망경)이란 불경을 보면 사람의 인연을 이렇게 설명합니다. 500겁이 되어야 현세에서 소매 깃을 스치는 인연으로 만난다고 합니다. 劫(겁)은 시간 단위인데 한 겁이 되려면 사방이 40리나 되는 둘레의 큰 원통에 성경과 불경에서 작다는 표현을 쓰는 겨자씨를 잔뜩 담아서 1년에 하나씩 하나씩 꺼내어 다 없어지는 시간을 말합니다.

한 민족 한겨레로 만나려면 4천겁의 전생의 인연이 있어야 합니다. 7천겁이 있어야 부부가 될 인연이 된다고 합니다. 요즘 너무 쉽게 만나고 쉽게 헤어지기도 합니다만 엄청난 전생의 인연이 있어서 결혼하는 것입니다. 그리고 8천겁의 인연이 있어야 부모·자식간의 관계가 되고 9천겁의 인연이 있어야 형제자매 관계가 되는 것입니다. 만겁이 되어야 사제지간, 가르치고 가르침을 받는, 그리고 클래스메이트가 되는 그런 인연이 있다고 합니다.

문희상은 이 세상에서 가장 두려운 것이 두 가지가 있다고 합니다.

그 중 하나는 치매에 걸릴까봐 두렵다고 했습니다. EBS에서 방영하는 '지상에서 영혼으로'라는 흘러간 명화를 방영한 적이 있습니다. 아무리 감명 깊게 보았다고 해도 출연한 영화배우가 기억나지 않고, 자주 통화하던 지인의 전화번호가 전혀 기억나지 않는 때도 있고, 심지어 간혹 내 전화번호도 기억나지 않을 때도 있습니다. 그래서 의사를 직접 찾아가 묻기도 합니다. '치매 걸린 것 아니냐'고. 그러면 의사가 '치매 걸린 사람은 치매 걸린 사실 자체를 모른다'고 대답해줍니다. 그리고 '당신은 치매 걸린 게 아니냐고 묻는 순간 치매 걸린 게 아니다'고 설명해줍니다.

문희상이 또 한 가지 두려워하는 것은 편견입니다. 편견이 어느 날 갑자기 와서 머릿속을 사로잡고 판단력을 흐리게 하지는 않을까 늘 조심해야 한다고 합니다. 빨간 렌즈 안경을 쓴 사람이 안경 쓴 것을 모르면 세상이 다 빨갛다고 합니다. 노란 안경을 쓰고 있으면서 안경 벗을 생각은 안하고 세상이 다 노랗다고 하는 것, 그것이 편견입니다. 가령 눈 성한 사람이 외눈박이 동네에 갔다고 합시다. 그 동네 사람들은 눈 성한 사람을 본적이 없기 때문에 두 눈 가진 사람을 보며 '눈이 두 개야 두 개 저런 병신도 다 있어' 라고 할 것입니다.

외눈박이의 편견은 바꾸기가 힘든 것입니다. 다른 세상을 모르기 때문입니다. 그런 편견에 걸린다면 얼마나 답답하겠습니까? 그러나 우리는 모두 모르는 사이에 이런 저런 편견에 사로 잡혀 있을 수 있으니 경계해야 한다고 말합니다.

어느 섬 마을에 태어나서 평생 산 사람이 있다고 칩시다. 섬 밖 사람이 와서 '해가 어디서 뜹니까?' 라고 묻자 그 섬사람은 너무나 당당하게 '뒷동산에 뜹니다.'고 합니다. 평생 해가 뒷동산에서 뜨는 것만 봤기 때문입니다. 그 사람은 거짓말을 하는 것이 아닙니다. 그 사람에게는 그것이 진실인 것입니다.

그러나 해는 뒷동산에서 뜨는 것이 아니라 먼 동해 바다에서 떠오르는 것이고, 더 나아가면 해가 뜨는 게 아니라 해는 그냥 그대로 있고 떠돌이 별 지구가 해를 돌고 있는 것입니다. 지동설을 아는 순간 코페르니쿠스적 발상의 전환이 이루어져 편견에서 깨어날 수 있게 되는 것입니다. 또 하나의 예를 들겠습니다.

어느 날 쇠똥구리가 사는 동네에 소가 언덕배기를 오르려 힘을 주다가 똥을 뿌지직하고 쌌습니다. 우리가 보기에는 소가 지나가다가 그냥 똥을 싼 것입니다. 그런데 쇠똥구리에게는 큰 난리가 난 것입니다. '하늘이 주신 은총으로 1년 열두 달 일용할 양식을 주셨구나' 하면서 감사의 기도를 하고, 쇠똥구리 할아버지, 아버지, 삼촌 등 동네 쇠똥구리들이 다 모여서 쇠똥을 끌고 가서 차곡차곡 쌓을 것입니다.

문희상은 하느님을 믿고 있으며, 또한 하느님이 인간 세상을 보고 계신다면, 세상이 참 우습기 짝이 없을 것입니다. 인간이 쇠똥벌레를 내려다보면서 웃는 것과 똑같이 하느님이 인간이 종이 같은 것을 가방 속에 집어넣고, 그걸 돈이라고 하고, 아무것도 아닌 것 갖고 죽기 살기로 싸우고, 여야 나뉘어 싸우는 것을 보시면서 '저놈들 참 웃기구나, 머지않아 죽을 놈들이 말이야' 하실 것만 같습니다. 문희상은 이렇듯 '차원이 다른 것을 깨닫지 못하고 미물로서 홀로 평생을 살다가 죽으면 얼마나 서럽겠나'하는 생각을 하게 됩니다. 그래서 늘 깨어 있으려고 하고, 늘 편견에 사로잡히면 안 된다, 알고 있는 것 이상인 것이 뭔가 있을지 모른다고 끝까지 탐구하면서 살아가려고 노력합니다. 또 그런 삶이 사람답게 사는 것이라고 생각합니다.

문희상이 두려워하는 두 가지, 즉 치매와 편견에 걸리지 않으려고 노력하는 인생을 살았다고 나는 생각합니다. 그가 처음 김대중 대통령을 만났던 시절, 모두가 그 분을 빨갱이라고 했습니다. 빨갱이라는 말이 이제 끝났다고 생각했는데, 지금도 나오고 있습니다. 시도 때도 없이 종북이라는 말이 난무합니다.

김대중은 말 그대로 문희상에게 모범 멘토이었습니다. 김대중에 대한 역사의 평가가 반드시 있을 것이라고 생각합니다. 김대중이 받는 오해 중 가장 결정적인 것은 사람들의 편견에 의해 빨갱이라고 하는 것입니다. 김대중은 절대 빨갱이가 아닙니다. 자유민주주의와 시장경제가 보수의 가치라면 김대중은 왕 보수였습니다. 사회적 약자에 대해서 국가가 좀 지원해줘야 한다, 함께 더불어 살아야 한다는 것이 진보라면 그분은 왕 진보입니다.

그래서 우리는 언젠가 이런 편견의 세상을 넘고, 이분법적 세계를 넘어, 좌우이념, 진영논리에서 벗어나 새로운 세상, 통일대박 되는 그날 까지 자유와 평등의 가치를 잘 간수해야 할 책임이 우리 모두에게 있다고 생각합니다.

한문에 사람이 눈으로 보는 것은 견(見)이라고 쓰고, 두루두루 마음의 심안으로 보는 것은 관(觀)이라고 합니다. 인생을 어떻게 보는가가 인생관, 세계를 어떻게 보는가를 세계관, 역사를 어떻게 보느냐를 역사관이라고 해서 관이 중요합니다.

사람이 100미터 되는 산을 올라간다고 가정하면, 5-10미터에서 보는 세상은 그 앞에 나무가 있다, 그 옆에 시냇물이 졸졸 흐른다는 것입니다. 50미터 정도 올라가면 여기만 산이 있는 것이 아니라 저 앞에도 산이 있네, 그 만큼 알게 됩니다. 90미터 올라가면 산 옆에 산이 있는 산맥을 볼 수 있습니다. 그러나 100미터 정상에 서기 전까지는 그 산의 뒤를 볼 수가 없습니다. 정상에 서는 순간은 그 뒤에 바다를 보는 순간입니다. 제일 꼭대기 정상에 서는 길은 편견이 없어지는 바로 그 길이고, 정치인이나 리더가 가야 할 길이 바로 그 길입니다.

문희상은 평소 인생에 있어서 가장 끝까지 정상에 간 사람을 인류에서 뽑는다면 세 분이 있습니다.

우선 공자입니다. 공자는 15미터쯤 올라가서 뜻을 세웠습니다. 지학(志學)이라고 합니다. 30미터쯤 올라가서 그분은 '섰다, 이제 알았다.'는 이립(而立)하셨다고 합니다. 40미터에 가서 불혹(不惑), 끊임없는 인생가도에서 유혹이 많은데, 예를 들면 '여기까지만 가, 좀 쉬었다 가' 등등. 그런데 '아니야 내가 할 일이 있다'고 생각하셨습니다.

50미터쯤 올라가서 느끼신 것이 이제 내가 왜 이 길을 가는지, 하늘이 내게 무엇을 시켰는지를 알게 된 것입니다. 지천명(知天命)입니다. 60이 되니까 이순(耳順)의 경지, 무슨 얘기를 들어도 다 알아 듣는 것입니다. 70-80미터는 불유구(不踰矩)라고 해서 내가 하고 싶은 것을 해도 거칠 것이 없다는 것입니다. 공자님도 70에 가서 불유구의 경지에 갔으니까 여러분도 늦지 않았다고 생각합니다.

예수 그리스도 같은 분은 한 세상 꽃 같은 나이에 돌아가셨습니다. 신약에 나오는 것은 3년간의 행적입니다. 그리고 이 세상 모든 사람들의 원죄를 내가 다 지고 가겠다고 하신 겁니다. 이런 경지는 인류가 생각할 수 있는 제일 마지막 경지인 것입니다. '나는 인류를 위해 이 자리에서 죽는다'는 최고의 경지에 있는 분인 것입니다.

석가모니는 세상에 발 딛고 나자마자 天上天下唯我獨尊, '하늘 위로 하늘아래 나홀로다. 외롭도다', 즉 외롭다는 것은 나 홀로 정상에 섰다'는 것입니다. 열반의 경지이고 해탈의 경지입니다. 너와 내가 없어지는 그러한 경지인 것입니다. 삶과 죽음에 다 통달하는 최고의 경지인 것입니다.

이처럼 사람은 마지막 경지를 목표로 해야 살맛나는 것입니다. 그냥 헛되게 살아서야 되겠습니까. 너무 인생을 거창하게 생각하는 것 아닌가 하는 반론도 있겠습니다만, 리더는 정상에 서 있는 것이 중요하다는 말씀을 드리는 것입니다.

그럼 왜 정상에 서야 하는가? 정상을 목표로 살면서 자유로워지는 그러면서 내 인생과 내 기업과 내 아내와 가족이 함께 되는 그런 세상이 목표가 돼야지, 그렇지 않으면 서러워서 못 살고 중간에 외로워서 못 삽니다. 그렇기 때문에 어렵더라도 문희상은 정상의 경지까지 가야 된다는 말을 합니다. 문희상은 가끔 자신에게도 그렇게 살았는지를 물으면 할 말이 없다고 합니다.

편견이 없어지는 관(觀)으로 보면 지금 우리 인생, 역사, 세계라는 말을 하기 전에, 정치의 근본이 뭔가, 정치지도자란 도대체 뭔가, 이런 근본적인 관(觀)을 확립하고 세상을 사는 것과 없이 사는 것은 천지차이입니다. 다른 것 말고 이런 것만 생각할 시간을 갖게 된다면 보람된다고 생각합니다. 인생의 근본에 관해 한 번 생각해 봐야 합니다.

문희상이 생각하는 정치는 두 가지로 이뤄집니다.

하나는 코란, 하나는 칼입니다. 인간은 사회적 동물입니다. 둘 이상이 모여서 살아야 합니다. 혼자서는 못 삽니다. 그러면 공동체를 형성해야 하고, 공동체를 만들려면 질서를 확립해야 하고, 질서를 잡으려면 힘이 필요한 것입니다. 아니면 홉스가 얘기하는 '만인에 대한 만인의 투쟁'이 일어나 질서가 무너지기 때문입니다. 질서를 잡으려면 규범이 만들어져야 합니다. 그래서 서열을 짓는 것입니다. 누가 지도자고 그 다음 번호를 매기는 것이 정치입니다. 그러려면 힘이 있어야 합니다.

두 번째 바로 그 힘(칼)이 있으려면 코란 즉 명분이 받쳐줘야만 합니다.

리더가 힘만 갖고 끌어갈 수 있을까요? 힘만 갖고 구성원들을 뜨겁게 움직이게 할 수 있을까요? 말이 필요합니다. 여기서 말은 간단한 말이 아닙니다. 말은 논리입니다. 말은 대의명분입니다. '내가 너를 꽃으로 부르기 전에는 너는 꽃이 아니었다. 내가 너를 꽃으로 부르는 순간 너는 내게로 와 꽃이 되었다.'

유명한 김춘수의 시입니다. 서정적이고 아름다운 시이지만 인식론의 기본을 말해주고 있습니다. 말은 대한민국이 앞날을 위해서, 우리 리더들의 성취를 위해서, 모든 사람들의 행복을 위해서라는 비전을 제시하는 것입니다. 이것은 리더의 기본입니다. 대통령도 마찬가지입니다.

국가라는 공동체 최고단위의 지도자는 대통령입니다. 대통령 책임제하에서는 대통령이 거의 결정적입니다. 대통령이 어떤 생각을 갖고 있는가에 따라 나라가 전혀 달라집니다. 이런 정치의 참 모습을 처음 본 사람은 마키아벨리라는 사람입니다. 마키아벨리는 정치의 본질을 권력(힘, 칼)에서 봤습니다. 권력을 잡지 않으면 안 되는 것입니다. 그리고 일단 잡으면 권력을 유지 관리해야 하는데 그 요령이 정치학의 기본입니다.

그 전에는 수사학이란 것만 있었는데, 마키아벨리가 정치학이란 말을 처음 시작한 것입니다. 「군주론」이라는 책을 쓰면서 권력을 잡으려면 어떻게 해야 하는가 즉 통치의 기본 요령에 관해서 생각을 정리하고 있습니다. 그런데 정치란 다스릴 정(政) 다스릴 치(治)인데, 다스린다는 것은, 대통령이 된다는 것은, 리더가 된다는 것은 기본적으로 두 가지의 숙명이 있습니다. 하나는 지금까지 말씀드린 권력의 쟁취에 있고, 그 둘은 공동체의 갈등을 조정하고 통합해 내는 것입니다.

다시 말씀 드리면 정치의 본질에는 상반되는 두 가지가 있는데, 하나는 위계를 세우고 질서를 잡는 것입니다. 정권을 잡아서 유지 발전시킬 수밖에 없는, 정권을 잡아야 내가 생각하는 공동체의 이상을 실현하고 비전을 제시할 수 있지, 정권을 잡지 못하면 아무 소용이 없는 것입니다. 제대로 된 리더가 되지 못하면 아무리 성과를 내려고 해도 낼 수가 없는 것입니다. 진정한 리더가 되어야 하는 것입니다.

두 번째는 각 이해관계를 조정, 통합하는 것입니다. 대통령은 두 가지 능력이 있어야 합니다. 하나는 국가경영능력이고 또 하나는 국민을 통합해 내는 능력입니다. 각계각층의 이해관계와 갈등을 조정해 낼 수 있어야 힘을 받을 수 있는 것입니다.

이제는 만인 대 만인의 싸움이 아니라 만국가 대 만국가의 무한경쟁 시대입니다. 지금은 경제 전쟁이고 정보전입니다. 이런 경쟁시대에 있어서 국가의 리더십을 누가 갖고 있는가가 매우 중요한 것입니다.

정치는 우선 통치를 잘 해야 합니다. 그러기 위해선 안보하고 경제를 잘해야 합니다. 그러나 신뢰, 국민의 신뢰가 떨어지면 대통령을 불신하면 기본이 안 되기 때문에 정치 자체가 없어지는 것입니다.

이것이 바로 문희상이 생각하는 정치인의 가장 큰 덕목, 바로 신뢰입니다.

문희상은 박근혜 대통령 당선이 다른 것 떠나서 신뢰를 얻어서 당선된 것이라고 생각합니다. 당시 야당이 대통령 선거에서 진 것은 신뢰를 잃었기 때문이라고 말합니다. 김대중 대통령도 적극적인 마니아층 지지자가 25% 있었습니다. 죽으나 사나 끊임없이 지지하는 그러한 층입니다. 박근혜 대통령은 그런 지지층을 30%이상 갖고 있었다고 봅니다. 박정희 대통령의 향수, '하면 된다'는 것으로 산업화와 근대화를 앞장서서 이룬 리더십, 누가 봐도 안보와 경제를 이뤄낸 그런 리더십에 대한 향수가 플러스되어 지금도 안보도 잘하고 경제도 잘 할 것이라는 기대와 지지가 박근혜 대통령의 인기의 뿌리라고 여깁니다.

또 한 가지는 여성대통령으로서 부패에는 물들지 않겠지 하는 신뢰가 기본적으로 있다고 생각했습니다. 그리고 국민 정서 속에 불쌍하다는 것이 또 있습니다. 부모가 흉탄에 사라지고, 시집도 못 가고, 이런 짠한 기본적인 정서가 합쳐져서 아무리 뭐라 해도 흔들리지 않는 30%대의 지지기반이 있는 것입니다.

문희상은 박근혜 대통령이 성공한 대통령으로 역사에 기록되기를 원했습니다. 이유는 간단합니다. 안보도 철저히 하면서 경제도 살리는 대박 대통령, 그래야 우리나라가 성공할 수 있다는 기대가 있었기 때문입니다. 그분이 잘나고 못나고를 떠나서 그래야 우리 국민들이 잘 사는 국가가 될 수 있기 때문에 그것을 기대했었습니다. 결국 국민의 신뢰를 잃었지만 말입니다.

문희상이 야당의 비상대책위원장을 맡았던 적이 있었습니다. 당내에서 서로 싸우다 보니 누구의 편이 아닌 사람이 문희상밖에 없다고 생각해서인지 비상대책위원장을 하게 되었습니다. 박근혜 정부출범 이전에 '안보문제, 민생문제에는 여야가 없다'라고 하면서 같이 갔었습니다. 대통령의 치적은 덧셈으로 평가하는 것이 아니라 곱셈입니다. 둘 다 100점을 맞아도 신뢰를 잃어버리면 국민통합이 안 되고, 소통하지 않으면 실패하게 되어 있는데 이것이 빵점이면 곱하기로 해서 결국 빵점짜리 대통령이 되는 것입니다. 그러면 역사에 못 남게 됩니다.

도대체 왜 그러십니까?

문희상은 박근혜 정부시절 세상 돌아가는 것을 보면 마치 도둑이 매든 격 아닌가 생각합니다. 박근혜 정부가 궁지에 몰릴 때마다 과거 유신 시절을 보는 듯한 착각에 빠집니다. 그는 두 번의 수평적 정권 교체가 이루어져서 민주주의를 논하지 않아도 된다고 자부했건만 또다시 민주주의를 위해 싸워야 하는 상황이 되지 않기를 간절히 바랐습니다.

끝날 것만 같던 국정원의 대선 개입에 따른 국기 문란, 헌정 파탄이 시간이 지날수록 빙산의 일각에 불과했다는 것이 속속 드러나고 국군사이버사령부, 보훈처 등 후진국에서나 있음직한 일들이 선진국 진입을 눈앞에 둔 대한민국에서 조직적으로 벌어졌다는 사실에 억장이 무너졌습니다.

그럼에도 불구하고 은밀히 활동해야 할 국정원 직원들이 무더기로 이석기 의원 체포에 직접 나서는 등 과거 군사 독재 시절에나 볼 수 있었던 일들을 되풀이했습니다.

박근혜 정부는 전 국정원장과 전 서울경찰청장에 대한 재판에 영향을 주기위해 채동욱 전 검찰총장을 찍어내더니, 검찰의 윤석열 특별수사팀장까지 갈아치우면서 외압을 행사했습니다.

급기야 2013년 11월 5일 박근혜 대통령이 해외 순방을 떠나기 바로 직전 통합진보당 해산 심판 청구 안을 국무회의에 긴급 안건으로 상정하여 의결했습니다. 헌법재판소에 제출된 바로 다음날부터 헌법재판소가 통합진보당에 대해 헌정 사상 첫 정당 해산 심판 심리를 시작했습니다. 통진당은 지난 대선 대통령 선거 TV 토론자로 참석했던 이정희 의원이 대표로 있던 당입니다.

대선 후보였던 문재인 의원은 정상회담 대화록에 관해 참고인 신분으로 검찰 조사를 받았습니다. 그럼에도 불구하고 언론은 참고인이란 단어는 빼고 마치 피의자 신분으로 검찰 조사를 받았다고 하면서 국민을 호도하고 있습니다. 그 대화록 내용을 선거에 불법으로 악용했던 새누리당 모 의원은 같은 참고인이었지만 서면 답변서를 제출했습니다.

이런 모든 일이 박근혜 대통령이 영국 여왕과 오찬을 함께 하고 있을 때 일어난 것입니다. 1년도 채 안 된 시점에서 박근혜 대통령의 뒤끝 행사라면 이제 그만해야 한다는 생각하게 되는 것입니다. 이렇게 문희상은 국정을 지켜보면서 억장이 무너지는 일을 수없이 겪습니다.

'아니오'라고 말할 수 있는 자유

문희상은 자신과 생각이 다르다고 해서 배척해서는 안 된다고 생각합니다. 어떤 행위가 법치라는 민주주의 대원칙에 위반되는 것이 있다면 당연히 사법부의 준엄한 심판이 있을 것입니다. 사법부의 판단이 있기도 전에 행정부가 성급하게 나서는 것은 교각살우의 우를 범하는 것이고, 쥐 잡으려다 독 깨는 격입니다. 가치가 다르다고 몰아붙이고, 여론조사 결과로 신 매카시즘을 정당화해서는 더더욱 안 됩니다. 여론보다 더 높은 가치가 곧 국민이 전통과 역사로 빚어낸 헌법적 가치이기 때문입니다.

대한민국 헌법에는 국민의 기본권으로서의 자유를 열거하고 있습니다. 양심의 자유, 표현의 자유(학문, 대학, 예술의 자유), 언론·출판, 집회·결사의 자유는 민주주의의 가장 중요한 요소인 다양성을 지키는 데 필수적인 권리입니다.

이 모든 자유를 한마디로 집약하면 '아니오'를 말할 수 있다는 비판의 자유, 그것이 곧 민주주의의 잣대인 것입니다. '아니오'를 자유롭게 말할 수 없다면, 그 앞에 어떤 수식어를 붙이더라도 이미 민주주의가 아닙니다. 비판의 자유는 대한민국이 지양하는 흔들리지 않는 헌법적 가치인 것입니다.

인간으로서의 존엄과 가치 실현을 위해 꼭 있어야 하는 것입니다. 북한에도 선거제도가 있지만 민주주의는 '아니요'라는 말을 들어주는 세상입니다. '이것은 틀렸습니다'라는 말을 받아줘야 합니다. 자기의 생각과 달라도 수용 못하면 민주주의가 아닌 것입니다. 민주주의는 '아니오'라는 비판의 자유가 있을 때 성립하는 것입니다. 언론, 보통 사람도, 시민단체도, 그리고 촌부도 장사하는 사람도 모든 사람들이 다 '아니오. 그렇지 않습니다'고 얘기할 수 있는 분위기가 되어야 합니다.

문희상은 가끔 좋은 리더였던 세종대왕 이야기를 합니다.

"세종대왕은 왕조시대 때도 그렇게 했습니다. 사간원(司諫院)이라는 제도를 뒀습니다. 세종대왕은 참 영특한 임금이었습니다. 민주주의, 민본주의를 처음 시작한 것이 세종대왕입니다. 세종대왕은 '아니요'라는 분위기를 제공하는 사람에게 벼슬을 주었습니다. 대사간(大司諫)이란 것입니다.

최만리라는 신하가 있었습니다. 그는 훈민정음에 반대하는 논리를 개발한 사람입니다. 훈민정음 창제되는 것을 반대한 사람이 아닙니다. 임금한테 '아니오, 사대부만이 아는 것을 저런 버러지 같은 민생들한테 전부 가르쳐주면 우리는 통치를 어떻게 합니까. 반란이 일어나고 큰일날 일입니다'고 계속 논리를 개발해서 올렸습니다. 그래서 세종대왕이 생각하고 또 생각해서 최종적으로 훈민정음이 반포된 것입니다. 그뿐 아닙니다.

통치자의 리더십이 얼마나 중요한지를 먼 나라의 예도 아닌 바로 세종대왕의 리더십이 증명해줍니다. 세종대왕은 김종서로 하여금 4군6진을 설치하도록 하여 오늘날 우리의 한반도를 국경으로 만든 안보 대통령입니다. 세종대왕은 또 과학기술 대통령이기도 합니다. 장영실을 과감하게 발탁하여 물시계 등을 만들게 함으로써, 과학기술의 획기적인 발전을 이루었습니다. 장영실은 당시 사대부도 아니었고 농공상(農工商)에도 미치지 못하는, 광대보다도 못했던 관노의 자식이었습니다. 그런 장영실을 과감하게 발탁한 세종대왕의 안목과 결단이 바로 리더십의 중요성을 말해주고 있습니다.

세종대왕은 음악 분야에서도 많은 업적을 남겼습니다. 궁상각치우를 만들었고, 또 당시 구전으로만 떠돌던 방아타령을 채보하여 문화적 유산으로 남겼습니다. 모두 다 세종대왕의 빼어난 리더십이 있었기에 가능한 일이었습니다.

또한 여론조사를 해서 20년여에 걸쳐 세금제도인 공법(貢法)을 만들어 조선의 전세제도(田稅制度)를 확립하였습니다. 그렇게 민생을 살핀 것입니다.

한 임금이 이렇게 영특하면 얼마나 역사를 바꿀 수 있는지를 그냥 증명하는 것이 세종대왕입니다. 지금 우리도 마찬가지입니다. 바로 그러한 위치에서 우리가 할 수 있는 일이 무엇인가를 생각해야 합니다. 조금이라도 나은 세상을 위해 개혁하는 일들에 소홀히 하면 안 되고, 이 일을 앞장서서 해야 한다고 생각합니다. 민주주의라고 할 수 없는 이유가 비판의 자유가 없기 때문입니다."

['문희상 안' 법제화]

'문희상 안'은 "일본의 진정한 사과"를 전제로 한 법입니다. 일본의 진정한 사과가 얼마나 중요한 일인지 아무리 강조해도 모자랍니다. '김대중-오부치 선언'의 핵심도 일본 총리의 "통절한 반성과 마음으로부터의 사죄"라는 것을 강조했습니다. 일본의 대학생들 앞에서 김복동 할머니는 돌아가시는 순간까지도 "돈의 문제가 아니다. 우리는 100억이 아니라 1000억을 줘도 역사를 바꿀 수가 없다"며 절규하였고, 할머니가 원했던 것은 오로지 "진정성 있는 사과" 한마디였다고 힘주어 말했습니다. 일본의 사죄를 법안 본문 내에는 명문화 할 수는 없지만 이미 법안을 왜 만드는지 제안하는 이유와 그 문장 속에 들어가 있는 것입니다. 즉 한일정상 간 '김대중-오부치 공동선언'을 재확인 하는 양 정상 간의 사과와 그에 따른 용서가 없으면 이 법도 존재의미가 없고 진행되지도 못한다는 것을 뜻합니다.

사다 마사시(佐田雅志)라는 일본 싱어송 라이터가 있습니다. 1970년대 말 데뷔 이후 '맛 짱'이란 애칭으로 팬클럽을 갖고 있으며 지금까지 일본 최다, 4000회 이상 솔로 콘서트를 한 중견 가수입니다. 1982년 그는 〈쓰구나이(償)〉라는 제목의 곡을 발표했습니다. 그 때문인지 발표 당시엔 그리 주목을 받지 못했었습니다. 배상, 보상의 의미로 쓰이지만 '속죄'라는 뜻이 강합니다. 롱 타임 노래답게 당연히 가사가 길게 되어 있습니다. 반복되는 후렴 따위도 없이 쭉 스토리를 전개합니다. 실화를 바탕으로 한 가사 내용의 요지는 이렇습니다.

배달 일을 하는 청년(유짱)이 있었습니다. 어느 비 내리는 밤, 배달 일을 마치고 가게로 돌아가는 길에 횡단보도에서 한 사람을 치었습니다. 급브레이크를 밟았으나 길이 미끄러운 탓에 그 남자는 사망하고 유짱은 형사처벌을 받았습니다. 하지만 "살인자, 당신을 용서치 않겠다"며 울부짖는 피해자의 부인을 잊을 수 없었습니다. 그 부인 앞에 엎드려 머리를 땅에 대고 용서를 빌었지만 자신의 마음에 남겨진 가책은 사라지지 않았습니다. 형을 마치고 나온 유짱은 다시 일을 하면서 받은 월급을 한푼도 떼지 않고 그 부인에게 송금하였습니다. 그러기를 7년째. 유짱은 어느 날 한 통의 편지를 끌어안고 사다 마사시에게 달려왔습니다.

그 피해자 부인으로부터 처음으로 용서의 편지가 왔다는 것입니다. "고마워요. 당신의 착한 마음 너무나 잘 알겠습니다. 그러니 부디 이제 송금은 더 이상 하지 말아주세요. 당신의 글씨를 볼 때마다 남편이 떠올라 마음이 아픕니다. 당신의 마음은 이해하겠지만 그보다 부디 이제 당신의 인생을 원래대로 돌려놓으시길 바랍니다"는 내용이었습니다.

이 노래가 다시 일본에서 화제가 된 것은 2002년 한 폭행치사 사건 재판에서 재판관이 이 노래를 인용했기 때문입니다.

사건은 1년 전 도쿄 세타가야(世田谷) 전철역에서 발생하였습니다. 청년 2명과 은행원인 남성이 전철 안에서 시비가 붙었습니다. 말다툼 끝에 역 플랫폼에 내린 청년들은 은행원을 폭행, 뇌수막 출혈로 사망에 이르게 했습니다. 기소된 청년들은 재판에서 자신들의 폭행 사실은 인정하고 "다시는 그런 죄를 짓지 않겠다"고 다짐하면서도 "만취한 피해자가 시비를 걸어와 정당방위를 한 것"이라는 주장을 굽히지 않았습니다.

이에 재판관은 "사다 마사시의 〈쓰구나이〉 노래를 들어본 적 있는가?"라고 물었습니다. 재판관은 "이 노래의 가사만이라도 읽는다면 여러분의 반성의 말이 사람 마음을 움직이지 못하는 이유를 알게 될 것"이라고 충고했습니다.

문희상 국회의장이 방미 도중 미 언론과의 인터뷰에서 "일왕이 위안부 피해자의 손을 잡고 진정어린 사죄를 한다면 한일 간의 역사문제는 말끔히 사라질 것"이라는 발언으로 한일 간에 다시 외교적 파고가 일어났습니다.

일본 측은 총리, 관방장관 등 유력 정치인들이 대거 나서 "감히 덴노(천황)를 언급하다니 무례하다"면서 공격했고 문희상을 비롯한 한국 정부는 "터무니없는 공격"이라며 일축했습니다. 이 노래에 관한 이야기를 듣고 문희상은 무릎을 탁 칠 정도로 정수리에 와 닿게 되었습니다.

잔혹한 일본 제국주의의 피해자인 우리는 10억 엔 따위의 배상을 원하는 게 아니었습니다.

사다 마사시의 말처럼 성실하고 진실 된 사죄의 말 한마디면 됩니다. 그 사죄의 말이 제국주의 침탈의 책임자 중 한 명인 히로히토 전 일왕의 아들 아키히토 일왕의 입에서 직접 나온다면 대부분 한국 국민들의 반일 감정은 정말 봄 눈 녹듯 사라질 것입니다. 아끼히토 일왕은 2002년 한일 월드컵 당시 자신이 백제의 핏줄임을 밝힌 바 있고 부인 마사코 여사와 함께 한국의 문화에 심취해 있다고 하여 충격이라는 보도 자료가 난 적이 있었습니다. 얼마 전 "일본이 주변국과 성실한 우호 관계를 가졌으면 한다"고 말하는 등 우익 정치인들과 달리 평소에도 균형 잡힌 역사 인식을 드러내곤 했습니다. 마침 그는 천황(일왕) 퇴임식을 치르게 되었습니다. 아들에게 자리를 물려주고 자연인으로 돌아가는 것입니다. 자연인 아키히토가 한국을 찾아 이제 몇 남지 않은 위안부 할머니들을 찾아 손을 맞잡고 눈물을 흘린다면 그보다 더 아름다운 장면이 있을까요?

한국 정부는 '2015년 한일 위안부 합의'의 파기를 선언한 적도 없고 재협상을 요구하지도 않았습니다. 그러나 피해 당사자들이 전혀 동의하지 않는 합의는 시작부터 현실적이지 못했다고 생각합니다. 위안부 문제 해결의 본질은 피해 당사자들의 존엄과 명예를 회복하고, 상처를 치유하는 것입니다.

특히 문희상은 돌아가실 때까지 남아있을 마음속 응어리와 한을 풀어드리는 것이 매우 중요하다고 생각합니다. 세상을 떠난 위안부 피해자 故 김복동 할머니는 돌아가시는 순간까지도 "돈이 문제가 아니다. 우리는 100억이 아니라 1000억을 줘도 역사를 바꿀 수가 없다"고 절규하셨습니다.

그분이 원했던 것은 '진정성 있는 사과' 한마디였습니다. 와세다 대학을 졸업한 고노 요헤이 전 중의원 의장께서는 "한일관계에서 가장 중요한 것은 인간과 인간의 이해이며, 일본인과 한국인이 서로에 대해 진심으로 이해하고 신뢰할 수 있어야 하며, 상대의 입장을 생각하고 존중할 수 있어야 한다"고 했습니다. 역지사지(易地思之)의 자세를 강조한 말입니다. 위안부 피해자와 강제징용 피해자의 문제는 일본과 한국이 공유하며 추구해온 인류 보편적 가치인 인권의 문제입니다. 양국 지도자들이 머리를 맞대고 지혜를 모아 피해자들의 응어리를 풀어주기를 기대합니다.

문희상 의장이 바라고 기다리며 상상했던 것은 바로 이런 광경이 아닐까 싶습니다.

[민주주의]

자유민주주의와 헌법의 가치

원로 정치학자인 고 이극찬 교수에 의하면 자유주의는 법의 지배, 입헌제도, 삼권분립과 같은 법적 제도화를 뜻합니다. 또한 민주주의는 본래 「민중의 권력(지배)」를 의미합니다(이극찬. 정치학: 493). 그러므로 자유민주주의란 권력의 분리와 감시를 지향하는 공화제의 틀 안에서 인간의 존엄성을 바탕으로 하여 개인의 자유와 기본권을 보장하며, 권력의 분리와 견제를 지향합니다.

이를 보장하는 헌법을 세우고 민주적 절차 아래 절대다수에 의해 선출된 대표자가 국민주권주의, 입헌주의, 법치주의의 틀 내에서 의사결정을 하는 체제를 말합니다.

쉽게 설명을 드리지 못했군요. 한마디로 대한민국은 헌법에 의하면 자유민주주의 가치를 지향하고 있습니다. 그런데 자유민주주의 헌법을 그대로 따르다 보니 우리 국민들의 삶은 경제적 삶뿐만 아니라 교육, 문화 등 사회의 모든 영역에서 '빈익빈 부익부'가 심화되고 있습니다.

골고루 잘 사는 나라를 만들어가기 위해서 '사회적 기업', '사회적 투자', '사회적 경제', '사회적 금융', '사회통합적 일자리' 등 사회주의적 요소를 불가피하게 가미하여 빈곤한 계층의 국민들이 인간다운 삶을 영위하도록 장려하고 있습니다.

여기에 대해서 두 가지 입장으로 국민들의 생각이 나뉘어져 있습니다. 절대적 자유민주주의 가치를 추구해야 한다고 보는 보수 우파는 결과의 평등을 주장하는 좌파를 사회주의자들이라고 매도하여 '빨갱이'라 부르고 있습니다.

미래통합당을 중심으로 하는 우파들이 더불어민주당을 중심으로 하는 좌파들을 공격하는 가장 핵심적인 부분입니다.

물론 대한민국 헌법 전문에 '안으로는 국민생활의 균등한 향상을 기하고'라고 선언하여 불평등 문제를 완화하도록 정부가 노력해야 할 것을 요구하고 있습니다. 또한 헌법 제34조1항에서 '모든 국민은 인간다운 삶을 살 권리를 가진다', 제34조2항에서는 '국가는 사회보장, 사회복지의 증진에 노력할 의무를 진다.'라고 규정하고 있습니다. 사회적 약자를 위해 국가가 개입해서 보호해야 할 국가의 의무가 있는 것이지요.

그러므로 헌법이 정해준 대로 '국민생활의 균등한 향상'을 이루는 데 필요하다면 필요한 정책을 유연하게 행사하도록 하는 것이 국민이 정부에 위임해준 책무인 것입니다.

문희상은 민주주의를 실천하는 과정에 유연성(flexibility)을 간과해서는 안 된다고 주장합니다. 이와 같은 유연성이 없으면 극단과 보복, 반대자에 대한 처벌에만 몰두하게 되고 정권의 앞날은 밝지 않을 것이라고 경고합니다.

민주주의에서 간과하지 말아야 할 것은 유연성이라는 대목입니다. 유연성이라는 말은 실용과 일맥상통하는 말이며, 유연성이 없으면 탈레반과 같은 원리주의, 극단주의의 위험에 빠지게 됩니다. 정부는 국정 전반에서 유연성을 길러야 합니다. 민주주의의 유연성에 대해 관용이라고 해도 좋고, 포용이라고 해도 좋습니다(동행 2. 100).

한편, 문희상은 '아니오'라고 말할 수 있는 비판의 자유가 대한민국이 지양하는 흔들리지 않는 헌법적 가치라고 말하고 있습니다.

　대한민국 헌법에는 국민의 기본권으로서의 자유를 열거하고 있습니다. 양심의 자유, 표현의 자유(학문, 대학, 예술의 자유), 언론·출판·집회·결사의 자유는 민주주의의 가장 중요한 요소인 다양성을 지키는데 필수적인 권리입니다.

　이 모든 자유를 한마디로 집약하면 '아니오'를 말할 수 있다는 비판의 자유, 그것이 곧 민주주의의 잣대인 것입니다. '아니오'를 자유롭게 말할 수 없다면, 그 앞에 어떤 수식어를 붙이더라도 이미 민주주의가 아닙니다.

　비판의 자유는 대한민국이 지양하는 흔들리지 않는 헌법적 가치인 것입니다. 인간으로서의 존엄과 가치 실현을 위해 꼭 있어야 하는 것입니다. 북한에도 선거제도가 있지만 민주주의라고 할 수 없는 이유가 비판의 자유가 없기 때문입니다(희망통신 98호. 2013. 11.08).

민주주의의 두 얼굴은 법치주의와 삼권분립입니다

　법치주의는 통치자가 법에 따라 통치해야 한다는 것입니다. 법치주의는 한국 사회에서 가장 많이 오남용 되고 있는 단어 중 하나입니다.

　일부 정치인들은 법치주의와 준법정신을 착각합니다. 그들은 토론 프로그램에 나와서 법치주의를 이야기하며, 국민들이 법을 잘 지킬 것을 강조합니다. 물론 모든 사람이 법을 지키며 살아야 하는 것은 너무 지당한 말이나, 법치주의와는 무관합니다. 법치주의는 국민이 아니라 '통치자'들이 법에 따라 통치하라는 것입니다.

만일 통치자들이 법률을 위반하며 권력을 휘두르기 시작한다면 끔찍한 사태가 발생합니다. 우리는 국민을 향해 총을 겨눈 5.18 광주민주항쟁을 잘 알고 있습니다. 이처럼 통치자들이 법을 지키지 않으면 국민의 기본권이 침해됩니다. 국민들이 국가의 주인으로써 권리를 누리지 못하게 됩니다. 우리 헌법은 국민주권주의 실현을 위해 법치주의를 명문화하고 있는 것입니다.

삼권분립 역시 민주주의의 요체입니다. 과거 왕조시대에는 왕이 입법, 사법, 행정을 비롯한 모든 권한을 다 가지고 있었습니다. 왕을 통제할 어떤 수단도 없었습니다. 왕의 잘못된 결정으로 무수한 사람이 죽어 나가기도 했습니다. 하지만 근대에 들어서며, 입법권과 사법권, 행정권을 분산하기 시작했습니다. 법률은 의회인 입법부가 만들며, 그 집행은 행정부가 합니다.

사법부는 법률 위반 여부를 심판합니다. 행정부는 입법부가 만든 법에 따라 집행해야 합니다. 만약 행정부의 행위가 법률에 위반되는 경우 사법부가 이를 통제할 수 있습니다. 입법부와 행정부의 요인들이 잘못을 저지른 경우에 사법부는 이를 처벌할 수 있습니다. 입법부 또한 탄핵 권한을 가지고 있어 행정부와 사법부를 견제합니다. 이처럼 견제와 균형의 원리에 따라 서로가 서로를 감시하게 함으로써 기관들이 국민들의 권력을 침해하지 못하도록 하고 있습니다.

국민들은 삼권이 분리되어 있기에 국가로부터 주인으로서의 권리를 침해받지 않고 삶을 누릴 수 있는 것입니다.

 국회가 할 일은 민의의 뜻을 대변하여 행정부의 독주를 막는 것입니다. 이러한 국회 본연의 역할에 여·야가 따로 있을 수 없습니다. 아니면 민주주의 제도에 삼권분립, 견제와 균형 등의 원칙이 있을 이유가 없습니다(동행2. 104).

 문희상은 6선 국회의원을 지냈습니다. 노무현 정부에서 첫 대통령 비서실장을 맡았고 비상대책위원장을 19대 국회에서 두 번이나 하는 기록도 갖고 있습니다. 영광스런 대한민국 국회의장을 지냈습니다. 한마디로 의회주의자이며 정치통이지요. 국회에 뼈를 묻었다고 할 수 있을 것입니다.
 그는 국회가 삼권분립의 진정한 뜻을 새기고 국회의원들이 정파를 떠나 입법부의 역할을 수행할 것을 주문합니다.

 문희상은 2018년 9월 문재인 대통령의 평양 방문에는 동행하지 않았습니다. 임종석 비서실장이 9월 10일 기자회견을 통해 정치인 특별수행단을 발표했는데 문희상도 포함돼 있었습니다.
 그러나 문희상은 기자회견 후 2시간도 되지 않아 거절 의사를 밝혔습니다. 이를 놓고 청와대의 공개초청이 예의에 어긋났기에 문희상이 거절했다는 말이 나왔습니다. 그러나 문희상은 추후 연합뉴스와 인터뷰에서 "청와대가 국회 대표에게 예우를 갖춰 요청을 했다"면서 삼권분립 원칙이 있는데 입법부 수장이 대통령을 수행하는 모양새가 돼 거절한 것이라고 설명했습니다.

국회의장이 되어서도 입법부 수장의 견고한 태도를 내보이며 청와대의 시녀가 되는 것을 단호히 거절하고 있습니다. 이전의 많은 국회의장들이 대통령의 눈치를 살피면서 자신의 위치와 역할을 포기한 사례를 많이 보아왔습니다.

민주주의는 권력분립에 의한 견제와 균형(check and balance)을 요체로 하고 있습니다. 문희상은 입법부의 수장으로서 행정부의 견제를 상징하는 태도를 잘 보여주고 있습니다.

[정치관]

민주정치는 '말의 정치'입니다

김대중 대통령께서는 "국회의원은 국회에 있을 때 가장 아름답고, 싸우더라도 말로써 국회 안에서 싸워야 한다"고 말씀하셨습니다. 노무현 대통령께서는 "민주주의 최후의 보루는 깨어있는 시민의 조직된 힘"이라고 말씀하셨습니다. 민주정치는 대화와 타협이 중시되는 '말의 정치'(동행2. 65)라는 거지요.

많이 알려졌다시피 문 의장의 정치 스타일은 부드럽고 유머 감각이 뛰어나 여야를 막론하고 이렇다 할 적이 없습니다. 그가 비단 6선 의원으로서만 이런 내공을 보이는 것이 아닐 것입니다. 오랜 정치경력이 저절로 만들어준 단순함도 아닙니다. 끊임없이 국정을 연구하고 여야를 아우른 화합의 노력에서 생겨난 것으로 판단됩니다.

사실 우리 정치는 대화의 단절로 인해 오해와 서로를 믿지 못하는 일로 적지 않은 문제들이 생기고 있습니다.

그것은 마치 동맥경화와 같습니다. 어느 누군가가 중재를 하지 못하면 서로의 평행선을 고집하는 일이 비일비재합니다. 하지만 문희상 의장은 틈만 나면 서로에게 쓴소리를 가감 없이 하면서 일침을 가해 '서민정치인'이란 칭호마저 얻고 있습니다.

우락부락한 외모에 숨겨진 뛰어난 갈등 조정능력으로 '여의도 포청천', '겉은 장비, 속은 조조' 같은 다양한 별명이 붙어있습니다.

그의 말은 어렵지 않고 누구에게도 이해가 쉬워, 앞으로 있을 여러 일정을 예상 가능케 해 줍니다. 여기에 유머를 정치 현실에 도입해 다소 딱딱한 분위기에서도 부드러움을 던져줍니다. 따지고 보면 정치가 권위적이란 얘기를 진작부터 버려서 그럴 겁니다.

한번은 자유한국당 나경원 원내대표가 "돼지해를 맞아 여당이 야당 요구에 '안되지, 안되지'가 아니라 '되지, 되지'로 응답해 달라"고 하자 평소 본인을 '돼지'로 비유하는 농담을 곧잘 한 문 의장은 "돼지 돼지 하지 마"라며 웃었다는 것은 유명한 일화이다. 정치의 또 다른 면을 보여주고 있다(중부일보 2019.01.14.).

君君 臣臣 父父 子子

논어에 정치가 무엇입니까? 라고 묻는 말에 공자가 하신 말씀이, '君君 臣臣 父父 子子'라고 했습니다. 임금은 임금다워야 하고 신하는 신하다워야 한다. 아버지는 아버지 같아야 하고, 자식은 자식 같아야 한다는 뜻입니다.

이 말을 다시 바꾸면 저는 지난 2014년 교섭단체 대표연설을 통해 '청청여여야야언언'(靑靑與與野野言言)이라는 말씀을 드린 바 있습니다. 청와대는 청와대다워야 하고, 여당은 여당다워야 하고, 야당은 야당다워야 하고, 언론은 언론다워야 한다는 뜻이 됩니다. 국민이 행복하려면 여당은 여당답고 야당은 야당답고 국회는 국회답고 정부는 정부답고. 대통령은 대통령다워야 합니다.

여기에 덧붙여 '국국의의'(國國議議) 나라다운 나라는 국회가 국회다워질 때 완성될 수 있을 것입니다(희망통신 101호, 2014.1.20.을 수정함).

문희상은 논어의 '君君 臣臣 父父 子子'를 통해 각 정치주체가 '~다워야 한다'는 주장을 하고 있습니다. 그러면 '~답다'란 무슨 뜻일까요? 정치주체들이 자신의 역할을 올바로 수행하는 것을 말하는 것입니다. 그래야 국민이 행복해진다는 거지요.

청와대는 야당이 비판하더라도 국민의 편에 서서 할 일을 뚜벅뚜벅 해야 하고, 여당은 야당을 욕하기만 할 게 아니라 모든 책임을 내가 진다는 자세여야 한다. 야당은 야당다워야 하지만, 중요한 것은 반대를 위한 반대, 막말로 비판을 해 대면 국민이 짜증을 낸다(2018. 10. 29. 여야 원내대표 정례회동에서).

정치는 각 정치 주체 간에도, 그리고 정치 주체 내에서도 많은 갈등이 존재합니다. 상호간에 견제를 하는 것이 주요 역할인 만큼 상호 비판이 많을 수밖에 없습니다. 더구나 행정부나 사법부와는 달리 국회는 서로 다른 정파가 여야로 편을 갈라 전쟁을 벌이는 곳입니다. 정권을 유지하려는 자들과 정권을 탈취하려는 자들이 각축을 벌이고 있습니다.

여당과 야당이 사안마다 대립하고, 당내에서도 계파들끼리 경쟁합니다. 지극히 자연스러운 것입니다. 그런데 이러한 대결과 대립이 말이 아닌 욕설과 싸움으로 바뀌었을 때, 이를 바라보는 국민들은 '국회무용론'을 외칩니다. 국회의원 스스로가 품격을 깎아 먹는 행위이지요.

문희상은 정치하면서 입버릇처럼 화이부동(和而不同)을 말하고 있습니다. 다른 사람과 생각을 같이 하지는 않지만 이들과 화목해야 한다는 것이지요. 화이부동을 위해서는 상대방과의 대화와 타협은 물론 소통이 중요합니다.

통즉불통, 불통즉통
통하면 아프지 않고, 통하지 않으면 아프다.

나라도 마찬가지예요.

유기체와 똑같아서 소통을 하지 않으면 아파요.

사회가 전체적으로 문제가 생기는 거예요.

그러나 잘 통하면 소통을 잘하면

여당과 야당 간에, 대통령과 정부 간에

대통령과 여당 간에, 국회의원과 국민 간에

다 소통이 되면 잘 되는 거예요.

국민이 믿어주지 않는 정부는 아무 의미가 없다.

이것은 신뢰가 모든 정치의 기본이 된다는 이치예요.

이 얘기는 제가 정치에 입문하면서 계속 주장을 했고

이것이 제 인생관이 됐어요.

(문희상 홈페이지. 2016 영상. 문희상, 무신불립을 말하다)

　허준의 『동의보감』에 나오는 통즉불통(通卽不痛), 불통즉통(不通卽痛)을 인용해 소통의 중요함을 말하고 있습니다. 기와 혈이 잘 통해야 우리 몸이 건강하듯, 다양한 생각과 말과 사상이 위아래로 자유롭게 소통할 수 있어야 사회가 건강해지고 국가가 활기를 띨 수 있습니다. 소통하기 위해서는 대화와 타협이 반드시 필요합니다. 대화와 타협은 우리의 일상에서 공동체의 삶을 살아가는데 중요한 것처럼 정치에서도 마찬가지입니다. 상대방에 대한 진정한 이해가 있어야만 서로를 위한 대화가 될 수 있으며, 대화를 할 때도 타협과 절충의 지혜가 필요한 것입니다.

　여야가 대화를 통해 조금씩 양보하면서 최대다수의 최대행복을 추구하는 것입니다. 그런데 지금의 정치현실은 대화와 타협이 아니라 '무한정쟁'만이 지배하고 있습니다.

각종 개혁법안과 민생법안이 산더미처럼 쌓여있는데 국회는 정쟁만 거듭하고 있습니다(생각을 바꾸면 세상이 보인다. 236).

대결 위주의 정치, 냉동국회, 식물국회, 방탄국회, 뇌사국회로 점철된 국회의 행태를 보면서 국민들은 국회가 왜 필요한지 의문을 갖고 있습니다. '국회의원 수를 줄이자', '세비를 줄이자', 국민들은 외쳐대고 있습니다. 국민들이 선출한 국회의원입니다. 국민의 대표자이면서 국민의 종입니다. 그러므로 이들의 행태를 바로잡아줄 수 있는 사람은 오로지 국민뿐입니다.

내가 아는 정치는 기본적으로 두 가지 유형이 있습니다. 하나는 권력을 잡지 않으면 이념이나 정책을 실현할 수 없기 때문에 권력을 잡아야 하는 속성이 있습니다. 파워의 개념입니다. 마키아벨리가 일찍이 정리했습니다.

파워를 놓고 여야가 투쟁할 수 있고 당내 주류 비주류가 싸울 수 있습니다. 정치행위의 기본 같은 것입니다.

그러나 또 하나의 정치의 모습이 있습니다. 그것은 이해관계의 조정, 조절, 통합입니다. 이것이 가장 중요한 정치의 또 한 면입니다(희망통신 85호 2013. 03. 05).

국회의장으로서 문희상은 국회 의정활동이 진전될 수 있도록 여야를 독려해 협치 노력을 기울였습니다. "첫째도, 둘째도, 셋째도 협치"이며 "협치는 국민의 명령이고 20대 국회의 숙명"이라며 협치를 재차 강조했습니다.

협치의 기본은 만남이라며 하루도 빠짐없이 여야 의원들을 만나겠다는 의지를 보였습니다. 그는 국회의장에 당선된 후 국회의장-원내대표, 국회의장-5당대표, 국회의장-5선 이상 여야 중진의원 모임 등 정례회동 자리를 마련하며 협치의 성과를 내기 위해 최선의 노력을 다했습니다.

물은 배를 띄우지만 뒤집기도 합니다

정치는 우리 삶과 떼려야 뗄 수 없는 공동체를 지탱하는 근간입니다. 우리 삶에서 정치와 무관한 것은 없을 것입니다. 최저임금, 경제, 건강보험, 세금, 주택, 취업.... 우리의 가장 기본적 욕구인 의식주 해결 문제에서 단 하나도 정치와 무관한 것은 없습니다. 그런데 어떤 사람들은 정치를 마치 정치인들 그들만의 영역이라고 생각합니다.

우리는 불과 30년 전까지만 해도 군부독재를 경험한 나라였습니다. 그런데 누군가는 피를 흘리고, 누군가는 외치고, 누군가는 글 쓰고 독재정권에 항거하여 이 땅에 민주주의를 가져 왔습니다. 이제는 우리 국민 모두가 주인인 세상이 되었습니다. 국민이 주인인 나라 즉 주권이 국민에게 있는 나라를 바로 민주주의 국가라고 하지요.

독불장군(獨不將軍)이란 말이 있습니다. 이 말을 글자대로 새겨 보면 '혼자서는 장군이 아니다.' 즉, '혼자서는 장군이 될 수 없다.'는 뜻을 지니고 있습니다. 부하 없는 장군인 독불장군이 있을 수 없듯이, 국회의원도 공무원도 심지어 대통령도 국민이 없다면 존재의 의미가 없다는 말이지요.

이것은 국가권력의 근원이 바로 국민이란 의미입니다. 국민의, 국민에 의한, 국민을 위한 정치가 바로 민주주의이듯이 4~5년마다 우리가 선출한 선출직 공무원이나 국회의원 그리고 대통령까지도 스스로 그 자리에 오른 것이 아니라 국민에 의해 선출되었음을 잊어서는 안 됩니다.

민주주의란 돈과 권력을 가진 소수의 사람들만의 이익을 대변하는 것이 아니라 힘없는 일반 서민의 이익을 도모해야 합니다. 짓밟혀도 되살아나는 풀뿌리의 강인한 생명력처럼, 이 나라의 민주주의를 위해 많은 분들이 피를 흘리고 지금의 민주주의 쟁취를 위해 헌신했음을 우리는 잘 알고 있습니다.

그러기에 직업정치인이나 그들과 결탁한 부유층만을 위한 가짜 민주주의가 아니라 기층민중과 힘없고 돈 없는 일반 대중이 직접 참여하고 그들의 이익을 대변할 수 있는 진정한 민주주의를 실현해야 합니다.

민주주의란 정치 권력자가 선심 쓰듯 주는 선물꾸러미가 아니라 우리 스스로가 치열하게 싸워 획득하는 것임을 잊어서는 안 됩니다.

군자주야(君子舟也), 서인자수야(庶人者水也), 수측재주(水則載舟), 수칙복주(水則覆舟). 임금은 배요, 백성은 물이다. 물은 배를 띄우지만 뒤집기도 한다는 말입니다. 백성은 언젠가는 한번은 뒤집어 놓을 수 있기 때문에 두려워하게 하는 것만으로는 안 되고 인을 베풀어야 하는 것입니다(희망통신 101호. 2014.1.20.).

영국의 정치학자 제임스 브라이스(James Bryce)는 그의 저서 『근대민주정치론』에서 "민주주의라는 말은 헤로도토스(Herodotus)시대 이래 국가의 지배 권력이 어떤 특수한 계급에 있지 않고 사회구성원 전체에게 합법적으로 부여된 정치형태를 말한다"라고 적고 있습니다.

4~5년 동안 우리의 주인으로 군림하다가 단지 선거철 보름 남짓 동안만 우리의 머슴인 양 머리 숙이는 자격 없는 사람을 국회의원으로, 대통령으로 뽑은 대가가 너무도 가혹하기만 하지만 누구를 탓하겠습니까? 그래서 우리의 눈앞에서 수백 명의 생명이 수장됨을 지켜봐야만 했고, 가족 사랑하는 마음으로 준비한 세정제가 수많은 생명을 앗아가고 고통에 빠져도 대책 없이 당해야만 하고, 역사를 부정하고 매국을 애국으로 둔갑하는 자들을 바라봐야만 하는 모습을 지켜보면서 너무도 안타까워 말을 잇기가 어렵습니다.

흑묘백묘론

여당이란 '대통령과 같은 국가 원수나 실권자를 배출한 집권 정당'을 말합니다. 이에 반해 야당이란 정당 정치에서, 현재 정권을 잡고 있지 않은 정당입니다. 헌법에는 정당 설립의 목적이 '공공 이익의 실현'이라고 했지만, 현실에서는 우리가 어렸을 때 배운 바와 같이 '정권을 획득하고 유지하는 것'입니다.

문희상은 정당 설립의 목적을 '흑묘백묘론(黑猫白描論)에 비유해서 설명하고 있습니다. 흑묘백묘론이란 검은 고양이든 흰 고양이든 쥐만 잘 잡으면 된다는 뜻으로, 1970년대 말부터 덩샤오핑(鄧小平)이 취한 중국의 경제정책을 말합니다.

쥐를 잡지 않으면 고양이가 아닙니다. 정당은 왜 있는가? 쥐 잡으려고 있는 것입니다. 그것이 노랑 고양이든, 검정 고양이든 흰 고양이든 좌우간 쥐를 잡아야 고양이가 되는 것입니다. 정권을 잡아야 우리가 생각하는 이상, 아름다운 정책을 실현할 수가 있는 것입니다. 그것을 놓치면 아무것도 안 됩니다(희망통신 102호 2014. 1. 24).

자기의 정당이 생각하는 이상과 정책을 실현하기 위해 어떤 방법으로든 정권을 잡아야 한다는 말입니다. 사실 선거 때가 되면 더불어민주당이나 미래통합당이나 자신의 당에서 대통령이 당선되고 다수의 국회의원, 자치단체장 및 의원을 당선시키기 위해서 갖은 수단을 동원하고 있습니다.

자기 당의 국회의원 수가 적으면 과반수이상을 확보한 상대 당이 비이성적인 횡포와 밀어붙이기식 오만을 부려도 그저 속수무책일 수밖에 없는 상황이 됩니다. 정치 부재의 엄혹한 상황이 될 수밖에 없지요. 얼마 전 통과된 선거법에 따라 자기 당의 위성 정당을 만들어서라도 많은 수의 국회의원을 당선시키려는 모습이 단적인 예입니다.

공직선거법을 개정하였으면 그 법률의 취지에 따르면 좋겠지요. 하지만 꼼수를 부려서라도 법률의 허점을 파고들어 다수당 역시 흑묘백묘론을 펼칩니다.

다수의 지역에 후보를 내는 정당이 비례대표 후보를 내지 않고, 별도의 비례용 정당을 만든다면 공직선거법 개정의 취지에 맞추어 선관위는 허용하지 않았어야 한다고 봅니다. 그런데, 이를 허용함으로써 정치 현실에서 비례용 정당이 일반화되도록 허용하고 조장하였다고 판단됩니다. 어느 정당이라도 비례용 정당을 만들어 국회의원 의석을 한 석이라도 더 확보하려는 일이 나타나는 상황입니다.

이것이 정치의 현실입니다. 미래통합당이 먼저 미래한국당이라는 비례정당을 만들자 이를 비난하던 더불어민주당 역시 더불어시민당이라는 비례정당을 만든 것입니다. 흑묘백묘론이 한국의 정당 정치에서는 부정적인 모습을 보여준 것입니다.

공직선거법 개정을 통과시켜 이와 같은 결과를 가져온 문희상 국회의장 역시 이 부분에는 책임을 면할 수 없을 것입니다.

강한 여당 강한 야당

지금까지 우리의 역사는 강한 것이 지배해왔습니다. 강한 것이 정당한 것으로 치부되었으며 이러한 명제는 박정희, 전두환 군부독재 시대를 거치면서 사회 모든 구성원들에게까지 전염병처럼 퍼져 왔습니다. 이러한 '강한 것이 정당한 것'이라는 군부독재의 권력은 모든 보편적 가치를 말살시켜 왔습니다. 인권이라는 약자의 소리는 강한 것에 철저하게 짓눌렸고 민주주의와 자유, 평등은 군부보다 강하지 못해 지켜지지 못했습니다. 대한민국 민주주의 발전에 대한 역사의 왜곡이지요.

마하트마 간디는 "역사는 항상 정의의 편으로 정당한 역사가 곧 강한 역사다"라고 하여 결국 역사는 정의가 승리한다고 강조하고 있습니다.

정권이 실정을 저지르면 선거로 민심의 매를 맞아야 합니다. 그래야 정권이 정신을 차리고 스스로를 되돌아보게 됩니다. 이런 신상필벌이 확립되지 않으면 국정의 기강이 무너지고 결국 민주주의가 무너지게 됩니다. 하지만 야권이 분열돼 있으면 '민심의 매'가 제대로 작동되지 못하고 왜곡됩니다. 견제 세력이 견제 세력답게 존재하고 제대로 역량을 발휘하는 것이 중요합니다.

제대로 된 야당이 있어야 하는 것은 그 야당의 정권 쟁취 때문만이 아닙니다. 언제든 정권을 쟁취할 능력과 가능성이 있는 야당이 존재하게 되면 대통령과 여당을 긴장하게 하고 겸허하게 만듭니다. 강한 야당이 없으면 정권은 무도해지고 폭주합니다.

강한 여당을 원한다면 강한 야당이 필요합니다. 왜냐하면 거대 여당의 무조건적인 일방통행은 결국 면역결핍증을 야기하여 여당

자체를 망가뜨리기 때문입니다. 강한 야당과 협상 테이블에 앉아 때론 다투기도 하고, 때론 타협하기도 하면서 여당의 체질도 튼튼해지며 강하고 건전한 여당이 되는 것이기 때문입니다(동행2. 50).

'강한 여당, 강한 야당론'은 문희상 의장을 비롯한 실용파 의원들이 입버릇처럼 강조한 말입니다. 거대 여(야)당을 강한 여(야)당이라고 말하고 있습니다. 물론 물리적으로 그리고 현실적으로 볼 때 맞는 말입니다.

그러나 '강한 정당'이란 머릿수나 집권 여부가 아니라 "개혁과 통합의 정당성을 소유하는 것"입니다. 집권 여당이며 다수당이기에 강한 것이 아니라 다른 당보다 정치하는 이유의 정당성이 우월한 '강한 정당'이 되어야 합니다. 국민들은 강하고 힘센 정부나 여당이 아니라 국민을 위한 정치가 바르고 공정한 정부와 여당을 바라고 있기 때문입니다.

반대를 위한 반대, 발목잡기, 트집 잡기, 딴죽걸기는 절대 안 됩니다. 호통치기는 더욱 안 됩니다. 국민은 그러한 정치문화에 너무 식상해 있습니다. 제발 싸우지 말라는 것이 국민의 소리입니다. 잘한 것은 과감히 칭찬하고, 적극 밀어줘야 합니다. 잘못한 것은 철저히 감시하고 비판하여야 합니다. 그러한 야당이 야당다운 야당입니다.

여야가 국가를 위해, 국민을 위해 민생문제를 놓고 정책 대결을 해야 합니다. 품격 있는 성숙한 정치를 할 때 국민의 신뢰와 사랑을 받을 수 있기 때문입니다(문희상 희망통신 80호, 2015. 11. 14).

이쯤 되면 문희상은 야당 시절에도 통 큰 정치를 했다고 자부할
수 있습니다. 요즘에도 계속되는 미래통합당의 막말 공세, 트집 잡
기, 심지어는 대통령에 대한 인신공격 등 모든 것이 그대로 재연되
고 있습니다. 국민들은 국회의원들이 무조건 막말부터 하는 것에
대해 말할 수 없는 짜증을 내고 있습니다.

법과 원칙은 끊임없이 변해야 합니다

시대정신이란 어떤 시대에 살고있는 사람들의 보편적인 정신자
세나 태도를 말하는 것이라 할 수 있습니다. 쉽게 말해 특정한 시
대에 보편적으로 요구되는 정신을 말합니다. 독일의 J.G.헤르더가
1769년에 맨 처음 사용했다고 하며, J.W.괴테도 『파우스트』에서
이 말을 썼다고 합니다.

세상에 변하지 않는 것은 없습니다. 조선 시대에는 봉이 김선달
이 사기꾼으로 취급되었지만 오늘날 생수회사들을 사기꾼이라 말
하지 않는 것처럼, 예전에는 동성애가 불법이었지만 오늘날에는
용납되는 나라들이 늘어나듯, 세상은 변하고, 법과 원칙은 세상의
변화에 따라 끊임없이 변해야 하는 것입니다.

정치인은 미래를 꿈꾸며 살고, 법조인은 과거에 얽매여 삽니다.
법은 이미 형성된 사회현상을 규정하고, 규범을 만들기에 늘 뒤쫓
아가는 존재일 수밖에 없습니다. 그래서 법조인들은 대개 보수적

일 수밖에 없지요. 하지만 아이러니하게도 정치를 하려는 사람 중에 법조인들이 많습니다.

그럼에도 불구하고 법조인이 정치에 크게 성공한 경우는 드뭅니다. 왜일까요? 정치가 미래의 영역이기 때문입니다.

자신의 정치철학과 미래비전을 제시하고 국민들로부터 심판을 받아야 하기 때문입니다. 즉 '시대적 요구'를 잘 읽고, 이를 비전화하고, '시대정신'으로 승화해야 하기 때문입니다. 그런데 오랫동안 '법과 원칙'이라는 틀에서 머리가 굳어버린 사람들은 미래보다는 과거에 집착할 수밖에 없습니다. 그래서 국회의원은 될 수 있어도, 대통령으로 나아가는데 결정적인 장애가 됩니다.

노무현, 문재인 대통령은 미국의 버락 오바마처럼 '인권운동가'로 보아야 합니다. 그래서 그들은 성공할 수 있었습니다. 그들은 세상의 변화를 읽고, 세상 사람들의 이해와 요구를 읽어내서, 이를 비전으로 제시하고, 소위 시대정신으로 승화할 수 있었기에 대통령이 된 것입니다. 반면에 이회창, 박찬종 등은 그렇게 하지 못했기 때문에 실패한 것이고요.

법전은 성경이나 불교경전이 아닙니다. 언제든지 바뀔 수 있고, 바뀌어야만 하는 생명체입니다. 그렇기 때문에 '법과 규정을 이렇게 바꾸겠다'고 해야지 '법과 규정에 따르겠다'고 하면 안 되는 것입니다. 따르는 것은 공무원이 할 일이고, 정치인은 불합리한 규정을 바꾸는 사람입니다. 그래서 국회에 법률 제·개정권을 준 것입니다.

지금의 시대정신은 촛불혁명을 일으킨 이들의 목소리입니다

요즘 정당이나 국회의원들이 검찰이나 경찰에 고발하는 경우를 자주 볼 수 있습니다. 정치의 영역을 법의 영역으로 끌어내리는 경우입니다.

자신이 가진 막강한 권한을 포기하고 검찰이나 법원에 자신들의 목을 들이미는 어리석은 행동입니다. 왜 이렇게 되었을까요? 정치가 실종되었기 때문입니다.

국정 아젠더를 먼저 선점하고 그것에 대해 이름을 붙이는 것은 아주 중요한 일입니다. 그 타이밍을 놓치면 선거에서 지게 되어 있습니다.

사후적인 결론입니다만, 대통령선거를 보면 늘 시대정신을 명확하게 읽는 쪽이 이겼습니다. 가령 군정종식! 그것으로 김영삼 후보가 대통령이 됐습니다. 네이밍 하는 순간 군정은 종식되어야 한다고 모든 사람이 느끼는 시대정신을 표현했던 것입니다. 평화적 정권교체! 이것은 김대중 정권이 탄생하게 된 기본적 키워드였습니다. 평화적 정권교체는 글자 그대로 한시대가 전체를 통틀어서 마감하고 새로운 시대를 연다는 의미가 부여된 것인데, 여기에 국민적 공감대가 형성되고 시대정신이 된 것입니다.

3김식 정치 청산! 이것은 노무현 정권의 탄생배경입니다. 노무현 대통령이 위대하거나 잘났거나 해서 정권 창출에 성공했다고 생각하지 않습니다. 3김 시대까지의 모든 정치를 통틀어서 묵은 정치로 보고 새로운 정치가 기본적 시대정신이 될 때 노무현 대통령은 당선되었습니다(희망통신 95호 2013. 05. 24).

문희상은 선거든 정치적 주도권이든 시대정신을 잘 파악하고 타이밍을 놓치지 말 것을 주문하고 있습니다. 문재인 정부에 들어와 '검찰개혁', '적폐청산', '북핵문제', '친일청산', '코로나19 해결' 등 시대정신으로 보이는 크고 많은 사회적·정치적 이슈들이 범람하고 있습니다.

나는 여기에 언론 역시 시대정신을 잘 반영해야 한다고 생각합니다. 만일 언론이 시대정신을 잘 파악하지 못하고, 현재와 같이 기득권을 잃을까 봐 걱정하며, 공정성을 잃고 과거에 머무른다면, 성난 국민들로부터 또 한 번의 촛불이 언론사 앞에서 만발할 것입니다. 언론사는 자기만의 고유의 목소리를 가질 수 있습니다. 그러나 그것은 시대정신을 반영하고 있어야 한다고 생각합니다. 지금의 시대정신은 결국 촛불혁명을 일으킨 이들의 목소리이며 생각일 수밖에 없습니다.

정치하는 사람들은 늘 민심의 향배에 촉각을 곤두세워야 합니다. 자기가 하고 싶은 얘기를 마음 놓고 해서는 안 됩니다. 더불어민주당 금태섭 의원이 자신의 소신대로 공수처 설치법에 반대표를 던지자 더불어민주당 지지자들은 국회의원 공천을 받은 그를 경선에서 떨어뜨렸습니다. 민심을 읽지 못한 겁니다. 시대정신이 부족했던 거지요.

국민이 하고 싶어 하는 말, 국민들이 옳다고 주장하는 말을 했을 때, 국민들은 고개를 끄덕이고 민심을 얻게 될 것입니다.

코로나19와 우한 폐렴

네이밍(naming), 프레임(frame)이라는 용어가 있습니다. 네이밍은 문자 그대로 '이름 붙이기'이며, 프레임은 '뼈대, 틀' 다시 말해 '생각의 틀'이라는 뜻입니다. 이렇게 단순한 네이밍은 정치와 경제, 사회 등 곳곳에서 힘을 발휘하기도 합니다.

네이밍 승부가 판세를 가르는 이유는 프레임의 물줄기 자체를 특정한 방향으로 이끄는 힘이 있기 때문이다.

서울대 심리학과의 최인철 교수는 그의 저서 『프레임』에서 "프레임을 좌우하는 것 중 하나가 바로 이름이다. 사람들은 자신이 붙인 이름대로 세상을 판단한다. 가령 어떤 사람을 '테러리스트'라고 이름 붙이는 것과 '자유의 전사'라고 이름을 붙이는 것은 질적으로 다른 행동을 불러온다."라고 하여 네이밍과 프레임이 얼마나 무서운 용어인지를 잘 말해주고 있습니다.

그래서 정치권에서 많이 사용하고 선거에서도 자주 등장하는 용어인 것 같습니다. 선거 때마다 나오는 프레임 전쟁은 이미 우리에게 익숙해 있습니다. 우리들은 세상을 우리만의 관점으로 보고 있습니다. 그래서 '뭐 눈에는 뭐만 보인다'는 말이 틀리지 않는 말이지요. 그래서 항상 역지사지의 정신이 필요한 것입니다.

정치에도 네이밍하고 프레임 짜기라는 것이 있습니다. 정치권에서 네이밍에 열을 올리는 것은 정책의 첫 인상을 결정하는 '프레임 선점 효과' 때문입니다. '퍼주기'라는 말로서 햇볕정책의 취지는 흐려졌던 것입니다.

또 '세금폭탄'이라는 말, '부자감세'라는 네이밍 때문에 상당히 곤혹스러운 세력들도 있었다고 생각합니다. 그 말의 옳고 그름의 문제가 아니라, 우리는 이름이라는 힘 속에, 네이밍, 프레임 짜기의 현대 정치 속에 살고 있습니다. 그렇기 때문에 말 붙이기, 이름 붙이기는 굉장히 중요한 정치적 의미가 있습니다(희망통신 95호 2013. 05. 24).

문희상은 네이밍과 프레임 짜기에 현대정치의 중요한 의미를 부여하고 있습니다. '네이버', '다음' 등 포탈뉴스에는 여야를 막론하고 네이밍과 프레임 짜기에 열을 올리고 있습니다. 김기현 전 울산시장에 대한 검찰의 수사를 두고도 검찰은 '하명(下命)수사'라고 하고, 경찰은 '고래고기 부실수사'라고 합니다. 한 가지 더 예를 들어보겠습니다.

지난해 12월 중국 우한 지방에서 발생해 '우한폐렴'이라고 불리던 전염병에 대해 올해 2월 세계보건기구 WHO는 코비드-19(COVID-19)라고 이름 붙였습니다. 바이러스가 코로나 변종으로 특정이 됐고, 지명을 이름으로 쓰면 낙인효과가 발생한다는 이유였습니다. 그래서 우리도 '코로나19'라고 공식 이름을 정했습니다.

하지만 조선일보와 당시 미래통합당은 '우한 폐렴'이라는 이름을 고집했습니다. 중국의 책임을 명확히 하자는 의도도 있었겠지만, 우리 정부가 중국의 눈치를 본다고 주장하고 싶었을 겁니다.

급기야 미래통합당 총선 예비후보는 '문재인 폐렴'이라는 말을 사용했습니다. 전염병의 책임이 문재인 정권에 있다는 것을 부각시키기 위한 발상이지요. 그런데 며칠 후에는 김어준 씨가 방송에서 '대구 사태'라는 말을 사용해 논란이 되었습니다. TBS 측은 대구에 대한 방역 대책을 강조하기 위해 사용한 말이라고 해명했습니다. 하지만 일부에서 나오는 정부 책임론에 대한 반박의 성격이 강하다는 걸 알 수 있지요. 이른바 네이밍, 프레임 전쟁에 정치의 생명을 거는 것 같습니다.

이와 같이 정치에서 네이밍은 매우 중요합니다. 상황을 규정하는 첫 단추가 되기 때문입니다. 정치적으로는 네이밍, 프레임이 중요하겠지만, 바이러스한테는 전혀 중요하지 않습니다.

[대통령관]

대통령은 친이예지의 덕을 갖춰야 합니다

문희상은 박근혜 하야 촛불 시위가 시작된 직후부터 『대통령』의 원고를 쓰기 시작했습니다.

저자 문희상은 14대 국회의원으로 여의도에 첫발을 디딘 이래, 국민의 정부에서 초대 정무수석 비서관과 참여정부에서 초대 대통령 비서실장을 지낸 6선의 국회의원을 지냈으며, 입법부의 수장인 대한민국 제2인자인 국회의장을 지내신 정치인입니다. 지금까지 5명의 대통령을 경험해온 정치인으로서 오늘날의 현실에 대한 책임에서 스스로 자유로울 수 없었지요.

문희상은 그의 저서 『대통령』에서 '가슴에는 힘을 향한 욕망을 품었으나 두 눈은 더 나은 세상을 바라보고 그런 사명감으로 걷는 사람, 그가 대통령이 되어야 한다'고 주장합니다(대통령. 24). 한마디로 사명감과 권력의지가 동시에 있는 사람만이 대통령으로 나서야 한다는 거지요. 그뿐 아니라 대통령이 되고자 하는 사람은 "내가 그리는 국가는 이것입니다. 그러니 함께 갑시다!"라고 말할 수 있어야 한다(대통령. 216)고 주장합니다.

『대통령』은 대한민국 사회가 2016년 겨울에 겪은 집단적 경험을 희망과 승리의 기억으로 승화시키고픈 소망이 담긴 책입니다. 주권자인 국민으로 하여금 제대로 된 대통령을 선별할 수 있는 시야를 갖추게 함으로써 두 번 다시 오늘의 불행한 역사를 반복하지 않겠다는 결심을 녹여낸 결과물입니다. 꼭 한 번 읽어 보시기 바랍니다.

노자의 도덕경을 보면 임금의 4가지 품격에 관한 것이 나옵니다.

첫째는 태상 부지유지(太上 不知有之)라고 합니다. 백성이 임금이 누군지를 모르는 상태입니다. 국민 모두가 너무 행복하기 때문입니다.

그 다음이 친이예지(親而譽之)라고 합니다. 백성과 친근하여 존경을 받는 것입니다. 백성들이 임금을 자랑스러워합니다. 그 다음을 외지(畏之)라고 했습니다. 국민이 두려워하고 무서워하는 것입니다. 다음은 모지(侮之)라고 합니다. 국민이 대통령을 업신여기는 것입니다.

나는 부지유지, 임금이 있는지 없는지 모르는 그런 대통령은 불가능하다고 생각됩니다. 다만 외지나 모지보다는, 부끄럽거나 무서운 대통령보다는 자랑스러운 대통령, 예지가 되는 그런 분이 있었으면 좋겠습니다(희망통신 101호, 2014. 1. 20).

문희상은 예지가 되는 대통령이 좋은 대통령이라고 말합니다. 존경과 사랑과 신뢰를 가지고 자발적으로 참여하고, 더불어 일하고자 하는 분위기가 연출될 수 있는 지도자, 우리는 이를 최고의 지도자로 일컬어왔습니다. 세종대왕이나 이순신 장군의 리더십 유형을 여기에 견주어 볼 수 있지 않을까 생각해봅니다.

오늘날 대통령이 업신여김을 받는 이유는 국민들 수준을 너무 모르기 때문입니다. 5천만 국민 중에서 가장 똑똑한 사람을 대통령으로 뽑아준 것이 아닌데 그걸 착각을 하고 있는 것이지요. 어떤 대통령은 국민이 모두 아는 일을 자신만 모르고 있었으니 배가 산으로 가는지 바다로 가는지 알 수가 있었겠습니까?

대통령 당선자는 나라의 진정한 주인이 국민임을 명심해야 합니다. 당선되기 전에는 하늘처럼 떠받들겠다고 찾아와 인사하고 악수했던 마음을 당선된 후에도 초심을 버리지 말고 그대로 간직해주기를 희망합니다.

대통령은 외로운 지도자

대한민국은 대통령제 국가로서 역대 대통령들의 지도 아래에서 국가가 움직였고 국민은 이와 함께 해왔습니다. 이들은 오늘의 대한민국이 있기까지 많은 노력을 기울였고, 전 세계가 인정하듯 대한민국의 영광과 성취의 역사를 이루어 왔습니다.

그 과정에서 대통령마다 그 시대적 과제가 있었으며, 각자를 상징하는 시대적 사건들과 더불어 트레이드 마크 격인 대표 치적이 있기도 합니다.

국민들은 대통령 재임 중에 보다 나은 국정을 요구하고 그 잘잘못에 대해 가혹할 정도로 비판할 수 있습니다. 그렇지만 대통령에 대한 국민의 진정한 평가는 그의 퇴임 후에야 알 수 있습니다. 굽이치는 현대의 역사 속에서 그에 대한 평가는 서릿발처럼 냉혹합니다.

우리 손으로 뽑은 전직 대통령으로서 우리를 위해 국정운영에 나름의 노력을 기울였음을 인정하는 것이 성숙한 국민의 모습이 아닐까 생각합니다. 특히 외로운 지도자의 자리에서 국정의 최고 책임자로서 국민을 대표하여 대한민국을 이끌어준 데 대해서는 경의를 표하는 것이 먼저라고 봐야 할 것입니다. 전직 대통령이 퇴임 후 감옥에 가는 것을 그만 좀 보았으면 합니다.

대통령은 모든 것을 다 끌어안고 가야 한다. 대통령은 모든 가치의 총화이고, 국정의 최종 결정권자이고, 최고 책임자이다. 최고 책임자는 누구에게도 책임을 떠넘길 수 있는 자리가 아니다. 결코 남 탓을 해서는 안 되는 외롭고 외로운 지존의 자리이다(희망통신 117호 2015. 11. 27.).

최고의 자리에 있는 지도자들은 그 위치에 대한 값비싼 대가를 지불해야 합니다. 가장 어려운 결정을 내릴 때에는 늘 홀로입니다. 진정한 지도자가 존경받을 권리를 획득하는 자리는 홀로 떨어져 있는 곳입니다.

에이든 토저(Aiden Wilson Tozer)는 "위대한 사람들은 대부분 외로웠다"라고 말합니다. 지도자는 멀리 동떨어져 있거나, 힘들어서 일부러 뒤로 물러나 있거나, 또는 은둔해 지낸다는 뜻이 아닙니다. 자신이 중요한 결정을 내릴 때 모든 결과를 책임져야하기 때문에 누구도 도와줄 수 없어, 외로운 결정을 해야 한다는 말입니다.

국민들에게 인기를 얻으려고 국민들이 좋아하는 결정만을 하는 것은 지도자인 대통령이 할 일이 아닙니다. 독일의 전 대통령인 발터 셸(Walter Scheel)은 "대중의 생각을 조사해서 인기를 끄는 일을 하는 게 정치인의 과제가 아니다. 정치인의 과제란 옳은 것을 해서 지지를 받는 것이다."라고 말합니다.

어느 것이 옳은 것인가를 주위의 여러 사람들로부터 듣고 깊이 생각해서 결정해야 합니다. 그래서 지도자는 외로울 수밖에 없습니다.

지도자란 끝까지 홀로 외로움을 감당해야 하는 사람입니다. 그렇기 때문에 이런 외로움, 고독, 사람들로부터의 오해 등을 감당

할 수 없다면 대통령으로서의 자격이 없다고 말할 수 있겠습니다.

대통령의 힘은 설득에서 나옵니다

그리스 신화에서 신들의 계보로 유명한 헤시오도스(Hesiodos)의 『신통기』에 나온 말입니다.

"무사 여신들 가운데 칼리오페(Kalliope)가 가장 뛰어났다. 존경 받는 왕들을 동행한다. 위대한 제우스의 딸들은 제우스가 돌보는 왕들 가운데에서 어떤 이가 태어나면 그를 지켜보고 그에게 명예를 준다. 그녀들은 그의 혀에 달콤한 이슬을 부어준다. 그러면 그의 입에서는 부드러운 말들이 흘러나온다.

백성들은 왕을 우러러본다. 곧은 잣대로 다툼의 시비를 바로 잡는 왕을 모든 백성들은 우러러본다. 어떤 흔들림도 없이 단호한 연설을 통해서 큰 분쟁도 왕은 금세 멈추게 만든다. 따라서 왕들은 시비를 가리는 판단을 내릴 줄 알아야 한다. 시장에서 손해를 본 백성들이 원래 자신의 몫을 되찾을 수 있도록 사건을 능숙하게 처리할 수 있어야 하기 때문이다.

부드러운 말을 통한 설득을 통해서 말이다. 다툼이 있는 곳에 왕이 등장하면, 사람들은 그를 신처럼 예의를 갖추어 받든다. 그는 그곳에 모인 사람들 가운데에서 우뚝 떠오른다. 이것이 무사 여신들이 인간들에게 주는 신성한 선물이다."

왕이 지녀야 할 덕목은 말을 잘하는 설득 능력이라고 하고 있습니다. 아직 교육이 발전하지 않았던 시절인지라 헤시오도스는 설득 능력을 천복으로 돌리고 있습니다.

설득 능력은 예나 지금이나 공동체와 조직의 지도자라면 꼭 지녀야 할 자질임에 틀림없습니다. 대통령도 마찬가지입니다. 회의를 주재하거나 협상을 할 때, 의견이 갈리어 있는 구성원을 하나로 이끌어서 문제와 갈등을 효율적으로 해결할 수 있는 능력을 갖추어야 합니다. 이런 점에서 상대방을 설득하는 능력은 아마도 사람들이 요즘 말하는 소통 내지 공감 리더십일 것입니다.

서울대학교 오연천 전 총장은 "오늘날 지도자의 가장 중요한 덕목은 반대자들을 어떻게 감성적 공감대를 형성해 설득하느냐는 것입니다."라고 말하면서 설득이 지도자의 가장 중요한 덕목이라고 말합니다. 흑인에 대한 차별이 아직 남아있는 미국에서 오바마가 대통령이 될 수 있었던 힘 또한 설득력과 의사소통 능력이었습니다. 특유의 뛰어난 화술로 경선에서 힐러리를, 대통령 선거에서 맥케인을 압도하며 많은 이들의 마음을 사로잡았습니다.

정치는 타협의 기술이며, 타협은 토론의 결과입니다. 권력과 지위의 힘을 믿고 근사한 논리는커녕 막무가내와 목청에 핏대만 세우며 호령하는데 익숙한 것이 한국의 정치 현실입니다.

문희상의 저서 『대통령』에 나오는 구절입니다.

마오쩌둥은 "권력은 총구에서 나온다"고 했지만, 나는 "민주주의 국가에서 대통령의 힘은 설득에서 나온다"고 말하고 싶다.

민주주의 국가에서 여론은 정국을 좌지우지한다. 따라서 대통령은 국정운영과 통치의 전 영역에서 설득력을 지닌 말을 할 수 있어야 여론을 자기편으로 이끌 수 있다. 국가가 나아갈 방향을 "여기"라고 가리킬 수 있어야 하고, 때로는 복잡한 정치적 상황을 한마디로 정리해야 한다(대통령. 212).

문희상은 대통령의 설득력의 중요성을 이렇게 말하고 있습니다. 대통령은 설득을 통해 여론을 자기편으로 이끌어야 한다는 거지요.

김용규는 『설득의 논리학』에서 "이제는 설득의 시대다. '사느냐 죽느냐'가 '설득하느냐 못하느냐'로 바뀌었다."라고 말하며 설득이 인생을 좌우하는 시대라고 말합니다. 물론 현시대 뿐만 아니라 과거부터 설득이 중요했습니다. 전제정치나 독재정치가 국정을 좌우하던 시대에는 통치자의 말이 법이었습니다. 그래서 설득이 중요하다는 것을 별로 깨닫지 못했을 뿐이지요. 그런데 변화의 속도가 갈수록 빨라지는 상황에서는 리더의 역할이 더욱 중요해지고 있습니다.

지도자가 국민들을 설득시킬 수 있는 유일한 방법은 자신의 비전을 통해 가능할 것입니다. 이러한 비전을 품은 설득은 합리적 사고 위에 견고히 세워졌을 때 가능합니다.

국민을 단순히 감성적으로 선동하는 것과는 다릅니다. 국민들이 진정으로 무엇을 요구하는지에 대한 올바른 이해만이 이들로부터 진정한 공감을 끌어낼 수 있기 때문입니다.

국민 통합능력과 국가경영 능력

문희상은 대한민국의 대통령으로서 반드시 필요한 자질을 도덕성, 국민통합 능력, 국정운영 능력 이 세 가지를 들고 있습니다.

막스베버는 그의 저서 『직업으로서의 정치』에서 좋은 정치인에게는 열정과 균형감각, 책임감 이 세 가지 자질이 반드시 필요하다고 했다.
여기에 나는 대한민국의 대통령에게 필요한 현실적인 자질 세 가지를 더 보태고 싶다. 즉 도덕성, 국민통합 능력, 국정운영 능력이 그것이다(대통령, 267).

그는 민주정부 평가기준을 민주성과 효율성이라고 말합니다. 다른 말로 바꿔 민주적 국민통합능력과 효율적 국가경영능력이라고 합니다. 그러므로 민주주의 발전·성숙만이 국민의 총 역량을 결집해 내는 지름길이기 때문에 국민통합능력의 요체는 민주성의 확보라고 합니다(동행2. 88).

또 하나 국가경영 능력은 한마디로 통치능력입니다. 문희상은 대통령이 무능하면 안 된다고 말합니다. 대통령의 리더십을 머리, 가슴, 배로 나누어 설명합니다. 이 중 리더십의 요체는 바로 머리에서 비롯된다고 주장하고 있습니다. 위기의 순간에 리더의 판단이 중요하기 때문이지요(생각을 바꾸면 세상이 바뀐다. 40-44).

이 둘 중에서 민주주의는 효율성보다는 비효율성을 전제로 하는 제도라고 말합니다. 효율성만을 강조하게 되면, 민주주의보다는 권위주의 독재가 더 빠를지도 모르며, 과거로 회귀하게 될 지도 모르기 때문입니다(동행2. 61).

포용적 리더십을 갖춘 대통령이 되어야 합니다

한편 대통령에게는 세상을 끌어안을 수 있는 '포용적 리더십'이 필요합니다. 대통령은 비판적인 쓴소리도 경청하고 소통할 줄 아는 포용적인 능력을 가져야 합니다.

포용적 리더십은 '사람들에 대하여'가 아니라 '사람들과 함께'를 뜻합니다. 그러므로 포용적 리더십이란 객관적 조건과 상황을 제시하고 반대자를 설득함으로써 지지자들의 의견을 결집하는 것 못지않게, 반대편에 있는 사람들도 공통의 이익과 목적에 함께하도록 유도하는 능력을 말합니다.

미국의 정치학자 리처드 뉴이스타트(Richard Neustadt)는 트루먼 행정부에서 대통령 특보로 일한 경험을 바탕으로 『대통령의 권력 (Presidential Power and the Modern Presidents : The Politics of Leadership from Roosevelt to Reagan)』 이란 책을 썼습니다. 이 책에서 "국민으로부터 사랑받는 대통령은 권력의 황금비율을 안다. 포용과 타협의 정치를 위해 내민 손은 절대 부끄럽지 않다"고 적고 있습니다.

포용과 타협은 설득하기 위해 필요한 것입니다. 한마디로 대통령의 권력은 설득하는 권력이라는 거지요.

또한 반기문 전 유엔사무총장은 "성숙한 민주주의를 구현한 나라에선 지도자가 모름지기 모든 계층의 사람들과 포용적인 대화를 해야 한다. 성장도 포용적으로 해야 한다" 며 "이게 필요한 때가 됐다. 이게 국민의 바람이다. 이런 바람을 아주 강하게 내보낸 게 이번 일"이라고 촛불집회를 지칭했습니다.

그러나 한 가지 주의해야 할 것이 있습니다. 다름 아닌 다른 사람의 이야기를 들어준다고 하면서 혹은 손을 잡아주며, 그들과 잠시 마주 앉아서 그들의 이야기를 들어주는 것, 이른바 서민 '코스프레(costume play)'하는 것을 의미하는 것은 아닙니다. 진정한 포용의 리더십이란 상대방의 처지를 진심으로 이해하고 감싸주며 해결하는 능력을 보이는 것이어야 합니다.

내로남불이 아닌 역지사지를 신조로 삼으면 좋겠습니다.

[외교·안보관]

국익을 최우선으로 하는 실용주의적 외교가 답입니다

조선 후기의 실학사상은 명분과 이론에 치우친 성리학을 비판하며 생긴 학문입니다. 이에 비해 실학은 실사구시(實事求是), 즉 사실에 입각하여 진리를 탐구하려는 학문이기 때문에 백성들의 삶에 실제로 소용이 되었습니다.

또한 실용주의란 관념적이 아닌 실제 생활과의 관련 속에서 쓸모 있는 진리가 참이라는 입장입니다. 실용주의의 대표적인 철학자이자 교육자인 존 듀이는 "진리의 척도는 실용에 있다."라는 명언을 남겼습니다.

실학이나 실용주의는 용어 자체는 다르지만 그 내용을 표현함에 있어 같은 의미로 받아들여도 좋을 것입니다. 실학사상이나 실용주의 모두 실제적이고, 실용적이며, 실천적이고, 삶에 이로운 것을 추구하고 있습니다.

그러므로 실용주의적 외교란 이념과 정체를 뛰어넘는 외교, '명분'보다 국가의 '실리'를 앞세운 외교전략이라고 할 수 있습니다.

절대 강국 밑에 편입되어야 안보를 보장받던 냉전시대는 끝났습니다. 이제는 국경 없는 전쟁을 치르고 있습니다. 약육강식, 적자생존이란 정글의 법칙이 그대로 적용되는 그런 세상에 우리가 살고 있습니다.

이럴 때일수록 국익에 맞는지 여부로 판단하는 외교를 해야 하는 것입니다.

이제는 우리의 적이 남과 북도 아니고 동과 서도 아닙니다. 미국, 중국, 러시아, 일본, 영국, 불란서 모든 국가가 우리들의 라이벌입니다. 거기서 싸워서 이겨야 합니다. 이기는 자만이 살아남습니다.

중국과 미국은 한반도에 절대적 영향력을 미치는 국가들입니다. 과거와 다른 점이 있다면 우리가 중국과 수교한지 21년이 됐다는 것입니다. 그 이후 한중 무역규모는 미국과 일본을 합친 것보다 많아졌고, 중국은 우리의 제1무역 상대국으로 부상했습니다. 이런 상황에서 대한민국의 외교는 우리 국익을 미국과 중국관계 속에서 어떻게 높이느냐로 모아집니다.

미국과 중국 그 누구도 놓치면 안 되는 딜레마 상황이 아닐 수가 없습니다. 정신을 바짝 차려야 합니다(희망통신 99호. 2013. 12. 1.).

문희상은 국익 중심의 외교가 실용주의 외교라고 말하고 있습니다. 미국은 우리나라의 전통적인 우방국이지만 우리의 제1무역 상대국인 중국을 놓칠 수도 없다는 거지요.

한국의 대미 편중외교는 한국전쟁 이후 미국과의 관계를 기반으로 외교를 수행하는 것을 습관처럼 받아들였습니다. 그런데 미국의 트럼프 대통령은 한미방위비 분담금을 지난해 대비 5배의 증액을 요구하고 있습니다. 경제 논리, 혈맹 역사에도 눈 하나 깜빡이지 않고 있습니다.

코로나19 사태 속에서도 주한미군사령부는 한국인 근로자 9,000명에게 무급 휴직을 통보했습니다. 미래통합당은 줄곧 '우한 폐렴'이라는 이름을 고집하면서, 중국에서 한국에 오는 길을 원천적으로 차단해야 한다고 주장하고 있습니다.

우리나라에서 실용주의 외교의 의미는 '자주'나 '민족주의'적 이데올로기를 털어버리고 국가의 안보나 경제 이익에 기초하여 외교하는 것으로 이해될 수 있습니다.

문희상은 말합니다. "국익중심, 세계흐름에 능동적 대처, 한반도의 평화를 지키는 외교가 필요하다."(동행2. 150).

실용주의하면 중국 등소평의 '흑묘백묘론'(黑猫白描論)이 떠오릅니다. 그는 쥐를 잡기만 하면 됐지 검은 고양이건 흰 고양이이

건 상관없다며 중국을 자본주의 노선으로 이끌었습니다. 그 결과 오늘날 중국은 자타가 공인하는 자본주의 대국이 되었습니다.

전 세계적으로 냉전이 종식되고 자국의 이익을 중요시하는 외교 전쟁의 소용돌이에서 미국과 중국은 적도 우방도 아닙니다.

그런데 아직 우리 외교는 미국 눈치 보기에 너무 많은 비중을 두고 있는 것으로 보입니다. 대한민국 외교에서 미국과의 관계는 과거에도 그랬고 현재도 마찬가지로 한국 외교의 가장 큰 시험대입니다.

우리의 의사를 명확하게 드러내고 상대방 의사를 존중하면서 동등한 입장에서의 이해 교류와 상호 인정을 얻어내기 위한 노력이 바로 외교이기 때문입니다. 그리고 이런 외교의 기본 전제는 한국 외교가 가져야 할 철학과 원칙이라고 생각합니다.

안보도 실용주의적인 측면에서 대처해야 합니다

중국의 급속한 부상으로 동아시아의 지정학적 구도가 흔들리며 한반도는 전환기에 접어들었습니다.

북한은 중국과 미국 세력의 팽팽한 상황을 이용해 핵무장 완성 단계에 진입했습니다. 이런 상황에서 한국의 정치와 외교는 어떤 길로 나아가야 할까요? 정말 답이 없습니다. 전통적인 우방인 미국에 의존하자니 중국의 세력이 강해졌고, 중국과 우호 관계를 강화하자니 미국이 압박합니다. 양대 강대국에 끼어 아직은 독자적인 자립이 어렵습니다.

그 옛날 광해군은 명나라가 쇠퇴하고 후금(청)이 세를 일으키던 국제 정세를 정확히 파악하고, 두 세력의 중간에서 균형적인 입장을 취했습니다. 그러나 이에 반발한 사림들이 일으킨 인조반정으로 광해군은 폐위되었습니다. 반정으로 집권한 인조는 광해군이 명나라에 배은망덕한 일을 했다고 비난하며 명나라를 위해 청과 전쟁도 불사하겠다고 선언했습니다. 명나라에 대한 사대주의로 인해 결국 조선은 병자호란을 초래했습니다.

병자호란 당시 최명길이 사직(社稷)을 살려놓은 지 400여 년이 지난 오늘, 한반도와 대한민국은 또 다른 위기의 입구에 서 있습니다. 패권국 미국과 신흥 강국인 중국의 경쟁 때문입니다.

격화되는 양국의 대결 때문에 새로운 냉전의 조짐마저 나타나는 형국입니다. 그 와중에 일본의 경제보복 문제, 사드 문제, 방위비 분담 문제 같은 온갖 난제가 뒤엉키면서 여전히 '끼여 있는 나라' 대한민국의 지정학적 현실은 갈수록 엄혹해지고 있습니다.

칼 마르크스는 "역사는 반복된다. 한번은 비극으로, 한번은 희극으로"라고 했습니다. 너무나도 비슷해 과거의 일이 고스란히 반복되는 것처럼 느껴질 때가 있습니다. 최명길이 산 시대와 현 시대는 패권 경쟁이 새롭게 시작되는 시기입니다. 우리가 그 중간에서 굉장히 머리 아픈 상황을 맞이하고 있지요. 명청(明淸)교체기, 조선에서 손에 꼽히는 인물이 최명길입니다." 얼마 전 상영된 영화 「남한산성」이 가슴에 와 닿습니다.

영화 「남한산성」은 순간의 치욕을 견디고 나라와 백성을 지켜야 한다는 이조판서 최명길과 청의 치욕에 끝까지 맞서 대의를 지켜야 한다는 예조판서 김상헌의 갈등을 다루고 있습니다. 영화에서 보여주듯이 김상헌과 최명길이 명분론과 실리론을 두고 대결합니다. 김상헌은 성리학에 따라 명분을 앞세운 주전파입니다. 이에 반해 최명길은 양명학에 대한 새로운 사조를 익혔던 주화파 인물입니다.

성리학을 공부한 사람들이 지배한 시대는 모든 게 이분법적입니다. 세상은 중화, 그러니까 명나라와 오랑캐인 이적(夷狄)으로 나뉩니다. 오랑캐는 사람이 아닌 짐승 같은 존재이지요. 17세기 초반 짐승 같은 만주가 순식간에 세력이 확 커져 결국 중화인 명나라를 위협합니다. 조선은 이 소용돌이에서 자칫하면 나라가 망할지도 모르는 상황에 처하게 됩니다.

성리학의 논리대로라면 어떻게 해야 합니까.

오랑캐가 세계를 제패하는 것은 있을 수도 없고 있어서도 안 되는 일이지요. 무차별적 원칙론은 나라가 망하고 백성이 다 죽어 없어져도 오랑캐와 끝까지 싸우자는 겁니다. 그게 자신들이 배우고 머릿속에 딱 고정해 온 명분과 의리에 맞는다고 본 것이지요.

오늘날 국가주의론으로 대표되는 미래통합당을 비롯한 우파의 안보관과 유사한 것 같습니다. 6.25 전쟁 때부터 대한민국을 지켜준 미국은 영원한 우방이며, 중공군을 파견하여 북한을 도와 한국군과 전쟁을 치른 중국에 대해서는 지금도 적대시합니다.

이에 반해 최명길은 명분과 의리도 중요하지만 현실적으로 조선이라는 나라가 살아남아야 언젠가 명분과 의리를 지킬 기회가 온다고 봤습니다. 오늘날 자유주의론으로 대표되는 민주당을 비롯한 좌파의 안보관이라고 볼 수 있습니다.

　지금은 21세기입니다. 지금의 안보 환경은 각국이 국익을 위해서라면 영원한 적도 아군도 없는 변화무쌍한 정글의 법칙이 지배하는 상황에 있습니다.
　냉전시대와 같이 미국, 소련 양 국가 중 한 곳에 기대어 생존할 수 있는 상황이 아닙니다. 때문에 전통적 우방인 한미동맹관계를 굳건히 하는 것도 중요하지만, 중국과 러시아를 무시하고 북한을 자극하는 것은 21세기 안보 환경에 대한 무지의 소치라고 할 수 있습니다(동행2. 155).

　문희상은 최명길의 손을 들고 있습니다. 자유주의론자의 안보관을 가지고 있습니다. 명백한 실용주의자입니다.

　대한민국의 안보는 실용주의 논쟁의 핵심입니다.

　한반도는 대륙과 해양 사이에 끼어 양쪽의 영향을 받습니다. 대륙과 관계가 나쁘면 해양과 관계가 좋거나 현상을 유지해야 하고, 해양과 관계가 나쁠 때는 그 반대입니다. 이런 원칙이 역사에 계속 존재해 왔습니다.
　이미 알고 있는 바와 같이 대륙 세력이 빠른 속도로 부상하는 상황입니다. 미국이 주한미군 기지에 사드를 배치한 것을 두고 중국은 자국의 핵심 이익을 침해했다고 주장합니다. 한국은 한미동맹, 미일동맹으로 이뤄진 한·미·일 공조와 부상하는 중국 사이에서 어떤 외교를 해야 할까요? 그래서 우리가 보기에 문제가 많고, 참 미운 나라인 일본과 관계를 망가뜨려서는 안 되는 게 현실입니다. 그렇다고 과거사를 잊고 지내자는 뜻은 아닙니다.

나는 실용주의에 안보를 튼튼하게 할 방법이 있다고 생각합니다. 문희상이 주장하는 국민통합이 바로 그것입니다. 대통령이 국민과 더불어 신뢰를 쌓고, 화이부동의 정치로 국민통합을 이루어 내고, 여야합의를 통해 마련된 원칙을 토대로 한목소리로 주변국과 외교 정책을 펼쳐나가면 강대국들을 우리 주도로 움직일 수 있을 것입니다.

정부는 사회적 합의를 통해 대외정책의 원칙을 정해 놓아야 합니다. 최명길은 내부의 합의를 이끌어내려고 노력했습니다. 최명길이 산 시대와 지금은 다릅니다만 남북관계에서도 한국 정부가 내치를 잘 처리해 지지도가 높아야 김정은 위원장이 방남할 가능성이 생길 겁니다. 한국 정치가 출렁이면 북한은 관망하거나 추이를 보겠지요. 내부 거버넌스가 잘 굴러가야 외교에서도 숨통이 트입니다.

국가의 안보가 확보되지 않으면, 국민의 안전과 생계와 자유는 공허한 구호에 불과하게 됩니다. 분단국가인 대한민국의 경우에 안보와 이념의 문제는 실리주의 혹은 실용주의 논쟁에 있어서 핵심적 주제가 되어야 할 것입니다. 북한에 대적할 자유민주적 정치 이념은 대한민국 실용주의의 핵심입니다. 자유민주주의를 고취하고 국가안보를 튼튼하게 하는 것이 정부의 가장 우선적 국정운영

과제가 되어야 할 것입니다.

일본은 영원히 가깝고도 먼 나라일까요?

한일 관계가 극단으로 치닫고 있습니다. 급기야 일본은 수출규제라는 강수를 꺼내들었습니다. 뿐만 아니라 한국을 일본의 백색국가 명단(화이트리스트)에서 제외시켰습니다. 일본은 한국에 대한 수출규제 및 백색국가 제외 방침에 대해 초기에는 강제징용에 대한 우리 대법원의 판결(2018년 10월)을 이유로 내세웠으나, 이후 한국의 전략물자 밀반출과 대북제재 위반 의혹, 수출국으로서의 관리 책임 등 계속 말을 바꿨습니다. 여기에 일본은 조치 이유와 관련된 근거도 제시하지 못하고 있습니다.

아베 정권은 과거 제국주의의 망상을 떨치지 못하고, 군국주의로 회귀하고 있으며, 과거사에 대한 사과는커녕 오히려 한국을 압박하고 있습니다. 한일 양국 정부의 입장이 서로 견고하기 때문에 타협이 쉽지 않은 상황입니다.

일본의 입장은 '우리나라 대법원의 판결을 받아들일 수 없다. 1965년 한일협정에서 약속한 대로 중재로 문제를 해결하자'는 것입니다. 일제 지배의 불법성을 인정할 수 없다. 일본이 사과, 위안부, 징용 문제와 관련해서 원하는 것은 '과거 문제는 이미 해결되었으니 더 이상 과거 문제로 싸우지 말자'는 것입니다. 일제 지배에 대해 5번이나 사과했고 1965년 협정으로 청구권 문제가 해결되었다고 주장합니다.

이에 대해 우리나라 정부의 입장도 명확합니다. 일제 지배 자체가 불법이라는 것을 인정하고 불법 행위로 인해 피해를 본 사람들에게 배상하라는 것입니다. 1965년 한일협정은 민사상의 손해만 다룬 것이기 때문에 불법적인 지배에 따른 형사상의 책임은 아직도 남아있다는 것입니다. 대법원 판결은 협정과 무관한 것이니 일본이 한일협정을 바탕으로 중재로 가자는 것은 받아들일 수 없다는 것입니다.

지금의 한일관계는 과거와 미래의 문제로 요약될 수 있을 것입니다. 과거에 매여 미래로 못 나가는 것이 문제라고 한다면, 미래로 가자고 과거사를 덮는 것은 더 큰 문제입니다. 일본은 시도 때도 없이 과거 문제 들쑤시기를 반복하면서 한국민의 신뢰를 잃고 있습니다.

신뢰의 기초는 인류보편적인 가치 회복에서 시작될 수 있습니다. 과거의 부끄러운 역사에 대한 진정한 반성과 실천을 통해 신뢰 회복의 길을 걸어야 합니다. 그렇지 않으면 일본이 세계에서나 동북아시아에서 리딩스테이트의 역할을 할 수 없게 될 것입니다(희망통신 99호. 2013. 12. 1).

문희상은 과거사에 대한 진정한 반성과 실천을 통해 신뢰를 회복해야 하며, 나아가 진실한 태도가 실천으로 나타나지 않는다면 백번의 사과도 소용없다는 것입니다(동행1. 207).

빗나간 화살은 과녁을 뚫지 못합니다

아베의 경제보복이 정국을 뜨겁게 달구었습니다. 옛 일본 대사관 앞에서는 '아베경제보복규탄 촛불문화제'가 열리고, 일본제품 불매운동이 벌어지고 일본 여행 가지 말자고 소리 높여 외쳤습니다.

우리 국민들은 과거 망언이 있을 때 나서서 항의하고 시위하는 것을 뛰어넘어 의병 활동처럼 'No Japan'을 실천적으로 보여주었습니다.

아베 정권은 일본 초계기의 레이더 갈등, 해군 관함식의 욱일기 게양 시도, 문재인 대통령의 독도 방문과 더불어 최근 러시아 군용기 독도 영공 무단 침범 사건에 대한 일본의 망언 등 독도를 자국 영토라는 발언을 계속해 나가고 있습니다.

이와 같이 끊임없이 일본이 도발하는 이유는 아베가 추구하는 일본 국내외의 정치적 야심 때문이라고 생각됩니다. 아베의 경제보복은 일본 군국주의의 부활을 보여주는 전형적인 책동입니다. 아베 정권은 틈만 나면 평화헌법 제9조를 수정하는 헌법개정에 혈안이 되어 있습니다.

남북이 가까워지고 있고 한반도에 평화의 기운이 감돌수록 북한의 위협을 구실로 진행해온 일본의 재무장에 차질이 생긴다고 판단하여 더욱 발악을 하고 있는 것 같습니다. 내부적으로는 평화헌법개정을 추진하여 일본을 전쟁이 가능한 나라로 만들고, 외부적으로는 한국의 자주 세력들을 정치적으로 고사시켜, 한국에서 일본의 과거사에 시비를 거는 정치 세력은 집권이 어렵도록 만드는 것을 소기의 목표로 하고 있다고 봅니다.

일본이 발악적으로 보복 정책을 취한 이유를 보면 표면적으로는 후쿠시마 수산물 수입금지 조치에 대한 보복과 한국 대법원의 강제징용 배상 판결, 한국 정부의 위안부 협정 파기에 대한 보복성 등을 구실로 경제 도발을 한 것으로 판단됩니다.

아베의 경제보복은 불화수소를 비롯한 반도체 제조과정에 필요한 3개 품목의 수출규제와 한국을 화이트 국가에서 제외한다는 내용입니다. 한국경제에 치명상을 안겨주겠다는 치졸하고도 비열한 행위에 다름없습니다.

그들이 한민족에게 저지른 반인륜적 범죄행위에 대해서 반성하기는 고사하고 적반하장(賊反荷杖)식 경제보복 공격에 분통이 터집니다. 최소한의 국가 간의 예의마저도 지키지 않고 있습니다.

이번에 촉발된 경제전쟁은 우리 국민의 자존심을 크게 상하게 했습니다. 가슴이 미어집니다. 우리는 한목소리로 분노하고 있습니다. 일본의 경제보복에 우리는 깃발을 높이 들었습니다.

강한 자는 으레 남의 것을 노리는 법입니다. 아베는 대한민국이 군사적으로나 경제적으로 자국에 비해 크게 열등하며, 국민의 의식 수준 역시 그들의 지배하에 있던 일제 강점기의 나약한 한국인으로 생각하고 있는 것 같습니다. 크게 착각하고 있는 것이지요.

우리 국민들은 이제 과거 암흑의 역사를 극복하고 어떤 분야에서건 일본에 지는 것을 수치스럽게 여기고 있습니다. 한·일전에서는 무조건 우승을 해야 직성이 풀립니다.

과거 일본에 우수한 문명과 문화를 전래해 주어 일본문화를 꽃

피워 준 민족입니다. 비록 근대화의 과정에서 일본에 뒤졌지만 오 랫 동안 일본을 우습게 보아온 민족입니다. 이런 우리 대한민국 국 민에게 경제보복을 한다니 기가 찰 노릇입니다.

안중근 의사가 옥중에서 집필한 『동양평화론』은 '동양 3국이 화합하여 동북아 평화와 인류공영을 지향하자'는 원대한 이상을 꿈꾸고 있습니다.

일본은 한국을 비롯해 피해 국가들로부터 만족하다는 평가가 나 올 수 있도록 결자해지(結者解之)로 진솔한 역사교육과 배상 문제 를 해결할 때, 동북아의 평화공존과 동반자로서의 대접을 받을 수 있게 된다는 사실을 명심해야 할 것입니다.

경제보복으로 자신의 치부를 감추려 한다는 것은 계속적인 거짓 말과 억지만을 되풀이할 뿐입니다.

일본의 수출 규제에 맞서 국민들의 일본제품 불매운동이 들불처 럼 번지고 있는 가운데 국민들은 한마음이 되어 일본제품 불매운 동을 벌였습니다. 국민들은 일본제품을 파는 48개 브랜드 이름과 'BOYCOTT JAPAN, 안가요, 안사요, 안 먹어요, 안팔아요'란 문구 를 적은 배너와 '역사를 잊은 민족에게는 미래가 없다'는 단재 신 채호의 어록을 적은 배너를 세워 놓고 지나가는 국민들에게 일본 제품을 사지도, 먹지도, 팔지도 말자고 호소했습니다.

안 사고 안 간다는 국민들의 불매운동은 100일이 지나도 더욱 거세졌습니다. 그 결과 일본산 맥주는 사실상 수입이 중단되다시 피 했습니다. 수입차 시장에서 일본차 비중이 5%대로 줄어들었습 니다. 일본 여행객이 확 줄면서 일본에서 쓰는 돈도 줄었습니다.

일본에서 쓴 신용카드 액수가 1년 만에 반토막이 났습니다.

　일본은 기업만 타격을 입은 것은 아닙니다. 한국의 불매운동과 일본 안 가기 운동이 지금 일본 정부에게 비판으로 돌아서고 있습니다. 국민들의 불매운동이 일본 정부까지 압박한 것입니다.

　이번 경제전쟁에서 반드시 승리할 것을 기원해 봅니다.

[대북한관]

김대중 대통령의 3단계 통일론에 뻑 갔습니다

　기억하는 바와 같이 우리는 과거 독재정권 체제에서 안보와 경제성장이라는 목표 아래 민주주의를 유보하고 살아왔습니다. 북한과의 체제 경쟁과 안보위협 속에서 자유와 인권이 유린되었던 것이 민주화 이전 우리의 집단경험입니다.

　70년이 넘는 분단 기간 동안 국민의 머릿속에는 어느새 이데올로기적 이분법이 자리 잡게 되었습니다. 민주와 반민주, 친북과 반북 등의 극단적인 이분법은 남북관계 회복과 통일을 위해서는 반드시 극복되어야 할 것입니다.

　이를 위해서는 국민적 차원의 공감대를 형성하고 인권과 민주주의를 기반으로 통일논의를 진행해야 합니다. 또한 정부 차원에서도 통일이 국가와 사회, 개인에게 어떤 이익을 줄지 설명하며 국민의 지지를 획득해야 한다고 생각합니다.

　통일을 바라보는 시각이 평화로 바뀔 때 비로소 남북관계가 순항한다고 볼 수 있겠습니다.

　제가 김대중 대통령을 직접 모시기 시작하게 된 계기는 바로 3
단계 통일론 때문입니다. 저도 혈기 방장했던 청년 시절에는 민
족문제로 고민을 하면서 '민족주의자'임을 자처하고 있었습니다.
　민족문제에 대한 해답을 구하기 위해 많은 사람도 만나고 공부
도 하던 시절에 김대중 대통령을 직접 뵙게 되었습니다. 그때 구체
적이고 실천적인 3단계 통일론(평화공존=〉 평화교류=〉 평화통일)
을 접하고는 그날로 '김대중 사람'이 되었습니다. 솔직히 '홀딱 반
했다'고 말할 수 있습니다(생각을 바꾸면 세상이 보인다. 145).

　문희상은 고 김대중 대통령을 만난 자리에서 3단계 통일론을 접
하고 정치에 입문하였습니다. 그 당시에 한국이 처한 상황에서 현
실적이고 실천적인 남북통일 방법이라고 생각했던 것 같습니다.

흡수통일이 아니고 평화통일이 되어야 합니다

　한편, 문희상은 북한에 대한 흡수통일 방식은 안 되며 남북한
이 서로의 필요에 의해 조성된 조건을 먼저 만들어야 한다고 주
장합니다.

　한반도 통일에 관한 절대적 명제는 반드시 평화통일이어야 한다
는 것입니다. 무력에 의한 통일은 절대 안 된다는 것은 더 말할 것

도 없고, 한쪽의 붕괴에 의한 흡수통일 방식도 각종 연구결과는 물론 독일통일 사례로도 입증되었듯이 천문학적 통일비용이 소요되기 때문에 바람직하지 않습니다(희망통신 103호. 2014. 2. 5).

 강자가 약자를 상대로 흡수통일을 하겠다고 공언해버리면 대화가 되지 않습니다. 그러면 북한이 죽기 아니면 살기로 나와서 남북한의 긴장만 고조됩니다. 통일이 되려면 남북한이 서로의 필요에 의해 자연스럽게 하나로 합쳐질 수 있는 경제적, 사회적, 문화적, 정서적 조건을 먼저 만들어야 합니다(생각을 바꾸면 세상이 보인다. 148).

 문희상은 전쟁은 곧 민족 공멸이기 때문에, 남북관계는 '한반도의 평화', '한반도에서의 전쟁 절대 불가'라는 대 전제에서 풀어가야 한다. 그것이 바로 국익이고, 그것이 대한민국의 최대 전략목표가 되어야 한다(동행2. 86)고 말합니다.

 그래서 대북정책의 최우선은 평화이며, 공존과 번영이지 대북제재와 압박이 유일한 해결책이 아니라는 것입니다. 대화를 통한 해결방법 모색을 통해 국민을 전쟁의 걱정에서 벗어나게 하고 평화와 번영의 한반도를 만들자고 역설하고 있습니다(동행2. 158).

 남북관계 역시 국익의 관점에서 보아야 한다는 실용주의 철학이 여기에도 담겨 있습니다. 고 김대중 대통령의 사상을 이어받아 평화를 최우선시하고, 그 방법으로 대화를 통한 해결 방법을 모색하자고 주장합니다. 고 김대중 대통령의 '햇볕정책'을 계승한 것입니다.

지난 10년의 대북정책은 햇볕정책이었습니다. 햇볕정책은 세 가지의 원칙을 가지고 있습니다. 첫 번째 강력한 안보태세 확립, 두 번째, 흡수통일 불용, 세 번째, 평화적 교류 협력의 원칙입니다. 무조건적인 유화정책, 퍼주기, 북한 감싸기라는 평가는 의도적인 왜곡입니다(동행2. 148).

문희상을 비롯한 자유주의 국가론자들은 공산주의를 단호히 반대합니다. 북한체제에 대해서도 매우 비판적이지만 국가보안법 폐지에는 찬성합니다. 북한이 좋아서가 아니라 사상과 표현의 자유를 중시하기 때문입니다. 국가안보를 명분으로 개인의 자유와 인권, 노동권을 제약하는 것을 반대합니다.

이에 반해 자유한국당을 비롯한 국가주의 국가론자들은 북한체제와 권력자들을 비난하지 않는 자유주의 국가론자들의 정치에 대해서 사상을 의심합니다.

국가안보를 도와주는 미국과 미군을 비판하는 정치인에 대해서도 마찬가지입니다. 이들은 자유주의 정치세력을 '빨갱이'로 매도합니다. 그러니 자연히 이들 입장에서 볼 때 문희상을 빨갱이로 볼 수밖에 없을 것입니다.

대한민국에는 국가주의 국가론을 가진 정치세력이 1/3을 차지하고 있다고 합니다(유시민, 『국가란 무엇인가』, 47). 그런데 안타깝게도 국가주의 국가론자들은 오래 살아남아 이분법적 사고를 계속 견지할 것이라고 합니다.

북한과 남한은 한 뿌리에서 난 콩과 콩깍지입니다

북한은 1990년대 이후 '너 죽고 나 죽자'는 식의 외교를 해 왔습니다. '벼랑 끝 외교'라는 말로 많이 알려져 있습니다. 비핵화를 위한 북미대화에서도 마찬가지의 전술을 구사하고 있습니다.

그런데 여기에 대응하는 한국의 정치는 이분법, 즉 실리를 추구하는 친북과 냉전적 사고를 고집하는 반북으로 나뉘어 있습니다. 민족의 생명과 직결된 국가안보에도 정치는 양분되어 있습니다.

2000년 6월 김대중 대통령과 김정일의 남북정상회담, 2007년 8월 노무현 대통령과 김정일의 남북정상회담. 두 정권이 이루어 놓은 남북대화 물꼬를 이명박, 박근혜 정권이 틀어막았습니다. 역사의 시계를 거꾸로 돌려, 남북관계는 다시 갈등과 대결로 인한 전쟁의 위협이 커지고 온갖 어려움에 직면했습니다.

문재인 정부가 들어서서 남북 정상은 다시 만났습니다. 민족의 염원이지만 더 이상 일어나지 않을 것 같았던 놀라운 일이 현실로 나타난 것입니다. 오직 대통령 한 명 바뀌었을 뿐인데 남북관계가 이렇게 달라질 수 있다니 믿기지 않을 정도입니다. 뒤집어 생각하면 이명박, 박근혜 정권이 얼마나 무능하고 반민족적인 통치를 했는지 알 수 있습니다.

모든 장면이 놀라운 감동의 연속이었습니다. 가슴이 먹먹해지며 눈가에 이슬이 맺혔습니다. 꽁꽁 얼어붙었던 경색국면이 이렇게 하루아침에 풀리다니 믿기 어려울 정도입니다.

북한은 김정은 집권 이후 여러 차례 장거리 미사일과 핵무기를 시험 발사했습니다. 남북한은 극한의 상황으로 치달았습니다. 한반도를 둘러싼 국제정세도 얼어붙어 긴장이 고조되고 전쟁의 위험은 날로 커져 갔습니다.

문재인, 김정은 양 정상의 남북회담에 대한 국민의 지지율이 70%에 달했습니다. 대부분 국민들이 회담에 찬성하고 결과를 기대한다는 뜻입니다. 역으로 생각하면 회담을 반대하거나 모르겠다는 비율이 30%에 달한다고도 볼 수 있을 것입니다.

그러나 자유한국당(현. 미래통합당)은 남북정상회담을 두고 '남북위장평화쇼'라거나, 판문점 선언문을 '김정은이 불러준 대로 받아 적은 것이 남북정상회담 발표문'이라며 악담을 했습니다. 정말 안타깝습니다.

적어도 국가안보에 관한 문제만은 정쟁의 대상이 되어서는 안 됩니다. 안보와 관련된 문제는 여야가 힘을 합치고, 지혜를 모아 해결하는 자세가 필요함에도 오히려 안보 사안을 정쟁의 도구로 이용하는 곳이 정치권이라는 생각입니다. 크게 반성해야 합니다(동행1. 78).

문희상은 국가안보에 대한 사안만은 정쟁의 도구로 삼지 말자고 주장합니다. 그는 대화를 통한 남북한 교류·협력으로 한반도의 평화를 가져오고, 결과적으로 평화통일을 이루자는 신념을 가진 사람입니다. 그래서 우리는 한 민족이므로 국익을 우선으로 생각하고 전쟁을 절대로 반대하는 뿌리 깊은 생각을 가지고있습니다.

이 대목에서 중국 위나라의 조조의 아들 曹植(조식)이 지은 七

步詩(칠보시)가 생각납니다.

煮豆燃豆其 (자두연두기) 漉豉以爲汁 (녹시이위즙)
其在釜下燃 (기재부하연) 豆在釜中泣 (두재부중읍)
本是同根生 (본시동근생) 相煎何太急 (상전하태급)

콩을 삶으려고 콩깍지를 불태우고/ 메주를 걸러 즙을 만든다
콩깍지는 가마솥 아래서 타고/ 콩은 가마솥 안에서 우네
본래 같은 뿌리에서 태어났건만/ 지지고 볶는 것이 어찌 이리 너무도 급한가

　북한과 남한은 한 뿌리에서 난 콩과 콩깍지입니다. 여당과 야당도 마찬가지로 우리 대한민국의 국민입니다. 여와 야가 남북한 평화통일이라는 큰 명제를 앞에 두고는 정쟁을 그만두었으면 좋겠습니다.

민주주의를 더욱 잘해야 안보가 이루어집니다

　국방백서에 따르면 남한은 정치·경제·사회·문화 등 모든 면에서 북한을 압도하고 있습니다. 군사력에서도 한국은 세계 7위인데 비해 북한은 18위에 머물고 있습니다. 북한이 이와 같이 군사력이 한국에 비해 상대적으로 약하게 평가받는 것은 매우 허접한 경제력과 어느 나라도 공식적으로 북한이 보유했다고 인정하지 않는

핵무기가 평가에서 빠져있기 때문입니다.

북한이 미국과 비핵화 대화를 할 때 드러나는 것처럼, 북한의 핵개발은 김정은 정권의 체제 유지를 위한 것으로 보아야 할 것입니다. 실제로 미국과 전쟁을 불사한다는 것은 북한 정권의 파멸이라는 것을 알고 있기 때문인지 미국보다 마음이 급한 것 같습니다.

민주주의를 더욱 잘해야 안보가 이루어집니다. 세계사적으로 입증된 자유민주주의와 시장경제체제의 우위가, 그리고 북한 동포들의 탈북행렬 등이 자신감의 배경입니다(생각을 바꾸면 세상이 보인다. 139).

문희상은 국가안보의 요체가 민주주의라고 말하고 있습니다. 대화와 타협, 지원 등으로 상호 신뢰를 구축하여 전쟁을 억제하고, 자유 경제 체제의 문화적 교류를 통해 남북한이 왕래한다면, 통일은 한걸음 바짝 눈앞에 다가올 것이 분명하다고 주장합니다.

이에 대해 국가론자들은 문희상과 민주당을 비롯한 자유주의론자들의 주장을 환상적인 통일관이라고 합니다. 그들은 한미동맹을 기반으로 국제사회의 대북제재에 동참해야 한다고 주장합니다. 한국이 미국과 국제사회와의 공조 속에서 대북 압박과 제재의 전면에 나서야 한다는 겁니다. 또한 흡수통일로 북한을 무너뜨린 뒤 통일을 이루어야 한다고 말합니다. 무력충돌도 불사한다는 거지요. 정말 위험한 생각이란 마음이 듭니다.

이러한 상황에서 우리는 철저한 안보가 중요합니다. 북한과 끊임없이 대화하고 남북정상이 자주 만나야 합니다. 이산가족상봉이 이루어지고, 금강산 관광은 물론 개성공단이 속히 재개되어야 합니다. 더불어 내부적으로는 국방을 튼튼히 하고 민주주의를 발전시키며, 국민이 경제적으로도 풍요롭게 살도록 노력해야 합니다.

마주 보며 달리는 두 열차를 멈춰 세워야 합니다

문재인 정부가 출범하면서, 경색되어 있던 남북관계는 급속하게 호전되었습니다. 북한의 평창올림픽 참여를 기점으로 3차에 걸친 남북정상회담과 2차에 걸친 북미정상회담 등을 거치면서 남북의 긴장상태가 완화되었고, 비핵화의 길로 한 발짝 나아가게 되었습니다.

북·미 협상의 핵심은 비핵화와 체제안전보장의 맞교환입니다. 그러므로 북한의 김정은 위원장이 비핵화 시기와 절차를 구체적으로 명시하고 미국의 트럼프 대통령이 이에 상응하는 북한의 체제 안전보장과 경제적 지원을 약속하는 빅딜을 성사시킨다면 핵문제는 해결될 것입니다.

그런데 북한은 미국의 후임 행정부가 뒤집을 수 없는 조약과 같은 법적 효력을 갖는 협정(treaty)을 요구하고 있습니다. 폼페이오 국무장관이 상원에서 북미 합의의 표결 인준을 언급하고 북한의 평화적 핵 이용에 관해 '협상의 여지'를 시사한 이유입니다.

북·미가 서로 비핵화 속도를 강조하지만 '되돌릴 수 없는 비핵화'와 '되돌릴 수 없는 안전보장'은 서로 간에 신뢰가 구축되지 않는 한 불가능하다고 볼 수 있습니다.

북한이 말하는 한반도 비핵화는 그들이 핵문제 발생의 근본 원인이라고 주장하는 미국의 적대시 정책의 종식을 전제로 하기 때문입니다. 그런데 미국은 핵을 폐기하는 비핵화를 북한이 하지 않는다면 선제공격도 하겠다는 아주 강경한 입장입니다.

남북관계와 북핵 문제는 우리 정부가 반드시 해결해야 할 두 가지 큰 과제입니다. 남·북·미가 서로를 공격하지 않는다는 '종전선언'을 해야 합니다. 종전선언은 한국전쟁의 종료선언을 넘어 한반도에서 더 이상 전쟁이 없을 것임을 다짐하는 것이 되어 체제보장의 첫 단추가 될 수 있을 것입니다.

핵으로는 평화를 이룰 수 없습니다. 핵으로는 남북통일과 세계평화를 결코 실현할 수 없습니다. 국제사회의 염원을 짓밟은 북한에 대해서 강력한 제재조치를 가하는 것은 피할 수 없는 일입니다.

다만, 저희 민주당은 대화를 통한 평화적 방법으로 북핵문제를 해결해야 한다는 점을 다시 한 번 강조합니다. 무력충돌 가능성이 있는 선제타격이나, 폭력적 제재조치는 안 됩니다.

북한의 핵도발이란 현시점이, 역으로 북한을 대화 테이블로 끌어내고, 막혔던 남북대화의 물꼬도 트는 절호의 기회가 될 수 있기 때문입니다. 대북 특사 파견, 남북대화 재개 등 가능한 모든 방법을 강구해 주실 것을 거듭 당부합니다. 안보에는 여야가 따로 없습니다. 민주당은 국가안보에 직결된 북핵 문제의 평화적 해결에 초당적으로 협력할 것임을 다시 한 번 분명히 밝혀 둡니다(2013. 2. 14에 방송된 KBS-1 라디오의 '국회교섭단체 정당대표에게 듣는다' 연설문).

문희상은 대화를 통한 평화적 방법으로 북핵 문제를 해결할 것을 주장하고 있습니다. 남북대화와 모든 평화적 방법을 동원하여 전쟁만은 피해야 한다고 주장합니다.

이에 대해 국가주의론자들은 북한의 핵문제에 대해 강경하게 대응해야 한다고 말합니다. '북한은 믿을 수가 없다' 그래서 '미국이 북한을 선제 타격하여 무력통일을 이루자'는 것입니다. 이는 곧 한반도의 전쟁을 말하는 것입니다.

나는 양쪽의 주장 모두 문제가 있다고 생각합니다. 문희상의 평화론에는 구체적이며 실천적인 방법론이 부족합니다. 국가주의자들은 전쟁을 하자고 합니다. 둘 다 완전한 해법이 아닌 것은 분명합니다. 자유주의론자들의 평화론에 대해서는 북한과의 관개개선 문제에서 있어서 신뢰성을 바탕으로 진행 할 수 있는 방안이나 그 진정성이 없다는 것입니다.

현재 상황에서는 북한과의 대화가 진정성 있게 진행될 수 있는 조건들이 미약하고, 계기가 결렬되어 있기 때문에, 앞으로의 통일 방안에 대한 정확한 답을 정할 수가 없습니다.

모든 것이 북한의 행동과 태도 여하에 따라 좌지우지될 수밖에 없다는 점에서 평화론의 문제점을 말하지 않을 수 없습니다.

국가주의론자들의 주장대로 북한에 선제타격을 가해 한반도에서 전쟁을 촉발시키는 것이 과연 이것이 올바른 방법일까요?

전쟁이 일어난다면 한국경제는 일어설 수 없을 정도로 타격을 받아 곤경에 처할 것이며, 한국 인구의 1/3이 죽거나 부상당할 위험에 처할 것이라는 경고도 있습니다. 뿐만 아니라 중국이 개입하게 된다면 제3차 세계대전까지 발발할지 모르는 예측 불가능한 상황에 직면하게 되겠지요. 그래서 이들의 주장에는 결코 동의할 수 없습니다.

통일에 대한 연구는 계속해야 하지만 모든 것이 북한에 달려 있습니다. 통일이 되려면 북한이 결정적으로 변해야만 합니다. 한국에서 보내는 통일정책이나 그에 대한 행동, 실천 제스처 모두 현재로서는 북한이 고분고분 받아들이지도, 그리고 받아들이고 싶어 하지도 않고 있습니다.

핵문제가 북한의 생명과 같은 절대적인 문제라는 것은 그들이 핵이 없이는 국가를 유지 보존할 수 없다는 것입니다. 핵이 있으면 미국이나 일본 등 북한이 적대시하는 대국들이 감히 범접하지 못하고, 특히 한국을 담보물로 삼아 미국을 견제할 수 있는 좋은 위협의 수단이 되기 때문에, 북한으로서는 가장 결정적인 수단이라고 생각하고 있다는 것입니다.

핵문제 해결은 북한의 태도에 달려 있습니다

핵이 있으면 미국과 한국과의 대화 빌미도 쉽게 잡을 수 있고, 미국과 같은 대국이 감히 북한에 대고 전쟁을 일으키지 못하며, 매 시기 조성되는 정세에 따라 핵을 가지고 미국이나 한국을 위협하면서 고립된 자신들의 처지를 개선할 수 있다는 전략을 펴고 있습니다.

핵을 담보로 국제적인 대화를 끌어낼 수 있는 수단이기 때문에 북한은 핵을 절대 포기하지 못하기보다 하지 않는다는 것입니다. 한마디로 핵이 없으면 미국이 언제 쳐들어와 북한을 붕괴시킬지 모르는 위협에 처한다는 겁니다.

그런 현상은 한·미군사훈련에 대한 북한의 반응을 보면 드러납니다. 그들은 한·미군사훈련이 있을 때마다 미사일 발사 등을 통해 핵전쟁의 위협 수위를 높이곤 합니다. 이런 상황을 보더라도 북한은 언제든지 현 체제가 붕괴되지 않는 한 절대 핵을 포기하지 않을 것입니다.

한국전쟁 이후 남북통일은 한반도에서 대국들의 틈새에 끼어 살고 있는 남북 정치가들의 권력 유지를 위한 수단으로 이용되었으며, 한반도 정세를 활용한 국제적인 분쟁의 수단으로 이용되었을 뿐입니다. 박정희와 김일성 집권 이래로 한국은 대북정책에 강경한 적대시 정책을 펼치면서 줄곧 대결의 국면을 유지하였고, 이로써 서로의 정권을 견고하게 유지했습니다.

50여 년이 지나 정권을 잡은 김대중 대통령은 햇볕정책을 통해 북한과의 관계 개선으로 '노벨평화상'도 받았지만, 실제적인 통일 효과는 거의 상실되고 말았습니다. 그래서 현재 한반도 문제에서 가장 결정적인 열쇠는 한국이 아니라 북한의 태도 여하에 달려있다는 것입니다. 매번 북한이 전쟁 소동을 벌릴 때마다 대두되고 있는 문제에 대해 '참아야 한다'와 '강경하게 대응해야 한다'가 팽배하게 논쟁의 대상이 되지만 한민족끼리의 대 비극인 동족상쟁의 혈전이 있어서는 절대 안 됩니다.

여러 가지로 판단해 볼 때 북한과의 대화나 그로 인한 평화유지는 실천이 어려운 상태에서 한쪽으론 북한의 현 정권을 인정하고, 남·북이 서로 교류하며, 통일이 이루어지는 그날까지 서로 전쟁이 없는 평화를 유지하는 방법을 이행하는 것이 바람직할 것입니다.

3. 인생관

두 분의 아버지

  문희상이 한국 정치사의 거목이자 산 증인이라는 점에는 누구도 이의를 제기하지 못할 것입니다. 문희상은 박정희 정권 시절 서울 법대 계단교실에서 한일회담 비준에 반대를 위한 단식으로 행정고시였던 3급 임용시험에 합격하고서도 임용되지 못했습니다.
  이후 김대중 선생을 만나 3단계 통일론을 듣고 정치에 입문한 뒤, 국민의 정부와 참여정부에서 두루 요직을 거쳐 6선 국회의원을 보냈으며, 대한민국 입법부의 수장인 국회의장을 지내신 분입니다.

  나에게는 내 인생의 길잡이가 되어준 두 분의 인물이 있습니다. 낳아주고 길러주신 아버지와 정치인의 길을 나서게 해주신 고 김대중 전 대통령입니다. 길잡이라 할 수 있는 책은 단연 '논어'입니다.
  또한, 논어에 나오는 두 가지 가르침, 즉 무신불립(無信不立)과 화이부동(和而不同)을 정치적 신조로 삼고 있습니다(동행2, 13-16).

  문희상의 인생은 친아버지와 고 김대중 대통령의 영향을 가장

많이 받았습니다. 그의 친아버지는 문희상이 14대 국회의원에 당선된 다음 날 돌아가셨습니다. 김대중 대통령과는 10.26 사태 후 처음 만나 정치적 교류를 시작합니다.

불편하신 몸을 이끌고 다니시면서 만나는 사람마다 "우리 희상이 사람 좀 만들어 달라."며 간곡히 당부하시던 아버님... 아버님은 제가 처음 14대 국회의원에 당선된 다음 날 쉬시는 듯 앉아 계시다가 영원히 저의 곁을 떠나셨습니다. 인근 경로당을 돌아다니시며 당선사례를 하고 오신 직후였습니다.
유세장에 운집한 군중들 틈에서 지팡이를 짚고 절룩이며 유권자들에게 지지를 호소하고 다니시던 그 모습에, 저는 연단에서 그만 어린아이처럼 눈물을 흘렸습니다(동행1. 26).

어느 아버지나 자식에 대한 걱정. 미래에 대한 기대를 가지고 사시는 것은 똑 같은가 봅니다. 그래도 국회의원에 당선된 것을 보시고 돌아가셨으니 하늘나라에서도 편히 쉬실 것입니다.
나도 우리 아버지, 어머니가 의정부 시장으로 당선된 것을 보시고 돌아가셨더라면 얼마나 좋았을까 하고 아무도 보이지 않는 곳에서 혼자 많이 울었습니다. 나는 일전에 쓴 『아무리 바람이 차더라도』라는 책의 「멍게」 편에 어머님에 대한 사무치는 그리움과 불효에 대한 죄를 적으면서 내내 울었습니다.
얼굴은 우락부락하고 '포청천'이라는 별명을 가진 문 의장님도 부모님에 대한 마음은 간절할 것입니다.

1979년 10월 26일 박정희 대통령이 서거하셨고, 며칠 후 대학 운동권을 같이 했던 이협 선배가 보자고 해서 김대중 선생을 처음 뵙게 되었습니다.

1시간 동안 별 볼일 없는 20대 후반의 정치 지망생을 데려다가 당신의 3단계 통일론을 말씀하시는 것이었습니다. 나는 그날 감상적 민족주의자로서 통일지상주의, 지금의 통일대박론에 빠져 있던 사람 중 하나였는데 DJ가 실현 가능한 방법론을 설명하는 것이었습니다. DJ한테 그렇게 뻑 간다고들 말합니다만 난 뻑 갔습니다.

바로 그날 내가 '사부로 모시겠습니다'고 한 다음 DJ는 단 한 번도 내 뜻과 다른 적이 없었습니다(희망통신 106호 2014. 4. 8).

역사는 진보합니다. 굴곡이 있을지 모르나 결국은 앞으로 나아갑니다. 고 김대중 대통령의 인생이 진보의 역사를 살아온 인물이기 때문에 많은 핍박을 받으면서도 정신은 항상 역사의 진보를 향해 몸부림치며 살아왔습니다.

그런 김대중을 문희상은 정치적 아버지로 부르고 있습니다. 그러니 그의 사상이 진보일 수밖에 없고, 머리부터 발끝까지 자유주의 국가론자가 될 수밖에 없었지요.

그렇지만 해방 이후 이승만 독재를 비롯해 6.25 전쟁 후 박정희, 전두환 등 군부세력에 의한 통치가 이루어지면서 자유주의 사상가들은 많은 핍박을 받아왔습니다. 현 정부에 반대하는 의견을 제시하면 무조건 '빨갱이', '간첩' '종북좌파' 등으로 낙인을 찍었습니다. 그러니 문희상의 아버지 역시 자식이 진보의 대부격인 김대중을 따라다닌다고 하니 얼마나 마음이 아팠겠습니까?

　제가 처음 김대중 전 대통령과 정치노선을 함께 하겠다고 했을 때 아버지는 저를 다시 안 보겠다고 할 정도로 보수적인 분이었습니다.

　그러다가 제가 계엄포고령 위반 혐의로 4개월 동안 고문을 당하고 나온 이후부터 저를 돕기로 마음먹으신 것 같습니다. 하지만 아버지와 저 사이의 진정한 화해는 1997년 김대중 후보가 대통령에 당선된 날 새벽, 아버지가 누워계신 묘소에서 이루어졌습니다. 저는 산소 앞에 서서 "아버지, 제가 옳았죠!" 하고 외쳤습니다. 아버지께서는 "그래, 네가 옳았구나. 잘했다."하고 분명히 말씀하시는 것 같았습니다.

　그제 서야 저는 마음속에 깊이 응어리졌던 한이 풀리는 것을 느낄 수 있었습니다(동행1. 26).

　아들이 고 김대중 대통령과 정치 노선을 함께한다고 하자 문희상의 아버지는 항상 불만이었다는 것입니다. 국회의원에 당선되고 나서 아버지 산소 앞에서 화해를 이루었다는 것입니다. 그것도 혼자의 메아리였습니다.

　국회의원으로 당선된 후 아들의 의원 활동을 보았으면 얼마나 좋았을까 하고 문희상은 회고하고 있습니다.

　'누구라도 그러하듯이' 부모님 앞에서 자식의 성공한 모습을 보여드리지 못해 애통해하는 마음은 똑같을 것입니다.

정치는 눈물이 많은 사람이 해야 합니다

문희상은 이렇게 말합니다.

문재인 정부의 1년은 기적이다. 참으로 엄청난 변화가 있었다. 점수로 매기자 하면 A+다. 노무현 대통령과 문재인 대통령은 모두 감성적 리더십이 있다. 차이는 노 대통령은 가슴이 뜨겁고 문 대통령은 가슴이 따뜻하다. 한 분은 로맨티스트고 한 분은 휴머니스트다. (2018. 05. 10. YTN라디오 '김호성의 출발 새아침' 인터뷰에서).

정치인이 되고자 하는 사람은 상대방의 가슴을 뭉클하게 하는 감성을 가지고 있어야 하는가 봅니다. 정치인이나 지식인들이 특히 감성이 부족하다고 말합니다. 감성적이지 못한 사람은 아내나 딸의 생일도 결혼기념일도 자주 까먹습니다. 나도 이런 실수(?)를 자주 연발합니다. 그러다가 그날이 거의 다 지나고서야 생각이 나 이루 말할 수 없는 미안함에 당황합니다.

귀를 쫑긋 세워 남의 아픔에 귀를 기울여주고, 따뜻한 이해로 토닥여줄 줄 아는 사람, 한 마디로 따뜻한 사람이 어려운 사람들을 보며 마음 아파합니다.

저는 TV드라마 '국희'를 보다가 눈시울이 뜨거워지기도 하고, '젊은 베르테르의 슬픔'을 읽으면서 눈물을 흘리기도 했던 부드럽고 섬세한 남자입니다. 여러분 앞에서 고백을 하지만 사실 아내에게도 꽉 붙잡혀서 살고 있습니다(생각을 바꾸면 세상이 보인다. 167).

저는 문희상의 큰딸 수현이입니다. 제가 아는 사람 중에 가장 눈물이 흔한 사람을 뽑으라면 저는 아주 큰 소리로 당당하게 말할 수 있습니다. 우리 아빠라고. 남들이 믿거나 말거나 우리 아빠는 정말 눈물이 흔합니다. 주말 드라마에서 조금만 슬픈 내용이 나올라 치면 엄마는 기대에 찬 얼굴로 얼른 아빠 얼굴을 훔쳐봅니다. 백발백중 아빠는 슬픈 대목에서 눈물을 터뜨리고 맙니다(동행1. 54).

문희상이 일본 특사로 갔을 때에는 그의 얼굴을 보고 일본인들이 '야쿠자 오야붕'이 왔다고 했습니다. 얼굴이 무섭게 생겼나 봅니다. 그런데 가정에서는 눈물 많은 남자인가 봅니다. 눈에 수도꼭지를 장착했나 봅니다.

그가 존경하던 노무현 전 대통령, 김대중 전 대통령의 서거에 대한 추도사를 보아도 눈물이 넘쳐나는 것을 볼 수 있습니다.

반칙과 특권에 맞서 싸웠던 나의 대리인을 잃은 절망, 당신에 대한 사랑을 너무 늦게 깨달은 회한, 지켜드리지 못했다는 자책이었을 것입니다. ...... 지난 10년 세월 단 하루도 떨칠 수 없었던 이 그리움을, 이 죄송함을 어떻게 해야 할까요?(노무현 대통령 서거 10주기 추도사. 2019. 5. 23.).

우리는 대통령님의 눈물을 기억합니다. 대통령님께선 1987년 9월, 독재의 억압에 묶인 지 16년 만에야 광주에 갈 수 있었습니다. 첫 일성으로 "여러분의 김대중이 죽지 않고 살아서 돌아왔습니다"

라고 외쳤을 때, 운집했던 70만 인파는 서로를 부둥켜안으며 울었고, 대통령님도 울었습니다. 만감이 교차했을 그 눈물은 서러움과 미안함, 분열과 증오를 끝내려는 화해와 용서가 한데 녹아든 진정한 통합의 눈물이었습니다.

1998년 2월, 대통령 취임식에서 "우리 모두는 지금 땀과 눈물과 고통을 요구받고 있다"는 대목에서는 IMF의 절망에 빠져있는 국민의 아픔을 생각하며 한참동안 말씀을 잇지 못하셨습니다. "국민은 나의 근원이요, 삶의 이유"라던 대통령님의 마음이 온 국민에게 전해진 잊지 못할 장면이었습니다. 2009년 5월, 노무현 대통령님의 서거 소식에는 "내 몸의 반이 무너진 것 같다"며 오열하셨습니다(김대중 전 대통령 서거 9주기 추도사, 2018. 8. 19).

억울한 자의 눈물을 거두는 정치, 답답한 자의 숨통을 틔워 주는 정치는 눈물을 흘려본 사람에게서 찾아야 합니다. 정치의 본질이 못 가진 자, 없는 자, 슬픈 자, 억압받는 자 편에 늘 서야 하기 때문입니다. 그들과 공감하고 위로의 말을 보낼 줄 알아야 합니다. 정치는 사회적 약자들이 웃을 때 비로소 정의가 실현되기 때문입니다.

6. 문희상이 생각하는 행복론

[건강을 잃으면 모든 것을 잃는 것]

건강이 최우선입니다

문희상은 어르신 여러분께 다정한 인사말로 안녕하세요? 보다 '진지는 드셨는지요?'라고 안부를 묻습니다. 우리 속담에 이런 말이 있습니다. "먹고 죽은 귀신이 때깔도 좋다". 이것은 '먹는 것'의 중요성을 강조한 말인데, 이 속담 때문이 아니더라도 식사는 꼭 챙겨 드셔야 하기 때문이랍니다.

"귀찮다고 거르시면 안 됩니다. 부엌이나 골방 한 구석에서 몰래 혼자 드시지 말고 당당하게 차려달라고 하십시오. 그래서 아들, 며느리, 손자, 손녀들까지 다 불러내어 함께 드십시오."

잠깐 문희상의 어머니에 대한 이야기를 하겠습니다. 그의 어머니께서는 아들 문희상이 곁을 지킬 때면 식사를 평소보다 더 많이 하시는 편이셨습니다.

그런데 허리를 다치시는 바람에 거동이 좀 불편하셨습니다. 무심한 가족들에게 숨기신채 척추를 다친 적이 있었나 봅니다. 그래서 서울대학병원에 모시고 갔더니 수술을 해야 한다고 하더군요. 그래서 아홉 시간에 걸친 대수술을 했습니다. 문희상에게는 그 9 시간이라는 수술시간이 자식의 입장에서 너무나 긴 시간이었습니다. 하지만 그의 어머니께서는 그 고되고 위험한 수술을 잘 견디어내셨습니다.

그리고 나서야 겨우 걸음을 조금씩 떼어 놓을 수 있는 정도가 되었습니다. 어느 정도 회복이 되시자마자 어머니께서는 고해성사를 해야 된다고 하시더군요. 그래서 신부님께 부탁을 드렸더니 신부님께서 직접 집으로 찾아오셨습니다. 그때 또 일이 벌어졌습니다.

어머니께서는 신부님이 집을 찾아주신 것을 너무 고맙게 생각한 나머지 자리에서 벌떡 일어나다가 넘어지고 말았습니다. 그래서 다시 엉덩이를 다치셨습니다. 이번에는 대퇴부 골절이었죠. 그래서 또 네 시간가량 걸리는 대수술을 받으셨습니다. 다행히 이번에도 수술을 잘 이겨 내셨습니다. 문희상은 그렇게 잘 버텨 내시는 어머님이 고마울 따름입니다.

연이은 대수술 때문에 어머님은 아기들 걸음마 수준의 걸음을 간신히 걸으셨었습니다. 그런 어머니를 볼 때 마다 가슴이 아프기 짝이 없었습니다.

거동이 불편하시니 얼마나 불편한 일이 많으셨을까요? 우리는 이렇듯 건강을 잃고 나서야 그 소중함을 뒤늦게 알게 됩니다.

어느 약국에 가니 이런 문구가 붙어 있더군요. "재산을 잃는 것은 조금 잃는 것이고, 명예를 잃는 것은 많이 잃는 것이다. 그러나 건강을 잃으면 모든 것을 잃는 것이다"라고 말입니다. 다른 것보다도 무엇보다도 우리에게 건강이 최고입니다.

재산은 사실 아무 의미가 없습니다

문희상은 소박한 사람입니다. 늘 재산에 아무런 의미를 두지 않습니다. 돈과 관련해서 인간이 도덕성으로다가 욕먹는 게 3가지가 있는데 하나는 스캔들입니다. 남녀관계에서 성문란 한 것과 관련된 것 하나, 두 번째는 돈입니다. 돈 뇌물받았거나 무슨 치부를 했거나 정도이상의 무슨 돈을 밝히거나 그런 거를 해서 도덕적인 것을 죽이려고 하는 것입니다. 세 번째는 말, 거짓말하는 것입니다. 이 말했다가 저 말했다가 앞뒤가 전혀 일치가 안 되는 우스운 짓입니다.

어르신들 중에도 며느리나 아들에게 용돈을 받는 분이 계실 겁니다. 문희상도 어머님께 용돈을 드렸습니다. 그런데 대부분의 어르신이 그러시는 것처럼 문희상의 어머님도 자식들로부터 받은 용돈을 거의 쓰지 않고 저축하셨다고 합니다. 손자나 손녀들이 어디 여행이라도 가게 되면 여비를 주시기도 하고 그 외에는 대부분 용돈을 꼬박꼬박 모아 두시는 여느 어르신들처럼 꼬깃꼬깃 아들이 주는 쌈지 돈을 모으십니다.

문희상이 청와대 정무수석에 임명되어 재산신고를 했을 때의 일입니다. 신고를 한 후 얼마 안 있어 잘못 신고 되었다는 통보가 왔답니다. 재산신고를 할 때면 직계 존비속의 재산을 모두 신고해야 하는데 그의 어머님께서 저축해 놓은 금액이 누락되었다는 겁니다. 문희상도 몰랐던 일이었습니다. 아무튼 뜻밖에 나타난 어머님의 저축 덕분에 한참 적자투성이던 재산을 그나마 조금 형편이 나아질 수 있었습니다.

어르신들께서도 문희상의 어머님처럼 자식들이 쓰라고 드린 용돈을 정작 당신들을 위해서는 쓰지 못하고 저축하거나 손자 손녀들을 위해 쓰는 경우가 많으실 겁니다. 하지만 그렇게까지 하면서 돈을 모을 필요는 없다는 것이 그의 생각입니다.

돌아가신 아버님께서는 문희상에게 나름 넉넉히 생활할 정도의 재산을 물려주셨다고 합니다. 그런데 지금은 형편없이 적자가 된 생활을 하고 있습니다. 하지만 문희상은 재산이 마이너스가 되었다고 해서 특별히 불행하다거나 인생이 꼬였다고 생각하지는 않습니다.

돈이란 인생을 살아가는데 필요한 것이긴 하지만 아주 절대적인 가치를 부여할 만한 것은 아니라는 그의 생각입니다. 김대중 대통령이 빼앗은 것도 아니고 군부독재나 유당이 가진 것을 다 빼앗아갔습니다. 둘째 동생이 현 유정유치원자리에 있었던 삼정식품을 세무사찰로 날렸다고 합니다. 추징금을 10억 이상 맞는 등 동생도 본인도 크게 세무사찰 3번 맞으면서 다 잃었던 기억도 가지고 있습니다.

그에 의하면 많이 가지려고 할 필요도 없고, 재산을 늘리려고 할 필요도 없습니다. 문희상은 그런 사람입니다.

욕심 없이 살기 ·

어떤 목사님께서 들려주신 이야기를 하나 소개하겠습니다. 쇠똥벌레에 대한 이야기입니다.

황소 한 마리가 어떤 언덕길을 오르던 도중에 힘을 주며 똥을 누었습니다. 황소는 그냥 똥을 싼 것뿐이었습니다. 그런데 그 똥을 본 쇠똥벌레의 동네에서는 난리가 나고 말았습니다. 쇠똥벌레들이 새까맣게 몰려든 것입니다.

할아버지 쇠똥벌레, 할머니 쇠똥벌레, 아들 쇠똥벌레, 손자 쇠똥벌레 등 쇠똥벌레의 모든 식구가 모였습니다. 그리고는 모두들 쇠똥을 집으로 나르기 시작했습니다. 쇠똥은 곳간을 다 채우고도 남을 정도였습니다. 그래서 쇠똥벌레들은 곳간을 더 지었습니다. 마침내 쇠똥을 모두 곳간에 채워 놓을 수 있었습니다.

큰 일이 마무리되자 할아버지 쇠똥벌레는 모든 쇠똥벌레를 불러 놓고 일장훈시를 했습니다. "내가 기도를 열심히 한 덕택에 하느님께서 우리에게 이렇게 복을 주셨다. 1년 먹을 양식을 주신 하느님께 감사의 기도를 올리자"는 것이었습니다.

하찮은 쇠똥 하나가 쇠똥벌레들에게는 너무나 큰 기쁨이었던 것입니다. 그렇게 우리의 눈에는 쇠똥벌레들의 모습이 우습게 보일 수도 있습니다. 그러나 차원을 달리해서 보면 그렇지 않을 수도 있습니다.

어쩌면 우리의 눈에 비친 쇠똥벌레의 모습은, 하느님의 눈에 비치고 있는 우리의 모습과 같은 것일 수도 있습니다. 즉, 하느님께서 보시기에는 우리들의 인생이라는 것이 쇠똥벌레의 삶처럼 보일 수도 있다는 겁니다.

하느님의 입장에서 보면, 별로 중요하지도 않은 돈 때문에 형제들 간에 재산싸움을 하고 의가 상하면서 앙앙불락(怏怏不樂)하는 모습이 정말로 한심하게 생각될 것입니다.

요즘에도 자주 쓰이고 있지만 옛 말에 부귀영화(富貴榮華)라는 말이 있습니다. 부(富)는 재산이고 귀(貴)는 명예를 말합니다. 이러한 것들을 중요한 가치로 여겨왔다는 뜻인데, 이 또한 차원을 달리해서 보면 허무맹랑한 것이 아닐 수 없습니다. 문희상처럼 1천억 원을 가지고 있다가 다 잃어버리는 경우도 있습니다. 돈을 많이 모은다고 행복한 것은 결코 아닙니다.

대부분의 연세 드신 어르신은 손자 손녀들을 보셨을 겁니다. 그런데 첫돌 잔치에 가서 보면 우리의 풍습대로 아이 앞에 여러 가지 물건을 놓아두곤 합니다. 그중에는 돈도 있고, 연필도 있고, 실타래도 있습니다. 아이가 돈을 집으면 "그놈, 부자가 되겠군"하고 좋아합니다. 연필을 잡으면 "훌륭한 박사가 되겠구나"하고 또 좋아합니다. 실타래를 집으면 "그 녀석, 오래 살겠어"하면서 박수를 치곤합니다. 어떤 곳에서는 아이가 아무것도 잡지 않으니까 억지로 아이의 손에 돈을 쥐어주는 일도 있더군요.

그런 모습을 보면서 이런 생각을 합니다. 그 아이가 그곳에 놓인 물건들을 다 집기란 어려운 일입니다. 손이 둘 뿐이기 때문이죠. 마찬가지입니다. 우리 사람들은 모두 이 세상에 태어날 때 공평하게 다 두 손을 가지고 태어났습니다. 더 많은 손을 가진 사람이 있다면 그것은 기형이거나 사람이 아니겠죠. 사람이라면 누구나 두 손을 갖고 있기 마련입니다.

그것은 무슨 의미일까요? 문희상은 이렇게 생각합니다. 누구나가 이 세상에 태어나서 손에 쥘 수 있는 물건은 제한되어 있다는 것입니다. 아이가 돈을 쥐려면 실타래나 연필을 놓아야 합니다. 모두 다 손에 쥘 수는 없습니다. 그것은 욕심입니다.

정말로 갖고 싶은 것이 있다면 가장 먼저 해야 될 일이 무엇이겠습니까? 먼저 자기 손에 움켜쥐고 있던 것부터 놓아야 합니다. 그것이 문희상의 생각입니다. 돈을 잔뜩 움켜쥐고 놓치지 않으려는 사람은 그 대신 다른 많은 것을 포기해야 합니다.

문희상은 가끔 이렇게 넋두리를 하곤 합니다.

"난 복 받은 인생이에요. 정치이외에는 할 줄 아는 것이 없지요. 당장 집을 고쳐야 하는데 그동안 무엇을 하고 살았을까? 마지막까지 마누라에게 손을 벌려야하니 말이예요. 노후에 나는 아무것도 받을 게 없어요. 국회의장을 지냈으면 대단할 것 같지요? 아무것도 없답니다. 자동차도.. 기사도... 아무것도 남지 않습니다.

하지만 나는 단층집 양지바른 곳에 내 몸 하나 의탁할 곳만 있으면 되요. 10평짜리 텃밭만 있으면 되지. 그게 나한테 딱 맞을 것 같아. 더도 덜도 없이 말이야. 나는 나의 한계를 알지..... 내 건강도 그렇고 머..."

욕심 없고 소탈한 문희상입니다. 다 비울 줄 아는 아름다운 노년을 맞이하는 문희상에게 아낌없는 박수를 보냅니다.

[인생은 보람으로 산다]

긍지

문희상이 몇 군데 노인정을 찾아갔을 때의 일입니다. 대부분의 노인정은 할아버지 방과 할머니 방으로 분리되어 있습니다. 그런데 할머니 방에서는 대부분 10원짜리 고스톱을 치시더군요. 10원짜리 고스톱이면 하루 종일 열심히 쳐봐야 몇 백 원 정도를 잃은 게 고작일 텐데, 영락없이 싸움이 일어나곤 합니다. 할아버지 방에서는 주로 100원짜리 고스톱을 치시더군요. 그런데 그것도 하루 종일 해봐야 몇천 원을 따거나 잃는 게 고작입니다. 상갓집에 가보아도 마찬가지입니다. 심지어는 상주가 거품을 물고 싸우는 일도 있습니다.

국민과의 소통, 대통합을 늘 부르짖던 문희상은 한 번도 아브라함 링컨의 게티스버그 연설을 잊은 적이 없습니다. 오브 더 피플(of the people), 바이 더 피플(by the people) 포 더 피플(for the people), 이렇게 세 가지를 우리 모두 기억할 겁니다. 문희상은 항상 국민모두가 계층, 세대, 지역을 떠나서 우리 모두가 하나로 되자라는 염원을 가슴에 깊이 품고 있습니다. 이것이 참여정부에 그대로 담겨졌다고 자부하는 문희상입니다. '국민과 함께하는 하나

된 민주주의' 그것이 바로 문희상의 보람이자 바로 인생의 행복이었으며, 참여민주주의의 대명사 일 것입니다.

점당 1천만 원을 걸고 내기 골프를 치는 사람들도 있더군요. 1천만 원짜리 골프를 치는 사람들이 꼭 행복하다고 할 수 있을까요? 10원짜리 고스톱을 치는 사람이나. 1천만 원짜리 골프를 치는 사람이나 그때의 심정은 다 똑같을 것입니다. 내기로 인해 생기는 행복이나 불행은 다 자신의 몫일뿐입니다. 행복을 느끼지 못한다면 자기가 할 일을 다 하지 못한 데서 비롯된 결과겠죠.

그렇게 돈에 큰 의미를 부여한다는 것은 어찌 보면 매우 허망한 일일지도 모르겠습니다. 돈은 일시적인 것에 지나지 않을 뿐인데 그런 돈에 긴 인생과 목숨을 건 다는 것 자체가 어쩌면 잘못된 일이겠죠. 너무 돈을 우습게 아는 것인지는 몰라도, 또 고생을 덜해서 나오는 말인지는 몰라도 이 세상에는 돈보다 더 소중한 것들이 많다는 생각입니다.

긴 인생을 거쳐 오면서 문희상보다 더 수많은 경험을 해 오신 어르신들 앞에서 주제넘은 이야기를 하곤 한다는데 공자님 앞에서 문자 한번 읊어 보았다고 생각하고 너그럽게 이해해 달라고 주문합니다.

"보람이란 무엇입니까? '나도 존재한다'는 긍지를 갖는 것입니다. 그러한 긍지를 손자, 손녀, 아들, 며느리에게 당당히 보여주십시오. 어르신들께서는 집안에서 당당하셔야 합니다. 집안에 어른이 계시면 그 집안이 달라집니다.

대부분의 사회 문제 근본 원인이 가정에서 비롯된다고 생각합니다. 그리고 그 가정 문제의 원인은 집안에 어른이 없다는 데 있다고 생각합니다. 동네에 어른이 계시지 않으면, 동네에 많은 문제가 생기는 것과 같습니다.

요즘 어르신들을 보면 많은 분이 동네 어른 노릇을 하지 않으려고 하거나, 그런 역할을 양보하려고 하시곤 합니다. 그러나 그렇게 하면 안 됩니다. 옛날에는 그런 일이 절대로 있을 수 없었습니다. 마을에서 젊은이들이 건들거리며 싸움질을 하고 다녀도 어른들이 야단치면 곧바로 머리를 숙이지 않았습니까?

요즘은 어떻습니까? 그런 어르신들이 없어졌습니다. 오히려 야단을 치면 못된 젊은이들에게 해코지당하는 것은 아닐까 걱정을 해야 할 지경입니다.

어른이 계시지 않기 때문에 이런 문제가 생기는 겁니다."

결국 인생은 재산도 아니고, 명예도 아니고, 보람으로 살아야 한다고 문희상은 늘 이렇게 주장합니다.

명예가 행복의 조건은 아닙니다

돈 이야기를 했지만 명예도 마찬가지입니다. 문희상은 해보고 싶은 것은 거의 다 해봤다고 자부하곤 합니다. 그중에서 한국 청년회의소(JC)의 중앙회장을 한 적이 있었는데, 당시 중앙회장 자격으로 외국에 나가면 국가원수에 준하는 대우를 해줬다는군요. 호텔이 경우는 방 세 개를 터서 만든 로열 스위트룸을 배정해 주었고, 정문 앞에는 국기도 꽂아 주었습니다. 그리고 입법부에서는 국회의원, 행정부에서는 대통령 정무수석의 직책을 수행하기도 했습니다. 우리나라의 경우 최고로 높은 직책은 아마 대통령일 겁니다.

모든 분이 동의하실 겁니다. 그런데 우리나라 역대 대통령들이 과연 모두 행복하게 살고 있습니까?

각자의 이유가 있어서라도 그렇게 행복해 보이진 않은 듯합니다. 대통령을 지낸 분들이 오히려 자기 집 대문 밖으로 당당하게 나오기가 어렵습니다. 전두환·노태우·김영삼·이명박·박근혜 전 대통령 등 역대 대통령이 모두 그렇습니다. 수백 명의 경찰이 집을 지켜 주어야 합니다. 그것이 과연 행복일까요? 그 모습을 보면서 우리는 명예가 반드시 행복과 직결되는 것은 아니라는 사실을 깨우치게 됩니다.

4. 문희상의 리더십

머리와 가슴 그리고 배

인간은 사회적 동물이므로 둘 이상의 사람이 모인 인간사회에서는 반드시 리더십이 존재합니다. 하지만 리더십에 대한 접근법은 하나로 정의하기에 너무 많은 다양성이 있습니다. 미국의 정치가 존 에더(John Eder)는 리더에게 가장 중요한 단어는 '우리, '나'라고 말하고 있습니다. 이는 사람은 모두 같은 목표를 가지고 '우리'라는 리더십을 가진다는 것입니다. 그러므로 그를 따르는 사람들은 자신의 이익을 잊고 그룹을 위해 일하게 됩니다.

일반적으로 지도자란 다른 사람을 지도 관리하고, 동기 부여해 줄 수 있는 능력을 갖춘 사람입니다. 그리고 그들이 가진 하나의 구체적이고 근본적 특징이 있습니다. 바로 '카리스마'입니다. 카리스마적 권위는 사회의 격변기에 많이 등장합니다. 하지만 이에 의지한 권위는 오래가기 어렵습니다. 한비자(韓非子)의 법가사상을 통치이념으로 채택하여 중국을 통일한 진(秦)나라가 오래가지 못한 것에서 교훈을 얻을 수 있습니다.

리더십은 사람의 성격 만큼이나 다양하기 때문에 어떤 사람이 리더가 되는가에는 정답이 없습니다. 문희상은 『대통령』 책에서 언급한 막스 베버(Max Weber)의 열정, 균형감각, 책임감 등 세 가지를 제시하며 가장 중요한 덕목으로는 책임감을 꼽았습니다. 여기에 대한민국의 대통령에게 필요한 자질로 '지장의 머리', '덕장의 가슴', '용장의 뱃심' 세 가지를 추가했습니다. 어디 대통령뿐이겠습니까? 이 땅에서 정치하는 모든 사람들이 갖추어야할 덕목이라고 생각합니다.

저는 정치가의 덕목을 머리와 가슴 그리고 배, 이 세 가지의 조화라고 표현합니다.

머리는 균형감각, 미래예측, 창의력, 상상력, 판단력, 통찰력, 문제해결 능력을 의미합니다. 가슴은 열정, 관용(똘레랑스), 사랑, 존중, 배려, 희생의 총화입니다. 배는 배짱과 결단력, 책임을 다하는 도덕적 용기 그리고 사명감을 의미합니다. 머리, 가슴 그리고 배, 이 세 가지 덕목을 갖춘 자만이 국민이 원하는 훌륭한 정치가가 될 수 있고, 정치를 이끄는 리더가 될 수 있다고 생각합니다(희망통신 120호 2016. 5. 10.).

내가 본 문희상은 리더십이 탁월하신 분입니다. 내가 시장으로 재임하는 동안 도와주셨던 모든 자신의 공을 나에게 돌리듯이, 항상 남에게 모든 공을 돌리는 겸손의 미덕을 갖추셨습니다. 패스트트랙에서 보여준 협치와 결단의 미학 역시 빼어난 정치적 리더십이었습니다.

이 부분에서 리더란 흔들리지 않는 존재가 아니라 흔들릴 수 없는 존재라는 것을 명쾌하게 보여주었습니다. '큰 어려움에 처해도 두려워하지 않는 것이 성인의 용기다'는 말처럼 올바르고 정의로워 어떤 위기도 두려워하지 않았습니다. 의장님을 포위해 공격하던 미래통합당 의원들의 저항에도 용기와 신념으로 패스트트랙을 통과시켰습니다.

나는 대학에서 10여년 넘게 행정학과 전공으로 리더십 강의를 했습니다. 리더십을 가르치면서 수없이 다양한 리더십의 종류를 접하고, 이를 체계화하기에 많은 어려움을 겪었습니다. 그래서 고민을 거듭하고 자료를 방대하게 수집하여 책으로 출간하겠다는 마음으로 『블루오션 리더십』을 발간했습니다.

이 책의 내용 중에서 전환기에 개혁을 올바르게 이끌 수 있는 '변혁적 리더십', 민주국가에서 국민적 합의를 이끌어 내는 '민주적·사회통합적 리더십', 실리를 중시하며 그것을 추구하는 '실용주의적 리더십'. 그리고 새로운 환경에서 조직의 나아가야 할 방향을 제시하는 '비전적 리더십', 등이 문희상 의장님의 리더십에 어울리는 것 같습니다. 물론 이 외에도 많은 리더십이 의장님의 리더십과 관련이 있음을 말씀드립니다.

변혁적(개혁적) 리더십

문희상은 '개혁의 주체'를 말할 때의 핵심은 뭐니 뭐니해도 리더십이라고 합니다. 리더십은 개혁의 구심이자 핵심이라고 말합니다. 그러므로 정치에서 개혁의 주체는 대통령입니다. 대통령의 리더십이 개혁을 주도합니다.

율곡 이이는 '시무론(時務論)'에서 국가의 발전단계에 대해 창업(創業), 수성(守城), 경장(更張)의 3단계로 설명하고 있습니다. 율곡은 '경장'에 대해 설명하면서, 경장의 최우선 과제는 '환경변화에의 적응', 최적전략(最適戰略) 특성은 '체제의 전면 개혁', 리더십의 유형은 '개혁적 경륜가'라고 주장합니다(생각을 바꾸면 세상이 보인다. 92).

위대한 지도자에게는 남다른 리더십이 있습니다. 난세의 경륜가 중국 청나라 말기 때 관료인 증국번(曾國藩)은 탁월한 리더십으로 국난을 극복했는데 그 요체는 이념적 명분보다 국가의 현실적 이익을 우선시한 데 있었습니다. 문희상 역시 변화의 시대, 전환기의 이 시대에서 실용주의를 중시하는 리더십을 펼친 인물로서 증국번에 뒤지지 않는다고 볼 것입니다.

그런데 문희상은 대통령의 리더십만으로는 부족하며 국민들도 개혁적 리더십을 가져야 한다고 주장합니다. 아무리 대통령 혼자서 개혁을 하려해도 국민들이 반대하고 외면하며 무관심하면 개혁이 성공할 수 없다고 말합니다. 한마디로 줄탁동시를 요구하고 있습니다.

우리 모두는 스스로 개혁의 전도사나 개혁의 불을 붙이는 사람이 될 필요가 있습니다. 국민들이 '너희들끼리 잘해봐'라는 생각으로 냉소적인 태도를 보이면 개혁은 성공할 수 없습니다(생각을 바꾸면 세상이 보인다. 126-129).

이번 21대 총선에서 더불어민주당이 180석을 차지하면서 전례 없는 거대 여당을 탄생시켰습니다. 미래통합당은 변화를 읽지 못하고 참패했습니다. 대통령은 국민들의 공감대를 확보했습니다. 대통령은 국민 여론을 하나의 지표로 삼되 더욱 자신감을 가지고 개혁에 박차를 가하며 정국을 주도하는 것이 필요할 것입니다. 물론 오만과 독선은 경계해야 하겠지요.

대통령과 여당 정치가의 리더십은 국민이 개혁을 원하고 있는 이때가 타이밍이며, 국민들이 개혁적 리더십을 가지고 있을 때 개혁이 성공할 것입니다.

민주적·사회통합적 리더십

민주적 리더십은 다니엘 골만(Daniel Goleman)에 의해 처음으로 소개되었습니다. 그에 의하면 민주적 리더는 부하직원들에게 팀에서 생성되는 모든 의사결정에 대한 결정권을 준다고 합니다. 한마디로 지도자가 조직 구성원들을 의사결정에 참여시키는 것을 말합니다. 이 점에서 볼 때 토론은 민주적 리더십의 기본 전제입니다. 토론은 상대방의 의견을 존중합니다. 원-윈(Win-Win)을 추구하는 균형을 중시합니다. 그러므로 정치에 있어서는 자연스럽게 협치를 중요시하게 됩니다.

문희상은 정치권에서 여야 여러 인사와 두루 친밀해 대표적인 '통합형 정치인'으로도 꼽힙니다. 국회 협치를 이끌 적임자라는 평가를 받았습니다. 그는 문재인 대통령을 향해서는 국회가 아무리 인기 없어도 협치해야 개혁이 성공할 수 있다고 말합니다. 대표적 의회주의자인 그가 20대 후반기 국회를 이끌 국회의장으로 선출되어 "첫째도 협치, 둘째도 협치, 셋째도 협치"를 강조한 것만 보아도 협치를 통해 입법부의 위상 강화를 추구한 것으로 보입니다.

정부정책에 대한 견제와 비판에 충실하면서도, 협치를 통해 한 걸음 더 나아갈 수 있는 생산적인 정치가 절실하다. 소속 정당은 다르더라도 민생과 직결된 국가 재정에 대한 깊은 관심과 애정은 한마음이라고 생각한다.

문희상은 국회의장으로서 국회 의원회관에서 열린 '2020년도 예산안 토론회'에 참석해 이같이 말했습니다. 정부에 대한 견제와 정당간에는 화이부동이 필요하다고 말하고 있습니다. 여당과 야당간에 내로남불이 아닌 역지사지가 절실히 요구됩니다.

문희상은 국회 내부에서의 협치뿐만 아니라 우리 내부의 갈등과 반목을 청산하기 위해서는 정치가들이 국민통합능력과 국가경영능력을 갖출 것을 요구합니다.

우리가 반드시 청산해야할 유물은 우리 내부의 갈등과 반목입니다. 지역 갈등, 계층갈등, 세대 갈등, 노사 갈등을 반드시 청산하고 국민 대 화합을 이룩해야 합니다. 우리 시대에 필요한 민주적 리더십은 국민통합능력과 국가경영능력입니다. 전국민의 잠재력을 총동원하여 이를 하나로 만들 수 있는 능력이 민주적 리더십의 기본입니다. 국가경영능력은 통치능력입니다(생각을 바꾸면 세상이 보인다. 40).

문희상을 생각할 때 떠오르는 또 하나의 리더십은 사회통합적 리더십입니다. 지속적으로 지역 갈등의 극복, 극단적 이분법적 사고의 전환을 요구하고 있습니다. 대한민국이 의미 있고, 지속 가능한 사회가 되기 위해서는 정의가 살아나야 합니다. 정치·경제·사회·문화 등 모든 영역에서 양극화를 극복하고 기회가 균등하게 보장되는 공정사회가 이루어져야 합니다. 사회통합의 리더십이 필요한 이유입니다.

'하세미 운동' 즉 '하나로, 세계로, 미래로' 운동입니다. 우리는 먼저 하나가 되어야 합니다. 지역갈등의 극복으로 동서의 화합을 이루고 이를 기반으로 다시 남북의 통일을 이루어내야 합니다. 그리고는 세계로 뻗어나가야 합니다. 그리하여 다가오는 미래를 준비합시다(생각을 바꾸면 세상이 보인다. 50).

우리가 버려야 할 극단적 이분법의 예로 민주/반민주, 진보/보수, 반미·자주/친미·사대, 친북/반북, 분배/성장입니다. 이것이냐 저것이냐는 극단적 이분법은 우파 전체를 꼴통 보수로, 좌파 전체를 용공·종북세력으로 몰아갑니다. 좌우 양단에 편들기를 거부하면 회색분자거나 줏대없는 사람으로 매도되기 십상입니다. 이러한 극단적인 이분법적 사고에서 벗어나야 편견과 허위의식을 깨고, 사고의 유연성을 발휘할 수 있습니다. 그래야 관용과 상호인정의 성숙한 민주주의가 가능하게 됩니다(동행2. 234).

동서 지역갈등, 극단적 이분법은 정치가들이 정파의 이익을 위해 이를 부추기는 경우가 많습니다. 이러한 적폐는 정치가들의 책임이 가장 크다고 할 수 있을 것입니다.

박정희 정부에서 행해진 '국민경제 성장', '새마을 운동'이나 김대중 정부에서 IMF 국난극복을 위한 '금 모으기 운동'에서는 지역 갈등, 이분법적 요소 등은 거의 찾아보기 힘들었습니다. 그러나 코로나 19 극복과정에서는 국난극복이라는 동일한 목표를 두고서도 정치와 국민이 이분법으로 쪼개졌습니다. 전 세계가 찬사를 보내는 우리의 코로나 19 국난극복에 대해서도 정쟁의 도구로 전락하고 만 것입니다.

어느 것이 국익에 도움이 되는가를 놓고 정치가들은 자신의 리더십을 국민의 이익을 향해 결정을 해야 합니다. 이번 4.15 총선 결과가 웅변해주는 것처럼 반대를 위한 반대, 국익에 전혀 도움이 되지 않는 반대를 일삼는 정치가들은 국민들의 따끔한 회초리를 맞게 될 것이 분명합니다. 그러므로 정치가들의 과거지향적이고 분열적인 리더십은 미래지향적이고 통합적인 리더십으로 변화되어야 할 것입니다.

실용주의 리더십

이념 구도를 뛰어넘어 실리를 중시하며 그것을 추구하는 지도자의 행동 양식이나 능력이 실용주의 리더십입니다. 예를 들면 흰 고양이든 검은 고양이든 쥐를 잡는 게 좋은 고양이입니다. 쥐를 잡는데 고양이의 색깔이 중요한 것이 아니라 쥐를 잡을 수 있는 능력을 가지고 있는 고양이가 필요한 것입니다. 정치에서의 실용주의란 진보든 보수든 국민의 삶을 더 나아지게 만드는 정치가 우선이라는 뜻입니다.

이념적으로 편향된 사람은 때로는 자신의 편향된 사상과 이념으로 다른 사람과 현실의 다름을 수용하거나 인정하지 못하고, 타인의 다름을 틀림으로 받아들여, 배격하거나 공격하는 비합리적인 사고와 판단을 하기도 합니다. 이러한 편향성을 벗어나기 위한 합리적이고 실용적인 개인의 사고와 인식이 중요합니다.

실용주의 리더십으로 명분론을 깨뜨린 최명길은 "화살은 내게 돌려라. 백성을 살리는 것이 내 할 일이다."라고 말했습니다. 이런 최명길 덕분에 인조와 조선은 풍전등화의 위기에서 살아날 수 있었습니다. 실용주의를 실천한 최명길은 악역을 스스로 짊어지고 나라와 군주를 구한 누란지위(累卵之危)의 구국 영웅이었던 것입니다.

외교부분에서 나오는 실용주의는 바로 국익외교입니다. 친미도 반미도 아닙니다. 우리 국익에 가장 맞는 걸 골라서 하자는 겁니다. 실용주의적으로 국익에 맞냐 안 맞냐를 놓고 판단하는 겁니다. 현재 외교에서 대통령님의 실용주의가 가장 빛나고 있다고 저는 생각합니다(동행1. 310).

문희상은 실용주의자 즉 프라그마티스트입니다. 바로 부지런함입니다. 이런 분이 우리나라 권력기관 제2의 서열 국회의장으로 선출된 것은 어떤 면에서 우리 민족의 행운입니다.

비전적 리더십

비전(vision)이란 원래 상상력, 직감력, 통찰력 등을 뜻하거나 미래상, 미래의 전망, 선견지명 등의 뜻을 가지고 있습니다. 간단히 말해 장기적으로 지향하는 목표, 가치관, 이념 등을 통칭하는 개념이라 할 수 있습니다. 그러므로 비전적 리더란 눈앞의 작은 이익에 관심을 두지 않고 미래의 전망을 내다보고 조직구성원들에게 희망적인 비전을 제시하는 리더를 말합니다(블루오션 리더십. 343).
비전적 리더십의 대표적인 인물인 마틴루터 킹 목사의 'I Have a Dream' 연설에서 이러한 비전의 특성이 명확히 드러납니다.
문희상의 비전적 리더십은 그의 저서 '동행'과 '문희상의 희망통신', '문희상 시정보고'와 각종 보도자료 및 연설문 등을 통해 잘 나타나고 있습니다. 이 중에서 그의 비전적 리더십에 해당하는 대표적인 내용을 소개하고자 합니다(동행1. 232).

이제 새로운 시대를 열어갈 우리에게 필요한 정치는 무엇인지 결론지어 보겠습니다.
1) 자유민주주의와 시장경제를 최우선의 가치로 하는 정치
2) 한반도의 평화를 절대적으로 지켜가는 정치
3) 서민과 중산층, 사회적 약자를 감싸 안으며 민생경제를 살리고

복지를 완성시키는 정치

4) 극단을 배제하고 중도세력을 아우르는 국민 대통합의 정치

5) 국익을 우선으로 생각하는 실용외교를 펼쳐가는 정치

6) 세계화와 변혁의 시대흐름을 파악하고 지속적으로 개혁을 실천하는 정치

7) 지역주의 극복으로 전국정당을 세워 정치개혁을 완성하는 정치

바로 이런 정치가 필요한 것입니다.

문희상의 사상과 희망을 잘 보여주는 부분입니다. 그가 희망하는 정치적 소망이 단적으로 잘 나타나 있습니다. 그는 정치 초년생들에게도 눈앞에 놓여있는 자신의 이익을 위해서가 아니라 장기적인 국가발전을 위해 정치할 것을 주문하고 있습니다.

정치가의 길, 정객의 길은 종이 한 장 차이다. 그러나 다음 선거만 생각하는가, 다음 세대를 생각하는가는 엄청난 차이다(2016. 05. 10. 초선의원들에게 보내는 편지에서).

앞으로 대한민국은 정보화, 세계화, 민주화 시대로 한국 정치가 나아갈 것으로 생각됩니다. 한국 정치는 한반도가 동아시아의 불화와 반목의 진원지에서 동아시아와 세계의 평화 발원지로 지정학적 역할 변경이 이루어질 것으로 봅니다. 이는 세계 속의 한국의 위상 변화, 태평양 시대의 도래, 동아시아 국가들의 민족국가

에서 네트워크 국가로의 전환 등으로 환경이 변화될 것으로 전망됩니다.

이러한 새로운 정치 변화는 한국 정치의 한 단계 도약을 의미하며, 발전을 가져와 팍스 코리아나의 위업을 달성할 것으로 생각됩니다.

제5부

문희상의 의정부 사랑

5

문희상 영원한 의정부의 아들

1. 영원한 의정부의 아들

의정부 큰바위

　문희상 의장님이 과거 문 대통령 특사로 아베 총리를 예방했을 때 "야쿠자 오야붕이 왔다"라는 일본인 댓글이 이슈가 된 적이 있습니다. 터프한 외모 덕에 포청천이라는 별명도 있습니다. 그리고 "외모는 장비, 머리는 조조"라는 평도 있습니다. 외모로 느껴지는 것보다 훨씬 뛰어난 명석함을 지녔다는 뜻입니다. 이렇게 얼굴을 가지고 많은 별명을 가진 사람도 많지 않을 것입니다.

　문희상은 요즘 젊은 사람들에게 이하니 삼촌으로 더 유명하고, 좀 더 나이가 든 사람들에게는 국회의장 문희상으로 유명합니다. 그런데 의정부에서는 '큰 바위 얼굴'로도 많이 알려져 있습니다.

　의정부 큰 바위 얼굴 문희상!

　얼굴이 커서 큰 바위입니다. 그렇지만 의정부 시민들에게 희망을 주는 사람이기 때문에 큰 바위입니다.

　나다니엘 호손의 단편소설 『큰 바위 얼굴』은 주인공인 어네스트가 자신의 머리 뒤로 큰 바위 얼굴을 지고 앉아서 사람들에게 말을 해주던 중에 햇살에 비친 모습이 큰바위 얼굴처럼 보였다는 것입니다.

　의정부 사람들은 문희상을 자랑스럽게 생각합니다.

하의도에 김대중이 있고 봉하마을에 노무현이 있듯이 의정부에 문희상이 있습니다. 우리 시의 시민들에게 삶의 스승이며 희망입니다.

그곳이 차마 꿈엔들 잊힐 리야

문희상은 태어나서 지금까지 한 번도 의정부를 떠난 적이 없습니다. 고향은 어머님의 품과 같다고 합니다. 외지에 나갔다가 고향에 돌아올 때는 마음이 편안하지요. 그러니 고향이 사랑스럽지 않은 사람은 거의 없을 겁니다. 이러한 고향 사랑은 이웃사랑을 싹틔워 고향을 어떻게 발전시킬지 고민하게 됩니다. 문희상은 고향을 사랑하지 않는 사람은 나라도 사랑하지 않는다고 합니다.

내가 살고 있는 동네를 사랑해야 의정부를 사랑할 수 있고, 의정부를 사랑할 수 있어야 나라도 사랑할 수 있는 겁니다. '고향 까마귀만 봐도 반갑다'는 말이 있습니다. 여기를 고향으로 생각하시고 의정부가 잘 되기를 바라셔야 합니다. 그래야 나라도 잘 됩니다(생각을 바꾸면 세상이 보인다. 240).

'월조는 남쪽 가지에 집을 짓고(越鳥巢南枝 월조소남지), 호마는 북풍에 운다(胡馬嘶北風 호마시북풍)'라는 말이 있습니다. 월나라 새는 항상 남쪽 나뭇가지에 깃들고, 오랑캐 땅의 말은 항상 북풍만 불면 운다는 뜻입니다. 남쪽 나라인 월나라에서 온 새는 집을 짓더라도 고향에 한 발이라도 가까운 남쪽 가지에 자리 잡고, 북쪽에서 온 호마(胡馬)는 북녘 바람이 불면 목을 들고 운다는 것이지요.

고향에는 사랑하는 아내와 가족이 있습니다. 어려울 때 서로 돕고 즐거울 때 함께 웃는 이웃이 있습니다. 외국에 나가 있을 때는 며칠도 안 돼서 한국에 돌아오고 싶지요. 시인 문재학은 그의 시 '꿈길에 어린 고향'에서 고향에 대한 향수를 이렇게 노래합니다.

순진무구(純眞無垢)했던 친구들의/ 아른거리는 그 모습
천진난만(天眞爛漫)한 유년시절이/ 그리움의 깃발로 펄럭이고
언제나 반갑게 맞아주는/ 한없이 포근한 어버이 품속
산골짜기 골골마다/ 전설처럼 쏟아지는 옛 추억들이/ 구수한 고향 꿈에 어린다.

고향 생각이란 이럴진대 태어나서 한 번도 다른 지역으로 이사가 본 적이 없는 의정부 토박이인 문희상의 고향 사랑은 의정부의 발전에 견인차 역할을 할 수밖에 없었을 겁니다. 눈만 뜨면 의정부가 보이고 대한민국이 보일 겁니다.

김치에 멸치를 넣고 끓이면 멸치 김치찌개, 돼지고기를 넣고 끓이면 돼지고기 김치찌개가 됩니다. 그렇듯이 김치에다 부대고기를 넣고 끓이면, 바로 부대김치찌개가 되는 것입니다.

우리 고유의 음식인 김치와 서양음식의 특징이 잘 들어있는 소

시지, 햄, 전투식량의 모든 고기를 섞어 끓인 김치찌개가 부대찌개입니다. 동(東)과 서(西)가 한데 어울리는 국제적 퓨전음식, 동서양의 화합의 상징인 부대찌개야말로 오늘날의 시대정신이라고 생각합니다(동행2. 251).

그의 부대찌개 사랑이 느껴지지 않나요? 문희상은 밝고 소탈한 성격을 가진 사람입니다. 국민들은 소탈한 사람을 동경합니다. 겉모양이 수수하고 풍채도 좋습니다. '난사람'이나 '든사람'보다는 '된사람'입니다. 잘났다고 그리고 유식하다고 안하무인(眼下無人)으로 다른 사람을 무시하는 행동을 하지 않습니다. 이런 분이 대한민국의 국회의장이 될 수 있었던 것은 여러 요인이 있었겠지만 내 생각으로는 바로 소탈함이 아닌가 생각됩니다. 유머도 풍부해서 상대방을 잘 설득시켰으며, 화이부동을 그의 철학으로 여기신 조화의 정치를 잘하신 분입니다.

그의 말은 순화되지 않았으며, 촌부(村夫)들이 일상적으로 사용하는 그런 정도의 말씨였습니다. 그리고 행동도 결코 근엄하거나 거만하지 않습니다. 그의 사상은 자유주의 국가론자였지만 대부분의 국민들이 좋아했습니다. 국회의원을 그리고 중요한 청와대 정무수석, 대통령 비서실장, 민주당 의장, 비상대책위원장, 국회부의장과 의장 등 한국 정치사에 큰 족적을 남겼지만 자화자찬하시는 것을 들은 적이 없습니다.

그가 만나는 보통사람들은 모두가 그의 애인이었습니다. 많은 사람들은 이런 인간성을 가지고 사는 사람에 대하여 매력을 느낍니다. 세계적인 인물로서 미국의 16대 대통령이었던 '에이브러햄 링컨(Abraham Lincoln)'은 모두가 좋아하는 사람입니다. 그를 좋아하는 이유가 생긴 모습에서 보여주는 바와 같이 그의 삶이 소탈했기 때문입니다.

2. 의정부의 발전, 문희상의 투혼

[법과 예산 그리고 지역 발전]

법과 예산을 통해 세상이 변화됩니다

국회의원은 비록 특정 지역구에서 당선되어도 지방의회 의원과는 달리 특정 지역의 이익만을 대변하는 것이 아니라, 국민 전체의 이익을 위해 국정을 운영·통제·감독해야 합니다. 이것이 대의제 민주주의하에서 국회의원이 지녀야 할 본연의 자세입니다.

국회의원의 역할은 크게 세 가지입니다. 먼저 기존 법안을 개정하거나 새로운 법을 만드는 입법 기능을 담당합니다. 국가재정과 관련해서는 정부의 예산안을 심의·확정하고 국민 세금이 제대로 쓰였는지 심사합니다. 또, 국정 감사와 조사를 통해 국정운영의 잘못된 부분을 찾아서 바로 잡습니다.

다음으로 국회의원의 가장 중요한 소임은 지역 발전의 견인차 역할을 하는 것입니다. 의정부시의 주요 사업에 대한 정부 차원의 지원, 지역민의 사회경제적 삶의 질에 도움이 되는 일에 중점을 두고 일해야 합니다. 지역 예산확보 노력도 빼놓을 수 없습니다. 당과 정부, 청와대를 설득해 열악한 의정부시의 재정 상황을 감안해 국비 지원 사업확대와 국가사업 유치 등을 노력해야 합니다.

의정부는 시 재정이 열악하기 때문에 국비에 의존할 수밖에 없습니다. 한마디로 국회의원의 국비확보 능력에 따라 지역 경제가 좌우된다고 해도 과언이 아닙니다. 국회의원이 시장과 협의해서 신규 사업을 적극적으로 발굴하고, 여기에 국비 또는 대형 국책사업을 유치해서 단기간에 일자리를 만들어 관련 산업계가 연쇄적으로 발생할 수 있도록 해야 합니다.

그러므로 국회의원의 의정활동과 지역에 대한 관심에 따라 의정부시의 발전도 좌우됩니다. 우리 시의 발전을 저해하는 법률을 개정하고 개발을 촉진하는 입법 활동을 열심히 하고, 지역의 사업에 충당할 국비를 많이 확보할수록 지역 발전이 가속화됩니다. 문희상은 국회의원으로서 많은 중요한 국가와 지역을 위한 법률을 발의하였으며, 의정부시의 발전을 위해 많은 국비를 확보하여 새로운 사업을 가능하게 했습니다.

법에서 금지하는 사항은 추진하기 어렵습니다. 법률을 제정하거나 개정해야 사업추진이 가능하게 됩니다. 그러나 입법 활동은 복잡한 이해관계가 얽혀있어 하나의 법률안을 발의하여 본회의를 통과하는 데까지 많은 시간과 어려움이 뒤따르기 마련입니다.

국비 지원을 위한 예산확보 역시 어렵기는 마찬가지입니다. 한정된 예산으로 자신의 지역으로 많이 지원받으려는 전국 각 시군 간의 경쟁이 치열하기 때문입니다.

지역 발전은 시나 군이 발전 사업을 기획하고 집행합니다. 그런데 법률이 가로막고 있거나 자치단체의 예산이 부족하면 그 사업이 난관에 봉착하게 됩니다. 이와 같은 일이 발생하면 해당 지역구의 국회의원의 역할이 매우 중요합니다. 내가 의정부시장을 하면서 미군 부대 이전, 호원IC 개통 등을 비롯해 지역 발전의 계획을 세우고 실천할 때 관련 법률을 제정·개정해 주고, 국비를 확보해서 예산에 충당함으로써 사업이 가능하게 된 것도 문희상 의장님의 적극적인 노력 덕분이었습니다. 비근한 예로 문희상 의원이 대표 발의하고 2006년 제정된 『주한미군 공여구역주변지역등 지원 특별법』에 의해 규제법안 무효화 및 대폭 완화로 을지대학과 종합병원 유치는 물론, 외국인 투자가 가능한 기회의 땅으로 변신했습니다.

의정부시는 복 받은 도시입니다. 문희상을 보유하고 있기 때문입니다. 의정부시가 짧은 기간에 이렇게 발전하게 된 것도 문희상이 있기 때문이었습니다. 미래형 도시로 탈바꿈하는 의정부, 그 시작과 중심에는 언제나 문희상이 있었습니다. 수많은 청사진이 현실로 이루어질 때까지 의정부를 위해 혼신의 노력을 다하는 의정부의 희망이었습니다.

법률 발의를 통해 국가와 지역 발전에 기여했습니다

문희상은 '귀를 씻고 공손하게 듣겠다'라는 뜻의 사자성어 '세이공청(洗耳恭聽)'을 마음에 새기고 '크게 듣고 열심히 뛰겠다'라는 의지로 열심히 의정활동을 펼쳤습니다. 그 결과 수백 개의 법률안을 발의하였습니다. 모든 법률안이 사람의 행동을 규율하므로 중요하지 않은 법안이 없습니다. 이 중에서 몇 개만 골라 편의상 '국

가발전을 위한 법률', '지역 발전을 위한 법률', '민생을 위한 법률'
로 구분했습니다.

① 국가발전을 위한 법률
- 방위사업법 일부개정법률안
·연간 10조 원에 달하는 방위력 개선사업의 편성 및 집행 투명
성과 효율성 담보를 위하여 방위사업청장을 인사청문회 대상으
로 지정함으로써 방위사업청장의 전문성과 책임성 검증
- 공직선거법 일부개정법률안
·통합선거인명부 사용에 따른 부재자투표 특례를 사전투표로
명확히 함으로써 법률상의 혼란 방지
- 국회법 일부개정법률안
- 상훈법 일부개정법률안
- 남녀고용평등법률
- 사회복지사 등 법률
- 청년고용촉진 특별법
- 교육기본법
- 비영리단체 지원법 일부개정법률안
- 전자정부법 일부개정법률안
- 개인정보 보호법 일부개정법률안
- 사격 및 사격장 안전 관리에 관한 법률 일부개정법률안
- 사행행위 등 규제 및 처벌 특례법 일부개정법률안
- 경제민주화기본법안

- 근로기준법 일부개정법률안 외 다수

② 지역 발전을 위한 법률
- 주한미군 공여 구역 주변 지역 등 지원특별법 일부개정법률안
·2004년도에 대표 발의하고 2006년도 제정된 동 특별법에
  이어 징발 해제 부분까지 국가가 토양오염제거를 책임지며, 지자
  체의 재정부담을 최소화할 수 있도록 하는 개정법률안 발의
·기존의 하천, 도로, 공원 외에 공공·문화체육시설 조성을 위한
  부지 매입비와 공사비에 대한 국비 지원 근거 마련
- 도시철도법 전부 개정법률안
·경전철에 대한 정의를 명확히 하고 MRG(최소운영수익보장제
  도) 방식으로 추진된 경전철 사업비용의 전부 또는 일부에 대한
  국비 지원 근거 마련
- 전통시장 및 상점가 육성을 위한 특별법 일부개정법률안
- 소상공인 보호 및 지원에 관한 법률 일부개정법률안 외 다수

③ 민생을 위한 입법
- 노인복지법 일부개정법률안
- 임대주택법 일부개정법률안
- 학교급식법 일부개정법률안
- 주택임대차보호법 일부개정법률안
- 학령기 아동·청소년 보호와 교육 지원에 관한 법률안
- 부도공공건설임대주택 임차인 보호를 위한 특별법 일부개정

법률안

- 노숙인 등의 복지 및 자립 지원법률
- 재난 및 안전관리 기본법 일부개정법률안
- 대규모 유통업에서의 공정화에 관한 법률 일부 개정 법률안
- 학교보건법 일부개정법률안
- 농수산물 유통 및 가격안정에 관한 법률 일부개정법률안
- 장애인, 노인, 임산부 등의 편의 증진 보장에 관한 법률 일부 개정법률안
- 남녀고용평등과 일, 가정 양립 지원에 관한 법률 일부개정법률안
- 청소년고용촉진 특별법 일부개정법률안
- 아동복지법 일부개정법률안
- 산업재해보상보호법 일부개정법률안

그 밖에 지역, 아동, 청년, 교육, 사회복지, 주거, 일자리 등 민생 관련 법률 다수 발의

국비확보로 의정부가 백조로 새롭게 태어났습니다.

문희상의 고향 의정부 지역 발전을 위한 노력은 법률 제정뿐 아니라 예산확보에서도 출중한 능력을 보여주고 있습니다.

특히 『주한미군공여구역 주변 지역 등 지원특별법』과 『도시철도법』의 개정은 그동안 답보상태였던 미군기지의 개발을 가능

하게 하였으며, 시민의 발인 의정부경전철의 설치로 시민의 이동이 한층 자유롭게 됨으로써 도시 내 교통혼잡을 해결하는 데 큰 도움을 주었습니다.

의정부는 문희상이 자라고 묻힐 고향입니다. 의정부를 위해 그의 정치 인생을 다 바쳤습니다. 의정부 발전의 기틀을 마련했습니다.

문희상의 의정부 사랑은 의정부 발전과 그 맥을 같이해 왔습니다. 바쁜 국회의원 일정을 소화하면서도 의정부에서 이루어지고 있는 사업을 위해 예산을 확보하고, 법률을 제정하는 등 의정부의 현안 사업을 위해 물심양면으로 지원했습니다.

문희상 의장님과의 밀접한 소통이 없었더라면 내가 내건 공약사항들이 얼마나 잘 이루어졌을까 하고 생각해 봅니다.

아무리 좋은 곳을 만들어도 사통팔달의 교통으로 오가기 편해야 됩니다. GTX-KTX 조기착공으로 의정부 시민에게는 출퇴근의 여유를, 의정부를 찾는 관광객들에겐 교통편 걱정 없는 의정부를 만들겠습니다. 기존의 의정부버스터미널을 이전하여 명실상부한 경기북부의 교통.거점 도시다운 의정부종합고속버스터미널을 신설하겠습니다(2016.3.28. 문희상 홈페이지).

의정부의 수많은 난제들이 문희상 의장님의 노력 덕택에 해결되었습니다. 호원IC, 백석천 생태하천 복원, 중랑천 개량사업, 동부간선도로 확장, 송추길 39호선 확장, 회룡천 방호벽 철거, 컬링장 신축, 직동·추동공원 사업, 을지대학 유치, 통합보훈회관 신축, 예비군 훈련장과 기무부대 이전, 외곽순환고속도로 통행료 인하, 의정부복합문화융합단지 조성 등 문희상 의장님의 공과 힘이 아니었으면 이루어지기 힘들었을 것입니다.

이외에도 『주한미군공여구역주변지역등지원특별법』을 대표 발의하고 통과시키는 데 앞장섰습니다. 그는 '단 한 평의 미군기지도 없게 하겠다'라는 의지로 이 법을 발의한 것입니다. 이로써 의정부시가 미군기지 등 군사도시에서 행정·문화·교육의 중심도시로 발전하게 되었습니다. 또한, GTX-C노선과 수서발 KTX 연장, 호원동 캠프 잭슨 부지 세계문화예술 테마공원 등 많은 사업이 문희상 의장님의 국비확보 등에 의해 동력을 얻고 있습니다.

전철 7호선 연장사업과 비록 실패로 돌아갔지만, 민락동을 경유하는 노선변경 사업을 시행할 때에도 국토부 장관을 대동시켜 도움을 주시던 일들이 주마등처럼 떠오릅니다.

의장님은 고향 의정부 사랑을 실천하신 분입니다. 자신이 도울 수 있는 위치에 있으면서도 귀찮아서든 몰라서든 여러 핑계를 둘러대면서 '나 몰라라' 하는 사람들이 많습니다. 그렇지만 의장님은 그런 사람이 아닙니다. 고향 사람들과 고향 의정부에 대한 애착이 강하신 분이십니다.

나는 의장님의 노력이 없었더라면 의정부시가 이렇게 발전했을 거라고 보지 않습니다. 내가 2010년 민선 5기 의정부시장에 초선으로 당선되었을 때만 해도 의정부시는 매우 열악한 도시였습니다. 교통은 불편하고 미군기지는 거의 그대로였습니다. 하천 역시 정비가 잘 안 된 상태였고 도시발전을 위한 공약을 실천하는데 앞이 캄캄한 상황이었습니다. 문희상 의장님은 의정부시 발전을 위해 최선을 다하고 있는 나를 적극적으로 도와주시면서 의정부시의 여러 현안 사항이 조속히 해결될 수 있도록 중앙부처와 긴밀히 협조해 주셨으며, 국비 예산에 반영될 수 있도록 적극적으로 노력해 주셨습니다.

3선 의정부시장 임기 만료를 2년 정도 앞두고 바라보는 의정부시는 자화자찬일 수도 있겠지만 눈에 띄게 많은 발전이 이루어졌습니다. 인구도 계속 증가하고 있고, 전국에서 가장 많았던 8개의 미군 부대가 3개를 남기고 모두 반환되었습니다.

그 자리에 역전근린공원, 을지대학교 및 병원, 경기도 북부교육청, 광역행정타운, 체육공원 등이 들어섰고, 그리고 현재도 개발이 진행 중에 있습니다. 남은 3개의 미군 공여지인 캠프 레드클라우드는 안보테마관광단지, 캠프 스텐리는 복합시니어타운, 캠프 잭슨은 세계문화예술 테마공원으로 조성할 것입니다.

이 밖에도 고산동 복합문화융합단지와 금오동 직업체험관인 나리벡시티를 조성하고 있습니다. 이 많은 일들이 문희상의 의정부에 대한 사랑이 없었더라면 가능할 수 있었겠습니까?

[문희상과 지역 발전]

교통 부문

①경기 북부지역 주민의 숙원, 호원 IC(나들목) 개설

총사업비 552억 5900만 원 (국비 276억2900만 원, 도비 138억 1500만 원, 시비 138억1500만 원)

호원 IC 개설 사업은 참여정부 때부터 ▲2㎞ 이내 IC 미설치 원칙 ▲안전사고 위험 ▲교통체증 유발 등의 이유로 건설교통부가 불가방침을 결정한 데 이어 이명박 정부 들어서도 국토해양부가 같은 이유를 들어 난색을 보여왔습니다. 그러나 문희상 의원은 2007년 9월 17일 이용섭 당시 건교부 장관으로부터 '설치 불가방침의 전면 재검토' 약속을 받아냈고, 박근혜 정부에서도 국토해양부를 상대로 끈질긴 설득과 전방위적인 활동을 통해 예산을 확보하였습니다. 문희상은 '의정부 시민의 바람이며 시민들의 성원이 있었기에 가능한 일이었다.'고 회고했습니다.

국회의원실은 "문의원이 국회부의장에 당선된 뒤 부의장실에 호원 IC 설치를 위한 전담 비서진을 구성해 국토해양위원회 및 예결위원회 활동을 예의주시하면서 고비마다 해당 소속의원들을 통해 정부 측에 호원 IC설치 필요성을 강조했다"고 설명했습니다.

특히 예산확정에 결정적인 역할을 하는 예결위 계수조정소위원회 위원들에게는 사무실이나 행사장으로 직접 찾아가 호원 IC 설치의 당위성을 역설하였으며, 계수조정소위원회 활동 기간에는 위원들을 수시로 독려하여 호원IC 관련 예산확보에 주력했습니다.

호원 IC 설치를 위해 혼신의 힘을 다 바친 결과 호원 IC보다 두 배 이상의 효과를 내는 '호원IC 대체 도로 안'을 마련했습니다. 호원 IC 대체도로안은 시청 뒷길 국도 3호선 우회도로를 의정부 IC에 연결하고, 또한 동부간선도로까지 직접 연결하는 사업을 말합니다. 건교부의 호원 IC 설치 불가 입장을 뒤집어 2009년 호원 IC 설치를 위한 타당성 조사비 20억 원을 확보했던 문희상 의원!

타당성 조사 결과가 부정적으로 나오자 "호원 IC는 의정부시뿐만이 아닌 경기 북부 주민들의 교통체증 해소를 위해 절실한 만큼 백년대계 차원에서 가능한 방법이 강구되어야 한다"며 국토해양부와 기획재정부를 설득하여 그 결과, 기능은 그대로 효과는 두 배인 호원IC 대체도로안을 추진했습니다. 호원IC는 정부의 절대 불가 원칙에도 불구하고 문희상만의 집념으로 이뤄낸 의정부 시민의 숙원사업입니다.

경기 북부를 연결하는 동부간선도로, 국도 3호선, 국도 43호선은 평소 교통량이 많아 극심한 차량 체증이 발생한 곳입니다. 특히 서울과 직접 연결되어 있어 출·퇴근길이나 주말이면 극심한 교통 정체를 일으키고 있으며 동부간선도로에 연계되어 의정부 IC를 이용하는 모든 이용자가 많은 불편을 겪었습니다.

이러한 불합리한 교통여건을 개선하고자 중앙정부와 관계 기관을 수차례 방문하여 호원 IC 개설의 필요성을 역설하고 노력해왔으나 되돌아오는 답변은 항상 "설치불가, 수익성 없음"이었습니다.

호원 IC 개설공사는 2006년 6월경 서부 순환로와 서울 외곽고속도로 사패산 인근 공사를 하면서 시청 뒤편 국도 3호선 대체도로에 연결되도록 임시 IC를 설치했습니다. 폐쇄된 것을 다시 살려낸 것으로 당시의 호원 IC는 그야말로 임시 IC 이며 이미 폐쇄하기로 중앙정부와 사전협의가 돼 있었습니다. 1km 남짓한 인근에 의정부 IC가 건설되어 추가 IC가 필요치 않다는 것이 주된 이유였습니다.

호원IC 현장방문

　나아가 건설교통부, 한국교통연구원 심지어 경기개발 연구원까지 당위성이 미흡한 것으로 판정하고 있어, 모든 관계자는 개설이 불가능한 것으로 체념하는 분위기가 매우 강하였습니다.

　그러나 의정부시는 지역 문희상 국회의원의 적극적인 성원과 협조에 힘입어 관련 부처와의 밀접한 관계유지 및 대책회의를 거친 결과 타당성 재조사 용역을 착수하는 성과를 거뒀습니다. 호원 IC 개설의 첫 실마리를 마련한 것입니다.

　그 결과에 힘입어 2009년 12월 기획재정부 K.D.I을 통해 재검증 타당성 용역을 수행함에 따라 기술적·경제적으로 합리적인 설치 계획(안)과 자료 등을 제출하여 2010년 7월 타당성 조사가 완료되고 2011년 9월에는 총사업비 협의가 완료되는 성과를 이룩하였습니다. 사업 구간은 호원동 서부순환도로~서울외곽순환도로 사패터널 인근으로 입체교차로 4.74km, 도로 폭 10m, 설계속도 40km로 의정부시에서 송추 방향과 남양주 방향으로 진·출입이 가능하도록 설계되었습니다.

2015년 5월 준공을 목표로 의정부 시민과 경기 북부 시민들의 염원과 기대 효과를 기대하며 사업에 박차를 가했습니다.

호원IC의 개통으로 기존 의정부IC 주변 도로와 경기 북부지역 주민들이 서울외곽순환고속도로를 이용하면서 생긴 불편을 해소하는 것은 물론, 이용 시간 단축과 장기적으로는 경기 북부지역의 대규모 택지개발 조성에 따른 지속적인 교통량의 증가에 대비하고 우리 시 서부지역으로 통과 차량을 분산시킴으로써 경기 북부지역과 서울 간 양방향 차량흐름을 원활히 하는 등 우리 시 모든 구간의 원활한 차량흐름과 교통량 집중에 따른 정체 현상이 대부분 해결되었습니다.

호원IC 개통! 의정부 시민을 위한 문희상의 의지와 뚝심의 결과입니다. 문희상의 흔들리지 않는 의지와 뚝심으로 의정부 시민의 숙원사업이던 호원IC가 마침내 준공된 것입니다.

②회룡 IC

총 350억 원(국비 175억 원, 시비 175억 원) 투입 중 신설 예산 9억 원 확보

서울외곽순환도로 의정부 호원 IC와 국도 3호선을 연결하는 도로가 2022년 6월 개통됩니다. 의정부시는 16일 호원 나들목 서부로에서 국도 3호선 평화로를 잇는 길이 800m, 폭 17.5m의 회룡 나들목(가칭) 사업을 추진하기로 했습니다. 2021년 3월 착공을 목

표로 국비 175억 원, 시비 175억 원 등 350억 원이 투입됩니다. 문희상은 회룡IC 신설 예산 9억 원을 확보하였습니다.

회룡 나들목 구간이 개통되면 의정부 호원동 등 지역 주민 5만여 명이 서울외곽순환고속도로를 좀 더 쉽게 이용할 수 있게 됩니다. 그동안 일대 주민들이 서울외곽순환도로를 이용하려면 의정부시청 나들목까지 이동해 약 4.1km를 우회해야 했습니다. 출퇴근시간대 호원 나들목으로 진입하려는 차량들이 의정부 예술의전당 앞 삼거리로 몰리면서 의정로와 경의로 일대에서 교통체증이 발생했습니다.

호원 나들목 통행 차량은 2015년 6월 하루 평균 약 2만2000대에 불과했지만 2019년 3월에는 약 3만 9700대로 늘었습니다.

③동부간선도로 확장

총사업비 560억 원(국비 280억 원, 시·도비 등 280억 원)

동부간선도로는 경기 북부지역과 수도 서울의 강북을 잇는 대표적인 도로로서 추가개설 및 확장사업 구간 내 호장고가교 사업 시행 중 뜻밖의 민원을 접하게 되었습니다. 중랑천 변에 인접한 호원동 현대아이파크, 롯데, 신도, 건영, 수락리버시티 아파트 총 3,077세대 7,318명의 입주민이 소음, 조망권 피해 등을 이유로 노선변경 및 지하개설을 요구하며 고가 설치를 극렬히 반대했습니다.

시민의 준엄한 요구는 그것이 무엇이든 적극적으로 검토하고 해결을 한다는 것이 안병용 시장의 시정 핵심입니다. 다각적인 검토

후에 주민들의 요구를 수용하기로 하였습니다. 노선 결정을 위해 많은 대학교수, 지방건설기술심의위원 및 주민들과 머리를 맞대고 연구한 결과 평면 차로와 U-Type 및 지하차도 공법이라는 최적의 안을 마련하였습니다. 그 안을 토대로 하여 공사를 고가차도인 장대교량에서 지하차도로 변경하여 사업을 추진하게 되었습니다.

지역 주민들과 함께 고민하고 소통하고자 노력하여 이를 극복한 대표적인 공공기반시설 확충사업인 동부간선도로 개설 및 확장사업을 성공적으로 마무리했습니다. 호원 IC와 본 사업이 준공되어 의정부 주요시내의 주변 가로망 차량 흐름이 크게 개선되었습니다.

특히 서울~의정부 간 진·출입 시 원활한 교통소통과 서울외곽순환고속도로 의정부 IC 진입 불편해소, 시가지 교통난 완화, 시계 부근의 차량정체 해소를 통한 물류비용 절감 효과가 크게 발생할 것으로 예상됩니다.

지금도 가끔 출장길에 공사 구간을 지날 때면 인근 서울 거주 시민들이 "의정부는 지하차도, 서울은 왜 안되는가?"라는 현수막을 걸고 민원을 해결하려 하던 지난 일들을 떠올리곤 합니다.

동부간선도로 개설공사 준공식

④상도교~호장교 개설사업

총사업비 241억 원(국비 114억, 도비 20억, 특조 14억)

답답하기만 했던 서울 진입로와 동부간선도로의 진입 정체가 상도교~호장교간 광역도로 신설로 시원하게 뚫렸습니다. 항상 예산이 부족하여 답답하지만 견뎌야만 했던 서울진입! 국회의원 문희상의 광역도로 신설 예산 국비확보로 2018년부터는 서울진입이 한결 수월해졌습니다.

상도교~호장교(대로3-1호선) 개설사업은 2011년 12월 국토교통부로부터 경기도 의정부시 호장교부터 서울시 상도교까지 광역도로로 지정된 사업이며, 총사업비는 241억 원으로 연장 820m, 폭 25m의 왕복 4차선 도로로 2016년 4월 착공하여 2년만인 2018년 4월 23일 정식 개통되었습니다.

해당 도로는 기존의 획일적인 도로개설과 다르게 주변 자연경관을 활용하였습니다.

도로 좌·우측으로 수락산과 도봉산이 한눈에 들어오며 중랑천과 나란히 개설되는 도로로 시민들에게 보다 더 품격 있는 도로를 제공하기 위하여 도로와 하천 제방을 이용하여 산책로 조성과 벚꽃 등 각종 수목을 식재 했으며, 산책 중 휴식할 수 있도록 경관 벤치를 설치하는 등 향후 시민들의 힐링 장소로 각광을 받을 것입니다.

이 도로의 완공으로 1일 평균 25,000대가 통행하고 있으며 기존의 평화로, 동일로 및 도봉로 교통량이 분산되어 출퇴근 시 상습정체 구간인 의정부시 호장교와 서울시 도봉산역까지 통행시간이 15분 이상 단축되었습니다.

또한, 통행시간 및 유류비 절감에 따른 시민들의 경제적 이익과 더불어 대기오염 감소 및 온실가스 저감 등 환경비용 절감으로 개통 후 30년간 총 350억 원 편익 발생하는 등 서울로 진입하는 도로가 3개 노선에서 4개 노선으로 늘어나 시계부분의 교통정체가 상당히 해소되었습니다.

⑤부용산 환경 터널

국도 대체 우회도로(장암~자금)건설공사는 2000년 10월 착공하여 2014년 2월 준공하였습니다. 그동안 도심지를 통과하는 국도 3호선의 교통량을 분산하여 국도의 고유기능을 크게 회복하는 효과를 거두었습니다.

2009년 부용산 터널착공을 위한 주민설명회 후 인근에 있는 산들마을 4단지 아파트 및 민락주공 2단지 아파트 주민들이 도로완공 후 소음·분진 발생 피해를 우려하며 터널 연장을 요구하는 민원이 발생했습니다.

주민과의 2차례 간담회 실시 후 사업시행자인 서울 지방국토관리청에서는 터널 연장은 곤란하며 소음방지와 경관 훼손 최소화 방안을 검토하겠다고 통보해 왔습니다. 이에 주민들은 2010년 국민권익위원회에 민원을 제출하였으나 부용 터널 연장은 불가하며 소음방지 아스콘 포장, 방음림 조성, 도로 비탈면 부 식재, 부용산 연결통로를 추가로 설치할 것을 권고하는 데 그쳐 근본적인 터널 연장 추진이 어려운 상황에 놓이게 되었습니다. 이후 주민들은 지속적인 민원 제기를 해왔고, 시에서는 환경 터널 설치에 대한 사업비 부담에 관하여 서울지방국토관리청과 수차례 협의를 하였으나 해결의 실마리가 보이지 않았습니다.

2011년 11월 부용 터널 구간 공법 변경에 따른 보상비 추가 부담 협의를 통하여 서울지방국토관리청에서는 보상비를 우리 시가 추가로 부담하면 환경 터널 공사비를 부담하겠다는 협의가 이루어져 해결의 실마리가 보이는 듯했습니다. 그러나 2012년 2월 국토해양부에서 총사업비 협의 결과 환경 터널 설치 반영이 어려움을 통보해와 또다시 민원 해결이 난망하였습니다.

이후 지속하는 민원을 해결하기 위해서 주민들과의 상담 및 관련 부서 직원들과 해결방안을 위해 서울지방국토관리청과 끊임없이 대안을 찾은 결과 사업비 부담에 관하여 주민들이 요구하는 환경 터널 설치 300m 중 200m는 의정부시에서 설치하고, 나머지 100m는 국민권익위원회에서 권고한 연결통로 및 방음벽 등을 반영하여 서울지방국토관리청에서 설치하기로 최종협의가 이루어졌습니다. 무려 4년에 걸친 장기 집단 민원이 해결되는 순간이었습니다.

그동안 주민들과의 상담 과정과 서울지방국토관리청의 협의 과정에서 각자의 입장에서만 주장하다 보니 평행선만 긋고 있었으나, 서로의 입장을 조금씩 이해하고 방법을 찾는 과정을 통해서 해결방안이 마련될 수 있었다고 생각합니다.

환경 터널 설치 공사가 완료되어 우리 시 장암동 동부간선도로에서 자금동 양주 시계까지 이어지는 국도 3호선 대체 우회도로가 전면 개통되어 민락2지구 주민들은 물론 경기 북부 300만 도민들의 교통 편익이 확보되었고, 산들마을 아파트 및 민락 주공2단지 아파트 주민들의 민원사항이 거의 모두 해결되었습니다.

⑥국도 39호선(송추길) 확장사업

총사업비 550억 원(국비 50% 275억 원) 투입

극심한 정체에 시달려온 국도 39호선 의정부 구간 확장공사가 2019년부터 본격화되었습니다. 10년 넘게 지지부진하다가 총사업비의 절반을 문희상 의원의 노력에 힘입어 국비로 확보해 추진하게 되었습니다.

국도39호선(송추길) 확장사업 현장 방문

의정부시와 양주시, 고양시를 연결하는 국도 39호선 우회도로는 국토교통부가 지난 2005년부터 건설을 시작해 2016년 말 의정부시 구간을 제외한 8.25㎞ 구간에 대한 사업을 완료했습니다. 하지만 신설한 우회도로가 의정부시 가능동에서 기존 도로와 합쳐지면서 극심한 정체에 시달렸습니다. 각각 왕복 4차선인 우회도로와 기존 도로의 차량이 합류한 탓에 송추길 의정부시 구간의 하루 통행량이 4만대로 급증했기 때문입니다.

이 같은 상황을 예상해 의정부시는 국도 39호선 우회도로공사가 시작될 때부터 의정부 구간 확장을 정부에 건의해왔습니다. 국도 39호선 확장구간 중 고양 구간은 정부가 50%, 양주 구간은 100%를 지원하는 만큼 의정부 구간 역시 50%라도 정부가 지원해달라는 겁니다. 하지만 정부는 시 관할구역에 있는 일반국도 및 지방도는 시가 자체적으로 재정을 부담해 확장·관리해야 한다는 도로법을 들어 지원을 외면해왔습니다.

다행히 해당 사업이 지난 2017년 10월 주한미군 공여 구역 주변 지역 발전종합계획에 사업비 550억 원의 신규 사업으로 반영됐고, 50%의 국비 지원을 받는 길이 열렸습니다. 국도 39호선 의정부 구간이 확장되면 교통소통은 물론 물류비용 절감 등 지역경제에도 기여할 것으로 기대됩니다

⑦전철 7호선 연장사업

의정부시는 서울로 가는데 지하철 1호선으로만 이동이 가능하기 때문에 교통여건이 열악한 지역입니다. 그래도 경전철이 운행되고 호원역에서 환승이라는 메리트가 있어 서울로의 접근성이 확보되고 있습니다. 하지만 최근에 전철 7호선 연장과 수도권광역급행철도(GTX-C노선)의 철도망 구축이 확정되면서 7호선은 탑석역에서, GTX는 의정부역에서 환승이 가능해졌습니다.

모든 숙원사업이 그렇듯이 쉽게 이루어지는 경우는 없지요. 전

철 7호선 연장사업도 수많은 우여곡절 끝에 2016년에야 비로소 사업이 확정된 것입니다.

전철 7호선 연장사업은 정확한 명칭으로는 "도봉산~옥정 광역철도" 건설사업이라고 합니다. 이 사업은 서울도시철도 7호선을 현재 종점인 장암역에서 의정부경전철 탑석역을 거쳐 양주까지 15km 연장하는 사업입니다. 이 사업은 2010년에 처음에는 전철 7호선을 장암역에서 포천 신도시까지 연장하는 계획으로 시작되었습니다. 그러나 예비타당성조사 중간보고회에서 경제성을 확보할 수 없게 되자 계획노선을 변경하여 포천시 전체를 제외하였습니다.

우리시는 1차 예비타당성조사를 통과하기 위해 기재부와 KDI(한국개발연구원)를 방문하여 호소하기도 하고 수차례 관련 부처를 방문하여 우리 시의 입장을 읍소했습니다. 시민 서명운동은 물론이고 의정부·양주 범시민연대가 공동으로 '범시민연대 촛불대회'를 개최하였고, 시민궐기대회, 정부 과천청사 앞에서 삭발시위를 하는 등 가능한 모든 노력을 하였습니다. 그럼에도 불구하고 1차 예비타당성조사 결과는 B/C 0.61로 경제성을 확보하지 못했습니다.

2차 예비타당성조사가 이루어진 것은 2011년이었습니다. 우리시는 당시 지역의 전 국회의원과 기재부·국토부·경기도·양주시와 함께 여러 차례 합동 연석회의를 개최하여 재 추진방안을 마련하였습니다. 시의회의 건의문을 채택하여 양주 고읍까지 연장 14km로 노선을 추가로 단축하는 새로운 대안으로 예비타당성조사를 재신청하였습니다. 필자를 비롯하여 부시장, 실무국장은 양주시와 합동으로 수차례 KDI를 방문하여 경기 북부의 어려운 실상과 통일을 대비한 지역 특수성을 고려해줄 것을 강력하게 건의했습니다. 그러나 2차 예비타당성조사도 B/C 0.83으로 시민들께 다시 한번 실망을 안겨드려야 했습니다.

예비타당성조사는 크게 경제성 분석(B/C)과 종합평가(AHP)로 구성되어 있으며, B/C(경제성 분석)에서 0.95 이상을 얻어야 안정적으로 평가받기 때문입니다. B/C는 비용과 편익을 따지는 것으로, 쉽게 표현하면 들어가는 전체 비용 대비 그것을 이용하는 편익지 즉, 사용 인구와의 비례인 것입니다. 따라서 비용을 최소화하던지 사용인원을 늘리는 구조로 되어 있습니다. AHP 종합평가는 지역의 특수성을 고려한 정책적 고려 점수로 0.5 이상을 얻기가 어렵습니다.

두 번에 걸친 예비타당성조사 결과에 실망하였지만 여기서 멈출 수가 없었습니다. 성원해주시는 의정부 시민과 양주시민의 바람이 끝나지 않았기 때문입니다. 우리 의정부시는 그간의 두 번의 실패를 교훈 삼아 이번이 마지막이라는 각오로 다각도로 경제성 확보방안을 강구하여 제3차 예비타당성조사 통과를 위해 온 힘을 기울였습니다.

그 결과 B/C는 0.95로 이전 예비타당성조사 대비 0.12 상향 조정되었습니다. 그 후 진행된 종합 평가인 AHP는 광역철도망 확충을 통해 경기 북부 발전의 계기를 마련하기 위한 경기도의 추진의지를 중앙정부에 적극적으로 건의하는 등 도지사의 행정력 지원과, 의정부시·양주시 현직 국회의원의 정무적 측면 도움으로 최종 결과 0.508로 사업의 타당성을 인정받아 마침내 예비타당성조사를 통과하였습니다.

이와 같은 쾌거는 43만 의정부 시민이 함께 힘을 모으고 의회와 지역의 문희상 의원님을 비롯한 전·현직 국회의원님들, 전·현직 시장님들, 지도자들, 의정부시 공무원들, 그리고 도와 인근 시가 공동의 목표를 위해 참으로 오랫동안 함께 노력한 저력의 결과입니다. 모든 분께 감사드리고 싶습니다. 이제 전철 7호선 연장사업은 예비타당성조사 통과라는 첫 단추를 힘들게 끼웠습니다. 전철 7호선 연장사업은 이제 막 시작된 것입니다.

우리 시를 비롯한 경기 북부지역은 반세기 이상 수도권 정비권역, 군사시설보호구역 및 미군 공여 구역, 개발제한구역 등 중앙정부의 중첩된 규제로 인해 지역 발전이 정체·낙후되어 왔습니다. 이제, 반환 미군 반환 공여지를 활용하여 군사도시라는 오명을 벗고 경기 북부 광역행정타운, 복합문화융합단지, 안보테마 관광단지 조성 등 새로운 발전기회를 얻게 된 의정부시가 향후 경기 북부의 미래를 선도해 나갈 것입니다.

이를 위해 "전철 7호선 연장사업의 예비타당성조사 통과"의 의미는 매우 크고 중요하다고 할 수 있습니다.

⑧전철 7호선 아쉬운 노선변경

국토교통부가 2018년 1월 고시한 전철 7호선 도봉산~옥정 노선은 지난 2010년부터 8년 동안 무려 3번에 걸친 예비타당성조사를 통해 힘겹게 확정됐습니다. 정말 지난하고 어려운 싸움 끝에 얻어낸 쾌거였습니다. 그러나 그 기쁨도 잠시, 이제 하나의 목표가 달성되자 다음 도전에 들어갔습니다.

그것은 전철 7호선 연장에 장암역 이전과 민락역 신설을 추가하자는 내용입니다. 정부의 재정지원이 포함되는 대규모 신규 사업이다 보니 예비타당성조사를 통해 경제성, 재원조달 방법 등 사업성을 판단하는 절차가 끝내 발목을 잡았습니다. 시민들과 함께 최선을 다했지만, 관련 법령의 벽을 넘지 못했습니다. 우리 시민이 그렇게 바라는 숙원사업인 전철 7호선 연장선 장암역 이전과 민락역 신설 설계변경 요구가 끝내 받아들여지지 않았습니다.

문희상 의장님께서는 내 앞에서 김현미 국토부 장관까지 국회의장실로 불러다 부탁했습니다. 우리시는 TF팀을 꾸려 모든 노력을 쏟았지만 결국 성과를 내지 못해 마음이 너무 아픕니다. 나는 남경필 전 도지사를 만나 설득하고 국회의원·장관·도지사를 비롯한 수많은 정·관계 인사에게 도움을 요청했습니다.

전철 7호선 노선변경 회의

도·시의회 의원들은 결의문을 채택하고 토론회를 개최하였으며, 시민단체는 가두 서명운동과 궐기대회를 비롯하여 손편지 보내기 운동을 전개하는 등 별의별 할 수 있는 모든 노력을 다했습니다.

　또한, 두 차례에 걸친 '도봉산~옥정 광역철도 기본계획 변경 검토용역'을 입찰 공고하였으나 아무도 참여하지 않아 최종 유찰되고 말았습니다. 그래서 필자는 긴급히 TF 회의를 소집해 세 시간이 넘는 난상토론을 벌인 끝에, 마지막으로 한 번 더 용역 재발주 여부를 결정하기로 하였습니다. 다만, 공사가 진행 중이고, 3억 원 상당의 큰 예산이 소요되는 만큼, 되면 좋고 아니면 말고 식의 낭비성 용역에 그쳐서는 안 되는 만큼, 용역의 결과물이 경기도에서 인정되지 않을 때는 용역비를 전액 환수한다는 조건을 부여하기로 결론을 내렸습니다.

　그러나 이것 역시 경기도의 태도 변화가 없는 한 더 이상 용역 시행의 실효성이 없다고 판단하여 재입찰을 추진하지 않는 것으로 시의 입장을 정리하였습니다. 이렇게 해서 TF팀은 해산되었습니다. 문희상 의장님이 그렇게 힘써주시기도 하고, 용역에 기대를 걸고 긴급하게 추진해 왔지만 아쉬움이 많이 남았습니다.

　⑨기타
　- GTX-KTX 연계추진 예비 타당성 조사 통과(B/C : 1.36)
　- 수서발 KTX 의정부 연장운행 준비위원회 출범
　- 교외선 정상화를 위한 연구비 3억 확보
　·교외선 정상화로 의정부 철도망을 완성하겠습니다.

- 서부로 일원 도로정비 국비 5억 원 확보
·서부로 도로 재포장으로 쾌적한 환경과 교통 편익 증대
- 호원동 범골로 중로 개설사업 국비 5억 원 확보
·미개설된 도시계획도로의 개설로 등·하굣길 및 주민통행 불편
  해소
- 호원동 도시계획도로 개설 국비 7억 원 확보
·주거환경 및 교통통행 편익 제공
- 호원동 도시공원진입로 8억 원, 가능동 입석마을 도시계획도
  로 개설 10억 원 등 다수

미군 공여지 개발(잃어버린 50년을 되찾아온 문희상)

①주한미군 공여구역 주변지역 등 지원 특별법 제정
  단 한 평의 미군기지도 없게 하겠다는 문희상의 약속이 하나하
나 실현되고 있습니다. 문희상 의원이 대표 발의한 공여구역특별
법으로 미군기지가 이렇게 바뀝니다.
- 캠프 라과디아(LA GUARDIA)
·의정부2동, 흥선동: 공원, 도로, 공공청사, 주차장, 공공주택부
  지 등
- 캠프 홀링워터(FALLING WATER)
·의정부역 앞: 역전근린공원, 도로, 지하 공영주차장(남측)
- 캠프 에세이욘(ESSAYONS)
·금오동 : 레포츠공원, 경기도교육청2청, 을지대학교 및 부속병

원, 도로

– 캠프 카일(KYLE)

·금오동: 도시개발사업

– 캠프 시어즈(SEARS)

·금오동: 경기 북부 광역행정타운 2구역 조성 완료

– 캠프 잭슨(JACKSON)

·호원동: 예술공원, 도로 예정

– 캠프 레드 크라우드(RED CROUD)

·가능동: CRC 안보테마공원 예정

– 캠프 스탠리(STANLEY)

·고산동: 도로, 액티브시니어시티 예정

② 을지대학과 을지 부속병원

미군기지가 떠난 캠프에세이온에 4년제 종합대학과 1천상 규모의 종합병원이 건립됩니다. 문희상의 미군기지 공여지법이 이뤄낸 또 하나의 성과입니다.

을지대학교 및 부속병원 기공식

의정부시를 군사도시의 이미지로 각인시켰던 미군 부대 이전은 어찌 보면 의정부시의 탄생과 함께 영욕의 세월을 함께 했던 시대적 요구이기도 합니다. 시장인 나는 고민을 할 수밖에 없었습니다. "이렇게 좋은 기회를 어찌 구상하면 좋을까?" 하지만 의외로 결정에 그리 많은 시간이 걸리지 않았습니다. 교육에 대한 투자가 곧 나의 가치관이었기 때문입니다.

『주한미군 공여구역주변지역 등 지원 특별법』의 제정으로 의정부시에도 4년제 대학을 유치할 수 있는 절호의 기회를 놓치지 않고 시장인 내가 직접 대학유치 카달로그를 들고 이전계획이나 필요성이 있는 각 대학을 찾아다니면서 의정부시의 대학 입지효과 우월성을 알리기에 정성을 쏟아부었습니다.

마침내 2011년 3월 11일 금오동 캠프 에세이욘에 4년제 종합대학인 을지대학교 캠퍼스와 부속병원을 조성하기로 MOU를 체결하고, 2012년 12월 국방부와 을지대학교 간의 토지 손실보상 협의가 완료되어, 역사적인 을지대학교 의정부 캠퍼스 및 부속병원 조성을 위한 토지매매 및 상생협약이 체결되었습니다.

의정부시에 드디어 4년제 대학을 유치하였다는 기쁨도 기쁨이지만, 의정부의 가치를 높이고 의정부 시민들이 앞으로 받게 될 고등교육 수강기회와 의료혜택 등을 생각하면 참으로 가슴 뿌듯한 순간이 아닐 수 없었습니다.

③캠프 홀링워터

의정부역 앞 캠프 홀링워터 근린공원 조성사업에 국비 5억 원을 확보했습니다. 문희상의 뚝심으로 의정부의 중심에 시민공원이 탄생한 것입니다. 의정부시 중심에 위치한 캠프 홀링워터는 예산 부족으로 인해 황량한 모습으로 남아있었습니다. 비로소 문희상 의원의 노력에 의한 국비 지원으로 역전근린공원을 조성하여 의정부 시민 모두가 편안하게 쉴 수 있는 공간으로 돌려받았습니다.

당초 상업용지 개발이 점쳐지던 캠프 홀링워터 부지는 시민의 여론에 힘입어 공원화 계획으로 선회합니다. 그러나 국방부의 전면 공원화 반대로 의정부시와의 협상에 진전이 없었습니다. 이때 문희상 국회부의장은 국방부 장관을 만나 전면 공원화의 필요성과 당위성을 역설했습니다. 이후 2008년 11월 18일 국방부와 의정부시 관계자를 불러 캠프 홀링워터 전면 공원화에 합의를 이루도록 중재하였습니다.

그 결과 의정부의 중심에 있던 미군기지가 전면 공원화가 되어 시민의 품으로 돌아오는 합의서가 체결되었습니다.

캠프 홀링워터 근린공원 개장식에서

문희상은 희망도시 의정부의 가치를 높였습니다. 의정부의 중심인 의정부역 앞, 의정부 시민의 쉼터로 탈바꿈되었습니다. 의정부

시민의 휴식공간을 하루빨리 마련하려는 마음으로 열심히 뛴 결실입니다. 의정부 역전근린공원 조성사업 국비 10억 원 확보를 위해 문희상은 뛰고 또 뛰었습니다.

④캠프 라과디아

더 빠르고 더 편리한 의정부, 캠프 라과디아 도로개설을 위해 국비 7억 원을 확보했습니다. 총 23억 5천만 원이 투입된 의정부 구도심에 위치한 캠프 라과디아의 동서축-남북축의 도시계획도로의 개설로 지역 주민의 교통 편익 및 삶의 질이 향상되었습니다. 통행시간이 20분에서 5분으로 단축되어 구도심 우회로 인한 주민들의 불편이 해소되었습니다.

캠프 라과디아는 1951년부터 미군 부대가 주둔해 의정부동 일대 도시개발을 저해하는 등 장기간 황폐하게 버려진 땅이었습니다. 의정부시는 2007년 4월 미군 부대 주둔지가 반환되어 시급히 도시환경을 개선하기 위해 2011년 10월 의정부경찰서 앞 대로2-1호선 도로를 우선 개설 완료했으며, 기존 군사도시 이미지를 벗고 쾌적하고 아름다운 도시경관을 시민들에게 제공하고자 2014년 1월 지구단위계획 수립을 완료했습니다.

시는 캠프 라과디아 지구단위계획 수립에 따라 도시계획시설 결정된 부지면적 3만3천868㎡ 체육공원에 대해 빠른 시일 내 공원으로 조성하여 시민들에게 제공하기 위해 2015년 6월 토지소유자인 국방부와 매매계약을 체결하여 사업추진 기반을 마련했으며, 현재 임시주차장으로 조성하여 시민들에게 제공하고 있습니다.

캠프 라과디아 체육공원 조성계획은 기존 단순한 체육·운동 시설에서 벗어나 시민 누구나 자유롭게 체육·운동·놀이·휴식 등 여가 문화생활을 누릴 수 있도록 다목적 잔디 운동 마당, 어린이 복합운동 마당 및 점핑테마운동마당, 멀티코트, 농구장, 게이트볼장, 그라운드골프장, 순환산책로 등을 설치했으며, 도심 속 충분한 녹지공간 확충을 위해 장식화단, 경관 초지, 연못, 분수대 등을 계획하고 있습니다.

⑤CRC 테마관광단지 조성사업

세계가 주목하는 의정부! 삶의 질 향상과 관광자원 개발로 미래를 준비합니다. CRC테마관광단지 조성사업 국비 5억 원 확보! 미군기지가 떠난 자리에 앞으로 50년을 위한 희망을 설계하였습니다. 문희상 의원은 2015년 정부 예산에서 CRC테마관광단지 조성사업 타당성 조사비 5억 원을 확보하였습니다.

지역 문화유산을 활용한 신성장 관광자원 개발로 창조적 복합문화 레저공간으로 조성됩니다. CVM(조건부 가치측정법) 조사 결과, 개장 기준 경제적 가치는 4,325억 원으로 추정됩니다. 한미안보의 역사적 가치를 보존하고 세계적 안보테마파크로 개발해, 장래 국가적 관광산업을 활성화하고 연간 관광객 4백만 명, 소비지출 2천억 원의 경제적 파급효과가 기대됩니다.

수십 년간 의정부시는 군사도시라는 오명을 갖고 있었지만 반환되고 있는 미군기지가 새로운 변환점을 가져오고 있습니다. 주한미군 반환 공여지는 지난 60여 년 동안 국가안보를 위해 시민들이 희생을 치르면서 얻은 소중하고 귀한 의정부의 자산입니다. 이러한 희망과 기회의 땅인 반환 공여지는 심사숙고하여 개발 방향을 설정해야 합니다.

CRC는 주한미군의 대표적인 주둔지로서의 한미동맹의 상징성과 역사성을 동시에 가지고 있는 장소입니다. 남북대치의 군사적 대립이 수십 년간 지속되어 온 상황 속에서 한반도 평화와 안보를 위한 주한미군의 역할과 역사적 현장은 국내외 관광객의 많은 관심을 끌 수 있습니다.

또한, CRC는 1953년 7월 27일 한국전쟁의 휴전회담이 성립된 날부터 현재까지 주둔하고 있는 주한미군 부대입니다. 1953년에 제1사단이 압록강 전투 시 평양진격 및 서부전선 주요전투를 담당했으며, 1992년 이후 미2사단이 주둔해 왔습니다.

현재 CRC 영내에는 2차 세계대전 및 한국전, 월남전 등의 전쟁유물과 장비, 역사기록물, 한국전 영웅(김동석) 추모관, 그리고 판문점 도끼 만행사건 등의 자료를 갖춘 전쟁박물관이 있습니다.

그리고 도서관 및 교육 시설, 숙박 시설 등이 매우 양호한 상태로 관리되고 있습니다. 기지 내 주요시설로는 사령부 건물, 식당시설, 장교 숙소, 사령관·주임원사관사, 일반숙소, 지하벙커(작전상황실), 체육시설, 전쟁박물관, 도서관, 볼링장, 슈퍼마켓, 레스토랑, 골프장, 헬스장, 수영장, 야구장, 호텔 등이 있습니다.

가능한 이들 기존 시설물을 원형 그대로 보존하면서 대한민국 안보관광의 거점지로 조성하며, 여기에 새로운 생명력을 불어넣을 수 있는 활용방안이 적극적으로 모색되어야 합니다.

미2사단은 전쟁박물관, 지하벙커 등 차별화된 안보콘텐츠를 가지고 있습니다. 미군기지로서의 현장성을 갖춘 CRC에 다양한 위락시설과 숙박 시설을 조성하고 복합관광 단지로 개발하면 의정부시는 타 도시와 차별화된 대한민국 안보관광의 거점지로서 이름을 떨칠 것입니다.

이처럼 다양한 콘텐츠를 갖춘 CRC 안보테마형 관광단지는 의정부의 입지적 장점을 활용하여 DMZ, 판문점, 제3땅굴 등의 안보 관광지와 연계한 안보관광의 거점으로서 외래 관광객은 물론 학생과 일반인 등의 내국인을 대상으로 하는 안보교육의 현장으로 활용할 것입니다.

또한, CRC 내의 군 숙소시설을 대규모의 숙박 단지를 제공함으로써 해외 관광객의 체류지로 활용하여, 의정부의 지역경제가 활성화될 것으로 기대됩니다.

그러나 반환 공여지 개발사업에 대한 중앙정부의 지원정책은 공여지 반환과 개발사업에 지방자치단체의 막대한 비용이 부담되게 되어있어 현재 재정여건이 열악한 지방자치단체로서는 사업추진이 극히 곤란한 실정입니다.

좀 더 구체적으로 말씀드리면 CRC를 안보테마 관광단지로 조성하려면 약 4,500억 원 이상이 소요됩니다. 막대한 토지매입비와 조성비 부담으로 재정이 약한 우리 시에서 사업을 독자적으로 추진하기는 매우 어렵습니다.

그래서 우리시는 국가주도개발에 희망을 걸고 있습니다. 2017년 7월 문재인 정부는 국정운영 5개년계획 지역공약으로 '주한미군 공여 구역의 지역 특성에 맞는 국가주도개발'을 발표했습니다. 우리시는 바로 국가 주도개발에 CRC 안보테마 관광단지 조성사업을 포함해 줄 것을 행안부에 건의했으며, 경기도 역시 2018년 5월에 "미군 공여지 국가주도개발방안 검토 연구용역"을 청와대에 제출했습니다.

경기연구원이 2018년 6월 의정부·동두천·파주에 거주한 주민을 대상으로 실시한 설문조사에서 미군 주둔에 의해 발생한 피해에 대한 보상 주체는 '국가(70.0%)'라고 응답했으며, 구체적인 국가 역할은 '국가주도 개발(47.3%)'이 가장 높게 나타났습니다. 『용산공원조성특별법』에 따라 국가에서 개발한 예가 있는 만큼 전담조직 설립과 특별법 개정, 사업성 개선을 위한 법·제도 등을 개선하여 CRC를 시범사업으로 추진해 줄 것을 요구합니다.

또한, CRC 안보테마 관광단지 사업이 우리 시의 의견이 절대적으로 반영된 국가주도사업으로 개발·관리 될 수 있도록 요구합니다. 중앙정부는 미군공여지 개발에 따른 우리 시의 입장을 심각하게 인식하여 조속히 국가주도개발기구를 설립해 줄 것을 요구합니다.

나는 현재 추진 중인 복합문화융합단지, CRC 안보테마 관광단지, 액티브 시니어시티. 을지대학교와 부속병원, 국제아트센터 등 비전 사업을 완성해 관광객 800만 명, 일자리 3만 개, 경제유발효과 5조 원을 창출하는 '8·3·5 프로젝트'를 완성하여 누구나 살고 싶어 하는 도시로 만드는데 전력을 다할 것입니다.

⑥의정부복합문화융합단지

　의정부복합문화융합단지 역시 『주한미군 공여구역주변지역 등 지원 특별법』에 근거한 개발사업입니다. 문희상 법이 없었더라면 조성이 불가능한 사업입니다.

　의정부시는 오랫동안 각종 개발제한요소가 많습니다. 수도권이라는 이유로 수도권정비계획법, 군사시설보호법, 그린벨트법, 과밀억제권역, 상수원보호구역, 자연보전권역 등 6중의 중첩규제로 꽁꽁 묶여 있습니다. 오랫동안 주한미군 주둔지로 인한 '부대찌개', '군사도시' 이미지도 사람들의 뇌리에 각인되었습니다.

　그러다 보니 개발 정체로 주민들의 소외감과 상실감은 심화되었고, 주거 위주의 소비도시가 되었습니다. 일자리는 부족하고 경제적 활력도 많이 떨어집니다. 그러나 미군반환지역 주변 산곡동 일원에 복합문화융합단지를 조성하게 되면서 우리시는 문화, 관광, 쇼핑 그리고 자족 기능을 갖춘 "고품격 문화도시"로 발돋움하게 되었습니다. 복합문화 융합단지는 의정부가 군사도시 이미지를 벗을 수 있는 프로젝트로 주목받으며, 지난 2012년부터 추진했습니다. 약 20만 평의 규모로 이름 그대로 문화와 관광과 그리고 쇼핑이 복합됐다는 뜻입니다. 이곳에는 YG엔터테인먼트의 K-POP 클러스터, 뽀로로 테마랜드, 신세계 프리미엄 아웃렛, 가족형 호텔 등이 들어서 남녀노소가 함께 즐길 수 있게 될 것입니다.

　1조7천억 원이 투자되는 이 사업은 우리 시가 34%를 출자해 민관이 공동으로 참여하고 있습니다. 민선 7기 '안병용 호'의 핵심 프로젝트 사업입니다.

복합문화융합단지 기공식

　토지보상 완료와 더불어 착공하여 2020년까지 부지조성과 기반 시설 설치를 모두 마칠 예정이며 사업은 순조롭게 진행되고 있습니다. 한편, 2012년 이후 사업을 추진하면서 어려운 상황에도 여러 번 부딪혔습니다. 2016년에 정부가 무역투자진흥회의에서 투자 활성화 대상에 본 사업을 포함하면서 그린벨트(개발제한구역)가 해제될 것으로 보여 속도를 내는 듯했습니다.

　그러나 같은 해 두 차례 열린 그린벨트 심의에서 국토교통부는 공익성 부족을 이유로 재심의를 결정하며, 제동이 걸렸습니다. 또한 '최순실 게이트'와 함께 특혜 의혹까지 받아 사업 축소 또는 무산 위기를 맞기도 했습니다. 입술이 마르고 숨 막히는 순간들이 자주 찾아왔습니다. 도저히 걱정되어 잠을 이루기 어려웠습니다.

　기도하고 또 기도했습니다. 하늘이 기도를 들어 주셨는지 국토부는 세 번째 심의에서 그린벨트 해제를 조건부로 의결해 주었습니다. 답답한 가슴이 활짝 열리는 순간이었습니다. 왜냐하면, 이 사업을 진행하는 데 있어서 가장 어려운 관문을 넘어섰기 때문이었습니다. 그동안 반신반의하고, 회의적이기도 하고, 때로는 부정적으로 바라보던 지역 언론들이 일제히 톱기사로 실었습니다.

언론들의 인터뷰가 쇄도했고 시민들은 격려의 말씀을 쏟아냈습니다. 앞으로 부지조성이 완료되면 YG엔터테인먼트 K-pop 클러스터, 뽀로로 테마랜드, 신세계 프리미엄 아울렛과 같은 핵심 사업이 우선적으로 추진되고, 가족형 호텔, 테마스트리트, 스마트팜, 공공서비스센터 등을 순차적으로 조성해 관광, 문화, 쇼핑, 주거시설이 어우러져 약 600만 명의 관광객 유치와 4만여 명의 일자리 창출, 1조 7천억 원의 기업 투자 효과가 예상됩니다.

또한, 반세기 이상 전국에서 제일 많은 주한미군 주둔지이자 과도한 개발제한구역 지정으로 낙후된 의정부시가 캐릭터, K-pop 그리고 콘텐츠 등을 발굴·육성하는 전략 기지로서 발돋움할 수 있는 시발점이 되어 한류 문화 중심도시로 우뚝 서게 될 것입니다.

복합문화융합단지는 향후 의정부 100년 먹거리의 완성의 동력의 토대가 될 것이며, 최근 방탄소년단이 미국 빌보드 앨범 차트 1위에 오르면서 K-pop에 대한 세계인의 관심이 집중되고 있어, 의정부에 K-pop클러스터가 조성되면 국내뿐만이 아니라 외국 관광객들의 관광수요도 폭발적으로 증가할 것입니다.

군사시설 개발

① 나리벡시티(미래직업체험관)

미래직업체험 시설이 핵심인 나리벡시티가 금오동 일대 경기북부지방경찰청 옆 반환 미군기지인 캠프 시어즈 유류 저장소에 건립됩니다. 나리벡시티 도시개발사업은 청소년을 위한 미래직업체험

테마파크와 상업, 주거, 문화가 융합된 스마트시티를 조성해 지역 경제를 활성화하자는 취지로 지난 2016년 7월에 의정부시와 (주) 나리벡시티개발측이 양해각서를 체결하면서 시작됐습니다.

국제아트센터 및 나리벡시티 조성을 위한 업무협약식

나리벡시티 개발은 아파트와 오피스텔 등을 분양해 미래직업체험 시설 조성 비용을 마련한다는 구상입니다. 최근 환경, 교통, 군사시설 등 관계 기관의 의견을 업체에 보냈으며 계획을 보완하는 작업이 진행 중입니다.

2022년 완공을 목표로 민간업체인 나리벡시티 개발이 총 2천 700억 원을 투입합니다. 크게 미래직업체험관과 체험형 과학관으로 구성되어 있습니다. 미래직업체험관(테마파크1)은 소방관, 승무원 등의 직업을 체험할 수 있는 100여 개의 다양한 시설이 들어섭니다. 체험형 과학관(테마파크2)은 생명과학, 창의력 등 다양한 주제를 가진 전시관들로 꾸며집니다.

나리벡 미래직업체험 테마파크는 어린이·청소년 미래직업 체험관으로, 제4차 산업혁명 시대에 급격한 직업의 변화를 겪게 될 현재의 어린이·청소년들이 자신의 적성을 조기에 발굴하고 직업에 따른 역량과 올바른 직업관을 배양함으로써 스스로 자신의 미래직업을 준비할 수 있는 환경을 조성하고자 마련한 것입니다.

나리벡 미래직업 테마파크는 현재 진행 중인 부지 오염 정화 작업이 마무리되는 2020년 상반기에 착공해 2023년에 개장하는 것을 목표로 하고 있습니다.

미군 반환 공여지를 활용한 어린이, 청소년들의 미래직업 체험 테마파크인 나리벡시티는 문화와 상업, 주거 기능이 융합된 미래형 스마트시티로 만들 계획입니다.

사업이 준공되면 금오동 부도심의 랜드마크로 역할을 하게 되며, 낙후된 이 일대의 문화·관광 사업을 지원하고, 미래직업체험관 설립으로 어린이와 청소년의 교육 및 진로 설계에 기여할 것입니다. 무엇보다도 의정부시는 나리벡시티를 통해 교육문화 중심지로의 도시 이미지가 개선되고, 2천 명 이상의 일자리가 창출되며 지방재정도 증대할 것으로 기대하고 있습니다.

②방호벽 철거

2005년 문희상이 앞장선 회룡역 앞 대전차 방호벽 철거를 시작으로 2006년 의정부시와 도봉구 경계의 다락원 대전차 방호벽 철거, 2009년 의정부와 포천을 잇는 축석고개 대전차 방호벽 철거, 2010년 의정부와 양주시 경계에 있는 대전차 방호벽 3개소 철거

등 갑갑했던 방호벽들이 모두 역사 속으로 사라졌습니다.

회룡역 방호벽 철거

의정부시는 1963년 승격 이후 경기도 한수 이북 지역의 정치, 경제, 사회, 문화, 교통의 중심지로서 인구 43만의 거대도시로 성장함에 따라 미래지향적인 희망도시를 만들기 위하여 부단한 노력을 기울여왔습니다.

그러나 이러한 지리적 여건으로 인해 군사적 요충지역으로서 오래전부터 주한미군과 군부대 및 각종 군사시설물이 있어 군사도시라는 이미지 때문에 도시가 기형적으로 조성됨에 따른 주민 생활에 많은 불편함을 감수하여 왔습니다.

특히 호원동 회룡천 높이 3~8m, 길이 560m 대전차 방어진지와 장암동 동부간선도로 및 서계로에 설치된 높이 6m, 폭 25m, 길이 20m 방호벽은 지난 1968년 1월 21일 김신조를 비롯한 북한 무장공비들이 청와대를 기습하려 했던 사건이 일어난 후 국가안보가 증대되던 1970년에 설치된 군사시설입니다.

인접 지역은 주택개발이 한창이던 1990년대 중반부터 시작된 도시화로 인해 아파트가 집중되고 도로가 확장됨에 따라 수도권 방어를 위한 군사시설물로써는 그 기능을 상실하였으나 관할 부대의 군사 작전상 필요성을 이유로 하는 철거 부동의로 인해 시민 불안을 가중시키는 도심 속 흉물이 되어있었습니다.

콘크리트 구조물로 인한 생태로 단절과 시각적·공간적 단절로 도시미관을 저해함은 물론 도시미관 구성에 있어, 절대적인 영향을 미치는 회룡천 생태하천 조성사업을 추진하는 상황에서 방어진지는 걸림돌이었습니다. 철거의 당위성을 신념으로 굳혔습니다.

직접 군 최고 결정권자를 찾아가 군사분계선을 인접에 둔 우리 시에 설치된 군 시설을 철거하는 것은 평화의 상징적 의미가 있다고 역설하는 등 시의회, 지역 국회의원, 시민단체가 하나의 목소리를 높였습니다.

마침내 군에서 작전계획 재검토로 공사비용과 공사 기간이 장기화하는 대신 도로대화구 폭파 장비(KM-180)로 비용 절감을 통한 대체시설 협의에 따라 합의서를 체결하는 쾌거를 이루었습니다.

지난 40여 년간 의정부 시민은 국가안보로 희생만을 강요받아왔기에 2011년 2월 장암동 차량기지 앞 서계로에 설치된 방호벽 철거를 시작으로 2012년 2월 함께 철거 완료된 회룡천 일대 방어진지와 장암동 동부간선도로에 설치된 방호벽 철거가 갖는 의미는 우리 시가 군사도시라는 부정적인 이미지에서 벗어남은 물론이고 남북관계에서도 안보 우월성과 자신감을 보여주는 획기적이고 역사적인 일이라 할 수 있겠습니다.

환경개선 사업

① 백석천 생태하천 복원사업

백석천 생태하천 복원사업, 결코 쉽지 않은 예산확보, 문희상의 의정부 사랑으로 해냈습니다. 정부가 반영한 백석천 생태하천 정비사업은 38억 3,200만 원이었습니다. 그러나 더 이상의 사업 지연은 없어야 한다는 문희상 의원의 예산 증액 요구에 따라 2014년에는 19억 1,000만 원이 증액된 총 57억 4,200만 원을 확보하였으며, 2015년에는 114억 1,700만 원의 국비를 확보했습니다.

문희상 의원의 분투 끝에 백석천 생태하천 복원사업은 총사업비 480억 중 70%를 국비로 지원받아 5년간의 공사 후 2016년에 완공되었습니다. 백석천 생태하천 복원으로 깨끗하고 쾌적한 휴식공간을 시민들께 돌려 드리게 된 것입니다.

더 깨끗하게! 더 풍요롭게! 맑고 쾌적한 친환경 도시 의정부.

백석천 생태하천 복원사업으로 마땅한 공원이 없던 의정부에 시청 앞 광장부터 이어지는 넓은 공원이 만들어졌습니다. 의정부 시민을 위한 여가 및 문화 활동의 공간입니다.

백석천 생태하천 복원사업은 정부의 '청계천+20 프로젝트'의 하나로 추진되었습니다. 시내를 관통하는 백석천을 콘크리트로 덮어씌워 주차장으로 사용한 지 25년 만으로, 생태하천 복원사업이 추진된 전국 20곳 가운데 가장 빨리 완공된 것입니다. 의정부시는 백석천 가능고가교에서 중랑천 합류점에 이르는 3.35㎞ 구간을 양서류, 곤충류, 어류, 조류 등이 서식하는 생태하천으로 복원했습니다. 문희상 의원의 도움이 없었더라면 절대 쉽지 않은 일이었습니다.

백석천 생태하천 복원사업

②중랑천 개량사업

중랑천 개량사업(총사업비 164억 투입), 우량 조정조 설치사업 국비 17억 확보!, 차집관로 정비사업 국비 5억 확보!

우량 조정조 설치작업과 중랑천 차집관로 정비사업으로 공공하수처리시설의 방류 수질이 향상됨에 따라 중랑천 수질이 개선되어 의정부 시민에게 쾌적한 환경을 제공할 수 있게 되었습니다.

③하수슬러지 감량화 사업

하수슬러지 감량화 사업에 총사업비 90억 원 중 국비 63억 원을 확보했습니다. 이로써 친환경 공법으로 하수 찌꺼기를 감소시켜, 소각 및 매립 비용을 줄이고 환경을 지켜나갈 수 있게 되었습니다.

④ 시멘트 싸이로가 포함된 녹양 물류단지 유치 저지

환경피해가 우려되는 시멘트 싸이로 유치를 반대하는 의정부 시민 여러분들의 뜻에 따라 전면 백지화시켰습니다. 그 어떤 기피 시설도 의정부에 들어올 수 없도록 의정부의 아들 문희상이 두 눈 부릅뜨고 지킬 것입니다.

⑤안골천 소하천 정비사업 국비 5억1천 9백만 원 외 다수

공원 조성사업

①경원선 고가 밑 철도부지에 시민 체육공원 건립

녹양역을 만들어냈던 문희상 의원! 국비 5억 원을 시작으로 총 22억 원의 사업비를 투자하여 시민 체육공원이 조성되었습니다. 총 1.2㎞ 구간에 조깅로, 배드민턴장, 농구장, 인라인스케이트 트랙 등이 들어섰습니다.

문희상은 2008년 국회의원에 출마하면서 가능-녹양역 간 철도부지에 체육공원 조성을 공약으로 세웠습니다. 이미 문희상 의원이 철도시설공단으로부터 부지의 무상임대를 이끌어냈고 시에서도 흔쾌히 체육공원 조성계획을 수립하였습니다. 그리고 모자란 예산이 있다면 문희상이 끌어오겠다고 약속했던 것입니다.

②희망어린이공원 재정비

낙후된 시설로 이용도 저하 및 안전사고 위험에 노출되었던 의정부1동 어린이공원이 문희상 의원의 노력으로 전액 국비(15억 원)로 재정비되었습니다. 안전하고 쾌적한 공원으로 어린이들과 시민

들에게 돌아갔습니다.

시는 공원으로의 가치 및 기능이 상실된 부지를 '다양한 계층이 함께 어울려 소통할 수 있는 커뮤니티 공간 제공', '도심 내 녹음이 푸르른 녹색 휴식공간 제공'을 위하여 특별교부세를 신청하여 사업비 전액을 특별교부세로 추진하게 되었습니다.

희망어린이공원은 기존 도심지 내 위치한 어린이공원이 단순하고 획일적인 놀이시설이 아닌 '어린이의 눈높이에 맞는 복합적 놀이 공간', 지역 주민들이 함께 어울리고 소규모 행사를 추진할 수 있는 '야외무대 및 잔디마당', 노인들이 함께 운동하고 휴식할 수 있는 '실버공간', 도심 경관개선을 위한 '사계절 푸르른 녹지공간' 등 시민이 요구하는 사항을 모두 반영하여 다양한 계층이 함께 소통할 수 있는 복합적 휴식·여가·문화공간으로 세심하게 조성하였습니다.

③기타

의서 공원 지하주차장 조성사업 국비 9억 원, 역전근린공원 조성 5억 원, 녹양 어린이공원 3억 원 외 다수

편리한 의정부

①회룡역 초현대식 역사 신설

철도공사는 원인자 부담원칙을 주장하며 100% 시예산 부담을 고수하였습니다. 하지만 문희상 부의장은 이미 한국철도공사 및

철도시설공단과 제17대 국회부터 교섭 진행 중이었고, 제18대 국회 첫해에 드디어 총사업비의 50%인 120억 원의 국비 지원을 이끌어낸 쾌거를 이루었습니다. 통합역사 완공으로 회룡역 남측 주민들의 불편이 해소되었습니다.

과거의 회룡역

초현대식 역사, 회룡역

②망월사역 개축

망월사역 개축 설계비 국비 15억 원 확보!

의정부의 관문인 망월사역이 의정부를 대표하는 최첨단 역사로 개축됩니다. (총사업비 약 300억 원)

③의정부를 관통하는 모든 역의 현대화를 완성하였습니다.

회룡역 통합환승 역사 완공, 의정부역 신역사 준공, 가능역 신축, 녹양역 신설, 망월사역 노후역사 현대화사업 2020.7 착공예정(총사업비 297억 원 예정)

④외곽순환고속도로 통행료 인하

그동안 서울외곽순환고속도로는 하나의 순환형 고속도로임에도 불구하고, 민자 구간이라는 이유로 4,800원의 통행료를 징수해왔습니다. 이는 도로공사 구간의 1.7배이며, 재정 구간인 외곽순환고속도로 남부 구간의 2.6배에 달해, 상대적으로 경기 북부 주민들의 과도한 이용 부담과 형평성 문제가 제기되어 왔습니다.

문희상 의원은 의정부와 경기 북부 주민들에게 부담이 되어온 북부구간 통행료 인하를 위해 19대 국회에서부터 경기 북부와 서울 북부 의원들이 협의체를 구성해 통행료 인하를 위한 노력을 해왔고, 통행료 인하라는 최종 결실을 맺게 되었습니다.

문희상 의원은 의정부 시민과 경기 북부 주민들이 실질적 혜택을 볼 수 있도록, 마지막까지 최선을 다했습니다.

안전한 의정부

①회룡역 지하철경찰대 신설

시민들이 안전한 의정부로 거듭나고 있습니다. 문희상 의원이 경찰청 국정 감사 시 지적한 의정부 안전 문제, 곧바로 시정되었습니다.

경찰청 국정 감사 시 6개 노선이 지나는 경기 북부지역에 단 한 명의 경찰관도 배치돼 있지 않다는 질책에 대한 조치 결과 회룡역에 경기 북부 지하철경찰대 신설. 우범지역 방범용 CCTV 설치 확대. 그동안 각종 범죄로부터 여성과 가정 보호를 위해 방범용 CCTV 증설을 요구했습니다.

②CCTV 개선사업

어린이보호구역 CCTV 개선사업 국비 6억 원 확보, 방범 CCTV 설치 지원 12억 원, 재난 안전 CCTV 설치 5억 원, 재난 안전 전광판 10억 원

재난문자전광판 설치사업 국비 10억 원 확보: 의정부 곳곳에 재난문자전광판 설치로 신속하고 정확한 재난정보 전달

③내진보강 사업

양주교 내진보강 국비 2억 원 확보, 가금교 내진보강 공사 국비 4억 원 확보, 사패교 내진보강 공사 국비 3억 원 확보, 호동교 외 1개소 내진보강 지원 6억 원, 시청사 내진보강 4억 5천만 원 등

내진성 보강으로 지진피해로부터 시민들의 안전한 생활환경을 확보하게 되었습니다.

④가능고가교 보수공사

가능고가교 보수공사를 위해 국비 9억 원을 확보하여 신축이음 및 방음벽 교체를 완료했습니다. 이로써 더욱 안전한 주행환경이 조성되었습니다.

⑤기타

의정부3동 배수펌프 1억 5천만 원, 의정부1동 하수관거 4억 8천만 원 등

평생학습도시 의정부

 의정부의 미래, 아이들이 희망입니다.! 우리 아이들을 위해 더 나은 내일을 약속드리겠다는 일념으로 문희상은 뛰고 또 뛰었습니다. 문희상은 국비확보를 통해 의정부 아이들이 교육받으면서 꿈과 희망을 키워갈 수 있는 여건 마련을 위해 최선을 다했습니다. 쾌적한 교육환경, 아이들이 행복한 의정부를 위해 문희상은 언제나 앞장섰습니다.

 ① 학교 강당 건립
 - 서중학교 다목적강당 신축
·문희상 의원이 정부와 상임위 위원들에게 다목적강당의 필요성을 직접 설명하여 특별교부금 6억 2천6백만 원 확보
·청소년을 위한 공간 확보, 청소년 동아리 활동, 청소년문화존, 청소년쉼터 운영 지원 등 청소년 생활 지원, 교사근무환경 개선 지원,
 - 회룡중학교 다목적강당 신축: 국비 10억 5천만 원 확보!
 - 상우고등학교 다목적강당 15억 9천만 원
 - 상우고등학교에 이어 광동고등학교 다목적강당 건립: 국비 14억 원 확보!
 - 광동고등학교 다목적체육관 신축: 국비 8억 4천만 원 집행
 - 의정부여자중학교 리모델링 사업: 국비 6억 1천7백만 원 집행
 - 녹양초등학교 체육관 신축: 28억 8천2백만 원

- 의정부 고등학교 기숙사 환경개선: 2억 6천6백만 원

②급식 시설 개선사업

　의정부 고등학교, 의정부 여자고등학교에 이어 15억 원의 국비
가 지원된 의정부중앙초등학교의 급식 시설개선사업이 이루어졌
습니다.

　소상공인 지원

설맞이 전통시장 물가안정 캠페인

① 의정부 제일시장 현대화

　지역경제 살리기에 앞장선 문희상의 노력으로 제일시장이 대한
민국 대표 재래시장으로 성장했습니다. 의정부 제일시장이 경기도
재래시장평가 1위(149개소 중), 전국 3위(1550개소 중)(09년 중소
기업청 시장경영지원센터 평가)의 위업을 달성했습니다. 2004년
문희상 의원이 공동 발의한 『재래시장 육성을 위한 특별법』이
제정되어 2006년부터 낙후된 재래시장을 현대화시키기 위한 문

희상 의원의 지속적인 국고지원금 확보가 있었기에 가능했습니다.

② 2017년 지역선도시장 육성사업: 국비 12.5억 원 확보

③ 의정부 지하상가 에스컬레이터 설치
  국비 10억 원을 확보하여 의정부시 행복로에서 지하상가로 이어지는 출입구에 에스컬레이터가 설치되었습니다. 모든 시민이 더 편안하게 행복로와 지하상가, 의정부역을 이용하실 수 있게 되었습니다.

  복지 및 서민, 사회적 약자들을 위한 예산확보

신곡노인종합복지관

  문희상은 의정부의 어려운 이웃들을 위해서라면 언제든지 발 벗고 나섰습니다. 지금의 노인세대는 국가가 가장 어려울 때 기수가

되었던 세대로 가정·사회·국가로부터 대접을 받아야 할 세대입니다. 경로당 냉난방비 및 양곡비 지원, 노인 일자리확충지원, 중증 장애인 활동 보조 지원 등에 대한 지원을 위해 열심히 뛰었습니다.
 아래는 2017년부터 2019년까지 3년간 문희상 의원이 서민 및 사회적 약자를 위한 국비 예산을 확보한 내용입니다.

 (2017년)
 - 어린이집 누리과정 국고지원 예산 8,600억 원 확보
 - 저소득층 등 사회 취약계층에 대한 지원 예산 1,470억 원 확보
 - 보육서비스 향상을 위한 패키지 보육예산 정부안 대비 494억 4천만 원 증액
 - 어르신 복지예산 860억 원 증액,
 - 서민 주거복지예산 609억 원 확보,
 - 장애인 복지예산, 정부안 대비 605억 원 증액
 (2018년)
 - 녹양동 행복두리센터 건립확정 국비 43.1억 원 확보
 - 가능1동 경로당 신축 국비 5억 원 확보
 - 누리 과정예산 전액 국비 확정, 영유아 보육료 1,005억 원 증액
 - 기초노령연금 월 25만 원
 - 아동수당 월 10만 원
 - 경로당 냉난방비, 양곡비 641억 원 증액
 (2019년)
 - 녹양동 스포츠 콤플렉스 조성(총사업비 약 290억 원) 9억 원
 - 가능2동 노인복지관 분관 설치 9억 원

- 실내빙상장 개보수 지원 4억 원
- 호원1동 경로당 재건축 지원 3억 원

기타 민생과 지방을 살리기 위한 예산 확보

이 외에도 문희상은 민주당 의원으로서 전국의 어려움을 겪고 있는 국민들과 지방을 살리기 위해 많은 노력을 기울였습니다. 다음의 내용은 2014년도 의정활동 당시 『2014 문희상 의원 의정 보고서』에 실린 내용입니다. 물론 이 밖에도 해마다 민생 및 지방 살리기를 위한 예산확보 등이 많지만 자료의 획득이 어려워 2014년 활동만 실었습니다.

1. 무상보육 국고 보조율 10%P(정부안) →15%P로 추가인상
2. 초중학교 급식 시행 지자체 및 지방 교육에 대한 재정지원
3. 학교 비정규직(14만 명) 장기근무가산금 월 2만 원 인상
4. 찜통·냉골 교실 해소를 위한 학교 전기요금 1,110억 원 추가지원
5. 0~2세 보육교사 처우 개선비 인상(12만 원→15만 원) 및 민간어린이집 원장 담임수당 월 7만 5천 원 지급 등 보육 지원 419억 원 증액
6. 전국 62,000여 경로당에 월 30만 원(5개월) 냉난방비 및 양곡비, 어르신 일자리 1.5만 명 확대 등 효도 예산 641억 원 증액
7. 참전 명예수당 및 무공 영예 수당 월 2만 원 인상(전년 대비) 등 애국 복지 328억 원 증액

8. 사병급식비 6.5% 인상 등 사병복지 증진

9. 국민임대 및 공공임대 확대 등 주거복지 예산 증액

10. 중소기업, 소상공인 자영업자 지원 예산 증액

11. 사회 취약계층 지원 예산: 보호자 없는 병원 시범사업, 영유아
    필수 예방접종 무료지원 대사에 '폐렴구균' 추가, 여성장애인
    출산, 교육비용 지원 등

전국어울림 마라톤대회

3. 의정부, 한강 이북 평화통일 중심도시

의·양·동은 통합해야 합니다

　의정부 인근의 지역통합 문제는 경기도 분도(分道) 문제와 함께 늘 뜨거운 관심 주제입니다. 나는 의정부시장에 출마하기 전부터 의정부·양주·동두천의 행정구역 통합이 필요하다고 주장했습니다. 2009년 신한대학교(구. 신흥대학교) 교수 시절에는 「의정부·양주·동두천시 지역통합 타당성 검토」라는 주제로 학술논문을 발표했으며, 이와 관련하여 많은 세미나에 참석하여 발표했습니다. 이후 시장에 당선된 이후에도 끊임없이 의·양·동 통합을 주장하였으며, 2012년에 통합을 시도했지만 결국 실패로 끝났습니다. 그렇지만 나는 지금도 의·양·동 통합이 통합시를 중심으로 도시경쟁력을 높여 경기 북부의 중심도시로 우뚝 서게 해줄 것이라 믿어 의심치 않습니다.

　문희상 역시 의·양·동 통합을 주장합니다. 그는 줄곧 경기 북도 신설을 주장했습니다. 경기 북도 신설이 어려우면 차선으로 의·양·동 통합이 꼭 필요하다고 말합니다. 심지어 의정부, 양주, 동두천은 물론 연천과 포천까지 통합될 수 있다면, 그것이 곧 경기 북도와 다를 바 없다고 말합니다. 만일 의·양·동 통합이 어렵다면 먼저 의정부와 양주라도 먼저 통합해야 한다고 역설합니다.

우선 1단계로 의·양 통합을 추진할 것입니다. 의·양 통합은 행정 효율성이 높아지고, 64만 인구의 거대도시로서 경쟁력과 규모의 경제가 실현되고, 주민편의와 복리 증진을 이룰 수 있습니다. 의·양이 통합되면 진정 통일의 중심도시가 될 수 있고 북으로 가는 관문도시, 경원선 복원에 따른 금강산으로 가는 기차의 발착역, 시베리아 횡단 철도(TSR)로 유럽까지 갈 수 있는 발착역이 될 수 있습니다. 그러면 의·양 통합시가 세계 물류의 전진기지가 될 것입니다(2016.3.28. 문희상 홈페이지).

인용문보다 윗글에서 생략한 앞 문단에서는 의·양·동 통합을 주장하고 있습니다. 의·양·동 통합이 어렵다면 차선책으로 의·양 통합을 먼저 이루어낸 후, 다음에 기회를 봐서 의·양·동 통합을 이루자는 내용입니다.

의·양·동 통합은 통합시의 위상이 제고되어 통합시민의 자부심이 한층 제고될 것으로 보입니다. 그동안 의정부를 상징해온 '미군 부대'라는 부정적 이미지를 해소하고 새로운 도시 이미지를 창출함으로써 도시경쟁력을 향상시킬 전기를 마련할 수 있을 것입니다.

현재의 의정부시, 양주시, 동두천시를 통합하면 80만 명의 인구가 되고 서울 북부지역의 전출인구를 흡수할 기반을 마련하게 되어 100만 명 이상의 인구로 성장하는 것도 가능할 것입니다. 이 정도 되어야 주변의 고양시 및 남양주시와 경쟁할 수 있게 될 것입니다. 또한, 의·양·동 통합은 경원 축의 핵심도시의 위치를 굳히게 되고 자체발전 추진력을 가져 지역개발이 가속화될 것입니다.

평화통일 특별도 설치

문희상은 「평화통일특별도 설치 등에 관한 법률안」을 대표 발의하였습니다. 이 법이 국회에서 통과되면 경기북부평화통일특별도가 만들어지고, 경기 북부 지자체들의 공통된 고민들을 해결하는 창구가 될 것입니다.

경기 북부지역은 정부의 각종 규제정책으로 인해 낙후되어 있음에도 규제가 완화되지 않고 있어 남부지역과의 불균형이 더욱 심화 되고 있습니다. 특히, 경기 북부지역은 경제권, 생활권, 접경지역으로서의 지역 특성 등 여러 여건이 경기 남부지역과 다르기에 경기 남부와는 다른 발전 전략을 수립하여 추진할 필요가 있음이 끊임없이 제기되어 왔습니다.

경기도에 대한 분도 논의는 1992년 대선 때 김영삼 후보의 공약사항으로 제시된 이후 정치권에서 계속 논의되어왔고 지역사회에서는 경기 북도를 신설할 필요성에 대해서 상당한 공감대가 형성되어 있습니다.

현재 경기 북부지역은 수도권이라는 이유로 수도권정비계획법, 군사시설보호법, 그린벨트법, 과밀억제권, 상수원 보호구역, 자연보전권역 등 6중의 중첩규제로 꽁꽁 묶여 있습니다. 경기 북부 10개 시군이 경기도 총면적의 42%, 전체인구의 26%를 차지하고 있지만, 예산 규모는 경기도 전체의 11.6%, GRDP 비중은 19%, 고속

도로는 14% 수준에 불과합니다. 특히, 경제발전, 문화 혜택, 교육
복지, SOC 인프라 등 모든 면에서 낙후된 경기 북부의 재정자립도는
남부의 75%에 불과한 실정입니다.

이처럼 경기 북부지역은 경기 남부지역에 비해 모든 면에서 낙후
되어 있어 주민들이 느끼는 박탈감과 소외감은 이루 말로 표현할
수 없을 정도로 경기 남북 간의 골이 깊어지고 있습니다.

이러한 문제를 해결하기 위해 평화통일특별도의 설치에 대한 논
의가 계속되어왔던 것입니다. 지역적 특성이 다른 북부지역을 남
부지역으로부터 분리해 국토의 균형발전을 촉진하고 주민들의 편
익을 증진하기 위해 필요한 것입니다.

문희상 의장은 "그동안 경기북도라 불렸던 '평화통일특별도'의 설
치는 정치를 막 시작했던 초선 시절부터의 제 소신이었다"고 말합
니다. 그는 의·양·동 통합논의 이전에는 일관되게 경기북도 신설
을 주장했습니다. 지금도 경기북도 신설에 경기북도 전체 주민이
찬성하고 있다고 확신하고, 포기한 것은 아닙니다. 그러나 현실적
으로 이명박 정부 이래 100만 단위 도시행정구역 개편 논의로 경
기북도 신설은 어려워졌다고 말합니다.(2019. 6. 27. 중부일보)

나 역시 1997년 신한대학교 교수 시절에 『경기도 분도 타당성
검토에 관한 연구』라는 주제로 논문발표를 한 적이 있습니다. 이
논문을 쓸 당시만 해도 경기도 분도의 문제가 산발적이고, 다소
구두적으로 진행되어 왔습니다. 그래서 이 논문을 통해 논의를 체

계화했으며, 분도의 타당성을 밝히는 최초의 논문이었습니다. 시장으로 당선된 후에도 2018년에는 문희상 의장님과 함께 국회에서 『의정부 포럼』, 2019년에는 『평화통일 국제포럼』을 의정부시에서 개최하여 국회와 경기도에 평화통일특별도 설치를 촉구하였습니다.

국회의원회관에서 열린 의정부포럼. 2018.12.13.

　그런데 평화통일특별도는 경기도 분도와는 약간 다른 점이 있습니다. 지역 발전을 위한 행정적·재정적 지원의 법적 근거가 되는 개념이 추가되었습니다. 단순한 경기도 분도가 아닙니다. 경기 남부에 비해 낙후된 경기 북부 생활권과 접경지역 여건에 적합한 발전 전략입니다. 현재 국회에 계류 중인 법안인 평화통일특별도가 설치된다면 경기 북부 340만 주민들의 복리를 증진하고 지역 경쟁력을 확보해 국토의 균형발전을 추구할 수 있을 것으로 판단됩니다. 뿐만 아니라 경기 북부를 한반도 평화의 전진기지로 만들기 위해서는 지역 발전을 위한 특별 재원 마련을 위한 법적 근거가 선행되어야 한다고 생각하기 때문에 분도(分道)보다는 특별도를 선호하는 것입니다.

 평화와 번영의 한반도 시대에는 접경지역인 경기북부가 뒤로 돌아 맨 앞줄에 서게 된다. 기적처럼 찾아온 한반도 평화 프로세스가 진행 중인 상황에서 경기북부지역은 통일에 대비하는 평화의 가교(架橋) 지역이 될 것이며, 경기북부지역 중심의 '평화통일특별도'는 남북관계와 국가 경제에 무한한 가능성과 중요한 위상을 갖게 될 것입니다(2019. 6. 26. NEWSCAN.).

 평화통일특별도가 설치되면 경기 북부지역은 경기도 남북 간의 균형발전은 물론 한반도 평화의 전진기지가 될 것이며, 의정부시는 한강 이북의 평화통일 중심도시로서 그 위상이 높아질 것입니다.
 국회는 경기 북부지역 주민들의 민의를 대변하여 발의된 「평화통일특별도 설치 등에 관한 법률안」을 조속히 가결하길 촉구합니다.

4. 문희상의 희망 이야기

산민(山民) 문희상

산민(山民)은 문희상의 호(號)입니다. '산민'에는 여러 가지의 뜻이 포함되어 있습니다.

산에 사는 사람이란 뜻입니다.
백성을 높은 산으로 여기고 그들을 우러러보는 사람이란
뜻입니다.
산꼭대기(정상)에 오른 사람이라는 뜻입니다.
산에서 내려온 사람이라는 뜻입니다.

문희상은 산민이라는 호에 걸맞은 인생을 살아왔습니다. 암울했던 시절, 그는 대한민국의 민주화를 위해 자신의 한 몸을 나라에 바쳤습니다. 1965년 한·일 국교 정상화를 반대하는 시위를 이끌었고, 전두환 군사독재정권에 투쟁하여 남영동 대공분실에 끌려가 고문도 받았습니다. 마치 산에서 사는 사람처럼 고달픈 삶을 살았습니다.

국회의원으로 당선되어서는 국민을 하늘처럼 섬겼습니다. 그의 사상 무신불립에 잘 나타나 있습니다. 병(兵), 식(食), 신(信) 중에서 신이 가장 중요하다고 입버릇처럼 말합니다. 국가가 존립하기 위해서는 국민의 신뢰가 가장 중요하다는 말입니다. 높은 산에 오르는 사람은 산에 대한 경외심을 가진다고 합니다. 두려움의 존재입니다. 국민은 높은 산과도 같습니다. 정치가는 산처럼 국민을 두려워해야 하며, 국민에게 신뢰받기 위해 그들을 우러러보고 어려운 곳을 찾아 따뜻하게 감싸주어야 합니다.

문희상은 인생의 후반기에는 국회의장이 되어서 대한민국 의전서열 2위인 국회의장을 지냈습니다. 대한민국 의회의 꼭대기에 올라온 것입니다.

이제야 그의 리더십과 능력을 한껏 펼칠 수 있었습니다. 그의 정치력을 수준 높이 발휘할 수 있었습니다. 패스트트랙 정국에서 그가 보여준 협치와 정치적 결단은 빛을 발하는 순간들의 연속이었습니다.

이제 문희상은 산에서 내려온 사람이 됩니다. 국민의 일상으로 돌아옵니다. 때로는 국가 원로로서 대통령을 비롯한 정치가들에게 자문하기도 하고, 지역에서는 지역 발전을 위한 삶을 살 것입니다. 의정부 시민이 되어 서예와 같은 취미 활동도 하고 정치하느라 못했던 가족과의 즐거움도 나눌 것입니다. 동네 친구들과 모여 수다도 떨고 지난날을 회고할 것입니다.

1678년 숙종 4년에 김창협(金昌協)은 그의 나이 28세 때 '산민(山民)'이라는 애민시(愛民詩)를 지었습니다. 작자의 문집인 『농암집(農巖集)』에 수록되어 있습니다.

下馬問人居(하마문인거)　말에서 내려와 사람 부르니
婦女出門看(부녀출문간)　부인이 문을 열고 나와 보고는
坐客茅屋下(좌객모옥하)　초가집 안으로 맞아들이고
爲客具飯餐(위객구반찬)　나그네 위하여 밥상 내온다

丈夫亦何在(장부역하재)　바깥어른은 어디 계시오
扶犁朝上山(부리조상산)　아침에 쟁기 들고 산에 갔다오
山田苦難耕(산전고난경)　산밭은 너무나 갈기 어려워
日晚猶未還(일만유미환)　해가 저물도록 못 오신다오

四顧絶無鄰(사고절무린)　사방을 둘러봐도 이웃은 없고
雞犬依層巒(계견의층만)　개와 닭들 비탈에서 서성대누나
中林多猛虎(중림다맹호)　숲속에는 무서운 호랑이 많아
采藿不盈盤(채곽불영반)　뜯은 콩잎 광주리에 반도 안 된다

哀此獨何好(애차독하호)　가련할손 이곳이 뭐가 좋다고
崎嶇山谷間(기구산곡간)　척박한 두메산골 산단 말인가
樂哉彼平土(락재피평토)　편안할사 저 너머 평지의 생활
欲往畏縣官(욕왕외현관)　가고파도 고을 관리 너무 무서워

산에 사는 사람의 아픔과 가렴주구를 비판하고 있습니다.
　내용은 작자가 산골을 여행하던 중 외딴집에서 그 집 아낙네에
게 음식을 대접받고, 산속에서 사는 까닭에 대해 문답식으로 주

고받은 것입니다. 그 남편은 산 위에 있는 밭을 갈러 가서 해가 져도 돌아오지 않고, 닭과 개는 산기슭에서 자유롭게 노는데, 숲속에는 호랑이가 있어 나물도 마음대로 뜯을 수 없는 그곳의 형편을 묘사하고 있습니다.

이어서 작자가 무엇이 좋아 이 험한 산골에 사느냐고 물으니, 그 아낙네가 평야지방이 살기야 좋겠지만, 평지로 가고 싶어도 원님이 무서워 갈 수가 없다고 대답하고 있습니다. 임진왜란·병자호란 등을 겪은 뒤 나라 재정의 고갈, 관리 기강의 해이 등으로 백성들에 대한 가렴주구가 얼마나 심했나 하는 당시의 사정을 잘 알려주고 있습니다. 백성들의 고통을 시로 읊어 위정자들에게 들리게 하고 있습니다.

문희상은 국회의원이 되기 전부터는 물론 당선된 후에도 사회적 약자나 소상공인들의 힘든 삶을 보고 안타까워하며 정치에 나가서 세상을 바꾸려고 노력했습니다. 그는 개혁과 화이부동을 몸소 실천하여 대한민국의 민주주의를 한 단계 끌어올렸습니다. 국민들은 대한민국의 굴곡진 현대사에서 '나라다운 나라'를 만들기 위해 온갖 정열을 쏟은 '산민 문희상'의 업적을 높이 평가할 것입니다.

태어난 날은 달라도 같은 날 죽자

2015년 내가 의정부시장 후보로 재선에 출마했을 때의 일입니다. 당시 자유한국당은 재선에 성공한 나를 선거법 위반 혐의로 고발하였으며, 기소되어 재판을 받았습니다. 6.4 지방선거 과정에서 의정부경전철 경로무임제를 조기에 실시해 기부행위를 했다는 혐의였습니다. 몇 개월의 재판과정을 거친 후 1심 판결이 선고되는 날. 나는 재판 1시간 전에 내가 죄가 있다면 두말할 것 없이 사퇴하겠다고 했습니다. 사법부의 정의가 살아있고, 의정부 시민들이 그 모든 것을 회복해주리라고 정말 믿었기 때문이었습니다. 이런 확신에도 불구하고 의정부지방법원 1심 재판부는 당선무효형인 벌금 300만 원을 선고했습니다.

이에 충격을 받은 나는 시장직을 내려놓을 생각이었습니다. 그런데 이 소식을 접한 문희상 의원님은 새정치연합 전당대회 준비 도중 급하게 나를 만나 2시간을 설득했습니다. 그리고 이날 오후 의정부시청 현관 로비에서 시민 200여 명이 모인 가운데 말씀하셨습니다.

안병용 의정부시장은 죄가 없습니다. 제가 70년 인생을 걸고 담보합니다. 안병용 시장은 죄가 없어요. 안병용 의정부시장이 죄가 있다면 의정부시 사랑한 죄, 자나 깨나, 앉으나 서나, 비가 오나 눈이 오나, 오직 의정부 발전을 위해 동분서주한 죄, 그 죄가 죄라면 어찌 그 죄로 사퇴를 해야 한단 말입니까?

내가 왜 급하게 여기 왔느냐. 내가 나고 자라서 묻힐 이곳 의정부가 위기라 왔다. 의정부는 다시 일어설 수 없기에…

의정부시장 안병용이 여기서 포기하면 의정부는 다시 일어설 수 없다. 여기서 작은 약속으로 좌절해서는 안 된다. 더 큰 것이 있다. 안병용 시장을 뽑아준 의정부 시민 한 분 한 분의 그 뜻이 훨씬 고귀하다. 여러분, 앞으로의 그 길은 무척 힘든 과정일 수 있다. 항소하는데 같이 갈 수 있지요! 대법원까지 가서 이긴다는 것을 확신하지요!

오늘부터 그 긴 여정에 우리는 동지다. '태어난 날은 달라도 같은 날 죽자'라는 동지 의식을 가지고, 출발하면 무엇이 거칠 게 있습니까?

이틀 후 비상대책위원장으로 모든 전당대회를 준비해야 하는 문희상 위원장님이 두 시간 동안 나를 잡고 설득했지만 좀처럼 내 마음은 움직이지 않았습니다. 그러나 시청 앞 현관에서 울먹이시며 사퇴는 안된다고 시민들에게 목청껏 외치던 모습. '태어난 날은 달라도 같은 날 죽자'라고 말씀하시며 나를 무한히 믿고 사랑을 보여주신 그 모습에 사퇴를 번복하였습니다. 지금도 그날이 생생하게 기억이 납니다.

이후 1년 6개월이라는 지루한 법정 공방 끝에 나는 대법원에서 무죄를 확정받았습니다. 사필귀정입니다.

내가 의정부시장으로 3선까지 지내게 된 것은 말할 것도 없이 문희상 의원님의 덕입니다. 1심 선고 후 만일 문희상 의원님이 시민들 앞에서 나에 대한 깊은 애정을 보여주지 않으셨더라면, 지금의 안병용은 없을 것이며, 나를 철썩같이 신뢰한 의정부 시민을 배신한 사람으로 낙인찍혀 평생을 죄의식 속에서 살아야 했을 것입니다.

감사합니다! 감사합니다!

나는 문희상이 있어 행복합니다.

추상같이 냉혹한 정치 현실 속에서 관포지교(管鮑之交)를 생각합니다.

'나를 낳아준 이는 부모님이지만 나를 알아준 이는 문희상입니다.'

국가 원로로서 대통령께 직언해야 합니다

이제 문희상 의장님은 대한민국 국회의장을 끝으로 40년 정치인생을 마무리하고 있습니다.

그는 정치를 마무리할 때까지 국내 정치의 이분법을 극복하기 위해 노력했습니다. 적폐를 타파하기 위해 개혁을 입버릇처럼 달고 살았으며, 화이부동의 정신으로 협치를 강조했습니다. 국민에게서 신뢰를 얻지 못하면 나라가 존립할 수 없다는 무신불립을 강조하셨고, 선당후사가 결국은 더 큰 것을 얻게 된다는 정신으로 자신을 희생하신 분입니다. 분단 현실과 외세의 간섭으로부터 실리를 추구하는 외교를 원하셨으며, 북한과는 신뢰와 화합, 대화를 통한 남북교류를 주장하는 자유주의 국가론자의 수장으로서 정치인생을 보내셨습니다.

국회의장으로 계시면서는 국가론자들로부터 온갖 비난을 받으면서도 조금도 평정심을 잃지 않고 조화와 설득의 리더십으로 모든 문제를 해결해 나가셨습니다.

그동안 정치가 직업이셨으니 정치하시느라 얼마나 힘드셨습니까? 피 말리는 선거 때가 되면 얼마나 고민하셨고, 두 분 대통령님을 모시고 측근의 참모로서의 역할을 수행하는 것은 또 얼마나 힘드셨습니까?

의장님께서도 정치 때문에 소홀할 수밖에 없었지만, 하고 싶었던 일들이 많으셨겠지요. 가족들과 다정하게 담소도 나누고 외식도 하며, 영화도 보며 책도 읽고, 세인들의 눈치도 안 보고, 하고 싶은 말도 마음대로 해보고… 그런데 만천하에 얼굴이 알려진 정치인으로서 얼마나 말이며 몸가짐을 얼마나 조심하며 사셨는가요?

문희상 의장님은 정치적으로 국가 원로이십니다. 나라가 위기에 빠지면 해결책을 제시하는 사람입니다. 편안한 노후를 선택하지 못하고 국민을 위해 대통령께 직언해야 할 것입니다. 의장님은 대통령 비서실장, 청와대 정무수석, 국회부의장을 거친 6선의 원로로서 대표적인 의회주의자로 알려진 정치권의 큰 어른이십니다. 군부정권 당시 민주화 투쟁에 앞장섰던 인물로 여야를 초월해 존경받는 얼마 안 되는 정치인이십니다.

항우와 천하 쟁패전을 벌이던 유방은 함양에 먼저 입성한다. 화려한 궁전과 진귀한 보물들, 그리고 아름다운 여인들에 취한 유방은 그곳에 머물러 있기 원했다. 그때 신하 번쾌가 충언을 올린다.

"주군께서 화려한 궁전에 취해 이곳에 머물러 있다면 그동안 피땀 흘려 이룩한 공로가 수포가 됩니다. 천하 대권을 포기하실 셈입니까?" 하지만 유방은 번쾌의 말이 탐탁지 않았다. 치열한 전쟁에 지친 몸과 마음이 안락함과 화려함의 유혹을 뿌리치기 어려웠던 것이다. 그러자 책사 장량이 다시 이야기한다.

"원래 충언은 귀에 거슬리나 행동에는 이롭고, 좋은 약은 입에 쓰나 병에는 이로운 법입니다. 부디 번쾌의 진언을 따르기 바랍니다." 장량의 이 말을 듣고 정신을 차린 유방은 미련을 떨치고 궁에서 벗어날 수 있었다.

번쾌와 장량은 한왕 유방에게 직언을 하여 자신의 의사를 표현했고, 유방은 그들의 말을 받아들입니다. 오늘날에도 윗사람에게 직언을 한다는 것은 보통 어려운 일이 아닐 것입니다. 더구나 상대가 대통령이라면 아무리 옳은 말이라고 해도 의사에 반하는 간언을 하는 것은 어려운 일입니다. 하지만 국가의 존립에 영향을 줄 수 있는 시급한 일이나, 대통령의 안위에 영향을 줄 수 있는 일이라면 반드시 즉각적인 간언을 하여 바로 잡아야 합니다. 의장님은 노무현 대통령께 보낸 편지에서도 쓴소리를 했습니다. 노 대통령은 이 편지를 읽고 의장님과 많은 대화를 나누었지요. 이제 일선 정치를 떠나 국가 원로로서 대통령께 나라와 국민을 위해 직언을 계속 아끼지 않기를 바라는 마음입니다.

삶은 우리 스스로가 만드는 것입니다

4.15 총선이 끝났습니다. 안타깝게도 아드님, 석균씨가 당선되지 못했습니다. 내가 열심히 도와주지 못해서인가 하며 자책감으로 밤을 새웠습니다. TV에서 개표 상황을 지켜보면서 내내 괴로웠습니다. 내가 정치적 아버지라고 부르는 의장님을 내일이라도 뵙게 되면 무어라고 말씀을 드려야 할지 떠오르지 않았습니다. 무슨 말

을 드려도 변명처럼 들릴 것 같았습니다.

　나는 기적 같은 변화를 믿습니다. 와신상담할 것으로 봅니다. 월왕 구천은 오왕 부차에게 복수하기 위해서 10년이 넘는 세월을 기다렸습니다. 석균씨는 페이스북에 이렇게 말했습니다.

　제 꿈은 오늘 여기서 멈추지만, 더 나은 의정부, 더 나은 대한민국을 위한 우리의 꿈은 끝나지 않았습니다. 저 역시 우리의 꿈을 위해 함께 걷겠습니다.

　정치가로 입문한 이상 꿈을 멈추지 않고 키우며, 지속적으로 공부하고 실천해 나가면 그 꿈은 이루어질 것이라 믿습니다. 정성을 다하고 성실하게 꿈을 향해 한걸음 한 걸음 뚜벅뚜벅 걸어가다 보면, 하늘이 감동하고 기회는 찾아올 것입니다. 의장님이 내게 늘 그랬듯이 석균씨의 성공을 내내 기원할 것입니다.

　나에게 문희상은 아버지입니다. 문희상 국회의장님은 안병용의 정치적 아버지입니다. 문희상 국회의장님은 안병용이 정책전문가, 지방행정전문가로서 의정부를 변화시킬 수 있다는 안목으로 민주당 당원도 아닌 나를 발탁해 주시고 끝없는 신뢰를 보내주신 분입니다. 10여 년 가까이에서 모시며 겪어본 문희상 국회의장님은 자기 공을 내세우는 것을 극히 꺼리시는 분입니다. 그리고 평생 공직의 신조로 삼으신 〈선공후사〉, 공적인 일을 결정하실 땐 혹여 사(私)가 있는지를 살피고 또 살피셨습니다.

국회의원을 그리고 중요한 청와대 정무수석, 대통령 비서실장, 민주당 의장, 비상대책위원장, 국회부의장과 의장 등 한국 정치사에 큰 족적을 남겼지만 자화자찬하시는 것을 들은 적이 없습니다.

의정부의 수많은 난제들 또한 그랬습니다.

미군공여지 지원 특별법, 호원IC, 송추길 39호선 확장, 회룡천 방호벽 철거, 컬링장 신축, 직동·추동공원 사업, 을지대학 유치, 통합보훈회관 신축, 예비군 훈련장과 기무부대 이전 등 문희상 의장님의 공과 힘이 아니었으면 이뤄지지 않았을 수많은 일이 있습니다.

그럼에도 불구하고 의장님께서는 그 공을 거의 시장에게 돌리니 민망하고 죄송할 따름입니다(『그 집 아들』 추천사에서).

의장님은 이제 76세이십니다. 내년이면 희수(喜壽)입니다. 인생의 황금기입니다. 인생에서 너무 늦을 때란 없는 법입니다. 송(宋)나라 범중엄(范仲淹)의 『악양루기(岳陽樓記)』에 '조정의 높은 곳에 있던 때는 오히려 백성을 걱정했고, 조정에서 물러나 험한 시절을 보낼 때는 임금을 걱정하느라 세상의 즐거움에 취할 겨를이 없었다'라는 구절이 있습니다. 국회의장으로 있을 때는 국민과 대한민국을 걱정했고, 정치에서 물러나 이제는 대통령과 후배 의원들의 정치를 걱정하게 될 것입니다.

이제 봄꽃이 지고 여름꽃이 피려고 준비하고 있습니다. 나뭇잎은 더욱 무성하고 푸르러지고 있습니다. 희망으로 가득 찬 제2의 인생을 축복하고 있습니다. '산다는 것은 꿈꾸는 것을 말한다. 현명하다는 것은 즐겁게 꿈꾼다는 것이다.' 독일의 쉴러가 한 말입니다. 인생 1막이 끝나고 새로운 삶을 시작하시는 의장님의 앞날에 즐거운 꿈이 계속되기를 기원합니다.

삶이란 우리 스스로가 만드는 것입니다. 의장님은 정치 인생을 선택하셨고, 나는 교수와 의정부시장을 선택한 인생을 살고 있습니다. 열심히 노력하며 살았으며 보람도 많이 느낍니다. 남을 위해 살았는가 했더니 결국은 나 자신을 위해서도 살았더군요. 우리 인생이 참 살아볼 만한 것 같습니다.

나는 시장님 아이디어에 깜짝깜짝 놀래. 이분이 생각하는 것처럼 내가 대단하게 해줬다고 생각하지 않아. 마침 내가 뽑기로 한 사람이 시장 후보로 대기 중이었기 때문에 당연히 얘기했고, 내가 얘기 안 하면 누가 또 반대할까 봐 안 시장한테 해보라고 갔었지. 이건 비화야. 안 시장, 날 한번 도와주시게. 당신이 경기도를 그렸잖소. 설계도를 가지고 출발해요.

나는 자잘한 행정자료를 원하는 게 아니에요. 나는 의정부시가 미군 부대 도시인 걸 떠나서 남북이 터지면 TSR이니 TCR의 발착역을 만들겠다는 꿈으로 정치를 시작했어. 그래서 그걸 좀 도와줘. 하니까 그때 오케이를 했어요.

그래서 내가 신세를 졌으면 많이 졌지. 이번 선거에도 보니까 자기 일같이 해. 난 불안하더라고. 저러다가 어떡하려고 해. 어쨌거나. 이게 무슨 복이야. 안 시장이 평전을 써준다니. 정치인 중에 평전이 있는 사람이 어디 있어? 내가 정치한 후로 가장 큰 보람이에요.(2020. 5. 1 인터뷰에서).

의정부와 안병용에 대한 사랑이 넘쳐납니다. 여기에서도 자신의 공을 돌리시는 의장님의 모습을 잘 볼 수 있습니다. 민망하기 짝이 없습니다. 공을 돌려 안병용을 칭찬하고 석균씨 선거에 몰입하는 나를 보고 그 결과를 생각하며 오히려 걱정이 태산입니다. 나를 사랑하는 마음이 절절히 묻어납니다. 문희상은 이런 사람입니다. 앞으로도 계속 의장님의 높은 뜻을 기리며 의정부시를 위해 열심히 살 것을 약속드립니다. 제가 그동안 받은 은혜 갚을 수 있도록 사모님을 비롯하여 가족과 함께 항상 건강하시고 날마다 좋은 날 되세요.

비록 작으나마 저의 마음을 바칩니다

문희상 20대 국회의장 당선에 따른 축하

문희상 의장님!
당신의 조국 대한민국에 바친 열정, 눈물,
그리고 헌신에 박수를 보냅니다.

참고문헌

<참고문헌>

강봉균(2001). 구조조정과 정보화시대의 한국경제 발전전략, 서울: 박영사.

강재호(2010). "노무현 정부의 지방분권". 「한국지방자치학회 하계학술대회발표자료집」, 301~315.

강준만(2004). 「한국 현대사 산책: 1960년대편 1권」, 「한국 현대사 산책: 1970년대편 1권」. 인물과사상사.

경제희(2013). "18대 대선과 유권자의 후보선택", 한국선거학회, 「선거연구」, 3권1호, 7~48.

곽진영(2003). "대통령리더십 성공조건의 탐색: 시간, 제도 속의 자질발현." 「한국정당학회보」. 2권 2호.

국정백서편찬위원회(2013). 「이명박정부 국정백서 2008.2~2013.2」 2권, 대한민국정부.

권오성(2012). 「이명박정부 주요정책의 성과와 과제 1권」, 한국행정연구원, KIPA 연구보고서 2012-46-1.

권오성(2012). 「이명박정부 주요정책의 성과와 과제 2권」, 한국행정연구원, KIPA 연구보고서 2012-46-2.

김도종(2004). "정치리더십 연구의 현황과 과제." 「이순신연구논총」. 통권 제3호.

김문성(2013). 박근혜 정부의 성격과 '국민불행시대' 추진의 전망. 레프트21, 96호.

김미경(2016). "정부3.0 성과확산을 위한 변화관리방안 제안: 일하는 방식 표준화요인 개발을 중심으로", 한국인사행정학회, 「한국인사행정학회보」, 15권2호, 203~237.

김미덕(2007). "김대중 정부의 햇볕정책에 관한 연구", 한국교원대학교 교육대학원, 석사논문.

김성국(2015). "국제통화기금(IMF)의 정책적 처방에 대한 비판적 분석– 태국·인도네시아·한국의 외환위기를 중심으로", 경북대학교 국제대학원, 석사논문.

김영명(1999). 「한국현대정치사」. 을유문화사.

김영명(2013). 「대한민국 정치사」. 일조각.

김용복(2007). "민주화이후 대통령선거의 역사적인 평가", 「의정연구」, 제13권 제1호.

김정훈(2013). "18대 대선의 의미와 진보의 재구성", 「경제와사회」, 121-154.

김진화(2008). "17대 대선 투표 참여율과 기권", 「현대정치연구」, 1(1), 5~31.

리 푸렌치스카(1992). 「대통령의 건강」. 도서출판 촛불.

문영찬(2014). "박근혜정권의 성격과 투쟁의 방향". 「노동전선 토론회 발제문」. 노동사회과학
　　　연구소.

문정인 외(2004). 「1950년대 한국사의 재조명」. 선인.

문희상 외(1999). 「국민의 정부의 개혁방향과 과제」.

문희상(2003). 「생각을 바꾸면 세상이 바뀐다」.

문희상(2007). 「문희상이 띄우는 희망메세지 동행」.

문희상(2011). 「문희상이 띄우는 희망메세지 동행2」.

문희상(2017). 「대통령, 우리가 알아야 할 대통령의 모든 것」.

박지향(2006). 「해방전후사의 재인식」. 책세상.

박해육 외(2015). "정부 3.0시대의 지방자치단체 성과관리 활성화 방안", 한국지방정부학회, 「지
　　　방정부연구」, 제19권 제2호, 1~24.

백기복(2001). 「이슈리더십」. 창민사.

백기복(2005). 「리더십리뷰: 이론과 실제」. 창민사.

성준경(2012). "노무현 정부의 안보·외교 정책에 대한 연구 – 김대중 정부와의 비교 중심으로", 고
　　　려대학교 정치대학원, 석사논문.

손세일(2006). "손세일의 비교평전: 한국 민족주의의 두 유형." cafe.naver.com/syngmanrhee.

소순창 외(2016), "정부3.0 서비스 정부의 성과에 관한 IPA분석", 서울행정학회, 「서울행정학회
　　　학술대회 발표논문집」, 287~322.

송건호(1977). 「한국민족주의탐구」. 한길사.

송건호(1992). 「한국현대인물사론」. 한길사.

송근원(2008). 「17대 대통령 선거아젠다 구조와 이슈 경쟁」, 한국연구재단 연구과제.

신동아(2004). "박근혜 대표와의 인터뷰,"『신동아』 5월호(2004), 183–186.

신 열(2017). "정부혁신관점에서 정부3.0정책의 성과분석", 경인행정학회, 「한국정책연구」. 제
　　　17권 제3호, 107~127.

양동안(2001). 「대한민국 건국사」. 현음사.

오원철(2006). 「박정희는 어떻게 경제 강국 만들었나」. 동서문화사.

우윤석(2014). "정부 3.0의 이론적 배경과 해외사례에 관한 연구", 「사회과학논총」 제16집,
　　　21~47.

유영익(2006). 「이승만대통령 재평가」. 연세대학교 출판부.

유영익(2007). "이승만대통령의 업적: 거시적 재평가." cafe.naver.com/ syngmanrhee

이근주 외(2002). 「정책 사례집(Case Studies on Recent Korean Policies)」, 한국행정연

구원.

이기우(2007). "참여정부 지방분권정책의 성과와 과제", 「한국지방자치법학회 18회 학술대회 발표자료집」, 9~38.

이달순(2012), 현대 정치사와 김종필. 서울:박영사

이인수(1995). 「대한민국의 건국」. 도서출판 촛불.

이재성(2007). "한국정치사와 구술사 : 정치학을 위한 방법론적 탐색". 「한국사회과학」. 제29권, 167~199.

이재철(2008). "17대 대통령 선거에서의 경제투표", 「현대정치연구」. 1(1), 111~136.

이정식(2002). 「초대 대통령 이승만의 청년시절」. 동아일보사.

이주영(2007). "이승만의 역사적 위치." cafe.naver.com/syngmanrhee

이한우(1995). 「거대한 생애 이승만 90년」. 조선일보사.

임성근(2015). 「정부3.0성과와 과제: 서비스 정부를 중심으로」, 한국행정연구원.

임준형 외(2007).「행정정보시스템이 공공조직효과성에 미치는 영향-온나라 BPS시스템을 중심으로」, 한국행정연구원, KIPA연구보고서 2007-06.

전상인(2001). 「고개 숙인 수정주의」. 전통과 현대.

전상인(2005). 「한국현대사 진실과 왜곡」. 나남.

전인권(2006). 「박정희 평전: 박정희의 정치사상과 행동에 관한 전기적 연구」. 이학사.

정윤재(2003). 「정치리더십과 한국민주주의」. 나남출판.

정책기획위원회(2008). 「온나라 정부업무관리시스템」, 참여정부 정책보고서 3-08.

정충식(2018). 「2018 전자정부론-정보기술을 활용한 정부혁신론」, 서울: 서울경제경영.

정화영(2012) "유권자의 투표행태 추이 분석:14대, 15대, 16대, 17대 대통령 선거를 중심으로", 이화여자대학교 대학원, 석사논문.

중앙선거관리위원회(1998). 「제 15대 대통령선거 투표율 분석」.

중앙선거관리위원회(2003). 「제 16대 대통령선거 투표율 분석」.

중앙선거관리위원회(2008). 「제 17대 대통령선거 투표율 분석」.

중앙선거관리위원회(2013). 「제 18대 대통령선거 투표율 분석」.

진덕규 외(1990). 「1950년대의 인식」. 한길사.

통일부(2002). 「남북관계 현황과 대북정책 추진방향」, 통일부편.

파이낸셜뉴스(2008).https://www.fnnews.com/news/200806041627105912?t=y

한국정치연구회(1990). 「한국정치사」. 백산서당.

한영우(2008). 대한민국 건국 60년 – 한국의 역사적 위상과 선진화의 과제. 포럼 굿 소사이어티 제2차 공개토론회(2008.4.15. 프레스센터)

함성득(2003). 「대통령학」. 나남출판.

함승창(1998). "IMF金融支援 體制下의 輸出增大方案에 관한 硏究", 동국대학교 경영대학원, 석사논문.

황해신(2005). "역대정부와 참여정부의 정부혁신 비교 –문민정부, 국민의 정부와의 비교를 중심으로", 「한국행정학회 하계공동학술대회 발표자료집」.

Burns, James(1978). Leasership(NY: Harper $ Row).

Tucker, Robert(1981). Politics as Leadership(Columbia: University of Missouri Press).

문희상 평전

제1판 1쇄 인쇄	2020년 6월 16일
제1판 1쇄 발행	2020년 6월 20일

지은이	안병용
편집 및 표지디자인	김성진
표지 초상화 작품	이원희 화백(전 대구 계명대학교 교수)

펴낸이	김덕문
펴낸곳	더봄
등록번호	제399-2016-000012호(2015.04.20)
주소	경기도 남양주시 별내면 청학로중앙길 71, 502호(상록수오피스텔)
대표전화	031-848-8007 **팩스** 031-848-8006
전자우편	thebom21@naver.com
블로그	blog.naver.com/thebom21

ISBN 979-11-88522-75-0 03810

한국어 출판권 ⓒ 안병용, 2020